Mary E. Marten

Sherea

Das Gestern der Steine

Band 1 der Steinkreis-Reihe

*Bibliografische Information der Deutschen Nationalbibliothek:
Die Deutsche Nationalbibliothek verzeichnet diese Publikation in der
Deutschen Nationalbibliografie; detaillierte bibliografische Daten sind im
Internet über http://dnb.dnb.de abrufbar.*

*© 2019 Mary E. Marten
Alle Rechte vorbehalten.*

*Cover/Bilder:
Steinkreis: © vencav/Shotshop.com
Silhouette: © Poulsons Photography / Adobe Stock
Schnörkel: © Bittedankeschön / Adobe Stock
Gestaltung: Mary E. Marten
Foto Autorin: © Mary E. Marten*

*Schriften:
The king and queen font: bran / dafont.com
Aquiline Two: Manfred Klein / dafont.com
Flanella: Bangkit Tri Setiadi / dafont.com*

*Herstellung und Verlag:
tredition GmbH, Halenreie 40-44, 22359 Hamburg*

*ISBN:
Taschenbuch 978-3-7482-9974-5
Hardcover 978-3-7482-9975-2
E-Book 978-3-7482-9976-9*

Für meine verstorbenen Eltern,
in Liebe und Dankbarkeit.

Und für
meine beste Freundin Elisabeth (Lissi) –
für in diesem Jahr genau 40 Jahre unverbrüchliche,
treue, tiefe, herzliche, außergewöhnliche, wahrhafte
Freundschaft!
Egal, wo wir sind und wie viel Zeit zwischen
zwei Wiedersehen vergeht, dich kennengelernt zu haben
war eines der wertvollsten Geschenke meines Lebens.

Vorwort

Die Geschichte dieses Buches handelt sowohl in einer fiktiven Welt und von fiktiven Personen als auch in einer Vergangenheit und Gesellschaft, in der ein Menschenleben wenig Wert hatte. Insbesondere Frauen gelten zumeist lediglich als Sache und Eigentum – erst des Vaters, dann der Ehemänner – und die Geschichte beleuchtet gleich mehrfach diese niedere Stellung, womit sie sich an die Realität in mittelalterlichen Zeiten anlehnt.

Personen der Handlung sowie Nebenfiguren, in alphabetischer Reihenfolge:

Äsea	Brons Frau
Bron	Fischzüchter, zuletzt Soldat, Äseas Mann
Forthran	Prullufs jüngster Sohn
Gessa	Lerfans/Fostreds Pächterin, Winnarts Mutter
Hebbun	Prullufs älterer Sohn aus erster Ehe
Igrena	Waschfrau auf Perstan, Sebsets Mutter
Infida	Vorsteherin des Gesindes auf Perstan
Inis	Shereas jüngere Schwester
Kenar	Lerfans/Fostreds Pächter, Winnarts Vater
Kongar	Nachbar Netroshs in Purrh
Lerfan alias Fostred	Shereas Vater, eigentlicher Fürst von Hergath
Medoth	Lerfans/Fostreds Halbbruder, Fürst von Hergath
Megis	Osheks Schüler und Lehrling
Mestret	Knecht auf Lerfans/Fostreds Gut
Nedduk	Lerfans/Fostreds Vater
Naima	Hausmagd auf Lerfans/Fostreds Gut
Natian	Sohn des Netrosh
Netrosh	Seher, lebte zeitweilig in Purrh
Olpert	Haushofmeister auf Perstan
Oshek	Heiler und Lehrer Forthrans
Podor	Vandans Soldat
Prulluf	König von Perstan
Risita	Hausmagd auf Lerfans/Fostreds Gut
Schettal von Hannan	*Shereas Urahne*
Sebset	Mädchen in Perstan, Tochter der Wäscherin
Sherea	Protagonistin, Tochter von Lerfan/Fostred
Shereata	*Shereas Urahnin*
Thaina	Shereas Mutter
Trigus	Shereas älterer Bruder
Ulluf	Shereas ältester Bruder
Vandan	König von Brevarth, zeitweilig auch von Perstan

Vilis	Shereas jüngster Bruder
Wesgeda	Hebamme
Winnart	Forthrans Leibwächter
Zederet	Vandans oberster Diener, sein Schatten
Zerbus	Prullufs ehemaliger Kammerdiener

Orte, Flüsse und Begriffe:

Brevarth	Vandans ursprüngliches Königreich
Filiandran	Holzsorte, besonders selten und edel
Hergath	Heimat von Sherea
Lertos	Fluss weiter im Süden, in dessen Nähe eines der beiden großen Gefechte stattfand
Perstan	Vandans Herrschersitz, Name und Hauptstadt des Reichs
Purrh	kleines Dorf, gut vier Wochen von Vandans Herrschersitz entfernt, Natians ehemalige Heimat

Sätze und Begriffe der alten Sprache und ihre Übersetzung:

Drach't mer segat, ne'bn persaret b'ni meo! –
  Segnet die ihr erwählt, aber schützt sie mir auch!

S'tach ma pe'ton werat gechat ne kont –
  Worte des Heilers, werden an keiner Stelle übersetzt.

N'iach mat – mutiges Herz (*n'iach* = Herz, *mat* = mutig)

Za'perchet – Goldene/goldhaarige Tochter (*za* = Tochter)

N'iach mat perchet, pra'ch mennet b'pri mechet n'iach! –
  Goldene mit dem mutigen Herzen, mein Herz habe ich dir längst geschenkt!

Hech'n orgut nes ban, mech n'iach! – Hab keine Angst, mein Herz!

Leste't b'roch! – Ich fange dich auf!

Kapitel 1

„Wenn man den Sehern und Wahrsagern und all den anderen Scharlatanen Glauben schenken möchte, dann ist mein Untergang schon an dem Tag, an dem ich den Thron bestiegen habe, besiegelt worden.", grunzte Vandan wütend.

Seine kräftigen Hände krallten sich um die Enden der kunstvoll gearbeiteten Armlehnen des soeben erwähnten Herrschersitzes – zwei prankenartig geformte Pfoten, beide aus kostbarem weil äußerst seltenem Filiandran-Holz. Der gesamte Thron war aus erlesensten, kostbarsten Hölzern gefertigt und die vielen darin verarbeiteten Sorten schimmerten unterschiedlich hell und matt im Schein der untergehenden Sonne, der jetzt durch das seitliche Fenster in den Saal hereinfiel.

Der muskelbepackte Vandan beugte sich zähneknirschend vor – was den nach wie vor erbötig gebeugt dastehenden, schon angegrauten Zederet dazu veranlasste, einen Schritt zurückzuweichen und den Kopf noch tiefer zu neigen, um so dem stechenden Blick seines cholerischen Herrschers auszuweichen.

„Finde sie! Finde vor allem endlich einen, der mir sagen kann, woher diese Bedrohung kommen und wie sie aussehen soll! Es muss ja wohl einen unter ihnen geben, der mehr kann als immer nur das zu stammeln, was all die anderen mir schon vorgestammelt haben! Wenn auch nur ein Fünkchen Wahrheit an dem ist, was sie behaupten, dann muss da mehr sein. Noch besser: Finde heraus, wer dieses Gerücht in die Welt gesetzt hat! Los, worauf wartest du noch? Bring mir Ergebnisse, und zwar bald, sonst lasse ich dich einen Kopf kürzer machen, verstanden? Und all die anderen Lügner lass in den Kerker werfen. Da können sie meinetwegen verrotten oder darauf warten, bis ich sie aus lauter Langeweile am Strick tanzen lasse, spätestens das wird sie dann mundtot machen."

Zederet wankte unter mehrmaligen Verbeugungen rückwärts aus dem Saal und wischte sich, draußen im Vorraum angekommen, mit dem Ärmel den Angstschweiß von der Stirn. Es war schwer genug, die letzten Seher zu finden. Noch schwerer war es, einen zu finden, der nicht das herbetete, was alle anderen ebenfalls prophezeiten. Und es war so gut wie unmöglich, einen zu finden, der mehr wissen konnte als alle anderen! Er wagte ohnehin zu bezweifeln, dass nicht längst im Volk von dieser Vorhersage gemunkelt wurde. Es war zu spät, man konnte kaum das gesamte Volk einkerkern ...
Sein Kopf saß nicht mehr sicher auf seinen Schultern!

Purrh, ein halbes Jahr später ...

Er sah zu, wie sein Vater geduldig die Wunde oberhalb der Pfote des Hundes auswusch, sie sorgfältig kontrollierte und dann, nachdem er behutsam eine heilende Salbe aufgetragen hatte, einen kleinen Verband um das Bein wickelte und festknotete.

„Es ist nur ein Riss oder Schnitt und er geht nicht tief; es sah schlimmer aus als es ist. Achte darauf, dass er den Verband nicht herunterreißt und damit nicht ins Wasser geht. Wir kontrollieren es morgen wieder und in ein paar Tagen ist es schon vergessen.", lächelte er und deutete ihm, das ohnehin schon zappelnde Fellknäuel auf den Boden zu lassen.

„Halte ihn am besten heute und morgen im Haus und binde ihm eine Schnur um den Hals, wenn er nach draußen muss.", ergänzte er. Dann trug er die Schüssel mit dem Wasser sowie das kleine, scharfe Messerchen, mit dem er ein wenig von dem Fell um den Riss herum abrasiert hatte, zur Tür. Als die Geräusche mehrerer sich nähernder Pferde hörbar wurden, stellte er beides jedoch noch einmal ab und warf einen Blick aus dem Fenster.

Gehorsam hob er, Natian, den kleinen Hund auf den blank gescheuerten Holzboden hinunter und sah zu, wie dieser erst ein paar Schritte mit dem ungewohnten Verband tat und daran schnüffelte, dann aber schon abgelenkt war von irgendeinem Geruch, dem nachzugehen es sich offenbar eher lohnte.

„*Ich glaube, ich habe einen Namen für ihn, Vater.*", *lächelte er, als der vierbeinige Findling sich energisch unter die herabhängende Decke des Lagers kämpfte und nur einen Augenblick später triumphierend darunter hervorlugte.*

„*So? Welchen denn?*", *fragte der Angesprochene ein wenig abwesend.*

Noch immer sah sein Vater nach draußen und als er eine tiefe Falte zwischen dessen Augenbrauen bemerkte, erhob auch er sich und trat neben ihn, fühlte sofort eine Hand auf seiner Schulter.

„*Bleib zurück, lass dich nicht sehen.*"

Sechs Reiter auf müden, staubigen Pferden standen zwei Häuser weiter und einer von ihnen – der Anführer vermutlich – schien Kongar, ihrem Nachbarn, ein paar Fragen zu stellen. Offenbar war er aber nicht zufrieden mit den Antworten, die er erhielt, denn seine Stimme wurde lauter. Und auch wenn längst nicht jedes Wort zu verstehen war, glaubte er doch, den Namen seines Vaters herausgehört zu haben.

„*Vater? Wer sind diese Männer? Weshalb fragen sie nach dir?*", *fragte er leise.*

„*Ich weiß es nicht, aber ich ahne es. Es scheinen Männer von Vandans Hof zu sein. Siehst du die silbernen Abzeichen am Zaumzeug der Tiere und das Symbol in den Satteldecken? Unübersehbar ... Was immer sie hier wollen, es kann nichts Gutes bedeuten.*

Ich möchte, dass du nach oben gehst und dich nicht rührst. Und wenn ich sage, dass du dich nicht rühren sollst, dann meine ich, dass du keinen Mucks von dir gibst, verstanden? Egal was du hörst oder siehst, du rührst dich nicht vom Fleck!"

„*Vater?*", *tastete er besorgt nach dessen Hand.*

„Schon gut, tu, was ich dir sage! Und was immer geschieht, ich werde immer bei dir sein!", warf er ihm einen unergründlichen Blick zu, bevor er ihn unnachgiebig vom Fenster zurück und in Richtung Leiter schob.

„Was meinst du damit? Was ..."

„Nicht jetzt, Natian, verschwinde, bevor dich jemand sieht! Es wird schon alles gut gehen, aber falls mir doch einmal etwas zustößt, heute oder irgendwann: Geh zu meiner Schwester nach Mest, aber vorher geh in den Keller und schau hinter den größten Stein an der hinteren Wand. Alles, was dahinter verborgen ist, gehört dir und wird dir helfen, Antworten zu finden. Falls ich sie dir nicht mehr geben kann ... Und Natian? Ich liebe dich und ich bin stolz auf dich, vergiss das nie! Rauf jetzt, sie kommen! Nein, gehorche mir!"

Er zögerte. Zuletzt aber wartete er nicht länger, als er hörte, wie die Reiter sich wieder in Bewegung setzten. Doch er bog noch einmal ab und zog den kleinen Hund unter der Decke hervor, klemmte ihn unter den Arm und kletterte geschickt die wenigen Sprossen hinauf. Oben angelangt presste er oberhalb des Wohnraumes sein Gesicht auf den Boden, das rechte Auge so direkt an einen etwas breiteren Spalt im Boden bringend. Auf diese Weise würde ihm erfahrungsgemäß nichts von dem entgehen, was unten vor sich ging.

Sein Vater wartete nicht, bis sie an die Tür hämmerten. Er trat, die Schüssel in der Hand, in die offene Tür und kippte mit einem Schwung das schmutzige Wasser auf den staubigen Boden.

„Bist du Netrosh, der Seher?", hörte er eine barsche, tiefe Stimme fragen.

„Wer will das wissen?"

„Ich, frag nicht so dumm!", schoss der Reiter verärgert hervor.

„Aha. Gut, du bist du und ich bin ich. Wenn du eine Antwort haben willst: Wer also bist du?"

Sein Vater ließ sich wie immer nicht aus der Ruhe bringen, was ihm ein zufriedenes Grinsen entlockte. Der kleine Streuner hatte damit begonnen, an seinem Hemd herumzukauen – er ließ ihm seinen Spaß, Hauptsache, er blieb ruhig.

„Treib es nicht zu weit! Mein Name ist Podor, ich bin König Vandans Bote. Bist du also Netrosh, der Seher?", bellte der Mann.

„Nein.", kam die feste Antwort.

Dies schien den Frager kurz zu irritieren, dann aber räusperte er sich.

„So? Der da hinten hat etwas anderes behauptet!"

„Mein Name ist Netrosh, aber ich bin kein Seher, sondern Feinschmied. Was treibt Vandans Boten in eine so entlegene Gegend seines Reiches? Wohl kaum die Suche nach einem Handwerker meiner Art, davon dürfte der König genügend haben in Perstan."

„Feinschmied, soso! Ist das Geschäft eines Sehers nicht einträglich genug?", lachte jemand.

„Das weiß ich nicht, das musst du schon einen Seher fragen. Wenn du dagegen Instrumente benötigst wie sie ein Heiler benutzt oder wenn du fein gearbeitete ..."

„Schluss jetzt, für so etwas habe ich keine Zeit! Du bist Netrosh und die Leute kennen dich als Seher, das genügt. Du wirst mit uns kommen, pack ein Bündel mit dem Nötigsten und ..."

Das Grinsen war wie von seinem Gesicht gewischt und er hielt erschrocken den Atem an, während sein Magen schlagartig zu schmerzen begann. Aber sein Vater hatte den Boten schon unterbrochen und er lauschte angestrengt weiter.

„Weshalb?"

„Weshalb was?"

„Weshalb soll ich mit euch kommen? Du musst mir schon einen Grund liefern, wenn ich Heim und Arbeit zurücklassen soll; es wartet ein großer Auftrag auf mich. Und wohin soll ich mitkommen?"

„Ich warne dich! Zum letzten Mal: Pack ein paar Sachen, wenn ich dich nicht an den Händen gefesselt hinter meinem Gaul *herschleppen soll! Vandan hat befohlen, alle Seher des Reiches nach Perstan zu bringen, und du bist einer von ihnen, egal was du behauptest. Mehr musst du nicht wissen, du erfährst es noch früh genug."*

Stille. Stille, in der sein Herzschlag laut in seinen Ohren dröhnte und in der die Knabbergeräusche und die Geräusche der kleinen Pfoten ohrenbetäubend laut schienen. Jeden Augenblick mussten die Männer dort unten sie hören!

"Brauchst du eine kleine Anregung? Wie wäre es, wenn wir dir ein ..."

"Ich habe verstanden. Und ich bin nicht so dumm und lasse mich misshandeln, der Weg nach Perstan ist weit und anstrengend; steck die Peitsche wieder fort. Ich brauche nur ein paar Augenblicke, ich besitze ohnehin nicht viel."

"Ob du klug bist, wird sich noch herausstellen!", knurrte der, der sich Podor genannt hatte.

Er unterdrückte ein Würgen als er sah, wie sein Vater, gefolgt von einem der Männer, wieder ins Haus trat und sofort damit begann, ein kleines Bündel zu packen. Neben ein wenig Kleidung zum Wechseln und dem Wasserschlauch auch ein paar Vorräte, die kaum länger als zwei Tage reichen dürften.

Der Fremde hingegen sah sich ungeniert um, zog geräuschvoll die Nase hoch und meinte dann:

"Nicht viel, hm? Ich sehe alleine zwei riesige Truhen und ein paar teuer aussehende Werkzeuge auf deinem Arbeitstisch. Und da stehen zwei benutzte Teller und Becher ... Wer lebt noch hier? Deine Frau? Wo ist sie?"

"Meine Frau ist vor vier Jahren gestorben, ich bin alleine.", gab sein Vater ruhig zur Antwort. "Doch wenn du es genau wissen willst: Ich hatte Besuch von meinem Bruder aus Lostar, aber er ist gegangen ..."

Er biss sich mit aller Kraft auf die Unterlippe und schmeckte Blut – was das Fellknäuel neben seiner Schulter natürlich sofort roch und abzuschlecken versuchte. Onkel Kerwith. Sein Vater log und sagte dennoch die Wahrheit. Erst gestern Abend hatte er beim Abendbrot plötzlich innegehalten, dann bleich und sichtlich bestürzt sein Brotstück sinken lassen und erschüttert die Augen geschlossen. Und auf seine besorgte Frage hin hatte er ihm erklärt, dass Kerwith, sein einziger Bruder, offenbar nicht mehr unter den Lebenden weile. Er sei soeben im Geist bei ihm gewesen ... Etwas, das ihn schon lange nicht mehr verwunderte. Viel eigenartiger war es ihm erschienen, dass sein Vater so erschüttert gewesen war wegen dieses Verlustes. Er hatte seinen Onkel nur ein einziges Mal zu Gesicht bekommen, die beiden hatten seit etlichen Jahren kein Wort mehr miteinander ...

„Bist du bald fertig?"

„Angesichts der Tatsache, wie lange wir nach Perstan unterwegs sein werden, legst du eine auffallende Eile an den Tag. Aber ja, ich bin fertig. Ich möchte lediglich meinen Nachbarn noch bitten, für die Dauer meiner Abwesenheit nach dem Haus zu sehen und einen Außenriegel anzufertigen."

„Zeitverschwendung. Aber meinetwegen."

Zeitverschwendung? Er presste die Handfläche mit aller Kraft auf seinen Mund, um nicht aufzuschreien. Durch den Schlitz im Boden musste er tatenlos zusehen, wie sein Vater hinter dem Mann her zur Tür marschierte. Und erst im allerletzten Augenblick, kurz bevor er die Haustür hinter sich zuzog, warf er einen Blick nach oben und sah direkt in seine Augen.

Ein Blick, der ihm verriet, was er zu diesem Zeitpunkt allenfalls ahnen konnte.

Hergath, fünfzehn Jahre später...

„Setz dich, Vilis, und lass deinen Bruder in Frieden! Und du lass deine Finger aus der Schüssel, wenn sie dir lieb sind, Trigus, du bist ein schlechtes Vorbild für Vilis! Sherea? Bring noch einen Krug Wasser mit, der eine wird ohnehin nicht reichen."

Ich verbrannte mir fast die Finger, als ich nach dem heißen Süßbrot griff und warf rasch ein sauberes Tuch darüber, um es gefahrlos mitsamt Wasserkrug zum Tisch tragen zu können. Bis auf mich und Mutter saßen alle schon um den großen Tisch herum und warteten darauf, dass das selten reichhaltige Mahl beginnen konnte.

„Das obere Südfeld kann wie das daneben schon abgeerntet werden und wir sollten möglichst noch heute damit beginnen, das Gras auf den Heuwiesen zu schneiden.", hörte ich Vater sagen und verkniff mir ein Schmunzeln, als mein jüngster, eben einmal vier Jahre alter Bruder Vilis versuchte, Vater davon zu überzeugen, dass er mitkommen und helfen wolle. Mit seiner Geburt hatte niemand mehr gerechnet und so war er allen wie ein überraschendes Wunder erschienen.

„Ich kann schon helfen, Vater! Bitte, nimm mich mit!", bettelte er zuletzt.

„Wir werden sehen.", mischte Mutter sich ein, nahm neben ihm Platz und deutete streng, er solle jetzt Ruhe geben. „Heute ist Shereas Jahrestag und sie hat sich besondere Mühe mit dem Essen gegeben, also sollten wir beginnen. Sherea? Nach dem Essen wartet draußen ein Geschenk auf dich.", lächelte sie leise.

„Ein Geschenk? Was ist es?", rutschte ich neben Ulluf und Trigus auf die Bank.

„Nach dem Essen, du wirst es erwarten können!", zog der mich spielerisch an meinem langen Zopf.

„Das sehe ich ähnlich. Fangt an, bevor der Eintopf kalt und das Mus warm wird."

Innerhalb weniger Augenblicke herrschte einmütiges Schweigen. Hungrig stürzten sich alle auf die sämige Rahmsuppe, in der sich heute jede Menge dicker Fleischbrocken tummelten. Und auch die kleinen hellen Fladenbrote dazu wurden rasch weniger. Bei insgesamt sieben Personen leerte sich unser Tisch jeden Tag ohnehin sehr schnell, aber heute schien es, als ob alle miteinander wetteifern wollten. Zuletzt blieb nicht einmal etwas von dem warmen Süßbrot mit den eingebackenen Beeren und dem Apfelmus, das ich erst gestern vorbereitet und bis vorhin im Kühlkeller aufbewahrt hatte, übrig.

„Du solltest jeden Tag Jahrestag haben, Schwesterchen!", seufzte Trigus und schob seinen Teller von sich. „Selten einmal schmeckt es derart gut, wenn du gekocht hast!"

„Nimm dich in acht, sonst bekommst du beim nächsten Mal nichts von der süßen Nachspeise ab!", konterte ich und schob den letzten Löffel Mus in meinen Mund. „Überhaupt: Wo ist deine Gabe zu meinem Jahrestag, hm?"

„Meine Gabe? Ganz schön frech, etwas zu fordern, Schwesterchen! Aber meine Gabe ließ sich leider nicht irgendwo abstellen oder hereintragen."

Ich hob überrascht die Augenbrauen.

„Du hast tatsächlich ein Geschenk für mich? Ich wollte nicht … So war meine Frage nicht gemeint, du solltest nicht …"

„Ganz ruhig!", grinste er und erhob sich. „Und ich bin ohnehin nicht alleine dafür verantwortlich, Ulluf und Inis haben dabei geholfen. Vilis ebenfalls, er war besonders fleißig."

Vilis grinste breit und zappelte ungeduldig herum, bis Mutter ihn mahnend ansah.

„Was ist es? Spannt mich nicht so lange auf die Folter!", lächelte ich und klemmte meine Unterlippe zwischen die Zähne.

„Erst unsere Gabe, dann die eure! Komm, lass uns nach draußen gehen!", schmunzelte Vater und zog mich mit sich hoch.

„Was ist es denn?", drängte ich.

„Du wirst es ja sehen, sei nicht so ungeduldig!"

Mit einem leisen Stöhnen folgte ich ihm nach draußen, dicht gefolgt von meinen Geschwistern. Aber erst als Mutter ebenfalls draußen angelangt war, nickte Vater, wandte den Kopf und stieß einen lauten Pfiff aus.

„Was …", begann ich schon meine erneute Frage, dann aber hielt ich aufgeregt den Atem an.

Das sich nähernde Geräusch war unverkennbar: Hufe, die auf hartem, trockenem Boden in langsamen Schritt näher kamen. Und nur wenige Augenblicke später bog Mestret, unser Großknecht, mit einer jungen, wunderschönen Stute um die Ecke der Scheune, gefolgt von Risita, der Magd, die eine Decke über dem Arm trug.

Das Fell des Tieres war von einem rötlichen Gold und nur eine lange, schmale Blesse oberhalb der Nüstern war von einem reinen Weiß. Dunkelbraune, warme Augen sahen mich forschend an und als ich mich ihr stumm und langsam näherte, ihr eine Hand vor das samtweiche Maul hielt, schnoberte sie mich neugierig ab und stupste mich dann fragend mit der Schnauze an.

„Ein Pferd?", fragte ich ungläubig.

„Eine junge Stute, ja. Sie ist bereits zugeritten und besitzt ein lammfrommes Gemüt, ich habe mich selbst davon überzeugt. Alles Gute zum Jahrestag, Sherea."

Vater war neben mich getreten und strich dem Tier mit der Hand über den langen, schlanken Hals.

„Sie ist bildschön! Sie ist bildschön!", flüsterte ich und sah zu ihm hoch.

„Es wurde Zeit, dass du dein eigenes Tier bekommst!", hörte ich Mutter, die mit meinen Geschwistern ebenfalls herangetreten war. „Du bist jetzt eine erwachsene Frau, Sherea. Und wir waren der Ansicht, dass es dir gefallen würde, ein ..."

„Das tut es! O ja, das tut es! Es ist ... Danke! Ich weiß gar nicht, was ich sagen soll! Ich hatte mit einem neuen Kleid gerechnet oder mit ... Ach, ich weiß auch nicht. Aber ein eigenes Pferd? Danke! Danke!", fiel ich ihnen nacheinander um den Hals, während nun auch die anderen nähertraten und die Stute betrachteten oder streichelten. Und natürlich wollte Vilis noch vor mir auf ihren Rücken, was mein gutmütiger Vater lachend verneinte und ihm die ohnehin immer zerzaust aussehenden Haare noch ein wenig mehr verstrubbelte.

„Auch von uns alles Gute zum Jahrestag, Sherea.", kam nun auch Risita näher und reichte mir eine weich aussehende, dunkelrote Decke. „Die ist von uns allen. Wir haben zusammengelegt für die Wolle und Naima und ich haben sie gemeinsam gewebt. Wir hoffen, sie gefällt dir."

Ich nahm vorsichtig das flauschig aussehende Plaid entgegen. Auch ohne es zuvor gesehen zu haben wusste ich auf den ersten Blick, dass sie hierfür nur die feinste Wolle von ganz besonderen Wollziegen verwendet hatten – ein kleines Vermögen, das ich hier in den Händen hielt.

„Risita, das ist viel zu viel! Versteh mich richtig, sie ist traumhaft", strich ich über das federleichte Stück und faltete es behutsam auf, um die sorgfältige Arbeit zu betrachten, „und dieses Rot war schon immer meine Lieblingsfarbe, aber das ist viel zu ..."

„Dann haben wir uns für das Richtige entschieden!", lächelte sie. „Wie gesagt, wir haben alle zusammengelegt. Und was uns noch fehlte, hat dein Vater dazugegeben, also ist es gut so wie es ist."

Wortlos fiel ich nun auch ihr um den Hals und stammelte ein weiteres Mal meinen Dank, den sie, genau wie Mestret, mit einem verlegenen Lächeln abtaten.

„Wir könnten uns keine besseren Dienstherren wünschen, also ... Nun, ich habe zu tun und sollte gehen."

Ich versuchte erneut, mich bei allen zu bedanken, aber diesmal war es Trigus, der mich einfach am Arm fasste und zurück zu meiner Stute zog.

„Jetzt ist es aber mal genug! Willst du nicht endlich mal aufsitzen? Vorerst wird dein alter Sattel genügen müssen, aber wie ich dich kenne ..." drückte er mir einen kleinen, längst schon mürben Apfel in die Hand.

Ich grinste ihn breit an, schob den Apfel in die Tasche meines Kleides und legte der ein wenig neidisch aussehenden Inis die kostbare Decke in den Arm. Dann trat ich an die Stute heran, um ihr noch einmal ein paar ruhige und beruhigende Worte zuzuflüstern, über den Kopf und Hals zu streicheln und dann mit einem Schwung auf ihren Rücken zu steigen.

Ich wusste genau, dass Mutter es nicht gerne sah, wenn ich ohne Sattel auf einem der Pferde saß und sie verzog auch jetzt wieder das Gesicht, aber als Vater ihr schmunzelnd einen Arm um die Schultern legte, seufzte sie nur leise und nickte dann mit einem etwas schiefen Lächeln ebenfalls.

„Bleib nicht zu lange, hörst du? Jahrestag oder nicht, es wartet heute Nachmittag noch Arbeit auf dich!", meinte sie noch, aber dann hatte Mestret mir schon die Zügel gereicht ...

„Du bist eine Schönheit, weißt du das?", flüsterte ich ihr leise ins Ohr, als wir am Bach angelangt waren. Mein Vater hatte recht behalten, sie war eine folgsame, ruhige und sichtlich ausgeglichene Stute und sie gehorchte auf den leisesten Zug am Zügel und den kleinsten Schenkeldruck. Unser Ritt, der uns erst eine ganze Weile zwischen unseren Feldern hindurch und dann quer durch den Wald geführt hatte, war ein einziges Glücksgefühl gewesen. Keines der Tiere, auf deren Rücken ich schon seit frühester Kindheit gesessen hatte, war mit ihr vergleichbar und als sie den langen, schlanken Hals jetzt zum Wasser hinunterbeugte und zu saufen begann, wusste ich, welchen Namen sie bekommen musste.

„Harbis! Du bist Harbis, die Herbstgöttin! Denn du erinnerst mich in jedem Augenblick an die schönen, warmen und bunten Herbsttage hier in und um unser Land. Harbis ... Gefällt dir dein Name?", lächelte ich, als sie den Kopf hob, um mich beim Klang meiner Stimme kurz anzusehen und dann weiter zu saufen.

Ich ließ ihr sicher noch eine Viertelstunde Zeit, auch um etwas von dem frischen Gras hier auf der Lichtung zu fressen, während ich mich fast die ganze Zeit leise mir ihr unterhielt und immer wieder einmal ihren Namen einflocht. Und als ich sie zuletzt beim Namen rief und mit dem kleinen Apfel lockte, kam sie sofort zu mir herüber und nahm vorsichtig die Leckerei von meiner Hand.

„Ich glaube, ich weiß gar nicht, wie viel Glück ich habe, oder?", flüsterte ich und wartete, bis sie den Apfel verspeist hatte. „Aber Jahrestag oder nicht, jetzt müssen wir zurück, es wartet Arbeit auf mich!"

Mestret nahm die Stute entgegen, als ich auf den Hof ritt und den Stall ansteuerte.

„Ein wirklich schönes Tier.", meinte er und klopfte ihr den Hals.

„Lass mich raten: Du warst eingeweiht.", riet ich.

„Natürlich!", lächelte er breit. „Nicht, dass dein Vater meinen Rat nötig gehabt hätte, er versteht mehr von Pferden als jeder andere, den ich kenne, aber er hat mich dennoch zum Kauf mitgenommen. Fast wäre es ihre ältere Schwester geworden, sie sieht bis auf die Blesse genauso aus. Aber dann drängte sich mit einem Mal sie hier vor und bis an den Zaun der Koppel, schob ihren Kopf einfach zwischen zwei anderen vor und sah deinen Vater an. Ich glaube, da war es um ihn geschehen. Und nachdem er sich von ihrer Gesundheit, Folgsamkeit und ihrem ruhigen Gemüt überzeugt hatte …"

„Ich bin froh, dass es Harbis geworden ist und keine andere!", umarmte ich noch einmal den Pferdehals.

„Harbis also, die Herbstgöttin … Passend, würde ich sagen! Ich kümmere mich schon, geh du nur. Ich glaube, da wartet noch eine kleine Überraschung auf dich."

„Noch eine? Was denn noch? Das ist alles viel zu viel, ich hab das gar nicht verdient …"

„Man wird nur einmal im Leben erwachsen, oder? Jetzt geh schon, ich kümmere mich um Harbis."

„Danke. Ich komme später noch einmal und sehe nach ihr."

„Tu das. Gerade in den ersten Tagen solltest du viel Zeit mit ihr verbringen."

„Das werde ich, glaub mir!"

Als ich ins Haus trat, war niemand zu sehen. Ich hörte jedoch Mutter mit jemandem in der Küche werkeln und nutzte dort die Gelegenheit, nun auch Naima zu danken. Sie war wieder bei ihrem Vater gewesen, dem es in letzter Zeit nicht gut ging. Sein Häuschen lag etwa zwei

Stunden Fußweg von hier an der Grenze zu den Ländereien des fürstlichen Gutes. Er war verwitwet und sie seine einzige Tochter; Mutter und Vater sahen daher großzügig darüber hinweg, dass sie in jüngster Vergangenheit hin und wieder auch nachts dortgeblieben war und so manche Arbeit auch einmal liegenblieb oder länger dauerte. Heute aber schien sie erleichtert und als ich nachfragte, nickte sie lächelnd.

„Es geht ihm besser, dem Himmel sei Dank. Die alte Wesgeda war da und sie meinte, dass er zwar noch wenigstens ein, zwei Wochen Ruhe brauche oder zumindest im Haus bleiben und nicht arbeiten solle, aber er hat das schlimmste Fieber überstanden. Jetzt päppeln wir ihn wieder auf."

Mutter hatte schweigend unserer Unterhaltung zugehört und währenddessen weiter die saftigen Kirschen entkernt. Ihre Finger waren längst dunkel verfärbt und auch jetzt unterbrach sie diese Tätigkeit nicht, als sie sich einmischte.

„Du solltest ihn, sobald er transportfähig ist, zu uns auf den Hof holen. Seine Arbeit im Wasser ist seiner Gesundheit nicht sonderlich zuträglich und hier werden bald Helfer auf dem Feld benötigt. Hier hättest du ihn überdies besser im Auge und falls ihm die Feldarbeit zu schwer ist, findet sich sicher eine andere Arbeit für ihn. Der Schuppen muss ausgebessert werden, bevor der Herbst kommt, der Hühnerstall fällt sicher auch beim ersten Sturm auseinander – alles Dinge, zu denen die Männer gerade zu dieser Jahreszeit nicht kommen, weil sie alle auf den Feldern sind. Frag ihn. Und dann hol ihn her, alles ist besser, als ständig die Fischreusen und Netze des Fürsten zu kontrollieren und seine Weiher vom Schlamm zu befreien. Da holt er sich noch den Tod, er soll es jüngeren Männern überlassen."

„Da dürfte Fürst Medoth ein Wort mitzureden haben, Herrin, fürchte ich!"

„Dein Herr hat letzte Woche schon mit ihm gesprochen und ihm einen jungen Mann als Ersatz vorgestellt; er ist einverstanden. Wenn dein Vater also ebenfalls einverstanden ist ..."

Ich klemmte lächelnd die Unterlippe zwischen die Zähne und huschte hinaus, als Naima damit begann, sich wortreich zu bedanken.

„Unsinn, wir brauchen noch jemanden hier auf dem Hof ... Sherea? Verschwinde nicht einfach, sondern geh nach oben auf den Dachboden und hol die Körbe herunter. Dieses Jahr wird es viele Äpfel geben. Die Spätäpfel müssen geerntet und auf den Markt gebracht werden. Und beeil dich ein bisschen, der halbe Nachmittag ist schon dahin!"

„Natürlich ... Weißt du, wo die anderen alle sind?"

„Die anderen sind fleißig, was sonst?! Hol die Körbe, Risita soll gemeinsam mit dir mit dem Pflücken beginnen, alles andere muss warten.", kam die strenge Antwort.

„Ja, Mutter.", erwiderte ich und rannte nur Augenblicke später schon die steile Treppe hinauf.

Die letzten beiden Stufen vor der Tür zum Dachboden knarrten wie immer ein wenig, doch in meiner Eile entging mir im ersten Moment, dass die ewig quietschende Tür vollkommen geräuschlos zu öffnen war. Und ich hielt erst ruckartig inne, als ich mich nach rechts wandte, wo ich die Erntekörbe aufgestapelt stehen wusste.

Vor mir erhob sich eine Wand, die dort nicht hingehörte und eine zweite Tür, die einen Spalt breit offen stand. Das Holz von beidem, Tür und Wand, war noch hell und roch frisch, hatte längst noch nicht die dunkle

Verfärbung des restlichen Dachbodens angenommen. Und als ich nun nähertrat und die Tür weit aufstieß, rutschte mir ein leiser Aufschrei heraus.

„Ich sagte doch, dass wir es nicht hätten irgendwo abstellen oder hereinholen können!", grinste Trigus breit und sprang auf. Bis zu meinem Eintritt hatte er, beide Arme faul hinter dem Kopf verschränkt, auf meinem Bett gelegen.

Meinem Bett! Mein Bett, mein Kasten, meine Truhe, der kleine Tisch vor dem Fenster im Giebel, der Hocker, Spiegel und sogar Waschschüssel und Krug ... Der halbe Dachboden war leergeräumt, von Staub und Spinnweben befreit, mit hellem Holz verkleidet, das Fenster geputzt und der Holzboden blankgescheuert worden. Sogar ein neuer, wollener Webteppich lag dort; sie hatten alles in der Zeit, in der ich mit Harbis unterwegs gewesen war, hier heraufgeschafft.

Ich sah mich mit offen stehendem Mund um und starrte dann ihn sprachlos an.

„Was ist? Hat es meiner vorlauten kleinen Schwester tatsächlich einmal die Sprache verschlagen? Ich habe keine Lust, das alles wieder nach unten zu schleppen, also solltest du tief Luft holen und mir sagen, dass es dir gefällt. Wir haben alle neben der üblichen Arbeit schwer geschuftet in den letzten Wochen, konnten immer nur daran arbeiten, wenn du garantiert nichts davon mitbekommen würdest und wir haben ständig gebangt, dass du vorzeitig auf den Dachboden steigen könntest. Also solltest du wenigstens ..."

Mit einem kleinen Laut sprang ich ihm um den Hals – was ihn diesmal einen Schritt nach hinten torkeln ließ.

„Uff! Langsam! Es gefällt dir also? Na, schon gut, beruhige dich mal wieder, ja? Das ist, wie schon gesagt, nicht alleine mein Werk, alle haben mit angefasst. Und sogar Vilis hat es geschafft und diesmal kein Sterbenswort verraten. Ich hatte diesbezüglich die ärgsten Befürchtungen, aber ... Es gefällt dir!"

„Ob es ... Ja! Ja! Trigus, meine eigene Kammer! Ich muss mir nicht mehr mit Inis die Kammer teilen und mir abends ihre ständigen Schwärmereien von diesem schwarzhaarigen Gertet oder dem ach so bewundernswürdigen braunhaarigen Pogers, dem Sohn des Küfers, anhören ... Wer ist auf diese Idee gekommen?"

„Na wer wohl? Ich, wer sonst?", lachte er und schob mich von sich. „Vater und die anderen wären gerne dabei gewesen, um zu sehen, wie du dich freust, aber Mutter hat Inis vorhin mit einem Auftrag zu den Pächtern geschickt und Vater, Ulluf und Vilis sind schon aufs Feld, sie konnten nicht länger warten. Nicht jeder lebt so träge in den Tag wie du, weißt du!", ärgerte er mich und ich verpasste ihm prompt einen Stoß vor die Brust.

„Eine eigene Kammer ..." seufzte ich dann überglücklich und drehte mich einmal um mich selbst.

„Richtig. Glaubst du, Inis hätte sich so ruhig damit abgefunden, dass du jetzt ein eigenes Pferd besitzt und sie nicht, wenn sie nicht ebenfalls hiervon profitieren würde? Wirklich zufrieden war sie erst, als Vater ihr versprach, dass auch sie an ihrem zwanzigsten Jahrestag ein eigenes Pferd bekommen werde. Aber nimm es ihr nicht übel, Inis ist eben Inis, sie meint es nicht so."

„Ich weiß. Ich nehme es ihr nicht übel, glaub mir. Ich bin mehr als reich beschenkt ... Danke! Danke für all das!"

„Ich finde, es reicht mit deinem Dank. Und ich muss jetzt endlich los, ich soll mit Mestret ebenfalls bei der Heumahd helfen. Das trockene Wetter müssen wir ausnutzen. Bist du glücklich?"

„Ob ich … Trigus, ich könnte platzen vor Glück! Das hier ist alles so … Ich weiß gar nicht, wohin mit dem ganzen Glück!"

„Gut.", lächelte er und drückte kurz meinen Arm. „Für meine kleine Schwester ist nichts gut genug, finde ich. Und irgendwie finde ich es fast ein wenig traurig, dass du jetzt erwachsen bist."

„Wieso?", hob ich beide Augenbrauen. „Es hat sich doch nichts geändert!"

„Hm … Vordergründig vielleicht nicht, aber dennoch!"

„Was ist? Was hast du?"

„Nichts. Vermutlich liegt es wirklich nur daran, dass mir auf einmal bewusst geworden ist, dass die Dinge sich ändern. Mir graut es schon vor dem Tag, an dem du einen Mann kennenlernst und mit ihm mit und von hier fortgehst. Und ich glaube, ich darf dich jetzt nicht mehr so oft ärgern, du bist jetzt … na ja, erwachsen eben!"

„Wenn ich … Bis ich … Abgesehen davon, dass die meisten Frauen in meinem Alter längst vermählt sind und schon ein oder zwei Kinder haben: Ich glaube, es gibt auf der Welt keinen Mann, der wie Vater wäre oder wie du oder der euch überhaupt das Wasser reichen könnte! Und mit weniger als Mutter hat, könnte ich mich niemals zufriedengeben! Ich glaube nun mal nicht, dass es einen gibt, der sich damit abfinden würde, dass ich meine Rechte und meine Freiheit haben will. Ich werde daher vermutlich alt und grau werden und noch immer nach einem solchen Mann suchen! Und überhaupt: Ich weiß nicht genau, ob das etwas ist, worüber ich mit dir reden sollte: Männer!", wand ich mich ein wenig und sah verlegen zu ihm hoch. „Bis dahin wird noch viel Zeit vergehen und nicht mal du oder Ulluf habt bisher eine Frau gefunden."

Trigus war genau wie Ulluf älter als ich, aber aus einem unerfindlichen Grund stand er mir am nächsten von all meinen Geschwistern. Nicht, dass ich die anderen weniger liebte, im Gegenteil, aber er war derjenige, dem ich mich am ähnlichsten fühlte – innerlich und äußerlich. Nur wir waren blond wie Vater und schon immer waren wir diejenigen, die unzertrennlich schienen, daran hatte sich bis zum heutigen Tag nichts geändert. Das eigenartige Gefühl in meiner Magengegend verstärkte sich noch, als er jetzt meinte:

„Manchmal geht so etwas schneller, als du glaubst! Ich möchte nur, dass du weißt, dass ich immer für dich da bin und du mit allem zu mir kommen kannst. Mir ist klar, dass es manches gibt, worüber du lieber mit Mutter oder einer Freundin sprechen möchtest, ganz sicher auch über Männer, aber es gibt nichts, was du mir nicht sagen kannst. Ich möchte dich nur beschützen und ich will nur, dass du glücklich wirst. Du bist nun mal meine kleine Schwester und das wirst du noch sein, wenn du eines Tages Siebzig bist." Er grinste und fasste nach meinem Zopf. „Dann werde ich dich an den grauen Haaren ziehen und dich an dieses Gespräch heute erinnern."

„Trigus? Ist alles in Ordnung?", fragte ich besorgt.

„Natürlich, ich bin heute nur ein bisschen rührselig. So, ich muss los, sonst werden wir heute nicht mehr fertig. Und wenn du die Körbe suchst, die stehen längst auf der Obstwiese! Bis heute Abend!"

Seufzend sah ich ihm nach, drehte mich seufzend noch einmal um mich selbst und verließ dann seufzend mein neues Zimmer, um meiner Arbeit nachzugehen.

Nicht jedoch, ohne mich zuvor noch einmal mit einer Umarmung bei meiner Mutter zu bedanken.

Er schoss schweißgebadet hoch und keuchte laut auf. Die Traumbilder, die ihn wie so oft in letzter Zeit aus dem Schlaf gerissen hatten, verblassten nur langsam und wie jedes Mal legte Streuner auch jetzt seinen zotteligen Kopf mit einem leisen Winseln auf seine Beine und verdrehte die Augen, um seinen Blick zu suchen.

„Schon gut, Junge, alles in Ordnung.", kraulte er ihm ein wenig geistesabwesend den Nacken und warf dann die Decke fort, um aus dem Fenster der winzigen Kammer zu blicken, die er für ein paar Münzen gemietet hatte.

Die Dunkelheit war heute nahezu undurchdringlich; nicht nur, weil Neumond war, sondern auch, weil dicke Wolken die Sterne verdeckten. Sie brachten keinen Regen, dafür zogen sie ohnehin zu schnell vorüber bei diesem Wind, aber das war auch gut so. Die Ernte war überall voll im Gange und die Bauern freute es daher, Getreide und Heu trocken in Scheune und Tenne zu bringen.

Er erhob sich im fahlen Schein des Talglichts, goss etwas von dem kalten Wasser in die Schüssel und warf sich ein paar Hände voll ins Gesicht und über den nackten Oberkörper, dann trocknete er sich ab und holte tief Luft.

Seit Wochen schon verfolgte ihn immer wieder das gleiche Bild in seinen Träumen: Sein Vater, der von Vandans Boten mitgenommen wurde, dann jedoch davon, wie er zusammen mit vielen anderen – Männern und Frauen – in einem großen Raum stand, in dem eisige Stille herrschte. Bis jemand zu sprechen begann, den er nicht sehen konnte.

Immer und immer wieder der gleiche Traum, der stets damit endete, dass jemand seinem Vater mit einem Schwert den Kopf vom Körper trennte.

Sein Hund saß längst aufrecht auf dem Bett und bewegte die kurze Rute aufgeregt hin und her, also holte er noch einmal tief Luft und ließ sich neben ihm nieder.

„Ganz ruhig, Junge, es war nur ein Traum. Sehen wir zu, dass wir noch ein paar Stunden Schlaf bekommen. Und wer weiß: Vielleicht haben wir morgen Glück und jemand nimmt uns ein Stück des Weges auf seinem Wagen mit. Los, rutsch ein wenig, das ist immerhin eigentlich mein Lager!", schob er den zugelaufenen Vierbeiner zur Seite.

„Der Himmel alleine weiß, wie ihr mich immer findet!", seufzte er und zog die fadenscheinige Decke wieder über seinen Bauch. Und lachte leise, als Streuner sich sofort wieder an ihn heran robbte und seinen Zottelkopf auf seine Brust legte.

„Und der Himmel alleine weiß, wie ich es ohne einen wie euch aushalten soll! Schnarch wenigstens nicht so laut, wenn du schon in meinem Bett schlafen darfst, verstanden?"

Ein eigenartiges Schnauben war die einzige Antwort und mit einem leisen Lächeln schob er seinen rechten Arm hinter seinen Kopf, um die Augen noch einmal zu schließen.

Für heute Nacht war dies erfahrungsgemäß das einzige Mal, dass er von seinem Vater träumen würde. Und morgen und übermorgen standen die letzten beiden Tagesmärsche an.

Er war schon sehr gespannt auf diesen Lerfan.

Auf dem großen Platz herrschte längst reges Treiben und er verlangsamte seine Schritte, um sich aufmerksam umzusehen. Heute war kein Markttag, aber er konnte gleich fünf mehr oder weniger große Fuhrwerke entdecken, die irgendwelche Ladung an die umliegenden Gasthäuser und Geschäfte lieferten.

Sein Magen knurrte vernehmlich, aber sein Geld wollte er wie üblich nicht für Essen ausgeben. Solange er nicht wusste, ob sich hier nicht wieder die Gelegenheit bieten würde, gegen Handlangertätigkeiten eine Mahlzeit zu bekommen, würde er sich auch weiterhin die Münzen lieber sparen.

Sein Blick blieb an einem Mann hängen, der eine ganze Ladung schwerer Fässer von seinem Wagen und zur Kelleröffnung eines Wirtshauses zu rollen hatte, dort jedoch jetzt stand und sich schnaufend den Schweiß von der Stirn wischte. Dann begann er damit, das nächste Fass vom Wagen dorthin zu rollen. Er war stämmig und kräftig gebaut, aber er war alleine und schon jetzt war sein Gesicht hochrot vor Anstrengung. Offenbar sah der in der Tür stehende und soeben verschwindende Wirt nicht ein, weshalb er ihm helfen sollte, und er beschloss, sein Glück bei diesem Fuhrmann zu versuchen.

„Kannst du Hilfe brauchen?", deutete er im Näherkommen und blieb stehen, als der Mann ebenfalls schnaufend innehielt.

„Hilfe? Ja. Kommt aber darauf an, was du als Gegenleistung haben willst. Geld habe ich keins."

„Wie wäre es dann mit einer geteilten Mahlzeit? Dein Vorratsbeutel scheint dick genug für zwei. Oder mit einer Mitfahrgelegenheit. In welche Richtung fährst du von hier aus?"

„Zurück nach Hesget, in diese Richtung.", deutete sein Gegenüber mit dem Daumen über die Schulter und bestieg die Ladefläche ein weiteres Mal, um das nächste Fass in Angriff zu nehmen.

„Falsche Richtung. Also gegen eine Mahlzeit."

„Meinetwegen. Komm rauf, ich habe keine Zeit zu vertrödeln. Der Wirt ist wütend, weil er schon gestern mit der Lieferung gerechnet hat. Und sag deinem Köter, er soll mir lieber nicht vor die Füße laufen …"

Er nickte, zog rasch seine schwere Tasche samt Wasserschlauch von der Schulter und legte sie an der Wand des Wirtshauses ab, deutete dem Streuner, er solle sich daneben legen und krempelte die Ärmel hoch.

„Du hast es gehört, Junge! Bleib da sitzen und pass in der Zeit auf meine Sachen auf. Nicht, dass da etwas Wertvolles bei wäre,

aber ich möchte ungern nur mit dem, was ich auf dem Leib trage, ankommen. ... Dann mal los!"

Die nächste Dreiviertelstunde verbrachte er damit, die restlichen schweren Weinfässer gemeinsam mit dem Fuhrmann vom Wagen und hinunter in den kühlen Keller zu rollen, wo sie ordentlich aufgereiht an einer Wand gelagert werden sollten. Die leeren Fässer bei dieser Gelegenheit wieder nach oben zu schaffen war wesentlich leichter. Nachdem die Ladung sicher auf dem Wagen untergebracht war und die Seitenwände wieder hochgeklappt und befestigt waren, nutzte er die wenigen Augenblicke, in denen der Fuhrmann die Bezahlung des herbeigerufenen Wirtes kassierte: Er lief zum Dorfbrunnen hinüber, um rasch Gesicht, Arme und Nacken zu waschen und mit den nassen Händen auch durch seine Haare zu fahren.

„Alter Geizkragen!", hörte er den Fuhrmann grollen und beeilte sich, wieder zu seinem Besitz zu kommen. „Nicht mal ein Bier oder ein Trinkgeld hatte er übrig! Soll er doch ersticken an seinem ... Was soll's! Komm, hilf mir noch, die Pferde zu tränken. Wie heißt du überhaupt, he? Ich bin Trebel und ich könnte einen kräftigen Burschen wie dich gut gebrauchen, denn mein Gehilfe ist seit gestern spurlos verschwunden. Der Grund für die verspätete Lieferung übrigens. Interesse? Der Beruf des Fuhrmanns ist nicht der schlechteste! Ich vermute zumindest, dass du auf der Suche nach Arbeit bist."

„Ja und nein. Nichts für ungut, aber Fuhrmann ist nichts für mich. Ich suche zwar Arbeit, aber ich habe ein bestimmtes Ziel."

Gemeinsam schleppten sie nacheinander mehrmals neu befüllte Wassereimer zwischen Brunnen und dem gleich von vier schweren Pferden gezogenen Wagen hin und her und erst, nachdem alle hinreichend Wasser gesoffen hatten, winkte Trebel ab und befestigte die Eimer wieder an der Seite des Wagens.

„Ziel? Welches denn? In die Hesget entgegengesetzte Richtung liegt eine ganze Weile nicht allzu viel... Wohin willst du also?"

„*Sagt dir der Name Lerfan etwas? Ihm soll dort irgendwo Land gehören.*"

Der noch immer schwitzende Trebel hielt inne und pfiff leise durch die Zähne, die Schnur des in der Tat prall gefüllten Proviantsacks schon in der Hand.

„*Lerfan? Wer hier kennt den nicht?! Ihm gehört nicht nur ein bisschen Land, ihm gehört das weit und breit größte Landgut. Hat es, wie man hört, von Fürst Medoth nicht nur gepachtet, sondern gekauft. Und ich kann mir nicht helfen, aber irgendwie siehst du mir nicht wie ein Knecht oder Erntehelfer aus, auch wenn du offensichtlich kräftig zupacken kannst. Gut möglich also, dass er dich nimmt, er braucht immer Leute.*", *winkte er ihn neben sich auf den Kutschbock und reichte ihm ein dick mit einer kräftig duftenden Wurst belegtes Brotstück. Dann verzog er zwar unwillig das Gesicht, als er es halb durchriss und Streuner seine Hälfte zuwarf, schwieg jedoch dazu und biss hungrig in seine Ration.*

„*Genau deshalb will ich mein Glück versuchen. Ich hatte gehofft, eine Mitfahrgelegenheit zu finden, aber wenn nötig gehe ich auch den Rest des Wegs noch zu Fuß.*"

„*Das sind noch fast zwei Tagesmärsche!*", *nuschelte Trebel und sah sich um.* „*Und keiner von den anderen dürfte in diese Richtung fahren. Aber vielleicht hast du unterwegs Glück.*"

„*Zwei Tage, das hörte ich. Wo fängt sein Land an?*"

„*Etwa einen Tagesmarsch von hier. Einen Teil des Landes hat Lerfan verpachtet, aber den größten Teil bewirtschaftet er selbst. Hin und wieder übernehme ich irgendeine Fuhre für ihn.*"

„*Was weißt du über ihn? Was redet man von ihm?*", *fragte er so beiläufig wie möglich und bejahte dankend, als er ein weiteres Brot angeboten bekam, diesmal mit einer fingerdicken Käsescheibe.*

„*Von Lerfan? Die Leute reden viel und das Wenigste davon trifft normalerweise zu, aber er ist sehr angesehen und hat einen guten Ruf. Sowohl als Dienstherr als auch sonst. Er soll ein gerechter Herr sein, mehr zahlen als die meisten hier – sofern man fleißig und ehrlich ist – und wie man so hört, soll er auch schon mal der einen oder anderen Pächterfamilie in schlechten Zeiten ihren Pachtzins erlassen haben. In Zeiten wie diesen selten genug!"*

Lerfan durfte Land verpachten!

"Klingt nach einem guten Herrn!"

Trebel nickte, schob das letzte Stück seines Brotes in den Mund, kaute mit vollen Backen und rülpste nach einem kräftigen Zug aus seiner Kalebasse geräuschvoll.

"Er soll aber auch ein ehemaliger Soldat sein, munkelt man, und er macht mit Leuten, die ihn betrügen, bestehlen oder ihn übers Ohr hauen, kurzen Prozess. Nicht, dass er sie eigenhändig abmurkst, aber er liefert sie gefesselt beim Richter ab und kennt dann keine Nachsicht."

Er hatte aufgehört zu kauen. Und diesmal gelang es ihm nicht mehr ganz so gut, den Gelassenen oder Neugierigen zu spielen!

"Soldat. Auch unter König Vandan?"

"Er hat sein Gut schon viele Jahre aber was weiß ich? Möglich wäre es!", zuckte der Fuhrmann beide Schultern, warf dem wartenden Streuner einen forschenden Blick zu und zog seufzend zwei weitere dicke Brote aus dem Sack, erneut mit der kräftigen Wurst belegt.

"Hier, ihr beide seht so aus, als ob ihr es nötiger hättet als ich. Und hier sind auch noch zwei Äpfel, die gibt's dieses Jahr überall in Massen. Jetzt muss ich allerdings sehen, dass ich weiterkomme. Danke für deine Hilfe, aber hier trennen sich dann unsere Wege. Falls du es dir anders überlegen solltest oder Lerfan dich nicht nimmt: Mein Angebot steht. Frag nach mir, jeder kann dir den Weg zu mir weisen. Und auf halbem Weg zwischen hier und Lerfans Gutshaus kommst du durch ein Dorf. Frag dort nach dem alten Rekkart und sag, ich habe dich an ihn verwiesen. Er lässt dich sicher in seinem Schuppen übernachten und hat eine Mahlzeit für dich übrig, wenn du ihm genau wie mir bei irgendwas mit anpackst. Er hat eine verkrüppelte Hand und ist auf Hilfe angewie-

sen. Hack ihm Holz für den Winter oder so, dann muss er es nur noch aufstapeln."

„Danke. Auch für den Rat.", nickte er, wickelte die Brote für später in ein sauberes Tuch, sprang vom Kutschbock herunter und hob die Hand zum Gruß, als Trebel die Zügel in die Hände nahm und den Bremsbügel löste, um mit einem Schnalzen die Pferde dazu zu bewegen, sich wieder in Bewegung zu setzen.

„Schon gut. Vielleicht laufen wir uns ja nochmal über den Weg."

„Ja, wer weiß ..."

Streuner machte sich voller Begeisterung über den Rest seines Brotes her und nachdem sie die letzten Häuser des Ortes hinter sich gelassen hatten, fing er mit der gleichen Begeisterung immer wieder die von ihm abgebissenen und in die Luft geworfenen Apfelstücke auf.

Lerfan war einmal ein Soldat. Und er brannte darauf zu erfahren, was, wer oder welche besonderen Verdienste aus einem Soldaten einen großen Gutsherrn machen konnten!

Harbis' Gebiss mahlte hörbar auf der Mohrrübe und als ich ihr zum Abschluss einen der Äpfel reichte, musste ich lachen. Sie hatte die eigenartige Angewohnheit, jedes Mal, wenn sie mir etwas aus der Hand genommen hatte, erst einmal den Kopf auf und ab zu bewegen, so als ob sie sich nickend dafür bedanken wollte.

„Wer hat dir so höfliche Manieren beigebracht, hm? Nein, das war alles, mehr habe ich nicht bei mir. Und jetzt sollte ich auch wieder ins Haus gehen, die anderen warten sicher schon mit dem Abendbrot. Von mir werden ebenfalls gute Manieren erwartet, weißt du?! Morgen reiten wir zu einem unserer Pächter, dann verbringen wir wieder Zeit miteinander, jetzt aber muss ich gehen.", strich ich ihr ein letztes Mal über das glänzende Fell der Blesse und schob dann rasch die Tür zu ihrer Box hinter mir zu.

Ich würde ganz sicher wieder einmal die Letzte sein, die sich bei Tisch einfand und so rannte ich jetzt eiligst über den Hof. Es dämmerte bereits und das Licht, das durch die Fenster unseres Hauses nach draußen fiel, erinnerte mich daran, dass der Herbst längst näher rückte.

Ich hatte kaum den Schatten des Hauses erreicht, als ich im Augenwinkel eine Bewegung ausmachte. Und ich schrak zusammen, als eine fremde Gestalt in Begleitung eines zotteligen Hundes halb in den Lichtschein trat, dann jedoch stehen blieb.

„Entschuldige, ich wollte dich nicht erschrecken. Streuner? Hierher!", befahl er, als der Hund schwanzwedelnd näher kam. Er gehorchte, wenn auch erst nach einem kurzen Zögern. Und erst als er neben seinem Besitzer saß, widmete der sich wieder mir.

„Ich möchte zum Herrn dieses Gutes, Lerfan, oder zu dessen Verwalter. Ich bin auf der Suche nach Arbeit und auch wenn es schon spät ist ... Ich suche mir allerdings auch irgendwo ein Plätzchen zum Schlafen und komme morgen wieder, ich wollte dich wirklich nicht erschrecken! Und mein Hund tut niemandem etwas."

„Kann man das auch von seinem Besitzer sagen?", erwiderte ich, die Hand schon an der Türklinke. „Hier gibt es keinen Verwalter. Wieso sprichst du erst jetzt, am Abend vor?"

„Ich habe einen weiten Weg hinter mir und gelange erst jetzt hier an, aber ich wiederhole: Die Nächte sind noch warm und trocken genug, ich finde schon ein ..."

„Nein, schon gut. Warte einfach hier. Und ich habe keine Angst vor Hunden. Wie ist dein Name?"

„Mein Name ist Natian."

„Dann warte kurz, Natian, ich sage Bescheid."

Die Tür aufstoßend bemerkte ich, dass er nickend bejahte, dann schob ich sie bis auf einen Spalt wieder zu und huschte in die Küche, wo tatsächlich alle schon um den Tisch saßen und mich wartend ansahen.

„Wo bleibst du? Werde ich es noch erleben, dass du irgendwann einmal pünktlich sein wirst?", empfing mich Mutter vorwurfsvoll.

„Entschuldigt. Vater? Da draußen ist jemand, der dich sprechen möchte. Sein Name ist Natian und er sucht Arbeit, kommt von weither."

„Von weither?", runzelte er die Stirn. „Zu dieser Jahreszeit ist überall Arbeit zu finden, weshalb … Meinetwegen. Hol ihn herein, hören wir uns an, was er zu sagen hat.", erhob er sich und blieb abwartend stehen.

Ich nickte und machte kehrt, um wenige Augenblicke später den Fremden, der wie angewurzelt an der gleichen Stelle stehen geblieben war, näher zu winken.

„Komm herein. Und bring deinen Hund ruhig mit, sofern er sich weiterhin so gut zu benehmen weiß."

„Danke. Und ja, das weiß er.", kam die Antwort und auf einen leisen Befehl trottete er tatsächlich folgsam hinter ihm her.

Ich trat beiseite und ließ beide an mir vorbei in die Diele treten. Er war etwa so groß wie Trigus und außer einer riesigen Tasche trug er nichts bei sich. Sein Hund blieb hechelnd neben ihm stehen und sah erst ihn, dann mich erwartungsvoll an – was mir ein Lächeln entlockte.

„Folge mir, es geht da rein.", winkte ich ein weiteres Mal und betrat vor ihm die Küche.

Er folgte, verharrte dann jedoch in der Tür und hielt auch mit einer einzigen Geste seinen vierbeinigen Begleiter davon ab, weiterzugehen.

„Verzeiht die Störung, ich ahnte nicht, dass Ihr beim Mahl sitzt. Ich kann durchaus draußen warten, bis Ihr es beendet habt.", meinte er ein wenig steif.

„Wir haben noch nicht begonnen, also mach dir keine Gedanken. Dein Name ist Natian?"

„Ja. Ich bin auf der Suche nach Arbeit und Ihr … wurdet mir empfohlen."

„Empfohlen?" Vaters Augenbrauen ruckten erneut nach oben. „Von wem? Meine Tochter sagte, du kämest von weither und ich wüsste nicht …"

„Eure Tochter! Dann bitte ich um Verzeihung, ich dachte … Ich hätte Euch nicht mit dem Du ansprechen dürfen.", kam es noch ein wenig steifer. Je länger er uns alle nacheinander musterte, desto verschlossener wirkte er.

„Darauf legt hier niemand Wert, Natian. Keiner unserer Bediensteten oder Pächter spricht uns mit Ihr und Euch an. Wer also hat mich dir empfohlen?", schob er nun den Stuhl endgültig zurück und trat um Mutters Platz herum mit ernster Miene näher.

„Nun, das hier wird es vielleicht erklären. Das Siegel mag über die Jahre beschädigt worden sein, doch ich habe ihn nicht geöffnet und nicht gelesen. Aber ich soll ihn Euch aushändigen, sofern ich Euch finden würde."

Er hatte die Tasche von der Schulter genommen, abgestellt und ein wenig umständlich einen durchaus schon etwas gelblich aussehenden Brief herausgezogen, den er Vater nun hinhielt. Offenbar stand nicht einmal dessen Name darauf.

„Euch zu finden war nicht so schwer wie befürchtet. Was auch immer darin steht, ich suche tatsächlich Arbeit, da ich Geld brauche. Vor allem aber suche ich Antworten, die Ihr mir hoffentlich geben könnt."

Vater hatte den Brief entgegengenommen und das in der Tat beschädigte Wachssiegel betrachtet. Dann musterte er den Fremden stirnrunzelnd.

„Antworten? Ein Wachssiegel, aber kein Siegel? Wer gab dir das? Von wem stammt dieser Brief?"

„Lest ihn. Und dann entscheidet, was sein Inhalt mit Euch und mir zu tun hat. Sofern er überhaupt etwas mit mir zu tun hat. Möglich, dass es nur eine Botschaft ist."

Die allgemeine Aufmerksamkeit hatte sich längst uns zugewandt und nun sahen alle schweigend und gespannt zu, wie Vater das Siegel endgültig erbrach und das Blatt auseinanderfaltete.

Der Text war, wie ich erkennen konnte, in sauberen, scharfen Lettern abgefasst. Die Zeilen reihten sich dicht an dicht und auch wenn Vater offenbar nicht las, sondern sofort das Ende suchte, weiteten sich seine Augen schlagartig und er sog hörbar die Luft ein.

„Netrosh!", flüsterte er tonlos. „Ich erkenne seine Handschrift!"

„Richtig. Ihr kanntet ihn also."

„Kanntet, nicht kennt? Was heißt das?", ruckte sein Kopf hoch.

„Das heißt, dass er vor fünfzehn Jahren verschwand. Ich war damals knapp elf Jahre alt und musste zusehen, wie … Nun, vielleicht sollten wir die Einzelheiten nicht vor den Ohren Eures kleinen Sohnes und Euren Töchtern erörtern. Man hat ihn … abgeholt."

Vater wurde bleich, dann senkte er den Kopf und las den Text, während seine Miene von Minute zu Minute bleicher wurde.

„Du bist sein Sohn? Sein Einziger oder hast du noch Geschwister?"

„Ich bin sein einziges Kind."
„Deine Mutter?"
„Starb als ich noch klein war. Ich habe nur wenige Erinnerungen an sie."
„Seine Schwester? Sein Bruder?"
In Natians Miene spiegelte sich etwas. Er sah aus, als ob er soeben eine Bestätigung für irgendetwas erhalten habe.
„Mein Onkel starb am Abend, bevor sie meinen Vater holten. Sie folgte ihm vier Jahre später."
Stumm und erschüttert starrte Vater noch ein paar Augenblicke lang auf den Brief, dann musterte er Natian aufmerksam.
„Du siehst ihm nicht sehr ähnlich, aber du hast seine Augen. Netrosh und ich, wir kannten uns gut. Und ich bedauere zutiefst, dass er ... Was immer ihm zugestoßen ist, ich bedauere es zutiefst. Und du hast recht, wir sollten das ein andermal besprechen, jetzt jedoch ... Wenn du einverstanden bist, bringen wir dich für heute Nacht in der Unterkunft für die Knechte unter, morgen sehen wir dann weiter. Sei unser Gast."
„Was immer mein Vater geschrieben hat, ich suche Arbeit und möchte nicht anders als alle anderen behandelt werden! Die Unterkunft eines Helfers genügt mir völlig.", erwiderte Natian und nahm seine Tasche wieder über die Schulter.
„Du weißt tatsächlich nicht, was darin steht!", dehnte Vater.
„Nein. Nicht mal andeutungsweise."
„Dann wirst du in der Tat viele Fragen haben. ... Wie du meinst. Ulluf? Sorg dafür und lass ihm von Risita oder Naima ein gutes, reichliches Mahl bringen."
„Natürlich. Komm, ich zeige dir den Weg."

„Morgen, Natian. Ich werde in aller Frühe zwar unterwegs sein – etwas, das ich nicht verschieben kann –, aber ich bin gegen Mittag zurück. Wenn du dich dann hier einfinden würdest …"

„Ich werde kommen. Welche Arbeit teilst du mir zu?"

„Wenn du einen so weiten Weg hinter dir hast, willst du dich nicht erst einmal ausruhen? Es ist …"

„Ich möchte nicht anders als alle anderen behandelt werden!", konterte er sofort erneut und unterbrach Vater so, fast schon ein wenig rüde.

„Also gut. Wir haben genug Arbeit auf unserem Gut, Mestret wird schon etwas finden, das deinen Fähigkeiten entspricht."

„Meinen Fähigkeiten … Danke, Herr. Ich werde kommen, sobald Ihr mich rufen lasst."

„Kein Ihr und kein Euch auf diesem Hof, Natian! Von niemandem! Wir alle sind letztlich gleich, mehr als es scheint."

Mit einem stummen Kopfneigen verabschiedete er sich und folgte Ulluf dann nach draußen. Sein Hund zögerte erneut kurz und sah mich schwanzwedelnd an, dann jedoch gehorchte er einem leisen Zungenschnalzen und verschwand nach draußen.

„Lerfan?", meldete Mutter sich nun zum ersten Mal wieder zu Wort.

„Nicht jetzt, Thaina. Fangt ohne mich an, mich werdet ihr entschuldigen müssen, ich … muss über etwas nachdenken!"

Den Brief in der Hand marschierte er an mir vorüber nach draußen und ich warf wie alle anderen Mutter einen fragenden Blick zu. Sie jedoch holte tief Luft, straffte sich und deutete dann energisch, dass es höchste Zeit sei.

„Ihr habt euren Vater gehört! Esst, morgen wird wieder ein anstrengender Tag werden!"

Noch später in meinem Bett wollte mir das eigenartige Verhalten unseres Vaters nicht aus dem Kopf gehen. Und der Fremde noch viel weniger!

Kapitel 2

Wie angekündigt war Vater am nächsten Morgen schon fort, als ich in die Küche trat. Auch Ulluf und Trigus waren offenbar schon im Morgengrauen zur Getreideernte zum Feld aufgebrochen. Risita und Naima waren eifrig damit beschäftigt, Essen für die Familienmitglieder, Hausknechte und -mägde und die Pächter, die heute auf unseren Feldern aushalfen, für den Mittag vorzubereiten. Reichliche Mahlzeiten, die sie dann gemeinsam mit Inis aufs Feld bringen würden. Für alle anderen, inklusive der Erntehelfer, würde auf gleiche Weise in deren Küche in der Baracke gesorgt. Nur Mutter saß noch am Tisch und rührte müde in ihrem Brei, während Vilis neben ihr mit den Beinen zappelte.

„Iss endlich, sonst darfst du nicht aufstehen! Wenn du helfen willst, musst du essen, genau wie die Großen!", murmelte sie gerade und schob doch selbst ohne sichtbaren Appetit einen nur halbvollen Löffeln in den Mund.

„Guten Morgen.", meinte ich, füllte mir selbst etwas von dem Brei in eine Schale und rutschte neben Vilis auf die Bank. Und anstatt vor den Ohren anderer meiner Neugierde nachzugeben meinte ich: „Du siehst müde aus, Mutter."

„Ja … Sei so gut und bleib bei Vilis, bis er aufgegessen hat. Denn nur dann darf er mit Risita und Naima zu den anderen aufs Feld und beim Bündeln der Ähren helfen. Aber nur, wenn er gehorcht und erst ab dem Mittag! Ich muss die Fuhre für den Markttag zusammenstellen und mich um die Bücher kümmern, die jährlichen Steuerabgaben stehen an. Wenn du nachher zu Kenar und seiner

Frau reitest, denk daran, ihnen ein bisschen Proviant einzupacken. Beide sind alt und werden immer hinfälliger und stehen doch sicher schon mit ihren Sensen auf dem Feld."

„Ich weiß schon, mach dir keine Gedanken, Mutter. Dir geht genug im Kopf herum.", legte ich ihr meine Hand auf den Arm und sie seufzte, bevor sie leise lächelte.

„Gut. Vilis? Gehorche Sherea und den anderen, verstanden? Beweise mir, dass du alt genug bist, um mitzuhelfen!"

„Ja, Mutter!", grinste der stolz und schob sich sofort einen viel zu vollen Löffel in den Mund. Mit dem Ergebnis, dass ein Teil des Breis ihm rechts und links aus den Mundwinkeln quoll.

Sie verdrehte seufzend die Augen, erhob sich dann jedoch und stellte ihre nur halb geleerte Schale an die Seite.

„Wir werden ja sehen. Bis später. Ich bin spätestens zurück, wenn dein Vater zurückkommt."

„Verlass dich auf uns.", murmelte ich, aber sie war schon verschwunden.

Vilis stopfte nun den Brei nur so in sich hinein und ich musste ihn mehrfach ermahnen, es nicht zu übertreiben. Erst als ich ihn darauf hinwies, dass er mit Bauchweh kaum auf dem Feld würde helfen können, verlangsamte er und aß etwas gesitteter weiter, bis auch seine Schale geleert war.

„Darf ich nach draußen? Die Hühner sind noch nicht gefüttert und ich könnte die Eier einsammeln und dann Harbis besuchen!", zappelte er schon wieder.

„Ja und ja, aber sei diesmal vorsichtig mit den Eiern! Und ich möchte nicht, dass du Harbis irgendwelche Leckereien gibst! Ich komme gleich und wenn du keinen

Unsinn anstellst, kannst du ihr heute Abend mit mir gemeinsam etwas geben."

„Versprochen! Und danke!", sprang er bereits auf, kaum dass ich den Satz beendet hatte.

„Vorsicht mit den Eiern!", rief ich ihm nach.

„Ja-ha!", tönte es schon aus der Diele, dann fiel die Haustür ins Schloss.

„Himmel!", seufzte ich. „Sind eigentlich alle kleinen Jungen so? Jedes Mal, wenn er sich beweisen will, geht etwas schief und er kann keine Minute stillsitzen! Ich muss unbedingt etwas finden, das ihn bis zum Mittag beschäftigt!"

Risita lachte leise, blieb mir allerdings eine Antwort schuldig.

„Wir haben einen neuen Knecht?", fragte dagegen Naima neugierig.

„Sieht so aus!", meinte ich vage und schob mir ebenfalls den letzten Löffel Brei in den Mund. „Sein Name ist Natian. Wozu hat Mestret ihn eingeteilt?"

„Die beiden waren eben dabei, gemeinsam den Stall auszumisten, und dürften jeden Moment hier auftauchen. Jedenfalls habe ich sie eben gesehen, als sie sich am Wassertrog wuschen. Er sieht gut aus! Sehr gut sogar!"

„Naima!", rügte die ältere Risita sofort.

„Was? Ich kann schlecht mit geschlossenen Augen über den Hof stolpern, oder?", zuckte sie eine Schulter und verteilte die Brote in die bereitstehenden Henkelkörbe.

„Nein. Aber du kannst woandershin sehen, wenn die Männer sich halbnackt hinter dem Schuppen waschen! Überhaupt: Seit wann muss man auf dem Weg vom Kühlkeller um den Schuppen herumgehen? Du solltest dich was schämen!"

„Ach was, ich habe nur einen Blick um die Ecke riskiert. Und du hast gut reden mit deinem Mestret! Du bist bald vermählt, ich aber …"

Ich unterdrückte ein Lachen. In der Tat hatten sie und Mestret erst vor vier Wochen verlegen bei Vater vorgesprochen und um die Erlaubnis gebeten, sich vermählen zu dürfen.

Ich war im Nebenraum unfreiwillige Zeugin des Gesprächs geworden und wandte mich ab, als Risita mir einen raschen Blick zuwarf. Vater war wie immer vollkommen ruhig geblieben als er mit fester Stimme beschieden hatte, dass er sich – anders als so mancher Gutsherr – in derlei Belange nicht einmischen werde. Solange beide Seiten im Einvernehmen seien und vor allem der Mann nichts gegen den Willen der Frau tue oder getan habe, was eine Vermählung nötig oder sogar unumgänglich mache! Seinen Segen haben sie daher und er habe sich ohnehin schon gewundert, weshalb sie so lange mit dieser Frage gewartet haben.

„Ich wollte sichergehen, dass ich für eine Familie würde aufkommen können, Herr! Und ich habe jedes Jahr genug von meinem Lohn zurückgelegt, sodass ich jetzt ein Stückchen Land pachten kann, auf dem ich ein eigenes Häuschen bauen …"

„Einen Augenblick!", unterbrach Vater ihn. „Für das Material komme ich auf, auch wenn du es mit der Hilfe anderer wirst bauen müssen. Und du nähmest mir eine Last von der Seele, wenn du das Stück des alten Kenar übernehmen könntest. Kenar sollte hierher auf den Hof kommen, wo sich für ihn und seine Frau geeignetere Beschäftigungen finden werden. Die Arbeit mit dem Land wird beiden längst schon viel zu schwer, sie gehören mit leichten Dingen beschäftigt und sollten dann ihren Lebensabend in Ruhe hier verbringen."

„Kenars Land? Das ist einer der fruchtbarsten Streifen, Herr!"

„Nur gerecht, wenn nach ihm mein bester Knecht es erhält, oder? Wann ist es soweit? Ich sollte vorher mit ihm sprechen und ihn vorbereiten."
„Nach der Ernte, vorher nicht. Unsere Arbeit wird nicht darunter leiden, das verspreche ich!"
„Das wird es dir schwermachen, dein eigenes Häuschen rechtzeitig vor dem Winter zu bauen. Ich nehme nicht an, dass du Kenars Haus übernehmen möchtest."
„Nein, eigentlich nicht, aber es wäre eine Übergangslösung."
„Nun, wir werden eine Lösung finden. Risita?"
„Herr?"
„Ich gratuliere dir zu deinem Fang! Und dir gratuliere ich zu deiner guten, fleißigen Frau! Wirst du weiter als Hausmagd zur Verfügung stehen oder müssen wir uns nach jemand anderem umsehen?"
„Ich hoffe, dass mir deshalb der Dienst nicht aufgekündigt wird! Auch wenn ich dann auf unserem eigenen Land werde helfen müssen."
„Gut, dann finden wir auch hierfür eine Lösung."

Ich sah auf, als Schritte in der Diele hörbar wurden und erhob mich.

„Herrin? Ich habe schon ein paar Dinge für Kenar und seine Frau beiseitegelegt.", deutete Risita jetzt.

Ich überflog die Auswahl, während sie damit begann, alles in zwei große, leinene Beutel zu verpacken.

„Gut. Gib mir noch ein zweites Brot und auch ein Töpfchen Honig mit. Gessa hat noch immer diesen Husten und das wird ihr guttun."

Risita marschierte sofort zur Anrichte und wählte einen der etwas kleineren Brotlaibe aus. Zu dieser Jahreszeit wurde auf dem Hof fast täglich gebacken und dennoch schienen die Vorräte nur so zwischen den Fingern dahin zu rinnen. Aber für die beiden Alten würden die beiden Laibe sicherlich für ein paar Tage reichen.

„Hat Mutter noch etwas gesagt? Soll ich noch etwas mitnehmen?", wandte ich mich an Naima.

Die hatte mitten in der Bewegung innegehalten, als hinter uns zwei Personen die Küche betraten und einen guten Morgen wünschten.

Ich drehte den Kopf, nickte lächelnd und sah Naima dann stirnrunzelnd an.

„Naima?"

„Was? Oh! Nein, nicht das ich wüsste!", lächelte sie Natian zu und wandte sich dann erst wieder ihrer Arbeit zu.

„Falsch!", kam es prompt von Risita. „Wenn du deine paar Sinne nicht zusammenhalten kannst, dann bekommst du Ärger, nicht nur mit mir, verstanden?"

„Was denn? Es liegt doch alles bereit!", konterte Naima und warf den Männern einen raschen Blick aus dem Augenwinkel zu. Offenbar passte es ihr nicht sonderlich, vor ihnen derart gerügt zu werden.

„Risita?", hakte ich ruhig nach.

Sie holte tief Luft und musterte Naima noch einmal scharf.

„Du sollst ein Säckchen der guten Lageräpfel mitnehmen und eine Botschaft überbringen. In spätestens zwei Wochen werden die Felder abgeerntet sein und der Herr schickt ihnen dann zusätzlich zwei, drei Helfer, die ihnen anpacken werden wo immer sie gebraucht werden. Sobald auch ihre Ernte unter Dach und Fach ist, beginnen wir mit dem Bau eines kleinen Häuschens, das Holz und die Balken liegen schon bereit. Der Pachtzins ist Kenar für sein letztes Jahr als Pächter erlassen und es ist ihm freigestellt, seinen Ertrag selbst oder zusammen mit dem des Gutes zu verkaufen. Jedenfalls steht danach ih-

rem Umzug nichts mehr im Wege, die Erntehelfer werden etwas länger bleiben und sowohl beim Bau unseres Hauses helfen als auch zuvor für die beiden hier auf dem Gut alles herrichten. Sie bekommen eine eigene Hütte, die gleich neben dem Pferdestall."
Ich lächelte erleichtert und nickte.
„Sie werden sich freuen, das zu hören."
„Das hoffe ich. Irgendwie komme ich mir so vor, als ob ich ihnen etwas wegnehme! Sie haben ihr halbes Leben dort verbracht."
„Und gehörten doch auch immer hierher!", erwiderte ich und rückte zur Seite, als Mestret jetzt neben uns trat, seine bereits randvoll gefüllte Schale mit längst dick gewordenem Brei in der einen Hand.
„Es wird beiden gut ergehen hier und es wird kein Tag vergehen, an dem sie sich nutzlos oder überflüssig vorkommen werden!", ergänzte ich und erntete einen dankbaren Blick von Mestret.
„Darf ich fragen, wovon ihr sprecht?", hörte ich hinter mir Natian fragen und wandte mich um, schon ein Leinensäckchen für die Äpfel in der Hand. Aber auch jetzt war Naima schneller als ich und begann damit, ihm wortreich die jüngsten Pläne und Veränderungen auf unserem Gut zu umreißen.
Mestret rollte mit den Augen, beschränkte sich auf einen sehr dezenten Kuss auf Risitas Stirn und rutschte dann auf die lange Bank, um hungrig sein Frühstück zu verzehren. Ich schmunzelte und verschwand in die Vorratskammer, um dort von den besten Äpfeln dieses Jahres eine ansehnliche Auswahl in den Sack zu stopfen.
„Irgendwann verbrennt sie sich noch die Finger!", hörte ich Risita leise sagen. Sie reckte sich neben mir nach den Honigtöpfen und ergänzte: „Wenn sie nicht eines Tages von einem der Knechte oder einem Päch-

tersohn geschwängert wird, dann von einem der umherziehenden Erntehelfer, darauf wette ich!"

Mein Lächeln erstarb. Dieses Thema war in der Tat zu ernst, um sich darüber lustig zu machen. Es war jedem hier längst bekannt, dass Naima beständig den Männern hinterherschaute und jede sich bietende Gelegenheit nutzte, um ihnen schöne Augen zu machen. Und irgendwann könnte sie vielleicht wirklich an einen geraten, der ihre Einladung als zu einladend auslegen würde.

„Naima?", unterbrach ich sie daher, als ich wieder in die Küche zurückkam. „Fang schon einmal damit an, die Handwagen zu beladen. Die Männer und Frauen sind schon beim ersten Tageslicht auf die Felder gezogen und werden sich über ein frühes Mittagessen freuen. Du trägst Sorge dafür, dass alles bis zum Mittag auf den Feldern ist. Und heute Abend gibt es für jeden eine Extraration Dünnbier, sie haben es sich verdient. Natian?"

„Ja?"

„Darf ich dich um etwas bitten? Es wird noch dauern, bis mein Vater zurück ist. Würdest du, wenn du fertig bist mit deinem Frühstück, einen der größeren Wagen zu den beiden Südfeldern ziehen? Der Weg dahin ist mit dieser Last zu steil für eine Frau. Du wirst rechtzeitig wieder zurück sein, das verspreche ich. Wenn es dir nichts ausmacht, kann mein kleiner Bruder dir den Weg zeigen, aber er muss wieder mit dir zurückkommen – was ihm gar nicht passen wird. Er darf frühestens ab dem Mittag helfen, er ist noch zu klein. Wenn er dich jedoch stört, dann sag es, er ist nicht leicht zu bändigen!"

„Das ist ein junger Hund auch nicht immer. Natürlich, es macht mir nichts aus.", gab er in eigenartigem Tonfall zurück. Ein Tonfall, der mich irritierte. Doch Naima hinderte mich daran, dem Gedanken, der mich anflog, zu folgen.

„Ich kann Natian doch …", begann sie sofort, aber diesmal unterbrach Mestret sie.

„Du hast doch gehört, was dir angegeben wurde, oder? Wenn du fertig bist, müssen die kleineren Wagen zu den Heuwiesen gezogen werden, wo du bis zum Nachmittag beim Aufladen des Heus helfen kannst. Es muss trocken herein und laut Kenar könnte es in den nächsten Tagen noch einmal ein Gewitter geben. Weshalb ich vorschlagen möchte, dass Natian und ich mit zwei weiteren Helfern schon heute Nachmittag zu Kenar gehen sollten. Je nachdem, wie heftig das Wetter ausfällt, könnte es ihn sonst seine ganze Ernte kosten und er wird das Geld für den Ertrag noch brauchen."

„Eine gute Idee. Ich glaube kaum, dass Vater etwas dagegen hätte … Natian?"

„Natürlich. Ich kann mit einer Sense umgehen."

„Gut. Würdest du meinen Brüdern dann ausrichten, dass zwei von den Helfern auf den Südfeldern spätestens nach dem Mittag zu Kenar gehen sollen?"

„Natürlich.", erwiderte er ein weiteres Mal.

„Danke.", gab ich freundlich zurück.

Naima hob mit einem etwas übertriebenen Stöhnen einen der Körbe hoch und trug ihn nach draußen, gefolgt von einer murmelnden und kopfschüttelnden Risita.

„Wenn ich etwas bemerken darf?"

Ich band das Säckchen mit den Äpfeln sorgfältig zu und drehte den Kopf.

„Natürlich!", meinte jetzt ich und musterte ihn aufmerksam.

Naima hatte recht, er sah durchaus gut aus. Seine braunen Haare reichten ihm bis knapp auf die Schultern und fielen ihm wohl nur deshalb nicht ins Gesicht, weil er sie sich mit nassen Händen aus der Stirn gestrichen hatte. Seine Augen hatten die gleiche Farbe und über einem kurzen Bart, der Kinn und Wangen noch nicht vollständig verdeckte, stand eine gerade Nase. Und seinen Händen und seinem Körperbau war anzusehen, dass er kräftig zuzupacken verstand.

„Es ist selten, dass die Familie eines reichen Gutsherrn bei allen Arbeiten mit anfasst, nicht nur zur Erntezeit.", meinte er nur. Halb eine Feststellung, halb eine Frage. Jedenfalls schien es mir so, denn diese Bemerkung schwebte in der Luft und wartete auf eine Erwiderung.

„Ich kenne es nicht anders. Vater und Mutter waren schon immer der Ansicht, dass Arbeit niemandem schadet und dass es zur Herrschaft über ein Gut dazugehört, alle Arbeiten zu kennen, auch wenn es anderswo durchaus anders gehandhabt wird."

„Allerdings! Der Herr und die Frau des Hauses lehnen sich zurück und zählen das Geld, das Erträge und Pacht einbringen; die Arbeit bleibt dem Verwalter, dem Gesinde und den Arbeitern überlassen."

Etwas in mir rebellierte gegen seine Worte, aber ich schaffte es, ruhig zu bleiben.

„Dann lernst du hier offenbar etwas kennen, das eine Ausnahme bildet. Vater und Mutter würden niemals auf den Schultern und dem Rücken anderer bequem Platz nehmen. Wir alle helfen, wo wir können und mit dem, was wir können.", versetzte ich kühl. „Entschuldigt mich, ich sollte nicht länger trödeln. Ich schicke Vilis also herein … Wird er dir wirklich nicht zur Last fallen? Ich nehme ihn auch mit zu Kenar! Es ist nur, weil man ihn niemals zu lange aus den Augen lassen sollte, er stellt allerhand Unsinn an."

„Wenn er keine Angst vor mir und Streuner hat, wird er mir ganz sicher nicht zur Last fallen. Und wenn du keine Einwände hast, dass er mit mir, einem Fremden, geht …"

Inzwischen klang er schon fast provokant! Ich lächelte entsprechend schief und nahm einen der Proviantsäcke auf.

„Was willst du jetzt von mir hören? Ob ich dir misstraue? Glaub mir, ich weiß, was ich tue. Ich weiß zwar nicht, was in diesem Brief stand, aber wenn Vater eine Empfehlung eines ehemaligen … Bekannten? genügt, dann sollte sie mir auch genügen, oder? Vater hätte dich hier nicht aufgenommen, wenn er nicht davon überzeugt wäre, dass dir zu trauen ist und seiner Menschenkenntnis vertraue ich. Und abgesehen davon: Auf dem Weg zu den Südfeldern kommt ihr ständig zwischen unseren Feldern hindurch, wo überall Frauen und Männer beschäftigt sind, die jeden Hilferuf sofort hören würden! Sie alle kommen schon seit Jahren immer wieder hierher und auf sie ist Verlass."

Ein undefinierbares Lächeln huschte kurz über sein Gesicht, um sofort wieder zu verschwinden.

„Verstehe. Dein Bruder ist also sicher bei mir und Streuner."

„Ja, das ist er wohl!"

Der Junge wurde ihm tatsächlich nicht lästig, zumal er fast den ganzen Weg über mit Streuner vor- und zurückrannte, für ihn Steinchen oder Stöckchen warf und ihm kaum einmal besondere Aufmerksamkeit schenkte. Und auch wenn er tatsächlich bei jedem der beiden älteren Brüder darum bettelte, schon bleiben zu dürfen, genügte doch jeweils ein strenges Machtwort und er gab klein bei.

„Je ein Helfer von jedem Feld, würde ich sagen. Und danke für das Essen, ich verhungere schon jetzt!", bekam er von dem, der sich als Trigus vorstellte, zur Antwort. Offenbar waren beide Söhne auf den benachbarten Feldern zugegen – und beide hatten mit bloßen, schweißglänzenden Oberkörpern deutlich genauso schwer geschuftet wie alle anderen. Schon jetzt war die Hälfte des durchaus großen Feldes abgeerntet und es reihten sich Ährenbündel ordentlich nebeneinander auf.

„Du bist der ältere der Söhne?", fragte er, um die Gelegenheit zu nutzen, und schob den Wagen mit dem letzten Korb in den Schatten eines Baumes am angrenzenden Waldrand.

„Nein, Ulluf ist der Älteste.", wischte er sich über die Stirn. *„Du hast keine Geschwister, habe ich gestern gehört."*, setzte er hinzu und hob den Wasserschlauch an den Mund, um in großen, kräftigen Zügen zu trinken.

„Nein.", meinte er nur und lehnte dankend ab, als auch er Wasser angeboten bekam.

„Trink nur, dort drüben am Feldrand verläuft in einer Senke ein kleiner Bach. Wir können uns jederzeit Nachschub holen und es ist frisch und sauber."

„Dann danke.", nahm er ihn entgegen und nahm ebenfalls ein paar tiefe Schlucke.

„Von wo stammst du? Du musst mir nicht antworten, ich bin nur neugierig."

„Wir haben im Süden von Kathuss gelebt, in einem Ort namens Purrh. Du hast sicher noch nicht davon gehört.", erwiderte er spröde. Etwas zu spröde, er musste sich besser zusammenreißen.

„Kathuss ist mir natürlich ein Begriff, aber du hast recht, Purrh kenne ich nicht. Ein weiter Weg bis hierher!"

„Ein ähnlich weiter Weg wie nach Perstan, denke ich."

Es war heraus, bevor er es verhindern konnte. Schnell nahm er noch einen Schluck und reichte den Behälter wieder zurück.

„Perstan? Wie kommst du darauf? Ich schätze, es liegt auf halbem Weg zwischen dem nördlichen Kathuss und uns."

„Ich meine nur.", erwiderte er und verstummte, während er Lerfans Zweitgeborenen musterte.

Sein Gegenüber musterte ihn seinerseits ebenfalls, trank noch einmal von dem Wasser und stöpselte dann den Schlauch sorgfältig wieder zu.

„Du bist sehr verschwiegen, aber das kann ich verstehen. Ich weiß zwar nicht, was dir in deinem bisherigen Leben so alles zugestoßen sein mag, aber ich habe genug Fantasie, um mir auszumalen, dass es alles andere als leicht für dich gewesen sein dürfte. Und du bist niemandem hier Rechenschaft schuldig. Was immer also in diesem Brief stand, es geht mich nichts an und es ist ganz alleine Vaters Entscheidung. Und er hat ja wohl entschieden, was jeder hier respektieren wird, das wirst du schon noch sehen. Willkommen also auf unserem Gut", reichte er ihm seine Rechte, „wo jeder ehrliche und rechtschaffene Mann willkommen ist."

Er hob die Mundwinkel zu einem winzigen Lächeln, dann schlug er in die dargebotene Hand ein, wohl wissend, was Trigus mit seinen Worten hatte sagen wollen: Ein offenes Willkommen, das gleichzeitig deutlich machte, dass Ehrlichkeit und Rechtschaffenheit Voraussetzungen für dieses Willkommen waren.

„Danke.", erwiderte er einfach.

„Gut. Du nimmst Vilis wieder mit?"

„Wenn ich hier nicht helfen soll, ja."

„Hat Sherea irgendetwas Diesbezügliches ausrichten lassen?"

„Nein. Aber ich bin harte Arbeit gewöhnt, das Ziehen dieses Leiterwagens hätte auch ein halbwüchsiger Junge übernehmen können."

„Mag sein. Aber nicht die Aufsicht über Vilis. Sherea hat ihn dir anvertraut."

Er schnaubte.

„Nachdem sie mir genau wie du gerade etwas klargemacht hat."

Trigus lachte auf, aber es klang nicht vollständig echt.

„Ich hätte dir etwas klargemacht? Was?"

„Ich bin so Einiges, aber nicht dumm, Trigus! Und deine Schwester ist ebenfalls klug genug, um mich wissen zu lassen, dass es hier nur so von Menschen wimmelt, die überaus loyal und verlässlich sind. Mir sind die zahlreichen Helfer auf den Feldern rechts und links aufgefallen, ich bin nicht blind!"

„Hm …", gab er als einzige Antwort erneut und sein breites Lachen veränderte sich.

„Behaltet einfach im Hinterkopf, dass ich hierherkam, um Arbeit zu finden, nicht um Handwagen zu ziehen. Ich besitze nicht mehr als das, was ich bei mir trage, aber ich komme zurecht. Und ich habe meinen Stolz: Mein Geld verdiene ich mit meiner Hände ehrlicher Arbeit. Noch einmal also meine Frage: Ich kann also nicht helfen? Ich habe gelernt, mit einer Sense umzugehen."

Trigus ließ beide Arme locker rechts und links hängen, in der einen Hand noch immer den Wasserschlauch.

„Klare, ehrliche Worte. Du hast das Gleiche von mir verdient. Ja, wir können zurzeit jedes Paar Hände brauchen, aber was immer in diesem Brief stand, es macht … Nun, es macht dich zwar nicht zu etwas Besonderem, aber bis Vater nicht mit dir gesprochen hat und wir nichts Näheres wissen …"

„Verstehe schon!", knurrte er und presste die Kiefer aufeinander. „Ich bin es jedoch nicht gewöhnt, fürs Nichtstun durchgefüttert zu werden! Also werde ich mir bis zum Mittag selbst eine Arbeit suchen, wenn sich niemand traut, mir etwas aufzutragen! Offenbar ist nur Mestret dazu in der Lage, in mir einen ganz gewöhnlichen Arbeiter zu sehen. Ich richte also aus, dass sich zwei Helfer von hier bei diesem Kenar einfinden werden."

Er wandte sich ab, pfiff nach seinem auf dem bereits abgeernteten Stück herumschnüffelnden Hund und rief auch Vilis, dass es Zeit sei, zurückzukehren.

„Keine Widerrede, du gehst mit ihm! Du weißt genau, dass du sonst Ärger bekommst!", hörte er hinter sich Trigus energisch beipflichten. „Und Natian?"

Er wandte sich um und starrte Trigus abwartend an.

„Niemand wird hier durchgefüttert! Vielleicht sollten nicht nur wir erst einmal abwarten, sondern auch du! Wir wissen nichts von dir, aber du weißt auch nichts von uns, oder? Fass also einfach überall mit an, wo du Arbeit liegen siehst und schon hast du dir dein Essen und deine Unterkunft verdient. Und glaub mir, in den nächsten Tagen gibt es noch jede Menge zu tun, du wirst dir noch wünschen, den Mund gehalten zu haben!", grinste er abschließend, drehte sich um und marschierte wieder zu seiner Sense, ohne eine Antwort abzuwarten.

Einen Augenblick lang zögerte er, versucht, ihm doch noch eine Erwiderung nachzurufen. Dann aber entschied er sich anders. Abwarten.

Er ließ den vierjährigen Vilis erst von seinen Schultern herunter, als er um die Ecke des Schuppens bog. Und er ließ Streuner seinen Willen, als der hechelnd hinter ihm herrannte und erst verlangsamte, als die Herrin des Gutes hinter einem Fuhrwerk hervortrat und zu ihm herübersah.

Was auch immer sie und Lerfan von ihm dachten, er würde wachsam bleiben. Und er konnte es kaum erwarten, Antworten zu erhalten!

Kenar und Gessa hatten meine mitgebrachten Vorräte dankbar angenommen und mich eingeladen, zu bleiben und eine Kleinigkeit zu essen und zu trinken. Wie erwartet hatte ich sie auf dem Feld angetroffen. Er war damit beschäftigt, mühsam die Getreidehalme zu schneiden und sie, die geschnittenen Ähren zu dicken Bündeln zu packen. Man sah jeder ihrer Bewegungen an, wie anstrengend sie für sie war. Und dennoch fiel es beiden sichtlich schwer, die angekündigte Hilfe zu akzeptieren. Erst mein Wink auf seinen Hinweis, den Wetterumschwung, änderte dies. Als Gessa mir dann dankbar zublinzelte, wurde mir klar, dass die beiden zwar mit diesem Stück Land, das sie seit etlichen Jahren schon bewirtschafteten, zutiefst verwachsen waren, dass aber vor allem sie eingesehen hatte, dass dies ihre verbliebenen Kräfte längst überstieg.

Sie hustete die ganze Zeit über immer wieder einmal dumpf und freute sich umso mehr, als ich andeutete, dass ein Töpfchen Honig in einem der beiden Säcke stecke.

„Gut gegen diesen Husten, sagt Mutter. Ich soll Grüße von ihr ausrichten und sie entschuldigen. Sie wäre selbst zu euch herausgekommen, aber morgen ist Markttag und sie beaufsichtigt gerne selbst die Auswahl dessen, was wir dort verkaufen."

„Das verstehen wir doch! Sag ihr, dass wir glücklich sind, dass sie so oft an uns denkt und jemanden zu uns schickt! Hm, das Brot riecht gut! Wer hat es gebacken?"

„Inis und ich. Sie sind beide von gestern und daher nicht mehr ganz frisch, aber…"

Ihre faltige, raue Hand legte sich auf meinen Arm und ich strich ihr vorsichtig über den Handrücken.

„Ihr habt einen weiteren Arbeiter eingestellt?", wollte sie dann wissen, während Kenar sich ein wenig mühsam wieder von der niedrigen Feldsteinmauer erhob und damit begann, seine Sense mit einem Wetzstein zu schärfen.

„Ja. Ihr habt ihn getroffen?"

„Er kam gestern vorbei und fragte nach dem kürzesten Weg zum Gutshaus. Ich kam gerade mit einem Korb voller Beeren aus dem Wald, da lief er mir praktisch vor die Füße.", nickte sie, roch noch einmal genüsslich an ihrem Brot und schob es dann zurück in den Sack.

„Sein Name ist Natian. Scheint ein eigenartiger Kauz zu sein. Sein Vater und mein Vater kannten sich offenbar.", fügte ich, einer Eingebung folgend, noch an.

Kenar schien aufzuhorchen, auch wenn er seine Arbeit nicht unterbrach.

„Wie heißt sein Vater?", fragte er. „Und woher kennen sie sich?"

„Das Zweite weiß ich nicht, aber ich kenne zumindest seinen Namen. Er hieß Netrosh."

Schlagartig erstarben die rhythmischen Bewegungen des Steins an der ohnehin noch scharf aussehenden Klinge.

„Netrosh?", wiederholte er und sah mich dann forschend an.

„Ja. Angeblich kommt er von weit her. Sagt dir der Name etwas?"

„Netrosh? Den gibt es häufiger, vor allem im Süden des Reiches. Genau wie Natian. Dein Vater hat ihn also eingestellt? Als was?"

„Das weiß ich noch nicht. Warum? Ist das wichtig?"

„Nein, natürlich nicht. Das Land gehört ihm und er kann einstellen, wen er mag. Und wenn ich es mir recht überlege … Wird auch dieser Natian helfen kommen? Bei unserer Ernte, meine ich."

„Vermutlich schon. Kenar? Sollte ich etwas wissen? Ich habe ihn mit Vilis alleine zu den beiden Südfeldern geschickt."

Jetzt senkte er den Kopf und wandte sich mir zu, ein beruhigendes Lächeln auf dem Gesicht.

„Nein, alles in Ordnung!", schüttelte er den Kopf. „Ich bin nur ein alter, versponnener Mann, das ist alles!"

Ich erhob mich schnaubend, klopfte ein wenig Staub von meinem Kleid und stemmte dann beide Hände in die Seiten.

„Wenn es jemanden gibt, der absolut klaren Verstandes ist, dann dich! Mir kannst du nichts vormachen, aber offenbar will niemand mit der Sprache herausrücken. Na ja, ist auch egal, ich muss ohnehin zurück. Was denkst du, wann wir mit dem schlechten Wetter rechnen müssen?"

Er warf automatisch einen Blick nach oben und nach Westen, dann ließ er seine rechte Schulter kurz rotieren.

„Nicht vor übermorgen, denke ich. Morgen wird es sicher drückend schwül werden und wenn euer Getreidespeicher – wie dein Vater letztens zu mir sagte – noch ein Loch im Dach aufweist, solltet ihr es schleunigst schließen, sonst verschimmelt alles. Und bevor ich es vergesse: Sag Lerfan und Thaina auch von mir Dank.", ergänzte er, dann seufzte er tief, warf einen Blick in die Runde und gab sich einen Ruck. „Und sag ihnen auch, dass wir uns freuen, bald auf das Gut überzusiedeln. Ich werde das hier vermissen, sogar sehr, aber ich bin nicht so dumm nicht zu wissen, wann etwas vorbei ist und ich einen Schlussstrich unter etwas ziehen muss. Sag ihm auch das. Es ist wichtig, Vergangenes vergangen sein zu lassen und einen Schlussstrich zu ziehen. So, und jetzt muss ich weitermachen. Noch können meine alten Knochen es mit ein paar Reihen dieser Ähren aufnehmen, noch machen mir die Jungen nicht in allem etwas vor!"

Er stapfte schon davon, während er dies sagte und diesmal war Gessa es, die mich von einer Antwort abhielt. Also verabschiedete ich mich nur von ihr und bestieg die geduldig im Schatten wartende Harbis, um den Rückweg anzutreten.

Es war noch eine gute Stunde hin bis zum Mittag, als Vater wieder von seinem Treffen mit dem fürstlichen Landverweser zurückkam, eine dick mit Papieren gefüllte Tasche unter dem Arm.

„Es hat länger gedauert, als ich dachte.", hörte ich ihn zur Begrüßung sagen und wartete, bis er Mutter wie üblich einen sachten Kuss auf die Wange gedrückt hatte.

„Was wollte er? Wieso bestellt er dich mitten in der Ernte zu sich? Sie sollten doch wissen, dass es dann alle Hände voll zu tun gibt.", folgte sie ihm ins Haus und ich beeilte mich, mit meiner zweiten Schüssel voller Apfelstücke hinter ihnen her und in die Küche zu eilen. Ich hatte mir alles mit nach draußen genommen, um den überall herumstrolchenden Vilis wenigstens halbwegs im Auge behalten zu können. Der Teig für die Kuchen ruhte derweil schon in der Vorratskammer. Zu Zeiten einer derartigen Apfelschwemme war es unausweichlich, dass vorerst jeden Tag irgendein Gericht mit Äpfeln auf den Tisch kommen würde und für heute und morgen sollten es eben kleine Apfelkuchen sein.

„Allerdings! Aber aus seiner Sicht hatte er einen sehr triftigen Grund. ... Wo befindet sich Natian?", sah er sich in der offenen Tür noch einmal um.

„Er bessert das Dach des Getreidespeichers aus. Und offenbar stellt er sich sehr geschickt an. Sagt Mestret, nicht ich!", kam die Antwort aus der Küche.

Naima. Sie hatte sich also erfolgreich vor der Feldarbeit gedrückt, was Mestret mit Sicherheit verärgern würde. Und sie hatte natürlich schon wieder alles gehört.

Zeit, sie ein wenig in die Schranken zu weisen, aber Mutter kam mir zuvor. Sie hatte die offene Küchentür bereits erreicht.

„Und von Mestret weiß ich auch, dass er dich zum Heuen auf das Heufeld geschickt hat! Wieso bist du schon wieder hier? Oder warst du gar nicht auf dem Feld? Wer hat dir angegeben, den Teig für den Kuchen vorzubereiten?", fuhr sie sie an.

Sofort stockte sie und wandte sich mit teigverklebten Fingern um.

„Teig? Moment: Der Teig ist fertig, er steht zum Ruhen im ..." Ich brach ab und biss mir auf die Unterlippe, um sie nicht noch weiter anzuschwärzen. Aber offenbar war ich zu spät, denn in Mutters Blick glomm neben Begreifen noch etwas anderes auf.

„Verzeiht, aber ich dachte, ich könnte ... Weil doch Risita schon bald ... Ich sah Sherea mit einem vollen Korb draußen sitzen und Äpfel schneiden und wollte euch nur zeigen, dass auch ich weiß, welche Arbeit im Haus getan werden muss und welche nicht. Ich bin sehr wohl in der Lage, Risita als erste Hausmagd zu ersetzen, wenn sie jetzt doch bald ..."

„Niemand wird Risita hier im Haus ersetzen, sie bleibt erste Hausmagd!", fiel Mutter ihr ins Wort. „Wir werden allenfalls noch zusätzlich eine suchen und ich kann keine Magd brauchen, die sich vor unliebsamer Arbeit drückt, sich auf eigene Faust immer nur die Dinge herauspickt, die ihr lieb sind! Ich habe dich seit einer Ewigkeit nicht mehr auf einem der Felder gesehen! Wasch dir die Hände und dann geh und hilf beim Heu aufladen, verstanden?"

„Ich bin ... Also ich wollte doch nur ..." stammelte sie.

„Hast du gehört, was deine Herrin dir gesagt hat?", grollte Vater.

Sie erbleichte und nickte abgehackt. Ich suchte bereits Worte zu ihrer Verteidigung, aber als ob er es geahnt hätte, winkte er ab.

„Naima, du bist durchaus fleißig und geschickt, aber du bist auch widerspenstig und vorlaut. Und du maßt dir Entscheidungen an, die dir nicht zustehen. Risita ist seit über zwölf Jahren schon in meinem Dienst und ihr obliegt es gemeinsam mit Mestret, euch zu den Arbeiten einzuteilen. Wenn du damit nicht leben kannst, genügt ein Wort und ich zahle dir den restlichen Monatslohn aus, bevor du gehst. Was sagst du?"

„Schick mich nicht fort, Herr! Ich dachte wirklich nichts Böses dabei."

„Das war schon immer dein Problem und ich fürchte, das wird es auch immer bleiben!", stäubte Mutter etwas Mehl über den riesigen, jetzt wieder klebrig gewordenen Teighaufen, rollte ihn geschickt mit der bestäubten Seite auf ein sauberes Tuch und mehlte ihn erneut ein, bevor sie ihn einschlug, in die danebenstehende Schüssel wuchtete und nach nebenan trug. „Du denkst nicht nach, bevor du etwas tust oder sagst und das wird noch dein Verderben sein! Du denkst niemals nach über die Folgen deines Tuns und Lassens!

Habe ich dich nicht erst letzte Woche mit einem der neuen Helfer in der Tenne erwischt? Was wäre gewesen, wenn ich ein paar Minuten später gekommen wäre? Oder im Frühjahr, bei der Aussaat und dem Pflanzen. Alle haben geholfen, dich musste ich suchen gehen und fand dich wo? Tändelnd mit diesem Tongar, der seine Hände schon unter deinem Rock hatte!

Das waren nur die schlimmsten Beispiele, aber dieses und ähnliches Verhalten zieht sich schon durch deine gesamte Dienstzeit. Dein Vater hat dich damals nicht in unsere Dienste gegeben, um dich mit einem dicken Bauch wieder in Empfang zu nehmen, weil du wegen einer ungewollten Schwangerschaft bis zur Niederkunft nicht mehr arbeiten kannst.

Und jetzt sage ich dir in aller Deutlichkeit, dass du von nun an nur noch genau das tun wirst, was dir Risita, Mestret, dein Herr oder ich zu tun angeben, ist das klar? Oder Ulluf, Trigus oder Sherea. Es geht hier nicht um Kuchenteig und es geht auch nicht um ein paar Hände mehr oder weniger, die das gemähte Heu auf den Wagen bringen müssen. Es geht hier darum, was du aus deinem weiteren Leben machen willst. Hier ist kein Platz für eine Frau, die jedem Mann hinterherläuft und die Augen davor verschließt, was die Folgen sein können. Oder dass solches Verhalten noch ganz andere Folgen haben kann als einen ruinierten Ruf! Und hier ist kein Platz für jemanden, der nicht weiß, was Dienst heißt."

Im Nachhinein war ich mir nicht sicher, ob Vater und Mutter den Blick bemerkt hatten, den Naima mir daraufhin zuwarf. Und im Nachhinein war ich mir ebenfalls nicht sicher, wie viel von diesem Gespräch Natian mit angehört haben könnte, aber er stand plötzlich und unbemerkt in der offenen Tür, erneut mit sauber gewaschenen Händen und Gesicht.

Naima bemerkte ihn ebenfalls, schob sich daraufhin stumm an mir vorüber, rannte mit gesenktem Blick auch an ihm vorbei und verschwand nach draußen. Woraufhin Vater sich mit einem tiefen Seufzer aufrichtete.

„Komm herein. Ich denke, du hast lange genug gewartet. Sherea?"

„Vater?"

„Wir könnten alle etwas zu trinken gebrauchen. Und da du einmal da bist: Was hat Kenar gesagt?"

Ich wiederholte seine Worte, während ich meine klebrigen Hände in einem der bereitstehenden Wassereimer abspülte und anschließend abtrocknete. Ich ließ selbst seine eigenartigen Worte zum Abschied nicht fort, sparte allerdings sein eigenartiges Benehmen bei der Erwähnung von Natians Vater aus. Seine Miene blieb jedoch unbewegt, auch wenn ich ein kleines Zucken seiner Lider zu bemerken glaubte, als ich die Becher auf dem Tisch stellte und frisches Wasser aus dem Krug eingoss.

Natian selbst war in der Tür stehen geblieben und ich sah mich automatisch suchend nach seinem Hund um, aber diesmal schüttelte er den Kopf.

„Draußen.", war alles, was er sagte und er trat auf Vaters Wink hin zwar näher, blieb jedoch stehen, als er ihn einlud, auf der Bank Platz zu nehmen.

„Setz dich. Und trink etwas.", deutete Mutter daraufhin. „Was immer du vorhin mit anhören konntest, die Rüge war gerechtfertigt. Naima ruiniert sich selbst, wenn sie so weitermacht."

„Ihr seid mir keine Rechenschaft schuldig, ihr seid ihre Dienstherren. Doch ich habe vermutlich genug mit anhören können um … euch recht zu geben. Auch wenn mir das nicht zusteht."

„Du gibst uns recht?", fragte Vater ernst, trank durstig seinen Becher leer und nickte dankend, als ich ihn sofort noch einmal nachfüllte, dann den Krug auf dem Tisch abstellte. Diesmal blieb auch ich erst unschlüssig stehen, dann beschloss ich, eine letzte Schüssel Fallobst auszulesen und mit deren Verarbeitung zu beginnen. Was nicht für die Kuchen verwendet wurde, würde von mir wieder zu Mus verarbeitet werden.

„Ja. Ich kenne … Nun, ich kenne Blicke wie die ihren und Benehmen wie das ihre. Und ich habe durchaus bemerkt … Sie sollte vorsichtig sein.", endete er, ohne wirklich etwas gesagt zu haben.

„Setz dich endlich, Natian. Wenn du jedoch erlaubst, möchte ich erst die Frage meiner Frau beantworten. Ich wäre neugierig zu hören, was du dazu sagst.

Der Verweser hat mich wie vermutet auf Befehl von Fürst Medoth zu einem Treffen gebeten. Medoth will ein Stück des Waldes verkaufen, der direkt an unsere Südfelder grenzt."

„Er verkauft seinen besten Wald? Das Holz darin muss ein Vermögen wert sein und das Wild darin …" schoss ich hervor und biss mir sofort auf die Lippe.

Vater lachte leise auf.

„Lass die Äpfel, die sind gleich auch noch da. Setz dich zu uns, du redest ja doch mit, ungefragt oder gefragt."

„Ich bin durchaus in der Lage, den Mund zu halten!", fuhr ich auf und warf Natian einen raschen, hoffentlich unbemerkten Blick zu, aber Vater lachte nur noch einmal und winkte mich herzu.

„Lass dir niemals im Leben so einfach den Mund verbieten, es sei denn, es kommt nur Unsinn heraus!", erwiderte er dann. „Du hast recht, der Wald ist ein Vermögen wert und mit ihm würde das Jagdrecht darin ebenfalls auf mich übergehen. Nebert wollte auf meine Nachfrage, weshalb Medoth den Wald zu verkaufen gedenkt, jedoch nicht recht mit der Sprache heraus. Er stammelte vor sich hin bei dem Versuch, eine fadenscheinige Auskunft zu erteilen."

„Nebert?", fragte Natian und ließ sich auf Vaters erneute Geste endlich – wenn auch zögerlich – am Ende der Bank nieder, woraufhin Mutter ihm seufzend seinen Becher zuschob.

„Der Verweser. Medoth ist Fürst von ganz Hergath. Mit Ausnahme meines Besitzes.", warf er ihm hin. Nun wartete auch ich neugierig ab, was Natian darauf sagen würde.

Seine Augen begannen zu funkeln und man sah ihm förmlich an, wie die Gedanken hinter seiner Stirn rasten.

„Wie kann ein Landgut von einem fürstlichen Besitztum ausgenommen sein? Sicher nicht vollständig oder vollends! Eigentümer oder nicht, Ihr seid ... du bist einem Fürsten untertan."

„Normalerweise würde ich dir beipflichten, aber ich bin tatsächlich der alleinige Herr über meine Ländereien, auch wenn ich darüber für gewöhnlich schweige. Nur einige wenige Menschen wissen Bescheid und diese wenigen schweigen ebenfalls darüber. Ich bin Medoth weder Pacht noch Vasallendienste noch Rechenschaft noch Männer für irgendwelche Frondienste schuldig."

„Du willst mir erzählen ... Und das soll niemandem auffallen? Wohl kaum!"

„Es fällt in der Tat niemandem auf. Medoth hat ein bis ins Letzte ausgeklügeltes Werk von Verträgen und Landesrechten aufgesetzt beziehungsweise aufsetzen lassen. Es besagt, dass der Eigentümer eines Landes davon befreit werden kann solange sich dieser Landbesitz unterhalb einer gewissen Größe bewegt und solange sich keine größere Siedlung mit eigenem Marktrecht auf diesem Land befindet. Ich schulde Medoth außer einer jährlichen Steuer für den König keine Dienste, unter anderem deshalb, weil mein Land nicht so groß ist. Wie gesagt, er hat diese Verträge sehr ausgeklügelt formuliert. Im Süden grenzt mein Gut an das Land von Medoth, im Norden ebenfalls. Wir liegen mittendrin. Der Erwerb dieses Stückes Wald jedoch würde meinen Besitz derart vergrößern, dass diese Regelung nicht mehr greifen wird. Etwas, das er sehr wohl weiß."

„Ist das der einzige Grund, weshalb er an dich verkaufen will?", funkelte Natian ihn an. „Sicher nicht, wenn ich dir so zuhöre. Weshalb erzählst du ausgerechnet mir das, wenn nur wenige davon wissen?"

Eine Frage, die auch ich mir stellte, nicht erst jetzt, nachdem er sie formuliert hatte! Was immer in diesem Brief stand, Vater maß diesem Natian irgendeine Bedeutung zu, die ich noch nicht durchschaute.

Vater lehnte sich zurück und jetzt wirkte er nachdenklich.

„Was deine erste Frage betrifft: Medoth weiß genau, was er tut. Er ist schlau, wenn auch nicht immer klug und weit vorausschauend. Und er hat Schulden. Er hofft noch immer, dass niemand von diesen Schulden weiß, aber inzwischen hat er sich bei zu vielen Leuten Geld geliehen, als dass es nicht längst überall die Runde macht. Und ich vermute, dass er genau deshalb an mich verkaufen möchte. Entweder hofft er, ich würde ihm eher Geld leihen, um mein Gut nicht über die genau festgelegte Größe wachsen zu lassen, weil er seine Schulden von meinen dann fälligen Abgaben zu bezahlen hofft oder weil er hofft, den Wald irgendwann wieder zurückkaufen zu können. Bei mir weiß er sein Land sicher vor irgendwelchen Gläubigern. Und sicher vor der Krone!"

„Sicher vor der Krone? Was heißt das?", beugte Natian sich grollend vor. „Sicher vor Vandan? Was ist schon sicher vor ihm? Nichts!"

„Das musste auch ich einst lernen!", pflichtete Vater bei.

„Du hast meine zweite Frage noch nicht beantwortet.", gab Natian zur Antwort zurück.

Beide begegneten sich jetzt mit einem Blick, in den ich nicht geraten wollte. Und sie duellierten sich so lange mit diesem Blick, bis ich meine Hand auf seinen Arm legte.

„Vater?"

„Schon gut, Sherea. Es ist lediglich Zeit, dass ihr alle etwas erfahrt. Ich warte eigentlich nur noch darauf, dass deine beiden Brüder vom Feld kommen. Ich habe auf dem Rückweg schon jemanden zu ihnen geschickt und ich vermute, dass sie in wenigen Minuten eintreffen werden. Dann muss ich nicht alles umständlich ein paarmal erzählen."

„Was erzählen?", fiel nun auch Mutter ein. „Was ist los, Lerfan?"

„Gleich. Was ich schon sagen kann, ist, dass es euch alle vermutlich ein wenig überraschen wird."

„Dieses Gefühl hatte ich schon seit meiner Ankunft hier! Den Eindruck, dass hier mehr als eine Überraschung auf mich warten könnte!", meinte Natian, griff nun ebenfalls nach seinem Becher, leerte ihn in einem Zug und stellte ihn hart wieder auf dem Tisch ab.

„Du solltest keine voreiligen Schlüsse ziehen, du kennst nicht alle Fakten! Und du kennst mich nicht, genauso wenig wie ich dich kenne! Und dennoch vertraue ich dir. Weil ich deinem Vater vertraut habe."

„Hm … Einen Teil davon habe ich heute schon einmal gehört. Nur, dass mein Vertrauen nicht so schnell gewonnen werden kann."

„Du wirst deine Gründe haben."

„Oh ja, die habe ich! Und ich habe Fragen, die Antworten haben wollen! Fang bei Vandan an. Oder fang bei dir an: Stimmt es, dass du einmal Soldat warst? Und wenn ja, hast du je unter Vandan als König gedient?"

Vater holte tief, tief Luft …

Fünfzehn Jahre zuvor, Purrh…

Er hatte gewartet, bis die Männer verschwunden waren, dann noch einmal, bis die Nachbarin es aufgab, nach ihm zu rufen und zu ihrem Mann sagte, er solle sich im Dorf umsehen, irgendwo streune ich sicher wieder herum.

„Jemand muss es dem Jungen sagen und jemand muss sich um ihn kümmern. Bei allem, was heilig ist: Sie machen nicht einmal mehr Halt vor Männern wie Netrosh."

„Ich habe ihm nicht gesagt, dass er ein Seher ist!", verteidigte der sich. „Ich verdanke ihm mein Leben, zumindest aber meine Gesundheit und Arbeitskraft!"

„Das weiß ich. Aber so etwas macht nun einmal die Runde, wer weiß, von wem er das wusste! Zwischen hier und Perstan ist viel Platz, aber zwischen hier und Perstan kennt auch der eine oder andere Netrosh."

Kaum hatte sich die Tür hinter ihr geschlossen, als er schon Streuner unter den Arm klemmte, die Leiter wieder nach unten kletterte und damit begann, seine Kleidung wahllos aus seiner Truhe zu zerren und auf ein eilends ausgebreitetes Tuch zu werfen. Dann jedoch hielt er inne. Wenn die Männer auf die Idee kommen würden, noch einmal zurückzukehren … Vater hatte ihnen seine Existenz verschwiegen. Warum?

…

Um ihn zu schützen, was sonst?! Warum auch immer sie ihn geholt hatten, sie hatten auch gefragt, wer noch hier wohne. Sie hatten nach Verwandten gefragt oder würden noch danach fragen. Und auch wenn es unwahrscheinlich war, dass sie Vaters Halbschwester holten, er hatte seinen Bruder sicher nur deshalb bedenkenlos erwähnt, weil dieser nicht mehr unter den Lebenden weilte.

Verzweifelt ging er in die Hocke und schlang beide Arme um seine Knie. Seine Gedanken rasten und er war kaum in der Lage, nachzudenken. So hockte er sicherlich etliche Minuten, bis er end-

lich bemerkte, dass Streuner ihn unablässig mit der kleinen Schnauze anstieß.

Er musste hier verschwinden. Und er musste jede Spur, die auf seine Existenz hinwies, verwischen. Nur wie? Überall im Haus könnten sie auf irgendetwas stoßen, wenn er nicht sorgfältig genug war. Er konnte zum Beispiel unmöglich all seine Sachen mitnehmen. Und früher oder später würde einer der Nachbarn …

Die Nachbarn! Was, wenn einer von ihnen den Männern längst schon arglos von ihm erzählt hatte?

Wieder stockte er, ein Hemd in der Schwebe über seinem Bündel.

Die Nachbarn! Er würde sie um Verschwiegenheit bitten müssen! Und nicht nur sie, das ganze Dorf wusste von ihm.

Er ließ das Hemd sinken, als sein Blick auf die große lederne Tasche in der Ecke fiel. Mit wenigen eiligen Schritten war er dort, leerte aus, was immer sich darin befand, und huschte nach einem aufmerksamen Blick aus der Hintertür hinüber zum Keller, zerrte hastig die Tür auf und sprang die Stufen regelrecht hinunter.

Es war nicht schwer, den richtigen Stein zu finden, aber es war nicht leicht, ihn aus der Wand zu bekommen. Und so gern er sofort betrachtet hätte, was er da blind in die Tasche stopfte, jetzt war dafür keine Zeit. Nach einem letzten Tasten schob er den Stein wieder in seine Position zurück und drückte nach kurzem Überlegen sogar etwas Dreck in die eben entstandenen Lücken und Ritzen, begutachtete sein Werk und hastete dann genauso eilig wieder nach oben, um die Kellertür zu verschließen.

Noch war es heller Tag, aber bis zum Abend würde er sich schon verstecken können. Kleidung, alles Geld, was er finden konnte und Proviant für unterwegs …

Und übrig bleiben würde nur eine nicht zu übersehende Botschaft für alle Dorfbewohner: Ihr könnt beruhigt darüber schweigen, dass es mich gibt, denn niemand wird euch eine Lüge nachweisen können!

Er bemerkte erst, dass er weinte, als Streuner ihm das tränennasse Gesicht ableckte.

Hergath, Gegenwart

Es dauerte wie angekündigt nur Augenblicke, bis nach Trigus auch Ulluf hereinkam. Beide erfassten schon mit dem ersten Blick die eigenartig gespannte Stimmung und als Trigus sich ohne ein Wort neben mich setzte und meinen Arm drückte, fing ich einen eigenartigen Blick von Natian ein.

„Sei so gut und schließ die Tür, Ulluf. Was ich euch zu sagen habe, ist nicht für jedermanns Ohren bestimmt."

„Ist das eine Art Familienversammlung?", wollte er gewohnt ernst wissen. „Wenn ja, sollte Inis dabei sein?"

„Nein, sie erfährt das alles schon noch früh genug. Ihr hingegen seid alt genug, die Wahrheit zu hören. Natian hat mir soeben eine Frage gestellt, aber ich möchte bei ihm anfangen. Oder besser bei seinem Brief und seinem Auftauchen.", beugte Vater sich vor, während Trigus durstig meinen Wasserbecher leerte. „Ich würde sagen, dass die Vergangenheit mich eingeholt hat.", holte er seine Tasche unter dem Stuhl hervor, öffnete den Verschluss und fischte nach kurzem Suchen den gerade erwähnten Brief hervor.

„Der Inhalt mag ursprünglich nur für mich bestimmt sein und wird euch gerade zu Beginn nur wenig sagen, aber ich möchte dennoch bei ihm beginnen. Natian? Du solltest ihn lesen. Und ihn dann laut vorlesen. Ich nehme an, dass Netrosh dir das Lesen und Schreiben beigebracht hat. Und vermutlich so manches mehr."

Der Angesprochene knurrte etwas Unverständliches, warf mir einen eigenartig grimmigen Blick zu und zog dann den Brief zu sich heran, um ihn vorsichtig aufzufalten.

Absolute Stille herrschte, während er den Inhalt verschlang und hier und da sichtlich schluckte. Mehrfach irrte sein Blick auch zu Vater herüber, aber noch immer schwieg er und räusperte sich zuletzt.

„Es erklärt nach wie vor nicht, weshalb ich dich suchen sollte."

„Nein, aber ich denke, dass es das noch wird. Willst du ihn vorlesen?"

„Beantworte erst meine Frage!", grollte er.

Vater seufzte.

„Nein, ich war noch nie in meinem Leben Soldat, schon gar nicht unter Vandans Herrschaft! Was ich war, kann man mit viel gutem Willen Berater nennen, aber auf deinen Vater traf dies noch viel eher zu. Er war wie ich noch jung, als er zur Erziehung an König Prullufs Hof geholt wurde."

Natian verlor einiges an Farbe.

„Er ist an Prullufs Hof aufgewachsen?"

„Nicht aufgewachsen, nein. Er war wie ich zehn oder elf Jahre alt und bereits seit einem Jahr dort, als ich eintraf. Irgendwer hatte bei Hof von seinen Fähigkeiten erzählt ..."

„Fähigkeiten?", unterbrach ich ihn.

„Netrosh von Neteret ist ... war ein Seher. Ein ausgesprochen begabter noch dazu. Diese Gabe muss Generationen zuvor schon einmal in seiner Familie vorhanden gewesen sein, dann aber erst wieder in ihm zutage getreten sein. Und was immer er an mir fand, er war es, der mir von Anfang an seine Freundschaft anbot, während ich wie ein hilfloses Kind mühsam in der fremden Umgebung Anschluss zu finden versuchte. Im Grunde verdanke ich es ihm, dass ich zuletzt einiges Ansehen erlangte, aber es war stets Netrosh, der alle und alles in den Schatten und sein Licht stets unter den Scheffel stellte!

Aber zurück zu deiner Frage. Nein, ich war kein Soldat. Und ich stand auf Prullufs Seite gegen Vandan. Ich war wie alle anderen natürlich ausgebildet worden im Kampf und ich weiß auch heute noch mit Waffen umzugehen, doch in den Krieg, in die wahren Kämpfe waren wir nie verwickelt. Pruluff hätte Netrosh niemals von seiner Seite gelassen, er war viel zu kostbar für ihn."

„Was ist damals passiert? Und wieso hat er mir niemals von seiner Zeit am Hof erzählt? Nicht mal dieser Brief spielt darauf an!"

„Aus gutem Grund: Das alles sind Dinge, die man nicht so ohne Weiteres einem Stück Pergament anvertraut, das in falsche Hände geraten könnte. Das da enthält gerade genug, dass es mir und dir die nötigen, entscheidenden Hinweise und Informationen geben kann. Willst du ihn nicht doch vorlesen? Ich werde anschließend versuchen, alle Lücken zu füllen, inklusive der, die den Zusammenhang mit Medoth bildet …"

„Medoth?", beugte Trigus sich stirnrunzelnd vor. „Vater, was …"

„Schon gut, ich weiß, was ich tue, Trigus. Natian?"

Das Schreiben in der Hand zitterte kurz und er warf erst einem nach dem anderen einen kurzen Blick zu, der – wieder aus unerfindlichen Gründen – bei mir etwas länger hängen zu bleiben und fast schon wütend schien. Allmählich beschlich mich der Verdacht, dass ich irgendetwas falsch gemacht oder etwas Falsches gesagt haben könnte, aber da senkte er auch schon den Blick auf die Zeilen und holte tief Atem:

Ich grüße dich, Lerfan, alter Freund!

Mit diesen Zeilen möchte ich mich dir nicht nur in Erinnerung bringen – mich, nicht die Vergangenheit! –, sondern auch den Überbringer dieser Nachricht anempfehlen. Ich kann zum jetzigen Zeitpunkt nicht wissen, wann genau dies der Fall sein wird, so weit reicht meine Kenntnis nun doch nicht, schon gar nicht, was mein Schicksal angeht, aber ich weiß, dass Natian nicht aufgeben wird.

Noch vor deinem Namen befinden sich auf seiner Liste der zu Suchenden drei andere. Grolle mir nicht, dass du erst ganz am Ende als Vierter genannt bist, denn die Reihenfolge hat andere Gründe. Gut möglich jedoch, dass du nun, da du dies in Händen hältst, der Letzte noch Lebende auf dieser Liste bist.

Der Umstand, dass ich dich beim Namen nenne, sollte dir zeigen, dass ich dich niemals zur Gänze aus den Augen verloren habe. Dennoch muss ich darauf vertrauen, dass Natian dich auch ohne eine Wegbeschreibung finden wird. Und hier spielt dann doch deine Vergangenheit eine gewisse Rolle ...

Ist es nicht Ironie des Schicksals, dass die Menschen immer nach denen suchen, die ihnen überhaupt nicht weiterhelfen können? Wieso jagen sie nur stets und ständig hinter Dingen her, die doch nicht zu ändern sind, weil sie längst festgeschrieben stehen? Jetzt höre ich dich sagen, dass man seines eigenen Glückes Schmied ist und dass nichts festgeschrieben ist. Alter Zweifler! Es wird dich umso mehr erstaunen, dass ich dir beipflichte, wenn auch nur in dieser einen, ganz speziellen Hinsicht. Doch du wirst mir ebenfalls recht geben, wenn ich sage, dass manches unbedingt eintreffen sollte, oder?

Natian hat dich gefunden und das hat seinen tieferen Sinn. Und ich weiß genau, dass auch in dir und deiner Familie mehr und Tieferes verborgen ist. Ich wusste es schon immer, nur du wolltest das nie sehen.

Sag ihm, was ich nicht mehr sagen konnte! Gib ihm die Antworten, nach denen er sucht! Und lass geschehen, was unbedingt geschehen muss, stelle dich dem nicht in den Weg! Ich weiß genau, dass du versucht sein wirst, aber ich weiß ebenso sicher, dass das Schicksal genau dann eintrifft, wenn die zeit reif dafür ist. Wenn du es zu ändern versuchst, sucht es dich heim, um doch so einzutreffen, wie es bestimmt ist – und dann könnte dein Eingreifen fatale Folgen haben. Gehst du ihm offen entgegen, stellst du dich an seine Seite wie ein Freund.

Wenn du jedoch zauderst und ihm auszuweichen versuchst, wird es umso unausweichlicher dich suchen!

Du warst immer derjenige von uns, der mit beiden Beinen fest im Leben stand, ich war immer derjenige, der weltfremd blieb. Oder besser gesagt: Der immer halb gefangen war in einer anderen Welt. Meine Zeit ist vorüber, jetzt bricht die derjenigen an, die so sind wie du: die Zeit des Handelns und der Handelnden.

Ich werde dir immer in tiefster Freundschaft und unverbrüchlicher Treue zugetan sein, wo immer ich bin und wo immer du bist! Übermittle deiner Familie meine Grüsse und meine Hochachtung und sei auch du ein letztes Mal in aller Hochachtung umarmt, mein alter Freund! Du hast und hattest stets einen ganz besonderen Platz in meinem Herzen.

Netrash

Natian starrte noch einen Moment auf die Worte in seiner Hand, dann ließ er das Blatt sinken und sah Vater an. Auffordernd und anklagend zugleich.

„Netrosh kannte mich nicht unter dem Namen Lerfan."

Vaters leise Eröffnung in das laute Schweigen ließ mich den Atem anhalten. Er war im Begriff, einem Fremden ein mehr als gut gehütetes Geheimnis anzuvertrauen! Er mochte diesen Netrosh gut gekannt haben, aber das konnte kaum für Natian gelten!

„Was meinst du damit?", kam es prompt.

„Dass ich meinen wahren Namen abgelegt habe, als ich damals als längst erwachsener Mann hierher in meine ursprüngliche Heimat zurückkehrte. Es war einfacher als gedacht, denn von dem einstigen Jungen war längst nichts mehr übrig. Noch einfacher war es, zu verbreiten, ich sei im Krieg gefallen. Und um jetzt eine weitere Erklärung vorwegzunehmen: Medoth ist mein Bruder. Mein Halbbruder.

Ich ging als kleiner Junge und Sohn eines Fürsten von hier fort, um bei Hofe erzogen zu werden und so vielleicht eines Tages ein hohes Amt zu bekleiden. Nun, in gewisser Weise habe ich das wohl erreicht, aber als der Krieg gegen Vandan verloren war ... Es war dein Vater, der dies als Erster und Einziger vorhersah, aber zuletzt hörte niemand mehr auf ihn. Kriege machen blind für Wahrheiten und das, was sich der Befehlshaber in deren Verlauf bemächtigt, ist oft genug mächtiger als jede Warnung: Rache- und Blutdurst, falscher Stolz, Ehrgeiz und am Ende Verzweiflung und Starrsinn. Zuletzt schickte Prulluf uns fort. Netrosh, mich und drei weitere Männer. Zwei von uns weigerten sich lange standhaft, aber letztlich war er der König und wir gehorchten. Wir zerstreuten uns und …"

„Weshalb? Wieso seid ihr nicht zusammen geblieben oder habt wenigstens Kontakt gehalten?"

„Errätst du das nicht?", funkelte Vater nun ihn an. „Ich weiß nicht, unter welchen Namen die anderen zuletzt lebten, aber es war Netrosh, der in buchstäblich weiser Voraussicht darauf bestand. Wie fandest du mich? Was stand auf dieser Namensliste?"

„Neben deinem Namen? Landpächter im Fürstentum derer von Hergath, mehr nicht.", grollte er.

„Gerade genug, um nicht zu viel zu verraten.", murmelte Vater gedankenverloren, dann seufzte er und tauchte wieder aus irgendeiner Erinnerung auf. „Es war nur dieser kleine, eingeweihte Kreis um Prulluf herum, der von der letzten großen Prophezeiung deines Vaters wusste – so dachten wir. Inzwischen weiß ich, dass irgendetwas davon durchgesickert sein muss, sonst hätten diese Verfolgungen damals nicht stattgefunden. Aber hier könnte Vandan durchaus schon das Gerücht eines Gerüchts genügt haben."

„Du wusstest von diesen Verfolgungen! Und hast nichts unternommen!"

„Was hätte ich tun können? Ich bin ein einzelner Mann!"

„Eine bequeme Entschuldigung!"

„Eine Logische! Mag sein, dass du deinen Vater gut kanntest, aber ich kannte ihn ebenfalls. Und ich habe auf ihn gehört und blieb verborgen."

„Und wer hat Verrat geübt? Wer hat etwas durchsickern lassen? Vandan muss etwas von dieser Prophezeiung zu Ohren gekommen sein.", grollte Natian angriffslustig.

„Vergisst du nicht etwas?", versetzte ich, zunehmend wütend in Anbetracht seiner ständigen Angriffe.

„Was?"

„Den Umstand, dass auch ein Vandan Seher um sich scharen könnte? Was, wenn jemand von ihnen etwas von dem sah, was dein Vater einst sah? Grund genug für Vandan, Jagd auf die damaligen Seher Prullufs zu machen, oder? Beschuldige nicht jemanden unterschwellig des Verrats, wenn du nicht stichhaltige Beweise gegen ihn hast!"

„Schon gut.", mahnte Vater besonnen. „Mein Gewissen ist rein, daher verletzt mich dies nicht. Und Gerüchte werden für gewöhnlich von Unbeteiligten und Uneingeweihten gesät, die hier und da etwas aufgeschnappt haben.

Kommen wir besser zurück zum Thema. Die damalige Niederlage war ... vollkommen. Unser gesamtes Reich lag darnieder, unsere Armeen gab es nicht mehr und es hat Jahre gedauert, bis wir uns wieder erholten. Und auch das war Netrosh klar: Es würde Zeit brauchen. Alles würde Zeit brauchen. Er ging von Anfang an davon aus, dass es, wenn es soweit sein würde, wieder diese Männer sein mussten, die diese Prophezeiung wahr werden lassen oder aber an Menschen ihres Vertrauens weitergeben mussten. Personen, die erst dann wieder auftauchen und ihren alten Einfluss geltend machen durften oder aber Einfluss zu nehmen versuchen mussten. Vor der Zeit hätte man sie unschädlich machen können und auf diese Weise wollte er sichergehen, dass das Wissen bewahrt bleiben würde."

„Wissen! Einem Fürsten anvertraut! Erbe eines Fürstentums!"

„Etwas, für das ich mich niemals geeignet hätte! Natürlich konnte mein Vater dies damals nicht wissen, aber wie sich bald herausstellte, war dies das Beste, was mir je …"

„Medoth will an dich verkaufen, weil der Besitz damit weiterhin in eurer Familie bliebe!", fiel Natian ihm ins Wort. „Und wenn du nicht kaufst und ihm auch kein Geld leihst, was wird er dann wohl tun, wenn er verzweifelt genug ist? Wie lange wird Medoths Bruder dann wohl noch als tot gelten? Lug und Betrug wohin ich auch sehe! Weshalb das alles? Weshalb hat mein Vater gerade dich ausgewählt?"

Ich schnaubte aufgebracht, aber wieder traf mich lediglich ein kühler Blick.

„Ausgewählt? Eine durchaus treffende Bezeichnung! Wie ich schon sagte: Ich weiß nicht, was er in mir sah, aber wie du eben selbst gelesen hast, sah er offenbar tatsächlich etwas in mir. Ich gestehe offen, dass es erschütternd für mich war, dies zu lesen, vor allem aber, von seinem Tod zu hören. Doch zumindest für mich ergibt alles nach und nach einen Sinn."

Er schob seinen Stuhl zurück und erhob sich, hob dann die Hand, um Natian, der schon Atem geholt hatte zu einer Erwiderung, zu unterbrechen.

„Ich glaube, ich kenne deine Fragen, die meisten zumindest. Was ich dir sagen kann, werde ich dir sagen, das bin ich Netrosh schuldig. Wieso also hörst du nicht einfach nur zu? Vielleicht sind damit schon einige deiner Wissenslücken gefüllt!"

Natian stieß den Atem ungenutzt wieder aus, schob das Kinn vor und nickte knapp.

„Gut. Fangen wir am Anfang an. Netrosh war einer der begabtesten Seher, denen ich je begegnet bin. Und es tummelten sich zeitweilig durchaus einige bei Hof, die von sich behaupteten, diese Fähigkeit zu besitzen!

Gemessen an Prulluf war Vandan damals noch ein junger König, hatte die Krone Brevarths kaum geerbt. Aber er war schon immer grausam, von einem unbändigen Hunger nach Macht und Land erfüllt. Er gierte nach seinen Nachbarreichen, vor allem nach dem unseren, so überaus fruchtbaren. Er machte vor nichts Halt und ich weiß von mindestens zwei Begebenheiten, die bezeichnend für ihn sind: Die beiden entscheidenden, für ihn siegreiche Schlachten gegen Ende des Krieges, in denen er viele Gefangene machte. Nur, dass jemand wie Vandan keine Gefangenen macht! Er ließ sie alle töten, bis auf einen: Einen Boten, den er entkommen ließ, wie es hieß noch ein halbes Kind. Vandan selbst hat bei diesem Morden mitgeholfen und er muss knöcheltief im Blut gestanden haben.

Das war wie gesagt kurz vor Ende des Krieges. Er hatte längst mehr als die Hälfte unseres Reiches erobert und stand praktisch schon vor den Toren von Perstan. Und das war auch der Zeitpunkt, an dem Prulluf sich endlich eingestehen musste, dass es kein Entkommen, keinen Sieg und nicht einmal mehr einen Kompromiss durch Verhandlungen geben würde. Vandans Verhalten war eindeutig, er kannte keine Gnade. Die endgültige Niederlage, schon eine Weile zuvor von Netrosh vorhergesagt, stand unmittelbar bevor, Kapitulation war der letzte Ausweg, wenn wir nicht bis auf den letzten Mann niedergemäht werden wollten. Und Prulluf weigerte sich, zu fliehen."

Er unterbrach sich, verschränkte beide Arme vor der Brust und atmete tief ein.

„In der letzten Nacht, die ich in Perstan verbrachte, weckte mich Netrosh. Unsere Zimmer lagen nebeneinander, zu dem Zeitpunkt im gleichen Flügel wie die des Königs. Und ich weiß genau, dass Netrosh noch immer halb unter dem Eindruck eines soeben erlebten Gesichts stand. Noch immer war er nicht vollkommen bei sich und was er sagte ..."

„Ein Gesicht? Eine Prophezeiung! Der Grund, weshalb man meinen Vater damals geholt hat und weshalb ich ihn nie wiedergesehen habe! Jemand erinnerte sich an ihn und all die anderen Seher wurden nur deshalb getötet, damit keiner mehr übrig bleibt, der eine ähnlich lautende Vorhersage würde machen können."

„Kaum eine andere Erklärung wäre ähnlich schlüssig. Kennst du ihren Wortlaut? Hat er sie dir je mitgeteilt?"

Natian knirschte mit den Zähnen, erhob sich ebenfalls und schüttelte den Kopf.

„Nicht vollständig, etwas fehlt. Er gab mir darüber hinaus insgesamt vier Namen, jeder von ihnen sollte mir einen Schritt weiterhelfen. Aber eigenartigerweise und wie in diesem Brief angekündigt lebt nur noch eine einzige dieser Personen: du! Weshalb? Wer wäre leichter zu finden und als Mitwisser zu Vandans Hof zu schleppen als ein ehemaliger Fürst? Du magst mir dein Geheimnis aufgedeckt haben, aber mein Vertrauen hast du deshalb längst noch nicht!", grollte er und schoss mir einen rasiermesserscharfen Blick zu. Und der genügte diesmal, um auch mich hinreichend anzustacheln:

„Wer wäre einfacher zu verstecken als ein ehemaliger Fürst, der als gefallen gilt? Wer wäre einfacher zu tarnen als ein Fürst, der alle Rechte, Anrechte, Titel und Befugnisse abgelegt hat? Alle Welt würde glauben, dass er, wenn er denn überlebt hätte, zurückkehren und Anspruch auf sein Erbe erheben würde. Mein Vater lebt als Gutsherr, seit ich denken kann. Nein, schon seit vor unser aller Geburt. Hast du nicht zugehört? Er ging als kleiner Junge von hier fort, niemand hätte ihn wiedererkennen können! Nicht, wenn Vater dies nicht wollte!

Und Medoth hatte mehr als nur ein begründetes Interesse daran, Vaters wahre Identität zu verheimlichen: Als jüngster Sohn eines Fürsten und einer Bürgerlichen war er nie als Erbe vorgesehen, so aber fiel ihm alles in den Schoß. Vater verzichtete auf alles, seinen Titel eingeschlossen. Er hat ihm alles überlassen und als Gegenleistung nur sein Schweigen ..."

„Ein Schweigen, das deinem Vater das Überleben sicherte, während alle anderen, denen *mein* Vater vertraute, ihr Leben für ein Geheimnis gaben, ihn eingeschlossen. Ein Geheimnis, das bedeutend genug war, um alle Seher des Reiches zu Gejagten zu machen, wie soeben von deinem Vater bestätigt!

Willst du wissen, wie es war? In den Jahren damals hat Vandan alles daran gesetzt und keine Mühen gescheut, alle Menschen, denen auch nur der Hauch einer seherischen Gabe nachgesagt wurde, zu finden, zusammenzutreiben und zu sich an den Hof schaffen zu lassen. Keine Ahnung, wie viele von ihnen es überhaupt bis dahin geschafft haben und wie viele schon auf dem Weg dorthin getötet wurden! Mein Vater hat sich nicht einmal gewehrt, als sie kamen!"

Ich schluckte hart. Seine Wut und sein Hass traten in diesen Worten derart deutlich zutage, dass es mir sekundenlang die Sprache verschlug.

„Ich kann nicht ermessen, was all das für dich bedeutet haben mag, wie schon gesagt! Aber ich rate dir, Sherea gegenüber nicht noch einmal in dieser Weise die Stimme zu erheben, verstanden? Meine Schwester hat dir kein Leid zugefügt und eher prügle ich dich eigenhändig zu dieser Tür hinaus, als dass ich dies noch einmal zuließe!", stand Trigus bereits neben mir. Und auch der eigentlich immer unerschütterlich ruhige und geduldige Ulluf war aufgestanden.

„Setzt euch wieder und beruhigt euch. Doch auch mir missfällt dein Ton und in Bezug auf Sherea sind mir deine hasserfüllten Blicke keineswegs entgangen. Mich kannst du nicht verletzen, aber dies … Ich finde, es ist an der Zeit, mir dies zu erklären!", forderte Vater hart.

„Wieso sollte ich mich erklären, wenn auch ich keine Erklärung erhalte? Ihr redet um die Wahrheit herum, wie die Katze um den heißen Brei herumschleicht, Fürst Lerfan!", erwiderte er sarkastisch und verbeugte sich leicht.

„Mein Name ist jetzt Lerfan, aber einst war ich Fürst Fostred. Mir ist gleich, ob du mir glaubst oder nicht, aber dein Vater hat selbst darauf bestanden, dass ich mich verberge, denn in jener Nacht teilte er mir als einzigem von unseren Freunden den gesamten Inhalt seiner Prophezeiung mit! Er machte mich damit zum einzigen Bewahrer dessen, was alle anderen allenfalls bruchstückhaft kannten, dich offenbar eingeschlossen. Und wenn du für einen Moment einmal dein eigenes Schicksal, so schwer und tragisch es gewesen sein mag, außer Acht lässt und deinen Blick darüber hinaus richtest, was sagt dir dies dann?", beugte er sich nun drohend vor, beide Hände auf den Tisch gestützt.

Natian hob das Kinn – eine halb trotzende, halb hochmütige Geste.

„Nichts? Dann werde ich es dir sagen: Indem er mich zu seinem Geheimnisträger machte, machte er trotz aller Vorsicht, die ich seither an den Tag lege, doch auch meine gesamte Familie zu Mitwissern! Oder denkst du, dass Vandan gnädig vor meiner Frau und meinen Kindern Halt machen wird, wenn ich ihm versichere, dass ich niemals irgendjemandem auch nur ein Sterbenswort von dem, was Netrosh mir anvertraute, gesagt habe? Vandan ist weit, Perstan ist weit. Und doch wird er erst weit genug weg sein, wenn er diese Welt endgültig verlassen hat.

Es ist seit damals kein Tag vergangen, an dem ich nicht bangte, dass mich irgendwann einmal jemand von damals wiedererkennen könnte. Eine zufällige Begegnung, ein unachtsames Wort ... Dieses Fürstentum liegt fast am Rande des Reiches und dieses Stück Land praktisch mittendrin in diesem Fürstentum. Und auch wenn Medoth gezwungen war, Vandan seine Treue zu schwören und bei Bedarf Vasallendienst zu leisten, für gewöhnlich kümmert es einen König wie ihn nicht, wem seine Vasallen ihr Land verpachten oder verkaufen. Er hätte viel zu tun, wenn es anders wäre.

Doch ich weiß auch, dass alleine in den letzten fünfzehn Jahren insgesamt viermal ein Trupp von Soldaten bei Medoth war. Fostred ist nicht vergessen! Vandan vergisst niemals etwas! Und wenn ich auch absolut sicher bin, dass Netrosh selbst unter der Folter niemals meinen Namen und meinen Aufenthaltsort preisgegeben hätte, weiß ich so doch ebenso, dass Vandan niemals aufhören wird, Medoth im Auge zu behalten. Und ja, er hat Schulden, ist angreifbarer denn je – etwas, das Vandan sich zunutzemachen könnte! Umso vorsichtiger muss ich nun vorgehen, denkst du nicht?

Du bist willkommen auf meinem Besitz, solange du immer möchtest, Natian, du kannst dich ob meiner Freundschaft mit Netrosh als Familienmitglied betrachten. Doch wie dein Vater einst dich muss nun ich meine Familie schützen, also frage ich dich jetzt: Bist du sicher, dass nicht du durch dein Auftauchen hier – unwissentlich – gewisse Verfolger oder Sucher auf meine Spur gebracht haben könntest? Wenn ja: gut. Wenn aber nein: Ich werde dir Wort für Wort sagen, was Netrosh mir damals sagte und ich bin bereit, zu sterben, wie dein Vater, doch in diesem Fall muss ich Vorkehrungen treffen für meine Familie, verstehst du?

Ich war nie einer Meinung mit Netrosh, wenn es um die Vorherbestimmung des Schicksals ging, aber ich habe andererseits zu viel erlebt an seiner Seite, um mich seinen Wünschen und Plänen entgegenzustellen. Ich gehorche ihnen und gehorche damit einem überaus begabten Seher und dessen buchstäblichen Weitsicht. Ausnahmen mögen die Regel bestätigen, denn noch weiß ich nicht, worauf er in diesem Brief anspielt, wem oder was ich mich in den Weg zu stellen versucht sein könnte. Was also sagst du? Und was weißt du?"

Natian presste unwillig die Lippen zusammen, dann aber nickte er knapp.

„Ich bin so sicher, wie ich nur sein kann, dass niemand mir gefolgt ist. Ich bezweifle, dass überhaupt jemand von meiner Existenz weiß, aber in diesem Punkt kann ich nicht absolut sicher sein. Ich habe damals vier Jahre lang bei meiner Tante gelebt und anders als in meinem Heimatort weiß ich nicht, ob den Menschen dort so sehr zu trauen ist. Ich würde meine Hand nicht dafür ins Feuer legen."

„Was macht dich so sicher, dass in deiner ehemaligen Heimat niemand verraten hat, dass Netrosh einen Sohn hatte?"

„Sagtest du nicht, dass du meinen Vater kanntest? Niemand hat ähnlich großes Ansehen genossen in Purrh wie er. Niemand hätte mich verraten. Und niemand musste meinetwegen lügen und gleichzeitig Angst haben, dass seine Lüge entdeckt werden könnte, denn ich habe dafür gesorgt, dass mit meinem Fortgehen jeder Hinweis auf mich verschwand."

„Wie?"

„Unser Haus mit all unserer Habe ging in Flammen auf. Und was Vater mir an Wichtigem hinterließ, habe ich bewahrt. Oder anschließend ebenfalls vernichtet."

Vaters Miene war diesmal selbst für mich nicht zu deuten, doch eines stand zumindest in seinen Augen zu lesen: Trauer. Tiefe und ehrlich empfundene Trauer und Verlust.

„Und was hat er dir hinterlassen? Ich frage nicht nach den persönlichen Dingen, sondern nach dem, was in irgendeiner Weise mit dem damaligen und heutigen Geschehen in Zusammenhang stehen könnte."

„Neben dem Brief? In der Tat einige wenige persönliche Dinge, die ich nun seinem früheren Leben bei Hof zuordne. Die Namensliste war eines davon. Und auf deren Rückseite einen Satz, den ich bis vor Kurzem nicht verstand. Eher gesagt bis heute Morgen."

Ich runzelte die Stirn, denn bei dieser Bemerkung musterte er mich erneut scharf.

„Ich wäre blind, wenn ich nicht sehen würde, dass dies dein gesamtes Verhalten uns gegenüber verändert hat, besonders Sherea gegenüber!", ließ sich zum ersten Mal seit Beginn dieses Gesprächs Mutter vernehmen. „Als du gestern Abend hier eintrafst, warst du zwar distanziert, aber die Höflichkeit in Person. Da lag durchaus auch eine Aura von Vorsicht und ein gewisses Misstrauen um dich und du legtest das übliche Verhalten eines Mannes, der um Arbeit ersucht, an den Tag, aber da war auch noch etwas anderes. Und das ist urplötzlich umgeschlagen in offenen Hass. Weshalb hasst du uns auf einmal so sehr? Nicht nur weil du denkst, dass Lerfan sich Vandans Schergen all die Jahre absichtlich entzog und nichts unternahm, um diese Hetzjagd zu beenden!"

Natian atmete tief ein, dann schüttelte er den Kopf.

„Ich hasse euch nicht."

„Doch, das tust du! Du hasst uns aus tiefstem Herzen und ich kann nur vermuten, dass es deiner Trauer und deinem Verlust zuzuschreiben ist, der dir heute und hier erneut zutiefst bewusst wurde angesichts der Tatsache, dass Lerfan noch lebt und seine Familie ebenfalls. Aber da ist noch etwas. Was?"

„Du irrst. Ich hasse euch nicht. Aber ich kann euch auch nicht vertrauen. Lerfan ist der letzte Überlebende, obwohl er seiner eigenen Auskunft nach der Einzige ist, der die gesamte Prophezeiung kennt. Und Vaters Hinweis auf dem Zettel ... Die Gerechte wird siegen."

Seine Ausführung endete mit diesen Worten und zuerst sahen wir alle uns gegenseitig ratlos an.

„Die Gerechte? Nicht die Gerechtigkeit?", warf Trigus ein.

Natian verzog das Gesicht und es schien, als ob etwas Verächtliches in seinen Augen läge. Dann schob er die Hand in die Tasche seiner Hose und zog etwas hervor, das sich erst bei näherem Hinsehen als ein unendlich oft auf- und wieder zusammengefaltetes Stückchen Pergament entpuppte. Gelbbraun verfärbt und an den Rändern gerissen, vollkommen verknittert.

„Für gewöhnlich trage ich es nicht einfach so bei mir, sondern gut verborgen eingenäht in meine Tasche. Hierfür aber habe ich es noch einmal hervorgeholt und nachdem du es gelesen haben wirst, sollte es verbrannt werden. Hier. Fällt dir etwas auf?"

Er warf es nicht Vater, sondern mir zu. Aber es war Vater, der es in die Hand nahm und betrachtete.

„Die Gerechte ..." flüsterte er kaum hörbar.

Trigus' Hand lag im gleichen Moment an meinem Arm, in dem auch Vaters Blick mich traf.

„Sherea! Die Gerechte!"

„Richtig. Deine Tochter ist Bestandteil dieser Prophezeiung, auf welche Weise auch immer! Hast du nicht beteuert, du seiest der einzige vollständig Eingeweihte? Und dennoch willst du behaupten, nichts davon gewusst zu haben? Was hat mein Vater dir damals gesagt? Was sah er in Bezug auf Vandans Schicksal voraus?"

Das Schweigen schien minutenlang zu dauern und niemand rührte sich. Erst als Natian mit den Zähnen knirschte, um den Tisch herumkam und halb neben, halb hinter mir stehen blieb, beide Arme vor der Brust verschränkt, schien Vater aus seiner Erstarrung zu erwachen.

„Der kommt, wird gehen, der herrscht, wird fallen. Dieser Schlüssel ist nicht ehern und er ist Schlüssel und Tor zugleich. Einmal durchschritten führt der Weg nur in eine Richtung und verzerrt wird so, was sonst nur in der Götter Hand, doch wird es geduldet für das große Ziel. Der kommt, wird gehen und der herrscht, wird fallen wenn die Zeit reif.", zitierte er mit heiserer Stimme.

„Die Gerechte wird siegen und das Schloss schafft der Schlüssel, nicht dessen Schmied. Und der Schlüssel ist irden, genau wie der Fels ..." schien Natian es zu ergänzen. „Ihr habt recht, es ergibt einen Sinn. Und jetzt verstehe ich ihn. Endlich!"

Erneut schob er seine Hand in die Tasche und als er sie wieder herauszog, umschloss sie etwas, das offenbar an einer langen Lederschnur befestigt war.

„Zeit, das Tor zu öffnen!"

Der Raum um mich herum schwankte, als er ohne Vorwarnung meinen Arm umklammerte, und die Gesichter meiner Familie wirkten verzerrt, genau wie alle anderen Eindrücke sich zu verzerren und unverständlich zu werden begannen. Was immer sie zu rufen schienen, die Worte erreichten meine Ohren nicht mehr.

Und nur zwei, drei Herzschläge später fiel ich in ein abgrundtiefes Schwarz ...

Kapitel 3

Der Steinkreis in der Nähe von Perstan, Jahre zuvor ...

Mein Kopf dröhnte und schmerzte, jedes einzelne Körperglied tat weh. Noch bevor ich die Augen überhaupt zu öffnen imstande war, wurde mir klar, dass ich auf hartem Boden lag. Mit Gras bewachsenem Boden. Gerüche waren neben den Schmerzen das Erste, was ich wieder wahrnehmen konnte und der Geruch nach Gräsern und Farnen war viel zu deutlich. Dann kamen nach und nach die Geräusche der Umgebung dazu, auch wenn es eine Weile dauerte, bis ich sie über das nur langsam abnehmende Dröhnen hinweg hören konnte: Mein eigener, viel zu schnell gehender Herzschlag und Wind, der kühl über mich hinstrich und in der Nähe das Laub irgendwelcher Bäume und Büsche bewegte.

Der erste und zweite Versuch, meine Lider zu heben, scheiterten kläglich und erst als ich meinen ganzen Willen dazu zusammennahm, konnte ich sie blinzelnd einen Spalt breit öffnen.

Nacht. Wo auch immer ich war, es war rabenschwarze Nacht. Nun ja, rabenschwarz nur dann, wenn man vom Mondschein absah.

Mit großer Anstrengung schaffte ich es irgendwann, den Kopf zu heben und den Oberkörper aufzurichten, aufgestützt auf meinen Arm. Ich fror, aber glücklicherweise nicht so sehr, dass ich eine Unterkühlung befürchten musste. Und als ich ein paar Augenblicke später in der Lage war, meine Augen wieder vollends zu öffnen und einen entsetzten Rundblick hielt ...

„Ich bin froh, dass dir nichts geschehen ist. Die Kopfschmerzen werden vergehen, so wie alles andere ebenfalls. Und auch wenn ich nicht wirklich bereuen kann, was ich getan habe, entschuldige ich mich doch dafür. Lass dir also noch einen Moment Zeit. Sobald es dir besser geht, kannst du mich mit deinen Vorwürfen überhäufen. Dann werde ich dir erklären, was soeben ganz offensichtlich stattfand ... ganz wie mein Vater es vorhergesehen hat. Und dann kannst du meinetwegen weitermachen mit deinen Vorwürfen. Hast du Durst? In der Nähe fließt ein Bach."

„Wo bin ich? Und was hast du getan? Wieso bin ich hier und wieso ist mir so schwindelig? *Was in aller Welt hast du getan?*", stöhnte ich, zog mühsam die Beine an den Körper und versuchte verzweifelt, das Gleichgewicht zu finden. Mein Kopf schien im ersten Moment wie wild auf meinen Schultern hin und her zu schwanken, bevor die Welt um mich herum langsam zum Stillstand kam.

„Ich habe getan, was getan werden musste. Das Einzige, wofür ich mich in diesem Zusammenhang entschuldige, ist, dass ich dich damit vor vollendete Tatsachen gestellt habe. Aber mir blieb keine Wahl."

Sein Schemen malte sich dunkel und bedrohlich gegen den Sternenhimmel ab, der von hier, mitten zwischen hohen, schmalen Silhouetten ...

In regelmäßigen Abständen stehende hohe, schmale Silhouetten!

„Ein Steinkreis? Das ist ein Steinkreis! Bleib weg, fass mich nicht an! Was immer du getan hast ... Das hier ist ein magischer Steinkreis!", ächzte ich ängstlich.

„Allerdings! Und ich habe nicht vor, dir etwas anzutun, ich wollte dir nur helfen und ..."

„Helfen? Du hast mich hierher gebracht, wie auch immer du das geschafft hast! Wer bist du? Was bist du? Wie hast du das gemacht?"

„Wenn du dich ein wenig beruhigen würdest, könnte ich dir ..."

„Beruhigen? Rede!", schrie ich seinen Schatten aus Leibeskräften an – und wurde prompt mit heftigem Dröhnen in meinem Kopf belohnt.

Er schnaubte laut, richtete sich auf und hielt irgendetwas hoch. Ich erkannte lediglich, dass er einen kleinen Gegenstand an einer Schnur hielt.

„Hiermit. Ich bin kein Zauberer, falls du das vermuten solltest. Das hier ist eines der Dinge, die mein Vater mir hinterließ. Ein Bruchstück von einem dieser Steine, vermutlich von ihm selbst abgeschlagen. Die kostbarste Hinterlassenschaft von allen, würde ich sagen."

„Du willst behaupten, dass dieses Bröckchen Stein uns hierher gebracht hat? Ich will sofort nach Hause, verstanden? Du wirst mich auf der Stelle nach Hause bringen! Wo auch immer wir hier sind: Du bist dafür verantwortlich und wirst mich daher auch wieder nach Hause bringen!"

Ich schlug nach seiner helfenden Hand, die mich stützen wollte. Und obwohl als ich daraufhin nur noch heftiger schwankte, wehrte ich mich auch noch ein zweites Mal, als er mich festhalten wollte.

„Tut mir leid, aber das kann ich nicht. Und wir sind hier etwa einen halben Tag Fußmarsch von Perstan entfernt, bei Nacht vermutlich etwas länger."

„Perstan! Du *kannst* mich nicht nach Hause bringen? Du *willst nicht*, wolltest du wohl sagen!", wurde ich wieder laut.

„Ich weiß genau, was ich gesagt habe, und ich habe jedes Wort so gemeint. Selbst wenn ich wollte, ich könnte dich nicht zurückbringen. Nicht ... so, wie du es dir vorstellst. Und auch wenn dies hier nur von wenigen betreten wird, solltest du doch dringend etwas leiser werden!"

„Leiser? Weißt du, was ich ...", schrie ich – und sofort stand er vor mir, seine Hand auf meinem Mund, dann, nur einen Wimpernschlag später, die andere an meinem Arm, um mich vom Davonlaufen abzuhalten.

„Hörst du eigentlich jemals zu? Ich weiß genau, was ich sage, auch diesmal! Und jetzt hör auf, dich zu wehren, dann kann ich dir die Antworten geben, nach denen es dich verlangt! Haben wir uns verstanden? Das hier führt zu rein gar nichts, sieh es ein!"

Ich wehrte mich mit aller Kraft gegen seinen Griff, aber auf diese Weise verschlimmerte sich nicht nur das Schwindelgefühl erneut, sondern auch meine bohrenden Kopfweh. Meine Wut so gut es eben ging niederkämpfend, gab ich es schließlich – vorerst! – auf, ließ die Hände sinken und ballte sie zu Fäusten.

„Schon besser ...", nahm er vorsichtig beide Hände fort und trat einen Schritt zurück. „Also schön, ich fasse mich kurz: Wir befinden uns im Steinhain unweit von Perstan. Eine Kultstätte aus unbekannter Vorzeit, der in der Tat und offensichtlich zu Recht magische Kräfte nachgesagt werden. Du kannst dir dementsprechend ausrechnen, wie weit es bis zu dem Land deines Vaters wäre, selbst wenn es sich nur um die Entfernung handeln würde."

Ich schluckte krampfhaft. Seine leise, eindringliche Stimme klang unheilverkündend.

„Nur um die Entfernung? Was willst du damit sagen?"

„Damit will ich sagen, dass die Prophezeiung begonnen hat. Schon als Mestred mir die Bedeutung deines Namens erklärte, wurde mir klar, dass du dieser Schlüssel bist."

„Schlüssel? Wovon in aller Welt redest du? Ich bin kein Schlüssel! Und erst recht kein Tor oder Schloss oder was auch immer! Und jetzt sag endlich, weshalb du mich nicht nach Hause gehen lässt!"

Irgendwo im Hinterkopf wirbelten die einzelnen Worte dieser Prophezeiung umher, ohne irgendeinen Sinn zu ergeben. Keinen Sinn, wohl aber einen zunehmend beängstigenden Eindruck, denn da war die Rede von einem Weg gewesen, der nur in eine Richtung führen sollte. Sehr langsam und vorsichtig trat ich daraufhin rückwärts von ihm fort, Schritt für Schritt. Irgendwann stieß ich mit dem Rücken gegen einen der steinernen Menhire – und schaudert vor Angst, als dieser sich warm anfühlte! Selbst durch mein Kleid hindurch fühlte ich die Wärme, die er abstrahlte und trat sofort wieder vor!

„Du verstehst es immer noch nicht! Weil du mich nicht nach dem Wann gefragt hast, sondern nur nach dem Wo! Wir sind durch die Zeiten gereist, Sherea. Das hier, dieses Jetzt, liegt von dort, von wo wir kommen, hoffentlich mindestens fünfundzwanzig Jahre in der Vergangenheit."

Ich bekam keine Luft mehr. Nach Atem ringend torkelte ich davon, tastete haltsuchend um mich und holte nach einer Ewigkeit, in der ich tatsächlich zu ersticken fürchtete, keuchend Luft, sog sie gierig in meine Lungen. Doch kaum hatte ich Atem geschöpft, beugte ich mich würgend vor und erbrach die Reste meines Frühstücks. Und würgte gleich noch ein paarmal bei dem Gedanken, dass ich dieses Essen vor wenigen Stunden erst zu Hause und vor möglicherweise ... nein, in möglicherweise fünfundzwanzig Jahren ...

Ich wankte zur Seite und fiel auf die Knie. Und jetzt konnte ich nicht länger verhindern, dass mir die Tränen über die Wangen liefen.

Sein Stöhnen klang ungeduldig und ich krabbelte von ihm fort, als er neben mir in die Hocke ging. Seine Stimme hingegen klang wider Erwarten leise und sanft – zum ersten Mal, seit ich ihn kannte.

„Es tut mir leid! Sherea, es tut mir wirklich leid! Ich habe dich mitten aus deinem Leben herausgerissen, um in der Vergangenheit etwas zu richten, das zu richten ich alleine nicht imstande …"

„Du Monster!", schluchzte ich, dann fuhr ich ihn – bedeutend lauter – an: „Du bist ein Monster! Wie kannst du nur? Herausgerissen … Ich war zu dieser Zeit noch gar nicht geboren und genau wie Vater bin auch ich nur eine einzige Person, die nichts ausrichten kann! Was du getan hast, ist durch nichts zu entschuldigen! Mir ist übel, ich glaube, ich werde ohnmächtig … Nimm deine Hände weg, du Dämon! Fass mich nie wieder an, hast du verstanden? Ich würde dir die Augen auskratzen oder dich bei der ersten Gelegenheit im Schlaf mit dem nächstbesten Stein erschlagen, wenn du mich auch nur noch einmal mit der Spitze eines Fingers berührst, das schwöre ich bei allem, was mir heilig ist! Was du mir angetan hast, ist … Das werde ich dir niemals verzeihen!"

Ich sprang auf, unsicher auf den Beinen. Auch er richtete seinen Oberkörper daraufhin wieder auf, dann erhob er sich vollständig.

„Ich bin weder ein Monster noch ein Dämon. Ich bin lediglich derjenige, der das Schicksal eines ganzen Reiches zu verändern versucht. Ich habe mich für mein Vorgehen entschuldigt und werde mich nicht wiederholen. Wir beide sind vom Schicksal vorherbestimmt, Vandan zu stürzen. Oder aber irgendetwas zu tun, um zu verhindern, dass er an die Macht kommt, diesen Krieg gewinnt, ihn überhaupt anfängt – was auch immer. Vater war der Ansicht, dass die Steine schon wissen würden, wann sie uns hier absetzen sollten, aber solange ich das nicht mit Bestimmtheit sagen kann, habe ich keine Zeit, dich weiter zu bedauern. Für den Moment dürfte das hier sicher sein, denn dieser Ort ist selbst für Vandan ein zumindest mystischer Ort, hier im Umkreis hat nie irgendein Kampf stattgefunden und er hat ihn bis in unsere Zeit hinein nicht zerstört. Aber dennoch sollten wir hier nicht lange verweilen, verstehst du? Wir müssen den Schutz der Nacht nutzen und uns nach Perstan begeben. Wir müssen meinen Vater finden und ihn ..."

„Dein Vater!", schoss ich hervor, wütend, voller Hass und voller Verachtung. „Netrosh ist gestorben, ist es das? Vandan hat seine Hand im Spiel gehabt, wenn er ihn denn nicht eigenhändig umgebracht hat. Die Vergangenheit zu ändern ... Dir ist offenbar nicht klar, was das bedeuten könnte! Es könnte sein, dass wir scheitern – und dann? Es könnte sein, dass wir alles nur noch schlimmer machen und dein Vater diese Prophezeiung niemals aussprechen wird – und dann? Wir könnten sterben – und dann? Werden wir dann wieder geboren und erleben das alles erneut und wieder und wieder, bis wir es eines Tages vielleicht doch schaffen? Und nicht zuletzt: Es könnte sein, dass wir niemals geboren werden! Ich bin vieles, du Monster, aber nicht dumm, verstanden? Die Ausmaße dessen, was du getan hast ..."

Ich stockte, plötzlich übermannt von den letzten Eindrücken, die sich mir mitgeteilt hatten, als er mich aus meiner Familie herausgerissen hatte.

„Der Weg führt nur in eine Richtung! Meine Familie! Für mich gibt es keinen Weg zurück mehr!", wimmerte ich. „Ich habe sie verloren, alle!", schlug ich die Hände vors Gesicht.

„Nicht vollständig, Sherea! Dir bleibt die Möglichkeit, sie …" kam es leise und eine Hand legte sich vorsichtig an meine Schulter.

Und diesmal zögerte ich nicht: Ohne großartig hinzusehen, holte ich aus und schlug, die Finger gekrümmt, mit aller Kraft zu. Mit dem Ergebnis, dass sein Kopf zur Seite ruckte. Ich hatte ihm meine Fingernägel mit diesem Schlag quer über seine linke Wange gezogen und auch wenn ich wohl nicht richtig getroffen hatte, dürfte er ein paar empfindliche rote Striemen abbekommen haben!

„Berühr mich niemals wieder, Dämon!", zischte ich, wankte rückwärts von ihm fort und blieb dann in einiger Entfernung mit geballten Fäusten stehen, um ihn schweigend und abwartend anzustarren.

Auch er schwieg, eine ganze Weile. Dann sank die Hand, mit der er sich über die Wange gefahren war, nach unten.

„Zeit, aufzubrechen. Wenn du nicht alleine hier mitten im Wald bleiben willst, solltest du mitkommen. Du hast deine Grenzen abgesteckt, ich habe verstanden. Aber tu das nie wieder, hast du das ebenfalls verstanden? Hier geht es nicht um dich und auch nicht um mich, hier geht es um mehr. Die Welt ist größer als das Gut deines Vaters und es geht um mehr als nur dein Schicksal, vielleicht siehst du das ja eines Tages noch ein."

„Und vielleicht siehst du eines Tages ja noch ein, dass es ein fataler Fehler ist, mich zu unterschätzen!", zischte ich leise.

Ich wartete, bis er sich umgedreht und die ersten Schritte aus dem Steinkreis getan hatte, dann folgte ich ihm in gleichbleibendem Abstand, mit letzter Kraft die tiefe Verzweiflung niederkämpfend. Und als ich den Kreis ebenfalls verließ, überlief mich erneut ein Schauder, denn zurückblickend glaubte ich, für einen winzigen Augenblick zu sehen, dass die Steine kurz und matt aufglühten.

Perstan war groß. Nein, es war riesig. Von der Stelle aus, auf der wir standen – etwa auf halber Höhe einer Erhebung, die wir auf der nördlichen Seite teilweise hatten umrunden müssen – breitete es sich im ersten Tageslicht in der Ebene unter uns aus wie eine riesige, undurchdringliche und unübersichtliche Ansammlung von wild durcheinandergewürfelten Häusern. Umringt von einer massiven Stadtmauer, die an gleich sechs Stellen hoch aufragende Wehrtürme aufwies, wirkte es wie ein einziges Labyrinth von Straßen, Gassen, Gebäuden aller Größen und Formen. Unterbrochen wurde dies nur in der Mitte von einem besonders eingegrenzten Gebiet. Und ein Gebiet war es durchaus zu nennen, denn eine weitere, ähnlich wehrhafte Mauer umfriedete ein bedeutend sparsamer bebautes Areal, in dessen erhöhter Mitte sich ein durchaus prächtiges Bauwerk mit einem kleinen Turm erhob. Prächtig, ja, aber auch trutzig. Und wenn man den Blick dann wieder auf die Gegend rund um diese Stadt richtete, fiel auf, dass zahlreiche, entlang der Straße vorgelagerte Bauten dem Erdboden gleichgemacht worden waren, denn die Überreste waren nur noch Ruinen und verkohlte Überreste. Und ich registrierte bedrückt, dass zahlreiche Menschen – Frauen, Männer und Kinder – schon zu dieser frühen Stunde damit beschäftigt waren, nicht nur diese Ruinen, sondern überhaupt rund um die Stadt alles an Bäumen, Büschen und sogar an Unebenheiten zu fällen, herauszureißen oder mühevoll einzuebnen.

„Die Steine wussten offenbar tatsächlich, was sie tun. Der Krieg ist noch nicht bis hierher vorgedrungen, das da sind nur die ersten Vorsichtsmaßnahmen.", hörte ich Natian sagen.

Die ersten Worte wieder seit Langem. Nachdem ich die halbe Nacht ununterbrochen und schweigend hinter ihm her gestolpert war – immer wieder stehen bleibend, wenn auch er stehen blieb, sich umwandte und in knappen Sätzen eine Rast anbot – war der Wald erst ganz zuletzt lichter geworden. Als das Ziel nun vor uns lag, schien es für ihn an der Zeit, das Schweigen zu brechen.

„Sie befreien die gesamte Umgebung der Stadt von allem, was dem Feind auch nur die kleinste Möglichkeit zur unbemerkten Annäherung gäbe.", deutete er.

Ich schwieg auch dazu. Ich mochte diesen Krieg nicht miterlebt haben, doch auch mir war klar, dass so etwas zu den Vorbereitungen eines Kampfes gehörte. Vorsichtsmaßnahmen, zu denen alle Bewohner einer Stadt zwangsverpflichtet werden konnten, weil es letztlich ihrem eigenen Schutz diente.

„Wir müssen versuchen, in den innersten Bezirk zu kommen. Der Hof, in dem Prulluf residiert, liegt hinter der inneren Mauer und dort dürfte sich auch mein Vater aufhalten …" ergänzte er.

‚Und mit ihm mein Vater!', schoss mir durch den Kopf und ich drehte mein Gesicht so, dass er nicht sehen konnte, dass ich erneut mit den Tränen kämpfte. Mein Vater war zu diesem Zeitpunkt noch ein junger Mann, hatte meine Mutter noch nicht einmal kennengelernt!

„Du bevorzugst es also weiterhin, mich mit Schweigen zu strafen!", hörte ich Natian jetzt. Er klang ungeduldig.

„Ich habe jemandem wie dir nichts zu sagen!", gab ich zurück, hob das Kinn und blinzelte ein paarmal, blieb reglos stehen und starrte ihn dann kalt und herausfordernd an.

Er blies die Luft durch die Nase aus. Dann trat er einen Schritt vor.

„Aber ich dir! Wie kann man angesichts dessen, was vor unseren Augen passiert, so verstockt bleiben? Abertausende sind in diesem Krieg und der Zeit danach umgekommen, die letzten beiden Schlachten waren – vor allem in Anbetracht dessen, was Vandan anschließend tat – ein einziges Gemetzel. Vandan hat in dieser Stadt dort alle Männer und alle Jungen ohne Ausnahme töten lassen und die Frauen wurden von seinen Soldaten vergewaltigt und in Ehen gezwungen. Vermählt mit dem Feind, der den Mann, Bruder, Vater oder Sohn getötet hatte! Ein ganzes Volk leidet seither unter der Knechtschaft und den Frondiensten, wenn sie die hohen Steuern nicht zahlen können, sondern diese auf andere Weise ableisten müssen; nicht jeder hat ein einträgliches Gut so wie dein Vater.

Du wirfst mir kurzsichtig Eigennutz vor? Öffne deine Augen und sieh hin! Diese Menschen dort unten … Was denkst du, wie viele von ihnen in fünf, sechs Jahren noch leben? Oder in ein paar Wochen, ich weiß nicht, welches Datum wir heute schreiben!"

„Und wieder unterschätzt du mich, du kurzsichtiger Narr!", zischte ich wütend. „Ich bin nicht blind und auch mir sind all diese Dinge bekannt. Ich weiß sehr wohl, was diese Menschen da unten tun und ich weiß auch von den Schrecken dieses Krieges. Vater und Mutter …"

Ich stockte und schluckte, dann hatte ich mich wieder im Griff. „Für dich genügt zu wissen, dass sie uns nicht im Unklaren darüber gelassen haben. Und Steuern und Abgaben zahlen auch wir an Vandan, wir sind davon nicht ausgenommen! Vater mag an Medoth keinen gesonderten Pachtzins zahlen müssen und ihm nichts schuldig sein, aber das bedeutet nicht, dass er aufgrund seines Besitzes reich wäre."

„Reich genug, um den Kauf eines Waldes zu erwägen! Reich genug, um sorglos leben zu können! Reich genug, um viele Bedienstete und Arbeiter beschäftigen zu können! Er mag sich den Anstrich eines Gutsherrn geben, aber noch immer ist er ein Fürst, ist von adliger Herkunft!", schnaubte er.

„Du weißt *nichts* von uns! Du weißt *nichts* von Vater! Wie selbstgerecht du überdies bist und wie selbstherrlich! Du maßt dir an, allwissend zu sein, über andere urteilen und in deren Schicksale und Leben einzugreifen zu dürfen, und weißt doch rein gar nichts!"

„Ich weiß genug!"

„So? Dann geh hin zu deinem Vater und befrag ihn einmal dazu! Woher auch immer du deine Blindheit hast, von ihm sicher nicht, wenn er ein Seher ist!"

„Du solltest aufpassen, was du sagst!", grollte er.

„Hast du dich nicht eben noch beschwert, ich würde nichts sagen? Offenbar ist es dir nicht recht zu machen! Und was willst du tun? Willst du mich gegen meinen Willen entführen und in deine Pläne verwickeln, in eine Zeit vor meiner Zeit verschleppen? Nein, warte: Das hast du ja schon! Ich versichere dir, es gibt nichts, was du mir noch antun könntest, was ich nicht überstehen würde! Und ob du es glaubst oder nicht, selbst vor dem Tod fürchte ich mich nicht! Du hast mir alles genommen, was mir etwas bedeutet hat und mein Leben ist ... herausgerissen aus meinem Leben. Mach also, was du willst, aber rechne nicht damit, dass du mir noch Angst machen könntest! Ich weiß jetzt, was ich von dir halten muss, ich habe deine schwarze Seele gesehen, als du mich rücksichtslos mitgerissen hast in diese Zeit!"

Er knirschte mit den Zähnen, wandte sich ruckartig ab und ich ahnte, dass er jetzt seinerseits kaum seine Wut bezähmen konnte.

„Mache ich dich wütend?", höhnte ich. „Gut! Dann empfindest du jetzt wenigstens einen Bruchteil dessen, was ich fühle! Sofern ein Dämon überhaupt zu Gefühlen imstande ist!"

Er ruckte erneut herum, was mich die Augenbrauen provozierend heben ließ.

„Du weißt gar nichts! Anders als du bin ich nicht so behütet aufgewachsen! Seit meinem elften Lebensjahr lebe ich mit dem Wissen, das Vater mir hinterließ. Ich lebe mit dem Wissen, dass diese Aufgabe auf mich wartet und mit der ungeheuren Verantwortung, die das mit sich bringt. Du weißt nicht, was so etwas mit einem Menschen machen kann."

„Behütet!", versetzte ich. „Ja, ich bin in einer Familie aufgewachsen und ich wurde geliebt. Ich habe jeden einzelnen Tag meines bisherigen Lebens gewusst, dass meine Eltern und meine Brüder mich jederzeit vor allem schützen würden, was von außen an drohenden Gefahren auf uns zukommen könnte. Aber behütet? Auch ich weiß, dass es Gefahren gibt, vor denen sie macht- und hilflos gestanden hätten und haben! Auch ich weiß von all diesen Schrecken! Jeder von uns wusste, kaum dass er alt genug war, dieses Wissen zu ertragen, dass mein Vater jederzeit von irgendjemandem erkannt werden könnte: Ein Geist aus der Vergangenheit, jemand, der ihm zufällig begegnen könnte ... Und dieser Schatten lag von Anfang an über unserer Familie! Niemand wäre von Vandans Häschern ausgenommen worden, nicht mal der vierjährige Vilis!

Du willst wissen, was dieser Krieg mit den Menschen meiner Umgebung gemacht hat? Ich sage es dir: Vater hatte außer Medoth noch zwei weitere Brüder, beide kaum älter als er. Beide haben Perstan in den südlichsten Grenzgebieten gegen Vandans Übergriffe verteidigt – und nicht einer von ihnen kehrte zurück. Als Vandan die Grenze mit seinem riesigen Heer endgültig überschritt und so seine Eroberungspläne klar wurden, rief Prulluf auch die ältesten Männer zu den Waffen. Vaters Vater, wegen des doppelten Verlustes ohnehin schon vor der Zeit ergraut, führte eine dieser Garnisonen an ... Er starb mit den anderen Gefangenen, niedergemacht nach der letzten Schlacht. Vaters Mutter, meine Großmutter, überlebte diese Nachricht nur zwei Tage lang. Ihr Herz versagte zuletzt, es war gebrochen.

Vater überlebte, ja. Aber er schlug sich mit letzter Kraft nach Hause durch, gemeinsam mit einer Handvoll Gefährten, von denen einige bis heute auf seinem Gut leben. Unterwegs las er auf, wer immer Hilfe nötig hatte. Und es waren viele, die in letzter Minute geflohen waren und alles verloren hatten! Über die Hälfte dieser Überlebenden leben noch heute auf Vaters Gut, sie wären ohne ihn verhungert oder aufgegriffen worden.

Kommen wir zu Mutter. Auch sie war eine einfache Frau, eine Bürgerliche. Auf einem der Plünderzüge, die kurz vor Vandans Sieg dessen glorreiche Armee rechts und links durch das Reich führten, wurde auch ihre Stadt, das Gut auf dem sie aufwuchs, nicht verschont. Was den ganzen Süden überrollte, überrollte ihre Heimat ebenfalls. Mutter überlebte, weil sie sich gerade noch rechtzeitig im Abort verstecken konnte. *Im* Abort zuletzt, du verstehst? Mutter musste mit eigenen Augen durch die Ritzen in den Wänden des Aborts ansehen, wie ihre ältere Schwester zu Tode vergewaltigt wurde, wie ihrer Mutter, nachdem ihr das Gleiche angetan worden war, die Kehle durchtrennt wurde und wie ihre beiden kleinen Brüder, nachdem auch sie dabei hatten zusehen müssen, von diesen Männern die Köpfe abgeschlagen wurden. Sie träumt noch heute davon!

Und danach gelang ihr in der Nacht unbemerkt die Flucht, sie konnte sich auf dem Weg nach Norden monatelang in den Wäldern verbergen. Sie war dem Hungertod nah, als Vater sie fand. Zufällig, denn er war in ebendiesem Wald unterwegs, um zu wildern und sich und seine Begleiter so durchzubringen.

Ich mag nicht dabei gewesen sein damals, mir wurde die Gnade zuteil, später geboren zu werden, aber rede ... *nie* ... wieder vor meinen Ohren davon, dass ich nicht weiß, worum es hier geht! Und halte dir von jetzt an jeden einzelnen Augenblick deines Lebens vor Augen, dass du mit deinem Tun mich in die Gefahr gebracht hast, genau das durchzumachen, was diese Frauen da unten auch erwartet! Hast du das verstanden? Hast du das verstanden, Dämon?"

Er hatte den Anstand, bei meinen Worten zu erbleichen, aber als er nun den Mund zu einer Antwort öffnete, wandte ich mich ab und begann den Abstieg.

„Spar dir das! Spar dir von jetzt an jedes weitere unnötige Wort! Du vertraust niemandem, aber du verlangst von mir, dir bei deinen Plänen zu helfen? Wir werden sehen, was dein Vater dazu sagt! Und *mein* Vater!"

Die meisten der Männer, Frauen und Kinder beachteten uns nicht, andere wiederum warfen uns misstrauische Blicke zu, als wir uns der Stadt näherten. Und nachdem wir gegen Mittag endlich das uns zugewandte Stadttor erreicht hatten, wurden wir wie erwartet von den dort stehenden Wachen aufgehalten.

„Was wollt ihr? Wieso seid ihr nicht da draußen wie alle anderen?", fuhr uns der eine barsch an und trat uns in den Weg.

Ich überlegte rasch. Zu sagen, wir seien keine Bürger dieser Stadt, würde uns zu Zeiten wie diesen sicherlich den Zugang versperren, aber auf Anhieb wollte mir auch keine Entschuldigung einfallen. Dort hinter uns war halb Perstan damit beschäftigt, alles für die drohende Annäherung feindlicher Soldaten vorzubereiten und für die Wachen mochte es tatsächlich so aussehen, als ob wir uns davor zu drücken versuchten.

Doch diesmal war Natian schneller mit einer Antwort.

„Wir unterbrechen auch jetzt unsere Arbeit nur deshalb, weil unsere Eltern unsere Hilfe brauchen. Sie sind beide siech und darauf angewiesen, dass jemand ihnen etwas zu Essen und zu trinken bringt, sie füttert und zum Abort trägt."

„Und dafür findet sich niemand sonst? Was ist mit Nachbarn und Freunden, he?"

„Diese Frage solltest du demjenigen stellen, der dafür gesorgt hat, dass unsere Nachbarn und Freunde alle gleichzeitig mit uns da draußen arbeiten!", deutete er hinter sich, eine wohldosierte Portion Ärger in der Stimme. „Wir haben versucht, dass immer wenigstens einer von uns bei ihnen bleiben darf, aber wie üblich hört ja niemand auf uns und ..."

„Schon gut, halt den Mund!", grollte die Wache, musterte uns beide noch einmal von Kopf bis Fuß und trat dann aus dem Weg. „Macht, dass ihr fortkommt! Und seht zu, dass ihr nicht zu lange wegbleibt! In welchem Viertel sagtet ihr, steht euer Haus?"

Ich hielt den Atem an. Wenn er jetzt etwas Falsches sagen würde ...

„Das Haus unseres Vaters steht im Färberviertel, das meiner Frau und mir im Weberviertel, von wo auch Mutter stammt. Meine Schwester wohnt bei mir, sie lernt dieses Handwerk noch. Und ich habe nichts davon vorher mit einem Wort erwähnt, also warum fragst du?"

„Nur so ..." antwortete er schnaubend und deutete mit einer seitlichen Kopfbewegung an, dass wir endlich verschwinden sollten.

Mit einem kaum merklichen Kopfschütteln winkte Natian mir und in knappem Abstand folgte ich ihm durch das nur halbseitig geöffnete Tor in die mir fremde, eigenartig ruhige Stadt. Nur wenige Menschen begegneten uns auf den Straßen und erst als wir uns der Mitte näherten, füllten sich die Straßen und Gassen wieder. Doch über allem lag eine gedrückte, besorgte Stimmung: Alle schienen zwar eifrig beschäftigt, aber auch damit, die Fenster ihrer Häuser mit dicken Läden zu schützen, oder dicke Balken als Verstärkung an den weit offenstehenden Hoftoren anzubringen.

Nur wenige Kinder liefen spielend auf den Straßen herum, selbst sie spürten die Sorgen der Erwachsenen und drückten sich eher in den Ecken und Winkeln herum und starrten uns wortlos an.

„Weshalb Weber und Färber?", wollte ich unfreundlich wissen.

„Färber, weil diese Arbeit im Alter oft mit Siechtum behaftet ist. Ein Leben lang Stoffe in Farben zu tauchen und die schweren, nassen und kalten Stoffe dann auszuwaschen und aufzuhängen ... Und verwandte Berufe heiraten untereinander oft und indem ich mich im Weberviertel ansiedelte, von wo unsere angebliche Mutter stammte, habe ich auch die fehlenden und verräterischen Färbungen unserer Hände erklärt."

„Und du hattest Glück!", konterte ich. „Du hast auf gut Glück geraten, denn du konntest nicht wissen, welche Viertel heute da draußen arbeiten müssen!"

„Richtig. Aber mir ist ein Mann aufgefallen, dessen Arme bis über die Ellenbogen hinauf rotblau verfärbt waren. Wenn man lange genug in diesem Beruf arbeitet, bekommt die Haut niemals wieder ihre normale Farbe zurück."

Mein Magen knurrte und allmählich wurde mir nun schon flau vor Hunger. Offenbar hatte er dieses Geräusch diesmal gehört und er warf mir einen ernsten Blick zu. Schon das genügte jedoch für mich: Ich streckte den Rücken und schob mein Kinn vor. Von mir würde er keine Schwäche mehr sehen! Nie mehr! Vorwürfe ja, aber keine Tränen und keine Klagen!

„Ich habe zwar keinen Proviant bei mir, aber ich habe noch ein paar Münzen in der Tasche. Und vorhin sind wir an einem Bäcker vorbeigekommen … Warte hier."

„Ich brauche nichts!", grollte ich. „Schon gar nicht von dir!"

„Wie du meinst!", versetzte er wütend. „Ich habe jedoch Hunger und da wir nicht wissen, wie lange es dauern wird, bis wir … Warte einfach hier, damit ich dich nicht auch noch suchen muss!", wandte er sich ab und marschierte mit großen Schritten davon.

Ich schaffte es nur so gerade eben, ihm nicht eine wütende Bemerkung nachzurufen, und atmete tief durch. Was mir inzwischen ein leichtes Schwindelgefühl bescherte. Wenn ich nicht bald etwas zu essen bekommen würde … Mein Frühstück hatte ich von mir gegeben und im Grunde genommen … Zu Hause war es jetzt praktisch schon mitten in der Nacht, ich hatte einen langen, anstrengenden Fußmarsch hinter mir und auch wenn ich Durst verspürte, der Hunger war schlimmer.

Ein strohblondes, fast schon weißblondes Mädchen lehnte an einer der nächsten Hausecken und beobachtete mich mit großen, blauen Augen. Ich schätzte sie auf acht oder neun Jahre und wandte den Kopf ab, als mir bewusst wurde, was ihr in naher Zukunft blühen würde. Dann sah ich sie entschlossen wieder an.

„Wohnst du hier?", fragte ich sanft.

Sie nickte stumm.

„Mir gefällt dein Kleid, es hat eine schöne Farbe.", versuchte ich erneut.

Sie musterte das blasse Grün und ein kurzes Lächeln huschte über ihr Gesicht, doch es war sofort wieder verschwunden.

„Mein Name ist Sherea. Und wie lautet deiner?"

„Sebset.", erwiderte sie mit kindlich hoher Stimme.

„Sebset!", lächelte ich freundlich. „Was für ein schöner Name! Weißt du, was er bedeutet?"

Sie schüttelte den Kopf.

„Sebset kommt von Sebaseta und das heißt ‚der Sonnenstrahl'. Dein Name passt zu dir und deinen hellen Haaren, deine Eltern haben ihn gut für dich ausgesucht!"

„Und was bedeutet Sherea?"

„Die Gerechte.", beantwortete ich ihre Frage und bemühte mich, mir mein Unbehagen nicht ansehen zu lassen. Was mich anging, war mein Name der Anlass für Natian gewesen, mich zu entführen.

„Du bist hübsch! Mir gefallen goldblonde Haare viel besser als so helle wie meine. Ich bin die Einzige in … meiner Familie, die so weißblond ist."

„Dann bist du etwas Besonderes!", lächelte ich weiter. „Beneide niemals jemanden um etwas, das du nicht hast oder bist, denn du weißt nie, wie es wäre, wenn du anders wärest!"

„Ich weiß nicht, ob ich das schaffe. Ich bin oft neidisch."

„Nun ja, Neid an sich ist nicht so schlimm, wenn man nicht gleichzeitig auch missgünstig ist."

„Hm ... Ich glaube, darüber muss ich erst nachdenken!", bekannte sie. „War das eben dein Mann?"

„Das? Nein, das war mein Bruder.", erwiderte ich eingedenk der Tatsache, dass wir wohl besser bei dieser Lüge bleiben sollten.

„Dann seht ihr euch auch nicht ähnlich."

„Nein, wohl nicht."

„Du wohnst nicht hier, ich kenne alle aus unserer Nachbarschaft. Wo wohnst du und wohin wollt ihr?"

„Wir sind auf dem Weg zur Residenz. Wir suchen jemanden."

„Zur Residenz? Da lassen sie euch nicht rein! Da dürfen nur die rein, die dort wohnen oder arbeiten."

Ich runzelte die Stirn.

„Die Wachen lassen einen nicht durch? Wir wollen ... eine Nachricht überbringen."

Sie zuckte eine Schulter.

„Ihr könnt es ja versuchen, aber ich glaube nicht, dass ihr reingelassen werdet."

„Danke für deinen Rat. ... Woher weißt du das? Hast du es selbst schon einmal versucht?", neckte ich sie. „Hineinzukommen, meine ich."

„Ja.", erwiderte sie zu meinem Erstaunen ernst. „Meine Mutter geht regelmäßig dorthin, sie ist Wäscherin. Einmal hatte sie etwas vergessen. Ein gutes, teures Laken, das sie abends spät zu Hause noch geflickt hatte, weil sie mit ihrer Arbeit über den Tag nicht fertig geworden war. Ich wollte es ihr bringen, aber sie haben mich wieder fortgeschickt. Sie hat Ärger bekommen, weil sie dachten, sie hätte es gestohlen."

„Und was ist dann passiert?", fragte ich mitfühlend.

„Ich habe in der Nähe des Tores gewartet. So lange, bis ich sie und die gemeine Frau kommen sah. Sie hat Mutter an den Haaren bis zum Tor gezerrt und hat erst aufgehört zu schimpfen, als ich ihr das saubere Laken hinhielt und ihr erklärte, dass Mutter es in der Frühe vergessen habe, weil es unter die Wäsche einer anderen Familie geraten war."

Ich holte tief Atem und nickte verständnisvoll. Dann kam mir eine Idee.

„Ist sie heute auch wieder dort? In der Residenz."

„Ja. Bis zum Abend. Sie muss seit ein paar Wochen die Wäsche dort waschen und flicken, sie lassen sie nur noch selten damit gehen. Die gemeine Frau glaubt immer noch, dass Mutter stehlen würde, wenn sie die Gelegenheit dazu bekäme."

„Und du bist dann alleine? Wo ist dein Vater?"

„Weg. Ich bin selten alleine, normalerweise helfe ich Mutter. Aber seit sie in der Residenz bleiben muss ..."

„Verstehe. Und wer ist die gemeine Frau?", wollte ich wissen und trat langsam einen Schritt näher, dann noch einen, um wieder zu verhalten. Ich wollte das Mädchen weder verängstigen, noch, dass irgendwer den Inhalt unseres Gesprächs mit anhören konnte.

„Ich weiß nur ihren Namen. Sie heißt Infida. Ich mag sie nicht, sie hat eine lange Nase. Wie ein Rabenschnabel und sie hat schwarze Haare, auch wie ein Rabe! Und ihr Mund ist dünn und breit wie ein Froschmaul."

Ich verkniff mir ein Lächeln. Kinder hatten oft genug ein feines Gespür für das Wesen ihres Gegenübers und ihre Schilderung war durchaus geeignet, vermutlich auch mich misstrauisch zu machen, stünde ich ihr gegenüber.

„Infida also. Was denkst du: Wenn ich nach ihr oder nach deiner Mutter frage, lassen sie uns dann hinein?"

Sie schüttelte den Kopf.

„Mutter ist nur eine Waschfrau. Und Infida ... Ich weiß nicht, was sie ist, aber ich weiß, dass sie alle anderen herumscheuchen darf. Und sie scheucht andere gerne herum!"

Ich verstand. Sie stand offenbar dem gesamten Gesinde vor und bekleidete damit eine durchaus einflussreiche Stellung innerhalb der Residenz.

„Würdest du mir den Weg zeigen? Würdest du mich begleiten bis zum Tor? Du brauchst keine Angst vor mir zu haben, ich muss nur jemanden finden und ihm eine Nachricht überbringen. Was denkst du?", bat ich.

Sie runzelte die Stirn und dann fiel ihr Blick an mir vorbei auf irgendjemanden hinter mir.

Ich wandte den Kopf. Natian. Er hatte einen einzigen, kleinen Laib Brot erstanden.

„Es ist unfassbar, was dieser Kerl für ein einziges Brot verlangte!", grollte er. „Ich habe ihn gefragt, in welcher Gegend die Kämpfe zurzeit ausgefochten werden und er hat mich angesehen als ob ..."

Ich verdrehte die Augen und deutete mit einem kaum merklichen Kopfnicken in Sebsets Richtung. Sie hatte mit Sicherheit jedes einzelne Wort verstanden.

„Oh! Hallo. Was ich sagen wollte ... Es gibt noch immer genügend Vorräte, aber sie horten sie bereits und man kann kaum mehr bezahlen für das, was es noch zu kaufen gibt."

Er brach das eher graue als weiße Brot in der Mitte durch und reichte mir die größere der beiden Hälften.

Ich schnaubte, dann jedoch nahm ich es entgegen und warf Sebset einen forschenden Blick zu. Ihre Augen waren groß geworden und hatten sich begehrlich auf das einfache, trockene Brot in meiner Hand gerichtet.

„Wäscherin, hm?", meinte ich daraufhin leise. „Und dein Vater? Was meinst du damit, dass er weg ist?"

„Das er weg ist eben. Ich kenne ihn nicht. Da waren immer nur Mutter und ich.", kam die leise Antwort.

Als Wäscherin verdiente sie sicherlich kaum genug, um sich und ihre Tochter durchzubringen. Und auch wenn das Mädchen noch gesund und kräftig wirkte, war doch in ihren Augen deutlich der Hunger zu sehen, der vermutlich in Zukunft noch wachsen würde.

Ohne zu überlegen, brach ich mir ein Drittel des Brotes ab und hielt ihr den Rest hin.

„Hier, für dich. Iss langsam und kau gründlich. Und wenn du aufgegessen hast, bringst du mich … uns zur Residenz, damit wir nach der Rabenfrau fragen können. Und wer weiß: Vielleicht erinnert sich dort ja jemand an ein besonders hellblondes Mädchen und weiß, dass du zu der Waschfrau gehörst!"

Ihre Augen wurden riesig, als ich das Stückchen Brot auffordernd ein wenig höher hielt, dann kam sie die wenigen Schritte angelaufen, riss es mir regelrecht aus der Hand und biss sofort ein viel zu großes Stück ab.

„Langsam!", mahnte ich. „Wenn du zu schnell isst, bekommst du Bauchweh und erbrichst alles wieder!"

Stückchen für Stückchen von meinem Anteil abzupfend, in den Mund steckend und sorgfältig kauend behielt ich sie im Auge und ließ mich erst ablenken, nachdem ich mich hinlänglich davon überzeugt hatte, dass sie meinem Beispiel folgte.

„Was auch immer das sollte: hier."

Natian hatte von seinem Teil ebenfalls etwas abgerissen und hielt es mir hin. Womit für ihn der kleinste Anteil übrig blieb.

„Nein. Behalt es für später.", versetzte ich so freundlich wie nur möglich. „Das ist Sebset. Sie begleitet uns zur Residenz. Oder zumindest bis zum Tor. Ihre Mutter arbeitet dort als Wäscherin.", setzte ich dann noch hinzu und kaute dann besonders lange an meinem letzten Bissen herum. Es reichte längst nicht, um meinen Hunger zu stillen, aber das allerschlimmste Magenknurren würde sicher zumindest für eine Weile aufhören. „Jetzt habe ich nur noch Durst.", seufzte ich.

Sebset hörte auf zu kauen, musterte uns noch einmal, dann nickte sie.

„Wartet hier, ich hole euch etwas Wasser. Wir teilen uns einen Brunnen in unserem Viertel, aber das Wasser ist sauber und schmeckt gut …"

Sie war schon mit dem restlichen Brot um die Ecke verschwunden, kaum, dass sie ihren Satz beendet hatte.

Und kaum war sie verschwunden, als Natian schon herantrat.

„Was in aller Welt soll das? Wie soll ein kleines Mädchen uns dabei helfen, in die …"

„Ich habe dir schon einmal gesagt, dass ich vieles bin, nur nicht dumm! Wie wolltest du es anstellen, hm? Wolltest du ans Tor klopfen und nach Netrosh fragen? Wolltest du sagen, dass du mit einer wichtigen Nachricht aus der Zukunft gekommen bist und einem Seher diese Nachricht unbedingt überbringen musst, um den Krieg zu beenden?"

„Nein, ich wollte sämtliche Wachen töten, hineinstürmen und laut nach ihm rufen!", zischte er. „Auch ich bin alles andere, nur nicht dumm! Vater hat in weiser Voraussicht auch darüber nachgedacht und mir etwas mitgegeben, das mich in gewisser Weise ausweisen wird."

„Ausweisen? Was hat er dir noch alles mitgegeben?", konterte ich.

„Den Stein, Sherea! Vater hat diesen Stein schon vor diesen Ereignissen besessen und indem ich ihn von ihm geerbt und mit hierher gebracht habe, existiert er zu diesem Zeitpunkt zweimal. Alles, was ich versuchen muss, ist, ihn jemandem zu zeigen, der ihn kennt und mich daraufhin zu ihm führen wird."

„Aaah, so!", dehnte ich. „Klingt einfach und leicht! Auf die Idee, dass man dich daraufhin auch als Dieb bezeichnen und einsperren könnte, bist du nicht gekommen, oder?"

„Ich wäre nicht lange eingesperrt!", knurrte er. „Sobald Vater diesen Stein in Händen halten wird, wird er danach fragen, von wem er stammt!"

„Mit Dieben verfährt man bekanntlich nicht eben glimpflich und man macht gewöhnlich kurzen Prozess: Man schlägt ihnen die diebische Hand ab! Aber dir kann das natürlich nicht passieren, weil Netrosh ja ganz sicher rechtzeitig geholt wird!"

„Ich bin bereit, das Risiko einzugehen!"

Ich verdrehte die Augen, blieb ihm jedoch eine Antwort schuldig, denn nun kam Sebset wieder heran, in einer Hand einen kleinen, hölzernen Eimer, in dem eine Kelle zum Schöpfen und Trinken stand.

„Hier. Und ... danke für das Brot!", setzte sie hinzu und warf Natian von unten herauf einen eher furchtsamen Blick zu.

Ihre andere Hand war leer.

„Du hast den Rest für deine Mutter aufbewahrt, stimmt's?", fragte ich und als sie bejahend nickte, seufzte ich gedehnt, bevor ich durstig gleich mehrere Kellen nacheinander leerte.

Natian tat es mir nach, dann bedankte er sich für das Wasser.

„Sebset, das ist Natian."

Der Dämon lächelte. Der Dämon *lächelte!* Und – ich konnte es kaum fassen! – sein Gesicht veränderte sich dadurch derart, dass er fast vertrauenerweckend wirkte!

„Natian wird sein Glück an einem anderen Tor versuchen. Er hat gerade entschieden, dass es besser ist, wenn wir uns trennen und jeder an einer anderen Stelle versucht, in den inneren Bezirk zu gelangen. Es genügt nämlich, wenn einer von uns diese Nachricht überbringt, weißt du.", beeilte ich mich, meine soeben erhaltene Eingebung loszuwerden.

Und Natian, der sofort Luft holte, um zu widersprechen, stieß den Atem ungenutzt wieder aus, als Sebset nickte.

„Das ist bestimmt besser so. Männer lassen sie noch seltener so einfach rein. Jeder Mann wird untersucht, ob er nicht irgendwelche Waffen bei sich trägt oder sonst etwas Verdächtiges. Ich habe es selbst schon gesehen. Wir versuchen es am kleinen Osttor, versuch du es am besten am Südtor. Da ist der größte Andrang, die Wachen haben zu viel zu tun, um viel Zeit an einen Einzelnen zu verschwenden."

„Gut. Wollen wir gehen? Wir sollten keine Zeit verlieren, oder?", lächelte ich sie an, sah zu, wie sie den Wassereimer in die Tür des Hauses stellte, an dessen Ecke sie eben noch gelehnt hatte und warf Natian einen finsteren Blick zu, als der noch einmal Anstalten machte, sich zu widersetzen.

„Falls wir uns verlieren, treffen wir uns einfach hier wieder!", kam ich ihm zuvor. „Und wie ich dich kenne … Du hast mich schon einmal gefunden und wir beide wissen, dass du mich nicht mehr gehen lässt, oder? Was hast du zu verlieren, wenn doch alles schon feststeht? Egal, was wir tun, der Weg ist deinen eigenen Worten zufolge doch schon längst vorgezeichnet, also beschwer dich nicht!"

Ich glaubte, noch in mehreren Schritten Entfernung sein Zähneknirschen zu hören!

Kapitel 4

Er wartete, bis sie außer Sicht waren, dann stieß er einen leisen Fluch aus und drehte sich zur Seite, um mit weiten, energischen Schritten loszumarschieren. Erst als die innere Mauer in Sicht war, hatte er sich wieder hinreichend beruhigt und seine Gedanken erfolgreich auf sein Vorhaben gelenkt.

Und er gestand sich zum ersten Mal ein, dass er sich möglicherweise doch in ihr getäuscht haben könnte! Sie hatte bisher eine ungeahnte Zähigkeit an den Tag gelegt und anders als vermutet auch eine ungeheure Ausdauer. Sie waren die halbe Nacht und fast den halben Tag gewandert und sie hatte nicht einmal den Eindruck gemacht, müde zu werden. Die Blässe ihres Gesichts sprach zwar eine andere Sprache, aber sogar ihre Selbstbeherrschung rang ihm allmählich eine gewisse Achtung ab.

Das änderte selbstredend nichts daran, dass sie als befehlsgewohnte Fürstentochter rechthaberisch, dickköpfig, uneinsichtig, eigensinnig und eigennützig war. ... Nun ja, eigennützig wohl doch nicht so sehr wie gedacht. Denn obwohl sie unbändigen Hunger verspüren musste, hatte sie den größten Teil des ohnehin kleinen Brotes ohne zu zögern weggegeben.

Trotzdem! Er knurrte leise – und mit jedem weiteren Schritt, den er zurücklegte, wurde ihm klarer, dass er sie nicht alleine hätte gehen lassen sollen. Er durfte sie nicht aus den Augen verlieren!

Mit einem schweren Seufzen blieb er stehen. Sein Gewissen schlug ihn unablässig, schon seit er sie durch das Zeitportal geführt ... nein, gezerrt hatte. Die Steine mochten noch so mystisch-weise sein, es änderte nichts daran, was er ihr angetan hatte! Sie hatte mit jedem einzelnen Vorwurf recht und er verdiente noch weit heftigere Vorwürfe! Am schlimmsten hingegen waren ihre verzweifelten Tränen gewesen. Egal, wie schnell sie sich wieder gefangen hatte, egal, wie standhaft sie es vor ihm zu verbergen suchte, er sah es in ihren Augen. Und er würde diesen Ausdruck für den Rest sei-

nes Lebens nicht wieder vergessen! Genau wie den Blick seines Vaters, als er ihn damals praktisch durch den Ritz im Bretterboden angesehen hatte.

Er senkte den Kopf, schloss die Augen und rieb sich die Stirn. Er hatte jetzt keine Zeit, darüber nachzudenken, er musste an das denken, was vor ihm lag. Und daran, dass er sie unbedingt wiederfinden musste!

Sebset hatte den gesamten Weg über geschwiegen und ich war durchaus froh darüber. Je weniger ich redete, desto seltener musste ich Lügen erzählen. Ich nutzte die Zeit daher, mich möglichst unauffällig umzusehen und mir den Weg so genau wie möglich einzuprägen. Die Straßen und Gassen waren jedoch derart verwinkelt, dass ich zuletzt die Orientierung vollkommen verloren hatte und als ich mich umdrehte und meinen Blick suchend nach irgendeinem Orientierungspunkt hob, hörte ich, dass auch sie die Schritte verlangsamte und dann stehen blieb.

„Die Türme.", hörte ich sie sagen und warf ihr einen fragenden Blick zu.

„Du bist nicht von hier, oder?"

Es klang wie eine Feststellung. Und als ich nicht antwortete, zuckte sie die Schultern.

„Ist ja auch egal. Ich meinte die Türme der Mauer. Von hier aus kannst du sie nicht sehen, also geh solange weiter, bis du wieder einen zwischen den Hausdächern entdeckst. Die Richtung, aus der wir gekommen sind, ist da und der Turm über dem Südtor hat einen gelblichen Steinring direkt unterhalb der Zinnen, der im Südosten einen rötlichen. Wenn du dich trotzdem verläufst, dann frag nach dem Viertel, in dem die Ärmsten leben. Wir gehören zwar nicht zu ihnen, aber unser Haus steht nicht weit vom Rand dieses Viertels … Mutter ist nun mal ohne einen Mann und nachdem mein Vater sie geschwängert hat, ist er verschwunden."

Bestürzt starrte ich in ihre klaren Augen. Sie jedoch zuckte nur wieder eine Schulter.

„Ich weiß es. Die Leute reden. Mutter hatte vor mir schon zwei Kinder, aber die leben seitdem bei ihren Großeltern, ich darf sie nur selten besuchen. Sie sind nur wenig älter als ich und sehen deshalb so anders aus als ich, weil sie einen anderen Vater haben. Der ist tot. Er ist bei Ausbesserungsarbeiten an der Stadtmauer vom Gerüst gefallen und hat sich das Genick gebrochen. Und Mutters Eltern sind vor drei Jahren gestorben, als viele Leute hier an einem Fieber starben."

Ich schluckte.

„Das tut mir leid. Und seitdem muss deine Mutter alleine für euch sorgen? Die Großeltern deiner Halbgeschwister helfen ihr nicht wenigstens hin und wieder mit irgendetwas aus?"

Sie schüttelte den Kopf. Dann hob sie beide Schultern.

„Manchmal. Sie leben auf einem kleinen Hof außerhalb, gar nicht weit von hier. Wenn ich sie hin und wieder besuchen darf, bekomme ich einen halben Laib Brot und etwas Milch. Aber seit alles so teuer geworden ist … Mir hat noch nie jemand einfach so etwas geschenkt. Du hast recht, ich bin etwas Besonderes: ein Bastard."

Entsetzt öffnete ich den Mund. Dann schloss ich ihn wieder – und trat auf sie zu, um direkt vor ihr in die Hocke zu gehen.

„Hör mir gut zu, Sebset: Vollkommen egal, was die Leute reden, du *bist* etwas Besonderes! Du darfst in keiner Minute deines Lebens vergessen, wie einzigartig du bist schon alleine deshalb, weil es dich kein zweites Mal gibt! Aus dir wird einmal eine wunderhübsche Frau werden und auch das wird die Leute wieder reden lassen. Aber genau das darf dich niemals stören! Du musst über alldem stehen, denn nur so kannst du aufrecht und stolz durch das Leben gehen.

Lass dich nicht klein machen, hörst du? Lass dir niemals einreden, du seiest weniger wert als andere! Niemals! Was dein Vater getan hat war … schändlich. Er hätte deine Mutter nicht einfach alleine lassen dürfen mit dir, das war nicht ehrenhaft. Ihn trifft die Schuld, nicht deine Mutter oder dich. Ich muss sie nicht kennen, um zu wissen, dass sie eine gescheite und liebenswerte Frau sein muss. Denn sie tut alles für dich!"

Ihre blauen Augen funkelten und es dauerte eine ganze Weile, bis sie wieder etwas sagte. Ich hatte mich schon aufrichten wollen in der Annahme, sie würde auch jetzt lieber wieder schweigen, aber dann nickte sie.

„Ich weiß. Sie hätte mich weggeben können, dann hätte sie ihre beiden anderen Kinder behalten können.", war alles, was sie dazu sagte. „Ich weiß nur nicht, wie ich das machen soll: über allem stehen."

„Ich weiß.", erwiderte nun ich. „Es gibt kaum etwas, das schwerer ist als über den Dingen zu stehen. Du musst es immer wieder versuchen. Immer wieder aufs Neue. Du schaffst das, ich weiß es, denn du bist stark. So stark wie deine Mutter."

Noch einmal vollführte sie das für sie offenbar typische Schulterheben, dann deutete sie zur Seite.

„Dort drüben ist das Tor. Wollen wir weitergehen?"

„Ja. Nur eines noch: Ich weiß nicht, ob wir uns danach noch einmal wiedersehen, aber ich möchte, dass du etwas weißt. Ich möchte, dass du weißt, dass ich froh bin, dich kennengelernt zu haben! Und ich würde mich freuen, auch deine Mutter kennenzulernen! Sag ihr das, falls es nicht dazu kommt, ja? Und noch etwas: Dieser Krieg ..." Ich stockte, suchte kurz nach Worten und setzte dann neu an. „Ich weiß nicht, was noch geschehen wird, aber wenn die Kämpfe näher kommen ... Ich möchte, dass du deine Mutter überredest, mir dir aus der Stadt fortzugehen. Sie soll mit dir und deinen Geschwistern von hier fortgehen. In den Norden, in das Fürstentum Hergath. Es grenzt zwar unweit von hier gleich an die Ländereien Perstans, aber der Sitz des Fürsten liegt mitten in der nördlichen Hälfte. Der Weg dorthin ist daher ziemlich weit und sie wird unterwegs immer wieder irgendwelche Arbeiten annehmen müssen, um genügend Geld für euch alle zu sparen und ihn damit zu bewältigen, aber ich weiß genau, dass sie dort eine Arbeit finden wird; sie soll sich auf den Fürstensohn Fostred berufen. Merk dir diesen Namen gut und sag deiner Mutter auch das! Versprich es!"

„Ich verspreche es.", erwiderte sie, dann, nach einem kurzen Zögern, lächelte sie kurz und kaum merklich, bevor sie sich umdrehte und vor mir her weitermarschierte. Ein klein wenig aufrechter und energischer als vorher, befand ich.

Wie die Kleine gesagt hatte, herrschte an diesem Tor ein ständiges Kommen und Gehen. Es war der Hauptzugang und der Andrang derer, die irgendein wie auch immer geartetes Anliegen her-

führte, bewirkte, dass die Schlange der Wartenden lang war. Nur mühsam brachte er die Geduld auf, sich in die sich langsam nach vorne schiebende Menge einzureihen, und zweimal stockte die Reihe gänzlich und drängte zur Seite, weil irgendwelche bewaffneten Reiter und Fußsoldaten heraus oder hinein wollten. Natian runzelte die Stirn und sah ihnen nach. Dies war kaum mit Wachwechseln auf der äußeren Stadtmauer und den Türmen zu erklären. Hier wurden Kundschafter und Boten in alle Richtungen geschickt und umgekehrt – ein deutliches Zeichen, dass Prulluf schon jetzt eifrig bemüht war, zu retten, was noch zu retten war. Vermutlich war die Besatzung im inneren Bezirk längst auf die Stammbesatzung geschrumpft. Laut den Berichten seines Vaters – ein durchaus umfangreicher Packen dicht beschriebener Pergamentseiten, den er damals aus dem Hohlraum hinter dem Stein geholt hatte! – war die Stadt am Ende fast nur noch von einer Bürgerwehr gehalten worden, die erst kapitulierte, als es Vandan gelungen war, einen Tunnel bis untere die massive Mauer vorzutreiben und diese mit Hilfe von Feuer zum Einsturz gebracht hatte.

Er konnte nicht wissen, wie lange es bis dahin noch dauerte, aber er wusste aus Erzählungen Überlebender, dass es andernfalls Hunger und Krankheiten gewesen wären, die die Menschen zur Kapitulation gezwungen hätten. Prulluf hatte sich zwar – wie es sich für einen wahren König gehörte – geweigert, seine Stadt zu verlassen und gehungert wie alle anderen, aber er hatte durch sein langes Zögern dazu beigetragen, Vandans Zorn zu vermehren. Derart, dass es anschließend zu diesem Massaker unter den Bürgern gekommen war. Sein Reich außerhalb war längst verteidigungsunfähig, mit Hilfe und Beistand war von keiner Seite mehr zu rechnen und dennoch hatte er die Menschen dieser Stadt dazu gebracht, auszuhalten.

Bezüglich Prulluf hatte sein Vater in einer Notiz angemerkt, dass er in Friedenszeiten einer der besten Könige überhaupt gewesen sei, sich im Krieg hingegen selten durch taktisch geschickten

Weitblick, sondern stets nur durch ein ungeheures Charisma ausgezeichnet habe: Er habe die Menschen schon immer mitreißen können. Was dazu führen würde, dass, so er, Natian, scheitern sollte, auch jetzt wieder in ein, zwei Jahren das alles hier nicht mehr wiederzuerkennen sein werde ...

Die Menschen schoben sich erneut vor, als wieder eine Gruppe den inneren Bezirk verließ – einige davon hatte er erst vorhin hineingehen sehen, sie waren also kurzerhand im Inneren abgefertigt worden. Er begriff. Die Wachen hatten strikte Anweisung, immer nur eine gewisse Anzahl einzulassen und erst dann wieder den Durchgang freizugeben. Es dauerte für seinen Geschmack viel zu lange, bis er davon ausgehen konnte, zu der nächsten Gruppe zu gehören, und er legte sich gedanklich schon seine Worte zurecht, als er hörte, wie vor ihm gleich drei Männer abgewiesen wurden, die um eine Audienz bei Prulluf persönlich ersuchten. Sie waren wie reiche Kaufleute gekleidet und vermutlich sprachen derzeit haufenweise von ihnen – oder Angehörige irgendwelcher Zünfte – bei Hof vor. Die Angst vor dem drohenden Angriff war allgegenwärtig und schon bald würden einige der reichsten dieser Leute von hier fortgehen, um ihr Vermögen zu retten.

Er erhaschte einen kurzen Blick durch das offene Tor ins Innere und ballte die Hände zu Fäusten. Wie auch immer sie es geschafft hatte, er war sicher, soeben Sherea weit hinten über den freien Platz vor den Stallungen gehen zu sehen. Und das kleine Mädchen begleitete sie.

Die ungeduldige Stimme des Wachpostens riss ihn aus den Gedanken.

„Und was willst du hier? Für Landstreicher wie dich gibt es hier nichts zu holen."

Sie hatte mich zu einem kleinen Seitentor geführt. Es war nur halb geöffnet und die beiden Posten hier dösten jetzt, um die Mittagszeit, halb vor sich hin und winkten einen Straßenhändler, der sein Glück bei ihnen versuchte, nur abweisend weiter.

„Das sieht nicht gut aus!", meinte ich leise.

„Anderswo hättest du gar kein Glück, glaub mir! Das hier ist nur ein Seitenportal, das nur für die Bediensteten, Handwerker und die, die nur tagsüber hier arbeiten, geöffnet wird. Es wird jeden Tag als erstes geöffnet und als erstes wieder geschlossen. Lass mich reden."

Ich musterte sie erstaunt, aber sie wirkte tatsächlich so, als ob sie wüsste, wovon sie sprach.

„Natian wird am Haupttor abgewiesen werden.", erkannte ich.

Sie wackelte mit dem Kopf.

„Gut möglich, aber es ist nicht sicher. Komm, ich kenne den einen und vielleicht erinnert er sich an mich. Und bevor er zum Wachwechsel ausgetauscht wird …"

Mir blieb ohnehin nichts anderes übrig, also hielt ich mich dicht hinter ihr und fragte und sagte auch nichts, als sie nun meine Hand nahm, bevor sie den älteren der beiden Männer grüßte.

„Du schon wieder? Was willst du?"

„Ich muss zu meiner Mutter. Du kennst sie, sie ist eine der Waschfrauen."

„Ich weiß. Verschwinde, du hast hier nichts verloren!"

„Das weiß ich. Und ich würde auch nicht fragen, wenn es nicht wichtig wäre! Du weißt genau, dass Infida Mutter wieder tagelang schikanieren wird, nur weil ich sie angeblich von der Arbeit abhalte, aber sie muss ganz schnell nach Hause kommen. Meine Schwester ist schwer gestürzt und will nicht mehr aus ihrer Ohnmacht aufwachen. Deshalb habe ich eine Nachbarin mitgebracht, die in der Zeit Mutters Arbeit übernehmen wird. Infida wird zwar trotzdem schimpfen und ihr bestimmt etwas von ihrem Lohn abziehen, aber ich habe Angst um Lehana und einen Arzt können wir uns nicht leisten. Bitte!"

Der Mann musterte mich von oben bis unten und ich bemühte mich um eine möglichst besorgte Miene – und schaffte es tatsächlich, seinem Blick offen zu begegnen.

„Meinetwegen. Weißt du überhaupt, wo sie jetzt ist? Deine Mutter?"

„Wenn sie nicht in den Waschküchen ist, finde ich sie entweder auf den hinteren Höfen, wo sie die Wäsche aufhängt oder ich frage mich zu den Bügel- und Nähräumen durch. Ich finde sie schon, egal wie lange es dauert!"

„Ich rate dir, dass es nicht allzu lange dauern sollte! Jetzt geht schon, bevor ich es mir anders überlege!"

„Danke! Ich tu, was ich kann. Und ich tu, was ich kann, um Infida aus dem Weg zu gehen!"

„Das wird das Beste sein."

Sebset hielt noch einmal inne, als wir schon halb an ihnen vorbei waren.

„Wirst du mich bei ihr verpfeifen? Falls sie mich und Mutter nicht erwischt, verliert sie diese Woche wenigstens nicht auch noch etwas von ihrem Lohn!"

„Ich werde meinen Mund schon halten! Infida mag ja tüchtig sein, aber sie ist ein schreckliches Weibsstück ... Wirf einen Blick in die Küche. Falls du eine kleine, rothaarige Frau mit zahllosen Sommersprossen siehst, sag ich, ich habe dich geschickt. Bitte sie um ein Stück Brot, sie wird sicher etwas erübrigen können. Und jetzt mach, dass du fortkommst, du lästiges Balg!"

Sebset knickste lächelnd, dankte leise und zog mich dann ohne ein weiteres Wort hinter sich her.

„Ich muss mich berichtigen: Du bist nicht nur stark, du bist auch klug!", meinte ich leise, als wir weit genug entfernt waren. „Aber du wirst Schwierigkeiten bekommen, wenn du jetzt nicht mit deiner Mutter wieder hinausgehst! Das wollte ich nicht."

„Mir fällt schon etwas ein. Wir können genauso gut durch das Haupttor gegangen sein, der Weg ist kürzer. Und ein bisschen Schelte halte ich aus. Da entlang.", deutete sie und blieb erst stehen, als wir vom Seitentor aus nicht mehr zu sehen waren.

„Das da drüben sind die Küche und die Wirtschaftsräume. Da muss ich hin. Wen suchst du? Ich kann dir vielleicht nicht weiterhelfen, aber ich kann dir womöglich wenigstens sagen, wohin du dich wenden musst."

Ich zögerte und sah mich um. Es herrschte einiger Betrieb hier auf dem Hof und mir hatte sich durchaus ein Einblick in den Andrang vor dem Haupttor geboten, als ich vorhin einen kurzen Blick in diese Richtung geworfen hatte. Ich war mir nicht sicher, aber es war durchaus möglich, dass ich Natian zwischen den anderen Wartenden gesehen hatte. Und nachdem eine Gruppe heftig diskutierender, durchaus wohlhabend wirkender Männer an uns vorüber war, senkte ich die Stimme und antwortete:

„Wir suchen Netrosh. Wir müssen ihm unbedingt eine Nachricht überbringen. Sie könnte entscheidend sein für … vieles.", bog ich ab, um nicht zu viel zu sagen.

„Netrosh! Der Seher!", hauchte sie und ihre Augen wurden gleich noch einmal so groß.

„Ja. Kennst du ihn?"

„Kennen? Nein. Aber ich habe von ihm gehört. Jeder hier kennt seinen Namen, aber bis zu ihm vorzudringen, ist so gut wie unmöglich. Er hält sich angeblich immer in der Nähe des Königs auf. Wenn ich gewusst hätte, dass er es ist, den ihr sucht, hätte ich euch sagen können, dass das niemals klappen wird. Du müsstest schon reich und einflussreich sein, um vorgelassen zu werden."

Ich runzelte besorgt die Stirn, hob den Kopf und sah mich um. Sogar jetzt, um die Essenszeit, sah es nicht so aus, als ob irgendjemand eine Pause machen …

„Essen!", flüsterte ich. „Sebset, denkst du, du könntest in der Küche einen Krug erbitten? Ich möchte so tun, als ob ich Netrosh einen Krug Wein bringen soll. Es muss kein Wein darin sein, ich schaffe das schon, aber auf diese Weise …"

Sie grinste verschmitzt, dann ließ sie meine Hand los, die sie die ganze Zeit gehalten hatte.

„Warte hier, ich bin gleich zurück."

Ich sah ihr nach, wie sie im schnellen Laufschritt davonrannte und – nach einem vorsichtigen Blick ins Innere – durch eine Tür verschwand, hinter der ihrer Auskunft nach die Küche lag.

Nervös trat ich von einem Fuß auf den anderen und behielt nicht nur die Tür, sondern möglichst den ganzen Hof im Auge, aber niemand schenkte mir sonderliche Aufmerksamkeit. Jeder war mit seinen eigenen Angelegenheiten und Gedanken beschäftigt und so sah ich zu, wie vor den Stallungen eine fünfköpfige Gruppe bewaffneter Männer auf bereits gesattelte Pferde aufstieg und sich bereitmachte, den Hof und damit die Residenz zu verlassen.

Und dann wandte sich einer dieser Männer um und ließ einen langen Blick über die Gebäude hinter mir schweifen. Ich erstarrte und meine Kehle schnürte sich zu. Dieses Gesicht kannte ich wie kaum ein anderes!

„Vater!", wisperte ich tonlos.

Der Mann neben ihm sprach ihn an und deutete dann in die Richtung, in der das Seitenportal lag. Offenbar wollten sie die Residenz nicht durch das dicht belagerte Haupttor verlassen, sondern etwas unauffälliger dort hinausreiten.

Meine eben noch bleischweren und wie im Boden festgewachsenen Beine gehorchten wieder meinem Willen und obwohl ich jetzt aus dem Augenwinkel Sebset mit einem Krug in der Hand wieder aus der Küche treten sah, rannte ich los. Die Reiter hatten sich schon in Bewegung gesetzt und ich würde ihnen nur mit viel Glück den Weg abschneiden können.

...

Als ich erkannte, dass ich zu spät kommen würde, holte ich so tief wie möglich Luft.

„Wartet! Bitte wartet! Va... Fostred! Ist Netrosh bei di... Euch? Ich flehe Euch an, wartet!"

Es war klar, dass meine Rufe und auch der Umstand, dass ich rannte, als ob mein Leben davon abhinge, sämtliche Aufmerksamkeit der Menschen hier auf mich lenkte. Und ich war noch um mehrere Pferdelängen vom Tor entfernt, als mir ein großgewachsener Knecht oder Pferdeknecht in den Weg trat und mich festhielt.

„Was soll das? Wer bist du und was hast du hier zu suchen?"

„Fostred!", schrie ich nur umso lauter und verzweifelter und wehrte mich aus Leibeskräften gegen seinen Griff.

Ich konnte gerade so erkennen, dass Vater tatsächlich den Kopf nach der Ruferin drehte, aber dann trat der Knecht vollends vor mich, ließ seine Forke fallen und fasste nun auch nach meinem anderen Arm.

Ich hob den Fuß und trat ihm mit aller Kraft vor das Schienbein – was ihn laut aufbrüllen ließ. Doch dann kam Rettung aus gänzlich unerwarteter Richtung.

„Lass sie sofort los, wenn ich dir nicht deine eigene Heugabel in den Bauch rammen soll!", grollte jemand.

Natian. Er war durch das Tor gelassen worden – und würde umgehend wieder hinausgeworfen werden, sobald die Wachen mitbekamen, was hier vor sich ging. Hinausgeworfen oder Schlimmeres!

„Das wagst du nicht! Sieh dich um, du kämest hier nicht lebend raus!", zischte der Knecht und brüllte erneut auf, als ich noch einmal zutrat und diesmal sein anderes Schienbein traf.

„Aufhören, alle! Was ist hier los? Und woher kennst du meinen Namen?"

Hinter Natian zügelte jemand sein Pferd und als ich aufsah, entfloh mir ein Schluchzen, das ich kaum aufzuhalten imstande war. Dort vor mir auf einem kräftigen Rappen saß mein Vater. Um viele Jahre jünger und selbst mit seinem dichten Bart ein gutaussehender Mann. Seine Augen, die ich so gut kannte, musterten mich scharf und dann hoben seine Augenbrauen sich, bevor sie sich zusammenzogen und eine tiefe Falte zwischen ihnen entstand.

„Fürst Fostred, mein Name ist Natian. Das ist ... Sherea. Wir sind gekommen, weil wir eine überaus dringende Nachricht an Netrosh überbringen müssen. Werdet Ihr uns anhören? Mehr verlangen wir nicht.", hob Natian die Forke noch ein wenig höher, womit die Spitzen sich jetzt direkt in Höhe des Halses meines Gegenübers befanden. Natian ließ ihn nicht aus den Augen und gönnte Vater damit nicht eines Blickes.

„Leg die Forke fort, wenn du eine Antwort von mir hören willst! Sofort! Ich habe etwas dagegen, wenn mein bester Pferdeknecht mit einer Heugabel bedroht wird!"

„Sobald er seine Hände von ihr nimmt! Sie hat nichts verbrochen außer nach Euch zu rufen!"

„Agrat, lass sie los. Sie dürfte wohl kaum eine Gefahr darstellen. Und jetzt weg mit der Heugabel!"

Natian ließ sie sinken kaum, dass meine Arme freigegeben waren. Und er reichte sie sogar unaufgefordert an den Knecht zurück, auch wenn er wütend knurrte, als ich mir die schmerzenden Stellen an den Armen rieb.

„Mir geht es gut, das ist nichts!", schnaubte ich und hob dann den Kopf, um sehnsüchtig zu meinem Vater hochzublinzeln. Meinem Vater, dem ich so unbekannt war wie jede andere, beliebige Fremde!

Auch Natian drehte sich ihm jetzt zu, nicht ohne Agrat einen finsteren Blick zuzuschießen. Doch anstatt jetzt meinen Vater anzusprechen, starrte er an ihm vorbei – und verlor sämtliche Farbe.

„Netrosh ..." ächzte er.

„Schon eigenartig! Offenbar kennt ihr unsere Namen und Gesichter, aber ich weiß genau, dass keiner von euch mir je über den Weg gelaufen ist.", dehnte Vater und klopfte seinem Pferd beruhigend den Hals. „Netrosh?"

„Nein, sicher nicht. Aber etwas ist eigenartig ... Wie sagtest du, ist dein Name?"

„Natian.", antwortete der heiser. „Ich wurde nach dem Vater meines Vaters benannt. Und mein Vater hat mir etwas mitgegeben für euch, das ich euch ... zeigen soll."

„Vater und Vatersvater ..." murmelte mein Vater. „Und wie lautet der Name deines Vaters?"

Natian hatte die Schnur mit dem Stein daran mühsam und mit zitternder Hand aus seiner Hosentasche gefischt und hielt sie nun so, dass nur die direkt um uns Herumstehenden ihn sehen konnten.

„Der Name meines Vaters lautet Netrosh.", flüsterte er krächzend.

Der Seher hatte wie Natian zuvor mit einem Schlag sämtliche Farbe verloren. Nur ein rascher Blick in das Gesicht seines Sohnes, dann wandte er sich um und winkte den drei wartenden Reitern, sie sollen sich gedulden, dann drehte er den Kopf wieder zu uns, einen eigenartigen Ausdruck in den Augen. Schweigend nickte er Natian zu, fortzufahren.

„Dein Bruder heißt Kerwith, deine Schwester Miretha. Sie hat entweder bereits geheiratet oder beabsichtigt dies in nächster Zeit und wird dazu nach Mest ziehen. Dein Vater heißt wie ich und …"

„Und alles Weitere werden wir nicht hier besprechen! Nur eins noch: Woher hast du diesen Stein? Ich weiß genau, dass ich meinen noch habe und …"

„Du hast ihn mir gegeben. Oder wirst ihn mir noch geben. Er stammt aus einem der Steine des Steinkreises, du hast ihn eigenhändig herausgeschlagen. Hier, vergleiche ihn getrost mit deinem … Und du hast recht, wir müssen dringend reden, aber nicht hier."

Vater und er sahen sich an und schienen stumme Zwiesprache zu halten – was mich nur noch nervöser machte und meine Sehnsucht fast unerträglich werden ließ. Und als Vater sich mir jetzt zuwandte, schlug mir das Herz bis zum Hals.

„Und du? Woher kennst du mich? Ich bin nicht halb so abergläubisch wie Netrosh, also sollte deine Antwort schon überzeugend sein, wenn ich ebenfalls bleiben soll."

Ich blinzelte die aufsteigenden Tränen fort und öffnete den Mund, ohne dass etwas herauskam.

„Wohin wolltet Ihr?", fragte Natian rasch.

„Das geht dich nichts an, würde ich sagen!"

„Das denke ich doch! Hat Prulluf Euch und Eure Freunde fortgeschickt? Weiß er schon von der bevorstehenden Niederlage gegen Vandan, hat Netrosh ihm diese Weissagung oft genug wiederholt? Hatte er schon das Gesicht von der Prophezeiung?"

Vater trieb sein Pferd bei diesen Worten hart an Natian heran und kniff seine Augen zu schmalen Schlitzen zusammen.

„Wer seid ihr?"

Ich schlug die Hand vor den Mund, dann senkte ich sie genauso rasch wieder. Wenn ich ihm jetzt nicht endlich eine Antwort gab …

„Deine beiden Brüder … Leben sie noch oder sind sie bereits gefallen?", krächzte ich. „Dein Halbbruder Medoth … Geht es ihm gut? Und deine Mutter …"

Ich kam nicht weiter, denn jetzt lenkte er sein Pferd direkt auf mich zu – was Natian dazu veranlasste, mich beiseitezuziehen.

„Hört auf damit! Ihr wolltet uns anhören! Gilt Euer Wort nun oder nicht?"

„Fostred?", ließ sich Natians Vater wieder vernehmen. „Ich bin dafür, uns anzuhören, was sie zu sagen haben."

„Was? Willst du sagen, du glaubst ihnen?"

„Kommt es auf eine Stunde früher oder später an? Lass uns unseren Aufbruch verschieben. Dieser Stein ist mein, ich kenne ihn wie die Linien in der Innenfläche meiner Hand. Und meinen trage ich um den Hals!"

Ungläubig wanderte Vaters Blick von Netroshs Hals zu dem Gegenstand in Natians Hand, dann kniff er seine Augen zusammen und musterte uns erneut.

„Also schön, meinetwegen! Agrat? Nimm unsere Pferde, es dauert sicher nicht lange. Und kein Wort hierüber. Nicht, solange wir nicht wissen, was das alles soll!"

„Ja, Herr. Soll ich sie absatteln?"

„Nein. Wie schon gesagt: Das hier wird sicher nicht lange dauern!"

Ich presste meine Lippen fest zusammen, um den nächsten Schluchzer zu unterdrücken. Vater war ein gänzlich anderer Mensch. Jedenfalls erinnerte im Augenblick nichts an den Mann, den ich als meinen Vater kannte.

„Lasst uns hineingehen. In meinem Gemach sind wir ungestört.", saß Netrosh ab, reichte Agrat nun ebenfalls seine Zügel und betrachtete nach mir erneut seinen Sohn. „Ich bin äußerst gespannt zu hören, welche Botschaft du bringst!"

Das Zimmer, das er als seines bezeichnete, lag im hinteren Flügel der eigentlichen Residenz. Wir folgten Netrosh schweigend durch lange, teils finstere Gänge, in denen uns kaum jemand begegnete, und ich konnte mich nur mit Mühe davon abhalten, mich ständig nach meinem hinter uns her marschierenden Vater umzusehen.

„Von wo kommt ihr?", fragte Netrosh, als er eine von vielen Türen öffnete und dann stehen blieb, um uns vorbeizulassen.

„Purrh.", erwiderte Natian. „Zumindest stamme ich von dort. Zuletzt jedoch war ich in Hergath."

Vater schnaubte und sein Blick wurde stechend.

Netrosh schob die Tür wieder zu und deutete uns, auf den Stühlen Platz zu nehmen. Dicht am Fenster und damit gegenüber von einem Bett nebst großem Schrank befand sich außer einem Schreibtisch noch ein kleiner Tisch mit zwei Stühlen und während ich froh war, dass meine weichen und müden Beine mich nicht länger tragen mussten, wehrte Natian ab.

„Danke, ich stehe lieber. Und wenn ihr gestattet, möchte ich am Anfang beginnen, der gleichzeitig auch das Ende und der Grund für unser Hiersein ist."

„Ich kann es kaum erwarten!", betonte Vater und verschränkte beide Arme vor der Brust. Wie er so dastand, bewaffnet mit einem Schwert und einem langen Messer, breitbeinig und mit finsterem Gesichtsausdruck, sah er eher wie ein Gefängniswärter aus als wie der Berater eines Königs.

Natian atmete hörbar durch, dann verschränkte auch er die Arme.

„Der kommt, wird gehen, der herrscht, wird fallen. Dieser Schlüssel ist nicht ehern und er ist Schlüssel und Tor zugleich. Einmal durchschritten führt der Weg nur in eine Richtung und verzerrt wird so, was sonst nur in der Götter Hand, doch wird es geduldet für das große Ziel. Der kommt, wird gehen und der herrscht, wird fallen wenn die Zeit reif. Die Gerechte wird siegen und das Schloss schafft der Schlüssel, nicht dessen Schmied. Und der Schlüssel ist irden, genau wie der Fels.", zitierte er ohne zu stocken den gesamten Text der Prophezeiung. Und jetzt endlich ließ mein Vater seine Arme sinken, langsam und wortlos, aber sein Gesicht sprach Bände!

„Es gibt nur sehr wenige Menschen, die diesen Wortlaut kennen!", versetzte Netrosh.

„Ich weiß. Jetzt und hier sind das der König, du und Fostred. Den anderen hast du nur jeweils einen Teil davon mitgeteilt, um das Geheimnis zu bewahren. Und den letzten Teil hast du bis auf die vier Worte über die Gerechte nur einem einzigen erzählt: Fostred."

„Du irrst. Die Worte über die Gerechte höre ich heute zum ersten Mal, offenbar habe ich sie erst später dieser Prophezeiung hinzugefügt ... Fahr fort."

Natian warf mir einen raschen Blick zu, den ich mit zusammengepressten Lippen erwiderte. Ich wollte jetzt nicht darüber nachdenken, wann genau diese vier Worte hinzugefügt worden waren!

„Du hast Vandans Untergang vorausgesagt", begann Natian wieder, „aber bevor das eintrifft, werden von jetzt an noch Jahre ins Land gehen. Jahre, die entsetzliche Gräueltaten sehen werden! Vandan wird siegen und er wird im Blut waten, buchstäblich! Und genau deshalb hast du den Inhalt dieser Prophezeiung, die du …

Nun, falls heute der Tag ist, an dem Prulluf euch von hier fortgeschickt hat, um vor allem dein kostbares Leben zu schützen, dann hattest du letzte Nacht im Traum die Eingebung, die dir den letzten Satz dieser Prophezeiung mitgeteilt hat: Das Schloss schafft der Schlüssel, nicht der Schmied. Und der Schlüssel ist irden, genau wie der Fels. Das alles hast du jedoch noch jemandem gesagt, dem du genauso sehr vertraut hast wie ihm!", deutete er auf meinen Vater.

„Wem?", kam es heiser.

„Deinem einzigen Sohn. Mir. Wenn ich zehn, fast elf Jahre alt bin, wird man dich aus deinem Haus in Purrh holen, um dich hierher zu bringen. Nur, dass hier dann längst Vandan regiert, der sämtliche Seher im ganzen Reich, deren er habhaft werden kann, hierher verschleppen lässt, um endlich den Inhalt der vollständigen Prophezeiung zu hören. Etwas, das du nicht überleben wirst. Anders als Fostred: Ihm gelingt die Flucht und er nimmt sein Wissen mit in seine Heimat, auch wenn er dorthin nicht als Fürst zurückkehrt."

Vaters Kopf ruckte zu mir herum, als ich nickte.

„Du trittst Medoth sämtliche Rechte als Erbe des Fürstentums ab, inklusive deines Titels. Du bedingst dir nur sein Schweigen aus und einen großen Streifen Land. Den fruchtbarsten, der genau an den Wald grenzt. Das und Medoths Einwilligung macht dich zwar zu einem wohlhabenden Gutsherrn, aber bis zu dem Tag, an dem … Natian mich mit hierher nahm, schwebte die dunkle Wolke über uns, dass eines Tages jemand aus deiner Vergangenheit dich erkennen könnte. Vandan weiß von Fostred und er ahnt, dass der etwas wissen könnte, was Netrosh mit ins Grab nahm. Und so unglaublich es klingen mag: Ich bin deine Tochter, Sherea. Du ahnst nicht einmal annähernd, wie weh es tut, dir hier zu begegnen und nicht von dir erkannt zu werden!"

Meine ohnehin schwankende Stimme brach und dich fühlte, wie eine einzelne Träne über meine Wange lief. Für einen kurzen Moment zeichnete sich tiefe Betroffenheit auf seinem Gesicht ab, dann aber schüttelte er den Kopf wie jemand, der einen seltsamen Tagtraum abzuschütteln versucht.

„Das ist unmöglich! Es ist unmöglich, aus der noch fernen Zukunft …"

„Es ist auch unmöglich, in die Zukunft zu sehen, Fostred!", mahnte Netrosh leise, stieß sich von der Fensterbank ab, an die gelehnt er dagestanden hatte und trat näher, seinen Sohn nicht aus den Augen lassend. Und nun endlich fielen auch mir gleich mehrere Ähnlichkeiten zwischen den beiden auf: Sie hatten die gleichen Augen, das gleiche Kinn und selbst ihre Größe und Statur stimmten.

„Mein Sohn! Mein Sohn aus der Zukunft! Würdest du mir deinen Stein geben? Ich möchte ihn mir nur ansehen."

„Natürlich!", erwiderte Natian mit belegter Stimme und legte ihn in seine offene Hand.

Ich sah zu, wie Netrosh mit der freien Hand an einer ganz ähnlichen Lederschnur zog, die oben in der Kragenöffnung seines Hemdes zu sehen war und daran einen länglichen Gegenstand herausfischte.

„Sie sind gleich! Sie sind absolut gleich!", murmelte Vater.

„Weil sie ein und derselbe sind, Fostred. Er spricht die Wahrheit. Vor mir steht mein eigener Sohn, kaum jünger als ich ... Wie alt sagst du, warst du, als man mich holte?"

Natian räusperte sich.

„Ich war beinahe elf. Du hattest gerade meinen ersten Hund verarztet, als die Reiter kamen. Du hast mich nach oben auf den Dachboden geschickt, aber durch einen Spalt im Bretterboden konnte ich alles sehen und mitanhören.

Dein Wissen, deine Berichte aus dieser Zeit ... Ich war noch ein Junge und unwissend was das angeht, aber du hast alles in weiser Voraussicht aufgezeichnet und mir das Versteck genannt, bevor du ... Ich habe dich nie wiedergesehen. Und erst nachdem ich alt genug war, habe ich mich auf die Suche nach deinen Freunden gemacht, einen nach dem anderen. Ich nehme an, das waren die drei anderen Reiter vorhin auf dem Hof, denn du hast mir eine Liste mit vier Namen gegeben. Ich würde sie daran erkennen, dass sie jeder einen Teil der Prophezeiung kennen. Aber ich kam jedes Mal zu spät, Vandan hat sie alle vor mir gefunden. Bis auf ihn."

Wieder traf ihn ein Blick aus schmalen Augen, dann musterte Vater mich erneut.

„Sherea ... die Gerechte ..."

Ich nickte, sprechen konnte ich nicht.

„Die Gerechte! Hast du sie deshalb mitgebracht?", reichte Netrosh den einen Stein wieder zurück an Natian.

„Nur so ergab alles einen Sinn. Dieser Stein war der Schlüssel, der uns das Tor durch die Zeit öffnete. Ein Tor, von dem Steinkreis einen halben Tag von hier geschaffen. Aber auch sie ist ein Schlüssel, das habe ich begriffen, als ich die Bedeutung ihres Namens erfuhr."

„Und ich wiederhole gerne, dass ich weder das eine noch das andere bin! Dir ist ein schrecklicher Fehler unterlaufen, als du mich mitgezerrt hast!", fuhr ich auf und wischte über meine Wange.

Netrosh wirkte besorgt.

„Mitgezerrt? Du bist nicht freiwillig mitgekommen?"

„Nein, ganz sicher nicht! Er hat mich mitten aus meiner Familie herausgerissen und ehe ich wusste wie mir geschah, lag ich inmitten eines mystischen Steinkreises, um mich herum finsterste Nacht."

Die Falte zwischen seinen Brauen vertiefte sich.

„Das ist nicht gut. Du hättest sie fragen müssen, ihr alles erklären!"

„Dafür war keine Zeit. Und sie hätte niemals eingewilligt.", konterte Natian.

„Woher willst du das wissen?", zischte ich.

„Willst du das Gegenteil behaupten? Ich habe dir erklärt, um was und um wie viel es geht, aber hast du deine Einstellung geändert? Nein."

„Weil du mir keine Wahl gelassen hast! Du hast ja nicht einmal den Versuch gemacht, irgendwem irgendetwas zu erklären! Du tauchtest auf unserem Hof auf, brachtest diesen Brief mit, in dem dein Vater Abschied von meinem nahm und schon einen Tag später hast du über mein Leben entschieden, denn da gibt es kein Zurück mehr! All das nur aufgrund von Mestreds Erklärung, dass mein Name mit ‚die Gerechte' übersetzt werden kann.

Ich habe es dir gesagt: Das werde ich dir niemals verzeihen! Ich habe alles verloren, das mir etwas bedeutet hat und mein eigener Vater erkennt mich nicht, weil es mich noch nicht gibt ... Alles, alles ist vollkommen falsch, vollkommen verkehrt! Verzerrt!"

Netrosh und Vater hatten uns schweigend zugehört, jetzt aber meldete sich Vater wieder zu Wort.

„Moment! Was heißt das? Soll das heißen, dass ihr nicht mehr ... Bezieht sich dieser Satz aus deiner Prophezeiung etwa darauf? Der Weg führt nur in eine Richtung – Netrosh, sag mir, dass das alles nur ein Hirngespinst ist!"

„Ich fürchte, das kann ich nicht.", erwiderte der leise. „Und ich fürchte, dass sich gleich mehrere Dinge geändert haben durch ihr Auftauchen. Freiwilligkeit ist eine der entscheidendsten Voraussetzungen überhaupt, wenn es um so etwas wie das hier geht, Natian, nur so kann es funktionieren. Eigenartig genug, dass die Steine das zugelassen haben. Etwas, worüber ich eingehend werde nachdenken müssen.

Und dennoch: Ich gestehe offen, dass ich euch ein klein wenig beneide! Ich war schon oft dort draußen und habe die Macht des Ringes gespürt, aber bis heute war das Wissen, wie groß ihre Macht wirklich sein kann, nicht mehr als das: Unbewiesenes Wissen, so widersprüchlich es klingt! Sherea? Es tut mir leid, dass du auf diese Weise hierhergekommen bist! Und ich kann nur hoffen, dass der Weg ... nicht allzu beängstigend war für dich. Haben die Steine dich geleitet?"

„Geleitet? Ich verstehe nicht ... Natian hat mich einfach mitgezerrt. Er hielt seinen Stein in der Hand und alles um mich herum verschwamm, dann wurde ich ohnmächtig. Und als ich wieder wach wurde, waren wir hier, an mehr erinnere ich mich nicht."

Netrosh schüttelte den Kopf, zuerst nur langsam, dann zunehmend sicherer.

„Das kann nicht sein. Da muss noch etwas sein. Die Steine besitzen eine eigene, weise Art von Magie, aber du musst in der Tat der Schlüssel gewesen sein. Oder das Tor, denn ich bin fest davon überzeugt, dass der erste Satz sich auf euren Weg hierher bezieht: Dieser Schlüssel ist nicht ehern und er ist Schlüssel und Tor zugleich. Verstehst du? Wir sprechen hier nicht von einem gewöhnlichen Schlüssel, er ist nicht aus Eisen, öffnet keine gewöhnliche Tür. Und er ist Schlüssel und Tor zugleich. Nur der richtige Schlüssel öffnet das Tor des Steinkreises und wenn ihr euch zu Beginn dieser Reise nicht ebenfalls mitten in einem Steinkreis befunden habt, dann warst du gleichzeitig auch das Tor. Es kann nicht anders sein."

Nun schüttelte ich den Kopf, zunehmend heftig.

„Das ist unmöglich! Ich habe nichts davon gewollt und habe nichts dazugetan, um … so etwas zu bewirken! Du musst dich irren."

Er lächelte – und sah damit seinem Sohn noch ein wenig ähnlicher. Zumindest wenn man sich den Augenblick ins Gedächtnis rief, in dem er Sebset angelächelt hatte.

„Das habe ich schon so oft gehört! Aber egal, wer nun recht hat: Ihr seid hier. Und jetzt müssen wir etwas daraus machen. Doch zuvor müssen wir wissen, was aus eurer Sicht in den nächsten Jahren noch geschehen wird. Wenn wir die Zukunft – eure Vergangenheit – ändern wollen, dann müssen wir es überaus vorsichtig angehen."

„Bevor wir damit beginnen, euch davon zu berichten, muss Sherea etwas zu essen und zu trinken bekommen. Und sie muss sich ausruhen.", widersprach Natian. „Und bevor sie mir schon wieder widerspricht: Sie hat im Grunde seit fast zwei Tagen nichts gegessen und wir sind seit Mitte letzter Nacht ununterbrochen auf den Beinen. Ich habe ebenfalls Hunger, auch wenn ich gerne bereit bin, euch Rede und Antwort zu stehen."

Netrosh sorgte dafür, dass wir eine reichliche Mahlzeit erhielten. Nachdem ich meinen Stolz hinuntergeschluckt hatte und hungrig das schon etwas trockene Wildfleisch zusammen mit einer wahrhaft großen Portion gestampfter Knollen und Soße verzehrte, fühlte ich immer wieder Vaters Augen auf mir ruhen. Natian erzählte zwischendurch und so brauchte er bedeutend länger als ich, bis er sein Mahl beendet hatte. Hin und wieder fragte einer der beiden etwas, aber meist ließen sie ihn einfach nur erzählen. Und nachdem ich anfangs hier und da ergänzend berichtet hatte, war ich zuletzt sogar dazu zu müde und lehnte mich mit dem Rücken an die Lehne, mit der Schulter an die Wand und dann auch mit dem Kopf ...
Ich bekam nicht mehr mit, dass mich jemand hochgehoben und auf ein Bett gelegt, zugedeckt und sogar die Schuhe von den Füßen gezogen hatte. Und als ich irgendwann blinzelnd wieder erwachte, befand sich außer mir nur noch mein Vater im Zimmer. In einem anderen Zimmer.
Das Licht fiel in einem völlig anderen Winkel durch das Fenster herein und ich hob den Kopf, als Vater die Füße von dem zweiten Stuhl nahm, den er sich offenbar herumgerückt hatte.
„Was ... Ich habe geschlafen! Wie lange? Wo sind wir und wo sind die anderen?"
„Du hast geschlafen wie eine Tote, allerdings! Kein Wunder, würde ich sagen. Wir wollten dich nicht wecken, also haben die beiden nebenan in Netroshs Zim-

mer übernachtet. Das hier ist meines und es ist noch früher Morgen."

„Morgen? Heute ist schon morgen? Ich meine ... Es tut mir leid, ich wollte nicht so lange ..."

„Beruhige dich, die Welt da draußen steht noch.", seufzte er, dann fuhr er mit gespreizten Fingern durch seine Haare. „Geht es dir jetzt besser? Du warst vollkommen erschöpft und nachdem du etwas gegessen hattest ... Himmel, ich habe keine Ahnung, wie ich damit umgehen soll!"

„Womit? Mit alldem oder nur mit ... mir?"

„Mit allem und ganz speziell mit dir! Gestern noch wollte ich davonreiten als lediger Mann und heute höre ich, dass ich eine feste Verbindung eingegangen bin und Kinder habe. Irgendwann haben werde. Nein, ich *habe* ein Kind, doch das ist eine erwachsene Frau! Denke ich. Bist du erwachsen?"

Ich nickte, diesmal jedoch unglücklich. Die Decke, die irgendwer über mich gebreitet hatte, zur Seite werfend schwenkte ich die Beine aus dem Bett.

„Ja, ich bin erwachsen. Mein Jahrestag war ... Er scheint eine Ewigkeit her zu sein aus meiner Sicht. Du und Mutter, ihr habt mir ein Pferd geschenkt, eine wunderschöne, lammfromme Stute ...

Tut mir leid, für dich ist das alles noch gar nicht geschehen, aber für mich ist ... war das meine Wirklichkeit! Die Einzige, die ich kannte! Und das hier ... Alles ist fremd und aus den Fugen! Ich bin normalerweise nicht ängstlich, aber alles, was ich kannte, ist mit einem Schlag wie weggewischt ..."

„Ich glaube, ich verstehe. Nun, nicht wirklich, aber ich kann es mir wenigstens annähernd vorstellen. Und ich gestehe offen, dass da ein ganz eigenartiges Gefühl ist. Die junge Frau, die du bist ... Wie soll ich es nur beschreiben? Ich sehe vor mir eine junge, hübsche Frau, aber da ist etwas, das ... mich davon abhält, eine junge Frau in dir zu sehen, die ..."

Er brach ab und suchte nach Worten, dann stieß er verzweifelt den Atem aus.

„Ich glaube, ich weiß, was du damit sagen willst. Im Augenblick trennen uns nur wenige Jahre, aber für mich bist du trotzdem so sehr mein Vater ... Du kennst mich nicht, aber du bist im Augenblick der einzige Punkt, an dem ich mich festhalten zu dürfen hoffte. Doch ich begreife allmählich, was das von dir fordert, also ..."

Er atmete tief durch.

„Ich habe viele Fragen. Sehr viele! Mir ist klar, dass uns die Zeit fehlt, sie alle zu beantworten und Netrosh hat angedeutet, dass es nicht gut ist, zu viel über sich selbst im Voraus zu wissen, aber ... Deine Mutter ... Natian hat gestern nicht viel über sie erzählen können. Und bislang habe ich ... Nun, ich habe noch keine Frau gefunden."

Ich schluckte. Noch etwas, das sich ändern könnte, ganz alleine deshalb, weil wir hier waren! Wenn wir es wirklich schaffen würden, diesen Krieg zu verhindern...

„Du musst auf deinem Weg nach Hause unbedingt durch einen Ort namens Peringen reiten, er liegt am Lertos. Ein Gut grenzt daran, Gut Loperingen; auf dem lebt und arbeitet Mutters gesamte Familie. Wenn du dort niemals haltmachst, wirst du sie niemals ..."

Ich brach ab.

„Verstehe. Ich lerne sie niemals kennen, verliebe mich nicht und vermähle mich auch nicht mit ihr. Was bedeutet, dass du niemals geboren wirst."

„Und Ulluf nicht, Trigus, Inis und Vilis.", murmelte ich erstickt. Dann würgte ich mit enger Kehle hervor: „Natian hat keine Ahnung, was er mit seiner Tat angerichtet hat! Er hat keine Ahnung! Wie soll das alles funktionieren? Was können wir schon ausrichten?"

Er seufzte, lang und gedehnt. Dann beugte er sich vor.

„Ich maße mir nicht an, all diese Dinge zu verstehen. Im Gegenteil: Wenn ich zu lange darüber nachdenke, schwirrt mir der Kopf. Das alles ist etwas, das in die Hände eines Sehers gehört. Also habe ich beschlossen, die Dinge erst einmal zu nehmen wie sie sind und immer nur einen Schritt nach dem anderen zu tun. Das Nächstliegende zu tun. Vielleicht hilft dir diese Einstellung ja auch ein bisschen. Ich bin Teil dieser Welt und Zeit und ich kann nur hier und jetzt etwas tun – was auch immer das sein wird. Ich kann nur dort, wo ich gerade bin, etwas bewirken."

„Mit beiden Beinen fest auf dem Boden der Tatsachen – so ähnlich hat Netrosh dich in diesem Brief beschrieben.", murmelte ich.

„Hm ... Könnte passen! Aber zurück zu dir und mir: All die Namen deiner Geschwister sagen mir nichts und im Augenblick bist nur du wirklich für mich. Netrosh ... Er ist ein großer Seher, das weiß ich, und ich würde seine Gabe niemals anzweifeln, aber es ist eine Sache, staunend danebenzustehen, wenn er wieder irgendein Gesicht hatte und uns davon berichtet, eine ganz andere aber, auf einmal ..."

„... mittendrin zu stehen!", ergänzte ich.

Er nickte und betrachtete mein Gesicht voller Aufmerksamkeit.

„Du hast meine Augen.", murmelte er dann.

Ich nickte und spürte, wie mir schon wieder die Tränen kamen.

„Und irgendwas ist da ... Eine eigenartige, unerklärliche Vertrautheit ... Ich habe keine Ahnung, wie ich damit umgehen soll, Sherea! Aber wenn es dir hilft, dann sage ich dir, dass ich für dich da bin, denn auf seltsame, unerklärliche Weise bist du ein Teil von mir. Einer, den ich noch nicht kenne, aber gerne kennenlernen würde – so wir die Zeit dafür haben werden. Ich werde dir helfen. Euch. Uns. Wenn das überhaupt möglich ist! Denn wenn ich Netrosh letzte Nacht richtig verstanden habe, dann ... seid ihr in der falschen Zeit gelandet."

Es dauerte einen Moment, bis mir die Bedeutung seiner letzten Worte klar wurde, aber all meine Fragen würgte er jetzt ab. Es sei ohnehin besser, das alles gleich auch mit den beiden anderen zu besprechen, und ich solle jetzt besser die Zeit nutzen und mich säubern und umziehen.

„Wir genießen hier viele Rechte und Privilegien, aber dennoch war es unumgänglich, Prulluf davon zu unterrichten, dass wir nicht wie von ihm befohlen gestern aufgebrochen sind. Eine Erklärung sind wir ihm bisher schuldig geblieben, aber das wird nicht mehr lange gehen. Er erwartet uns nach dem Frühstück und bis dahin müssen wir uns eine einleuchtende Geschichte einfallen lassen."

Er erhob sich, deutete auf eine der beiden Türen, die außer der zum Gang von hier abgingen und meinte, dass ich dort ‚Ruhe und Abgeschiedenheit' finden würde.

„Ein ... Abort. Und ... ähm ... Dort kannst du dich waschen. Ich schicke jemanden, der dir saubere Kleidung bringt, denn so kannst du nicht vor Prulluf auftauchen."

Ich warf einen Blick an mir herunter. Mein Kleid war durchaus von guter Qualität, aber es war auch bis weit über den Saum hinaus staubig und hier und da prangte ein grünlicher Fleck – vermutlich von unserer Wanderung durch den Wald.

„Wohin gehst du währenddessen?", fragte ich sofort.

Er hielt inne, die Hand schon am Türgriff.

„Nicht weit, Sherea. Ich bin gleich nebenan, Netrosh und Natian werden nichts dagegen haben, wenn wir gemeinsam eine Waschgelegenheit nutzen. Warte einfach hier, wenn du fertig bist, ich werde in regelmäßigen Abständen anklopfen."

Ich nickte, dann jedoch hielt ich ihn noch einmal auf.

„Warte! Wie ... soll ich dich in Gegenwart anderer anreden? Ich kann dich schlecht Vater nennen, aber dich beim Namen zu rufen kommt mir so ... Es kommt mir nicht richtig vor."

„Es dürfte im Augenblick aber das Sinnvollste sein, oder? Mir macht es nichts aus.", lächelte er leise. „Sonst noch etwas? Brauchst du etwas? Ich hätte es einer Kammerzofe überlassen, denn ich habe keine Ahnung, was eine Frau so ... benötigt."

Meine Wangen wurden warm, dann jedoch kam mir ein Gedanke.

„Oh, ja! Vielleicht ... Wäre es möglich ... Könntest du etwas herausfinden? Ich weiß von einer Wäscherin, die hier arbeitet, und ich nehme an, dass sie schon hier ist. Ich kenne ihren Namen nicht, aber ich weiß, dass sie alleinstehend ist und eine etwa achtjährige Tochter mit weißblonden Haaren und blauen Augen aufzieht. Der Name des Mädchens ist Sebset. Wenn du es möglich machen kannst, dass sie zu mir kommt ..."

„Eine Wäscherin? Bist du sicher? Natürlich ist es möglich, niemand würde wagen, sich meinem Wunsch zu widersetzen, aber ist eine Wäscherin geeignet, dir ..."

Er wedelte mit der Hand, ohne den Satz zu beenden.

„Mag sein, dass das unüblich ist, und mag sein, dass dir niemand widersprechen würde, aber ich möchte auch nicht, dass diese Frau anschließend Ärger bekommt."

„Ärger? Mit wem denn?"

„Mit jemandem namens Infida. Offenbar ist sie diejenige, die hier dem gesamten Gesinde vorsteht und diese Wäscherin hat es schon ohne mich nicht leicht bei ihr. Wird es Probleme geben?"

Er atmete tief durch, dann schüttelte er, einigermaßen verwundert, den Kopf.

„Ich frage jetzt nicht, woher du das alles weißt. Aber ich ahne es, denn mir ist gestern durchaus ein kleines, blondes Mädchen aufgefallen, das das gesamte Geschehen im Hof mit schreckgeweiteten Augen verfolgt hat und besonders dich nicht aus den Augen ließ."

„Sie ist dir aufgefallen?"

„Ich pflege gewohnheitsmäßig unsere Umgebung aufmerksam zu beachten, unser Leben könnte davon abhängen, also ja."

„Ich bin nur mit ihrer Hilfe durch die Seitenpforte gelassen worden und die beiden könnten wegen mir Schwierigkeiten bekommen haben oder noch bekommen. Ich möchte irgendetwas für sie tun, sie zumindest um Verzeihung bitten."

„Wie du meinst. Und nein, ich sorge schon dafür, dass sie keine Probleme bekommt. Eine Wäscherin also ... Verriegle die Tür nicht, sonst kann sie nicht hereinkommen. Niemand wird dich stören oder unaufgefordert eintreten, das versichere ich dir."

Ich nickte und wartete, bis er die Tür hinter sich zugezogen hatte. Und zum ersten Mal seit ich ‚hier' war, konnte ich einigermaßen befreit aufatmen!

Ich hatte meine Kleidung bis auf das Unterkleid abgelegt und eben damit begonnen, meine langen Haare mühsam mit dem einzigen hier vorhandenen Kamm von ihren Knoten zu befreien, als nebenan angeklopft wurde.

Auf meine Frage hin hörte ich, dass jemand mit Namen Igrena dort sei.

„Ihr habt nach mir schicken lassen?"

„Du bist die Mutter von Sebset?"

„Ja, Herrin."

„Dann bitte, komm herein! Ich bin hier ..." zog ich die Tür zu Vaters Zimmer auf und lugte durch den Türspalt. Doch anstelle einer Frau traten gleich zwei herein. Die eine, die mit gesenktem Blick und einem Stapel Kleidung im Arm sofort stehen blieb, war unverkennbar Sebsets Mutter: rotbraune Haare, die in Locken unter einem fest um den Kopf gebundenen Tuch hervorschauten. Die andere hingegen ... Sebsets Beschreibung hätte treffender nicht sein können, denn ihre lange, gekrümmte Nase erinnerte tatsächlich an den Schnabel eines Raben, der breite, fast lippenlose Mund, dessen Winkel ungnädig nach unten zeigten, wiesen sie als Infida aus, die ‚gemeine Frau'. Und erstmals in meinem Leben war mir ein Mensch vom ersten Augenblick an durch und durch unangenehm!

„Ich bin ...", begann sie mit scharfer, durchdringender Stimme, aber ich fiel ihr sofort ins Wort.

„Du bist Infida, ich weiß. Kennt Igrena sich hier nicht aus oder weshalb begleitest du sie?"

„Nur um sicherzugehen, dass dies alles mit rechten Dingen zugeht! Mir wurde von einer Magd beschieden, dass sich eine ganz bestimmte Wäscherin im Zimmer von Fostred einfinden solle, noch dazu mit Kleidern, die für eine Audienz bei König Prulluf geeignet seien ... Ich darf wohl fragen, wer Ihr seid?"

Ihre Augen wanderten an mir herunter und wieder herauf und als sie anschließend geringschätzig das Gesicht verzog, war klar, wofür sie mich hielt.

Ich schnaubte erbost.

„Hat die Magd dir gesagt, von wem dieser Wunsch kam?"

„Ja, natürlich!"

„Dann darf ich fragen, wie du dazu kommst, Fostreds Befehl infrage zu stellen?! War sein Wunsch nicht eindeutig genug für dich? Ich bin derzeit sein Gast, das sollte dir doch wohl genügen, oder?"

Mit einem Griff hatte ich eines der großen Tücher, die gleich neben der Tür hingen, vom Haken genommen und hielt es mir vor die Brust, um so in die Tür treten zu können.

„Gast?", echote sie. „Bist du nicht die, die gestern im Hof ..." wechselte sie vom Ihr zum Du, aber jetzt wurde sie unterbrochen. Offenbar hatte man nebenan mitbekommen, was hier vor sich ging.

„Gast!", kam es hart von hinten und als beide Frauen erschrocken herumwirbelten, sah ich, wie mein Vater in der nach wie vor halb offen stehenden Tür zum Gang erschien. „Solange meine Schwester hier weilt, werde ich ein anderes Zimmer benutzen, da ich nicht gewillt bin, dem Seher ständig zur Last zu fallen! Wenn du also deines Amtes walten und jemanden damit beauftragen würdest, mir eines der leerstehenden Zimmer vorzubereiten, Infida?"

„Schwester!", gab sie zurück und warf mir noch einen raschen Blick zu. „Ja, jetzt sehe ich die Ähnlichkeit ..."

Sie log! Ich wusste genau, wie ähnlich ich Mutter sah und bis auf die Augen, meine Haarfarbe und mein innerstes Wesen hatte ich nichts von Vater. Und man sah ihren stechenden Augen an, wie begierig sie war, hinter das Geheimnis dessen zu kommen, was hier vorging. Aber bevor ich eine Bemerkung machen konnte, fuhr sie schon fort.

„Verzeiht, Herr, aber ich musste sichergehen. Auch, dass die hier nicht die Gelegenheit nutzt und irgendetwas stiehlt! Ich werde also bleiben und sie beaufsichtigen, für Euer Zimmer wird alsbald gesorgt werden."

„Ich stehle nicht!", empörte sich Igrena, aber jetzt trat ich endgültig ins Zimmer, das Tuch sorgfältig festhaltend.

„Igrena ist, wenn sie damit einverstanden ist, für die Dauer meines Aufenthaltes meine Kammerfrau. Und sie benötigt keine Aufsicht, vielweniger eine Aufpasserin. Igrena?"

Die Angesprochene, die kaum älter als Ulluf sein konnte, wandte mir das Gesicht zu – und ich erschrak, als ich auf ihrer linken Wange einen roten Handabdruck gewahrte.

„Wer hat das ... Va... Fostred? Sieh dir das an!", nickte ich und Vater kam – wenn auch nur zögernd und nach einem kurzen Blick in meine Richtung – herein und musterte Igrena von vorne.

„Ich sehe es!", murmelte er dumpf. „Infidas Handschrift? Ich erwarte eine ehrliche Antwort!"

Igrena senkte jedoch schweigend den Kopf. Mir dämmerte, dass sie durch ihre Antwort durchaus Gefahr laufen würde, ihre Arbeit zu verlieren. Etwas, das sie sich um Sebsets Willen nicht erlauben konnte.

„Infida?", herrschte Vater diese nun an. Offenbar war er zu dem gleichen Schluss gekommen.

Doch auch die schwieg und hob das Kinn in einer herrischen Geste.

„Warst du das? Antworte!", deutete er daraufhin.

„Es obliegt mir, das Gesinde zu maßregeln, wenn es erforderlich ist! Und als gestern ihre Tochter, die sich überdies unrechtmäßig hier befand, einen Krug zerbrach und die hier nicht dafür aufkommen konnte oder wollte, habe ..."

„Ein Krug!", zischte ich wütend. „Wegen eines Kruges! Ich habe ihn gesehen, diesen Krug, es war ein einfacher, wie er zum Wasserholen verwendet wird. Ich werde die Taschen meines Kleides durchsuchen, irgendwo wird sich schon noch eine Münze finden, um ihn dem König zu bezahlen! Aber dir sollte man ..."

Vater hob die Hand und unterbrach mich so.

„Deine Dienste werden nicht mehr benötigt, du siehst, dass alles hier auf meinen Wunsch geschieht. Was deine Art, das Gesinde zu ‚maßregeln' hingegen angeht, werde ich den Haushofmeister davon in Kenntnis setzen! Ich bin schon neugierig, was er dazu sagt und ich glaube, es ist längst überfällig, das übrige Gesinde über deine Maßregelungen zu befragen! Wann hast du zuletzt etwas zerbrochen? Hat man dir das je von deinem Lohn abgezogen? Hinaus!"

Die schwarzgekleidete Rabenfrau erbleichte und zwei rote, scharf umrissene Flecken, die sich jetzt auf ihren Wangen bildeten, hoben sich umso krasser gegen ihre fahle Haut ab. Ihr Knicks fiel äußerst knapp und kantig aus und noch in der Tür drehte sie sich ein letztes Mal zu mir herum.

„Wo darf ich Euer Gepäck abholen lassen? Wenn Ihr gestern erst eingetroffen seid und ein Kleid benötigt ..." kam es spitz.

„Kein Gepäck! Und jetzt raus!", donnerte Vater.

„Kein Gepäck! Ich verstehe. Ihr entschuldigt mich."

Die Tür schloss sich und Vater stöhnte unterdrückt.

„Es wird doch Probleme geben, richtig?", flüsterte ich.

„Nein. Keine jedenfalls, um die ihr beide euch sorgen müsst, ich regle das. Infida ist Meister Olperd schon lange ein Dorn im Auge und sie überschreitet nicht zum ersten Mal ihre Befugnisse. Ähm ... Ich werde jetzt wieder gehen, damit du in Ruhe ... Bis nachher also."

„Ja, bis nachher. Und danke!", lächelte ich.

„Keine Ursache!", lächelte er zurück, verzog verwundert das Gesicht und flüchtete.

„Es tut mir leid!", begann ich leise, als Igrena immer noch schweigend dastand und mich nur kurz zu mustern wagte.

„Leid? Euch muss nichts leidtun! Ich möchte mich im Gegenteil bei Euch bedanken! Als ich gestern Abend nach Hause kam, fand ich nicht nur ein Stück Brot, sondern auch Essen vor, das Sebset aus der Küche mitgegeben worden war. Sie hat mir alles erzählt."

„Dann weißt du auch, dass nichts davon mein Verdienst ist. An deiner Ohrfeige hingegen bin ich Schuld, denn ich habe Sebset gebeten, diesen Krug zu holen. Ich musste unbedingt mit Netrosh und Fostred sprechen, aber man hätte mich nicht so ohne Weiteres eingelassen. Ich hatte nichts, um mich als ... die, die ich bin, auszuweisen, und musste auf eine List zurückgreifen. Und um ein Haar hätte ich beide verpasst und so vermutlich die einzige Chance vertan. Ich verdanke Sebset mehr, als sie ahnt. Wie kann ich dir dein Los erleichtern? Ich selbst kann sicher nicht viel tun, aber ich werde Fostred darum bitten, etwas zu unternehmen, das verspreche ich."

Sie blinzelte. In ihren braunen Augen funkelten bernsteinfarbene Splitter.

„Warum? Warum tut Ihr das? Sebset hat mir gestanden, dass sie Euch erzählt hat, was ... weshalb ich und sie alleine ..."

Sie brach ab.

„Sebset ist ein kluges Mädchen, du kannst stolz auf sie sein. Und wunderschön ist sie noch dazu. Denkst du denn wirklich, dass dich irgendeine Schuld an eurem Schicksal trifft? Denkst du wirklich, dass irgendeine Frau, die in der gleichen Situation steckt, eine Schuld trifft? Nein.

Sebset hat es genauso sehr verdient wie du, aufzuwachsen und zu leben wie jeder andere. Und ihre Hilfe und Freundlichkeit gestern ... Ich werde nicht in Worte fassen können, wie wichtig beides war, Igrena! Und ich habe dich nicht hierher befohlen, ich möchte nicht, dass du denkst, du müsstest von jetzt an als meine Dienerin um mich herum sein. Ich wollte dich nur sehen und hören, wie ich an euch wiedergutmachen kann, was Sebset gestern für mich getan hat!"

Der Ausdruck in ihren Augen änderte sich und ihr Mund stand offen.

„Dienerin? Herrin, die Arbeit einer Kammerzofe ist um so vieles besser als die einer Wäscherin! Tagein, tagaus im feuchten Dampf der Waschkessel stehen, mit Rudern in der schweren Wäsche rühren, alles mühsam mit den Händen auf dem Waschbrett waschen ... Glaubt mir, ich wäre mit Freuden für eine Weile Eure Kammerzofe! Hier, das sind frische Kleider und Unterkleider. Sie gehören einer ehemaligen Kammerfrau der verstorbenen Königin. Sie hat sie nur ein- oder zweimal getragen und dann hiergelassen, als sie fortging. Ich denke, sie müssten passen, denn man hat mir Eure Größe und Statur offenbar passend beschrieben. Wenn nicht:

Ich bin geschickt mit Nadel und Faden, ich werde sie ändern."

„Danke! Vielen Dank, wirklich! Aber das ist noch etwas ..."

„Ja? Was es auch ist, ich werde versuchen, es richtig zu machen. Ich habe keine Erfahrung als Kammerzofe, aber ich lerne schnell."

„Dann lerne schnell, mich nicht mit Ihr und Euch anzusprechen. Mag sein, dass es im Beisein anderer nötig ist, ich kenne mich mit den Gepflogenheiten an einem Hof nicht aus, aber wenn wir unter uns sind, möchte ich, dass du mich Sherea nennst. Du kannst nicht so viel älter sein als ich und dann käme ich mir wenigstens nicht mehr ganz so fremd vor. Und ich komme mir im Moment *sehr* fremd vor!"

Ihre Augen wurden riesig, aber sie nickte.

„Wie Ihr ... du wünschst! Willst du dich jetzt waschen und umziehen? Soll ich dir helfen bei deinen Haaren? Ich flechte sie Sebset auch immer und ... Darf ich eine Frage stellen?"

„Natürlich!", gab ich zurück. „Frag!"

„Wenn ich jetzt als Kammerzofe arbeite ... Ich weiß, dass sie alle hier in der Residenz schlafen. Eine Kammer werde ich schon zugewiesen bekommen, vermutlich gleich hier nebenan ..." deutete sie auf die kleine Tür neben der zum ‚stillen Ort der Abgeschiedenheit'. „Das dürfte die Kammer des Burschen sein, der sonst für Euren ... deinen Bruder zu sorgen hatte. Aber was wird nun mit Sebset? Sie ist zwar schon alt genug, um notfalls des Nachts alleine zu bleiben, aber ..."

„Hol sie her! Wie ich schon sagte: Ich weiß nichts über die Regeln und Gepflogenheiten an einem Hof wie diesem, aber wenn es dir nichts ausmacht, dass sie vorerst ein Zimmer mit dir teilt ... Ich werde Fostred auch dazu befragen, aber ich bin sicher, dass er nichts dagegen hat. Und mich stört es nicht."

Sie sah aus, als ob sie mir jeden Augenblick um den Hals fallen wollte, also winkte ich nur ab und huschte nach nebenan. Es war Zeit, mich so herzurichten, dass ich unter Prullufs Blick zumindest bestehen würde!

Kapitel 5

Wir nahmen unser Frühstück gemeinsam in Vaters Zimmer ein und ich hatte ihm mit wenigen Worten Igrenas und Sebsets Situation geschildert und um seine Hilfe gebeten.

„Hm ... Wie es aussieht, kann ich dir so einfach nichts abschlagen!", dehnt er und winkte ab, als ich damit begann, mich wortreich zu entschuldigen.

„Du bist mir keine Rechenschaft oder Entschuldigung schuldig, schon gar nicht bei etwas, das so richtig ist wie das hier! Igrena?"

Sie hatte neben der Tür gewartet, unschlüssig, was sie nun tun solle.

„Herr?"

„Im Augenblick ist deine Anwesenheit nicht vonnöten. Weshalb nutzt du nicht die Zeit und holst deine Tochter her? Melde dich mit ihr bei Meister Olperd. Er soll es übernehmen, dir andere Dienstkleidung zu geben. Die Kammer nebenan ist nicht besonders groß, aber da ich nie Wert darauf gelegt habe, ständig einen Burschen um mich herum zu haben, ist sie frei. Schau hinein und sag Olperd einfach, wenn euch etwas fehlt, er kann dafür sorgen, dass ihr es erhaltet oder dir sagen, wo du es findest. Und wenn jemand fragt, dann sag, dass ich es so bestimmt habe. Infida wird dir nichts mehr zu befehlen haben, auch dafür werde ich sorgen, du bist ab sofort Olperd direkt unterstellt. Ich habe bereits mit ihm gesprochen und wenn all das, was ich bisher über sie gehört habe, sich als wahr herausstellt, sind ihre Tage hier gezählt. Olperds Einverständnis vorausgesetzt, ich mische mich gewöhnlich nicht in seine Befugnisse ein."

„Danke, Herr! Ich danke Euch!", stammelte sie. „Wenn ich noch etwas sagen darf?"

„Natürlich! Frag mich niemals, ob du etwas sagen darfst!"

Ich lächelte. Das war etwas, das ich wiedererkannte!

„Infida ... Unterschätzt sie nicht! Sie weiß ganz genau, was hinter den Mauern dieser Residenz vorgeht, sie hat ihre Augen und Ohren überall und weiß ihr Wissen zu nutzen. Sie ist meisterhaft darin, Intrigen zu spinnen, und ich ahne, dass sie nicht nur Euren Ruf, sondern auch den Eurer Schwester schädigen wird. Wenn nicht Schlimmeres!"

Ich fühlte – nicht zum ersten Mal seit Beginn unseres Frühstücks – Natians Augen auf mir ruhen und rutschte unbehaglich auf meinem Stuhl hin und her. Dann hob auch ich meinen Blick und stellte mich seinem.

„Als Fostreds Schwester steht sie über diesen Dingen. Habe ich recht?", mutmaßte er in eigenartigem Tonfall.

„Allerdings!", erwiderte ich bissig. „Sie kann meinetwegen über mich erzählen, was sie will, mich schert es nicht. Und ich denke nicht, dass unser Aufenthalt hier von derart langer Dauer sein wird, dass mein Ruf ernsthaften Schaden leiden könnte. Oder?"

„Nein, vermutlich nicht.", pflichtete er bei.

„Wie Ihr meint. Dann ... gehe ich jetzt und hole Sebset?"

Ich lächelte ihr zu und nickte.

Er war wie vom Donner gerührt, als sie bei ihrem Eintritt in einem dunkelroten Kleid und mit einem durchaus kompliziert geflochtenen Zopf am Fenster gestanden hatte. Das Kleid war im Grunde vergleichsweise einfach gearbeitet, aber das dunkle Rot passte zu ihren blonden Haaren und den dunklen Augen. Dann das weiße Band am Saum und das weiße Unterkleid, dessen Stoff und Zugschnur oben aus dem kleinen Ausschnitt hervorschaute, ihre aufrechte Haltung …

Oh ja, sie war die Tochter eines Fürsten! Ihm entging auch keineswegs der zufriedene, fast schon stolze Ausdruck in Fostreds Augen und auch wenn der sich sogleich wieder in ruhigem Tonfall an Netrosh wandte und irgendeine Bemerkung machte, dieser Eindruck brannte sich fest in sein Gedächtnis. Genau wie der befremdete Blick von ihr, der noch bei seinem Hereinkommen freundlich-neutral gewesen war. Zum ersten Mal übrigens, dass er nicht Wut und Feindseligkeit darin entdecken konnte.

Er hatte einige Mühe, dem Gespräch zu folgen und musste sich zusammenreißen, denn während des ganzen Essens waren sie nicht alleine. Diese Waschfrau, Igrena, stand ein wenig hilflos im Hintergrund und beeilte sich jedes Mal, wenn einer von ihnen seinen Becher geleert hatte, wieder nachzufüllen – um wieder Aufstellung neben der Tür zu nehmen.

Es war fast eine Erleichterung, in sein altes Verhaltensmuster zurückzufallen, als es um Sherea und ihren Ruf ging und er atmete erst erleichtert auf, als Igrena endlich gegangen war.

Sherea verlor keine Zeit:

„Was meinst du damit, wir seien in der falschen Zeit gelandet? Sagt ihr nicht unentwegt, …"

„Was meintest du damit, wir seien in der falschen Zeit gelandet? Sagt ihr nicht unentwegt, dass der Steinkreis weiß, was er tut? Das eine schließt das andere ja wohl aus, oder?"

Netrosh lächelte amüsiert, aber dieses Lächeln erreichte seine Augen nicht. Er legte das Messer fort, mit dem er sich soeben ein Stück Käse von einem kleinen Laib abgeschnitten hatte, kaute und lehnte sich zurück.

„Ja und nein. Und ich bin mir nicht sicher, ob es die falsche Zeit oder nur der falsche Ort ist. Die Steine oder besser Geister wissen immer, was sie tun, daher kann es durchaus sein, dass ihr zunächst einmal hierher kommen musstet. Möglicherweise schon oder nur deshalb, um uns wissen zu lassen, was auf dem Spiel steht. Ich bin indessen sicher, dass eure Reise noch nicht zu Ende ist."

Ich schnaubte.

„Das ist alles, was du dazu sagst? Du bist der Seher, von dem diese Prophezeiung stammt! Solltest du nicht etwas mehr darüber wissen?"

„Glaub mir, ich habe mir diesbezüglich den Kopf zerbrochen! Tatsache ist aber, dass ich dir die Antwort schuldig bleiben muss. Noch! Ich vertraue jedoch auf das Schicksal und die Macht dieser Steine. Was immer geschieht, es geschieht aus einem bestimmten Grund. Wir alle sind in diesem Spiel nur die … nun, nicht eben die Figuren, denn uns bleibt immer die Wahl, etwas zu tun oder nicht zu tun, aber …"

„Tut mir leid, aber dem kann ich nicht beipflichten!", konterte ich mit Blick auf Natian. „Aber fahr fort."

„Ich weiß.", seufzte er und fuhr sich durch die kurz gehaltenen braunen Haare. „Aber ich sehe auch, dass du längst damit begonnen hast, etwas zu tun. Etwas zu verändern! Lass es mich so sagen: Irre ich mich oder hältst du das, was du gerade tust, für richtig und gut?"

Ich warf das Mundtuch auf meinen geleerten Teller.

„Was? Hier zu sitzen und zu essen während irgendwo dort draußen ein Vandan mit seinem Heer unaufhaltsam näher rückt?"

„Nein. Aber beispielsweise jemandem wie Igrena und ihrer Tochter zu helfen, ihnen ein besseres Los zu verschaffen! All die Mühen und Gefahren auf dich zu nehmen, um uns zu suchen, uns über das, was unmittelbar bevorsteht zu unterrichten! Du hast gestern da draußen im Hof nicht gezögert und glaub mir, du bist – genau wie Natian – durchaus Gefahr gelaufen, eingesperrt und verhört zu werden! Wenn wir uns auch nur um wenige Minuten verpasst hätten … Die Steine wussten, was sie tun! Und du?"

„Ich tue nur, was nötig ist. Ich bin nicht blind, Seher, ich sehe, was um mich herum vorgeht. Und ich weiß, was passieren wird, wenn auch nur aus Erzählungen.

Wenn ich also irgendetwas tun kann, um das Schlimmste zu verhüten, jetzt, da ich nun einmal hier bin …"

Er nickte, durchaus verständnisvoll.

„Du bist deinem Vater hierin sehr ähnlich, weißt du das? Er ist ein alter Zweifler, aber einmal mit den Tatsachen konfrontiert würde auch er niemals aufgeben. Ich weiß schon gar nicht mehr, wie oft ich von ihm die Worte gehört habe, dass es immer eine Lösung gibt, dass wir sie manchmal nur nicht direkt sehen."

„Eine durchaus gewagte Behauptung einem Seher gegenüber!", grinste Vater und schlug Netrosh auf die Schulter.

„Weshalb?", schoss ich beim Anblick ihrer Vertrautheit hervor. „Vater hat sich immer gefragt, weshalb du ausgerechnet ihm deine innige Freundschaft geschenkt hast! Du warst bereits ein Jahr vor ihm hier und er war der Neuankömmling, der sich erst mühsam orientieren musste. Weshalb? Ich muss es wissen, denn irgendwie betrifft es jetzt auch mich. Ich muss einen Grund wissen, weshalb das alles passiert und weshalb es mir passiert!"

„Genügt es dir nicht, dass du einen Krieg verhindern könntest oder zumindest dessen Ausgang ändern?", warf Natian ein, aber diesmal klang er weit weniger vorwurfsvoll als sonst.

„Nein!", fuhr ich auf. „Doch! Aber nicht mehr alleine! Ich muss wissen … Ich bin kein Schlüssel und kein Tor! Wieso Vater? Und wieso ich?"

Die eintretende Stille wurde nur von den Geräuschen unterbrochen, die von draußen aus dem Hof hereindrangen. Netrosh legte nun ebenfalls sein Mundtuch fort und seufzte tief.

„Ich weiß es nicht. Ich weiß nur eines, Sherea: Schon als ich deinen Vater zum ersten Mal sah … Er ritt damals in Begleitung mehrerer anderer Jungen adeliger oder zumindest höherer Herkunft auf den Hof, drei davon hast du gestern kurz gesehen. Ich war damit beschäftigt, die Schwungfedern einer am Flügel verletzten Brieftaube zu kürzen, um ihre Schwinge schienen zu können. Vom ersten Augenblick an wusste ich, dass unsere beiden Leben und Schicksale eng miteinander verbunden sein würden. Enger als manch andere Leben!

Was sich mir mitteilt, sind nicht immer irgendwelche Träume oder Eingebungen. Es sind nicht immer Gesichte, die ich habe. Auch wenn ich immer wieder einmal zu dem Steinkreis da draußen reite und um Rat und Hilfe und Antworten bitte: Manchmal ist es schlichtweg nur eine tiefinnerliche Gewissheit, die ich erhalte. Begründungen liefert man mir nur selten, eigentlich nie. Wäre auch zu einfach, findest du nicht?

Dein Vater ist mir in diesen Jahren hier mein bester Freund geworden, niemandem vertraue ich so sehr wie ihm und niemandem würde ich mein Leben anvertrauen außer ihm. Wir könnten gegensätzlicher nicht sein, aber genau das ist es, was uns ergänzt. Ich lebe zu oft und zu lange im Geist in einer anderen Welt. Einer Welt, die in einer unterschiedlich starken aber beständigen Verbindung mit meinem Geist steht oder es zumindest scheint. Wo mir deshalb unter Umständen das Weltliche fehlt, gibt er mir den nötigen Halt und den Bezug zu dieser Welt, den ich ohne ihn vermutlich längst verloren hätte.

Ich mag hier sein, um den Menschen zu helfen und Prulluf zu dienen und als meinem König schulde ich ihm Gehorsam, aber ich wäre schon vor Jahren wieder von hier fortgegangen, um irgendwo in der Einsamkeit der verlockenden weil so stillen und friedlichen Welt der Geister zu leben.

Beantwortest du mir im Gegenzug auch eine Frage? Oder besser: Du musst sie mir nicht beantworten, es genügt, wenn du darüber nachdenkst und sie dir irgendwann selbst beantwortest."

Ich nickte, dann zuckte ich die Schulter – ganz so wie Sebset.

„Du sagst, du musst einen Grund wissen, aber was, wenn du selbst der Grund bist? Was, wenn es nicht nur um der Menschen willen ist, die du retten könntest, sondern auch deinetwegen? Du sagst von dir selbst, dass du weder Schlüssel noch Tor bist ... Was, wenn doch?

Ich ahnte schon bei meiner ersten Begegnung mit deinem Vater, dass in dessen Familie irgendetwas Besonderes liegt. Dass da irgendetwas Besonderes wartet. Was? Ich weiß es nicht, aber jetzt, da ich dich kenne, ahne ich, dass du es sein könntest. Letzte Antwort auf deine Fragen werde ich dir nicht geben können. Die erhalten wir alle erst irgendwann eines Tages, manchmal erst am Ende unseres Lebens, wenn wir rückblickend etwas begreifen. Manchmal auch gar nicht, dann nehmen wir unsere Fragen mit in diese andere Welt. Aber könnte es nicht vielleicht sein, dass es in ebendieser Geisterwelt jemanden oder etwas gibt, der mehr weiß als wir und der oder das genau deshalb dafür sorgt, dass wir etwas bewirken können? Es steht uns frei, uns dem zu verwehren, niemand kann uns zwingen. Aber wenn wir uns darauf einlassen … Ich habe noch immer die Erfahrung gemacht, dass es gut und richtig war. Ich glaube auch jetzt fest daran und was immer ich tun kann, ich werde es tun."

Er sprach mit einer derart tiefinnerlichen Gewissheit, dass mir eine Gänsehaut über den Körper kroch, so als ob mich ein Finger aus dieser Geisterwelt angerührt hätte. Ich schluckte. Und atmete beruhigt aus, als sich nun Vaters Hand ganz kurz auf meine legte.

„Ich werde mich nicht verweigern. Ich bin hier und werde ganz sicher nicht tatenlos die Hände in den Schoß legen und für meine eigenen, persönlichen Sorgen und Ängste ist später noch Zeit. Aber wie soll es jetzt weitergehen? Wohin ich sehe, ich sehe nur Fragen, keine Antworten! Wie kann diese Geisterwelt uns hier hineinwerfen und uns nicht wenigstens einen Hinweis geben, was wir tun oder wo wir beginnen sollen?!"

„Hinweise können überall sein, wir müssen nur die Augen offenhalten.", entgegnete er. „Nicht sonderlich hilfreich, ich weiß, aber so ist es.

Jetzt jedoch wartet Prulluf. Wir sollten nachhören lassen, ob er Zeit für uns hat; er gewährte uns unseren Wunsch, erwartet nun jedoch eine Erklärung. Und noch etwas: Ich habe die anderen gestern Abend dazu überredet, ohne uns aufzubrechen. Was immer geschieht, ich wollte, dass wenigstens drei Bruchstücke meiner Prophezeiung sich in drei verschiedene Richtungen zerstreuen sollten."

Ich schaffte es nicht, Natian *nicht* anzusehen. Und ich konnte in seinen Augen sehen, dass auch er verstand: So zuversichtlich Netrosh war, es war längst nicht sicher, dass wir das hier überleben würden. Und für diesen Fall war zumindest der Same gesät, dass die Prophezeiung überleben würde und ihre Bestandteile eines Tages wieder zusammenfinden konnten.

Und dass Sherea und Natian es früher – oder später! – noch einmal würden versuchen können!

Infida verzog hasserfüllt das Gesicht.

"Du kündigst mir den Dienst auf? Ich lebe und arbeite hier fast seit ich denken kann, seit über dreißig Jahren! Ohne mich wird das Gesinde auf den Tischen tanzen und ... "

"Ohne dich wird das Gesinde aufatmen und endlich angstfrei und mit etwas mehr Freude arbeiten! Ich habe mir lange genug angesehen und angehört, wie du sie schikanierst. Du bist eine missgünstige, grausame Frau, Infida, und für so etwas ist nicht länger Platz unter diesem Dach. Hier, das ist der Lohn, der dir noch zusteht sowie der von zwei weiteren Wochen und sogar noch eine zusätzliche Summe, weil du so lange hier gedient hast. Nimm das Geld, aber dann pack deine Habseligkeiten und verlass die Residenz. Wenn ich sehe oder höre, dass du bis zum Mittag noch nicht fort bist, werde ich dich von den Wachen ... hinausbegleiten lassen, also lass es nicht soweit kommen."

"Das kommt nicht von dir!", zischte sie. "Das kommt von Fostred, richtig? Und da es ihm bislang ziemlich gleichgültig war,

wenn einmal ein Dienstmädchen oder Küchenjunge eine Ohrfeige bekam …"

„Es geht nicht darum, einen Küchenjungen zu ohrfeigen, weil er vor dem Ofen eingeschlafen ist und so ein kompletter, teurer Braten zu steinharter Kohle verbrannt ist, es geht darum, dass du die Mädchen und Frauen mit Weidenruten züchtigst, weil sie nicht schnell genug arbeiten!", gab er bedrohlich leise zurück. „Oder darum, dass die Hände eines gerade einmal acht Jahre alten Mädchens mehrere blutige Striemen aufwiesen, weil es einen alten, ohnehin angeschlagenen Krug fallen ließ! Leugne es nicht, ich habe sie gestern gesehen! Es reicht! Es steht dir frei, in der Stadt zu bleiben, niemand verwehrt dir das Recht, dich als deren Bürgerin zu bezeichnen. Und mit deiner Erfahrung wirst du sicher sofort eine neue Stellung finden oder das Geld dazu nutzen können, dich in ein Gasthaus oder Ähnliches einzukaufen. Hier jedoch ist deines Bleibens nicht länger."

„Ein Gasthaus? Wir befinden uns im Krieg und die Gasthäuser stehen leer, die Leute vernageln bereits ihre Fenster! Womit soll ich meinen Lebensunterhalt bestreiten?", fuhr sie ihn an.

„Dir stehen alle Wege offen, Infida, ich habe dir nur einen Vorschlag unterbreitet! Was du damit anfängst, bleibt dir überlassen.", hob Olpert beide Augenbrauen und nahm Platz, nahm ein Pergament auf und senkte den Blick darauf um zu verdeutlichen, dass andere Arbeit auf ihn warte.

Und in der Tat: Auf seinem Tisch in der viel zu vollen Schreibstube stapelten sich haufenweise Schriften und Briefe – fast allesamt Bittschriften um Steuererlass, -minderung oder um Bereitstellung von Soldaten zum Schutz der Städte, die von Tag zu Tag mehr wurden jetzt, da die Armee Vandans immer näher rückte. Erst heute Morgen hatte Prulluf die Nachricht einer weiteren schweren Niederlage erreicht, eine weitere Stadt südöstlich von hier war dem Erdboden gleichgemacht, womit Vandan nun der Zugang zum Lertos frei möglich war. Sie hatten in letzter Minute noch vermocht, die verbliebenen Flussschiffe zu versenken oder in Brand zu stecken, um dem Feind diesen Vorteil zu nehmen.

Und vorhin erst hatte ein vollkommen erschöpfter Bote halbtot den Hof erreicht – er wollte gar nicht darüber nachdenken, welche Schreckensnachrichten er vom Schlachtfeld überbringen würde. Prullufs ältester von zwei Söhnen hatte den Oberbefehl über diese Männer übernommen und Prulluf fand seit Wochen keinen Schlaf mehr. Nacht für Nacht hörte er ihn in seiner Schlafkammer hin und her humpeln ...

Infida riss ihn aus seinen düsteren Gedanken.

„Alle Wege offen! Wohin soll ich denn?", keifte sie. „Hier ist mein Zuhause!"

„Das hättest du dir früher überlegen müssen! Ich habe dich oft genug gewarnt, jetzt bekommst du die Rechnung präsentiert! Nimm das Geld oder lass es, ich habe keine Zeit mehr, mich mit dir zu befassen. Leb wohl."

Für einen Moment wirkte sie vollkommen fassungslos, dann presste sie die Lippen derart fest aufeinander, dass nur noch blutleere Striche übrigblieben.

„Das werdet ihr noch bereuen!", schnappte sie den durchaus gut gefüllten Geldbeutel. „Ihr werdet noch an mich denken!"

„Davon bin ich überzeugt.", murmelte er, mit seinen Gedanken schon längst wieder bei Prulluf. Jeden Moment würden Netrosh und Fostred erscheinen, gemeinsam mit den beiden Neuankömmlingen von gestern. Und kurz darauf hörte er, wie nebenan an die Tür zu des Königs Schreibzimmer geklopft wurde und man jemanden ankündigte: Der Bote und ein Diener, der ihn stützen musste. Er erhob sich und trat leise durch die Verbindungstür ...

Sie hatte die Tür mit einem kräftigen Ruck hinter sich ins Schloss gezogen und stakste mit weiten, steifbeinigen Schritten eiligst durch den langen Gang davon in Richtung ihrer Kammer. Und mit jedem weiteren Schritt rotierten die Rachegedanken hinter ihrer Stirn schneller und schneller. Irgendwie und irgendwann würde sie für diese Behandlung Rache nehmen, das schwor sie sich! Und als sie, ihr Bündel schon in der Hand, einen letzten Blick aus dem winzigen Fensterchen in den Hof warf und dort die Hure von Wäscherin mit ihrer blonden und blauäugigen Bastardtochter entdeckte, wie sie eilig über den Hof in Richtung Hauptgebäude rannte, wusste sie auf einmal, wie sie es anstellen musste ...

„Was sagen wir ihm?", hörte ich Vater fragen. Noch vor Igrenas Rückkehr und kaum dass Netrosh das bevorstehende Gespräch mit dem König erwähnt hatte, hatte es vernehmlich an Vaters Zimmertür geklopft und ein Diener hatte verkündet, dass Prulluf uns in seinem Schreibzimmer erwarte. Olpert werde ebenfalls zugegen sein.

„Versuchen wir es mit einem Teil der Wahrheit. Mal sehen, wie er sie aufnimmt!"

Ich knetete nervös meine Finger vor dem Bauch und holte ein paarmal tief Luft. Ich war im Begriff, vor einen König zu treten und abgesehen davon, dass ich nicht wusste, wie ich mich zu verhalten hatte, war dies ein König, der zu meiner Zeit bereits lange tot war. Wenn man den Augenzeugenberichten Glauben schenken durfte, dann von Vandan persönlich enthauptet.

„Ich glaube, mir wird übel!", murmelte ich, als wir vor der Tür anlangten. Der Diener von vorhin stand davor, klopfte nun an und öffnete auf ein gepresst klingendes ‚Ja, herein'.

„Du wärest sicher die Erste, die einem König auf die Schuhe …" begann Natian sogleich, aber diesmal schaffte er es nicht, den Satz zu beenden, denn ich stieß ihm meinen Ellenbogen mit aller Kraft in die Seite.

Er stöhnte laut – was mir ein zufriedenes Grinsen entlockte.

Doch mein Grinsen erstarb sofort, als ich die Gesichter der im Raum Anwesenden betrachtete.

Gleich links stand ein älterer, schwarzgekleideter Mann mit schon schütterem Haar und glattrasierten Wangen. Er war wachsbleich, aber das war nichts gegen das von zahlreichen Blutergüssen verunstaltete Gesicht mit den aufgeplatzten Lippen, nichts gegen die dazugehörige, durch zahlreiche Hiebe und Schnittverletzungen blutig verschmierte, mit zerfetzter Kleidung dastehende Gestalt rechts von uns, die sich mit beiden Händen an einer Stuhllehne festhielt, um nicht vor seinem König in sich zusammenzubrechen. Bei diesem Anblick wurde mir erst recht übel.

Hinter dem ausladenden Tisch, auf dem allerlei Bücher, Papiere und Schreibfedern herumstanden und -lagen, saß ein völlig in sich zusammengesunkener, in dunkles Blau und Grün gekleideter, weißhaariger Mann, der sein Gesicht hinter beiden Händen verborgen hatte.

„Olpert?", flüsterte Vater sofort, aber der Mann in Schwarz schüttelte nur stumm den Kopf, trat jedoch lautlos näher.

„Die Schlacht ist verloren.", murmelte Netrosh dagegen dumpf und enthob Olpert somit einer Antwort. „Vandan hat unsere Armee geschlagen! Und Hebbun? Welche Nachricht brachte der Bote?"

Ich sah fragend zu Vater, aber dessen Augen hingen schreckgeweitet an seinem König.

„Hebbun ist der älteste Sohn und Thronerbe.", flüsterte Natian neben mir kaum hörbar.

„Ich weiß.", wisperte ich. „Er war der Sohn, den der König mit in die zweite Ehe brachte."

„Richtig. Warum betonst du das so? Und ausgerechnet jetzt?"

„Ich weiß nicht ... Wenn es hier um die erste Schlacht geht, lebt Forthran noch."

Er nickte stumm.

Netrosh hatte den Kopf gesenkt und zur Seite gedreht und wie ich sah die Augen geschlossen. Minutenlang standen wir so, ohne dass irgendwer ein Wort sagte. Zuletzt holte Vater den Diener herein und deutete ihm, er solle den Boten, der sich kaum mehr auf den Beinen halten konnte, hinausbringen.

„Sorg dafür, dass man sich um seine Verletzungen kümmert. Und schließ die Tür hinter dir.", befahl er leise.

„Ja, Herr. Darf ich fragen ... Wer wird Vandan jetzt noch aufhalten? Was wird jetzt werden?"

„Wir werden sehen. Kümmere dich um ihn."

Er nickte, trat auf den Mann zu, dessen Gesichtszüge kaum mehr zu erkennen waren, hob dessen Arm über seine Schultern, um ihn, den freien Arm um seine Mitte, nach draußen zu schleifen. Und es war ein Schleifen, denn gehen konnte dieser kaum mehr, er zog seine Beine nur noch hinter sich her.

Netrosh hatte den Kopf wieder gehoben, war langsam vorgetreten und blieb nun in nur einem Schritt Entfernung vor dem Tisch stehen.

„Mein König?"

„Was willst du? Kommst du um mir zu sagen, dass du recht hattest und ich unrecht?", kam es heiser und dumpf. Noch immer verbarg er sein Gesicht hinter seinen Händen.

„Denkt Ihr wirklich, dass ich angesichts Eures schweren Verlustes und Kummers so etwas sagen würde? Wir sind hier, um Euch unser Mitgefühl auszusprechen und unseren Beistand anzubieten. Es gibt keine Worte, die hinreichend ausdrücken könnten, wie sehr wir diesen Verlust bedauern."

„Spar dir das!", kam es hart und nun endlich sanken die Hände herunter. Seine Augen waren rot, dunkel unterlaufen und lagen tief in ihren Höhlen, aber Tränen hatte er keine vergossen. „Ich bin nicht der einzige Vater, der einen Sohn zu beklagen hat, beileibe!"

Beide Handflächen flach auf den Tisch pressend kam er schwer und mühsam auf die Beine, dann fasste die Rechte nach einem Gehstock, der irgendwo hinter einem der Bücherstapel an den Tisch gelehnt gestanden hatte. Darauf gestützt humpelte er jetzt schwerfällig um den breiten Tisch herum. Seine Gestalt mochte irgendwann einmal kräftig und stark gewesen sein, aber jetzt schlotterten seine durchaus prächtigen Kleider nur so an ihm und die Blässe seines Gesichts war nicht alleine die Blässe des Schreckens, es war die wächserne Bleiche, die ein vom Tod schon gezeichneter Mensch trug ...

Ich hielt den Atem an. Er war krank. König Prulluf war am Ende seines Lebens todkrank gewesen – etwas, das niemand außerhalb je erfahren sollte. Etwas, das nie jemand erfahren hatte! Und jetzt ahnte ich, weshalb er bis zuletzt ausgehalten hatte: In der Hoffnung, dass wenigstens sein letzter Sohn überleben würde, sich vielleicht hierher würde retten können ...

„Wieso habt Ihr Forthran in diese Schlacht geschickt? Wenn Euer ältester Sohn doch schon sein Leben verlieren musste …"

Es war heraus, bevor ich es verhindern konnte!

Der messerscharfe Blick aus zwei leuchtend grünen Augen bohrte sich in meinen.

„Du wagst es? Wer bist du? Niemand redet unaufgefordert in meiner Gegenwart!"

„Verzeiht ihr, Herr, sie kennt die Regeln und Gebräuche bei Hof nicht. Das ist Sherea und das Natian. Sie sind die Ursache dafür, dass wir unsere Abreise verschoben haben.", verneigte Vater sich entschuldigend.

Natian verbeugte sich und ich sank besorgt in einen tiefen Knicks, aus dem Netrosh mich wieder hochzog und am Arm festhielt.

„Sherea ist in gewisser Weise Teil meiner Weissagung, Herr. Noch hat sich mir nicht erschlossen, inwieweit sie Teil davon ist, aber auch sie hat einen Blick in die Zukunft getan. Um das Geheimnis dieser Weissagung zu wahren haben wir allen erzählt, dass sie Fostreds Schwester ist und dabei sollten wir bleiben. Ebenso bei unserer Verschwiegenheit, denn wenn das Volk zum jetzigen Zeitpunkt erführe, was wir soeben erfuhren …"

„Das wird nicht zu verhindern sein! Bewahre ein Geheimnis und es wird umso schneller herumerzählt."

„Ihr habt sicher recht, aber ich fürchte, die Menschen würden sich gerade jetzt gebärden, als ob der Untergang der Welt unmittelbar bevorstünde, anstatt schnell und doch in Ruhe ihre Vorkehrungen für die Flucht zu treffen und gemeinsam zu fliehen. Noch steht Vandan nicht vor unseren Toren, noch ist Zeit."

Prulluf warf ihm einen vielsagenden Blick zu.

„Du weißt es. Du weißt, was der Bote mir soeben berichtet hat. Vandan hat sie alle niedergemetzelt, jeden Einzelnen. Er sei wie im Blutrausch gewesen.

Niemand hat überlebt, bis auf diesen halben Jungen, der alles mit ansehen musste, bevor sie ihn zu mir geschickt haben. Und auch dieser Junge ist halbtot."

„Ja, ich weiß. Wenn jedoch das Volk schon jetzt davon erführe, dass Vandan keine Gnade kennt ... Diebstahl, Raub, Mord, Totschlag und Vergewaltigungen wären an der Tagesordnung und die Fliehenden würden sich gegenseitig tottrampeln, weil jeder so schnell wie möglich würde fortkommen wollen. So groß Euer Gram auch ist, ich fürchte, wir haben vorerst keine Zeit zum Trauern. Wir müssen handeln, bevor es zu spät ist."

„Ihr habt es den Menschen verschwiegen, um eine Massenpanik zu verhindern? Diese Stadt ist noch voller Menschen, die allesamt ..."

„Zu diesem Zeitpunkt ist der Krieg bereits verloren, also ja.", unterbrach Netrosh mich eiligst. „Von diesem Abschlachten im Anschluss an unsere Niederlage werden wir auch weiterhin niemandem erzählen, um eine Panik zu verhindern, werden aber nicht länger verschweigen, dass die Schlacht verloren ist. Heute in aller Frühe bereits sind wie geplant Ausrufer in die Stadt geschickt worden. Wer fliehen will, soll sein Eigentum auf nicht mehr als einen Wagen laden und die Stadt in Richtung Norden oder Osten verlassen. Doch wie es aussieht, machen die Wenigsten davon Gebrauch. Sie alle vertrauen darauf, dass diese bisher uneinnehmbaren Mauern sie vor jedem Angriff schützen und dass sie alle lange genug ausharren können, bis Hilfe kommt."

„Hilfe? Von wo denn? Niemand hat geholfen, es war ... entsetzlich!"

Prulluf knurrte vernehmlich, dann humpelte er näher heran und musterte mein Gesicht. Es dauerte nur wenige Wimpernschläge, dann huschte sein Blick zwischen Vater und mir hin und her.

„Goldbraune Augen wie die deinen!" Er wandte sich an Netrosh. „Will ich wirklich wissen, was hier vorgeht, Seher, oder bevorzuge ich es, nicht alles zu erfahren? Denn eigentlich habe ich für ein Leben genug gehört. Ich habe schon viel zu viel gehört in meinem Leben und hätte doch viel früher hören sollen. Auf dich! Jetzt ist es zu spät, also erspare mir, was unnötig ist!"

„Vertraut ihr mir nach wie vor? Wenn ja, dann vertraut mir auch hierin: Ihr wisst, was zu wissen wichtig ist. Wir, die wir hier stehen, wissen, dass der Krieg bereits verloren ist und ich weiß seit gestern von Eurer Absicht, Vandan nun auch noch die letzten Männer, deren ihr irgendwo habhaft werden könnt, entgegenzuschicken. Doch auch das wird scheitern, sie werden ihn nicht aufhalten können. Vandan hat einige der Gefangenen dieser Schlacht eigenhändig gemeuchelt, habe ich recht? Darunter auch Euren Sohn ..."

Prulluf verlor bei diesen Worten den Rest seiner Gesichtsfarbe, er wurde weiß.

„Der Seher in dir ... Ich habe es soeben erst von diesem Boten vernommen, niemand konnte vor mir davon wissen. Vandan persönlich hat meinem Sohn den Kopf von den Schultern getrennt. Doch ich habe nicht die Absicht, ihm noch irgendwelche Männer entgegenzusenden, jeder einzelne wird nun hier gebraucht, um bis zuletzt die Menschen dieser Stadt zu schützen. Und jetzt frage ich dich: Wie kommst du darauf, dass ich etwas so Irrsinniges tun könnte, und was ist mit deiner Prophezeiung? Wie sollen wir Vandan jetzt noch aufhalten?"

Meine Gedanken rasten. Nicht er hatte dieses letzte Heer aus zusammengewürfelten alten Männern und Beinahe-Kindern zu den Waffen gerufen?

Netrosh atmete tief durch, dann antwortete er:

„Nicht wie, sondern wann! Nicht wie, sondern wer! Nicht mit einer Armee, die Vandan genauso niedermähen würde wie die unsere. Nicht mit Männern, die längst zu alt oder noch nicht alt genug sind, um zu kämpfen. Nicht, indem wir diese Stadt mit allen Mitteln zu halten versuchen! Vandan wird auch hier ein Blutbad anrichten. Und wenn nicht Ihr es wart, der das befahl, dann …"

Er stockte.

„Rede! Was weißt du?", stieß Prulluf seinen Gehstock hart auf den Boden.

„Euer zweiter Sohn und jetzt einziger Thronerbe wird dieser letzten Armee vorstehen, um das, was von dem Reich seines Vaters übrig ist, bis zum letzten Atemzug zu verteidigen. Es sei denn, Ihr habt es ihm doch befohlen, nur zu einem anderen Zweck."

„Forthran!", ächzte Prulluf. „Das hat er vorgehabt!"

Ich hielt den Atem an. Jetzt begriff ich. Niemand hätte mit Sicherheit sagen können, ob er auf Prullufs Befehl gegangen war oder ob er sich ohne das Wissen seines Vaters … Weil es niemanden mehr gegeben hatte, der es hätte wissen können! Keiner der Männer hatte überlebt und nur der innerste Kreis um König Prulluf hatte gewusst, was dieser in den letzten Tagen und Wochen getan und befohlen hatte. Niemand hatte es für die Nachwelt irgendwo festgehalten.

„Wo ist Forthran jetzt? Was wisst Ihr?", wagte ich erneut einen Vorstoß.

Wieder bohrte sich sein strafender Blick in meinen, aber diesmal hielt ich ihm stand.

„Er ist fort. Er hat wie Hebbun schon vor Wochen Boten ausgeschickt in den Norden, Westen und Osten und er selbst verschwand nur einen Tag, nachdem Hebbun ausgezogen war, um diese Schlacht zu schlagen. Ich habe mich geweigert, zu glauben, dass er aus Feigheit geflohen ist. Ich *wusste*, dass er nicht fliehen würde! Jetzt habe ich die Gewissheit – so man von Gewissheit sprechen kann."

Ich öffnete den Mund, aber kein Wort kam heraus. Dann sah ich Vater an.

„Ihr wart schon fort, deshalb wusstet ihr nichts von diesen letzten Einzelheiten der Entwicklungen."

Nun ruckte mein Kopf zu Natian – der mich ähnlich entsetzt anschaute wie ich ihn.

„Die letzte Schlacht fand nur zwei Tage nach dieser statt. Was, wenn Fortan versucht hat, seinem Bruder Unterstützung zu bringen und nur zu spät kam? Die Schlacht hätte unter Umständen und mit ganz viel Glück gewonnen werden können, wenn er zwei Tage früher eingetroffen wäre. Bei allen Göttern! Dein Vater ist ebenfalls dabei!", krächzte ich und sah nun Vater wieder an. „Er befehligt meines Wissens einen Teil dieser Männer …"

Vater hob den Kopf und legte ihn mit geschlossenen Augen in den Nacken. Dennoch konnte ich sehen, wie seine Kiefer mahlten und dass eine tiefe Falte der Besorgnis zwischen seinen Brauen erschien.

„Selbst wenn deine Annahmen stimmen, Forthran hätte Vandans Armee auch mit Hebbun gemeinsam nicht schlagen können, nicht mal, wenn es ihm gelungen wäre, irgendwo einen Hinterhalt zu formieren. Der Bote hat von einer enormen Übermacht an Männern und Material gesprochen. Sobald sie sich erholt haben … Falls also diese zweite Schlacht, von der du sprichst, noch stattfinden wird, bleiben uns mit viel Glück noch zwei, drei weitere, zusätzliche Tage, bevor Vandan gegen Perstan marschieren wird.", stieß Prulluf erneut mit dem Stock auf den Boden. „Aber Fortan wäre ein Narr, wenn er Vandan mit so wenigen Männern angreifen würde, und ich habe keinen Narren erzogen."

„Fortan wird genau wie Hebbun kaum in der ersten Reihe kämpfen, auch wenn er sich nur dann, wenn er nicht mehr fliehen kann, ergeben und gefangen nehmen lassen würde. Das Schlimme daran ist jedoch: Nur wir wissen derzeit, dass Vandan keine Gefangenen macht, er kann das nicht einmal ahnen!", mischte Olpert sich ein.

Auch dies begriff ich erst jetzt. Hebbun mochte in Vandans Hände gefallen sein, aber der hatte nicht einen Gedanken daran verschwendet, ihn als Geisel und Druckmittel zu benutzen, um die sofortige Kapitulation zu erzwingen. Stattdessen hatte er kaltblütig seine wertvollste Geisel getötet. Weil es ihm egal war, weil er nach Krieg und Blut gierte und weil er eine überdeutliche Nachricht nach Perstan schicken wollte: Sieh her, Prulluf, ich nehme dir dein Reich, deinen Erben, deine Armeen und zuletzt auch noch den Rest deiner Würde. Du wirst wie dein Volk vor mir im Staub kriechen, bevor ich den Staub mit eurem Blut fortspülen und dann dein gesamtes Reich meinem Reich einverleiben werde!

Olpert riss mich aus meinen Gedanken.

„Vielleicht will Fortan uns angesichts der bevorstehenden Niederlage ja auch nur Zeit verschaffen. Den Menschen hier. Herr, Ihr solltet fliehen, dann werden auch die Menschen hier einsehen, dass alles verloren ist. Solange sie den König hinter diesen Mauern ausharren wissen…"

Prulluf warf seinem Haushofmeister einen eigenartigen Blick zu und seine Stimme klang zum ersten Mal nachsichtig und müde als er antwortete.

„Ich? Fliehen? Diese Stadt ist die Stadt meiner Vorväter, von ihnen erbaut; hier hat niemals jemand anderes regiert als das Geschlecht derer von Perstan. Ich werde diese Stadt niemals freiwillig hergeben, ich gehe nirgendwohin! Mir steht nur noch ein einziger Weg bevor, aber der führt in eine ganz andere Richtung und den werde ich bald gehen.

Soll Vandan kommen, er wird einen sterbenden König vorfinden und es kaum ruhmreich finden, ihm den Kopf abzuschlagen. Wer fliehen möchte, soll fliehen, wer bleiben möchte, soll bleiben und wer kämpfend sterben will … Nun, ich werde angesichts dieser Dinge niemandem mehr befehlen, zu bleiben und zu kämpfen, doch wer freiwillig und ehrenvoll mit mir untergehen möchte, der ist mir willkommen.

Was euch jedoch angeht …" wandte er sich wieder uns zu. „Noch ist mein Reich nicht tot, noch ist Netroshs prophetischen Worten zufolge nicht alles verloren! Meinem Befehl, euch in Sicherheit zu bringen, habt ihr nicht gehorcht und da ihr einmal entschieden habt, euch mir zu widersetzen: Ich befehle euch, Forthran zu finden! Wenn ihn jemand finden kann, dann ihr. Befragt die Geister, denn jetzt, da ich sicher weiß, was er vorhat, kann ich ihn daran hindern. Sucht ihn und haltet ihn davon ab, Vandan anzugreifen. Forthran muss warten, bis Vandan sich sicher fühlt, bis … diese Prophezeiung beginnt. Ich werde das nicht mehr erleben, aber ihr. Forthran von Perstan muss überleben und an meiner Stelle den Thron besteigen; was immer dazu nötig ist, tut es!"

Netrosh hatte den Atem angehalten und Prulluf starrte ihn stumm an, dann nickte er auffordernd.

„Und jetzt geht. Geht gleich, verliert keine Zeit. Was immer ihr benötigt, nehmt es euch, egal was und wen. Olpert? Sorg dafür! Und haltet euch nicht mit Abschiedsworten auf, das haben wir schon hinter uns."

Er wartete nicht auf eine Antwort, sondern wandte sich um und humpelte steif und schwerfällig davon – ein innerlich gebrochener Mann, der es dennoch äußerlich schaffte, sich aufrecht zu halten. Und dessen Willenskraft und Haltung selbst in dieser Situation auch mich zutiefst beeindruckt hatte.

„Es ist Wahnsinn, hier zu verweilen!", murmelte Olpert.

„Es steht dir frei, zu gehen, du hast ihn gehört!", warf Vater ein.

Sie eilten fast schon im Laufschritt vor uns her, sodass ich in einen Trab verfiel, um ihnen folgen zu können.

„Ihn verlassen? Ich habe mein ganzes Leben unter Prulluf gedient und ich werde auch in diesem Dienst sterben, wenn es denn sein muss! Mein Platz ist hier. Aber ihr ... Wenn ihr noch irgendetwas ausrichten könnt, wenn ihr tatsächlich wenigstens das Leben von Forthran zu retten vermögt ..."

„Selbst das ist fraglich!", befand Netrosh und verlangsamte, als sein Zimmer und das meines Vaters fast schon erreicht waren. „Natian? Sherea?"

„Ich brauche eine Landkarte, dann kann ich euch zeigen, wo die beiden letzten Schlachten ..." begann Natian und unterbrach sich gerade noch rechtzeitig, bevor er sich vor Olpert verplappert hätte. „Wir können uns annäherungsweise ausrechnen, wo Forthran jetzt ist. Aber es wird unmöglich sein, ihn jetzt noch einzuholen, sein Vorsprung ist zu groß und er dürfte in langen, eiligen

Tagesmärschen Richtung Süden unterwegs sein und damit Vandan entgegenreiten."

Netrosh musterte mich fragend und ich konnte nur beipflichtend nicken. Die Entfernung zwischen hier und dem zweiten Schlachtfeld war zu groß, um selbst bei größter Eile noch rechtzeitig einzutreffen. Aber etwas anderes konnte ich tun:

„Olpert? Wie auch immer ihr es anstellt, ihr *müsst* dafür sorgen, dass die Menschen die Stadt verlassen! Wenn es denn unbedingt sein muss, dann soll eben eine kleine Besatzung bleiben, die hinter den letzten Flüchtenden die Tore schließt und verbarrikadiert und die das hier, den inneren Bezirk, verteidigen könnte, aber Vandan … Er sollte eine menschenleere Stadt vorfinden. Er … badet buchstäblich in Blut, glaub mir."

Wenn überhaupt möglich, wurde der alte Mann noch etwas bleicher.

„Ohne den Menschen dort draußen die Wahrheit zu sagen, wird das nicht möglich sein und schon der Anblick des blutverkrusteten Boten dürfte die Gerüchte hochkochen lassen. Diese Stadt ist seit ihrer Erbauung schon mehrfach angegriffen, aber noch nie in ihrer Geschichte ist sie gestürmt und eingenommen worden! Bis heute vertrauen die Leute darauf und ganz egal, was wir sagen oder tun würden …"

„Kann Prulluf es nicht befehlen? Er ist der König!", fiel ich ihm ins Wort.

„Natürlich könnte er das, aber was will er dagegen tun, wenn die Menschen ihr Eigentum nicht zurücklassen wollen?", erwiderte Netrosh leise. „Soll er sie mit Waffengewalt zum Tor hinaustreiben lassen? Diese hohen, massiven Mauern sind derzeit aus ihrer Sicht der beste Schutz, da draußen warten Verfolgung und Not und je weiter wir uns zurückziehen würden, desto mehr verbrannte Erde müssten wir Vandan hinterlassen. Das halbe Reich hat er schon erobert und besetzt, die andere Hälfte ist schon jetzt nicht mehr in der Lage, alle zu ernähren. Und hinter den östlichen und nördlichen Grenzen unseres Reiches liegt der Ozean, im Westen zuletzt karge, felsige, unfruchtbare Einöde; Niemandsland, weil es niemand haben möchte und wo man kaum überleben könnte. Also wohin sollten sie?

Das hier ist das letzte Bollwerk, das Vandan noch einnehmen muss. Der Herrschaftssitz des Königs, seit Jahrhunderten niemals erobert und damit Sinnbild für Aufstieg und Fall des gesamten Reichs. Nur diese Mauern hier trennen Vandan noch von seinem vollkommenen Sieg, er ist danach nicht mehr darauf angewiesen, andere Städte einzunehmen. Siegt er hier, hat er den Rest des Reiches in seiner Hand."

„Diese Mauern, das Leben Prullufs und das seines letzten noch lebenden Erben stehen noch zwischen ihm und der Krone.", nickte Vater.

„Was werdet ihr jetzt tun? Der Befehl des Königs war eindeutig!", ächzte Olpert.

„Ihr dürft ihm nicht folgen! Das wäre … Wenn ihr ihm in die Hände fallt, würde das *alles* ändern! Alles!", flüsterte ich heiser in der Hoffnung, dass er begreifen würde, worauf ich hinauswollte.

Netrosh atmete einmal tief und vernehmlich durch, dann nickte er und musterte forschend mein Gesicht.

„Wir werden uns Rat und Hilfe holen müssen. Bist du bereit?"

„Ich?", wehrte ich mich. „Ich habe es schon einmal gesagt und ich sage es wieder: Ich bin weder irgendein Schlüssel noch ein Tor!"

„Und je öfter du dies wiederholst, desto sicherer bin ich mir, dass du falsch liegst.", lächelte er. „Wir sollten unsere Sachen packen. Olpert?"

„Was braucht ihr?"

„Da ich nicht sicher bin, wohin es geht und wie lange wir unterwegs sein werden: gute Pferde, wenigstens zwei Packpferde, Wasser und Proviant für mehrere Tage, Decken, Umhänge und für die beiden hier Waffen. Für Sherea zumindest ein Messer und …"

„Eine Steinschleuder, ich kann damit umgehen; ebenso wie mit Pfeil und Bogen. Und ich bin auch einigermaßen mit Wurfhölzern geübt."

Vater lächelte überrascht und Natian hob ungläubig beide Augenbrauen, aber Olpert nickte lediglich.

„Gut, dann auch das. Natian?"

„Messer und Wurfmesser. Mit einem Schwert kann ich nicht besonders gut umgehen, aber mein Können reicht hoffentlich, um mich im Notfall zu verteidigen."

„Sorg dafür, Olpert. Und für unauffällige und praktische Kleidung, auch für Sherea hier. Jemand soll ihr passende Hosen und Stiefel bringen. Lass Agrat auch Sättel und Zaumzeug ohne irgendwelche Abzeichen heraussuchen."

„Ihr werdet alles erhalten, ich werde das selbst in die Hand nehmen."

„Warte!", hielt ich ihn zurück, als er sich schon umgedreht hatte.

„Ja?"

„Bitte halte noch vier weitere Pferde und ähnliche Ausrüstung bereit. Wir werden noch jemanden mitnehmen, wenigstens ein Stück weit, bevor sich unsere Wege trennen. Und wenn es nicht zu viel verlangt ist, dann möchte ich, dass sie ein wenig Geld bekommen und dass jemand sie wenigstens vier Tagesreisen weit begleitet, vielleicht dieser Agrat."

Agrat. Wehrhafter Pferdeknecht und damit noch einer weniger, der hier sterben würde!

„Agrat? Wen begleiten?", echote er irritiert.

„Ich ahne etwas!", stöhnte Natian und ich schoss ihm einen wütenden Blick zu.

„Igrena, Sebset und ihre beiden Geschwister. Sie werden diese Stadt mit uns verlassen.", erwiderte ich fest.

Olperts Miene hätte ungläubiger nicht sein können!

„Die Wäscherin? Infida kann ihr nicht mehr übelwollen, ich habe ihr vor unserem Gespräch den Dienst aufgekündigt und sie der Residenz verwiesen, das sollte genügen! Sie halten euch nur auf, eine Wäscherin und ihre drei Kinder sind kaum geeignete Reisebegleiter, wenn sie denn überhaupt reiten können."

„Dann eben einen Wagen, gelenkt von Agrat!", beharrte ich. „Wie auch immer, sie werden diese Stadt gleichzeitig mit uns verlassen!"

Vaters Hand legte sich auf meine Schulter.

„Wieso bestehst du so darauf? Ihnen steht es frei, zu fliehen, so wie allen anderen …"

„Und gerade sie wüssten nicht, wohin!", erwiderte ich verzweifelt. „Igrena hat kaum genug, um sich und Sebset durchzubringen, und ihre Schwiegereltern halten ihre beiden älteren Kinder von ihr fern, sie leben getrennt von ihrer eigenen Mutter. Und das nur, weil sie Opfer eines Mannes wurde, der sie … Nun, sie trifft keine Schuld, aber sie ist diejenige, die darunter leidet, das sollte genügen. Sebset und sie haben unsere Hilfe mehr als verdient und ich werde nicht ohne sie gehen! Ich muss das tun!"

„Das ist …" begann Vater erneut, aber diesmal wurde er von Netrosh unterbrochen.

„Was immer geschieht, es geschieht aus einem Grund, mein Freund! Wenn du es also möglich machen kannst, Olpert, dann werden wir gemeinsam mit ihnen aufbrechen. Frag Igrena, wo ihre beiden anderen Kinder zu finden sind, und lass sie so schnell wie nur möglich herholen. Sie sollten bereit sein, wenn wir bereit sind."

„Wie ihr meint. Igrenas Schwiegereltern sind mir bekannt, sie leben auf einem kleinen Hof, der der Stadt vorgelagert ist. Einer der Wachen kann die Kinder holen. Ich werde Bescheid geben, wenn alles vorbereitet ist, und euch derweil geeignete Kleidung heraufbringen lassen."

Ich wanderte unruhig in Vaters Zimmer hin und her und erst als es klopfte und eine aufgeregte Igrena mitsamt Sebset hereinkam, blieb ich wieder stehen. Sebsets Augen weiteten sich vor Erstaunen, als sie mich in diesem Kleid dastehen sah, aber darum konnte ich mich jetzt nicht kümmern.

„Dem Himmel sei Dank, dass ihr zurück seid! Hat Olpert dir gesagt, was ich vorhabe?", begann ich, bevor sie auch nur ein Wort sagen konnten.

„Ja, aber ich verstehe nicht … Wohin sollen wir? Und warum sollen wir überhaupt fort?"

Sie legte einen großen Stapel Kleidung – ausnahmslos Bekleidung, die für einen halbwüchsigen Jungen oder jungen Mann gedacht war – auf das Bett. Mit fliegenden Fingern und sicherem Blick suchte sie die Teile heraus, die mir am ehesten passen würden und während ich bereits aus Kleid und, notgedrungen, Unterkleid schlüpfte – noch etwas, das Sebset schweigend und mit riesigen Augen verfolgte! – redete ich auf die beiden ein.

„Ihr werdet nicht alleine sein, Agrat wird euch begleiten. Zumindest so weit, bis ihr davon ausgehen könnt, der schlimmsten Gefahr entronnen zu sein. Glaub mir, diese Mauern sind nicht mehr sicher. Olpert sorgt in diesen Augenblicken dafür, dass deine beiden Kinder ... Sind es Mädchen oder Jungen?"

„Mädchen, alle beide."

„Er sorgt also dafür, dass ... Ich bin so froh, dass ... Igrena, du *musst* mir hierbei ganz einfach vertrauen! Ihr müsst euch in Sicherheit bringen und so weit es eben geht davonlaufen! Vorerst wird euch der Weg zu Fostreds Fürstentum versperrt sein, denn dort werden sie als erstes suchen. Aber wenn ihr euch irgendwo in der Einsamkeit der Bergregion nordöstlich davon einen Platz sucht ... Dort werden sie nicht viel Zeit verschwenden und so unwirtlich es dort auch ist, ihr findet dort alles, was ihr braucht. Kannst du kleine Fallen bauen, mit denen du Tiere fangen kannst?"

„Ich kann das! Ich habe schon oft Kaninchen oder Vögel gefangen!", murmelte Sebset, aber ihre Mutter überhörte sie.

„*Sie* werden nicht viel Zeit verschwenden? Wer denn und womit?"

„Vandan!", hob ich eines der Hemden an, aber sie schüttelte den Kopf und reichte mir vorher ein ärmelloses Etwas, das ich darunter anziehen solle. Es spannte über den Brüsten und war um die Schultern zu weit, aber es musste gehen. „Such auch du dir so etwas heraus und auch deine Töchter sollten wie Jungen gekleidet sein. Ihre Haare können sie unter Kappen verbergen."

„Vandan? Herrin, wir ..." begann sie erneut, aber ich fiel ihr ins Wort.

„Igrena, was ich dir jetzt sage, muss unter uns bleiben! Der Krieg ist verloren, es ist niemand mehr übrig, der uns noch vor der unmittelbar bevorstehenden Niederlage retten könnte. Prullufs ältester Sohn ist gefallen und sein jüngerer ist im Begriff, sich in eine aussichtslose Schlacht verwickeln zu lassen, die auch er nicht … Perstan wird fallen und Vandan kennt keine Gnade. Um deiner Töchter willen: Ihr *müsst* fliehen! Olpert sorgt für alles, ihr werdet euer eigenes Hab und Gut zurücklassen müssen, aber ihr werdet Geld bekommen, damit ihr woanders neu beginnen könnt. Und irgendwann … eines Tages … Vielleicht sehen wir uns wieder. Jetzt jedoch bereitet euch vor. Wir verlassen Perstan gemeinsam und ich komme auch alleine zurecht."

„Fliehen?", hauchte sie. „Alles zurücklassen?"

Ich blies den Atem aus und erwiderte ihren Blick, ähnlich besorgt.

„Was lässt du hier zurück, das du nicht auch anderswo und gemeinsam mit allen deinen Kindern viel besser vorfändest, Igrena?"

Sie hatte sämtliche Farbe verloren und starrte erst mich, dann Sebset zweifelnd an. Die hatte die ganze Zeit über ihre Hände hinter dem Rücken verborgen und als ihre Mutter sich jetzt einen Ruck gab, zustimmend nickte, entschlossen die übrig gebliebenen Kleidungsstücke nach Größen sortierte und ihr die kleinste davon in die Arme legte, sah ich es.

„Sebset! Deine Hände! Wer war … Infida!", stieß ich hervor.

Sie verzog den Mund, dann hob sie wie üblich eine ihrer Schultern und ließ sie wieder fallen.

„Es geht schon. Ich habe inzwischen gelernt, wie ich es machen muss, damit die Schläge nicht allzu fest auftreffen, ich bin schnell. Und der, der doch aufgeplatzt ist, blutet schon nicht mehr, ich habe eine gute Heilsalbe aus wilden Blumen eingetauscht gegen …"

„Dafür ist jetzt keine Zeit!", warf ihre Mutter ein. „Zieh dich um, Sebset. Herrin? Ich muss meine beiden anderen Kinder holen, aber ihre Großeltern werden sie kaum mit mir gehen lassen."

„Auch dafür ist gesorgt. Olpert hat jemanden geschickt."

Sie holte tief Luft, hielt den Atem an und musterte Sebset besorgt. Dann zog sie sie ruckartig in ihre Arme und schob sie entschlossen wieder von sich.

„Zieh dich um, ich werde das Gleiche tun. Unsere Kleider werden wir zusammenrollen und mitnehmen."

Ich seufzte erleichtert auf und kämpfte mich in die ungewohnte lederne Hose hinein. Was immer Netrosh von mir glaubte, ich war weniger denn je in meiner eigenen Haut zu Hause!

Der Wagen rumpelte hinter uns her, als wir durch das Haupttor den Bezirk der Residenz verließen. Anders als noch gestern herrschte heute Unruhe in den Straßen und Gassen und sämtliche Läden, an denen wir vorbeikamen, hatten ihre Fensterläden geschlossen und teils bereits vernagelt. Es gab nichts mehr zu kaufen und es war deutlich, dass die gestrige Ankunft eines blutverkrusteten, halbtoten Boten längst die Runde gemacht hatte. Und als wir zuletzt das Stadttor passierten, sah ich, dass tatsächlich einige Familien die Stadt verließen, allesamt in östliche und nördliche Richtung. Auffallend war, dass sie gewaltige Wagenladungen mitnahmen, kaum eine ärmere Familie war zu sehen.

„Die ganze Stadt sollte fliehen! Nicht einer dürfte hierbleiben!", meinte ich bedrückt.

Netrosh, der vorweg ritt, wandte sich im Sattel zu mir herum, er hatte mich gehört.

„Wenn alles gut geht, dann wird sich eine entscheidende Wende anbahnen, Sherea. Durch dich! Ich weiß, dass dir der Glaube daran und an dich selbst fehlt, aber ich weiß genau, dass es so sein muss, denn sonst wärest du nicht hier. Was es auch ist, irgendetwas *wird* geschehen und selbst wenn du nicht alle retten kannst ... Du darfst nicht zu sehr darüber nachdenken, nicht jetzt! Nein, du darfst niemals zu sehr darüber nachdenken, verstehst du? Vertraue auf das Schicksal und vertraue auf den Steinkreis. Auch du kannst nicht alle retten, aber jedes einzelne Leben zählt."

„Wie soll ich auf etwas vertrauen, das mich offenbar ausgewählt und herausgerissen hat aus meinem Leben ohne mich zu fragen?"

Natian schräg hinter mir seufzte hörbar und in diesem Seufzer schwang hörbar eine gute Portion Ungeduld mit. Netrosh jedoch zügelte sein Pferd, bis er neben mir war.

„Ich verstehe deine Verbitterung nur zu gut, denn auch ich bin nicht immer nur glücklich über meine Gabe, sie kann eine große Last sein. Wenn so wie zuletzt ein Bild wie das dieses Krieges vor meinem Geist aufsteigt, dann muss auch ich stets viel Kraft aufwenden, um alles aus einer Sicht zu sehen, die nicht meine ist. Ich muss aus mir heraustreten und mich neben mich stellen – um um meinetwillen buchstäblich Abstand davon zu nehmen und eine andere Sicht einzunehmen. Und das empfehle ich auch dir: Betrachte die Dinge für einen Moment aus einer etwas anderen Warte, Sherea, betrachte dich selbst, als ob du jemand anderes wärest. Jemand, der unbeteiligt urteilen kann. Dann siehst du jemanden, der das, was er tut, für richtig hält. Jemanden, der alles daran setzt, etwas zu ändern. Schon diese beiden Dinge sagen etwas aus über dich, das dich mit deinem Schicksal versöhnen könnte, oder? Und noch immer steht es dir frei, die Steine darum zu bitten, dich wieder zurückzubringen, auch daran solltest du immer denken!"

„Zurückbringen? Deine eigene Weissagung besagt, dass der Weg nur in eine Richtung führt!", warf ich ihm vor.

„Ich weiß. Aber was besagt das schon? Indem du hier bist, hast du schon damit begonnen, meine Weissagung zu verändern, oder? Bitten mögen nicht immer erfüllt werden, aber was hindert uns daran, sie dennoch auszusprechen? Einen Versuch ist es immer wert und wenn man seine Erwartungen nicht zu hoch ansetzt, zerbricht man auch nicht daran, wenn eine Bitte nicht erfüllt wird – oder anders, als man es erwartet hat. Und was deine Bemerkung vorhin angeht und meine Antwort, dass du nicht alle retten kannst … Hast du mal darüber nachgedacht, weshalb die Steine dich ausgerechnet jetzt hier abgesetzt haben und nicht schon an einem Zeitpunkt, zu dem die erste Schlacht noch gar nicht stattfand? Oder noch früher? Es gibt immer einen Grund!"

Meine Gedanken kreisten, dann fand ich einen, der jedoch so unfasslich war …

„Denkst du, dieses Schicksal hat bestimmt, dass Forthran der neue König werden soll und nicht sein älterer Bruder? Wie grausam ein solches Schicksal wäre! Den älteren Bruder zum Tode verurteilen zugunsten des jüngeren …"

„Zum Tode verurteilen … Verurteilt das Schicksal uns zum Tode? Oder führt nicht jedes Leben zu diesem Ziel? Wann es soweit ist, weiß niemand, aber was, wenn es Hebbun so bestimmt war und nur Forthrans Tod zu früh kam? Was, wenn das Schicksal es eigentlich anders vorgesehen hat? Was, wenn ein früheres Einschreiten zum Scheitern verurteilt gewesen wäre?"

Mein Gesichtsausdruck musste lächerlich ausgefallen sein, denn nachdem ich ihn eine Weile sprachlos angestarrt hatte, brach er in leises Lachen aus.

„Gib es auf, Sherea, mich hat er schon so oft in solche Gespräche verwickelt, ich kenne das. Zuletzt raucht dir der Kopf davon und du weißt nicht mehr, ob du überhaupt noch irgendetwas weißt und ob du Männlein oder Weiblein bist! Nimm die Dinge wie sie sind und die Möglichkeiten wie sie sich dir bieten und mache immer das Beste daraus!", mahnte mein Vater vor uns und trieb dann sein Pferd wieder an.

Ich schloss meinen Mund wieder, dann schüttelte ich entschieden den Kopf.

„Wenn ich dich richtig verstehe, dann behauptest du, dass deine Weissagung den Zweck hatte, irgendwen auf den Plan zu stellen, der dich Lügen straft, indem er dafür sorgt, dass sie nicht eintrifft?"

„Wozu sollten sonst Weissagungen da sein? Nicht auch, um schlimme Ereignisse zu verhindern? Wie sinnlos sie sonst wären!"

„Jemand wie ich soll also an Spielfiguren herumschieben bis sie so stehen, dass dieser Krieg endet, jemand nicht stirbt und jemand nicht König wird? Ich bin kein Schicksalslenker, kein … keine Ahnung!"

„Wer behauptet das? Wer sagt, dass alles nur von dir abhängt? Aber indem du hier bist und damit schon einige kleine Steinchen, möglicherweise winzig kleine Sandkörner in einem Meer von Sand verschoben hast, hast du etwas angestoßen, das von anderen fortgeführt wird. Es breitet sich aus in alle Richtungen und wer soll sagen, wohin das noch führt? Wären wir ohne dich nicht schon gestern losgeritten? Wären Igrena und ihre drei Töchter nicht noch in Perstan? Was ist mit Agrat?"

Ich schüttelte erneut den Kopf.

„Sandkörner, ja, das sind wir! Mehr nicht!"

„Aber auch nicht weniger!", lächelte er eigentümlich.

Sie hatte mit zusammengepressten Lippen verfolgt, wie sie alle hintereinander durch das große Tor der Residenz kamen und davonritten. Alle, sogar die Frauen, waren wie Burschen gekleidet und die Packpferde wie auch die Ladung des Wagens ließen darauf schließen, dass sie nicht so bald zurückkehren würden.

Nun, auf diesen Gedanken waren seit heute Morgen schon viele gekommen und inzwischen war sie froh, dass sie ein paar der kostbaren Münzen dazu verwendet hatte, sich ebenfalls ein Reittier zuzulegen. Sie verstand kaum etwas von Pferden, aber selbst ihr war klar, dass sie einen viel zu hohen Preis für das schon recht betagte Tier mit den abgenutzten Zähnen gezahlt hatte und zusammen mit dem Sattel war so schon mehr als die Hälfte ihres Geldes fort.

Umso begieriger hatte sie die prall gefüllten Beutel an den Gürteln der Männer und sogar am Gürtel dieser Hure registriert.

Sie band das Pferd los und schwang sich mit einiger Mühe hinauf. Es war lange her, seit sie in einem Sattel gesessen hatte, bis zum Abend würde sie jeden einzelnen ihrer Knochen spüren. Aber es war weit weniger lange her, seit sie sich wie früher in ihrer Kindheit als Diebin betätigt hatte! Ihre langen, schmalen Finger waren noch so geschickt wie damals und irgendwann würde sie die kleine Wäscherin schon erwischen und dann würde diese nie wieder Lügen über sie verbreiten können. Das Messer in ihrem Gürtel hatte schon einmal zu mehr gedient als nur zum Beutelabschneiden!

Vater zügelte sein Pferd, musterte prüfend die Umgebung und nickte uns dann auffordernd zu.

„Agrat?", wandte sich daraufhin Netrosh an den kräftigen Pferdeknecht.

„Herr?"

„Nicht Herr, mein Freund, dieser Unterschied existiert nicht länger, hat im Grunde nie existiert. Worum ich dich jetzt bitte ist also eine Bitte, kein Befehl."

Der kräftig gebaute Mann runzelte die Stirn, warf der neben ihm sitzenden Igrena einen irritierten Blick zu und nickte Netrosh dann zu.

„Was es auch ist, betrachtet es als erfüllt!"

„Du solltest vorsichtig sein mit solchen Bemerkungen!", seufzte Netrosh und mir ging mit einiger Verspätung auf, dass die beiden nur einige wenige Jahre trennen konnten. Netrosh war jünger als Agrat.

„Worum ich dich bitte, wird dir nicht gefallen! Ich möchte, dass du Igrena und ihre Töchter begleitest. Nicht wie bei unserem Aufbruch besprochen nur vier Tagesreisen weit, sondern auch danach noch. Kehre nicht zurück nach Perstan, bleib bei ihnen, wenigstens bis sie ein neues Zuhause gefunden haben, wo sie sicher sind."

Agrats Miene war immer ungläubiger geworden und zuletzt öffnete sich sein Mund in sprachlosem Staunen. In seinen Augen jedoch lag zuletzt offene Ablehnung.

„Ich soll … Herr, mir ist keineswegs entgangen, was dieser Stadt dort hinter uns droht. Sie jetzt zu verlassen war bereits …"

Er unterbrach sich, offensichtlich weil ihm aufging, dass das Ende seines Satzes alle Anwesenden als Feiglinge bezeichnen würde.

„Nun ja, was ich sagen will, ist, dass ich nicht fliehen werde, auch wenn Gefahr droht.", bog er ab.

Netrosh seufzte.

„Ich weiß. Aber es ist nicht Feigheit, Perstan zu verlassen, es ist der einzige Weg, zu überleben. Vertrau mir darin.

Unsere Wege werden sich hier trennen und auch ohne dir Einzelheiten zu benennen wird Igrena dir auf eurem weiteren Weg sicher alles Wichtige erklären. Du selbst hast keine Familie und auch wenn du den einen oder anderen Freund in dieser Stadt oder der Residenz zurücklässt, ist die Verantwortung, die du hiermit übernimmst, um einiges wichtiger. Manchmal ist das Interesse einiger Weniger wichtiger als das von Vielen."

„Ich verstehe nicht ... Wieso verlangt Ihr das von mir?"

„Ich soll dir einen Grund nennen? Das kann ich nicht. Ist der Schutz von vier Leben und deinem eigenen noch dazu nicht Grund genug? Also nur so viel: Ich hatte ein Gesicht, Agrat, und Sherea ist in gewisser Weise ein Teil davon. Sie hat das alles aus einem guten Grund getan. Der erschließt sich uns zwar nicht, so wie sich viele Einzelheiten unserer Schicksale nicht erschließen, aber ich glaube fest daran, dass es einen Grund gibt.

Bleibe bei deinen Schutzbefohlenen und pass auf sie auf, darum bitte ich dich."

Die drei Kinder auf der Ladefläche, eingepfercht zwischen Proviant, Decken und ein wenig Gepäck, konnten unterschiedlicher gar nicht sein, aber ihre Mienen spiegelten alle das Gleiche und ihre Mutter, die wie sie nur schweigend zugehört hatte, winkte jetzt ab, als das älteste Mädchen den Mund zu einer Frage öffnete.

Agrats Augen wanderten noch einmal zu Igrena neben sich, dann drehte er den Kopf zu den drei Mädchen hinter ihr. Mit einem tiefen Atemzug wandte er dann den Kopf wieder zu Netrosh und nickte, wenn auch nur knapp.

„Ich bleibe bei ihnen, bis sie ein sicheres Zuhause gefunden haben. Dann jedoch werde ich neu entscheiden."

„Das ist dein gutes Recht, wie es auch dein Recht wäre, meine Bitte abzulehnen. Aber ich danke dir, dass du anders entschieden hast."

„Schon gut", brummelte er, „ich kann sie ja schlecht irgendwann einfach alleine weiterreisen lassen, oder?"

„Nein, wohl nicht.", lächelte Netrosh. „Hat Olpert euch hinreichend mit Geld versorgt?"

„Er hat mir einen prall gefüllten Beutel überlassen!", erwiderte Igrena. „Ich habe zwar nur kurz hineingesehen, aber es ist ein kleines Vermögen. Zumindest für jemanden wie mich."

Sie wurde rot, als Agrat sie daraufhin ansah.

„Mir hat er ebenfalls einen Beutel mitgegeben, aber der befindet sich in meinem Sack auf der Ladefläche, zusammen mit meinem Ersparten, das ich ebenfalls mitgenommen habe."

„Gut. Dann bleibt jetzt nur noch eins: Bringt so viel Entfernung wie möglich zwischen euch und Perstan und haltet euch vorerst nirgends länger auf als unbedingt nötig. Versucht euer Glück weiter nördlich oder nordöstlich ..."

„Ich weiß.", kam es leise von Igrena, aber diesmal suchte ihr Blick den meinen. „Danke, Herrin! Das ist eine Schuld, die ich Euch nie werde vergelten können!"

„Ganz im Gegenteil, du schuldest mir nichts! Pass auf euch auf. Und egal, wohin es euch auch treiben wird: alles Gute!"

Agrat nickte schweigend und ruckte schon an den Zügeln, als hinter ihm Sebset aufsprang und sich nur mit Mühe auf dem anruckenden Wagen halten konnte, als sie an die Seitenwand trat.

„Sherea?"

Wie kindlich ihre Stimme doch klang!

Schnell lenkte ich mein Pferd seitlich neben sie und hielt überrascht den Atem an, als sie sich zu mir herüberbeugte und ihre Arme um meinen Hals legte.

„Schon gut, alles wird gut, Sebset!", murmelte ich und mühte mich ab, sie mit einem Arm festzuhalten und ihr dann wieder in einen aufrechten Stand zu helfen. „Pass einfach auf dich auf, ja? Und auf deine Schwestern und deine Mutter."

„Sehen wir uns wieder? Irgendwann?"

Noch überraschter als zuvor registrierte ich, dass ihre Augen feucht schimmerten.

„Ich weiß es nicht. Aber ich würde mich sehr freuen! Auf jeden Fall aber werde ich dich niemals vergessen, weder dich noch deine Hilfe! Du bist etwas Besonderes, vergiss das bitte nie!"

„Werde ich nicht.", stammelte sie, dann ging sie rasch in die Hocke, als der Wagen erneut anruckte.

Ich sah ihnen nach, bis ihre Gesichter unkenntlich wurden, dann wandte ich mein Pferd zu den anderen herum.

„Warum jemand kommt, ist nicht immer wichtig. Warum er bleibt, ist entscheidend!", meinte Netrosh mit einem eigentümlichen Lächeln. „Lasst uns zum Steinkreis reiten."

Kapitel 6

Es war erneut stockfinstere Nacht als wir den Kreis der schmalen, hochaufgerichteten Steine erreichten. Es wunderte mich nicht, dass die Pferde sich davor scheuten, näher als bis zu einer gewissen Distanz an sie heranzukommen, und genau wie Netrosh ließen auch wir ihnen ihren Willen und stiegen ab.

Natian hatte unterwegs kaum ein Wort gesprochen. Zumindest nicht mit mir. Ich konnte es ihm diesmal aber nicht verdenken, denn er hatte jeden Augenblick dazu genutzt, sich mit seinem Vater zu unterhalten. Je näher wir diesem Teil des Waldes gekommen waren, desto schweigsamer war er jedoch geworden und in der letzten halben Stunde hatte er keine einzige Silbe mehr von sich gegeben.

Ich warf ihm wiederholt einen forschenden Blick zu. Natürlich konnte ich seine Gesichtszüge längst schon nicht mehr erkennen und abgesehen davon war ich froh, dass er meine Seitenblicke nicht mitbekam. Aber je länger ich über ihn und seine Situation nachdachte, desto weniger Wut empfand ich über sein Tun. Ich würde es ihm niemals verzeihen können, aber seit Netroshs Bemerkung, ich könne die Steine bitten, mich wieder zurückzubringen, hatte sich tief in mir ein winziger Hoffnungsschimmer eingenistet. Ich hütete mich, ihn anzufachen und zu groß werden zu lassen, aber ich würde mich an ihn klammern und ihn zumindest am Leben erhalten, bis mich die grausame Wirklichkeit einholen würde!

Die Pferde durften saufen und anschließend banden wir sie an die Büsche, damit sie Gras und Blätter fressen konnten, bevor Netrosh, gefolgt von meinem Vater, als

Erster die freie Fläche unmittelbar um den Steinkreis betrat.

Wir folgten ihnen und von dort aus sah ich zu, wie Netroshs Schemen mit traumwandlerischer Sicherheit von einem Stein zum nächsten ging, sie alle mit der Hand berührte – und wie sie alle bei dieser Berührung kurz und schwach aufglommen.

Ich japste nach Luft.

„Was ist?", fragte Natian neben mir. „Geht es dir gut?"

„Siehst du das?", flüsterte ich und deutete auf seinen Vater. „Was immer dein Vater ist, er ist mehr als ein großer Seher!"

Natian blieb mir eine Antwort schuldig und zuletzt sah ich ungeduldig zu ihm hoch. Er starrte offenbar angestrengt in Netroshs Richtung.

„Was soll ich sehen?", fragte er verständnislos.

„Du kannst das nicht sehen? Schau doch hin! Siehst du nicht, was dein Vater mit den Steinen macht?"

„Was er mit ihnen macht? Ich verstehe immer noch nicht!"

Netrosh hatte seine Runde fast beendet und nachdem er nun auch den Letzten berührt hatte, wandte er sich um, um in die Mitte zu treten. Vater war zwischen den ersten beiden stehen geblieben und, mit meiner Geduld am Ende, schnalzte ich mit der Zunge und lief mit großen Schritten zu ihm hinüber.

„Vater?", flüsterte ich.

Sein Gesicht wandte sich mir zu, auch wenn seine Miene im milchigen Mondlicht kaum erkennbar war.

„Ich werde mich wohl nicht daran gewöhnen können, so von dir angesprochen zu werden! Nicht … jetzt zumindest.", seufzte er. „Aber ich habe etwas erkannt: Das, was ich zwischen uns spüren kann, reicht auf nicht zu beschreibende Weise tief. Während mein Verstand sich also noch gegen dieses Wissen sträubt, hat irgendetwas anderes in mir erfasst, dass du meine Tochter bist. Zurzeit nur ein paar Jahre jünger als ich, aber meine Tochter. Sherea. Ein schöner Name! Ich werde ihn mir gut merken."

Ich lächelte kurz, dann aber deutete ich mit dem Kopf zu Netrosh.

„Was tut er da? Und hast du das vorhin gesehen?"

„Was? Das er erst jeden Stein zu begrüßen scheint? Das habe ich schon oft gesehen. Wir waren oft gemeinsam hier und das scheint für ihn so etwas wie ein Ritual zu sein. Und jetzt wartet er."

„Worauf? Und nicht nur er begrüßt die Steine, sie begrüßen auch ihn!", wisperte ich und fröstelte trotz der eigentlich noch lauen Spätsommernacht.

„Sie begrüßen ihn? Was meinst du damit?"

Wieder sah ich zu ihm hoch. Natian war inzwischen ebenfalls herangetreten.

„Seht ihr das denn nicht? Dieses ... Glimmen, wenn er sie anfasst?"

„Glimmen?", echote er.

„Ja! Wie ein kaum wahrnehmbares Leuchten an der Stelle, an die er seine Hand legt!"

Die beiden schienen sich kurz verständnislos zu mustern.

„Ich bilde mir das nicht ein, verstanden?", schnaubte ich. „Aber meinetwegen; vergesst, was ich gesagt habe! Worauf also wartet er?"

„Auf Antworten. Eingebungen. Was weiß ich?! Nicht jedes Mal, wenn wir hier waren, hat er irgendetwas empfangen, aber hin und wieder schon. Und danach war er oft für Stunden nicht ansprechbar. Es war dann jedes

Mal, als ob ein Teil von ihm entrückt worden wäre und nur schwer wieder Fuß fassen könnte in dieser Welt."

Ich schauderte. Das hier war in der Tat ein Tor in eine andere Welt! Und in eine andere Zeit!

Schweigend standen wir so da und der Mond war eben wieder hinter einer Wolke hervorgekommen, als Netrosh sich regte.

„Sherea?"

Ich musste mich räuspern, um ein verständliches ‚*Ja?*' herauszubringen.

„Offenbar bin ich nicht der, zu dem sie heute sprechen wollen. Willst du es versuchen?"

„Versuchen? Was denn? Ich bin nicht wie du, ich bin keine Seherin!"

Meine Arme und Schultern reibend versuchte ich mühsam, den Eindruck zu verdrängen, den ich bei meiner unfreiwilligen Ankunft hier gehabt hatte: Die lebendige Wärme, die einer der Steine ausgestrahlt hatte und das Leuchten, das sie mir zum Abschied nachgeschickt hatten.

„Das hier ist auch kein Ort, der Sehern vorbehalten ist!", antwortete er und kam näher. „Es ist ein Ort für … besondere Menschen! Nicht nur Sebset ist etwas Besonderes, weißt du."

„Was ist das für ein Ort?", flüsterte ich kaum hörbar, als er bei uns angelangt war.

„Das hier? Er ist vieles in einem. Wer diese Steine einmal hierhergebracht und zu diesem Kreis aufgerichtet hat, weiß niemand mehr. Sie haben es auch mir niemals offenbart. Aber sie haben viel gesehen und ihre mystische Weisheit steht im Dienste des Guten. Du kannst es fühlen, wenn du dich dafür öffnest. So viele waren vor uns schon hier: Druiden und Druidinnen, Seher, Magier, Gläubige und Ungläubige, Priester und solche, die sich nur als solche bezeichneten, Hilfe- und Ratsuchende, Kinder, Alte, Sterbende, Liebende, Lebende, Tote ..."

„Sie haben sie dir gezeigt? Diese Menschen?", hauchte ich.

„Ja. Einige davon. Sie haben mir Zeiten gezeigt, die längst vorüber sind und zeigen mir winzige Bruchstücke von Zeiten, die noch kommen. Sie lassen mich nicht allzu weit in die Zukunft sehen, sicher auch deshalb, weil die Zukunft zu unsicher und deshalb zu undeutlich und umnebelt ist. Und das ist auch der Grund, weshalb Voraussagen nicht zwingend zutreffen müssen, Sherea! Es gibt immer Hoffnung! Willst du es nicht wenigstens versuchen? Vertrau ihnen. Vertrau mir! Das hier ist nichts Bedrohliches, es ist wie ... Heimkehr! Und für mich ist dieses Gefühl inzwischen schon so vertraut, dass es mich magisch anzieht. Es ist unbeschreiblich verlockend."

„So sehr, dass du am Liebsten bleiben würdest!", hörte ich Natian sagen, aber zu meinem Erstaunen schüttelte Netrosh den Kopf und legte seinem nahezu gleichaltrigen Sohn eine Hand auf die Schulter.

„Nein, jetzt nicht mehr. Seit gestern gibt es zwei ... nein, drei Menschen mehr, um derentwillen ich fortan immer freiwillig von dort zurückkehren werde: Sherea und meinen Sohn! Und dessen Mutter, die ich unbedingt kennenlernen möchte! Mein Leben hat ein weiteres Ziel."

Ich schluckte schwer. Und dann fühlte ich Vaters Hand an meiner Wange.

„Angst?"

Blinzelnd versuchte ich, seine Miene zu erkennen, dann nickte ich mit enger Kehle.

„Ja. Aber ich habe noch nie einfach aufgegeben!"

„Warum bloß wundert es mich nicht, dass mich das nicht überrascht?", fragte er.

Ich spürte die Blicke der beiden in meinem Rücken und trat mit fest um meine Brust geschlungenen Armen in den Ring der Steine auf dessen Mitte zu. Und diesmal hörte ich, wie sie alle scharf Luft holten, denn diesmal glommen sämtliche Steine gleichzeitig auf, anders als bei Netrosh. Und offenbar war es diesmal auch für Vater und Natian sichtbar.

„Du bist nicht nur Teil dieser Prophezeiung, du bist ihr Mittelpunkt!", hörte ich Netrosh sagen, der einen Schritt hinter mir geblieben war und erst jetzt wieder neben mich trat. „Was auch immer sie für dich vorgesehen haben, du kannst dir jederzeit und an jedem Ort ihrer Hilfe gewiss sein!"

„Woher willst du das wissen? Haben sie es dir mitgeteilt?", konterte ich.

„Dir doch auch, gerade eben! Sie wissen, dass du hier bist und anders als Natian benötigst du nicht dieses Fragment, das er und ich um den Hals hängen haben. Fühlst du es nicht?"

„Fühlen? Ich weiß nicht … Was ich fühle, ist Angst. Sie tun, was sie für richtig halten, ohne mich zu fragen. Sie haben offenbar eine Macht, gegen die ich nichts ausrichten kann. Sie holen mich hierhin und versetzen mich dorthin, ganz nach Belieben. Ich bin die Spielfigur, nicht umgekehrt."

„Denkst du nicht, dass du daran etwas ändern könntest? Du bist jetzt hier. Warum holst du dir nicht die Antworten auf deine Fragen?"

„Und wie? Soll ich ihnen meine Wut und Angst entgegenschreien? Denn das möchte ich am liebsten! Wieso ich?"

Etwas formte sich in meinem Kopf. In meinem Geist, meinen Gedanken. Es war kein Gedanke und nichts Hörbares, es war … Nein, auch kein Bild. Es war Wissen, das auf einmal da war:

‚Weil du die Richtige bist.'

„Wieso?", flüsterte ich.

‚Weil du die Verbindung zwischen allem darstellst!'

„Ihr müsst euch schon klarer ausdrücken, denn ich verstehe kein Wort!", schauderte ich.

„Sie sprechen zu dir!", erkannte Netrosh.

Ich nickte und rieb meine Arme umso fester.

„Hab keine Angst …"

‚Netrosh ist Mittler, er sieht. Dein Vater ist wie der Fels, den der Seher diesseits braucht. Er ist sein Halt, seine Stütze, sein Unterstützer in dieser schweren Aufgabe und mitunter auch sein Beschützer in der Zeit, in der sein Geist seinen Körper verlässt und diesen schutzlos zurücklässt. Genau wie Natian dein Fels sein könnte – wenn du es zulässt. Du aber bist Mittelpunkt, die Achse, um die sich alles dreht. Schlüssel, Schloss und Tor.'

„Was wollt ihr von mir? Was soll ich tun? Wieso habt ihr mich mitten aus meinem Leben herausgeholt, ohne mich zu fragen?"

Diesmal dauerte es einen Moment, bis ich eine Antwort erhielt.

‚Mittelpunkt, Sherea! Lange vor dir und deinem Vater gab es unter euren Vorfahren schon einmal jemanden, der hier stand. Dieser Steinkreis war damals noch jung und er war es auch. Was in dir liegt, stammt von ihm und was du bewirken kannst, hängt ganz alleine von dir ab.'

„Von mir? Ihr gebt Antworten, ohne Antworten zu geben!", widersprach ich fest, nahm die Arme herunter und ballte die Hände zu Fäusten. „Ich wollte das alles nicht!"

‚Und nun?'

„Was, und nun?"
‚Willst du das immer noch nicht? Du siehst! Was hast du gesehen?'
„Was ich ... Was soll das?"
‚Jedes Leben zählt!'
Ich klappte meinen Mund wieder zu.
„Sherea?", murmelte Netrosh fragend, aber ich schüttelte den Kopf.
„Sie winden sich um eine Erklärung herum wie eine Schlange um ihr Opfer!"
„So siehst du dich? Noch immer?", warf Natian mir vor und trat nun ebenfalls in die Mitte. „Dann solltest du vielleicht wirklich wieder zurückkehren! Frag sie! Frag sie, ob sie dich entgegen dieser Weissagung zurückschicken können, ich mache auch alleine weiter!"
„Du bist so unglaublich selbstherrlich!", zischte ich. „Ich habe dir schon einmal gesagt, dass du mich nicht unterschätzen solltest! Natürlich werde ich helfen! Alles was ich will, ist eine Erklärung und die habe ich ja wohl verdient, oder? Also: Was meint ihr damit, dass da etwas in unserer Familie liegt und was genau soll ich eurer Meinung nach tun? Und redet nicht länger um den heißen Brei herum, ich habe jedes Recht, Aufklärung zu fordern!"
Wieder entstand etwas in meinem Geist, doch dieses Mal dauerte es, bevor es ein klares Wissen ergab. Und diesmal verschwamm gleichzeitig auch alles um mich herum ...
...

„Komm, Schettal, es ist spät!"
„Gleich, geht schon voraus."
Der Schemen wurde deutlicher. Ein Mann. Er legte den Kopf lauschend schief und drehte sich

dann suchend langsam um seine eigene Achse, während allmählich auch Einzelheiten zu erkennen waren. Er trug seine ungewöhnlich langen, braunen Haare zu einem Zopf zusammengebunden, der ihm halb über den Rücken herab reichte. Und als er sich vollends zu mir umdrehte, sah ich, dass sein Bart erst mehrere Tage alt sein konnte. Sein Gesicht wurde deutlich – eine leicht gebogene Nase über vollen Lippen und einem breiten Kinn, dunkle Augen und Augenbrauen, hohe Stirn –, seine Kleidung war fremdartig, von einfachster Art und vollständig aus Leder gefertigt, genau wie die schwere Tasche, die er nun achtlos auf den Boden stellte.

Es war helllichter Tag und er sah mir direkt in die Augen!

Ich japste angstvoll nach Luft und wich zurück, mich suchend nach Vater, Netrosh und den anderen umsehend. Doch außer diesem Fremden und mir war niemand mehr zu sehen – wenn man davon absah, dass ich hören konnte, wie sich mehrere Personen durch den nahen Wald entfernten, laut lachend und redend.

„Wer bist du?", ächzte ich.

„Mein Name ist Schettal. Und wer bist du? Bist du ein Geist?"

„Ich? Du bist ein Geist!"

Er trat stirnrunzelnd näher, was mich dazu veranlasste, noch weiter zurückzutreten – und leise aufzuschreien, als ich auch hier mit dem Rücken an einen der Steine stieß.

Er blieb abrupt stehen und starrte mit offenem Mund abwechselnd mich und den Stein an. Was mir klarmachte, dass dessen Aufglühen selbst jetzt bei Tag zu sehen gewesen sein musste.

„Du bist eine von ihnen?"

„Eine von wem? Wo bin ich?"

Er atmete tief durch, nickte dann und musterte mich forschend.

„Du bist kein Geist aus einem der Steine, aber sie haben dich geschickt, sonst würde der Stein hinter dir nicht aufglühen. Ich wusste es. Ich wusste, es war richtig, dieses Tor zu bauen. Bist du wirklich? Dort, von wo du kommst? Oder bist du dort ein Geist? Nein, diese Frage ist unnötig, denn du hast Angst. Als Geist hättest du jedoch keine Angst, also ..."

Er unterbrach sich, holte erneut tief Atem, richtete sich ein wenig gerader auf und ließ die Schultern fallen, was ihm eine entspannte Körperhaltung verlieh. Dann legte er seine Rechte auf seine Brust, neigte den Kopf um eine Winzigkeit und erwiderte:

„Ich bin Schettal von Hannan, Auge, Ohr und Mund unseres Volkes."

„Auge, Ohr und Mund? Was bedeutet das?"

„Ich sehe und höre die Geister und führe die Menschen. Und du musst keine Angst haben, schon gar nicht vor mir."

„Das habe ich heute schon einmal gehört, aber das nutzt nicht viel, wenn ich ständig irgendwohin versetzt werde, ohne es zu wollen!"

„Ohne es zu wollen?", runzelte er die Stirn und ließ die Hand wieder sinken. „Die Steine sind ein Tor, aber sie lassen nur durch, wer bereitwillig hindurchtreten will."

Wieder legte er den Kopf schief und fixierte mich.

„Was? Wieso starrst du mich so an?"

„Verzeih. Ich wollte dich nicht anstarren, aber ich glaube, deine Augen zu kennen! Weshalb bist du hier?"

„Ich wollte Antworten haben!"

„Dann frag! Ich hätte zwar vermutet, dass du zu mir geschickt worden bist, damit ich dir Fragen stellen kann, aber möglicherweise sind deine Fragen wichtiger als meine. Was möchtest du wissen?"

„Weshalb mir das geschieht! Aber darauf kannst du mir kaum antworten. Nicht, wenn das hier längst vergangen ist aus meiner Sicht. Und das muss es, denn die Steine ..."

Ich musterte die Umgebung. Es war warm. Zu warm für einen Herbst. Der Wald sah anders aus, aber vor allem war der Boden ringsum festgetreten von vielen Menschen und womöglich auch Tieren. Kaum eine Spur von Gras direkt um die Steine herum und keiner von ihnen hatte auch nur einen Hauch von Moos angesetzt. Er gehörte zu denjenigen, die die Steine hier errichtet hatten!

„Du kommst aus der kommenden Zeit!?", erwiderte er, halb Begreifen, halb Frage. Und diesmal wirkte seine Miene, als ob er alleine durch mein Erscheinen tatsächlich eine Antwort erhalten habe.

„Ihr habt das hier gebaut!", meinte ich prompt.

„In unserer alten Heimat Hannan hatten alle Sippen stets jeweils nur einen einzigen dieser Steine, zu dem sie sich immer begaben, aber nachdem wir vor ein paar Sonnenwenden von dort fortgingen und uns hier niederließen ... Wir haben den letzten Stein erst vor vier Wochen aufgestellt, ja. Es war eine lange und beschwerliche Arbeit und hat Mensch und Tier viel Zeit und Kraft gekostet. Zeit und Kraft, die glücklicherweise auf viele Schultern verteilt werden konnte."

„Und das habt ihr auf deinen Wunsch hin getan? Wie alt bist du? Sollte ein Führer nicht ein wenig älter sein?"

Kaum hatte ich diese Frage ausgesprochen, wurde mir ihre Unsinnigkeit schon bewusst. Wie viel älter als er konnte Netrosh denn schon sein? Seine Antwort hieb in die gleiche Kerbe:

„Was hat das Alter mit den Gaben zu tun, die die Geister uns mitgeben? Meine Gabe, die Geister zu spüren, habe ich schon, seit ich ein Junge war und ich bin jetzt zweiundzwanzig Sommer alt, habe mein dreiundzwanzigstes Sonnenjahr angetreten. Wie alt bist du? Und willst du mir nicht endlich deinen Namen nennen?"

„Dieser Sommer war der zwanzigste meines Lebens. Und mein Name ist Sherea."

Ein eigenartiger Ausdruck lief über sein Gesicht.

„Shereata! Gerechtigkeit!", flüsterte er.

„Nein, Sherea!", widersprach ich, aber diesmal schüttelte er den Kopf.

„Jetzt weiß ich, woher ich deine Augen kenne: Du hast die gleichen wie sie! Goldenes Braun, ein wenig wie das Fell eines jungen Rehs, ein wenig wie der dunkle Honig wilder Bienen!"

„Wie wer?"

„Shereata! Wir haben uns an dem Tag, an dem wir den ersten Stein gesetzt haben, als erstes Paar vor den Geistern und allen Menschen unseres Volkes verbunden, sie gehört jetzt zu mir und ich zu ihr. Endlich könnte man sagen. Du bist ..."

Er brach ab, also beendete ich an seiner Stelle diesen Satz:

„Du bist mein Vorfahre! Der, dem ich das alles hier zu verdanken habe! Das war eine der Antworten, die ich suchte ... Sie haben mich weit weg in die Vergangenheit geschickt!"

Ächzend ging ich in die Hocke und legte beide Hände vor das Gesicht. Und zuckte zusammen, als mich eine Hand berührte.

„Keine Angst, ich tue dir nichts!", flüsterte er sanft. „Meine Nachkommin und die von Shereata! Wie könnte ich dir etwas zuleide tun? Ich wollte dich berühren, damit du fühlen kannst, dass auch ich wirklich bin.

Was lässt dich so verzweifelt sein? Wie kann ich dir helfen? Was führt dich her, was haben die Geister dir als deine Aufgabe zugedacht?"

Ich rückte blinzelnd von ihm ab und er ließ sich mit einem verständnisvollen Lächeln auf seine Fersen zurücksinken.

„Das versuche ich gerade herauszufinden! Sie haben mich mitten aus meinem Leben und meiner Familie herausgerissen und in die Vergangenheit versetzt. Nicht diese hier, in eine, in der ich zwar noch nicht geboren war, in der mein Vater jedoch bereits lebt. Und das alles nur, weil ein Seher gesehen hat, dass jemand ... Da ist ein tyrannischer, blutgieriger Herrscher, der unser Reich erobert hat. Offenbar soll ich ihn aufhalten. Oder irgendetwas tun, um etwas daran zu ändern. Die Steine geben mir keine Antworten, sie geben mir nur immer noch mehr Fragen!"

„Ein Reich? Ist es groß?"

„Ja."

„Und ein einziger Herrscher herrscht über alle?"

„Ja."

„Ein Seher? Wo ist er jetzt? In deiner Zeit ..."

„Hier. Er war hier bei mir, genau wie sein Sohn und mein Vater."

Er nickte nachdenklich.

„Und wie lautete die Frage, die du den Steinen gestellt hast, bevor sie dich hierher versetzten?"

„Bin ich wirklich hier oder findet das alles nur in meinem Kopf statt?", krächzte ich anstelle einer Antwort. „Muss ich jetzt bleiben? Wenn das alles wirklich ist ..."

„Beides. Es ist beides. Während es geschieht, bist du hier, sobald es vorüber ist, hat es nur in unserem Geist stattgefunden, denn nicht meine Zeit ist dein endgültiges Ziel. Und du musst nicht bleiben, sie versetzen uns an andere Orte und in andere Zeiten, aber niemals gegen unseren Willen."

„Das kann nicht sein! Ich wollte das nicht!"

Er runzelte die Stirn.

„Bist du sicher? Möglich, dass es nicht dein erklärter Wille war, aber war da nicht wenigstens die Bereitschaft dazu?"

„Bereitschaft wozu? Zu helfen? Natürlich helfe ich, aber mich aus allem herauszureißen ..."

Er holte tief Luft und ließ sich dann mit untergeschlagenen Beinen vor mir nieder, verschränkte auch seine Finger.

„Ich glaube, ich verstehe. Aber du bist nicht alleine! Auch jetzt nicht! Und nun, da ich weiß, dass eines fernen Tages meine Nachfahrin vor einer so schweren Aufgabe stehen wird, werde auch ich im Geist bei dir sein. Ich werde dir helfen, das verspreche ich dir. So wie sie mir immer geholfen haben."

Wieder einmal rasten meine Gedanken, dann begriff ich. Das Wissen in meinem Kopf, die Worte und Mitteilungen – sie hatten dem ein Gesicht gegeben.

„Du bist das! Die Gedanken, die sich in meinen Geist begaben, die Antworten, die ich hörte ... Wieso könnt ihr mir nicht einfach sagen, was ich tun soll?"

Er nickte begreifend und lächelte etwas wehmütig.

„Weil die Zukunft kein feststehender Stein ist, sondern ein Bach, der bei seiner Betrachtung langsam aber beständig von uns fort fließt. Je weiter sich die zahllosen Tropfen von uns entfernen, desto mehr vermischen sie sich untereinander und sie ergeben Wellen, die sich nicht voraussagen lassen. Legst du aber einen Kiesel in die Wellen – dorthin, wohin dein Arm gerade noch reicht – dann änderst du den Verlauf. Nicht um vieles, aber eben genug, um den Lauf zu beeinflussen und einige dieser Tropfen. Worte meines einstigen Lehrers, nicht meine. Worte voller Weisheit."

„Was soll das nutzen? Was kann ich mit einem Kiesel schon bewirken?"

„Sherea, wir können und müssen nicht sehen, was hinter der nächsten Biegung des Baches kommt, der platzierte Kiesel ist alles, was wir geben können. Und du platzierst ihn, du wirfst ihn nicht wahl- und achtlos hinein. Was immer du tust, es wird Einfluss nehmen. Vielleicht nicht direkt sichtbar, aber irgendwann. Die Geister sagen dir nicht, was du tun sollst, das entscheidest immer nur du immer nur dort, wo du bist und immer nur dann, wann du bist. Aber sie wissen stets, wem sie eine solche Aufgabe anvertrauen! Und sie raten dir, wenn du sie darum bittest."

„Das ist alles, was ihr mir sagen könnt? Das ist nicht genug! Nicht, wenn es um so viel geht! Wie soll ich einen Herrscher stürzen und einem anderen zur rechtmäßigen Macht verhelfen?"

„Ist sein Weg denn schon zu Ende? Ist dein Weg denn schon zu Ende oder hat er gerade erst begonnen? Die Gerechtigkeit wird siegen. Und die Gerechte ebenfalls, denn sie ist aus ihr geboren. Das ist im Augenblick die einzige Gewissheit, der du vertrauen musst. Und der Gewissheit, niemals alleine zu sein!"

Worte aus der Prophezeiung, nur ein wenig abgewandelt. Jetzt wusste ich, wer sie Netrosh geschickt hatte. Oder vielmehr noch schicken würde. Seine offene Hand streckte sich mir entgegen und ich starrte sie einen Augenblick lang an. Dann und nur sehr zögerlich legte ich meine hinein und fühlte, wie seine mich festhielt.

Zum ersten Mal seit „Antritt" meiner Reise fühlte ich Halt. Halt und Beistand, der sich mir so vollkommen vermittelte, dass ich langsam ausatmen konnte. Meine Ängste wurden mir hierdurch nicht vollständig genommen und noch immer war meine größte Angst, nicht wieder nach Hause zurückkehren zu können, aber in diesem einen kurzen Moment fühlte ich Sicherheit – etwas, das ich am liebsten niemals wieder losgelassen hätte!

„Ich bin bei dir, vertrau mir. Hab keine Angst. Wann immer du uns rufst, wir werden dir beistehen."

„Wird Vater vergessen, dass ich da war?"

„Niemals! Mag sein, dass die eine oder andere Erinnerung verblassen wird, aber vergessen? Ein wahrer Vater vergisst niemals, denn er trägt Wissen auch im Herzen mit sich! Wissen, das man Liebe nennt."

„Wird es für mich einen Weg zurück geben? Irgendwann?"

„Wenn du das am Ende deines Weges wirklich willst, dann bitte darum, Sherea! Wenn es so weit ist, bitte die Geister darum!"

„Wann und wie werde ich wissen, dass es so weit ist?"

„Du wirst es wissen ..."

Sein Lächeln verschwamm, genau wie der Eindruck seiner Hand und das Gefühl, das er mir vermittelt hatte. Und dann auch wie die Umgebung. Als ich wieder wach wurde, war erneut finsterste Nacht. Und ein anderer Eindruck teilte sich mir mit: Jemand hielt mich behutsam in den Armen und wischte über meine nassen Wangen ...

...

„Es tut mir leid!"

Seine Stimme klang eigenartig und ich verzichtete darauf, zu fragen, was ihm leidtue. Offenbar hielt er eine Erklärung für unnötig und als ich mich nun aufrichtete, die Tränen mit dem Ärmel von den Wangen wischend, half er mir hoch.

Wir saßen im hohen Gras auf einer Lichtung, aber vom Steinkreis war nichts zu sehen. Und von etwas anderem auch nicht: Weder Vater noch Netrosh noch unsere Pferde waren hier!

„Was ... Wo sind wir? Sie haben es schon wieder getan!", krächzte ich und kam schwankend auf die Beine. „Sie haben es schon wieder getan! Und sie sind fort!"

„Ich weiß. Ich hätte dich schon längst von dieser Lichtung weggebracht, aber ich traute mich nicht, mich zu rühren, denn du warst ... Es war, als ob du nicht vollständig hier wärest. Ich hatte Angst, dass ich einen Teil von dir hier verlieren könnte, wenn ich dich fortbringen würde, also habe ich gewartet."

„Nur ein Teil von mir?"

„Ja. Du warst eine Weile nicht ... vollständig greifbar, nicht ... Ich kann es nicht beschreiben. Und es war beängstigend. Ich habe mir Sorgen um dich gemacht."

Ich drehte ihm den Kopf zu, schweigend.

„Es tut mir leid. Ich weiß, das hilft dir jetzt nicht mehr und für eine Entschuldigung ist es zu spät, aber ich möchte, dass du weißt, dass es mir leidtut. Jetzt jedoch und wenn du dich kräftig genug fühlst ... Ich weiß weder, wo wir sind, noch wann. Und deshalb möchte ich, dass wir uns in den Schutz der Bäume zurückziehen. Hier sitzen wir wie auf einer Zielscheibe."

Zielscheibe! Ich tastete hastig nach meinem Gürtel und fühlte aufatmend, dass wenigstens mein Messer noch da war. Offenbar war es uns nicht vergönnt, mehr als das mitzunehmen, was wir direkt bei uns oder auf dem Leib trugen.

„Ich habe meines ebenfalls noch. Und auch meinen Beutel mit dem Geld. Aber jetzt sollten wir gehen und uns ein Versteck für den Rest der Nacht suchen. Vor dem Morgengrauen sollten wir nicht aufbrechen."

Ich nickte geistesabwesend. Doch ich war ihm erst wenige Schritte gefolgt, als ich aus meinen Gedanken herausgerissen wurde: Ein Geräusch wurde hörbar. Erst leise und weit entfernt, dann jedoch rasch näherkommend.

„Reiter! Hier! Mitten in der Nacht!", zischte er, sah sich hektisch um und deutete dann in eine Richtung schräg vor uns.

„Da rüber! Kannst du klettern? Sie kommen rasch näher und solange wir nicht wissen, ob sie Freund oder Feind ..."

„Schon klar! Und ja, ich kann klettern!", rannte ich bereits los und nahm dann dennoch dankbar seine Hilfestellung an, als es galt, den untersten Ast einer alten Eiche zu erklimmen.

Es war nicht eben leicht, im Finsteren überall sicheren Halt zu finden und nicht mit den Füßen abzurutschen. Und Natian gab sich erst zufrieden, als wir eine Stelle weit genug oben erreicht hatten, auf der wir hoffentlich auch bei Tag von unten nicht zu sehen sein würden.

„Hier, halt dich gut fest!", flüsterte er und ging dann selbst auf einem Ast gleich neben meinem in die Hocke, um dann so leise wie möglich darauf Platz zu nehmen.

Die Reiter hatten die Lichtung erreicht und ich hielt den Atem an, als sie fast direkt unter uns absaßen.

„Es war ein Frevel gegen die alten Geister!", hörte ich eine Stimme, die ein wenig kratzig klang.

Ein höhnisches Lachen antwortete.

„Wo sind sie denn, deine Geister? Hol sie her, dann frage ich sie selbst, was sie dazu meinen, alter Mann!"

Zwei weitere Männer stimmten in sein Lachen ein, dann hörte ich, wie sie sich zu Fuß wenige Schritte entfernten. Nur einer blieb offenbar mit den Pferden unter unserem Baum stehen.

„Ich sagte Euch schon, dass die Geister nicht auf die Befehle von uns Menschen hören. Sie erhören allenfalls unsere Bitten und ihre Heimstatt zu zerstören …"

„Halte mir keine Vorträge, du schwachsinniger Greis! Das hier ist deine einzige und letzte Möglichkeit, mich davon zu überzeugen, dass etwas an deinen Behauptungen dran ist! Zederet hat gesagt, dass du der letzte Priester und Seher in dieser Gegend bist, also beweise es mir: Was besagt diese Prophezeiung, von der ich hörte?"

Der letzte große Seher dieser Gegend? Hatte Vandan sie von Anfang an systematisch umbringen lassen, wo immer er einmarschiert war? Wenn ja, dann war es nicht länger verwunderlich, weshalb Prulluf Netrosh und seine Freunde fortgeschickt hatte. Mir kam zumindest eine Ahnung davon, zu welcher Zeit wir hier gelandet waren, auch wenn ich immer noch nicht wusste, wo wir uns befanden. Und ich vermutete, dass Natian der gleiche Gedanke gekommen sein musste, aber sein Schemen regte sich nicht.

„Du musst dich derer bedienen, die du unterjochst, um etwas zu erfahren? Verraten dir deine eigenen Seher nichts darüber? Wie eigenartig! Was haben dir deine Magier erzählt über diese neue Prophezeiung?", reizte der alte Mann ihn zusehends.

„Ich rate dir dringend, mich nicht noch weiter gegen dich aufzubringen! Los, ruf die Geister, du großer Seher!"

„Ich bin längst schon kein großer Seher mehr; diese Gabe ist in jüngere Hände übergegangen, meine Tage sind gezählt. Und genau deshalb könnt Ihr mir keine Angst mehr einflößen, ich fürchte den Tod nicht! Aber ich bin bereit, die Geister um diese Antwort zu bitten, denn bevor ich sterbe möchte ich zu gerne Euer Gesicht sehen, wenn Ihr diese Antwort hört! Auch mir ist kürzlich zu Ohren gekommen, dass eine Weissagung Euer Ende vorausgesagt hat."

Ich schnappte nach Luft. Vandan! Einer der Männer unter uns war Vandan persönlich! In seinem verzweifelten Bemühen, die Wahrheit über Netroshs Prophezeiung herauszufinden, die zu diesem Zeitpunkt offenbar noch nicht vollständig war ...

Diesmal zuckte auch Natian neben mir zusammen, also streckte ich rasch meinen rechten Arm aus, um ihn an seinem zu berühren – eine stumme Bitte, jetzt nichts Leichtfertiges zu tun!

Sein Kopf drehte sich in meine Richtung und ich konnte gerade so erkennen, dass er beruhigend nickte. Und als ich leise aufatmete, tastete er kurz nach meiner Hand und drückte sie.

„Das werden wir erst noch sehen!", knurrte die Stimme Vandans. „Los, fang an! Ruf sie!"

„Wie gesagt, ich werde es versuchen! Aber Ihr habt den Stein umgestürzt und er ist dabei zerbrochen. Ein Frevel, und ich weiß nicht, ob sie sich einem Frevler …"

Ein dumpfer Laut war zu hören, dann ein lautes Ächzen und das Geräusch eines zu Boden fallenden Körpers.

„Fang an, habe ich gesagt! Ich befehle alles grundsätzlich nur einmal!"

Der Seher rappelte sich hörbar mühsam wieder auf, dann glaubte ich zu hören, wie er einmal tief Atem holte.

Stille. Schweigen und Stille, die nur von den Pferden unter uns unterbrochen wurde.

„Was ist jetzt? Du solltest meine Geduld nicht unnötig auf die Probe stellen!", grollte Vandan nach einer Weile.

„Ich habe es euch gesagt: Ihr seid für sie der Zerstörer dieser und vieler anderer Stellen. Sie reagieren nicht auf meinen Ruf."

„Dann gib dir gefälligst etwas mehr Mühe, sonst hast du deinen letzten Atemzug getan, alter Scharlatan!", donnerte Vandans Begleiter.

Eine von vielen Stellen der Geister? Ein Stein, einer von einst vielen einzelnen! Wir waren im Norden Hannans, der ehemaligen Heimat von Schettal, dies hier war die Gegend unweit der beiden Schlachtfelder! Aber weshalb war ich dann jetzt hier? Vandan war nicht alleine, Natian konnte es nicht mit allen aufnehmen, schon gar nicht nur mit einem Messer bewaffnet. Und seine übrigen Männer konnten nicht weit sein, er würde kaum ohne angemessene Bedeckung hier herausreiten. Ihn zu töten war also nicht der Grund meines Hierseins.

Der Stein?

Der Stein! Ich musste ihn berühren!

Mich mit dem linken Arm am Stamm festklammernd beugte ich mich so weit es eben ging zu Natian hinüber.

„Dein Stein! Gib mir deinen Stein!", wisperte ich kaum hörbar und tastete nach seinem Hals.

Er begriff! Sofort fingerte er an seinem Nacken herum, zog die Schnur über den Kopf und ließ sie erst los, als er sicher sein konnte, dass ich sie in der Hand hielt.

Mich wieder aufrichtend holte ich tief Luft und schloss den kleinen Stein sorgfältig in meine Hand ein, damit sein Leuchten von unten nicht gesehen werden konnte.

„Herr, seht!"

Der erschrockene Ausruf kam gleichzeitig mit dem nervösen Hufestampfen der Pferde.

„Ich sehe es, ich bin schließlich nicht blind!", grollte Vandan.

Den Kopf drehend erkannte ich undeutlich, dass schräg unter uns zwei helle Stellen zwischen den Ästen und Blättern im Dunkeln aufglommen, wie es schien unter dem benachbarten Baum.

„Sie sind hier, das ist das sichtbare Zeichen!"

Überdeutlich war die Genugtuung des alten Sehers aus seiner Stimme herauszuhören.

„Du tätest gut daran, mich nicht zu verärgern, Seher, dein Leben liegt in meiner Hand! Ebenso die Art deines Todes, vergiss das nicht! Und jetzt frag sie, ich will Antworten haben!"

Wieder setzte Schweigen ein. Der Mann unter unserem Baum schien es für nötig zu halten, die Pferde ein wenig zur Seite zu führen, sodass er sich nun nicht mehr direkt unter uns befand.

„Rede! Was sagen sie?", zischte Vandan nach einer Weile.

„Sie schweigen! Auch das bedauere ich zutiefst, denn es wäre mir eine Genugtuung, Euch Euren eigenen Untergang vorherzusagen!"

Der Seher redete sich um Kopf und Kragen, das Leuchten des zerbrochenen Steins hatte ihn offenbar viel zu selbstsicher gemacht! Hatte ich das zu verantworten?

„Deine letzte Gelegenheit, alter Mann! Ich will wissen, was dieses Gerücht besagt!"

Das kleine Bruchstück in meiner Hand noch etwas fester umklammernd kaute ich mit wild klopfendem Herzen auf meiner Unterlippe und überlegte fieberhaft an einer Rettung, aber mir fiel nichts ein, was ich hätte tun können! Ihm Netroshs Worte eingeben? Nein. Vandan würde ihn so oder so töten und Unwissenheit war die beste Waffe, die wir gegen ihn hatten! Ohnehin glaubte ich nicht, dass die Geister meinem Wunsch und Willen in dieser Hinsicht gehorchen würden. Aber was dann?

„Dein Wollen und Begehren ist den Geistern egal, Vandan, du bist letztlich wie wir alle nur ein kleiner Mensch! Und ich befehle ihnen nicht, ich diene ihnen, so wie ich es schon mein ganzes Leben tat! Meinetwegen töte mich, aber hier enden meine Fähigkeit und mein Einfluss! Wenigstens habe ich noch gesehen, dass du etwas von ihrer Macht mit eigenen Augen sehen konntest. Vielleicht hält dich das zukünftig davon ab, Orte wie diesen zu zerstören. Denn andernfalls – so prophezeie ich es dir nun – wirst du ihren gesammelten, vereinten Zorn am eigenen Leib erfahren!"

„Du wagst es, Vandan zu ..." begann einer der Begleiter, aber diesmal wurde er von diesem unterbrochen.

„Er wird nie wieder etwas wagen!", kam es höhnisch. „Und er ist von keinem weiteren Nutzen für mich!"

Ich brauchte einen Augenblick, um das kaum hörbare Geräusch als das zu identifizieren, was es war: Jemand hatte sein Schwert gezogen und der darauffolgende Schrei ließ mir das Blut in den Adern gefrieren.

„So wird es jedem meiner Feinde ergehen, Seher! Ja, halte deine Eingeweide gut fest, es wird eine Weile dauern, bis dein Tod eintritt – Zeit genug für dich, darüber nachzudenken, ob du nicht besser vorsichtiger mit deinen Worten gewesen wärst und mich stattdessen um einen raschen Tod hättest bitten sollen."

Ich konnte ein leises Wimmern nicht unterdrücken und sofort legte sich Natians Hand auf meinen Arm.

„Du hättest es nicht verhindern können!", wisperte er so leise, dass ich ihn kaum verstand.

„Hier, mach das sauber!", hörte ich von unten. Erneut sank jemand zu Boden, diesmal mit einem lauten, langgezogenen und schmerzerfüllten Laut, der in ein entsetzliches Stöhnen überging.

Natian neben mir knurrte unterdrückt und zog seine Hand zurück.

Ich schloss die Augen und lehnte meine Stirn an den rauen Stamm. Zu spät! Ich saß hilflos hier oben und würde mit anhören müssen ...

‚*Was immer du erbittest, Sherea!*‘, hörte ich und zuckte zusammen.

„Wie kann ich ihm jetzt noch helfen?", hauchte ich.

‚*Du kennst die Antwort doch schon!*‘

Ich kannte die Antwort?

Ich kannte die Antwort, Schettal hatte sie mir längst gegeben! Ich riss die Augen wieder auf. Dieser Seher war einer von ihnen! Nein, er würde in Kürze einer von ihnen sein und wenn es möglich war …

„Befreit ihn von diesen Qualen! Holt ihn zu euch, wenn sein Leben denn ohnehin hier endet! Aber setzt damit auch für Vandan ein Zeichen, das er niemals in seinem Leben vergessen soll! Helft dem Seher, holt ihn zu euch nach Hause!", flüsterte ich.

Das Leuchten nahm zu. Es wurde zusehends heller und breitete sich aus. Selbst von hier oben war deutlich zu erkennen, dass sich von dieser Stelle unterhalb des benachbarten Baumes ein fast taghelles Licht ausbreitete. Nicht in alle Richtungen, sondern eher langgezogen und fließend, sich auf einen bestimmten Punkt zubewegend.

Die Pferde wieherten erschreckt auf und offenbar hatte der Mann alle Mühe, sie vom Ausbrechen abzuhalten. Kurz sah ich zwischen den Zweigen hindurch, dass jemand sich rückwärts von diesem Leuchten fortbewegte, dann verschwand er aus meinem Blickfeld. Und mein Augenmerk wieder auf das Licht lenkend sah ich, wie ein Körper, vollständig davon eingeschlossen, auf diesen Stein zuzuschweben schien, während seine sichtbaren Konturen immer unschärfer wurden, im Licht zu zerfließen schienen. Ein Bild des tiefen Friedens, denn auch das Stöhnen des Mannes hatte schlagartig aufgehört.

„Herr! Was geschieht hier? Wir sollten fliehen!"

„Halt deinen Mund, du erbärmlicher Feigling!", donnerte Vandan und trat wieder vor, als das Licht sich langsam wieder zurückzog und dann mit einem letzten Aufleuchten erlosch. Der Seher war fort und ich wusste, dass nun auch er einer dieser Geister war.

„Die Macht der Steine, Vandan!", hauchte ich. „Die Macht der Geister! Eine Macht, gegen die du nichts ausrichten kannst! Wie fühlt sich das an für jemanden wie dich, hm?"

Abgesehen von den immer noch unruhig tänzelnden Pferden blieb es eine Weile still auf der Lichtung. Dann hörte ich Vandan knurren:

„Wir reiten zurück. Hier gibt es keine Antworten mehr. Ihr werdet bis ans Ende eures Lebens über das hier schweigen, habt ihr verstanden? Nicht ein Wort hiervon wird über eure Lippen kommen, sonst schneide ich euch allen eigenhändig die verräterischen Zungen heraus! Habe ich mich klar genug ausgedrückt?"

„Ja, Herr! Was nun? Brechen wir wie beabsichtigt nach Perstan auf? Was ist hiermit? Sollen wir diese Bäume fällen lassen?"

Ich hielt den Atem an. Eichen. Die ältesten Bäume überhaupt. Waren auch sie den Menschen hier heilig?

„Nein. Ich glaube nicht an diese Märchen, aber ich bin auch nicht so dumm, den Einfluss zu unterschätzen, den ein solcher Glaube unter den Menschen hat! Sie zu fällen würde nur neue Unruhen schüren, die wir jetzt nicht brauchen können. Aber es wird der Tag kommen, an dem ich mich um diese Dinge kümmern werde. Und dann wird auch dieser Steinkreis im Norden dem Erdboden gleichgemacht werden. Aber bis dahin ... Ich denke, ich weiß jetzt, wie ich den richtigen Seher erkennen werde. Ich habe zwar nicht die Antwort erhalten, die ich haben wollte, wohl aber eine andere, genauso wertvolle. Zu den Pferden, wir kehren zurück ins Lager, dann sehen wir weiter. Ich muss nachdenken, einen Plan machen."

„Sie sind fort!", flüsterte Natian nach einer Weile.

„Ob sie Wachen hier zurückgelassen haben?," flüsterte ich zurück.

„Das glaube ich kaum, aber wir sollten sichergehen. Der Ast unter uns war breiter und er wird unsere gemeinsame Last leicht tragen. Wir sollten den Rest der Nacht hier im Baum verbringen und morgen weitersehen."

Ich musste ihm zustimmen und ließ mich mit seiner Hilfe seufzend hinab.

„Wenn du nichts dagegen hast ..."

Er hatte rittlings auf dem Ast Platz genommen, gleich am Stamm.

„Lehn dich an mich, dann hast du es wenigstens einigermaßen bequem. Ich werde aufpassen, dass du nicht hinunterfällst, du kannst also versuchen, noch ein paar Stunden zu schlafen."

Etwas zögerlich ließ ich mich daraufhin ebenfalls nieder, rückte vorsichtig an ihn heran und hielt den Atem an, als sich sein Arm vorne um meine Mitte legte.

„Hier.", zog ich eiligst die lederne Schnur wieder über meinen Kopf und hielt sie ihm hin.

„Ich glaube fast, du solltest ihn behalten.", antwortete er leise.

„Das denke ich nicht. Er gehört dir. Dir und Netrosh. Behalte ihn, sicher gibt es auch dafür einen Grund.", beharrte ich. Es beunruhigte mich, ihn so dicht hinter mir zu wissen.

„Wie du meinst.", flüsterte er und zog seinen Arm noch einmal fort, um sich die Schnur umzuhängen. „Du warst das. Ich konnte hören, was du geflüstert hast."

„Das war nicht ich, das waren sie. Die Geister."

„Hm ... Willst du mir erzählen, was da draußen passiert ist? Wo warst du? Mit wem hast du vorhin gesprochen?"

Ich atmete langsam und tief durch.

„Das ist schwer zu erklären, denn ich verstehe es selbst noch immer nicht ganz. Auch wenn ich langsam glaube, ein paar Zusammenhänge zu kennen."

„Wir haben Zeit, oder? Offenbar in mehr als einer Hinsicht. Wenn es keine Gründe gibt, die dagegen sprechen, es mir zu erzählen, dann …"

„Welche Gründe sollten dagegen sprechen? Offenbar stecken wir beide in dieser Sache fest!"

Wieder ein Seufzen.

„Es tut mir unsagbar leid, Sherea! Und es wäre ja immerhin möglich, dass sie dir gesagt haben, dass du es niemandem weitersagen darfst."

„Haben sie nicht.", flüsterte ich. Dann setzte ich zögernd hinzu: „Ich bin zwar nach wie vor wütend auf dich, aber ich hasse dich nicht länger. Ich weiß jedoch nicht, ob … Also, ich kann noch nicht sagen, ob ich …"

„Ob du mir jemals verzeihen kannst, was ich getan habe, willst du sagen.", beendete er meinen Satz. „Du hast allen Grund, mir das niemals zu verzeihen. Es war ein Fehler. Ich habe einen Fehler gemacht. Ich hätte darauf vertrauen müssen, dass du … Ich hätte mehr Vertrauen haben sollen. Und ich hätte dir von Anfang an die Wahrheit sagen müssen."

„Ja, das hättest du.", konnte ich vollkommen ruhig erwidern. „Aber jetzt sind wir hier und sollten das Beste daraus machen."

„Was immer geschehen wird, ich werde alles dafür tun, dass dir nichts geschieht, das verspreche ich. Und vorhin … Ich hätte Vandan zu gerne eigenhändig umgebracht, aber ich würde niemals etwas tun, das dich noch mehr als ohnehin in Gefahr bringt. Ich werde einen einmal begangenen Fehler nicht auch noch wiederholen."

Ich schwieg. Was hätte ich darauf auch erwidern sollen? Als das Schweigen schon unangenehm zu werden begann und damit auch das Gefühl seiner unmittelbaren Nähe, unterbrach er es mit einer Frage.

„Willst du mir erzählen, wohin du gegangen bist in diesem Steinkreis?"

„Ja. Ähm … Ja.", räusperte ich mich. „Ich glaube, ich bin an seinen Anfang gegangen."

Sie waren fort! Sie waren vor ihren Augen von einem Herzschlag zum nächsten verschwunden!

Sie zuckte zurück und drängte sich sofort wieder dichter an den Baumstamm heran. Ihre Gedanken rasten und es dauerte eine ganze Weile, bis sie wieder halbwegs zum Stillstand gekommen waren. Magie! Hier waren Kräfte am Werk, gegen die sie nichts ausrichten konnte! Andererseits …

Andererseits war sie soeben deren Augenzeugin geworden – Wissen, für das jemand Bestimmtes sie sicher mit Gold aufwiegen würde!

Ein vorsichtiger Blick hinter dem Baum hervor zeigte ihr, dass Netrosh und Fostred ebenfalls langsam ihre Fassung wiedererlangten und sie nutzte die Gelegenheit, um leise davonzuschleichen.

Noch bis vorhin hatte sie geglaubt, es sei ein Fehler gewesen, nicht doch der Wäscherin zu folgen, als sie sich trennten. Jetzt war sie sich dessen nicht mehr so sicher, denn was sie soeben gesehen hatte, könnte sich durchaus als kostbares Wissen erweisen!

Die Gerüchte, die innerhalb der Residenz in den letzten Tagen die Runde gemacht hatten, und die Gerüchte über Netrosh schienen einen wahren Kern zu haben. Einen anderen zwar als sie gedacht hatte, aber dennoch einen wahren Kern. Und während sie zurück zu ihrem Pferd eilte, es mit fliegenden Fingern losband und ein weiteres Mal mit einiger Mühe aufsaß, formierte sich in ihrem Kopf ein Plan.

Prulluf war krank. Er war sterbenskrank, auch wenn niemand es laut aussprach. Aber hatten seine Söhne es für nötig befunden, zu bleiben? Nein. Nicht mal der Jüngere, Forthran, hatte ausgeharrt. Er war praktisch bei Nacht und Nebel verschwunden, kaum dass Hebbun aufgebrochen war in eine Schlacht, die offenbar verloren war.

Sie runzelte die Stirn. Oder war er aufgebrochen, bevor Hebbun an der Spitze seiner Männer losgeritten war? Die Erinnerung an diese Tage war eigentümlich verworren, dann klärten sich ihre Gedanken wieder und sie ärgerte sich über sich selbst. Denn es war einerlei: Perstan war verloren, das Reich war verloren! Prulluf würde ohnehin bald sterben und ohne Forthran waren Stadt und Residenz dem Untergang geweiht. Und wenn jetzt sogar Netrosh mit seinem Fürstenfreund das Weite suchte ... Vandan würde schon bald der neue Herrscher sein und wer überleben wollte, der musste entweder weit genug fliehen oder ...

Sie trieb das müde Tier an. Einer Frau, die noch dazu das Wissen über einen Seher wie Netrosh und dessen Freund brachte, die dem neuen König den Steinkreis zeigen und das Aussehen dieses kleinen, verräterischen, aufsässigen Mädchens beschreiben konnte, das diese Geister soeben von hier fortgeholt hatten, würden sie wohl kaum ein Leid zufügen. Dazu kam, dass sie sich nicht nur innerhalb der Residenz bestens auskannte, sie wusste auch, wie Vandan den einzigen Schwachpunkt in der Verteidigung der Stadt würde nutzen können ...

„Selbst ein Vandan braucht eine Frau, die dem Hausgesinde vorsteht!", lächelte sie finster und lenkte ihr Pferd hastig in südliche Richtung. Je eher sie ihn abfing, desto besser.

Ich hatte nicht geschlafen nach all diesen Ereignissen. Mehr als ein Dahindämmern war nicht aus dieser Nachtruhe geworden und auch wenn ich wenigstens einmal den Eindruck gehabt hatte, in einen Traum abzugleiten, hatte mich die unbequeme Haltung doch immer wieder aus diesem Zustand herausgerissen. Es war erst besser geworden, nachdem ich meine Beine nach vorne ausgestreckt und über Kreuz auf dem Ast abgelegt hatte.

Dennoch taten mir bei Einbruch der Morgendämmerung Gesäß und Rücken weh und als ein feiner Nieselregen einsetzte, der auch uns nur zu bald durch das Blätterdach erreichte, war es mit der Ruhe vorbei.

„Du bist wach.", stellte er fest.

„Kein Wunder, oder?", stöhnte ich und bewegte mich vorsichtig von ihm fort. Sogleich fehlte seine Wärme, denn über Nacht schienen die Temperaturen gefallen zu sein. Nicht sehr, aber immerhin spürbar und ich erinnerte mich dunkel, dass den Erzählungen zufolge im Jahr der Niederlage der Sommer im südöstlichen Teil des Reiches mit unerwarteter Kühle und reichen Regenfällen geendet hatte, die der Ostwind vom Ozean her ins Land getrieben hatte. Nicht nur das Küstengebiet, ganz Hannan war davon betroffen gewesen, mehrere Flüsse waren damals hoch angeschwollen und ein Teil der Ernte, von der ohnehin kaum etwas für das Volk übrig geblieben war, verfaulte auf den Feldern.

„Konntest du wenigstens ein bisschen schlafen?", riss Natian mich aus diesen Erinnerungen – in deren Ablauf wir jetzt mittendrin steckten.

„Ich glaube, ich bin ein paarmal kurz eingenickt."

Ich musterte ihn und sah rasch wieder fort, als er mich ebenfalls forschend betrachtete. Sein Verhalten mir gegenüber hatte sich verändert, in mehr als einer Hinsicht.

Wie? Ich hätte es nicht beschreiben können, aber etwas war anders. Und noch wusste ich nicht, wie ich damit umgehen sollte.

„Bereit? Ich klettere voraus, da unten ist alles ruhig geblieben.", unterbrach er meine Gedanken.

„Ja."

Stumm und vorsichtig kletterten wir wieder hinunter und auch jetzt ließ ich mir von ihm vom untersten Ast herunter auf den Boden helfen. Besorgt musterte ich die Umgebung und auch er hielt kurz Umschau. Dann jedoch hielt ich den Atem an.

Es gab keinerlei Spuren hier im Gras! Zumindest unter diesem Baum hätten die Halme von den Schuhen der Männer und den Hufen der Pferde plattgetreten sein müssen, aber nicht das Geringste war zu sehen. Und ein Blick zum benachbarten Baum zeigte, dass dort nicht mal ein kleines Fleckchen Blut zu sehen war.

„Das dachte ich.", murmelte Natian, als ob er meine Gedanken erraten hätte, und betrachtete die um stehenden Bäume. „Sie haben uns erneut in eine andere Zeit versetzt."

„Schon wieder?", stöhnte ich und folgte seinem Blick. „Warum? Es wäre die beste Gelegenheit gewesen, Vandan von all seinen Vorhaben abzubringen, wenn wir an ihn hätten herankommen können!"

Er seufzte, dann sah er mich nachdenklich an.

„Ich weiß. Doch wenn du nur wegen dem, was du gestern getan hast, hierher versetzt wurdest?"

„Was denn? Dem Seher zu helfen? Ich konnte ihm doch nicht mal helfen!"

„Sein Schicksal war besiegelt, sobald er in Vandans Hände fiel, Sherea. Genau wie das Schicksal meines Vaters. Aber indem du hier warst, konntest du ihm diese Qualen ersparen und jetzt … ist er deinen eigenen Worten zufolge einer dieser Geister. Wissen wir nach dem bisher Erlebten, ob er uns dort nicht viel nützlicher und hilfreicher sein kann? Wenn ich mich nach dem gestern Gehörten in ihn hineinzuversetzen versuche, dann könnte ich mir vorstellen, dass im Angesicht des Todes genau das sein Wunsch war. Er hat ein Leben lang gedient und jetzt dient er weiterhin."

Ich wandte mich ab, unschlüssig was ich ihm darauf antworten sollte. Auf der einen Seite sagte etwas in mir, dass er recht habe, auf der anderen Seite verstärkte dies erneut das Gefühl in mir, nur eine hilf- und willenlose Puppe zu sein, die nach Belieben hin und her bewegt wurde.

„Ich ahne, was in dir vorgeht, Sherea. Folge deinen eigenen Worten: Wir sind hier, lass uns das Beste daraus machen!"

„Es bleibt uns ja nichts anderes übrig!", gab ich zurück und sah ihn wieder an. „Nur: Wozu sagen sie mir, ich könne sie jederzeit rufen und lassen mich doch ohnmächtig stehen?"

Diesmal blieb er mir die Antwort schuldig und auch seine Miene ließ einen eigentümlichen Ausdruck sehen, der eine gewisse Ratlosigkeit erahnen ließ.

„Entschuldige mich, ich ... muss mich kurz in den Wald zurückziehen.", murmelte ich.

„Natürlich. Treffen wir uns wieder hier.", nickte er und ich wandte mich ab.

Wie es aussah, stand es in den Sternen, wohin diese Reise uns noch führen würde. Und vor allem, wie lange sie noch dauern würde!

Kapitel 7

Wir hatten uns in die Richtung aufgemacht, in die in der Nacht die Reiter zusammen mit Vandan verschwunden waren, doch schon nach kurzer Zeit war es mehr als fragwürdig, ob sie nicht längst in westlichere Richtung abgeschwenkt waren. Besser gesagt: Ich stellte mir irgendwann die Frage, wie lange die letzte Nacht her war. Oder hatte sie noch gar nicht stattgefunden? Es fehlte jegliche Spur von den Reitern! Der Wald erwies sich zudem stellenweise als undurchdringlich, weshalb wir mehrfach durchaus große Umwege nehmen mussten.

Einziger Anhaltspunkt war eine hügelartige Erhebung, die Natian zuletzt anzusteuern empfahl.

„Wenn wir uns einen Überblick über das Gelände und die Umgebung verschaffen wollen, dann ist das der beste Aussichtspunkt. Wir haben keine Möglichkeit, festzustellen, ob die Männer nicht irgendwo abgebogen sind, da waren keinerlei Spuren. Und da auch kein sichtbarer Pfad zu finden war ..." Seine Überlegungen gingen offenbar in die gleiche Richtung wie die meinen.

„Einverstanden. Gewöhnlich habe ich wenigstens einen gewissen Orientierungssinn, aber der ist mir offenbar abhandengekommen. Mehr als dass wir irgendwo in Hannan sind, weiß ich nicht. Geh voraus."

Der feine Nieselregen, der uns bis zum Mittag treu geblieben war, hatte inzwischen aufgehört, aber das änderte nichts daran, dass wir nicht beide längst bis auf die Haut durchnässt waren. Das stete Tropfen von oben, das nasse Laub des Unterholzes, das das Wasser an uns abstreifte und die neblige Feuchtigkeit, die jetzt überall aufstieg, bewirkte, dass ich trotz der ständigen Bewegung allmählich zu frösteln begann. Die Sonne schaffte es heute nicht, die dichten Wolken zu durchdringen, und ließ uns hier unten in schattenhaft-dunstiger Umgebung dahinziehen. Dazu kam ein inzwischen unbändiger Hunger, der meinen Magen vernehmlich knurren ließ.

Das Frösteln verstärkte sich noch, als ich wartend unter einem der höchsten Bäume stand, während Natian nach oben kletterte, um einen möglichst weiten Ausblick zu haben, bevor die Dämmerung endgültig hereinbrechen würde. Die Kühle war sicherlich nicht allzu schlimm, aber verbunden mit meiner nassen Kleidung und dem Hunger ... Ich begann damit, immer rund um den Baum zu marschieren, um nicht noch mehr auszukühlen.

„Da scheint ein kleines Dorf in Richtung Sonnenuntergang zu liegen, aber es ist zu weit fort, um es heute noch zu erreichen.", rief Natian kurz darauf von oben.

„Ein Dorf?" Ich blieb stehen und versuchte vergeblich, ihn irgendwo zwischen den Ästen und Zweigen zu entdecken. „Wenn mich nicht alles täuscht, sind wir die ganze Zeit halbwegs in nördliche oder nordwestliche Richtung gegangen, aber wenn wir da Leute finden, die uns weiterhelfen können und die uns vor allem sagen können, wo wir sind ..."

„Mag sein, aber wenn wir schätzungsweise noch eine knappe Stunde in nördliche Richtung weitergehen ... Da steigt Rauch zwischen den Bäumen auf und ich glaube, einen Schornstein zu erkennen. Da scheint jemand mitten im Wald zu leben."

Ich nahm meine Wanderung rund um den Baum wieder auf und rieb meine Arme ein wenig fester und schneller – ohne spürbare Wirkung.

„Eine Hütte oder ein Haus? Eine Stunde?", fragte ich, als er gekonnt vom untersten Ast auf den Boden sprang.

„Es dunkelt bald. Mit Glück und wenn wir uns beeilen, erreichen wir sie, bevor es Nacht ist. Wir wissen nicht, wer dort lebt und ob er uns freundlich gesonnen sein wird, aber es liegt in erreichbarer Nähe und du brauchst etwas zu essen und trockene Kleidung."

„Du auch, also tu nicht so, als ob ich ..." begann ich schnaubend, aber diesmal unterbrach er mich.

„Du hast recht. Wir beide müssen etwas essen und brauchen einen trockenen Platz zur Nacht. Das da draußen ist unsere beste Möglichkeit, beides noch heute zu bekommen und vielleicht lässt sich der Besitzer ja gegen Bezahlung darauf ein, uns aufzunehmen. Und Sherea? Ich unterschätze keinen Augenblick deine Leistung und dein Durchhaltevermögen! Wenn ich vorhin sagte, dass du ... Wollen wir es nicht mit einem Waffenstillstand versuchen? Ich denke, wir werden noch eine ganze Weile gemeinsam unterwegs sein und es könnte hilfreich sein, wenn wir nicht länger vorsichtig umeinander herumschleichen und jedes unserer Worte auf die Goldwaage legen."

Ich atmete aus. Und ich war überdies viel zu erschöpft, hungrig und verfroren, um zu widersprechen.

„Waffenstillstand, gerne. Es wäre schön, nicht mehr ständig ..."

‚... *kämpfen zu müssen.*', hatte ich hinzufügen wollen, konnte aber rechtzeitig abbremsen. Er schien zu ahnen, worauf ich hinauswollte und lächelte nur.

„Lass uns gehen und das restliche Tageslicht nutzen. Der Gedanke, hier im Finstern herumstolpern zu müssen, ist nicht sonderlich verlockend."

Die Hütte erwies sich als stellenweise schon recht baufälliges Etwas, auch wenn man ihr zugutehalten musste, dass sich jemand offenbar redlich Mühe gab, sie nicht vollständig verfallen zu lassen.

Es war eine winzige, ärmliche Behausung und jetzt in der Dämmerung wirkte sie noch dazu recht düster. Ein kleiner Stall, der sich windschief an die Giebelseite der Hütte lehnte, beherbergte offenbar eine Ziege, denn ihr Gemecker klang uns bereits entgegen, als wir die kleine, baumfreie Fläche betraten.

In einem eingezäunten Pferch scharrten zwei Hühner herum und in der Hütte schlug erneut ein Hund an – offenbar ein nicht eben kleiner, denn sein Bellen klang tief und ein wenig heiser.

„Ich weiß nicht recht … Kein Ort, an dem ich ein freundliches Willkommen erwarten würde!", meinte ich leise und blieb wie Natian in einigen Schritten Entfernung zur Tür stehen.

Eine Frauenstimme befahl dem Hund, Ruhe zu geben, dann wurde meine Annahme bestätigt, denn eine winzige Luke in der Tür wurde geöffnet und zwei Augen musterten uns abweisend.

„Was wollt ihr hier? Verschwindet, wenn ich nicht den Hund auf euch hetzen soll!"

„Wir haben uns verlaufen und suchen einen warmen, trockenen Platz für die Nacht!", antwortete Natian laut genug, um das erneute Bellen des Hundes halbwegs zu übertönen. „Wir sind bereit, dafür zu zahlen, ebenso wie für eine warme Mahlzeit. Wir kommen in friedlicher Absicht und …"

„Zahlen? Womit? Ihr seht abgerissener aus als Strauchdiebe und Gesindel wie euch kenne ich zur Genüge! Verschwindet, verstanden?"

Natian seufzte, nestelte an seinem Geldbeutel und zog eine große, silberne Münze heraus, trat näher an die Tür und hielt sie hoch, reckte sie der kleinen Luke in der Tür entgegen.

„Hier! Siehst du das? Das dürfte genügen für uns beide zusammen!"

„Wem hast du das gestohlen, hm?"

„Niemandem, es gehört mir! Und es gehört dir, wenn du uns aufnimmst! Wir erbitten nicht mehr als einen Schlafplatz im Trockenen, eine Mahlzeit und – so du hast – trockene Kleidung oder wenigstens ein paar Decken."

„Für wie dumm haltet ihr mich? Wer mit einem Silberstück bezahlen kann, der hat es nicht nötig, zu Fuß und in der Kleidung eines Landstreichers durch den Wald zu laufen! Schert euch fort, das ist eure letzte Gelegenheit!"

Natian hatte den Mund schon wieder geöffnet, aber diesmal hielt ich ihn davon ab, etwas zu antworten.

„Bitte! Wir sind schon den ganzen Tag unterwegs, ohne zu wissen, in welcher Richtung wir einen Ort finden würden. Wir hatten Pferde, aber die sind uns weggenommen worden, genau wie unsere Ausrüstung. Hätten wir uns nicht versteckt, wären wir vermutlich nicht mehr am Leben und wir verdanken es nur der Vorsehung, dass man uns nicht entdeckt hat."

Es blieb einen Augenblick lang still, dann kam die Frage:

„Wer? Wer hat euch eure Pferde weggenommen? Vor wem musstet ihr euch verstecken? Wenn ihr verfolgt werdet ..."

Ich warf Natian seufzend einen fragenden Blick zu.

„Vandans Männer. Wir wären ihnen fast über den Weg gelaufen, so haben sie nur unsere Tiere."

„Vandans Männer? Sie durchstreifen schon wieder diesen Wald? Was hoffen sie hier noch zu finden? Wer seid ihr? Wenn sie euch suchen, dann habt ihr sie vermutlich hierher gelockt."

Die Luke wurde mit einem Schlag geschlossen.

„Niemand ist uns gefolgt.", rief ich verzweifelt. „Sie hätten uns längst eingeholt. Selbst du solltest doch erkannt haben, dass wir den ganzen Tag durch diesen Wald gestolpert sind! Sie hätten uns längst gefangen und mitgenommen, wenn sie uns gesucht hätten! Wer du auch bist, wir werden dir nichts tun. Schon morgen kannst du uns mit dem ersten Sonnenstrahl wieder davonjagen, aber heute … Willst du uns wirklich bei diesem Wetter wieder fortschicken? Ich bin müde, hungrig und ich friere."

Stille. Minutenlang. Ich wollte mich schon abwenden und vorschlagen, es uns im Ziegenstall so bequem wie möglich zu machen, als hörbar ein Riegel aufgeschoben wurde. Die Tür öffnete sich einen Spalt und sofort kam ein großer, kräftiger Hund angerannt, der mir sicher bis fast zur Hüfte reichte. Doch zu meinem Erstaunen würdigte er mich kaum eines Blickes, sondern blieb hechelnd ein, zwei Schritte entfernt von Natian stehen. Sogleich schnupperte er vorsichtig in seine Richtung – und führte schwanzwedelnd einen regelrechten Freudentanz auf, als der in die Hocke ging und lächelnd mit leisen Worten auf ihn einredete, mit beiden Händen zuletzt seinen Kopf und Hals kraulend.

„Das hat er noch nie gemacht!", kam es verblüfft von der Frau, die, einen langen, dicken Knüppel in der Hand, nun in der Tür erschien.

Sie mochte etwa in Mutters Alter sein, auch wenn sich hier und da schon sichtlich erstes Grau in ihre Haare mischte. Ihr Kleid war einfach und wirkte eher wie eine Kutte und anstelle eines ledernen Gürtels hatte sie eine lange, eigenartig gedrehte und geknotete Kordel um ihre

Mitte geschlungen, deren Enden bis fast auf Kniehöhe herabfielen.

„Hunde mögen mich offenbar. Tiere überhaupt, wohingegen ich mit Menschen eigentlich immer meine Probleme habe.", erwiderte Natian und richtete sich wieder auf – was mich dazu veranlasste, ihm einen erstaunten Blick zuzuwerfen und den enttäuschten Vierbeiner, sich an ihm aufzurichten.

Ein energisches Wort genügte jedoch, und er wich zurück und setzte sich abwartend hin, Natian nicht aus den Augen lassend und weiterhin begeistert hechelnd.

„Hm ..." machte die Frau, ließ ihren argwöhnischen Blick noch einmal an uns herabwandern und senkte dann den Knüppel.

„Mojans Instinkt ist gewöhnlich zu trauen, also meinetwegen. Ihr könnt euch ein Lager in der Stube bereiten, Stroh und Säcke findet ihr über dem Ziegenstall.

Zu Essen habe ich wenig, ihr werdet euch mit einer Suppe begnügen müssen und einem Kanten Brot dazu. Das Leben hier draußen ist hart und seit mein Mann fort ist ..."

„Du lebst ganz alleine hier draußen?", stieß ich hervor.

Sie runzelte misstrauisch die Stirn, musterte die Umgebung und nickte nach einem prüfenden Blick auf ihren Hund, der ruhig dasaß und nur auf einen Wink von Natian zu warten schien.

„Ja. Seit Vandans Soldaten sämtliche Männer einfach von ihrer Arbeit, aus ihren Häusern und von den Feldern holten, um sie ebenfalls zu Soldaten zu machen. Das ist jetzt gut ein Jahr her und seither fehlt jedes Lebenszeichen von ihm."

Ich tauschte einen raschen Blick mit Natian.

„Du weißt nicht, wo er jetzt ist?"

Sie verneinte.

„Niemand sagt uns irgendetwas, aber ich ahne, dass er dazu gezwungen wurde, bei der Eroberung von Klathas und danach vor Berrth zu kämpfen und dass er jetzt mit Vandan gegen Perstan marschieren muss. So er denn noch lebt. Vor drei Monaten ist einer der Ältesten aus dem nächsten Dorf aufgebrochen, um nach dem Verbleib all der Männer zu forschen – er war zu alt und gebrechlich für Vandans Soldaten, deshalb ließen sie ihn zurück. Doch selbst er wurde nicht wieder gesehen. Was ist jetzt? Wollt ihr reinkommen oder hier draußen stehenbleiben? Solange ich nicht sicher sein kann, dass euch niemand gefolgt ist ..."

Sie drehte sich um und betrat wieder die Hütte, wartete dann jedoch an der Tür, ob wir nachkommen würden.

Das Innere wirkte noch düsterer als das Äußere. Die kleinen Fenster waren ohne Glas und lediglich mit rissigem Pergament bespannt, die Läden daher bereits geschlossen. Das einzige Licht gab neben einem warmen Feuer im Kamin ein kleines Talglicht und als nun auch der Hund wieder im Inneren angelangt war, schob sie die Tür sofort wieder zu und legte einen schweren Riegel vor.

„Mein Name ist Natian und das ist Sherea. Und damit du siehst, dass ich nicht gelogen habe ... Hier, das gehört dir.", reichte Natian ihr die silberne Münze und ich sah zu, wie sie erst sie mit großen Augen anstarrte, dann ihre Hand fest darum schloss und ihn fixierte. „Und was immer du an Nahrung entbehren kannst, wir werden dankbar sein. Wenn du jedoch zuvor trockene Kleidung für uns hättest ..."

Mich hatte sie sehr rasch prüfend betrachtet.

„Meine Kleider dürften auch dir passen, sie sind nicht mehr als Kutten. Du hingegen ... Mein Mann war bedeutend breiter gebaut als du, seine Sachen werden dir zu weit sein. Setzt euch ans Feuer, ich suche etwas heraus."

Nur zu dankbar ging ich gleich vor dem Kamin auf die Knie und streckte meine Hände der Wärme entgegen. Natian blieb neben mir stehen und das flackernde Licht tanzte auf seinem Gesicht, als ich zu ihm hochsah.

„Vandan hat noch bis kurz vor der Schlacht gegen Hebbun alle Männer, deren er irgendwo habhaft werden konnte, in den bis dahin bereits eroberten Gebieten des Reiches zusammentreiben und ausbilden lassen und zur Waffengefolgschaft gezwungen.", flüsterte ich. „Und Klathas und Berrth waren die beiden letzten Städte, die er vor der entscheidenden Schlacht erobert und denen Prulluf Soldaten zur Unterstützung geschickt hatte. Je nachdem wie genau diese Zeitangabe ist, hat die Schlacht gegen Hebbun also auch jetzt bereits stattgefunden, der Sommer neigt sich schon dem Ende zu. Und wir befinden uns damit noch immer halbwegs im gleichen Zeitraum wie zuvor, jedoch hinter Vandans Linien, nicht mehr länger davor. Weiter weg von Forthran als zuvor!"

Ein Kälteschauer überlief mich und er sah von einer Antwort ab als die Frau mit ein paar Kleidungsstücken über dem Arm aus dem hinteren Teil der Hütte kam.

„Hier. Du wirst diesen alten Knotengürtel nehmen müssen, denn auch dein lederner Gürtel sollte trocknen; ich habe meinen besseren Gürtel dazu hernehmen müssen, die Ziege sicher anzubinden. Die Stalltür schließt nicht mehr richtig, sie reißt ständig aus und ich kann es mir nicht leisten, sie zu verlieren. Sie gibt zwar kaum mehr Milch, aber ihr Fleisch wird mich, zusammen mit dem, was ich im Wald finde, über diesen Winter bringen."

Der Stoff des Kleides hatte offenbar die gleiche Farbe wie das, das sie trug, und er fühlte sich zwar warm, aber auch ein wenig kratzig an.

„Und das hier ist eines meiner alten Unterkleider, das ich eigentlich schon zu den Lumpen werfen wollte. Es ist dünn vom vielen Tragen und vorne fehlt schon ein Stück, du kannst es also behalten. Ich besitze nur das, was ich gerade trage und ein Zweites, also mach dir keine Hoffnung darauf, dass du ein Besseres bekommen wirst."

Der Stoff dieses Teils wieder war sehr weich – weil er in der Tat schon *sehr* fadenscheinig war.

„Danke!", lächelte ich jedoch erleichtert. „Ich bin dir dankbar, wirklich! Hauptsache, ich komme aus diesen nassen Sachen heraus ..."

Sie machte eine vage Kopfbewegung und reichte Natian ein weiteres Bündel.

„Hier. Mehr ist von meinem Mann nicht mehr da, seine anderen Sachen musste ich eintauschen. Du kannst dich da drin umziehen, aber dann möchte ich, dass du wiederkommst. Das da ist meine Kammer, ihr werdet hier schlafen."

Sie kümmerte sich nicht weiter um uns, sondern machte sich schweigend daran, eine Suppe zuzubereiten. Oder wohl eher zu verdünnen, um sie für zwei weitere Personen zu strecken. Während ich mich hastig und mühsam aus den schweren, nassen Kleidungsstücken schälte, hantierte sie hinter mir und meinte zwischenzeitlich nur, dass ich für meine nassen Haare eines der Tücher nutzen solle, die im Regal neben der Tür lägen.

Mit nach wie vor klammen Fingern löste ich daraufhin zuletzt auch meinen Zopf auf, knetete mithilfe des Tuchs das Wasser aus den Haaren und versuchte zuletzt mühsam, die Strähnen zu entwirren. Erst jetzt bemerkte ich, dass sie mich anstarrte.

„Ihr habt Pferde besessen und ich habe durchaus bemerkt, dass sowohl an deinem wie auch an seinem Gürtel ein Geldbeutel hängt. Du trägst Männerkleidung, aber die ist von guter Machart. Du hast nicht eine Narbe am Körper, die von irgendwelchen Unfällen oder Wunden herrühren würde wie sie im Leben einer einfachen Frau nun mal passieren, deine Hände mögen Arbeit kennen, aber ganz sicher keine allzu schwere und ich erkenne durchaus, wenn jemand vornehmer ist als ich. Wieso seid ihr hier?"

Seufzend ließ ich die Hände sinken und begegnete Natians Blick, der seine nassen Kleidungsstücke nun wie ich in der Nähe des Kamins über ein hölzernes Gestell warf oder einfach über einen der Hocker breitete. Hose und Hemd schlotterten ihm um den Körper und wurden nur von seinem breiten Gürtel gehalten, den er notgedrungen weiterhin trug, auch wenn er sein Messer abgelegt hatte.

„Im Grunde sind wir auf dem Weg Richtung Norden, weil wir jemanden suchen.", begann ich vorsichtig.

„Und wen?", hakte sie nach, gab noch etwas mehr Wasser in den Topf, in dem es langsam zu köcheln begann, und warf ein paar soeben gehackte Kräuter dazu. Sofort breitete sich ein appetitlicher Duft aus. Ich ahnte, dass die Suppe – wenn überhaupt – nur wenig Fleisch enthalten würde und dass sie ausschließlich aus irgendwelchen Resten bestand, aber mein Magen schmerzte inzwischen vor Hunger und ich hätte vermutlich selbst das zäheste Fleisch heruntergewürgt, nur um etwas hineinzubekommen.

„Forthran.", versetzte Natian.

„Forthran?", echote sie und riss ungläubig die Augen auf. „Redet ihr von Prullufs Sohn?"

Er nickte.

„Wir sind auf dem Weg zu ihm, um ihn von einer ... Unbedachtheit abzuhalten. Ich fürchte allerdings, dass wir zu spät kommen. Wir könnten buchstäblich zu viel Zeit verloren haben."

Ihre Augen wanderten zwischen ihm und mir hin und her, dann wandte sie sich stumm wieder der Suppe zu, gab kleingeschnittenes, undefinierbares Gemüse zu und rührte ein wenig im Kessel, bevor sie wieder das Wort ergriff.

„Du kannst meinen Kamm benutzen, er liegt neben meinem Lager."

Natian, der abwartend stehen geblieben war, setzte sich nach einem verwunderten Augenbrauenheben in Bewegung und kaum war er zurück und hatte mir den aus Horn gefertigten Kamm gereicht, als sie abrupt mit dem Rühren aufhörte, die Hände in die Seiten stemmte und sich uns nun vollends zudrehte.

„Als Mojan anschlug, dachte ich, es wären Soldaten. Versprengte Soldaten, entweder auf der Suche nach Besitz, den sie ausrauben oder Nahrung, die sie stehlen könnten oder auf der Suche nach jungen und alten Männern, die sie ebenfalls zu den Waffen zwingen könnten. Oder auf der Suche nach Frauen, um sie zu vergewaltigen. Ich befürchtete schon, ich sei zu früh aus meinem Versteck im Wald zurückgekehrt, aber ihr wart offenbar weder das eine noch das andere.

Ich weiß nicht, ob ich euch glauben soll und eigentlich ist es auch egal, Hauptsache, ich werde morgen früh wach und lebe noch. Wenn jedoch tatsächlich etwas Wahres an eurer Geschichte sein sollte ... Forthran hat mit einem Heer dahergelaufener, alter und angeblich teils sogar verkrüppelter Männer und halber Kinder ein Lager etwa einen Tag nordwestlich von hier aufgeschlagen. Wie es aussieht, versucht er, Vandan diesseits des Lertos zu umgehen, aber die teils schweren Regenfälle der letzten Zeit dürften ihm die Überquerung des Flusses schwer, wenn nicht unmöglich machen."

„Sein Lager ist in der Nähe?", versetzte Natian ungläubig.

„Ja. Und bevor du fragst: Ich weiß es von jemandem, der es wissen muss. Nicht nur ich hungere, alle Menschen in diesem Landstrich hungern! Vandans Horden haben uns nichts gelassen und wer sich nicht selbst mit etwas gewildertem Fleisch, essbaren Wurzeln und selbstgezogenem Gemüse versorgen kann, hat es derzeit besonders schwer. Ich bringe nicht ohne Grund meine Ziege jeden Tag in den Wald und binde sie dort an, wo sie etwas zu Fressen finden kann. Ich verlasse mein Haus in aller Frühe und komme erst mit Einbruch der Dunkelheit wieder – in der Hoffnung, dass diese Hütte dann noch steht und nicht mit fremden Soldaten besetzt ist. Nur der Regen trieb mich in den letzten Tagen früher zurück."

„Einer deiner Bekannten ist bei der Jagd auf dieses Lager gestoßen.", begriff ich.

„Ja. Ein alter Mann, dem nach einem Unfall im Wald das rechte Bein steifgeblieben ist. Er war Tage unterwegs, hat versucht, ein paar Vögel zu fangen oder ein verirrtes Wildkaninchen, aber er musste weit laufen. Was das angeht: Dein Silberstück ist weiter oben im Norden sicher einiges wert, hier aber gibt es nichts, was ich dafür kaufen könnte. Weil niemand etwas hat, das er mir noch verkaufen könnte! Wer etwas zu Essen hat, verteidigt es eher mit seinem Leben."

Ich schwieg betroffen. Ich hungerte seit einem Tag, sie hingegen … So allmählich wurde mir klar, weshalb ihre Kutte derart lose um ihre Gestalt hing und auch das, was Natian jetzt trug – ihr Mann war nicht einfach nur breiter gebaut gewesen, er war einmal beleibter. Das hier mochte eine ärmliche Hütte sein, aber vormals musste es den beiden gut ergangen sein.

„Womit habt ihr euren Unterhalt verdient?", fragte ich leise.

„In einer knappen Wegstunde von hier findet sich eine ganze Reihe große Fischteiche, die uns gehören. Man wird nicht reich mit der Fischzucht und -räucherei, aber unsere Fische waren gut und wir hatten in der Stadt immer viele Abnehmer; wir lebten zufrieden, zuletzt sogar in so etwas wie bescheidenem Wohlstand könnte man sagen. Ich habe sie in Berrth auf dem Markt feilgeboten und … Nun, das ist alles lange her. Die Teiche sind längst leer, leergeräubert von Vandans Soldaten. Die Räucherhütten haben sie ganz nebenbei ebenfalls zerstört, wie auch meine Bienenvölker … Nicht ein Stock, den sie nicht zugestopft und lachend in Brand gesteckt haben! Wärest du vor zwei Jahren hier vorbeigekommen, hättest du mich nicht in einer ärmlichen Hütte vorgefunden. Zwischen dem hier und den Teichen sind die Überreste einer Brandruine zu finden – das war einmal unser Zuhause.

Wenn also tatsächlich etwas dran ist an eurer Behauptung, dann richtet Forthran einen Gruß von mir aus: Wenn er diesen Krieg beenden kann, dann soll er es tun. Möglichst bald. Wenn aber nicht, dann soll er sich ergeben. Er, sein Bruder und sein Vater. Die Menschen hier sind es müde, tagein, tagaus um ihr Leben zu bangen und ihre Kinder und die Alten an Krankheit oder hungers sterben zu sehen. Kaum eine Woche vergeht, in der nicht Räuber und Diebsgesindel oder Soldaten kommen und stehlen, was noch übrig ist. Ich bin eine der wenigen Frauen, die bisher unangetastet blieben, aber wenn erst der Winter kommt, werde ich da draußen im Wald erfrieren. Noch einen Winter werde ich nicht aushalten, schon im letzten habe ich mir ein schlimmes Fieber geholt, das mich lange nicht aus seinen Klauen ließ. Bleibe ich aber hier … Ich entkam ihnen an jenem Tag nur, weil ich mal wieder die ausgerissene Ziege einfangen wollte, ich habe alles nur von Weitem gesehen."

„Verstehe.", flüsterte ich und suchte Natians Blick. Offenbar hatte Vandan entgegen meinen Informationen nicht nur in den Grenzregionen Männer zusammentreiben lassen, sondern bis weit in die eroberten Gebiete. Und es gab durchaus Mittel und Wege, einen Mann dazu zu zwingen, gegen seine eigenen Landsleute zu kämpfen!

„Wir werden tun, was in unserer Macht steht.", versprach Natian leise.

„Ja, natürlich!", kam es eher spöttisch. „Wenn es denn in eurer Macht läge!"

Jeder Löffel, den ich später zum Mund führte, vergrößerte mein schlechtes Gewissen. Jeder Bissen trockenes Brot, den ich herunterschluckte, machte alles noch schlimmer. Und als sowohl die Frau, die sich mittlerweile als Äsea vorgestellt hatte, als auch Natian dem winselnden Mojan ein paar Bissen zuwarfen, legte ich den Löffel fort, obwohl ich meinen Teller nur eben zur Hälfte geleert hatte.

„Iss!", befahl Natian sofort. „Ich werde nachher sehen, ob ich da draußen irgendwo ein Tier auftreiben und erlegen kann."

„Da draußen?", versetzte Äsea. „Glaub mir, da findest du in weitem Umkreis nichts mehr! Auf die Idee sind lange vor dir schon andere gekommen!"

Sie wischte ihren Teller mit einem Brotkanten gründlich sauber und kaute langsam und bedächtig, bevor sie mit einem Schluck Wasser nachspülte.

„Dein Mann hat recht, du solltest essen. Wer weiß, wann du das nächste Mal etwas bekommst und ihr habt einen anstrengenden Fußmarsch vor euch, wenn ihr tatsächlich zum Lertos wollt. Das Wasser weicht zwar schon wieder zurück, aber die einzig sichere Möglichkeit, ihn zu überqueren, ist derzeit eine alte Behelfsbrücke weiter nordöstlich von hier – wenn die nicht vom Wasser weggespült worden ist."

Ich sah Natian an, den Mund bereits geöffnet zu einer Erwiderung.

„Wir sind nicht Mann und Frau, Äsea.", entgegnete er und wandte sich mir dann zu. „Der Lertos biegt hier in Hannan nach Osten Richtung Küste ab und verlässt diese Richtung auch nicht mehr, wird im weiteren Verlauf auch nicht von weiteren Zuflüssen gespeist. Es könnte durchaus sein, dass dort, wo er zusehends breiter wird, eine Brücke ein Hochwasser überstehen würde, weil das Wasser zu den Seiten hin ausweichen kann. Wenden wir uns nach Nordosten, um diese Brücke zu finden, verlieren wir jedoch viel zu viel Zeit. Gehen wir aber weiter nach Nordwesten … Wir würden Forthran unter Umständen entgegengehen. Wenn er tatsächlich versucht hat, Vandans Heer zu umgehen …"

„Der Kampf hat weiter nördlich stattgefunden, er müsste seinen Feind längst schon umgangen haben!", entgegnete ich – und verstummte, um in Äseas Anwesenheit nicht zu viel zu sagen.

Tatsächlich war es so, dass Forthran nur dann, wenn er seine Männer Tag und Nacht ohne Pause hätte marschieren lassen, schon so weit in den Süden und auf die andere Seite des Lertos' hätte kommen können. Lage und Verlauf des Flusses waren auch mir bekannt.

...

Oder irgendetwas war geschehen, das ihn früher oder zeitgleich hatte aufbrechen lassen, nicht erst nach Hebbuns Fortgang! Wenn er tatsächlich schon hier in dieser Gegend angelangt war ...

„Er wartet, wenn der Fluss ihm den Weg versperrt. Er wird weder das Risiko eingehen, bei einer frühzeitigen Überquerung Männer zu verlieren, noch wird er weiter ausweichen, um nach dieser Brücke zu suchen. Aber er wird auch nicht aufgeben, nicht so kurz vor seinem Ziel.", ergänzte ich dann. „Und wir haben keine Pferde mehr, wir würden ihn nicht einholen können wenn er sein Glück weiter oben im Norden versucht."

Er schwieg, aber der Ausdruck in seinen Augen wurde eindringlich. Sein Blick hielt meinen fest und ich begriff erst, als Äsea sich erhob und rasch ihren Teller und Löffel in zwischenzeitlich über der Feuerstelle erhitztem Wasser abspülte, dann auch den säuberlich ausgekratzten Kessel reinigte.

„Iss. Ich habe da draußen im Wald noch drei, vier Stellen, an denen ich Vorräte versteckt habe und wer weiß: Vielleicht finde ich ja doch jemanden, der mir etwas Fleisch oder Mehl für dieses Silberstück verkauft. Ich gehe jetzt schlafen, denn mit dem ersten Morgengrauen werde ich wieder in den Wald verschwinden. Gute Nacht."

Sie wartete nicht auf eine Antwort, sondern schnalzte mit der Zunge, woraufhin Mojan Natian einen letzten, sehnsüchtigen Blick zuwarf und dann hinter ihr her nach nebenan trottete.

Ein Riegel wurde hörbar vorgeschoben und dann waren wir alleine.

„Ich habe keine Ahnung, ob die Geister oder Steine oder wer auch immer uns dorthin versetzen können.", flüsterte ich sofort.

„Sie haben Ähnliches schon einmal getan.", legte er seine Hand auf die Stelle an seiner Brust, an der ich den Stein unter seinem Hemd vermutete.

„Dabei ging es darum, uns in die Vergangenheit zu versetzen. Oder es war ein Steinkreis oder wenigstens ein Stein in der unmittelbaren Nähe. Und hätten sie uns nicht gleich zu ihm gebracht, wenn es ihnen möglich wäre?"

„Und was, wenn wir auch hier gebraucht wurden?"

Er rückte ein wenig näher, drehte sich mir auf dem Hocker vollends zu und beugte sich vor, um beide Ellenbogen auf die Knie aufzustützen.

„Sherea, ich fange an, hinter allem einen tieferen Sinn zu sehen, etwas Zielgerichtetes, Zweckgebundenes. Jeder Mensch, Mann oder Frau, dem wir bisher begegnet sind, steht in irgendeinem Zusammenhang mit dem gesamten Geschehen und hier haben wir zumindest von Forthrans derzeitigem Aufenthalt gehört. Uns fehlt der Überblick, den haben andere. Was immer wir hier bewirken, was immer wir Gutes tun können, es hat irgendeinen Einfluss. Nicht nur auf die einzelnen Personen, irgendwann ganz sicher auch durch diese auf wieder andere und wieder andere … Verstehst du, was ich meine?"

Ich schnaubte, nickte dann jedoch.

„Du willst mir vorschlagen, von den Geistern zu erbitten, uns in unmittelbare Nähe zu diesem Lager zu … versetzen?!"

„Einen Versuch ist es wert, oder? Wenn es nicht in ihren Absichten liegt, werden sie es dir verweigern, wenn es nicht in ihrer Macht liegt, wird nichts passieren. Und heute werden wir ohnehin gar nichts mehr, abgesehen davon, dass ich jetzt zwei Säcke mit Stroh stopfen gehe, damit wir es heute Nacht halbwegs bequem haben. Einverstanden?"

„Ja. Ich bin zum Umfallen müde.", seufzte ich und sah ihm nach als er, das kleine Talglicht in der Hand, nach draußen verschwand, bevor ich nun auch unsere Teller abspülte und das schmutzige Wasser draußen ausleerte.

Sie war augenblicklich eingeschlafen. Kaum, dass sie lag und eine halbwegs bequeme Position gefunden hatte, entspannte sich ihr Körper und leise, gleichmäßige Atemzüge signalisierten ihm, dass sie eingenickt war.

In Anbetracht der Enge in dieser Hütte war ihm nichts anderes übriggeblieben, als beide Säcke dicht nebeneinander auf den Boden zu legen. Eine Decke gab es nicht und da ihre Jacken längst noch nicht trocken waren, hatte er ihr in möglichst ruhigem, neutralem Tonfall angeboten, sich gegenseitig zu wärmen. Er werde zwar zusehen, das Feuer in der Feuerstelle noch eine Weile in Gang zu halten, aber falls auch er einschlafen werde, könne es ohne Decke hier drin empfindlich kühl werden.

Sie hatte keine Miene verzogen, aber auch nichts dazu gesagt, sondern hatte ihren Strohsack stumm bis dicht an ihn herangeschoben und lag nun, den Kopf halb auf seiner Schulter, halb auf seinem Arm, dicht vor ihm. Warm, entspannt und ... wunderschön!

Ihre fast hüftlangen Haare waren noch immer offen, da auch sie längst nicht vollends getrocknet waren. Sie dufteten nach Regen und Wald und als er vorsichtig eine Strähne anhob, ringelte sich das untere Ende trotz der Schwere einwärts. Das warme Goldblond schimmerte sanft im Licht der langsam kleiner werdenden Flammen und er ertappte sich nicht zum ersten Mal bei dem Wunsch, in diese Fülle hineingreifen zu dürfen. Er hatte sie bislang stets nur mit einem fest geflochtenen Zopf gesehen und ihre Schönheit hatte ihm erneut den Atem verschlagen, als er sie heute Abend mit offenen Haaren hatte dasitzen sehen. Sie brauchte keine kostbaren Kleider wie das in der Residenz in Perstan, sie war auch so ...

Nein, diese Gedanken führten zu nichts und waren seinem Gemütszustand derzeit nicht eben zuträglich. Mit einem leisen Seufzen platzierte er die Strähne wieder auf ihrer Schulter und legte vorsichtig seinen Arm wieder über ihre Mitte. Sie war eine starke Persönlichkeit, sowohl willensstark als auch im Hinblick auf ihre Ausdauer. Nicht ein einziges Mal hatte sie sich beschwert oder um eine Pause gebeten und je mehr Zeit verging, je länger er mit ihr zusammen unterwegs war und je öfter sie beobachtete, desto deutlicher wurde ihm sein schwerer Fehler.

Er hätte sie niemals einfach so aus ihrem Leben herausreißen dürfen! Sie war unschuldig! Unschuldig an der Vergangenheit, unschuldig am Tod seines Vaters, am Tod so vieler, unschuldig an dem, was Vandan und seine Schergen im Laufe all dieser Jahre verbrochen hatten. Sie ungefragt, unvorbereitet und ohne jeden Skrupel mitten aus ihrer Familie fortzuholen war ein Verbrechen an ihr, das er niemals mehr würde wiedergutmachen können. Und seit gestern war er sich nicht mehr sicher, welche Gründe ihn tatsächlich zu dieser Tat getrieben hatten! War es wirklich nur das, was sein Vater ihm hinterlassen hatte sowie der Wunsch, sein Vermächtnis zu ehren und die Prophezeiung wahrzumachen?

Oder war es das über Jahre gewachsene Verlangen, irgendetwas tun zu können, um Rache an Vandan zu üben?

Sein Vater ... Ihm fehlten die Worte, um zu beschreiben, was die Begegnung mit seinem Vater in ihm bewirkt, was sie ihm bedeutet hatte! Auf der einen Seite war es schlicht überwältigend gewesen und er hatte buchstäblich alles in sich aufgesogen, was er gesagt, getan und wie er sich gegeben hatte. Weit entfernt von dem, wie er sich ihm als Kind dargestellt hatte, war er in dieser Gegenwart einem Mann begegnet, der ihn in jeder Hinsicht als gleichrangig behandelt hatte, als ebenbürtigen Mann. Als Freund! Vorhaltungen hatte er ihm weitestgehend erspart, aber deren hatte es auch nicht bedurft. Seine Hinweise und sein Schweigen waren beredt genug gewesen.

Und andererseits, jetzt rückblickend, war diese Begegnung für ihn eigentümlich unwirklich. Ja, dieser Mann war sein Vater, aber er war so weit davon entfernt, eine Vaterfigur zu sein, dass er nur hier und da väterliche Eigenschaften hatte bemerken können – wenn man von seiner tiefen Weisheit und klugen Bedachtsamkeit absah; Eigenschaften, denen er nicht das Wasser reichen konnte. Doch zwei Dinge hatte er mitgenommen aus dieser gemeinsamen, viel zu kurz bemessenen Zeit: Trost und Hoffnung! Netrosh hatte es mit seiner schon in seinem jetzigen Alter erstaunlichen Reife vermocht, das Leben und das Schicksal mit mehr Ruhe und Gelassenheit zu akzeptieren und nicht ständig gegen alles aufzubegehren. Was sie beide ändern, was sie heilen und beeinflussen können, werde schon seinen Weg zu ihnen finden. Alles Weitere aber liege in anderen Händen – etwas, das er unbedingt anzunehmen lernen solle, wenn er nicht am Leben verzweifeln wolle. Selbst wenn er also – mit Hilfe der Geister – gemeinsam mit Sherea eines Tages zurückkehren könne in seine eigene Zeit, er solle dankbar annehmen, wenn sich an seinem persönlichen Schicksal nichts geändert habe.

‚Sherea steht für etwas, das selbst ich nicht vollständig verstehe. Etwas, das ich gar nicht verstehen muss! Aber was es auch ist, deine und ihre Bestimmung ist eine andere als meine, Natian. Also was auch geschieht, es ist richtig so! Versuche niemals gewaltsam, etwas zu verändern, was nicht verändert werden soll!"

„Und Vandan?"

„Was ihn in dieser Hinsicht anbetrifft: Ich weiß es nicht, aber die Geister werden es wissen. Vertraue ihnen. Und vertraue Sherea!'

Irgendwann – seine Augen brannten mittlerweile vor Müdigkeit – erhob er sich vorsichtig, legte ein paar letzte Scheite auf das Feuer und kontrollierte noch einmal die zum Trocknen aufgehängten Kleidungsstücke … Gut. Bis zum Morgen würden sie trocken sein, sodass sie ihnen für ihre weitere Reise wieder zur Verfügung stehen würden.

Als er sich wieder umdrehte, um zurück zu seinem Strohsack zu schleichen, regte sie sich und drehte ihm im Schlaf den Rücken zu. Er verhielt, den Blick auf ihre schmalen Schultern gerichtet. Dann hob er die Hand und legte sie flach auf die Stelle mit dem Stein unter seinem Hemd.

„Ich weiß nicht, ob ihr mich hört, vielweniger weiß ich, ob ihr gerade mich erhört! Aber wenn es einen Weg gibt, sie zu schützen und vor Gefahr zu bewahren, dann … Gebt auf sie acht! Das ist alles, was ich erbitte: Dass ihr auf sie achtgebt und falls ihr Leben in Gefahr gerät, sie hier fortholt, sie wieder nach Hause bringt! Mein Leben ist zweitrangig, ihres hingegen … Ich habe einmal in ihr Schicksal eingegriffen, und das werde ich kein zweites Mal, also müsst ihr das für mich tun. Was immer ihr dafür verlangt, ich tue es …"

Sie seufzte leise, drehte sich erneut herum und schmiegte im Schlaf ihr Gesicht an seine Brust, als er sich vorsichtig wieder neben ihr niederließ.

Oh ja, er würde alles tun, um seine Schuld an ihr zu sühnen! Und seine Müdigkeit war schlagartig wie weggeblasen als ihm klar wurde, worin der zweite Grund für diese Bitte bestand!

Es war noch dunkel draußen, als Äsea aus ihrer Kammer trat. Sie machte sich nicht die Mühe, leise zu sein, und warnte uns davor, heute früh das erloschene Feuer noch einmal zu entfachen.

„Der Rauch ist bei Tag viel zu weit zu sehen und falls jemand hierherkommt und noch heiße Glut hier vorfindet, wird er hier warten, bis derjenige, dem das hier gehört, zurückkehrt.

Ich nehme jetzt meine letzten beiden Hühner und die Ziege und gehe. Und wenn ihr klug seid, dann tut ihr das Gleiche, haltet euch hier keinen Augenblick länger auf als unbedingt nötig. Lebt also wohl und auch wenn es wenig nutzt: viel Glück!"

Ich war langsamer auf die Beine gekommen als Natian und beeilte mich umso mehr, als sie jetzt ohne jedes weitere Wort nach draußen verschwand.

„Ich bin gleich zurück.", wandte ich mich an Natian.

„Warte! Was hast du vor?"

„Ich muss ohnehin nach draußen und ich möchte ihr etwas geben, mehr nicht. Ich bin sofort wieder da.", erklärte ich eilig, wühlte unter meiner inzwischen trockenen Kleidung, dann folgte ich ihr.

Ein erster, rötlicher Schimmer ließ sich über den Bäumen erahnen und da sie es offenbar sehr eilig hatte, hielt ich sie kurzerhand am Arm fest als sie, die beiden Hühner bereits in einen Sack gesteckt, die Ziege an einer dicken Kordel hinter sich her aus dem Stall zerrend losmarschieren wollte.

„Äsea, warte bitte! Hier, ich möchte, dass du das bekommst! Natian und ich haben genug mit dem, was er in seinem Beutel bei sich trägt und du hast uns letzte Nacht hier aufgenommen, zwei dir völlig Fremde. Ich danke dir, dass wir nicht irgendwo dort draußen nächtigen mussten, sondern hier einen warmen, trockenen Platz und ein warmes Essen bekommen haben."

Als sie nicht reagierte, drückte ich ihr meinen Geldbeutel kurzentschlossen in die Hand mit der Kordel und schloss ihre Finger darum. Ich hatte keine Ahnung, wie viel Geld darin enthalten war, aber es war mir auch egal. Und als sie schon zu einer Erwiderung ansetzte, hob ich die Hand.

„Nein. Das ist für dich. Und wenn du mir einen Wunsch erfüllen möchtest, dann … Sollte dir wieder jemand in Not begegnen, dann empfange ihn ähnlich freundlich wie uns. Die Not ist groß, größer als ich dachte, und wem immer du helfen kannst, linderst du sie. Oh, und wenn du mir jetzt noch sagen würdest, wo ich mich erleichtern kann und wo ich Wasser finde …"

„Das ist … Ich meine …" setzte sie zweimal an, dann starrte sie den Geldbeutel an, bevor sie sich räusperte. „Da drüben ist eine Quelle, dort hole ich immer Wasser. Einen Abtritt findest du hier nicht, aber in dieser Richtung ein dichtes Gebüsch; dort bist du ungestört. Und ich meinte es ernst: Ihr solltet hier so bald als möglich verschwinden, es vergeht keine Woche, an dem nicht irgendwelche Vagabunden hier nach etwas Essbarem suchen. Jedes Mal fehlt dann irgendetwas. Zumindest ist alles vollkommen durcheinander geworfen, weil sie mal wieder nach Nahrung gesucht haben und so manche Nacht verbringe ich dann doch im Freien, weil sie sich dort drin breitmachen und erst am nächsten Tag weiterziehen … Und ich wünsche euch wirklich Glück, Sherea. Ihr werdet es brauchen!"

Ich sah noch, wie sie den Beutel etwas umständlich oben in den Ausschnitt ihres Kleides schob, dann drehte sie sich um und stapfte eilig mit großen Schritten davon, die protestierende Ziege hinter sich her ziehend.

Ich konnte ihr ihre ruppige Art und das Fehlen eines Dankes durchaus nachsehen. Ihr Leben war mehr als hart, sie hatte buchstäblich alles verloren – sogar ihren Glauben an eine bessere Zukunft.

Ich wartete, bis ihre Schritte und das Gemecker der Ziege verklungen waren, dann machte ich mich seufzend daran, die Hütte auf der Suche nach dem Buschwerk zu umrunden.

Ich hatte sie nicht gehört! Ich hatte nicht das Geringste gehört, geschweige denn, dass mich irgendetwas auf sie aufmerksam gemacht hätte. Erst als ich fast schon wieder den Rand des Gebüschs erreicht hatte, vernahm ich unterdrücktes Fluchen, einen wütenden Aufschrei und das Gepolter von Stiefeln und umgeworfenen Möbeln.

Hastig stürzte ich vorwärts, ständig rechts und links an irgendwelchen Ästen und wohl auch Dornen hängen bleibend. Und ich konnte die rückwärtige Seite der Hütte bereits sehen, als ich jäh zurückgerissen wurde.

„Schschsch! Keinen Laut, ich bin's! Bist du verrückt geworden, zurückzulaufen? Du machst einen Lärm, als ob du sie mit Absicht auf dich aufmerksam machen willst! Los, komm, wir müssen hier weg!"

Äsea! Sie war zurückgekommen und zog mich jetzt – ungeachtet meines Widerstands – quer durch die Büsche davon und geradewegs auf den Wald zu.

„Lass mich los! Natian ist da drin, ich muss ihm …"

„Helfen? Indem du dich auch noch einfangen lässt? Das sind mindestens drei oder vier Männer da drin, was willst du gegen sie ausrichten, hm?", zischte sie und rannte los, als das Unterholz sich lichtete.

„Ich kann ihn nicht einfach zurücklassen!", widersprach ich energisch, aber ihre Hand umklammerte mein Handgelenk nur umso fester.

„Wer verlangt das? Aber um ihm zu helfen, musst du dich erst einmal selbst in Sicherheit bringen und dann abwarten, ob sich eine Gelegenheit ergibt!"

Sie schlug einen Haken und jetzt hasteten wir in eine andere Richtung weiter, nur um wenig später noch einmal die Richtung zu wechseln.

„Wohin willst du?", versuchte ich, mich aus ihrem Griff zu befreien. „Ich komme nicht weiter mit, wenn du nicht …"

Sie blieb ruckartig stehen, drehte sich mir schweratmend zu und zischelte:

„Begreifst du denn wirklich nicht? Ich weiß, was ich tue, ich laufe nicht zum ersten Mal davon! Ich lebe hier schon mehr als mein halbes Leben lang, ich kenne diesen Wald wie die Linien in meiner Handfläche und das hat mir schon mehr als einmal das Leben gerettet! Meine letzten Habseligkeiten sind überall hier vergraben, aber ich würde blind hinfinden und selbst wenn sie jetzt meine Ziege finden sollten und die beiden letzten Hühner … Sie stecken zwar noch im Sack, aber die Ziege könnte … Ich hatte keine Zeit, ihr einen Platz zum Fressen zu suchen, das macht sie nun mal unleidlich. Aber als ich das Feuer roch … Diese Dummköpfe haben irgendwo in der Nähe ein derart großes Feuer in Gang gehalten, dass ihnen gestern Abend und in der Nacht der Geruch unseres Rauchs vollkommen entgangen sein muss. Ein Segen für uns, würde ich sagen!"

Sie marschierte wieder weiter, mit derart großen Schritten, dass ich ihr nur im Trab folgen konnte. Und sie redete unablässig weiter.

„Ich habe keine Ahnung, wer die sind, aber das sie ausgewachsene Dummköpfe sind, steht fest. Niemand macht in diesen Zeiten ein derart großes Feuer im Wald. Man riecht es nicht nur weithin, man sieht es auch viel zu weit! Was sagt uns das? Sie fürchten nicht, entdeckt zu werden! Und das heißt entweder, dass sie eine größere Gruppe sind – dann sind das in der Hütte nur ein paar von ihnen –, oder bis an die Zähne bewaffnet. Bewaffnet sind derzeit aber nur Soldaten oder entflohene Soldaten, die außer ihrem Leben nichts mehr zu verlieren haben. Vogelfreie, die der Strick erwartet, wenn sie erwischt werden. Ein fremdes Leben bedeutet ihnen dagegen nichts und …"

„Dann muss ich erst recht zurück! Natian ist in Gefahr und ich kann nicht ohne ihn …" Ich blieb abrupt stehen, stemmte meine Füße in den weichen Waldboden und schaffte es so tatsächlich, dass sie stehen blieb.

„Ich kann ohne ihn nicht … weitermachen! Ich muss zurück!"

Sie schnaubte ungeduldig.

„Alles zu seiner Zeit! Wir umrunden gerade die Hütte in einiger Entfernung, damit wir uns ihr möglichst gefahrlos aus einer anderen Richtung wieder nähern können, geht das in deinen Kopf? Und wir werden uns der Hütte nur sehr, sehr langsam und sehr, sehr vorsichtig nähern, hast du das verstanden? Ich bin zurückgekommen, weil mir durchaus klar ist, dass ich euch etwas schulde und … weil es richtig ist, das zu tun. Aber ich hänge an meinem Leben und ich werde zu verhindern wissen, dass du irgendetwas Unvorsichtiges oder Vorschnelles tust! Haben wir uns verstanden? Egal, was passiert, du tust genau, was ich dir sage!"

Noch immer umklammerte sie mein Handgelenk derart fest, dass es längst schmerzte. Aber ihre unnachgiebige Haltung und entschlossene Sicherheit nötigen mir so etwas wie Respekt ab, also nickte ich nach einer Weile.

„Ich will dein Wort darauf!", beharrte sie. „Ich denke, ich tue zum ersten Mal seit Langem wieder einmal das Richtige und ich möchte das am Ende dieses Tages nicht bereuen!"

„Du hast mein Wort! Aber mit einer Einschränkung: Auch ich weiß, was ich tue, und wenn ich zu dem Schluss komme, dass ein anderer Weg der richtige ist … Ich werde nichts tun, das dich in Gefahr bringt und verlange nicht, dass du mir folgst. Aber es könnte der Moment kommen, an dem unsere Wege sich genauso schnell wieder trennen wie sie sich gekreuzt haben!"

„Damit kann ich leben!", erwiderte sie trocken. „Können wir dann jetzt weitergehen? Und kann ich dich loslassen, ohne dass du direkt in Richtung Hütte davonrennst, hinein in dein und sein Verderben?"

Ich nickte und weil ich mir nicht sicher war, ob sie das im Dämmerlicht unter den Bäumen sehen konnte, bejahte ich.

„Schön. Dann komm jetzt, man sollte nicht allzu lange an einem ungeschützten Fleck stehen bleiben, wenn man nicht genau weiß, wer sich noch alles hier herumtreibt! Kannst du klettern? Ich weiß in der Nähe der Hütte ein paar Bäume, deren Kronen sich weit genug über die anderen erheben, sodass wir, sobald die Sonne aufgeht, möglicherweise sehen, was sich dort drüben ereignet."

Diesmal seufzte ich.

„Ja, ich kann klettern. Geh voran, ich folge dir."

„Gute Idee! Und möglichst leise, wir sind sicher meilenweit zu hören gewesen!"

Es dauerte für meinen Geschmack viel zu lange, bis sie innehielt, sich suchend umsah, dann noch einmal abbog und schließlich vor einem wahrhaft dicken Baum stehen blieb.

„Hier.", flüsterte sie. „Du wirst auf meine Schultern steigen müssen, um den untersten Ast zu erreichen. Und ich hoffe inständig, dass du nicht untertrieben hast, denn du wirst dich aus eigener Kraft da hinaufziehen müssen. Die Hütte liegt in dieser Richtung. Und noch etwas: Ich bin zu alt, um da hochzusteigen, daher werde ich mich dort drüben verstecken. Wenn jemand kommt, bist du auf dich gestellt. Ich habe getan, was ich konnte und zu mehr bin ich nicht bereit. Bleib notfalls dort oben hocken, bis du ganz sicher bist, dass sie alle abgezogen sind. Richte dich also darauf ein, möglicherweise bis zum Abend oder auch bis zum nächsten Morgen dort sitzen zu müssen! Und wenn sie Natian am Leben lassen …"

Ich konnte ein leises Ächzen nicht unterdrücken.

Sie seufzte erneut, diesmal jedoch ungeduldig.

„Dein Begleiter ist nicht dumm, Sherea. Er wird schon eine Begründung erfinden, weshalb sie ihn am Leben lassen sollten, notfalls, indem er vorgibt, sich ihnen anschließen zu wollen! Also: Wenn er noch lebt und sie ihn mitnehmen, versprechen sie sich irgendeinen Nutzen davon und werden ihn auch weiterhin am Leben lassen. In diesem Fall solltest du ihnen einfach weiterhin vorsichtig auf den Fersen bleiben. Warte die richtige Gelegenheit ab, handle nicht vorschnell! So, und jetzt rauf mit dir, stell einen Fuß in meine Hände und steig dann auf meine Schulter!"

Sie lehnte mit dem Rücken am Stamm, nahm einen sicheren Stand ein und verschränkte beide Hände vor dem Körper, so eine Art Steigbügel bildend.

„Danke!", flüsterte ich, bevor ich den Saum der Kutte hochnahm, vor meinem Bauch zu einem dicken Knoten band, um die Beine frei zu haben, und mit zusammengekniffenen Augen das Astwerk über mir musterte.

„Danke mir nicht!", knurrte sie unwillig, dann seufzte sie ein weiteres Mal, schnalzte mit der Zunge und schüttelte den Kopf. „Noch etwas – und ich fasse nicht, dass ich das tue: Falls wir getrennt werden, findest du da drüben im hohlen Stamm einer abgestorbenen Eiche einen kleinen Vorratsbeutel, eingenäht in ein Stück Leder, um den Inhalt vor Nässe zu schützen. Nicht viel, gerade genug für einen Tag. Größere Mengen habe ich nirgends versteckt – für den Fall, dass sie jemand zufällig findet. Und jetzt mach schon, ich habe keine Lust, hier festzuwachsen!"

Ich benötigte drei Versuche, um mit genügend Schwung den untersten Ast zu erklimmen. Und ich saß kaum oben, als sie sich schon davonmachte.

Diesmal dauerte es bis zum Hellwerden bis ich endlich die höchsten Äste des Baumes erstiegen hatte, von denen ich glaubte, dass sie mein Gewicht noch tragen würden.

Einen Arm um den Stamm geschlungen, den anderen nach oben ausgestreckt, um mich am Ast über mir festhalten zu können, starrte ich angestrengt in die Richtung, die Äsea mir bezeichnet hatte.

Und ein eisiger Schauder durchfuhr mich, als ein lauter, hoher Angstschrei in nicht allzu großer Entfernung ertönte.

„Äsea!", stieß ich hervor, viel zu laut!

Ein zweiter Schrei, fast wie eine Antwort auf meinen erschrockenen Ausruf, dann lautes Fluchen und das Geräusch brechender Zweige und stampfender Stiefel, während mindestens zwei Männerstimmen sich etwas zuriefen.

Die Laute entfernten sich rasch, die Stimmen wurden unverständlich und nun wurde ich abgelenkt davon, dass sich etwas bei der Hütte regte, von meiner Warte aus knapp oberhalb der Baumspitzen und teils verdeckt von deren Blattwerk.

Mehrere Gestalten standen dort und ich biss mir auf die Lippe als ich erkannte, dass diesmal der aufsteigende Rauch nicht aus dem Schornstein kam: Sie hatten die Hütte in Brand gesteckt und zerrten jetzt johlend jemanden an einem Seil hinter sich her.

„Natian!", ächzte ich.

Er lebte, aber sie entfernten sich genau in die Richtung, in der ich den Lertos wusste. Und damit war ich hier oben genau zwischen ihnen und den Männern, die Äsea verfolgten!

Soldaten! Oder Raubgesindel, das nicht wusste, dass sie dort auf Forthrans Heer stoßen könnten!

Kapitel 8

Ich lauschte. Dann stieg ich wieder einen Ast tiefer um den Atem anzuhalten und zu lauschen. Blieb alles lange genug still, kletterte ich so leise wie möglich wieder etwas tiefer, um erneut zu verhalten.

Jedes Geräusch des umgebenden Waldes, durch den jetzt längst das Licht der Sonne sickerte, wurde überlaut, aber die Stimmen und das Stampfen von Stiefeln blieben aus. Auf dem untersten Ast blieb ich besonders lange hocken und horchte mit klopfendem Herzen und angehaltenem Atem, aber mehr als das Rascheln der Blätter, das vereinzelte Zwitschern der Vögel oder das Knarren und Knarzen der Bäume war nicht zu hören. Und wenn ich ihre Spur nicht verlieren wollte, dann musste ich das Risiko eingehen ...

Vorsichtig setzte ich mich hin, drehte mich so weit zur Seite, dass ich mich mit beiden Händen festhalten konnte und ließ mich behutsam herunterrutschen, bis ich an beiden Händen vom Ast herunterbaumelte.

Das Geräusch beim Aufkommen auf dem Boden war viel zu laut und ich blieb erneut dicht an die Erde gekauert hocken, um zu lauschen und mich hektisch umzusehen. Dann orientierte ich mich rasch und betrachtete forschend die umstehenden Bäume ... Die abgestorbene Eiche war unschwer zu finden und so leise wie möglich huschte ich hinüber, um den Stamm zu umrunden.

Das Loch lag etwas oberhalb meiner Schulterhöhe, aber ein knorrig hervorstehendes Stück Stamm in Kniehöhe diente freundlicherweise als Hilfe – einen Fuß daraufgestellt war der Beutel rasch ertastet: Äsea hatte ihn klug nicht einfach ins Innere fallen gelassen, sondern von innen einen angespitzten Zweig in das morsche

Holz gerammt, der die Zugschnur samt daran baumelnden Gewicht hielt.

Ich sparte mir die Zeit, den Inhalt zu kontrollieren. Ich war sicher, dass der fest in minderwertig aussehende, notdürftig zusammengeheftete Lederstücke eingenähte Beutel darin trocken und sauber geblieben war und zog mir die lange Schnur über den Kopf und eine Schulter, sodass sie mir quer über den Brustkorb lief. Dann öffnete ich eiligst den dicken Knoten vor meinem Bauch, um die Kutte wieder bis auf den Boden fallen zu lassen – und hielt inne, in die Richtung spähend, aus der Äseas Schreie ertönt waren. Sie benötigte meine Hilfe vielleicht noch viel mehr als Natian, aber sie hatte auch deutlich gesagt, dass ich den anderen folgen solle, sie kenne sich hier aus.

Unschlüssig, was ich tun sollte, kaute ich auf meiner Lippe und meine Gedanken überschlugen sich. Äsea war davongerannt, schreiend und verfolgt von gleich zwei Männern ...

...

Äsea war *schreiend* davongerannt!

Tief Atem holend begriff ich. Sie hätte nicht geschrien, wenn sie Verfolger entdeckt hätte! Sie wäre so schnell und leise wie nur möglich davongerannt und hätte sich in einem von sicher vielen Verstecken hier verborgen, bis sie es aufgeben würden! Und erneut zu schreien ... Sie hatte sie mit Absicht von hier fortgelockt, ihr Verhalten war als Ablenkung und Hinweis für mich zu werten. Absicht oder nicht: Durch ihr Verhalten und dank der unmittelbaren Nähe zur Hütte hatte sie den Männern auch gleich eine Erklärung für das Vorhandensein ihrer zweiten Kutte und ihrer restlichen Kleidung geliefert. Sie hatten bestenfalls keine Ahnung von meiner Existenz. Und ganz sicher hatte Äsea irgendwann erst noch einmal die Richtung gewechselt, damit ich nicht genau zwischen beide Gruppen gelangen würde.

„Danke!", flüsterte ich ein weiteres Mal. „Hoffentlich kannst du sie abschütteln! Und hoffentlich kehrt dein Mann doch noch wohlbehalten aus diesem verfluchten Krieg zurück!"

Den Beutel zurechtrückend wandte ich mich um und lief los. Es galt, der Spur der Brandstifter zu folgen!

Nur zweimal hatte ich bis zum Mittag einen Bachlauf gekreuzt – und jedes Mal wie eine Verdurstende getrunken, da ich keinen Schlauch besaß und nicht wusste, wann ich erneut Wasser finden würde. Dagegen hatte es am Morgen nicht allzu lange gedauert, bis ich die Hütte, in deren schwarzverkohlten Resten es hier und da immer noch wieder auflöderte, umrundet und Spuren gefunden hatte.

Das Glück verließ mich aber allzu bald: Ich stöhnte verzweifelt auf, als ich schon wenig später auf überdeutliche Hinweise dafür stieß, dass sie Pferde besaßen. Woher sie die hatten, war ein Rätsel, denn nur die höherrangigen Soldaten waren beritten, aber ich konnte mir denken, dass sie nicht lange um die Tiere gebeten hatten. Und es dauerte weitere zwei Stunden bis ich endlich einen ersten Anhaltspunkt dafür fand, dass sie kaum schneller als ich vorwärtskamen: Natian saß genauso wenig auf einem Pferd wie ich, sie ließen ihn offenbar hinter sich her laufen. Auch wenn ich nicht sicher sein konnte, zu wem diese Schuhabdrücke gehörten, es stand zu vermuten, dass sie eher den Gefangenen laufen ließen, als selbst zu marschieren.

Wie schon so oft lauschte ich erneut, aber noch blieb alles ruhig. Immer öfter sah ich mich inzwischen auch um, denn früher oder später war damit zu rechnen, dass ihre Kumpane Äseas Verfolgung entweder aufgaben oder ... erfolgreich beendet hatten und den anderen folgten. Und dann würden sie mich bald eingeholt und überholt haben. Mehr als einmal sprang ich daher völlig umsonst in irgendein Gebüsch oder hinter die Bäume, weil ich etwas Verdächtiges zu hören glaubte, aber noch immer schien es, als ob ich alleine auf ihren Spuren war.

Mittlerweile war es später Nachmittag und als ich schließlich das schnell lauter werdende Rauschen von Wasser vernahm, wurde mir klar, dass es nicht mehr lange dauern würde: Entweder würden sie seitlich abschwenken auf der Suche nach einer Möglichkeit, den Fluss zu überqueren, oder sie würden nach einem langen Tag Rast machen, auf ihre Kameraden warten und alles Weitere auf den nächsten Tag verschieben.

Nach den vielen Stunden, die ich den unübersehbaren Spuren im eiligen Trab gefolgt war, schmerzte mein Magen inzwischen schon wieder vor Hunger; ich hatte mir standhaft versagt, die kostbaren Nahrungsmittel anzutasten. Bevor ich nicht entweder ihr Lager vor Augen haben und sehen würde, dass es Natian gut ging, oder aber wegen der irgendwann hereinbrechenden Finsternis die weitere Verfolgung für heute würde aufgeben müssen, würde ich keinen Bissen zu mir nehmen.

...

Es war das Letztere, das zuletzt eintraf. Sie waren nach Westen geradewegs Richtung Fluss geritten, um erst dann nach Norden abzuschwenken und nach einer Furt oder Brücke zu suchen. Offenbar beabsichtigten sie, bis zur nächtlichen Rast jedes bisschen Tageslicht auszunutzen.

Seufzend und mit schmerzenden Füßen bog also auch ich ab und erst als die Dämmerung hereinbrach, hielt ich inne und sah mich um.

Die Farben waren schon zu Grautönen verblasst, aber hier in der Nähe des Flusses war es noch hell genug, um etwas zu erkennen. Nicht weit entfernt von meiner Position trat der Wald an einer Flussschleife offenbar ein wenig zurück und ich überlegte schon, ob ich am Rand dieser natürlichen Lichtung einen Schlafplatz für mich suchen sollte, als ein leises Geräusch irgendwo hinter mir mich aufschreckte.

Das Rauschen und Plätschern des Wassers hätte beinahe die Hufe der sich nähernden Pferde übertönt und ich überlegte nicht lange, sondern rannte so schnell wie möglich in den Wald und blieb erst stehen, als ein genügend dicker Baum mir Schutz zu gewähren versprach.

Heftig atmend presste ich mich dicht an seinen Stamm und erst als die Geräusche direkt zwischen mir und dem Fluss zu hören waren, wagte ich einen vorsichtigen Blick in Richtung der Reiter.

Die Wasseroberfläche reflektierte das restliche Tageslicht und gegen das matte Schimmern sah ich, warum sie so langsam vorwärtsgekommen waren: Hinter dem einen Pferd angebunden trabte stolpernd eine sich sträubende Ziege her, die inzwischen jedoch zu erschöpft schien, um noch protestierend zu meckern! Und ich vermutete, dass die Männer sich die Zeit genommen hatten und die beiden mit ihr zurückgelassenen Hühner über einem Feuer gebraten und anschließend genüsslich verzehrt hatten, vermutlich auch, um sie nicht mit den anderen teilen zu müssen.

Äsea hingegen führten sie nicht mit und ich schloss die Augen und presste die Stirn gegen die raue Borke, innerlich betend, dass sie ihnen entkommen war. Und diesmal huschte ich in gebührendem Abstand hinter ihnen her, von Baum zu Baum und immer wieder das nächste Stückchen Weg abschätzend musternd.

Welch ein Segen, dass ich nicht einfach bis an die Flussbiegung weitergegangen war! Es dauerte nicht lange, da gewahrte ich dort einen hellen Schimmer zwischen den Bäumen und duckte mich hinter einem entwurzelten Baum, der bereits eine weiche Moosschicht angesetzt hatte.

Ihr Lager. Sie hatten dort drüben ihr Lager aufgeschlagen und ich hörte undeutlich, wie die beiden Nachzügler mit lautem Hallo begrüßt wurden. Und mir wurde klar, dass ich hier alles andere als in Sicherheit war, denn nur wenig später glaubte ich, eine Bewegung zwischen den Bäumen zu bemerken – im gleichen Moment, in dem die Ziege in Todesangst meckerte und schlagartig verstummte.

Brennholz! Sie suchten Brennholz, um das soeben geschlachtete Tier noch heute zu braten und zu verzehren!

Panisch warf ich einen Blick umher und versuchte zu erkennen, welcher der umstehenden Bäume sich zum Erklimmen eignete. Aber die Zeit reichte nicht, einen Fehlversuch konnte ich mir nicht erlauben und die Geräusche kamen langsam aber unaufhaltsam näher ...

Der dicke Stamm vor mir war kein wirkliches Versteck, aber etwa eine Armlänge entfernt schien sich neben dem Wurzelballen ein Haufen Laub vom Vorjahr angesammelt zu haben. Das Rascheln würde unüberhörbar sein, aber wenn es mir gelang, mich tief genug zwischen Wurzeln, Stamm und verfaulende Blätter zu schieben und dicht genug am Boden zu bleiben ...

Hastig krabbelte ich auf die Stelle zu, wickelte mit zitternden Fingern mein Kleid fest um meine nackten Beine und schob mich so mit den Füßen voran und dicht an Stamm und Boden gepresst zwischen die feuchten Blätter und erdigen Wurzeln. Zuletzt schaute auf diese Weise nur noch mein Gesicht heraus und als ich mit angehaltenem Atem lauschte, blieb mein Herz beinahe stehen vor Schreck. Die Schritte waren mittlerweile so nah, dass ich den Mann direkt hinter dem Baum vermutete und ich erstarrte, als er sich langsam am Stamm entlang bewegte ... Wenn er über ihn hinwegstieg, würde er mich unweigerlich entdecken! Und ich blies den Atem erst leise wieder aus, als ich begriff, dass er ganz einfach nur damit begonnen hatte, bequem die trockenen Zweige des umgestürzten Baumes abzubrechen. Statt sich die Mühe zu machen, noch weiter nach Feuerholz zu suchen, hatte er hier die passende Gelegenheit entdeckt, sich direkt daran zu bedienen.

Ich achtete nicht auf die Feuchtigkeit, die schon wieder langsam durch die Kutte drang. Anders als das Laub des Unterholzes war dies hier noch feucht vom gestrigen Nieselregen, insbesondere das Laub und Moos hatte sich damit vollgesogen. Und ich biss mir mit aller Kraft auf die Lippen, als der Mann seinen Kumpan anrief.

„He, komm hier rüber! Spar dir, durch den Wald zu stolpern und dir den Schädel zu verbeulen, hier ist Holz genug. Ein bisschen morsch zwar, aber lieber gehe ich zweimal, als im Finstern lange zu suchen!"

Mit rasendem Herzen lauschte ich ihren Worten und hörte zu, wie sie von dem bevorstehenden Festmahl schwärmten. Und erst nachdem sie ein zweites und drittes Mal dagewesen waren und nicht mehr zurückkehrten, wagte ich, mich wieder zu regen.

Leise und vorsichtig kroch ich wieder unter dem Laub hervor, schüttelte es aus Kleid und Haaren und schlich davon, bis das Leuchten des Feuers nur noch ein schwaches Glimmen zwischen den Bäumen war.

Diese Nacht würde ganz sicher eine der längsten meines Lebens werden!

Mein Hunger hatte irgendwann gesiegt. Mit notdürftig am Kleid abgewischten Händen – und erst nachdem ich die Kutte eiligst ausgezogen, mit aller Kraft ausgeschüttelt, um nur ja auch das letzte Ungeziefer heraus zu befördern, und dann wieder übergestreift hatte – begann ich im Finstern mit der mühseligen Arbeit: Es hieß, das Leder nahe der Schnur an der Naht ein Stückchen aufzureißen, den Inhalt nach und nach herauszuholen und sicherheitshalber sorgfältig auf meinen ausgestreckten Beinen abzulegen.

Auf diese Weise ertastete ich ein Stück hart gewordenes Brot, einen kleinen, in ein Tuch eingewickelten Käse, ein winziges Stückchen getrocknetes Fleisch unbekannter Herkunft, insgesamt vier Äpfel und eine Handvoll Nüsse, die ich mangels Steinen jedoch nicht aus den Schalen würde befreien können. Es dauerte eine Ewigkeit, bis ich nach und nach Bröckchen des außen fast schon steinharten Brotes abgebrochen und weichgekaut hatte. Vom Käse nahm ich allenfalls die Hälfte und schlug den Rest wieder ein, ebenso das unangetastete Fleischstückchen. Einen der Äpfel aß ich im Anschluss genauso andächtig, wie ich es bei Äsea gesehen hatte, den zweiten behielt ich für später und den gesamten Rest stopfte ich wieder zurück in den Beutel, den ich sorgfältig verschloss und vorsichtshalber sofort auch wieder umhängte.

Ich ahnte, dass sie Natian nichts vom Ziegenfleisch abgeben würden und er somit morgen bedeutend größeren Hunger haben würde als ich und nachdem ich nach geraumer Zeit auch den zweiten Apfel gegessen hatte, war mein Hunger weit genug gestillt. Der Durst jedoch nicht, im Gegenteil: Das trockene Brot hatte meinen Mund nur noch mehr ausgetrocknet und ich würde wohl oder übel meinen Platz hinter einem Baum, dessen

Stamm sich knapp über meinem Kopf geteilt zu haben schien, noch einmal aufgeben müssen, um zum Fluss zu gehen.

Kein leichtes Unterfangen, wie ich bald feststellen durfte! Der Rand des bedrohlich schnell dahinrauschenden Wassers war zwar im fahlen Mondlicht zu sehen, aber es war nicht wirklich zu erkennen, wohin ich trat und ob die Böschung an dessen Saum nicht jäh und steil abfiel.

Zweimal wäre ich schon fast abgerutscht und hatte es ein Stück weiter erneut versucht, als mir ein dunkler Fleck ein paar Meter entfernt auffiel. Ein Stein, der im Wasser lag? Ich dürfte ihn mit einem großen Schritt erreichen und mich dort zum Wasser hinunterbeugen können, aber was, wenn er nicht fest lag, sondern kippte oder ich abrutschte und im kalten Wasser landete?

Mich an den dünnen Ästen eines überhängenden Busches festhaltend tastete ich mich langsam vorwärts und holte tief Luft, bevor ich den linken Fuß vorzustrecken wagte ...

Er hielt und lag fest, aber er war zu klein, um auch den anderen Fuß nachzustellen. Mit gespreizten Beinen beugte ich mich also vor, darauf achtend, dass mein Vorratsbeutel auf meinem Rücken nicht nach vorne und ins Wasser rutschte. Es war ausgesprochen mühsam und langwierig, in dieser Position und nur aus einer Hand zu trinken, aber ich hörte erst auf, als ich schon zu platzen glaubte. Und nachdem ich nacheinander auch meine Hände und das Gesicht notdürftig gewaschen hatte, fasste ich erneut nach den Ästen und kam, wenn auch sehr ungelenk und wenig elegant, wieder auf die Böschung und fand kurz darauf sogar den geteilten Baum wieder.

Ein letzter Blick in Richtung des hellen Feuerschimmers zeigte, dass sie wohl noch eine Weile brauchen würden, um das Fleisch der Ziege zu garen und zu verzehren, also lehnte ich mich müde und erschöpft mit dem Rücken an den Stamm.

Die leisen Geräusche um mich herum waren nicht dazu angetan, mich wachzuhalten, doch mehrfach schreckte ich hoch, wenn ein Knacksen in der Nähe ertönte. Aber erst als irgendwann auch das Feuer von Natians Entführern langsam zu verlöschen schien, gestattete auch ich mir, mich ein wenig zu entspannen.

Und zum ersten Mal wieder an die Geister zu denken!

Ich räusperte mich leise.

„Seid ihr hier? Könnt ihr mich hören?", flüsterte ich leise.

Nichts.

„Schettal?"

‚Ich bin immer da, denn ich bin in gewisser Weise ein Teil von dir.'

Wieder war es weder so, dass ich seine Stimme hören konnte, noch so, als ob er in meinem Kopf wäre. Es war … wirklich und unwirklich zugleich.

„Weshalb habt ihr mich nicht gewarnt? Weshalb habt ihr das zugelassen? Natian ist Gefangener dieser … Räuber und womöglich Mörder!"

‚Es liegt weder in unserer Macht, das, was geschieht, zu beeinflussen, noch können wir alles sehen, alles voraussehen oder rechtzeitig sehen. Und wir sind nur erlebbar für dich, wenn du uns rufst und offen bist für uns!'

„Es liegt nicht … Wieso bin ich dann hier, wenn es nicht in eurer Macht liegt?"

‚Erkennst du nicht den Unterschied? Wir sind nicht mehr, du schon! Nur ein lebendes Wesen kann Einfluss ausüben auf das Leben um es herum und damit auch auf die Menschen. Wir teilen

diese Welt nicht mehr mit euch und das, was wir aus uns selbst bewirken können, ist wenig. Und dies hier ist uns nur deshalb möglich, weil ein Teil von dir von uns stammt und eng mit uns verbunden ist. Alle Macht, alle Gaben und alle Fähigkeiten wie sie zum Beispiel auch Netrosh besitzt, sind Teile unserer Welt, die in eure hineinragen und von euch genutzt werden dürfen.'

Ich schauderte. Teile aus der Geisterwelt, die wie Arme oder Finger unsere Welt und einige wenige Menschen darin berührten, nur manchmal sogar sichtbar wie bei dem sterbenden Seher ...

„Dann kannst du ihm nicht helfen?"

‚Natian? Selbst bei aller List: Er ist gefesselt, ständig bewacht, unbewaffnet und alleine gegen fünf Männer; wir können ihn sehen, mehr nicht!'

„Ihr könnt ihn sehen? Wie geht es ihm? Geht es ihm gut? Ist er verletzt? Was haben sie mit ihm gemacht?"

Es dauerte eine ganze Weile und ich wurde schon unruhig, dann kam endlich eine Erwiderung.

‚Es geht ihm gut. Er hat Hunger und Durst und ich glaube, sie haben ihn geschlagen, aber es geht ihm gut.'

Geschlagen! Ich verbarg das Gesicht hinter meinen Händen. Dann hob ich den Kopf wieder.

„Du sagst, du kannst nichts tun, aber wie habt ihr uns dann hierher geholt? In die Vergangenheit! Das klingt für mich nicht, als ob ihr machtlos seid!"

‚Wir holten euch mit vereinten Kräften an eine Heimstatt und entsprachen einem Wunsch, Sherea, noch dazu einem, der sich mit einer Prophezeiung deckte. Wie soll ich es nennen? Die Macht des Glaubens an die Geister? Die Macht der Geister? Magie, die auch in dir ruht und deshalb mitwirkte?

Natian wiederum hält nach wie vor ein Stück dessen in Händen, was die Menschen als unsere Heimstatt kennen, das ist eine seiner Verbindungen zu uns. Als Netroshs Sohn ist er zwar ebenfalls immer noch mit uns verknüpft, doch nicht so eng wie du.

Aber abgesehen davon, dass dies sein innigster Wunsch war, war es auch ... seine Bestimmung.'

„Bestimmung! Es war ihm bestimmt, hier zu sterben?"

‚Wer sagt das? Wer weiß das? Euer Weg ist noch nicht zu Ende!'

„Wäre es dann nicht wenigstens an der Zeit mir zu sagen, was ich tun soll? Wohin soll ich mich wenden, was soll ich tun, damit das hier endlich ein Ende hat? Wie soll ich ihm helfen?"

Er blieb erneut einen Augenblick lang still, als ob er etwas überlegen müsse. Dann hörte ich:

‚Ich weiß es nicht. Ich weiß nur eines: Dass eure Anwesenheit hier etwas ändern kann, so wie sie schon vieles geändert hat! Es ist immer eure Entscheidung, Sherea! Alles, was ihr tut, alles, was ihr unterlasst, alles, was ihr bewirkt: Es ist eure Entscheidung! Wir haben euch lediglich in die Zeit versetzt, in der unserer Ansicht nach die größten Chancen bestehen, etwas zu ändern.'

„Und was heißt das nun? Was soll das alles? Diese Prophezeiung stammt letztendlich doch auch von euch, also muss es doch irgendeinen ... Plan geben! Wieso mischt ihr euch ein, wenn ihr euch gar nicht einmischen könnt? Indem ihr euch unser bedient?"

‚Es ist viel mehr als das und wir bedienen uns nicht euer! Es steht dir nach wie vor frei, zu gehen, Sherea. Und die Prophezeiung ...' Er schien zu zögern. *‚Sie ist lediglich aus dem, was wir wissen und dem, was geschehen ist, entstanden. Gewachsen, wenn du so willst.'*

Meine Gedanken überschlugen sich. Dann näherte sich mein langsamer Verstand dem Begreifen an.

„Ihr könnt euch ungehindert zwischen den Zeiten bewegen!"

‚Nein. Ja, gewissermaßen, auch wenn wir das ganz sicher nicht ständig tun und wenn ich hier bin, kann ich nicht auch dort sein, denn das Dort ist noch nicht und ändert sich fortwährend. Eine

Prophezeiung ist Wissen, Erfahrung, Gelerntes und Anreiz, sich gegen ein Schicksal zu wehren zugleich. Ein Fingerzeig an euch Menschen, den ihr entweder nutzt oder eben nicht. Wir erschaffen keine präzisen Vorhersagen, wir … geben nur etwas preis und eröffnen … Möglichkeiten. Und eine davon ist, Vandan aufzuhalten oder irgendetwas zu tun, das eine Ereigniskette in Gang setzt, an deren Ende etwas steht, das ihn aufhält. Vandan hat sich in jeder nur denkbaren Weise versündigt: gegen die Menschen, gegen die Gesetze, gegen die Geister und den Glauben an sie und ihre Macht. Er hat es gewagt, alles und alle herauszufordern und der Preis für seine Machtgier ist zu hoch. Er ist das Böse in Person. Wir sind jedoch nicht seine Richter, vielweniger seine Henker, da steht etwas oder jemand anderes noch über uns. Aber wir schützen die Menschen und genau deshalb ist es uns erlaubt, einzugreifen indem wir etwas tun, was nur ausnahmsweise geduldet wird.'

„… und verzerrt wird so, was sonst nur in der Götter Hand, doch wird es geduldet für das große Ziel.", murmelte ich. „Die Prophezeiung! Die Zeit wird verzerrt!"

‚Verzerrt, richtig. Richtig wäre aber auch, zu sagen, ihr weist der Zeit eine neue Richtung. Es gibt nur diese eine Chance und wenn sie vorbei ist oder vertan, ist sie vorüber, es wird keine zweite geben.'

„Und da sagst du, es stehe mir frei, zu gehen!", schnaubte ich vorwurfsvoll, winkelte die Beine seitlich an und versuchte, einen Arm unter dem Kopf, eine halbwegs bequeme Stellung einzunehmen.

‚Jederzeit, Sherea! Denk darüber nach, auch darüber, was ich dir gesagt habe. Fang an, uns um Hilfe zu bitten! Fang an, uns und vor allem dir selbst zu vertrauen! Wir können nur etwas bewirken durch dich und mit dir und wenn es mit deinem Wunsch, etwas zu bewirken und der Prophezeiung übereinstimmt.'

„Schon wieder eine Antwort, die keine Antwort ist! Wenn es mit der Prophezeiung übereinstimmt …" grollte ich aufgebracht und schloss die Augen, zu erbost und zu erschöpft, um noch weiter zu debattieren. Dann jedoch riss ich sie noch einmal auf. Um Hilfe bitten ...

„Du kannst ihn sehen?"

Ja, aber nicht beständig; ich bin bei dir, nicht bei ihm.'

„Und der herausgeschlagene Stein stellt eine Verbindung dar?"

Ja. Aber wir können euch nicht einfach von hier fortholen. Dies ist der Ort und die Zeit, in der ihr unserer Ansicht nach sein müsst, wenn etwas geändert werden soll. Es sei denn, du möchtest gehen. Dann werden wir dich wieder zum Steinkreis befördern und es ...'

„Habe ich das verlangt? Nein! Wenn ich dich also richtig verstehe, dann könnt ihr uns immer nur von einer eurer Heimstätten zu einer anderen versetzen und beim ersten Mal hat es nur deshalb geklappt, weil Natian den Stein um seinen Hals trägt. Ihr könnt uns nicht einfach irgendwo in der Nähe von Forthrans Lager absetzen."

Ihr seid in der Nähe, Sherea! Näher als ihr denkt!'

Sprachlos starrte ich in die Dunkelheit.

„Er ist tatsächlich noch vor Hebbun aufgebrochen und deshalb schon so weit im Süden angelangt? Warum? Wir haben nichts getan, um das zu ändern, das ist vor unserer Ankunft geschehen!"

Doch, ohne es zu wissen! Und Forthran ist gar nicht so viel früher aufgebrochen, Vandan hat sich lediglich nach dem Ereignis am zerstörten Stein länger dort aufgehalten als in deiner Zeit – etwas, das alles Weitere geändert hat. Und nachdem er das letzte Mal dort war, hat er hinter sich die einzige Brücke zerstören lassen, bevor sie westlich des Lertos weiter Richtung Norden zogen.'

„Wie hat sich etwas verändert?"

Einer der Männer, die dabei waren, hat nicht geschwiegen und ist geflohen ...'

Ich begriff. Und ich gestattete mir nicht, weiter darüber nachzudenken, welche Folgen das für ihn und die anderen gehabt hatte!

‚Sie sind tot und die erste Schlacht ist geschlagen und verloren, sie hat nur etwas weiter südlich stattgefunden. Du hättest nichts tun können.', hörte ich.

„Ich weiß. Dennoch ... Du sagst, du kannst etwas tun, wenn ich dich darum bitte?"

‚Möglicherweise!', kam es sofort.

„Wenn es dir also möglich ist, dann lass Natian wissen, dass ich in der Nähe bin und dass es mir gut geht!", starrte ich weiterhin auf einen Punkt irgendwo in der Finsternis.

Er seufzte.

‚Ich versuche es. Er ist jedoch nicht wie du und er ist auch nicht Netrosh!'

Ich lauschte noch ein wenig der eintretenden Stille, dann schloss ich seufzend die Augen. Das Letzte, was ich vor dem Einschlafen hörte, war das leise Rascheln der Blätter über mir, die vom heute Nacht glücklicherweise eher sanften Wind bewegt wurden ...

Lange vor Sonnenaufgang war ich schon wieder wach, weil die Kühle mir derart zusetzte, dass ich mich anfangs kaum rühren konnte. Die dünnen Kleider waren alles andere als wärmend und es dauerte lange, bis ich mich durch Bewegung wieder einigermaßen aufgewärmt hatte.

Seufzend und auch nur weil mein Magen schon wieder schmerzte, zog ich einen der letzten beiden Äpfel heraus und kaute ihn lange und gründlich. Dann, als sich endlich die ersten Konturen zwischen den Bäumen abmalten, schaute ich mich um und verzog mich in die Büsche, rannte dann eiligst noch einmal zum Fluss, um etwas zu trinken und mich notdürftig zu waschen, und machte mich fröstelnd wieder auf den Weg zurück zu meinem Baum.

Noch getraute ich mich nicht, mich näher an das Lager heranzuschleichen, aber wie es schien, war es dort an der Lichtung noch ruhig.

Ich lauschte. Und je länger ich lauschte, umso mehr wuchs ein ungutes Gefühl in meinem Inneren. Es war ruhig. Zu ruhig! Der ganze Wald schien zu schweigen und nicht ein einziger Vogel besang den Sonnenaufgang!

Sehr leise und extrem vorsichtig schlich ich vorwärts, jeden Baum und jeden Strauch als Deckung nutzend. Doch zuletzt war es auch mir klar: Das Lager war leer, sie waren fort!

Ächzend gab ich zuletzt jede Vorsicht auf und rannte los, die offenbar längst erkaltete Feuerstelle im Blick. Und am Rand der Lichtung angekommen bestätigte sich meine Befürchtung: Sie waren aufgebrochen und ich hatte nichts davon mitbekommen!

Mit gesenktem Blick hin und her huschend hatte ich zwar bald schon die von hier fortführenden Hufspuren gefunden – sie waren unbeirrt weiter am Fluss entlang unterwegs – aber ich sollte nicht mehr dazu kommen, mich an ihre Fersen zu heften. Ein kaum hörbares und dennoch wohlbekanntes Geräusch ertönte, dann wurde mir von einem heftigen Schlag gegen meinen Kopf schwarz vor Augen ...

Er hatte die Nacht über kein Auge zugetan. Sämtliche Stellen, an denen ihre Fäuste und Stiefel ihn getroffen hatten, schmerzten,

der Durst nach einem ganzen Tag Fußmarsch war längst unerträglich und ließ den Hunger fast schon harmlos erscheinen. Dazu die Kühle der spätsommerlichen, eher schon frühherbstlichen Nacht und der Umstand, dass sich die erste Wache einen Spaß daraus gemacht hatte, ihn immer wieder mit abgenagten Knochen oder kokelnden Ästchen zu bewerfen, waren wenig geeignet, ihn Schlaf finden zu lassen. Erst als er abgelöst worden war und nachdem man ihm kurz die Hände freigegeben hatte, damit er sich unter Bewachung wenigstens erleichtern konnte, bekam er etwas Ruhe. Doch mehr als ein wenig vor sich hin zu dösen wurde nicht daraus, denn auch die Fesseln hinderten ihn daran, sich eine halbwegs bequeme Haltung zu suchen.

Es mochte nicht lange nach Mitternacht sein, als endlich der letzte der entflohenen Soldaten – und nichts anderes waren sie – eingeschlafen war und vor sich hin schnarchte. Die Wache erhob sich zu einem erneuten Rundgang, trat ihm im Vorbeigehen noch einmal gegen das Bein und rülpste dann laut, bevor er zwischen den Bäumen verschwand.

Minutenlang war er damit beschäftigt, lauschend herauszufinden, wo er sich gerade befand, denn er hatte nicht den Eindruck, als ob dieser hier es so genau nahm mit seinen Rundgängen, dann aber runzelte er die Stirn und legte den Kopf schief.

Der Wind wehte ihm die inzwischen nur noch dünne Rauchfahne des Feuers zu und die glühenden Hölzer darin knacksten beim Abkühlen, aber das war es nicht. Etwas anderes war hier. Etwas, das … Nein, jemand war hier!

Er hielt den Atem an und schloss die Augen. Was immer es war, er schaffte es nicht, es festzuhalten, geschweige denn, es zu verstehen, aber etwas davon blieb: ein … Gefühl, mehr nicht.

„Sherea!", hauchte er.

Das Gefühl schien ihm recht geben zu wollen, aber kaum hatte er dies begriffen, war es auch schon wieder fort.

Und da er ohnehin nicht schlafen konnte, verbrachte er sämtliche wachen Minuten damit, sich zu wünschen, dass sie unentdeckt bleiben möchte!

„… komme wieder und was muss ich hören und sehen? Anstatt diese Feiglinge zu bringen, bringt ihr eine Gefangene? Was zum Henker soll das?"

Die wütende Stimme riss mich wieder an die Oberfläche – und im gleichen Moment wünschte ich mir, nicht nach oben gerissen worden zu sein, denn das Dröhnen in meinem Kopf war unerträglich.

„Die Brücke ist fort und sie haben sich wieder rückwärts gewandt, sicher um weiter nördlich eine Möglichkeit zu finden, den Lertos zu überqueren. Sie sind uns entwischt und als wir sie schon fast wieder eingeholt hatten … Das Lager war leer, wir waren nur um Weniges zu spät. Aber die da trieb sich dort herum und es könnte immerhin sein, dass sie etwas gesehen oder gehört hat.", rechtfertigte sich jemand, aber ich brauchte lange, um diese Worte zu begreifen. Zu lange!

„Ich habe es schon einmal gesagt: Anders als Vandan vergreifen wir uns nicht an Frauen, schon gar nicht an solchen, die offenbar nicht mehr besitzen als das, was sie am Leib tragen! Noch eine, die vor Vandans Horden flüchten musste?"

„Wäre sie dann völlig sorglos auf deren Lagerplatz herumgelaufen, als ob sie etwas Verlorenes suchen würde? Wir sollten sie wenigstens befragen, bevor wir sie wieder laufen lassen!"

Eine dritte Stimme, kalt und hart, weit weniger aufgebracht als die zweite, weit weniger unterwürfig als die erste.

Ich bemühte mich, meine Augen zu öffnen und etwas zu sagen, aber mehr als ein Stöhnen wurde nicht daraus. Mein Verstand begriff zwar größtenteils, was gesprochen wurde, aber anscheinend war ich nicht imstande, ein verständliches Wort hervorzubringen, geschweige denn, einen Satz.

„Meinetwegen! Bringt sie nach nebenan, hier ist sowieso kein Platz und sie scheint bald aufzuwachen. Befragt sie, aber lasst sie ansonsten in Ruhe, habe ich mich klar genug ausgedrückt? Die Menschen hier haben genug erduldet, das solltest du am besten wissen."

„Was sollen wir jetzt wegen dieser Feiglinge unternehmen? Sie bewegen sich offensichtlich immer noch weiter auf uns zu, weil sie nicht wissen können, wie weit wir Richtung Süden gelangt sind.", fragte der andere wieder.

„Meinetwegen schickt noch einmal Sucher aus, ihre Spur aufzunehmen. Zwei Tage gebe ich ihnen bis zur Rückkehr, wir haben keine Zeit, uns noch länger um sie zu kümmern. Wir müssen weiter, den Fluss überqueren, das Wasser ist weit genug zurückgegangen."

Es dauerte, bis ich alles richtig zusammengesetzt hatte. Der Fluss war irgendwo in der Nähe passierbar?

„Verstanden."

Das war wieder der dritte Sprecher und als mich jemand nicht besonders sanft hochhob, über seine Schulter warf und davontrug, schaffte ich es, ein Auge einen winzigen Spalt breit zu öffnen.

Ein Zelt, nahezu ohne jegliche Ausstattung. Er trug mich in einen mit Decken abgetrennten Teil, wo ich rücksichtslos auf den Boden neben einem Strohhaufen fallen gelassen wurde. Diesmal war es der harte Aufprall, der mich stöhnen ließ. Und dann trieb mir ein harter Tritt gegen die Rippen sämtliche Luft aus der Lunge und die Tränen in die Augen.

„Egal, was er sagt, ich glaube nicht, dass du so unschuldig bist, wie du auf den ersten Blick aussiehst! Los, sieh mich an! Ich weiß, dass du wach bist und mich hören kannst!", zischte er leise.

Ich bemühte mich, zu begreifen, was er da sagte, dann suchte ich angestrengt nach Worten.

„Ich habe nichts getan!", presste ich irgendwann hervor, aber zu verstehen war allenfalls ein „chhanchtn". Und damit überkam mich noch eine gänzlich andere Angst: Ich hatte schon oft davon gehört, dass Menschen mit einer Kopfverletzung irgendeine Fähigkeit eingebüßt hatten. Sollte ich jetzt die Fähigkeit verloren haben, mich in verständlichen Worten mitzuteilen? Diese Angst wuchs schlagartig an und überrollte mich wie eine riesige Woge.

Ein Schwall eiskalten Wassers platschte über mein Gesicht und ich holte japsend Luft, blinzelte noch immer mit nur halb geöffneten Augen und drehte den schmerzenden Kopf in die Richtung, aus der die Stimme kam.

„Wach? Gut! Dann fangen wir bei deinem Namen an: Wie heißt du?"

Name. Das begriff ich.

„Schr... Sche... a.. ra..." setzte ich mehrfach an – und jetzt mischten sich tatsächlich Tränen mit dem Wasser, das über mein Gesicht lief.

„Scheara also. Von wo kommst du und was hattest du in diesem Lager zu suchen?"

Ich holte tief Atem und sammelte meine ganze Konzentration.

„ch... ve...fo...g... g...s...cht..." mühte ich mich ab und schluchzte leise auf. Ich hab sie verfolgt, gesucht. Was übrig blieb, war unverständliches Lallen.

Er knurrte wütend und beugte sich über mich, sodass sein Gesicht jetzt direkt über meinem war. Ich hatte ihn nie zuvor gesehen – wie auch! – und er mich mit absoluter Sicherheit ebenfalls nicht, aber in seinen Augen lag blanker Hass. Warum auch immer, dieser sehnige Mann mit dem seit Wochen nicht rasierten Bart und den grauschwarzen Haaren, die ihm fast bis in die Augen reichten, hasste mich abgrundtief.

„Kannst du nicht sprechen? Eine junge Frau mit deinem Aussehen, die sich alleine mit fünf geflohenen Soldaten herumtreibt? Aber vielleicht ist es ihnen ja ganz recht, dass du keine Einwände erhebst, während sie dich nacheinander haben ... Wohin sind sie verschwunden? Wohin wollten sie und wen führten sie als Gefangenen bei sich? Ich rate dir, mir eine verständliche Antwort zu geben, egal wie du das anstellst!"

Wohin? Meinte er die Männer? Ich schluckte, räusperte mich und setzte zu einem neuen Versuch an:

„...chwncht... bn... gff...gt..."

Verzweifelt gab ich es auf und schloss die Augen. Die Worte waren da, aber mein Mund und meine Zunge schienen außerstande, sie zu formen. Es war, als ob sie nicht zu mir gehörten, als ob sie vollkommen betäubt wären.

„Na schön, dann anders: Gehörst du zu ihnen?". Grollte er und fasste mit der Hand in meine Haare, riss daran.

Ich wimmerte und schüttelte den Kopf. Nicht sehr gelungen, aber er bemerkte es.

„Du warst aber dort! Hast du etwas gesucht?"

Wieder dauerte es einen Moment, bevor mein Verstand seine Frage begriff und ich nickte, dann schüttelte ich meinen pochenden Schädel.

„Was denn nun?"

„Gfo..gt! S…ch!"

Er fluchte, dann öffnete er mit der anderen Hand gewaltsam meinen Mund und warf einen Blick hinein.

„Deine Zähne und Zunge sind vollständig erhalten, aber du lallst, als ob man dir die Ersteren ausgeschlagen und das Letztere herausgeschnitten hätte! Und ich habe keine Zeit, darauf zu warten, dass du deine Sprache wiederfindest. Dein Verstand scheint auch nicht gerade sehr groß. Kannst du sprechen?", grollte er wütend.

Ich nickte, nachdem er die letzte Frage noch einmal wiederholt hatte.

„Weiß du, wohin sie reiten?"

Kopfschütteln.

„Kennst du sie? Ihre Namen?"

Kopfschütteln.

Er stieß meinen Kopf auf den Boden, als er meine Haare unverhofft freigab.

Ich ächzte und schluchzte dann auf. Einen Moment lang drehte sich alles vor meinen Augen, dann blieb die Welt wieder stehen.

„Ich glaube dir nicht! Nicht ein Wort! Es gab dort nicht das Geringste zu holen, nicht mal für eine wie dich, doch du wärest nicht die Erste, die sich unter den Schutz einiger weniger Männer gestellt hätte in der Hoffnung, nicht von noch mehr Männern genommen zu werden! Und ich habe weder die Zeit noch die Geduld, wir brechen alsbald auf."

Er unterbrach sich, um ein Messer aus seinem Gürtel zu ziehen und mir dessen Spitze unter das Kinn zu halten.

„Glaub nicht, dass du von mir Gnade zu erwarten hast! Du gehörst zu ihnen, seit wann weiß ich nicht und es ist mir auch egal. Ich habe mit ihnen eine Rechnung offen und jeder Einzelne von ihnen wird dafür bezahlen, dich eingeschlossen! Hier: Woher hast du das?"

Diesmal waren es seine Handlungen, die mich den Inhalt seiner Drohung sofort erfassen ließ. Und nun fasste er nach der dicken Kordel um meine Mitte, zerrte ein Ende unsanft nach oben und in mein Blickfeld.

„Woher du das hast, will ich wissen!"

„...sea."

Seine Augen wurden zu schmalen Schlitzen.

„Was?"

„Ä...sea!" versuchte ich erneut – mit dem Ergebnis, dass er den Beutel losließ und mir mit der flachen Hand mit einem wütenden Aufbrüllen ins Gesicht schlug, sodass mein Kopf zur Seite flog.

Ich schrie auf und er richtete sich auf, als daraufhin Schritte hörbar wurden.

„Bron? Was ist los? Wer ist das?"

Eine der Decken wurde beiseite gehoben und ein Junge mit einer gewaltigen Anzahl von Sommersprossen und feuerroten Haaren schaute herein, erschrak bei meinem Anblick.

„Was willst du?"

„Wir sollen alle Zelte abbrechen, der Hauptmann hat mich geschickt, um das hier gemeinsam mit dir abzubauen und aufzuladen. Was ist mit ihr? Er hat gesagt, dass du sie laufen lassen sollst."

„Ich bin noch nicht mit ihr fertig!", grollte der Mann, den der Junge gerade mit Bron angesprochen hatte. „Der Hauptmann hat auch gesagt, dass ich sie befragen soll und ich habe soeben das erste brauchbare Wörtchen aus ihr herausbekommen. Sie weiß etwas über diese

Verräter. Sie kommt mit. Wickel sie in eine dieser Decken dort ein und pack sie irgendwo hinten auf den Zeugwagen, aber kneble sie vorher und binde jetzt auch ihre Füße zusammen. Sobald wir das Lager zur Nacht aufgeschlagen haben, werde ich wieder Zeit finden, mich mit ihr zu beschäftigen."

Die Augen des Jungen waren immer größer geworden und sein Mund öffnete sich, aber er schwieg, offenbar ratlos, was er tun sollte.

„Du hast mich gehört, oder? Los, an die Arbeit!", warf er ihm ein paar lederne Riemen, die bis eben noch an seinem Gürtel gehangen hatten, zu. Ihr Zweck wurde mir sofort klar!

„Nn…inn!", wehrte ich mich und schob mich trotz meiner Schmerzen mit den Füßen über den Boden von ihm fort, aber schon war er wieder über mir.

„Ich gebe dir einen guten Rat: Wenn du in diesem stickigen Wagen zwischen den schweren Zeugballen nicht verhungern und verdursten willst, dann solltest du dich fügen! Eher lasse ich dich da drin verrotten, als mir deinetwegen Schwierigkeiten einzuhandeln! Und eine verschnürte Leiche ist schnell im Fluss versenkt, er ist noch reißend genug! Habe ich mich klar genug ausgedrückt?"

„Bron, ich weiß wirklich nicht, ob wir …"

„Du willst Soldat sein und ein Mann? Du hast deinen Befehl, Bursche!", richtete sich Bron wieder auf. „Sei klug und handle danach!"

Er blieb noch einen Augenblick neben einem Stapel Decken stehen und überzeugte sich, dass der Junge seinem Befehl auch wirklich nachkam, dann zog er selbst eine Decke herunter und warf sie ihm zu.

Mein leises Schluchzen ging im Lärm unter, der jetzt draußen einsetzte. Geräusche, die mit seinen Worten langsam einen Sinn ergaben: Ein großes Lager wurde abgebrochen.

Ein Lager ...

Mein Verstand kam viel zu langsam voran, aber endlich verknüpfte ich die Einzelheiten und ein Schleier schien sich langsam zu lüften: Forthrans Lager! Er brach auf zu der letzten Schlacht seines Lebens! Und wenn Bron und seine Kameraden hinter den fünf Flüchtigen hergeschickt worden war, um sie einzufangen ... Feiglinge? Überläufer! Diese fünf waren Überläufer, die sich auf die Seite des mutmaßlichen Siegers zu stellen und gegen ihre einstigen Brüder zu kämpfen gedachten! Männer, die außer ihrem Leben nichts mehr zu verlieren hatten.

Und Natian befand sich in ihrer Gewalt.

Was auch immer die letzte Wache alarmiert hatte, er kam angerannt und stieß seine Kumpane unsanft an.

„Los, wir müssen hier weg! Sofort! Packt euer Zeug und sattelt die Pferde ..."

Der Rest ging in leises Zischeln über, das er nicht verstehen konnte. Stumm – auch weil er jetzt wenig rücksichtsvoll geknebelt wurde – musste er zusehen, wie sie alle in fliegender Eile und äußerst geübt ihre wenigen Habseligkeiten einsammelten, die Pferde sattelten und aufsaßen. Dann zerrte einer von ihnen, offenbar der Anführer, ihn an seinem Seil auf die Beine und zu sich heran.

„Du hast zwei Möglichkeiten: Entweder ich schneide dir jetzt auf der Stelle die Kehle durch, pfeife damit auf dein Lösegeld und lasse dich hier liegen, oder du läufst, wie du noch nie in deinem Leben gelaufen bist! Kannst du schwimmen?"

Er nickte.

„Gut für dich! Was ist dir also lieber? Ein hübscher Schnitt von einem Ohr bis zum anderen?"

Er schüttelte den Kopf.

„Dachte ich mir.", grinste sein Gegenüber. „Los, komm schon! Und wenn ich der Ansicht bin, dass du uns doch zu sehr aufhältst, könnte es sein, dass ich es mir noch anders überlege."

Das Seil, an dessen Ende er angebunden war, wurde wie gestern schon am Sattelknauf seines Pferdes festgeknotet und kaum saß der Reiter im Sattel, ging es auch schon los.

Mehr als einmal stolperte er im Halbdunkel und rannte dann umso schneller, um bei dem schnellen Trab, den der Anführer vorgab, mithalten zu können.

Der Knebel hinderte ihn daran, genügend Luft zu bekommen, und schon nach kurzer Zeit keuchte er und seine Lungen brannten schmerzhaft vor lauter Atemnot. Doch erst als er zum ersten Mal hinfiel und mit einem schmerzhaften Ruck, der das Seil unter seinen Achseln seine Arme schier aus den Schultern zu reißen schien, hilflos mehrere Meter weit von dem sofort erschreckt losgaloppierenden Pferd mitgeschleift wurde, hatte sein Peiniger Erbarmen: Er hielt an, starrte auf ihn hinunter und deutete seinem Kumpan, er solle absteigen.

„Nimm ihm den Knebel ab. Ich nehme an, dir fehlt inzwischen die Puste, um durch Schreien auf uns aufmerksam zu machen. Ich lasse dir also von jetzt an dein Maul frei zum Atmen, aber ich warne dich: Ein Mucks und du kannst deinen Kopf unter den Arm klemmen, während du als Leiche flussabwärts treibst!"

Pfeifend und japsend lechzte er nach Luft und kam nur mühsam wieder auf die Beine, so schwindelig war ihm. Und erst als er den Kopf wieder hob, nickte der Anführer finster und trieb sein Tier erneut an.

Erst als die Sonne ihr frühes Tageslicht verbreitete, verfielen sie endlich aus dem etwas langsameren Trab in einen Schritt – er war längst schweißgebadet. Und er ächzte leise, als sie kurze Zeit später einschwenkten Richtung Fluss. Dessen Rauschen hatte sie fast die ganze Zeit über begleitet, aber seit Kurzem war es wieder lauter geworden. Und jetzt, am Ufer, wurde ihm der Irrsinn dessen, was sie vorhatten, erst klar: Sie würden ihn zu überqueren versuchen. Hier oder ein Stückchen weiter aufwärts. Oder ihn zumindest nutzen, um ihre Spuren zu verwischen. Und wenn sie ihm zu diesem Zweck nicht die hinter dem Rücken zusammengebundenen Hände freigeben würden, würde er in diesem noch immer viel zu schnell dahinrauschenden, selbst in Ufernähe schon zu tiefen Wasser ertrinken.

Die Enge zwischen den schweren, feuchten, in der Tat zu großen Ballen zusammengepackten Zeltleinwänden war in jeglicher Hinsicht beklemmend, die Decke um mich herum derart fest gewickelt, dass ich mich weder zu regen noch tief Luft zu holen imstande war. Der Knebel in meinem Mund roch muffig und trocknete meinen Mund nicht nur vollkommen aus, sondern hinterließ auch einen modrigen Geschmack auf der Zunge und in der Kehle, der mich würgen ließ.

Die Tränen liefen mir schon seit dem Aufbruch immer wieder über das Gesicht und jedes Loch im Weg unter den Wagenrädern verursachte einen Schlag, der mir durch den gesamten Körper fuhr, besonders durch meinen Kopf. Ich brauchte meine ganze Kraft dazu, mich zusammenzureißen. Am eigenen Erbrochenen zu ersticken würde einen qualvollen Tod darstellen und mich meinem Ziel so nah und doch so fern zu wissen, steigerte meine Verzweiflung von Minute zu Minute.

Zuletzt – ich hatte keine Ahnung, wie lange wir schon unterwegs waren – verfiel ich in eine Art Dämmerzustand, in welchem das Pochen in meinem Schädel wenigstens erträglich wurde. So etwas wie Gleichgültigkeit und Resignation dämpfte meine Angst so weit, dass ich das hier ertragen konnte – ich gab mich dem daher sehr freiwillig hin, auch in der Hoffnung, auf diese Weise wieder Kraft zu schöpfen und meinem Kopf die nötige Erholung zu gönnen. So kam es allerdings auch, dass ich zunächst nicht einmal mehr mitbekam, dass das Rumpeln und ständige Durchschütteln irgendwann aufhörte. Ich starrte sogar das Gesicht über meinem lange verständnislos an, als die Decke weggezogen wurde und mir jemand einen Wasserschlauch an den soeben befreiten Mund hielt.

„Hast du mich verstanden? Ich rate dir, nicht einen Laut von dir zu geben, wenn du den morgigen Tag noch erleben willst! Wir sind an der Stelle angelangt, an der die Wagen den Fluss überqueren können und auf der anderen Seite, unweit von hier, werden wir einen Teil der Ausrüstung zurücklassen. Genau wie dich. Also trink endlich!"

Ich bewegte Mund und Zunge, aber die schien an meinem Gaumen zu kleben und selbst das Schlucken war eine einzige Qual mit derart ausgetrockneter Kehle. Ich verschluckte mich prompt, hustete und würgte und sofort krallte sich seine Hand um meinen Mund und mein Kinn und pressten alles schmerzhaft zusammen.

„Keinen Laut, sagte ich! Einen Schluck nach dem anderen, ist das klar? Mach Pausen dazwischen, sonst erbrichst du alles wieder und ich habe nur ein paar Augenblicke Zeit. Haben wir uns verstanden?"

Ich nickte, froh darüber, zumindest wieder sofort zu begreifen, was er sagte. Ich lag mit dem Kopf direkt an der hinteren Ladeklappe, die er offenbar nur zu dem Zweck, mir etwas zu trinken zu geben, heruntergeklappt hatte. Gehorsam tat ich einen Schluck nach dem anderen und zuletzt liefen sogar Tränen der Erleichterung über meine Wangen.

Etwas, das ihm unschwer entgehen konnte.

„Das hast du dir selbst zuzuschreiben!", knurrte er leise. Überhaupt sah er sich fast pausenlos um und was immer er sagte, er flüsterte es nur.

Allen Mut zusammennehmend holte ich Atem und räusperte mich vorsichtig.

„Ä… sea… Gsch…k! G…schnk!"

Das Sprechen ging nicht viel besser als zuvor und er knirschte bei der Erwähnung von Äseas Namen hasserfüllt mit den Zähnen, richtete sich auf und verschloss sofort den Wasserschlauch wieder.

„Ein Fehler, jemandem wie dir auch noch eine Gnade zu erweisen!"

Ich riss die Augen auf, als ich endlich etwas begriff. Dieser Bron war Äseas Mann! Es mochte ja sein, dass Vandan ihn gewaltsam verschleppt und zu einem seiner Soldaten gemacht hatte, aber auch ihm war offensichtlich die Flucht geglückt und er hatte sich Forthrans zusammengewürfelter Truppe angeschlossen. Wenn die beiden feindlichen Lager derart nahe beieinander lagen, dann war es kein Wunder, dass man jemanden hinter den Flüchtigen hergeschickt hatte. Nur, dass diese entkommen waren, bevor man sie fangen und zurückbringen oder ganz einfach gleich und auf der Stelle hätte töten können.

Verrat? War es Verrat gewesen, der Vandan einen weiteren Vorteil verschafft hatte? Was als Angriff aus dem Hinterhalt geplant war, wäre in diesem Fall schon in dem Augenblick zum Scheitern verurteilt gewesen, in dem Vandan davon erfuhr, dass es einem unentdeckten Kontingent gelungen war, ihn und seine Männer zu umgehen und dass sie ihn von hinten anzugreifen beabsichtigten.

„...sst hiir! ...st hiir!", wimmerte ich in dem Bemühen, ihm klar zu machen, dass Vandan näher war, als ihnen lieb sein konnte. Und als wieder nur unverständliche Laute aus meinem Mund kamen, schloss ich die Augen und sammelte meinen ganzen Willen, um meinen Geist darauf zu richten, die einzigen Wesen um Hilfe anzuflehen, die mir jetzt noch helfen konnten.

„Es ist eine Falle, ihr seid verraten. Vandan ist gewarnt, diese Schlacht ist schon jetzt verloren. Forthran muss fliehen und sich in Sicherheit bringen, sonst ist dieses Reich für ihn verloren!", stieß ich dann beschwörend hervor, aber nach meinem kaum zu verstehenden Lallen schob er mir wutschnaubend den Knebel wieder zwischen die Zähne, knotete den Leinenstreifen wieder fest, der ihn an Ort und Stelle halten würde und wand die Decke wieder fest um meinen Kopf und die Schultern.

Ich schluchzte haltlos vor mich hin, als die hintere Klappe zugeworfen wurde und der Wagen sich nur wenig später wieder in Bewegung setzte. Die Geister hatten ihr Versprechen gebrochen, denn wo immer sie waren, sie waren nicht hier!

Sie hatten zwar die Absicht, die Seite zu wechseln, mussten jedoch nach einer geeigneten Stelle suchen, probierten es immer wieder einmal. Das Wasser war, nachdem er so lange gerannt war, im ersten Moment eiskalt und raubte ihm nicht nur den Atem, sondern ließ schon nach kurzer Zeit Hände, Füße und dann auch die auf den Rücken gefesselten Arme gefühllos werden.

Fast die ganze Zeit über reichte ihm selbst hier am Flusssaum das Wasser bis zur Mitte, aber viel zu oft auch bis über die Schultern. Da sie sich unablässig gegen den Strom bewegten und er nicht einmal annähernd sehen konnte, wohin er in dem von den Pferdehufen aufgewühlten Schlamm trat, trat er zudem mehr als einmal ins Leere. Jedes Mal geriet er mit dem Gesicht unter Wasser und hatte Mühe, wieder an die Oberfläche zu kommen und Boden unter den Füßen zu gewinnen.

Hinter einer Biegung wurde es bei einem erneuten Versuch besonders schlimm und zweimal wurde ihm fast schon schwarz vor Augen, als er, nur unter Zuhilfenahme seiner Beine, hinter dem Pferd her schwimmen musste und dabei unbarmherzig unter Wasser gezogen wurde, weil er schlicht zu langsam war.

Diese qualvolle Art der Fortbewegung setzte sich bis gegen Mittag so fort. Erst dann hielt der vornweg reitende, grobschlächtige Kerl, der ihn gestern voller Begeisterung mit glühenden Ästchen beworfen und ihm so die eine oder andere kleine Verbrennung zugefügt hatte, sein Tier an, sah sich kurz suchend um, deutete auf eine Stelle am Ufer und rief etwas von einer Pause.

Obwohl er froh war, endlich dem Wasser entsteigen zu können, stellte für ihn der Uferrand ein weiteres Problem dar. Während die Pferde mit einigem Schwung hinaufklettern konnten, fehlte ihm längst die Kraft dazu und mit den nassen Kleidern und gegen den Widerstand des Wassers ...

Das rutschige Ufer erwies sich für ihn als schier unüberwindlich. Seine Hände auf dem Rücken, das Seil, das um seine Brust herum unter seinen Achseln hindurchführte und das jetzt urplötzlich hart angezogen wurde ...

Das Pferd, das schon fast den oberen Rand erreicht hatte, strauchelte durch diesen Ruck, seine Hinterbeine rutschten fort und verloren den Halt. In dem Bemühen, wieder Griff auf dem schlammigen Boden zu bekommen, setzte es ein paarmal zu unkontrollierten Sprüngen an, bei denen der Reiter auf seinem Rücken nicht eben hilfreich war. Die Hinterhand rutschte ständig weg, gab nach und knickte zuletzt vollkommen ein und vor seinen Augen fiel das wiehernde Tier eigenartig langsam auf die Seite und rollte über seinen schreienden Reiter hinweg das Ufer herunter ins Wasser.

Er war im allerersten Moment viel zu entsetzt und ratlos, um irgendetwas zu tun. Eben erst hatte er schräg hinter dem Tier einen halbwegs festen Untergrund erwischt, als er hilflos zusehen musste, wie das entsetzt wiehernde Tier mit dem Rücken im Wasser landete. Dort kämpfte es mit allen Vieren gleichzeitig ausschlagend darum, wieder auf die Hufe zu kommen, während das Wasser ihm schon über den Kopf schwappte.

Der Anführer lag irgendwo unter dem Pferd im Fluss, eingepfercht zwischen dessen Rücken und dem schlammig-steinigen Grund und Natian reagierte erst als er sah, wie sich das Seil, das noch immer am Sattel des Tieres festgebunden war, langsam straffte.

Mit einem Satz sprang er zurück ins Wasser, darauf hoffend, irgendwo aufzukommen, wo er nicht ebenfalls wegrutschen oder -knicken würde. Er strauchelte kurz, dann aber ging es und er konnte von Glück sagen, dass einer der Hufe ihn nur harmlos an der Schulter streifte, bevor das entsetzte Tier wieder auf die Beine kam. Das Seil – nun einmal komplett um seinen Bauch herum gewickelt – tat es mehrere Sprünge vorwärts, bevor es sich schnaubend und zitternd langsamer zur Böschung kämpfte.

Er hatte keine Ahnung, was mit dem Reiter war, denn nicht das Geringste war von ihm zu sehen, aber er bemühte sich sofort, hinter dem Pferd herzukommen.

Die Männer am Ufer brüllten irgendetwas, aber darum konnte er sich jetzt nicht kümmern. Er hatte auch keine Zeit, sich umzusehen, ob einer von ihnen nach ihrem Kumpan suchte; das herrenlose Tier stampfte noch immer vorwärts und würde sicherlich keinerlei Rücksicht auf den Mann nehmen, der noch immer hilflos hinter ihm herlief.

Sein Abstand zu dem Pferd war jetzt bedeutend geschrumpft, aber glücklicherweise noch so, dass er nicht hinterhergezerrt wurde.

Er durfte es nicht dahin kommen lassen, dass sich daran etwas änderte, denn wenn dieses ohnehin verängstigte Tier hier im Wasser auch noch eine Last spüren würde, die es in das tiefere Wasser zu ziehen drohte ...

„Hoooh, ruhig!", versuchte er es und kämpfte sich mühsam Schritt für Schritt näher. „Ruhig, ist schon gut!"

Unablässig auf es einredend reduzierte sich die Distanz dennoch nur quälend langsam und als er sah, dass das Tier an einer neuen Stelle versuchte, aus dem Fluss ans rettende Land zu kommen ...

Eine der denkbar ungünstigsten Stellen! Er musste zusehen, schräg neben dem Pferd zu bleiben, aber er konnte es weder umrunden, weil es ihn dann ebenfalls überrollen würde, falls es abglitt und strauchelte, noch war der Weg auf der anderen Seite frei für ihn: Dichtes, schilfartiges Gewächs, dornige Äste und am oberen Rand sogar ein Busch versperrten ihm den Weg, nicht gerechnet die dicken Äste, die das Hochwasser hier angeschwemmt hatte.

Mit teils riesigen, ungelenken Sätzen und während das Tier vor ihm ebenfalls mit mühsamen Sprüngen den Hang zu erklettern versuchte, kämpfte er sich durch die Pflanzen, zerkratzte sich hilflos Arme, Brust und Gesicht und blieb mehrfach mit den ohnehin zerrissenen Kleidern in den Ästen des Gestrüpps hängen.

Doch endlich heil oben angelangt war es noch immer nicht vorbei, denn das verschreckte Pferd rannte noch eine ganze Weile einfach weiter in den angrenzenden Wald, während ihm inzwischen schon wieder der Atem fehlte, um ihm beruhigend zuzureden. Und irgendwo hinter ihm hörte er jetzt sowohl das Rufen der Männer als auch ein eiligst herangaloppierendes Pferd ...

Hinter ihm.

Und irgendwo vor ihm!

Kapitel 9

Wann immer ich nicht an Natian oder die Geister dachte, kreisten meine Gedanken nur um eines: Forthrans Lager war am östlichen Ufer des Flusses gelegen gewesen, welcher nicht allzu weit von hier nahezu exakt im rechten Winkel aus nordsüdlicher in westöstliche Richtung abschwenkte. Doch die Brücke war fort, zerstört von Vandan nach der Verfolgung jener Männer, die Augenzeugen am Geisterstein gewesen waren. Wenn Prullufs Sohn sich endgültig hinter Vandan bringen wollte, *musste* er den Lertos früher oder später überqueren. Viel länger konnte er damit nicht warten, denn auch Vandan konnte jederzeit aufbrechen und endgültig nach Norden nach Perstan ziehen. Der Fluss würde so oder so irgendwann kein Hindernis mehr darstellen, denn die Zuflüsse, die ihn ab hier hauptsächlich speisten, kamen aus dem östlichen Teil des Reiches, dem hügeligen und bergigen Teil, der sich bis fast an die Küste erstreckte. Wenn hier der Pegel sank, würde er erst dort wieder steigen.

Es mochte durchaus sein, dass sie hier eine halbwegs geeignete Stelle gefunden hatten, an der die Wagen über den Fluss kommen würden. Aber an dem ständigen Rufen und Fluchen der Männer, an der Zeit, die verstrich bis auch der Wagen, auf dem ich lag, an die Reihe kam, erkannte ich, dass es alles andere als einfach sein dürfte.

„Das ist der Letzte! Was ist da drauf?", hörte ich jemanden rufen und die Antwort jagte mir einen ersten Kälteschauer über den Rücken, dem noch viele andere folgen sollten. Den während die Männer, die die Zugpferde abwechselnd antrieben, fluchten und ihnen besänftigend zuredeten, daraufhin zuerst darüber beratschlagten, die Zelte und entbehrlichen Planen und Decken bis nach der Schlacht hier zurückzulassen, spürte ich nur wenige Augenblicke später, wie der Boden des Wagens sich erst nach unten in Richtung meiner Füße neigte … und dann, wie Wasser durch die Bodenbretter drang und schnell höher stieg. Gerade hoch genug, um über der Ladefläche zu stehen und mich schlimmstenfalls spätestens in der Flussmitte komplett zu bedecken. Schon jetzt war nicht nur die Decke, sondern auch mein Kleid vollständig durchnässt und ich versuchte panisch, mich in eine sitzende Position zu bringen, um den Kopf über der Wasseroberfläche behalten zu können. Doch selbst wenn die Fesseln dies zugelassen hätten, die Enge hier drin und die Decke, die viel zu fest um mich herumgewickelt war, hinderten mich daran, den Oberkörper auch nur um ein Geringes höher als in Schulterhöhe zu bringen, geschweige denn, mich aufzusetzen. Immer wieder verließ mich die Kraft, zwang es mich unbarmherzig zurück in die liegende Position, immer wieder geriet ich so schon wenig später mit dem Kopf unter Wasser. Mein verzweifeltes Schreien ging unter im Lärm und Rauschen und als zuletzt der Wagen an einer Stelle mit einem Rad ruckartig nach unten wegsackte und sich dann nicht mehr von der Stelle rührte, würgte ich vor Angst. Immer wieder ruckte das Gefährt vor und zurück und das Gebrüll der Männer brach nun gar nicht mehr ab, aber das Schlimmste sollte mir noch bevorstehen:

„Schluss damit! Macht die Pferde los, die Zelte sind es nicht wert! Los, ihr da, helft mit, bevor sie panisch werden, ausbrechen und ersaufen und ihr da, haltet sie fest! Los, los, macht schon, wir haben schon viel zu viel Zeit verloren!"

Mir wurde eiskalt vor Angst. Für einen Augenblick geriet ich wieder unter Wasser, dann nahm ich noch ein-

mal alle Kraft zusammen, hob den Oberkörper so weit an, wie es eben ging und schrie aus Leibeskräften gegen den Knebel an, trat mit den Füßen immer wieder hart gegen den Boden …
Vergebens!
Undeutlich hörte ich, wie jemand befahl, vom Wagen wegzubleiben, der sich jetzt, offenbar von den Zugtieren befreit, langsam zu einer Seite zu neigen schien. Der von vielen Pferden und Wagenrädern aufgewühlte Grund des Flusses gab nicht mehr genug Halt und die Wassermassen, die jetzt gegen die Seite drückten, bewirkten zusätzlich, dass er weggedrückt wurde …
„Zurück habe ich gesagt! Was soll das? Das ist ein Befehl, Soldat!"
„Herr, da ist noch jemand drin! Eine Gefangene! Ich muss …"
Der Rest ging unter im Plätschern und Blubbern des Wassers, denn jetzt war entweder eine Welle über mich hinweggerollt oder der Wagen hatte sich vollends auf die Seite gelegt. Oder beides. Ich war komplett unter Wasser, nicht mehr nur dann, wenn ich den Kopf nicht hob, denn soeben hatte sich das Oben gegen das Unten vertauscht. Ich hielt automatisch die Luft an, drehte und wand mich, als ein Ballen Zeltplane mich zwischen sich und dem unter mir einpferchte, aber nur zu bald brannten meine Lungen und schrien nach dem nächsten Atemzug. Es war dunkel um mich herum und als Sternchen vor meinen Augen aufblitzten und ich es nicht mehr länger aushielt, wusste ich, dass dies das Ende war. Der Lertos würde mein Grab sein …
Noch für die Dauer einiger dahingaloppierender Herzschläge schaffte ich es, mich gegen den unbezwingbaren Drang, Luft zu holen zu wehren, dann ging auch das nicht länger. Meine Lungen stießen die letzte Atemluft

aus, mein wie wahnsinnig rasendes Herz pumpte noch ein paarmal verzweifelt und als meine Brust sich wieder hob, um die begehrte Luft einzuatmen, drang stattdessen kaltes Wasser in meine Nase und Kehle …

Die Welt war schwarz, kalt und nass. Und einsam!
Meine Familie! … Natian.
Umsonst!

Er war neben dem Pferd angelangt und auch wenn es noch immer mit den Augen rollte, die Ohren vor und zurück warf und nervös tänzelte, blieb es dabei doch wenigstens halbwegs auf einem Fleck, sodass er nicht länger hinter ihm her rennen musste.

Es hatte sich tief in den Wald geflüchtet, wo es zuletzt von dichtem Unterholz aufgehalten worden war. In dem Bemühen, das Gehölz zu umrunden, hatte es dann endlich verlangsamt und es blieb mit schlagenden Flanken stehen, als er zuletzt wieder genügend Atem fand, ihm beruhigend zuzureden.

Kurz hielt er dann den Atem an und lauschte. Irgendwo hinter ihm, dort beim Fluss, war lauter Lärm zu hören gewesen, der jedoch schnell verhallt war. Seine Entführer hatten offenbar genug damit zu tun, mit den Reitern, die von vorne und damit aus nördlicher Richtung gekommen waren, klarzukommen.

Die Rufe und Schreie waren jedenfalls verstummt und auch wenn er wegen des Unterholzes nicht sehen konnte, was dort vor sich ging, war ihm doch klar, dass dies hier seine erste und vermutlich letzte Chance zur Flucht darstellte. Wer immer die anderen waren, sie hielten seine Peiniger auf, doch ihm würde nicht viel Zeit bleiben.

Mit einem sanften Flüstern näherte er sich dem Pferd und musterte es. Soweit er sehen konnte, hatte es keine gravierenden Verletzungen davongetragen und Sattel und Zaumzeug waren eben-

falls noch intakt. Das Seil, das noch immer um seinen Bauch herum führte, stellte dagegen eine Gefahr dar, aber vorerst musste er das in Kauf nehmen. Das und hoffen und beten, dass das arme Tier auch ohne Zügel zu lenken sein würde!

Er brauchte drei Anläufe, dann hatte er es geschafft, sich von einem Baumstumpf aus auch ohne Zuhilfenahme seiner Hände in den Sattel zu schwingen. Jetzt erst sah er, dass an der anderen Seite des Pferdehalses ein langer Riss klaffte - vermutlich durch irgendwelche Dornen aufgerissen.

„Schon gut, mein Junge, darum kümmern wir uns später!", tastete er hinter sich nach dem jetzt auf den Boden hängenden Seil und wickelte es so weit auf bis er davon ausgehen konnte, dass das Pferd nicht mehr darüber stolpern würde. „Jetzt aber müssen wir fort. Und das wäre die Gelegenheit, zu zeigen, dass du mich magst – so wie bislang eigentlich alle Tiere! Komm, lauf zu! Schön in diese Richtung, ja? Erst mal geradeaus, später schwenken wir in die Richtung ab, aus der wir gekommen sind."

Nur vorsichtig trieb er es mit den Fersen an und beugte sich ein wenig vor über den Hals des Pferdes – und stöhnte erleichtert auf, als es sich nach kurzem Tänzeln tatsächlich in die richtige Richtung in Bewegung setzte!

„So ist es gut, mein Freund! Siehst du, jetzt sind wir beide Streuner, denn wir sind unterwegs irgendwo im Nirgendwo und besitzen nichts mehr als nur noch unser Fell! Aber das verkaufen wir Streuner nun mal so teuer wir können! Und wir halten zusammen, nicht wahr? Wenn wir jetzt auch noch eine ganz bestimmte Streunerin finden, kann alles wieder gut werden. Wir müssen uns nur beeilen!"

Ich spuckte und spie, hustete und würgte – und holte mit einem durchdringenden Pfeifen und Keuchen gierig Luft. Die Augen voller Panik weit aufreißend war das erste, das ich sah, der fahlblaue Himmel und ein paar weißgraue Wolken über mir. Dann, nachdem ich ein paarmal geblinzelt und so das Wasser aus meinen Augen vertrieben hatte, kurz auch das Gesicht eines unbekannten Mannes über mir, der sich sofort erleichtert aufrichtete.

Ich blinzelte noch einmal. Unbekannt. Ich kannte ihn nicht, aber da war irgendetwas …

Meine Gedanken glitten ab.

Er kniete neben mir, begutachtete mich und verschwand vollends aus meinem Blickfeld, als ich mich langsam zur Seite rollte, um auf Hände und Knie zu kommen. Doch nicht einmal das gelang mir; ich war viel zu schwach dazu, also hustete ich in dieser Lage weiter, bis ich das letzte Restchen Wasser aus Kehle und Lunge befördert hatte. Und dann blieb ich einfach nur reglos liegen, starrte blind vor mich hin und atmete. Noch immer keuchend und gierig, viel zu schnell und mit wild schlagendem Herzen, aber ich atmete.

„Wer ist dafür verantwortlich?", fragte jemand hinter mir.

„Ich, Herr. Sie lief auf dem verlassenen Lagerplatz der geflohenen Soldaten herum, als ob sie dort etwas vergessen habe. Und ich habe einen Beweis dafür, dass sie etwas mit ihnen zu schaffen hatte! Ich bin vor unserem Aufbruch nur nicht mehr dazu gekommen, mehr aus ihr herauszuholen, deshalb habe ich sie …"

„Zusammengeschnürt und wie ein Ballen alter Lumpen auf den Wagen geworfen, ich verstehe! Wie ist dein Name, Soldat?", grollte der Erste.

„Bron, Herr. Ich stamme aus dieser Gegend, weshalb man mich und zwei Kameraden schickte, um die Abtrünnigen zu finden und entweder zurückzubringen oder zu töten."

Bron. Das Lager. Die Überquerung des Flusses … Natian! Die Erinnerung kehrte wieder zurück, zuerst nur bruchstückhaft, dann immer schneller und schneller. Meine Lider flatterten, aber noch immer war ich zu kraftlos, um mich zu rühren. Mein Verstand arbeitete nun jedoch umso schneller und vor allem so uneingeschränkt wie vor meiner Gefangennahme.

„Und bringst stattdessen ein Mädchen."

„Sie ist alles andere als ein Mädchen, Herr! Seht sie doch an, sie ist eine Frau und ich weiß mit Sicherheit, dass sie etwas über diese Männer weiß, hinter denen wir her waren. Ich habe Beweise gefunden, die eindeutig zeigen, dass sie … ebenfalls dort war, wo diese Männer waren!"

„Und was sind das für Beweise? … Steht nicht so herum, holt ihr wenigstens eine Decke! Sie holt sich den Tod, auch wenn wir das vorhin fast auch anders bewerkstelligt hätten!"

Jemand fasste nach meiner Schulter, aber es war Brons Stimme, die jetzt wieder antwortete.

„Sie hätte den Tod verdient! Seht ihr den Gürtel, den sie um ihr Kleid trägt? Diese Knoten sind die eines Seefahrers und die macht hier in der ganzen Gegend nur eine einzige Person: mein Weib! Sie ist die Tochter eines Schiffers, sie hat sie als Kind von ihrem Vater gelernt. Bei der Verfolgung sind wir nicht nur an meinem einstigen Haus vorbeigekommen, sondern auch an einer niedergebrannten Hütte, deren Überreste fast noch zu schwelen schienen. Ich habe Beweise dafür gefunden, dass meine Frau die Zerstörung unseres Hauses überlebt und dort Zuflucht gefunden hat. Und das dort ist ihr Gürtel, genau wie das hier der verbrannte Rest eines weiteren Gürtels ist! Und den fand ich in der kalten Asche des Lagerfeuers."

Der Ziegenstrick, den sie verbrannt hatten. Endlich fügte sich auch dieses Steinchen ins Mosaik.

Ich mühte mich ab, mich aufzurichten, aber erneut vergeblich, also rollte ich langsam zurück auf den Rücken, um abwechselnd Bron und den Mann hinter mir wieder anzusehen, bemüht meine Gedanken nicht auf die Überlegung zu richten, wieso etwas an ihm mir so bekannt vorkam. Er trug seine braunen Haare wie bei den meisten Männern üblich zu einem Pferdeschwanz zusammengebunden, der jetzt nach vorne hing und kurz unterhalb seines Schlüsselbeins endete. Und er war genauso durchnässt wie ich.

„Äsea hat mir den Gürtel geschenkt! Sie hat mich gastfreundlich bei sich aufgenommen und mir trockene Kleider überlassen, ebenso wie den Gürtel ..."

Worte, die nur leise, heiser und schwer verständlich waren, aber immerhin – und nach zwei Wiederholungen – endlich auch von den Umstehenden gehört und verstanden wurden.

Bron erblasste.

„Das kann jeder behaupten! Du warst dort!"

„Natürlich war ich dort! Mein Begleiter und ich waren auf dem Weg hierher. Nun, vielleicht nicht hierher, aber auf der Suche nach Forthran, Prullufs Sohn."

Auch diese Worte musste ich noch einmal wiederholen, langsamer. Die Augenbrauen des durchaus kräftigen und gutaussehenden Fremden ruckten nach oben, dann drehte er den Kopf zur Seite, um einem grauhaarigen Mann neben ihm einen erstaunten Blick zuzuwerfen.

„Wieso suchtet ihr ihn? Und wo ist dein Begleiter?", wandte er sich dann wieder an mich, nahm die Decke entgegen, die ihm der Grauhaarige reichte und zog mich in eine sitzende Position, um sie mir umlegen zu können. Ich wankte und prompt hielt er mich fest, indem er einen Arm um meinen Rücken legte.

„Gefangen. Von diesen geflohenen Soldaten. Deshalb war ich hinter ihnen her. Sie haben ihn bei Äsea überrascht."

Ich schauderte.

„Äsea!", kam es sofort von Bron. „Haben sie sie ..."

Ich sah ihn an und wischte kraftlos mit einer Hand das Wasser aus den Augen, das mir sofort wieder aus den Haaren übers Gesicht lief.

„Ich weiß es nicht. Aber es besteht durchaus die Hoffnung, dass sie ihnen entkommen konnte. Sie ist klug und kennt jeden Halm und Strauch dort.", lallte ich.

„Sprich weiter. Weshalb suchtet ihr Forthran?"

„Weil wir eine Botschaft für ihn haben. Von Prulluf, aber auch von Netrosh. Und von den Geistern.", murmelte ich erschöpft.

Längst hatte absolute Stille eingesetzt, die allenfalls vom Rauschen des Flusses und dem Schnauben der Pferde unterbrochen wurde. Der Ring der Umstehenden, überwiegend ältere Männer oder noch halbe Jungen, hatte sich um uns geschlossen, die meisten hielten ein Pferd am Zügel.

„Von den Geistern?", kam es von dem Grauhaarigen neben ihm. Seine etwas wässrig wirkenden Augen blickten aufmerksam.

„Eine Botschaft? Von diesen beiden Männern? Kannst du das beweisen?", kam hingegen die Frage des Fremden neben mir.

„Beweisen?", krächzte ich und starrte ihn entgeistert an. „Wie sollte ich das beweisen? Wenn der Inhalt dieser Botschaft nicht genügt, Forthran zu überzeugen: Ich habe keine Beweise! Mein Begleiter trägt etwas bei sich, das als Beweis gelten könnte …"

„Herr, sie fantasiert! Schon die ganze Zeit über hat sie unverständliches Zeug gefaselt und …"

„Ich denke, für dich ist es an der Zeit, deinen Mund zu halten, oder?", fuhr der Grauhaarige ihn an.

„Was sollst du ihm sagen? Forthran, meine ich.", wollte der Mann neben mir wissen.

Ich schüttelte den Kopf.

„Das ist nur für seine Ohren bestimmt! Ist er hier? Je eher ich mit ihm spreche, desto besser. Und ich glaube nicht, dass ich noch lange bei Bewusstsein sein werde, mir wird schon wieder schwindelig."

Der Mann hob den Blick und machte eine entschiedene Bewegung mit dem Kopf, auf die hin sich alle in Bewegung setzten und auf Abstand gingen.

„Ich bin Forthran. Was also sollst du mir mitteilen?"

Ich starrte ihn an, aber sein nachsichtiges Lächeln erreichte seine braungrün gesprenkelten Augen nicht, als er auffordernd nickte. Forthran … Doch was immer es war, es war nicht die Ähnlichkeit mit seinem Vater, denn die war so gut wie nicht vorhanden. Prullufs Nase war bedeutend breiter, sein Kinn weniger ausgeprägt …

„Ihr seid … Ich werde Euch nicht schonen können, Herr …"

„Schon gut, sprich einfach."

„Hebbun ist tot, die Schlacht ist verloren und bis auf einen einzigen Soldaten hat sie niemand überlebt. Auch Perstan ist schon jetzt verloren, es liegt nahezu schutzlos da angesichts Vandans gewaltigen aufmarschierenden Heeres. Ihr kommt zu spät und seid zu wenige. Viel zu wenige."

Er erbleichte und schloss erschüttert die Augen.

„Hebbun ... Vater ..."

„Ihr müsst von Eurem Angriff auf Vandan absehen, Herr, und Ihr dürft auch nicht nach Perstan zurückgehen. Mit Eurem Vater geht es ohnehin zu Ende, er wird und will nicht weichen."

„Ich weiß. Vater würde Perstan niemals verlassen.", bekräftigte er.

„Und die Menschen dort sind gewarnt. Ob diese flüchtigen Verräter Vandan rechtzeitig von Euch und Eurem Lager berichten können oder nicht, auch Euer Plan wird fehlschlagen und dann ist unser Reich ohne jeden legitimen Thronerben. Etwas, das niemals geschehen darf, wenn Vandan nicht eine Schreckensherrschaft beginnen soll! Alles hängt davon ab, dass Ihr Eure Pläne aufgebt und Euch in Sicherheit bringt, bis es eine neue Gelegenheit gibt. Vandan muss aufgehalten werden, aber nicht so! Egal über wie viele Männer ihr verfügt, diese Schlacht wird in einem Massaker enden, Vandan wird niemanden verschonen. Und auch in Perstan wird er dann ein einziges Blutbad anrichten ..."

Er hatte jetzt sämtliche Farbe verloren.

„Und das weiß Netrosh woher? Von den Geistern? Ich weiß nur von einer Weissagung, die er erst jüngst hatte."

Ich nickte, bemüht, die Lider offen zu halten.

„Ich weiß.", flüsterte ich. „Ich kenne sie. Vollständig, denn er konnte sie erst jüngst vollenden: *‚Der kommt, wird gehen, der herrscht, wird fallen. Dieser Schlüssel ist nicht ehern und er ist Schlüssel und Tor zugleich. Einmal durchschritten führt der Weg nur in eine Richtung und verzerrt wird so, was sonst nur in der Götter Hand, doch wird es geduldet für das große*

Ziel. Der kommt, wird gehen und der herrscht, wird fallen wenn die Zeit reif. Die Gerechte wird siegen und das Schloss schafft der Schlüssel, nicht dessen Schmied. Und der Schlüssel ist irden, genau wie der Fels.'

Ich wüsste nicht, was ich noch hinzufügen könnte, um Euch davon zu überzeugen, dass ich die Wahrheit spreche.", seufzte ich, während mein Kopf haltlos gegen seine Schulter sank. „Ihr müsst fliehen, so schnell wie möglich!"

„Ich glaube nicht, dass es dem etwas hinzuzufügen gibt.", hörte ich noch, dann verschwamm meine Wahrnehmung und noch einmal wurde die Welt schwarz.

Er konnte sich kaum im Sattel halten, als das Pferd scheute und dann nervös tänzelnd zurückwich. Er schaffte es nur mit äußerster Mühe und Willenskraft, den kostbaren Inhalt seines Magens nicht zu erbrechen. Drei Leichen, die an je einem Seil von einem der Bäume baumelten, starrten blicklos mit hervorgequollenen, roten Augen ins Nichts. Man hatte sie entmannt und ihr Anblick – die aufgedunsenen Gesichter, die dicken Zungen zwischen den dunkelblauen Lippen, ließen ihn würgen. Der Boden an dieser Stelle war zertrampelt von vielen Pferdehufen und nachdem er seinen Mageninhalt, der ihm bitter-gallig in der Kehle aufgestiegen war, heruntergeschluckt hatte, schaffte er es, die Toten noch einmal anzusehen.

Sie hatten die Männer sämtlicher Kleidung beraubt und sie vor ihrem Tod offenbar noch in aller Eile gefoltert, aber es waren nicht seine Entführer. Offenbar war die Begegnung zwischen den unbekannten und jetzt auch nicht mehr zu identifizierenden Reitern und den geflohenen Soldaten für die Ersteren nicht gut ausgegan-

gen und wie es aussah, waren sie jetzt um drei Pferde und Ausrüstung reicher. Wer auch immer sie gewesen waren, sie waren dem lauten Brüllen offenbar eiligst gefolgt, vielleicht in der Annahme, dass hier jemand um Hilfe schrie – und waren damit ihrem Tod geradewegs in die Arme geritten.

Er überlegte fieberhaft, während er die Gegend aufmerksam musterte. Es war gefährlich, hier länger zu verweilen, denn auch wenn nicht anzunehmen war, dass sie sich noch länger hier aufgehalten hatten, konnte es doch sein, dass jemand früher oder später nach diesen Toten suchen würde. Dann war es besser, nicht hier angetroffen zu werden. Solange er nicht wusste, wer diese Männer waren … Andererseits war es höchste Zeit, sich endlich der Fesseln zu entledigen und dem Pferd eine wohlverdiente Pause zu gönnen.

„Komm, Streuner, wir reiten ein Stück in den Wald und suchen uns dort einen ruhigen Fleck, wo du etwas fressen kannst und wo ich endlich das hier loswerde! Und dann hoffe ich, dass wir die Stelle finden, an der sie den Fluss überquert haben."

Er schnalzte mit der Zunge und lehnte sich im Sattel nach rechts – was das Pferd glücklicherweise erneut richtig interpretierte und folgsam und unter diesen Umständen äußerst bereitwillig in diese Richtung lostrabte.

Er hatte keine Ahnung, wo er Sherea als Nächstes suchen sollte, denn auch wenn sie letzte Nacht in der Nähe gewesen war, seither fehlte dieses Gefühl vollständig.

Viel zu lange hatte es gedauert, bis er den Strick um seine Handgelenke losgeworden war! In dem Bemühen, im Liegen die Arme unter den angezogenen Beinen hindurch nach vorne zu bringen, hatte er sich fast die Schultern ausgekugelt und es schienen Ewigkeiten zu vergehen, bis er anschließend mit den Zähnen die festen Knoten weit genug gelockert hatte, um die Fesseln abzustreifen.

Die wundgescheuerten Gelenke, die blauen Flecke von ihren Schlägen und Tritten, die Schürfwunden, die aufgeplatzte Lippe – all das war bedeutungslos gegen die Befürchtung, dass Sherea in ihre Hände gefallen sein könnte. Hatte er zunächst noch mit dem Gedanken gespielt, die Umgebung nach ihr oder ihren Spuren abzusuchen, hatte er diesen Gedanken bald schon wieder verworfen. Sie war ihnen gefolgt, auf eine Gelegenheit wartend, ihm irgendein Zeichen ihrer Anwesenheit zu geben, so viel war sicher. Und gleichgültig, ob sie diesen Schurken und Mördern nun nur gefolgt oder ob sie ihnen in die Hände gefallen war, er durfte nicht länger zögern, sondern musste ihnen hinterherreiten; dieser Ort hier war allenfalls der Anfang seiner Suche nach ihr. Und was das anging, konnte er nur beten, dass sie sich weiter an deren Fersen geheftet hatte und doch unentdeckt geblieben war, denn ansonsten fehlte jede Spur von ihr.

Das braune Pferd rupfte geräuschvoll am hohen Gras und kaute mahlend vor sich hin und während er endlich das Seil vom Sattel losband und dann auch den Knoten vor seiner Brust löste, hörte er sich murmeln:

„Jetzt wäre der richtige Zeitpunkt! Wenn ihr mir ein Zeichen geben wollt und könnt, dann wäre jetzt genau der richtige Zeitpunkt, hört ihr? Ich bin weit genug zurückgeritten; noch weiter und ich könnte die Distanz zu ihr gefährlich vergrößern. Noch einmal also: Für mich erbitte ich nichts, aber sorgt dafür, dass sie in Sicherheit ist! Und lasst mich den richtigen Weg einschlagen, sie zu finden!"

Das sorgfältig aufgewickelte Seil hinter dem Sattel befestigend schaute er sich um und gewahrte mit erleichtertem Stöhnen einen Strauch, der übervoll mit Beeren hing. In aller Eile stopfte er davon in sich hinein, was immer er erreichen konnte und marschierte dann umher, bis er die Flechte entdeckte, die er suchte. Egal, wie tief der Riss im Hals des Pferdes sein mochte, das hier würde verhindern, dass er sich entzündete oder dass irgendwelches Ungeziefer sich darin einnisten würde.

Das Hemd war ohnehin zu groß, also riss er kurzerhand drei Streifen davon herunter, knotete sie aneinander und zerdrückte dann die leicht gewellten Blättchen zwischen seinen Handflächen, um unter beruhigendem Murmeln den heraustropfenden Pflanzensaft auf die noch immer leicht blutende und nässende Wunde zu tropfen. Dann legte er die Flechten vorsichtig auf den Riss und band unter weiterhin leisem, sanftem Zureden den langen Stoffstreifen um den Hals des Pferdes, das zwar mit den Ohren spielte, sich das Ganze dann aber geduldig gefallen ließ. Der kühlende, schmerzlindernde und entzündungshemmende Saft tat offenbar bereits das Seine.

„Brav, mein Guter! Hab ich von einer alten Frau gelernt, der ich mal Holz gehackt hab für den Winter. Und wenn das Zeug mir geholfen hat, dann hilft es dir auch. So, jetzt reiten wir schön vorsichtig zurück zum Fluss, damit du noch etwas saufen kannst. Und dann hoffe ich, dass wir die richtige Entscheidung treffen, wenn wir diesen Raubmördern folgen! Wir müssen Sherea finden, verstehst du?"

Um einiges gekonnter schwang er sich in den Sattel.

„Ja, ich denke, du verstehst mich!", murmelte er, als es sich wie von selbst umdrehte, um wieder zurück zum Fluss zu traben.

„Ich mache mir Sorgen! Müsste sie nicht längst aufgewacht sein?"

Ich runzelte die Stirn. Aufwachen? Ich lag warm, halbwegs weich und geborgen, weshalb also aufwachen? Oder galt das gar nicht mir?

„Sie hatte eine dicke Beule am Kopf. Laut diesem Bron hat er sie dort mit einem Wurfholz getroffen. Zusammen mit dem, was sie anschließend durchgestanden hat, also durchaus nachzuvollziehen. Ich glaube aber nicht, dass das dort noch länger eine Ohnmacht ist, das ist der Schlaf der Erholung. Ihr Herz schlägt kräftig und ihr Atem geht längst wieder regelmäßig. Und sonstige Verletzungen konnte ich nicht finden, abgesehen von den aufgeschürften Hand- und Fußgelenken. Es bleibt jedoch abzuwarten, was dieser Schlag gegen den Kopf und der Umstand, dass sie beinahe ertrunken wäre, für bleibende Schäden hervorgerufen haben könnte. Ihr habt selbst gehört, wie verwaschen sich ihre Sprache anhörte!"

Es galt mir, eindeutig! Ich lauschte weiter, um herauszufinden, was sie von mir sprachen.

„Allerdings!", grollte die erste Stimme wieder. „Danke, Heiler."

„Wofür? Ich konnte nichts tun, Ihr wart schneller. Und jünger und kräftiger wie ich bemerken möchte! Ich hätte ansonsten nichts anders gemacht als Ihr, Herr, und offenbar hatten diese Quacksalber doch recht und man kann einem leblosen Körper, der aus dem Wasser gefischt wurde, seinen Atem geben …

Mein Rat: Lasst sie schlafen, bis sie von selbst aufwacht, aber es wäre sicher von Vorteil für ihre Genesung, wenn sie nicht länger in einem Planwagen transportiert würde, sondern Ruhe bekäme! Und sobald sie aufwacht, sorgt dafür, dass sie etwas trinkt und isst! Am besten wäre eine kräftige Brühe – wenn hier irgendwo noch ein Stück Wild aufzutreiben ist oder ein Bauer, der noch ein Huhn zum Schlachten übrig hat!"

Der erste Versuch, meine Lider zu heben, scheiterte. Ebenso der Zweite und Dritte.

„Winnart ist sicher bald zurück, er hatte bislang immer den größten Jagderfolg."

„Hoffen wir's! Sie wird auch etwas zum Anziehen benötigen, Kutte und Unterkleid waren nicht mehr zu retten nach ihrer Rettung durch Euch."

„Hm ... Sag dem Jungen, er soll mein zweites Hemd waschen und es zum Trocknen am Feuer aufhängen. Und eine seiner Hosen, meine sind noch größer und weiter."

Der nächste Versuch, nachdem ich diese Worte gehört hatte, gelang, wenn auch nur mühsam und halb. Es schien zu dämmern, denn das Licht, das durch das schmutziggraue Zeltleinen fiel, war zu gering, um noch viel zu sehen. Mehr als dass dieses Zelt allenfalls groß genug für zwei Männer war, gab mein erster Blick nicht preis. Und einmal meine Aufmerksamkeit darauf gerichtet fühlte ich mehr, als dass ich sah, dass ich zwar sorgfältig in mindestens drei Decken gepackt, ansonsten aber vollkommen nackt war.

„Ähm ..." Der andere räusperte sich und senkte dann seine Stimme. „Herr? Da ist noch etwas, das ihr wissen und bedenken müsst!"

„Was?"

Ich strengte meine Ohren an und drehte den Kopf, der glücklicherweise kaum noch wehtat.

„Nun ja, Herr, ihre monatliche Blutung hat heute Morgen eingesetzt. Ich habe ihr ein paar meiner älteren Leinenverbände vorgelegt und mit einem Tuch notdürftig an Ort und Stelle gehalten, aber ... Auch das muss bedacht werden, Ihr versteht?"

„Oh! Ähm ... Ja, verstehe. ... Was soll ich ihr geben, wenn sie aufwacht?"

Ich wurde rot und tastete unter der Decke nach meinem Unterleib. Abgesehen davon, dass mich ein Fremder – Heiler oder nicht – nackt gesehen hatte, war das wohl das Beschämendste, das mir je passiert war!

„Ich schlage vor, ihr einfach die sauberen Kleidungsstücke hinzulegen und einen Vorrat an Tüchern, Leinenverbänden und was immer sonst an Stoffstreifen vorhanden ist. Es dürfte für sie genauso peinlich sein wie jetzt für Euch, also geht einfach darüber hinweg, um es ihr ein wenig leichter zu machen."

Jemand atmete leise auf.

„Du hast sicher recht. Noch einmal danke, Heiler."

„Es gibt keinen Grund, mir zu danken! Wenn Ihr nichts dagegen habt, dann würde ich mich jetzt jedoch gerne ausruhen; es war ein langer Tag auf diesem Wagen, meine alten Knochen sind ganz schön durchgeschüttelt worden!"

„Natürlich. Ich sehe nach ihr und sollte etwas sein, lasse ich dich rufen."

„Tut das."

Schritte entfernten sich und ich starrte ihn an, als er die Zeltleinwand beiseiteschob und gebückt hereintrat, eine kleine, brennende Öllampe in der Linken.

„Du bist wach!", stieß er hervor, trat vollends herein und hängte die Lampe an einen offenbar dafür vorgesehenen Halter, der von einem der Stangen baumelte. „Wie geht es dir? Hast du Schmerzen? Durst! Du musst durstig sein! Hier, trink, frisches Wasser aus einem Bach."

Bevor ich meine ausgetrocknete Kehle dazu gebracht hatte, etwas zu erwidern, hockte er schon neben mir und hielt mir einen vollen Becher hin, besann sich noch einmal, stellte den Krug wieder ab und hob dann meinen Kopf soweit an, dass ich den Becher ansetzen konnte.

Ich leerte ihn in einem Zug! Und auch den zweiten und dritten trank ich gierig leer, bevor ich überhaupt irgendeine Erleichterung verspürte.

„Danke!", krähte ich heiser.
Heiser, aber verständlich!
„Du hast deine Fähigkeit zu Sprechen wieder!", versetzte er sofort.
„Scheint so.", krächzte ich und räusperte mich. „Kann ich noch mehr Wasser haben?"
„Natürlich! Hier ..."
Langsamer als zuvor leerte ich noch zwei weitere Becher, dann schüttelte ich den Kopf, als er ihn erneut befüllen wollte.
„Später vielleicht. Wo sind wir? Wie lange war ich ohne Bewusstsein?"
Er stellte Becher und Krug an die Seite und rutschte ein wenig von mir ab, um mit untergeschlagenen Beinen auf dem Boden Platz zu nehmen. Nein, nicht auf dem Boden, auf einem zweiten Lager, das offenbar aus dünnen Zweigen, Laub, Farnen und einer darüber gebreiteten Decke bestand.
„Wir haben dir und deiner Botschaft Folge geleistet, Scheara. Der Umstand, dass du die Prophezeiung zur Gänze kanntest, war mir genug Beweis dafür, dass deine Worte wahr sind. Ich habe den Männern befohlen, sich getrennt voneinander in kleinen Gruppen auf Umwegen durchzuschlagen und nördlich von Perstan auf Nachricht zu warten. Wir haben uns seit zwei Tagen und Nächten fast ohne Rast in Richtung Osten bewegt und sind erst heute Mittag nach Norden abgeschwenkt. Jetzt aber sind die Pferde am Ende, weshalb wir auch die beiden letzten Zelte aufgestellt haben. Wir müssen ihnen wenigstens einen vollen Tag Ruhe gönnen."
„Zwei Tage!", ächzte ich.
„Zwei Tage!", nickte er. „Ich habe mir größte Sorgen gemacht, ob du überhaupt noch einmal aufwachen würdest! Der Heiler und ich, wir haben abwechselnd bei dir

gewacht und geschlafen und dir immer wieder ein paar Tropfen Wasser in die Mundhöhle getropft – mehr war nicht möglich, wenn wir nicht riskieren wollten, dass du daran erstickst. Möchtest du noch etwas Wasser?"

„Nein, jetzt nicht.", krächzte ich, befreite umständlich meinen rechten Arm aus den Decken und zog an deren oberen Enden. „Herr, ich weiß, dass Ihr fliehen musstet, aber mich mitzunehmen ... Ich muss zurück! Ich muss Natian finden, meinen Begleiter! Diese geflohenen Soldaten haben ihn gefangen genommen und ich weiß, dass sie ihn geschlagen haben und hungern und dürsten lassen! Ich bin dankbar für Eure Hilfe und Fürsorge, aber ich muss zurück, ich habe schon zwei Tage verschwendet."

Seine Stirn legte sich in Falten und zuletzt wanderten auch seine Augenbrauen aufeinander zu.

„So leid es mir tut – auch für deinen Begleiter, diesen Natian – aber das ist unmöglich. Vandan ist kein Dummkopf und wenn diese Verräter überzulaufen gedachten und es bis zu ihm geschafft haben, hat er längst Späher ausgeschickt, die auf unsere Spuren gestoßen sind. Er wird uns Verfolger hinterherhetzen, so viel ist sicher. Du würdest ihnen geradewegs in die Arme laufen – etwas, das ich nicht zulassen kann. Wenn Netrosh und mein Vater dich geschickt haben ..."

„Uns! Nicht nur mich, auch ihn! Wir können ihn nicht einfach ..."

„Uns bleibt keine Wahl, Scheara!", unterbrach er mich. „Und wenn die Geister mit ihm sind, was ich nach deinen Worten vermute ... nein, was ich nach deinen Worten fest glaube, dann wird ihm nichts geschehen."

Ich ächzte.

„Ihm wird nichts geschehen? Ihm ist schon etwas geschehen! Ich habe ebenfalls geglaubt, dass die Geister mir nicht von der Seite weichen, aber ich bin beinahe ertrunken in diesem Wagen und als ich sie am nötigsten brauchte, haben sie geschwiegen!"

Er seufzte, dann beugte er sich vor, stützte die Ellenbogen auf seinen Knien ab und verschränkte die Finger.

„Beinahe, Scheara! Schlimm genug, ja, aber du konntest gerettet werden, darauf kommt es an!"

„Du hast mich da herausgeholt!", schoss ich hervor, unbeabsichtigt vom Ihr zum Du wechselnd. Als ich es bemerkte und mich entschuldigte, winkte er nur ab.

„Bleib dabei; es ist ohnehin besser so, denn es sollte niemand wissen, wer ich bin. Und ich war ganz einfach näher an diesem Wagen als alle anderen, also ja. Glaub mir, die Geister haben über dich gewacht, denn als ich dich endlich da herausgezerrt und an Land gezogen hatte, ging weder dein Atem, noch schlug dein Herz."

Ich lachte auf, aber es klang eher verbittert.

„Die Geister! Sie sind so mächtig und doch so ohnmächtig! Woher nimmst du deine Zuversicht, wenn es um sie geht?"

Er senkte den Blick für einen Moment, doch als er ihn wieder hob, lächelte er.

„Das fragt eine, die von ihnen geschickt wurde? Der Heiler! Er war, solange ich denken kann, mein Lehrer. In mehr als einer Hinsicht! Er ist mehr als ein Heiler, er ist ein kluger, weiser Mann und er hat mir beigebracht, den alten Glauben stets hochzuhalten! Also ja, ich glaube fest daran, dass unsere Schicksale in den Händen dieser Geister liegen und ich bin noch nie schlecht damit gefahren."

Wieder schnaubte ich.

„Wenn du wüsstest, was ich weiß, würdest auch du anders denken!"

Er wurde wieder ernst.

„Mag sein, dass neues, fremdes Wissen mir andere Sichtweisen bringen würde, aber nichts könnte …"

„In meinem … Wissen bist du gestorben! Du warst tot, Perstan gefallen, Vandan auf dem Thron. Das gesamte Reich litt unter ihm, eure Herrscherlinie war nicht mehr und da war niemand, der sich getraute, irgendetwas gegen Vandan, den übermächtigen, blutrünstigen Tyrannen, zu unternehmen! Niemand außer einem, der an einer Prophezeiung festhielt und alles dafür tat, sie wahrzumachen! Und diesen Jemand soll ich jetzt im Stich lassen? Das kann ich nicht!", hörte ich mich sagen.

Wieder runzelte er die Stirn, diesmal jedoch nachdenklich. Und es war ihm anzusehen, dass seine Gedanken nur so rasten. Ich hielt den Atem an. Und tatsächlich: Nach kurzer Zeit schon huschte so etwas wie plötzliches Begreifen über sein Gesicht.

„Von wo kommst du? Von wo kommt ihr? Und wer bist du? Wenn du sagst, dass Netrosh und mein Vater dich schicken und doch weißt, was die Zukunft bringt … nein, was sie gebracht *hätte*, wenn ich nicht auf dich gehört hätte … Bist du eine Seherin wie Netrosh?"

„Nein.", murmelte ich, unschlüssig, was ich ihm antworten sollte. Dann beschloss ich, ihm so weit wie irgend möglich die Wahrheit zu sagen, denn immerhin war er jetzt der Dreh- und Angelpunkt dieser Prophezeiung.

„Natian und ich, wir sind durch die Zeit gereist. Der Steinkreis in der Nähe von Perstan … Wir sind gekommen, um Vandan aufzuhalten oder irgendetwas zu tun, das ihn zuletzt aufhalten würde. Wenigstens jedoch, um zu verhindern, dass die Blutlinie derer von Perstan ausstirbt. Vandans gesamten Weg pflastern Leichen, er watet in meiner Zeit mindestens knietief im Blut unseres Volkes. Im Blut eines seit diesem Krieg armen Volkes, in dem es zwar noch Wohlhabende gibt, aber keinen wahren Reichtum mehr. Mit immer neuen, immer höheren Steuern blutet er alle vom Ärmsten bis zum Adligen aus, in jeder Bedeutung dieses Wortes."

Sein Mund öffnete sich, während sein Blick sich in meinen bohrte.

„Durch die Zeit ... Wie weit?"

„Weit. Zwischen deinem Tod und meinem Aufbruch aus meiner Zeit liegen rund fünfundzwanzig Jahre. Jahre, in denen Vandan unser Volk geknechtet hat, in denen er sämtliche Seher unseres Reiches zusammengetrieben und ermordet hat, Netrosh eingeschlossen. In diesem Krieg, in diesen letzten beiden Schlachten hat er nicht einen Mann, nicht einen Jungen am Leben gelassen und nicht eine Frau in Perstan, die nicht von seinen Soldaten ..."

Ich brach ab.

„Verstehe! Aber wieso du? Und wieso dieser Natian?"

Ich atmete langsam und tief durch.

„Netrosh ist Natians Vater. Und meinen Vater kennst du unter dem Namen Fostred. In meiner Zeit haben die beiden gemeinsam mit ihren Freunden auf Prullufs Geheiß Perstan rechtzeitig verlassen, aber Vandans Schergen haben sie Jahre später bis auf Vater alle nacheinander aufgespürt und getötet. Natian verlor seinen Vater im Alter von knapp elf Jahren und seither kannte er nur ein Ziel: das Erbe seines Vaters, diese Prophezeiung, wahrzumachen."

Er schwieg. Lange. Selbst als ich mich regte, um nach dem Becher mit Wasser zu greifen, blieb er stumm, aber er war schneller und gab mir noch einmal zu trinken. Mir hatte diese Pause Zeit verschafft, ihn lange und ausgiebig zu mustern – hoffentlich unbemerkt. Das Gefühl, ihn schon einmal irgendwo gesehen zu haben, wuchs dabei von Sekunde zu Sekunde, doch zuletzt gab ich es auf, denn es war vollkommen unmöglich und es war Zeitverschwendung, darüber nachzudenken. Es gab wichtigere Dinge und meine Vernunft pflichtete mir bei, als ich meine Aufmerksamkeit wieder auf die Gegenwart richtete.

Draußen waren jetzt – offenbar in einiger Entfernung vom Zelt – Stimmen zu hören, aber das scherte ihn nicht.

„Sherea.", unterbrach ich irgendwann sein Schweigen und er sah mich verständnislos an.

„Mein Name. Bron hat ihn nicht verstanden, weil ich ihn nicht aussprechen konnte."

„Oh. Verstehe. Sherea ..." Seine Augen weiteten sich. „Sherea! Die Gerechte! Die Gerechte wird siegen ... Du warst von Anfang an Teil dieser Prophezeiung! Wie kannst du daran zweifeln, dass alles, was gerade geschieht, vorherbestimmt ist? Sogar der schreckliche Umstand, dass Bron dich ... Letztendlich hat er dich zu mir geführt!"

„Ich soll glauben, dass das alles von den Geistern geplant war?", stieß ich hervor – und ächzte erschrocken, als ich die Antwort bekam:

‚Wir können nicht planen, Sherea! Wir können nur das, was wir wissen und sehen, bedeutend besser als ihr überblicken und die Fäden miteinander verknüpfen!'

„Du ... ihr seid noch da?", stieß ich hervor, richtete mich mühsam auf und zog sofort die Decken über meine Schultern, gegen den einsetzenden Schwindel ankämpfend.

„Was ..." setzte Forthran an, aber ich schüttelte abwehrend den Kopf.

„Die Geister!", meinte ich nur.

‚Wir waren nie fort, aber du konntest uns nicht hören. Mich nicht hören!'

„Wieso sollte ich dir das glauben? Du hast mich verlassen, als ich dich am meisten gebraucht hätte! Du hast ihn verlassen! Du sagst, ihr seht das alles? Wo ist er? Wie geht es ihm? Lebt er überhaupt noch?"

Seine Antwort klang wie ein Seufzen.

‚Mehr als dass er lebt, kann ich dir nicht sagen, denn ich bin hier bei dir, andere begleiten ihn. Eure Wege werden sich wieder kreuzen …'

„Wann? Wie? Und wo? Ich muss ihn finden!"

‚Manchmal ist es besser, sich finden zu lassen, Sherea! Wenn sich zwei gleichzeitig suchen, führen ihre Wege oftmals aneinander vorbei. Dicht aneinander vorbei, aber weit genug voneinander entfernt, dass sie sich nicht berühren!'

„Das ist wieder so eine nichtssagende Antwort, die alles verheißt und nichts verspricht!"

‚Versprechen? Wir können nichts versprechen, die Menschen entscheiden immer eigenständig. Aber wir tun alles, um es in die richtigen Bahnen zu lenken, und Natian hat noch immer eine Verbindung zu uns. …. Du vertraust uns noch immer nicht!'

„Vertrauen? Ich bin fast gestorben! Nein, ich *bin* gestorben, weit weg von meiner Familie, alleine auf einem Wagen, der im Fluss versank! Ich hatte Todesangst!", schrie ich … und dann brach all die ausgestandene Angst sich Bahn!

Irgendwann hatte Fostred den Heiler gerufen, ratlos angesichts meines nicht aufhören wollenden Weinens, aber der hatte nach kurzer Zeit abgewinkt und leise etwas gemurmelt. Dann war er ein wenig mühsam neben mir niedergekniet, hatte seine Hand auf meine Schulter gelegt und etwas in einer Sprache geflüstert, die ich nicht kannte.

„Die Geister sind mit dir, ich weiß es.", meinte er dann in mein Schluchzen hinein. „Ich ahnte es, als ich dir zum ersten Mal in die Augen sah. Nur ganz wenige Menschen, denen ich in meinem Leben begegnet bin, tragen das in sich, was du in dir trägst, und du bist stärker, als du denkst. Was immer sie dir vorhin gesagt haben, vertraue ihnen! Jetzt jedoch lass deine Angst, deine Wut und deinen Schmerz ruhig heraus, das hilft.

Bleibt bei ihr, Herr. Der Junge hat wie von Euch befohlen die Kleidung gewaschen und am Feuer trocknet alles rasch. Winnart hat überdies tatsächlich einem Bauern zwei alte Hühner, Brot und ein wenig welkes Gemüse für zwei ganze Silberstücke abgekauft, sie köcheln bereits und werden eine gute Suppe abgeben. Winnart bleibt noch, die anderen werden noch zu dieser Stunde aufbrechen.

Lasst sie weinen, Tränen spülen Schmerz, Angst und Trauer aus den Menschen heraus und ich ahne, dass sie einiges hinter sich hat."

Seine raue Hand fuhr über meinen Kopf und die Worte *‚Drach't mer segat, ne'bn persaret b'ni meo!'* drangen an mein Ohr, bevor er sich, noch ein wenig mühsamer, wieder erhob und das Zelt verließ.

Ich schloss die Augen und drehte Forthran den Rücken zu, aber irgendwann galten meine Tränen nicht mehr mir. Ich weinte weiter still vor mich hin, aber ich hatte keine Ahnung, weshalb oder um wen ich weinte. Allenfalls vor Sehnsucht nach meiner Familie und vor der daraus resultierenden Einsamkeit. Und als ob Forthran dies begriffen hätte, fühlte ich in diesem Augenblick auch seine Hand an meinem Arm.

„Du bist nicht alleine! Du wirst niemals alleine sein, Sherea. Das ist ein Versprechen!"

Irgendwann waren die Tränen versiegt und ich starrte blicklos und innerlich leer die Leinwand vor mir an, durch die seit einer Weile der Schimmer eines Feuers fiel. Forthran hatte sich längst schon wieder auf das andere Lager zurückgezogen und nur hin und wieder rührte er sich, wohl um seine Position ein wenig zu verändern.

„Geht es wieder?", fragte er irgendwann, als sich draußen jemand dem Zelt näherte.

Ich nickte stumm.

„Herr?", sprach eine junge Stimme ihn durch das geschlossene Zelt an. „Ich bringe die Kleidung und eine Schale Suppe. Ich hole gleich auch noch eine Zweite und etwas von dem Brot ..."

Forthran erhob sich und ich hörte, wie er beides dankend entgegennahm.

„Sherea? Hier, du solltest das anziehen und dann etwas essen. Ich warte natürlich draußen, bis du angezogen bist. Ich nehme an, du benötigst keine Hilfe? Ich meine, ich würde dir natürlich nicht ... Was ich damit sagen will, ist ..."

„Ich schaffe das schon, danke."

Obwohl ich nur geflüstert hatte, klang meine Stimme schon wieder heiser. Als dann aber der Duft der Suppe an meine Nase drang, zog sich mein leerer Magen schmerzhaft zusammen und gab ein lautes Knurren von sich.

„Du musst halb verhungert sein. Ich stelle die Suppe vorerst hier ab, sie ist ohnehin noch zu heiß. Sag einfach Bescheid, wenn du soweit bist, ich werde vor dem Zelt warten."

Das Leinen raschelte und sein Schatten malte sich gegen das Licht des Feuers ab, wurde größer, als er sich ein paar Schritte entfernte.

Vorsichtig richtete ich mich wieder auf und drehte mich so, dass ich den Stapel betrachten konnte.

Der Heiler hatte tatsächlich dafür gesorgt, dass gleich obenauf ein ansehnlicher Vorrat an Stoffstreifen, aufgerollten Leinenbinden und Tüchern lag, Tücher, die offenbar aus zerrissenen Hemden oder Laken bestanden. Noch einmal vergewisserte ich mich mit einem forschenden Blick, dass die Zeltöffnung sorgfältig geschlossen worden war, dann zog ich alles zu mir heran.

Es dauerte eine Weile, bis ich endlich erst meine Brüste notdürftig eingebunden und dann das Hemd übergestreift hatte. Mehrmals musste ich pausieren, weil sich alles um mich herum drehte. Und die Hose würde ich wohl gezwungenermaßen im Liegen überstreifen müssen, denn ich schaffte es trotz aller Mühen nicht, auf die Beine zu kommen. Ein mehr als schwieriges Unterfangen, denn wenn die leinenen Binden zwischen meinen Beinen nicht verrutschen sollten ...

Ich gab es verzweifelt auf. Mir fehlte jegliche Kraft und mein Herz raste schon wieder, als ob ich meilenweit gelaufen wäre! Also wartete ich, bis der schon wieder übermächtige Schwindel abgeklungen war, faltete die Hose zusammen und legte sie ans Fußende meines Lagers, um mir dann die Decken über die nackten Beine zu ziehen.

„Ich bin ... soweit!", rief ich dann und reckte dann meinen Arm nach der sicher schon längst abgekühlten Suppe und dem hölzernen Löffel.

Sofort hörte ich Schritte näher kommen und nach einem Räuspern und einer Ankündigung trat er herein, in der einen Hand seinen Anteil an der Suppe, in der anderen ein ansehnlich großes Stück Brot.

Sein Blick fiel sofort auf die Hose.

„Ich schaffe es nicht. Noch nicht. Es ist ... nicht so einfach.", dehnte ich und nahm den ersten Löffel – es schmeckte köstlich! Noch nie in meinem Leben hatte eine Hühnersuppe so köstlich geschmeckt und ich musste meinen ganzen Willen zusammennehmen, um sie nicht in mich hineinzuschlingen! Mir war klar, dass mein Magen nach über zwei Tagen nicht überfordert werden durfte, und ich erinnerte mich bei jedem Löffel daran, wie Äsea es gehalten hatte.

Ich bemerkte erst, dass Forthran mir zusah anstatt selbst zu essen, als er mir nun eine Hälfte des Brotes reichte. Während ich es im Wechsel mit der Suppe Stück für Stück ebenfalls sorgfältig kaute, holte er tief Luft und blies den Atem dann langsam und hörbar wieder aus.

„Du isst wie jemand, der genau weiß wie es ist, tagelang nichts zu essen bekommen zu haben. Jeder andere hätte das da in sich hineingeschlungen."

Ich schluckte, nahm einen Schluck Wasser und zuckte dann die Schulter.

„Äsea. Sie hatte selbst kaum etwas und hat es mit uns geteilt. Ich habe es mir bei ihr abgeschaut."

Ich hielt inne, als mein Magen signalisierte, dass er vorerst genug habe, und ließ das letzte Stückchen sinken.

Er nickte.

„Bron. Er hätte das nicht tun dürfen. Er hätte eine Strafe wegen Ungehorsams verdient und weil er dich in Lebensgefahr gebracht hat, aber ... ich habe ihn gehen lassen. Er ist von Vandan in seine Dienste gezwungen worden, doch trotz aller Misshandlungen konnten sie ihn nicht brechen; er hat überlebt und ihm ist die Flucht gelungen. Aber anstatt sofort nach Hause zu seiner Frau zu eilen hat er sich aufgemacht, um uns zu warnen. Um uns den letzten ihm bekannten Standort von Vandans Heerlager zu verraten. Auch er wurde tagelang verfolgt und zweimal hätten sie ihn fast erwischt, aber er hat es geschafft und ihm verdanken wir, dass wir den schnellsten und kürzesten Weg in den Süden fanden. Ich entschuldige nicht, was er getan hat, glaube mir, aber ich konnte ihn nicht dafür bestrafen. Offenbar bin ich ein miserabler Befehlshaber und Thronfolger."

Ich hatte ihm schweigend zugehört und senkte jetzt den Blick auf den Boden zwischen uns.

„Ich bin froh, dass er weg ist! Ich werde ihm nicht verzeihen können, aber für Äsea bin ich froh. Sie hat es verdient, dass er zurückkehrt. Und aus deiner Sicht … Ich kann es nachvollziehen. Ich muss ihn nicht mögen und ich muss ihm nicht verzeihen, aber ihn nicht mehr sehen zu müssen wird dabei helfen, es nach und nach zu … Ich bin froh, dass er weg ist, auch meinetwegen."

Ich fing seinen Blick wieder auf und erkannte, dass er mich verstand. Er konnte meine Gefühle nachvollziehen.

„Dein Bruder ist tot.", murmelte ich ohne Übergang und um das Thema zu wechseln. Seine Miene verzog sich, bevor sie erst ausdruckslos, dann traurig wurde.

„Ja.", meinte er dann schlicht.

„Es tut mir leid. Ich hätte gerne etwas getan, aber … die Geister haben mal wieder … Es tut mir leid."

„Schon gut. Wir haben keine Macht über das Schicksal und ich denke, das ist auch gut so. Wir haben uns nicht sehr nahegestanden, aber er war mein Bruder."

„Nicht sehr nahegestanden?" Ich verbot mir jeden Gedanken an Trigus!

„Er war der Ältere, der für Vaters Erbe vorgesehene Sohn. Anders als ich wurde er von frühen Kindesbeinen an dazu erzogen, noch dazu weit weg von Perstan, und in den letzten Jahren nahm er viele Reisen auf sich, weil unser Vater nicht mehr in der Lage dazu war. Wenn man seinen Bruder insgesamt über fünfzehn Jahre lang bis auf ein paar Tage nicht sieht, ist es schwer, die Vertrautheit, die man als Kind empfand, wiederzufinden. Wir hatten uns beide verändert und aus Kindern waren Männer geworden, die unterschiedlicher nicht sein konnten. Als es endlich so schien, als ob dieses Gefühl langsam wiederaufkeimen könnte, kam Vandan."

Ich runzelte die Stirn.

„Wieso bist du aus Perstan weggegangen? Wieso hast du diese Männer und Jungen um dich versammelt und bist nach Süden gegangen? Es wäre aussichtslos gewesen, mit ihnen gegen Vandan zu kämpfen in der Hoffnung, zu gewinnen!"

Es klang wie ein Vorwurf.

Er holte erneut tief Luft, dann stellte er die noch immer unangetastete Suppe zur Seite und legte das Brot daneben.

„Es ging nicht darum, zu gewinnen! Mir war wie all meinen Männern klar, dass wir das kaum überleben würden. Es ging darum, Vandan dazu zu bringen, sein Heer zu teilen und an zwei Fronten zu kämpfen, ihn aufzuhalten, um Zeit zu gewinnen. Und darum, so viele Soldaten unseres Volkes wie möglich dazu zu bringen, sich auf dem Schlachtfeld urplötzlich gegen ihn zu wenden oder ganz einfach davonzulaufen anstatt zu kämpfen, es ging um Zersetzung von innen! Ein verzweifelter Versuch, ich weiß, aber ein Versuch!

Wo immer Vandan hinkam, welche Gebiete auch immer er eroberte, stets tötete er erst die Hälfte seiner Feinde, vornehmlich die alten und verletzten Männer, dann ließ er den anderen die Wahl, entweder zu ihm überzulaufen oder ebenfalls zu sterben – und vorher dabei zuzusehen, wie ihre restlichen Angehörigen dahingemetzelt werden würden! Von den kleinsten Kindern bis zu den gebrechlichsten alten Männern und Frauen! Bron hat mir wenig erzählen können, was ich am Tag meines Aufbruchs aus Perstan nicht schon erfahren hatte!

Ich wusste, dass mein Vater dagegen sein würde und dass Hebbun mich dazu würde überreden können, bei Vater in Perstan zu bleiben, um die Stadt bis zuletzt zu verteidigen. Und ich war schon fast so weit, meine Meinung zu ändern."

Ich seufzte. Und zum ersten Mal ging mir auf, dass auch er in Perstan gestorben wäre. Wäre er dortgeblieben, wäre auch er getötet worden, ebenfalls von Vandans eigener Hand.

Als ich ihm dies sagte, erhob er sich, wandte mir die Seite zu und verschränkte die Arme vor der Brust.

„Wieso habe ich dennoch das Gefühl, versagt zu haben? Wieso glaube ich, einen Fehler gemacht, meinen Vater, unsere Stadt, unser ganzes Volk im Stich gelassen zu haben?"

Ich musste ihm eine Antwort schuldig bleiben. Mehr als ihm zu versichern, dass Perstan, wenn überhaupt, im günstigsten Fall ein paar Tage länger hätte gehalten werden können, blieb mir nicht.

„Erzähl weiter.", bat ich schließlich. „Es gibt ein paar Unterschiede zu den Geschehnissen in meiner Zeit und ich würde gerne verstehen, worin sie bestehen und woraus sie resultieren."

Er nickte und wandte sich mir wieder zu.

„Hebbun und mir war klar, dass unsere Armee zahlenmäßig unterlegen war; es wäre einem Wunder gleichgekommen, zu siegen. Vandan hatte alle Vorteile auf seiner Seite, aber Vater weigerte sich, zu kapitulieren und in Unterhandlungen mit jemandem wie Vandan zu treten. Für ihn gab es immer nur Sieg oder Tod und in gewisser Weise war Hebbun in diesem Punkt wie er.

Und dann kam die unfassliche Nachricht unserer Späher, dass Vandan seinen unbeirrten, unaufhaltsamen Feldzug Richtung Perstan unterbrochen hatte, um mit einem Trupp seiner Soldaten nach Osten abzuschwenken. Irgendwo hier im Norden Hannans ..."

Hannan! Der zerstörte Stein! Schettal und der alte Seher!

Ich kam nicht dazu, diese Gedanken weiterzuverfolgen, denn er redete bereits weiter.

„Mir war klar, dass dies die womöglich einzige Chance war, die ich bekommen würde – ein Wink des Schicksals. Hebbuns Männer konnte ich nicht mitnehmen, aber ich konnte etwas anderes tun. Ich bat um Hilfe: Alte Kämpfer, die längst ihren Abschied genommen, sich dennoch freiwillig gemeldet hatten und von Hebbun abgewiesen worden waren – entweder mit der Begründung, sie würden in Perstan gebraucht oder aber, weil er sie schlicht für kampfunfähig hielt. Und wenn es denn schon sein musste, auch heranwachsende Burschen, die zumindest für die Pferde und Waffen sowie für die Versorgung sorgen konnten."

„Du hättest diese halben Kinder nie in Kampfhandlungen verwickelt!", erkannte ich.

„Nein, natürlich nicht!", schnaubte er und lächelte dann entschuldigend. „Sie hätten gegebenenfalls für Ablenkung sorgen dürfen. Irgendetwas, das einen Teil von Vandans Männern dazu bringen würde, sie zu verfolgen, damit wir aus dem Hinterhalt würden zuschlagen können. Kleine Scharmützel, Überfälle auf seine zur Plünderung ausgeschickten Männer, Vandan seiner Pferde und Versorgung berauben – lauter Dinge, die ihn irgendwann dazu bringen würden, eine hinreichend große

Anzahl Männer abzustellen, um dem ein Ende zu bereiten. Hätten diese Trupps aus Feinden bestanden, hätten wir gegen sie gekämpft, ihnen Fallen gestellt, sie in Hinterhalte gelockt. Wenn aber unsere Landsleute darunter gewesen wären … Ein paar der ehemaligen Soldaten waren sogar bereit, sich gefangen nehmen zu lassen, um die Botschaft unserer Anwesenheit unter unsere Landsleute zu tragen und so viele wie möglich davon zu überzeugen, im entscheidenden Moment überzulaufen."

„Waghalsig! Nein, wahnsinnig!"

„Ja, im Grunde schon. Ein verzweifeltes Unterfangen, aber wir hatten nichts mehr zu verlieren und alles zu gewinnen; niemand dürfte das besser wissen als du. Es würde Hebbun vielleicht gerade genug Zeit verschaffen, sich irgendwo zu verschanzen und weitere Männer zu den Waffen zu rufen: Bauern und Handwerker, Bürgerwehren, …"

Ich seufzte. Er hatte ein Recht auf die Wahrheit!

„Er hat sich nicht verschanzt. In meiner Zeit hat er diese Schlacht etwas weiter nördlich von der Stelle geschlagen als dort, wo sie jetzt stattfand. Vermutlich war es deshalb jetzt weiter im Süden, weil er wegen Vandans Zögern diese Zeit genutzt hat, um weiter vorzudringen. Vergebens. Dieser Krieg gegen Vandan war von Anfang an zum Scheitern verurteilt. Es tut mir leid um deinen Bruder, aber es war richtig, Perstan zu verlassen. Und es war richtig, jetzt zu fliehen und auf eine spätere Gelegenheit zu warten. Vandan ist nicht mit einem Heer von Soldaten beizukommen, er ist zu mächtig. Selbst jetzt noch, da er in den eroberten Städten eine hinreichend große Besatzung zurücklassen musste."

Wieder musterte er mein Gesicht eine ganze Weile, ohne ein Wort zu sagen. Und gerade als ich seinem Blick ausweichen wollte, nickte er noch einmal.

„Ich fange an, auch das zu glauben. Die Geister wussten, wen sie mir da schicken!"

„Die Geister haben keine Ahnung davon, dass sie die Falsche geschickt haben!", widersprach ich, nahm das restliche Brot und aß es langsam und andächtig auf.

Forthran hielt sich fast die ganze Zeit über in meiner Nähe auf und es stellte mich durchaus vor ein Problem, dies zuzulassen. Irgendwann musste schließlich auch ich mich zwangsläufig in die Büsche begeben. Aber abgesehen davon, dass ich dazu dann endlich die Hose anziehen musste und nach zwei Tagen des Hungerns und Dürstens noch wacklig auf den Beinen war, hatte er Bedenken, mich auch nur ein paar Schritte alleine vom Lager fortzulassen.

Der Heiler war es am Ende, der mich jedes Mal begleitete und in gebührendem Abstand wartete, bis er mich wieder zurückbegleiten konnte. Unschlüssig, was ich mit den blutigen Vorlagen hier draußen anfangen sollte, zögerte ich beim ersten Mal und als ob er geahnt hätte, weshalb ich so lange brauchte, rief er von jenseits der Büsche, ich solle sie einfach notdürftig verscharren.

Mit rotem Kopf und noch immer langsam und vorsichtig wankte ich auf unsicheren Beinen zu ihm zurück.

„Es sind alte Lumpen, Sherea. Mach dir nicht die Mühe, sie auszuwaschen; wir waren für viele Verwundete gerüstet und haben genügend Ersatz. Und jetzt werde ich es nicht wieder erwähnen.", meinte er nur gelassen und bot mir noch einmal seinen Arm, um mich daran festzuhalten. „Die Beule an deinem Kopf macht mir ein wenig Sorgen. Wie schlimm ist dein Schwindelgefühl noch?"

„Es geht. Ich sollte mich nicht bücken und nicht zu schnell bewegen, dann merke ich nichts."

„Das ist gut. Deine Kopfwunde heilt.", nickte er. „Müde?"

„Ja, unglaublich müde! Obwohl ich laut Forthran zwei Tage lang geschlafen habe."

„Das ist die Erschöpfung und die Nachwirkung von deiner Kopfverletzung, dem Schrecken und der Angst. Schlaf wann immer du kannst und dir danach ist, jetzt ist es keine Ohnmacht mehr."

Forthran und der Junge, der, wie ich inzwischen wusste, den Namen Megis trug und des Heilers Schüler zu sein schien, sahen auf, als wir wieder auftauchten und Forthran nickte nur, als der Heiler meinte, ich wolle mich gleich wieder hinlegen.

Diesmal aber zögerte ich. Der Planwagen war durchaus geeignet, darin zu schlafen, aber offenbar beinhaltete er einige Ausrüstung und bot damit allenfalls Platz für eine Person.

„Wo schlaft ihr? Die Nächte sind kalt und das ist jetzt das einzige Zelt."

„Wir müssen ohnehin abwechselnd Wache halten, es sind also genügend trockene Schlafplätze vorhanden. Auch wenn du dir das Zelt weiterhin gezwungenermaßen mit mir oder Forthran wirst teilen müssen ..."

Ich wurde schon wieder rot, aber glücklicherweise war das Licht des Lagerfeuers nicht geeignet, das allzu deutlich sehen zu lassen.

„Ich habe keine Sorge deshalb. Aber bevor ich mich zurückziehe: Danke! Danke euch allen, vor allem aber Euch. Wenn Ihr nicht gewesen wäre, wäre ich nicht mehr."

Forthran winkte nur ab und der Heiler fasste meinen Arm einfach etwas fester und führte mich nach meinem Nachtgruß zurück.

„Wenn du noch irgendetwas brauchst, falls irgendetwas sein sollte: Scheue dich nicht, nach jemandem zu rufen, Sherea! Ansonsten wünsche ich dir eine gute, erholsame Nachtruhe.", lächelte er und hielt mir den Eingang auf.

„Dir auch. Heiler? Eine Frage noch."

„Natürlich! Was möchtest du wissen?"

„Du hast heute am frühen Abend etwas zu mir gesagt."

„Das!", verstärkte sich sein Lächeln. „Du möchtest wissen, was es bedeutet? Es sind alte Worte in einer Sprache, die seit langer Zeit schon nicht mehr gesprochen wird. Worte der alten Druiden, die mir mein Lehrer einst beibrachte und die ich jetzt Megis lehre."

„Megis will Heiler werden? Er ist dein Schüler?"

„Er hält sich jedenfalls dafür!", lachte er leise. „Schon richtig, ich bringe ihm das eine oder andere bei, aber ich werde wohl nicht mehr lange genug leben, um einen Heiler aus ihm zu machen. Ich kümmere mich daher um ihn, bis ich ihn einem meiner ehemaligen Schüler übergeben kann. Dieser Krieg jedoch zögert auch das immer und immer wieder hinaus, wie so vieles.

Zurück zu deiner Frage. Ich habe die Geister um etwas gebeten: ‚Drach't mer segat, ne'bn persaret b'ni meo!' – Segnet, die ihr erwählt, aber schützt sie mir auch!"

Ich presste die Lippen aufeinander und blieb ihm eine Antwort schuldig. Woraufhin ich noch einmal mit einem forschenden Blick bedacht wurde, bevor er nickte und mit einem freundlichen Lächeln eine kleine Verbeugung andeutete.

„Leg dich schlafen, wir sehen uns morgen. Megis hat die erste Wache, ich die zweite. Ich werde nur kurz hereinsehen, wenn ich Forthran wecke. Erholsame Ruhe!"

„Dir auch Heiler.", nickte ich.

Mein letzter Gedanke an diesem Tag galt Natian. Und Forthran. Zwei Männer, wie sie unterschiedlicher nicht sein konnten!

Auch den nächsten Tag verbrachte ich abwechselnd mit Schlafen und Essen, wenn auch meine Müdigkeit und mein Schwindelgefühl zusehends weniger wurden. Sie ließen mich in Ruhe, kaum einmal, dass mich jemand für eine Weile in ein Gespräch verwickelte. Megis sprach mich sogar immer nur dann an, wenn er mir etwas zu Essen brachte.

Sie hatten nicht viele Vorräte dabei und obwohl sie am späten Abend einen schon etwas betagten Hasen brachten, war es doch zu wenig für fünf erwachsene, hungrige Personen.

Auf meine Frage, weshalb die anderen Männer, die gestern ebenfalls hier gelagert hatten, fort waren, erwiderte Forthran, dass sie sich mit Absicht noch weiter zerstreuten.

„Sie sind aufgebrochen, während du geschlafen hast. Auch wir werden uns morgen früh von Oshek, seinem Lehrling und von Winnart trennen. Winnart treffen wir in einigen Tagen weiter im Norden wieder, Oshek und Megis hingegen werden eine Weile länger benötigen."

Ich sah den Heiler an.

„Oshek? Das ist dein Name?"

Er lachte leise und die Fältchen um seine Augen herum vertieften sich.

„Ja, das ist mein Name. Bei meiner Geburt hatte ich zwei verschiedene Augenfarben: ein blaues und ein blaubraunes Auge. Ein seltenes Phänomen. Nach einiger Zeit wurden beide braun, aber der Name ist mir geblieben: Oshek, der Zwiefarbene."

„Und wieso trennen wir uns? Ist es nicht viel zu riskant? Wird Vandan nicht Verfolger hinter allen hergeschickt haben?"

Forthran wurde ernst.

„Möglich. Wahrscheinlich. Aber sein Ziel ist noch immer Perstan. Er kann es sich nicht leisten, alle verfolgen zu lassen, zumindest bauen wir darauf."

„Alle Gruppen haben sich immer weiter aufgeteilt!"

„Richtig. Sollten sich seine Häscher wider Erwarten doch noch länger an unsere Fersen heften, müssen sie sich dazu ebenfalls immer weiter aufteilen. Mit dem Wagen kommen wir nicht schnell genug weiter und da du jetzt wieder reiten … Du kannst doch reiten?", unterbrach er sich selbst.

Ich schnaubte.

„Natürlich!"

„Gut. Du wirst Megis' Pferd bekommen, er kann auf dem Wagen mitfahren oder laufen."

Der schweigsame Winnart, der mit ruhiger Gelassenheit den Hasen an seinem Spieß über dem Feuer drehte, verzog das Gesicht.

„Ich teile Eure Meinung nicht, Herr! Ich bin Euer Leibwächter und als solcher ist mein Platz an Eurer Seite. Ich halte es für einen Fehler, Euch zu verlassen, sei es auch nur für ein paar Tage. Kaum lässt man Euch nur für ein paar Minuten aus den Augen, schon taucht ihr in einen reißenden Fluss."

„Leibwächter!", echote ich und warf dem kräftigen Mann mit der langen Narbe im Gesicht einen ehrfürchtigen Blick zu. Ich schätzte ihn auf Anfang Dreißig, doch das mochte durchaus unzutreffend sein und er älter wirken, als er war. Und wenn diese längst verheilte Narbe auf seiner Wange von einem Kampf in Verteidigung seines Herrn rührte, dann war Forthran nicht erst seit Kurzem gefährdet.

„Ich werde schon ein paar Tage ohne dich überleben.", gab Forthran zurück. „Nutze die Gelegenheit, deine Eltern aufzusuchen. Warne sie, dass Vandans Heer in der Nähe ist, und sag ihnen, sie sollen das Nötigste zusammenpacken und ebenfalls in den Norden gehen."

Winnart drehte unablässig weiter und blies geräuschvoll den Atem durch die Nase.

„Wie ich meinen Vater kenne, wird er Mutter zwar in Sicherheit bringen, sich uns dann aber anschließen wollen und wie die anderen auf Euren Zeichen warten, loszuschlagen."

„Vandan wird nicht durch eine neue Schlacht besiegt werden!", schoss ich sofort hervor. „Unser Reich ist bereits besiegt, unsere Heere zerschlagen und es wäre viel sinnvoller, wenn all diese Männer ihre Kraft darauf verwenden, die Menschen in den Gebieten zwischen hier und Perstan zur Flucht zu überreden und ihnen dabei Schutz und Hilfe zu bieten! Wo leben deine Eltern?"

„Nicht weit von hier, doch du wirst den kleinen Ort kaum kennen. Er liegt an einem der kleinen Flüsse, die den Lertos speisen: Peringen."

Ich fühlte, wie mir schlagartig das Blut aus dem Kopf wich.

„Peringen!", ächzte ich. „Unweit von Gut Loperingen?"

Er hörte auf, den Spieß zu drehen, und sah mich überrascht an.

„Ja. Gut Loperingen liegt eine knappe Stunde Fußmarsch weiter Richtung Quelle. Du kennst es?"

Mir wurde übel und mein Magen krampfte sich zusammen.

„Sherea?", beugte sich Forthran zu mir und der Seher, der im Wagen offenbar alles hatte mit anhören können, kletterte bei seinem alarmierten Tonfall hastig herunter.

„Warst du je auf Loperingen? Kennst du dort jemanden namens Thaina?", fragte ich heiser.

Er runzelte die Stirn und schüttelte den Kopf. Meine Gedanken rasten. Meinen Vater hatte ich sehr leicht davon überzeugen können, auf dem Weg zurück zu seinem Land den Umweg über das östlich von Perstan gelegene Loperingen zu nehmen, aber ich wusste auch, dass er auf diesem Weg noch jemand anderes aufgelesen hatte. Jemanden, der erst einen Tag zuvor eine schlimme Nachricht erhalten hatte ...

War ich deshalb hier?

Ich räusperte mich und winkte ab, als Forthran noch einmal ansetzte, mich nach meinem Befinden zu fragen.

„Du wärest jetzt auch tot, natürlich!", sah ich wieder zu Winnart hinüber. „Ihr alle! Keiner hätte das überlebt und deshalb ... Du musst nach Peringen gehen, Winnart, auf dem kürzesten Weg! Vandan wird dem Lauf des Lertos folgen, er wird die Biegungen nicht abschneiden. Und auf diesem Weg werden seine Männer auch all die Ortschaften rechts und links plündern und dem Erdboden gleichmachen."

Er richtete sich auf. Der Hase war vergessen und nur der Heiler besaß genügend Geistesgegenwart, ihn wenigstens vom Feuer wegzunehmen.

„Das ... Damit verliert er wenigstens zwei, wenn nicht sogar drei Tage auf dem Weg nach Perstan!", warf Forthran ein. „Wasser findet er auch so überall unterwegs, diese Gegend ist reich an Bächen."

„Aber die Ansiedlungen liegen vorwiegend am Lertos!", widersprach ich. „Er hatte ein riesiges Heer zu versorgen und ihm war daran gelegen, gerade diese Orte zu zerstören und gleichzeitig auch die Flussschiffe, die kleinen Brücken, die Anleger, die Landgüter rechts und links. Vandan hinterließ nichts als verbrannte Erde, Leichen, Leid und Trauer. Kaum jemand dort hat überlebt, weil er keine Gnade kennt."

„Hatte und war?", stieß Winnart hervor.

Ich biss mir auf die Lippe.

„Glaubt mir, ich weiß es. Wenn deine Eltern aus Peringen stammen und wenn mein Vater auf seinem Weg nach Loperingen dort nicht halt macht ... Wie heißen sie? Deine Eltern ..." endete ich heiser.

„Mein Vater heißt Kenar und meine Mutter Gessa. Er war früher wie ich Soldat, aber eine Rückenverletzung nach einem Sturz vom Pferd zwang ihn damals dazu, die Waffen niederzulegen. Jetzt hat er dort ein kleines Haus und ein bisschen Land, zusammen mit seinem Ersparten genug, um sich und Mutter zu versorgen."

Ich schlug die Hände vors Gesicht, beugte mich vor und stöhnte.

„Sie haben nie davon gesprochen, haben mir gegenüber nie deinen Namen erwähnt! Deshalb bin ich hier! Deshalb bin ich hier!"

„Sherea, was ist los?", trat Forthran jetzt vor mich und legte seine Hände an meine Schultern, als ich schwankte.

„Bin ich deshalb hier?", warf ich Schettal die Frage entgegen. Die Antwort kam diesmal prompt:

‚Wir bringen euch dorthin, wo ihr unserer Ansicht nach ...'

„... die beste Möglichkeit habt, etwas auszurichten!", vollendete ich seinen Satz und nahm die Hände herunter, wenn ich auch die Augen geschlossen hielt.

‚Ja. Du hier und Natian dort, wo er jetzt ist. Wir können nicht alles beeinflussen, konnten nicht in die Geschehnisse eingreifen ohne dich und ich gebe zu, dass ich nicht mit allem einverstanden

bin, was die anderen beschlossen haben, aber das liegt einzig daran, dass ich in dir viel zu sehr meine direkte Nachkommin sehe. Was dir zugestoßen ist …'

„… ist nichts gemessen an dem Leid, das ich verhindern helfen könnte. Wie selbstsüchtig ich doch bin! Und wie ungerecht! Ich wollte nicht sehen, was mir möglich gemacht wurde, ich habe nur mich selbst gesehen! Es tut mir leid!"

‚Es gibt nichts, das dir leidtun müsste!', kam die sanfte Antwort. *‚Du bist ein Mensch mit dem gleichen Recht auf Selbstbestimmung wie jeder andere. Diese Selbstbestimmung ist dir genommen worden, als du hierher in die Vergangenheit versetzt wurdest. Noch so etwas, das ich nicht gutheißen kann, aber das lag nicht in meinen Händen. Nicht alleine.'*

„Schon gut!", beteuerte ich, öffnete die Augen und sah mich gleich drei fragenden Augenpaaren gegenüber. Nein, zweien, denn der Heiler begriff sehr schnell.

„Sie sprechen mit dir! Du benötigst nicht die Steine, um mit ihnen zu reden!"

„Nein, nicht immer.", seufzte ich. „Und es sind keine Worte, die ich höre, es sind … Gewissheiten? Wissen? Es ist schwer, zu erklären.

Forthran, ich bin offenbar aus einem weiteren Grund hier: Alles, was bisher geschehen ist, hatte einen kleinen aber entscheidenden Einfluss auf ein paar einzelne Schicksale. Aber wie es scheint auch darauf, dass Vandan immer wieder aufgehalten wurde. Teils weil er selbst aufgrund dieser Ereignisse zögerte, teils – so wie jetzt – weil er sich mit der Verfolgung deiner Männer aufhält. Mag sein, dass es dabei zuletzt nur um einen oder zwei Tage geht, aber das genügt möglicherweise, um die Menschen zwischen hier und Perstan zu warnen. Einige wenige Menschenleben zu retten …"

„Einige wenige!", echote der Heiler. „Jedes Leben zählt! Niemand weiß, wer da alles gerettet werden wird und was aus diesen Überlebenden eines Tages noch werden könnte, wen sie wiederum retten könnten! Glaub mir, wenn ich dir sage, dass alles, was du tust, sich am Ende zu einer riesigen Welle entwickeln und bahnbrechend sein könnte. So mancher Stein des Anstoßes hat zuletzt einen neuen Weg gebahnt, indem er einen alten versperrt hat!"

Ich lächelte leise, ein bisschen wehmütig zwar, aber doch zum ersten Mal wieder.

„Er hat es ein wenig anders ausgedrückt, aber das war auch der Inhalt seiner Worte."

„Wessen Worte?", fragte Forthran und gab nicht nach, bis ich mich auf einer der Decken nahe am Feuer niedergelassen hatte. Winnart hängte den Spieß mit dem Hasen wieder in die Astgabeln und drehte, jetzt jedoch mit ernster und besorgter Miene.

„Sein Name war Schettal. Schettal von Hannan."

„Hannan?", hakte Forthran sofort nach. Offenbar verknüpfte auch er gerade ein paar Zusammenhänge.

„Ja. Einer der Geister. Zu seinen Lebzeiten war er dafür verantwortlich, dass sein Volk aus Hannan fort- und in den Norden ging. Der Steinkreis bei Perstan ist gewissermaßen auf seinen Wunsch errichtet worden."

Als sie mich schweigend und auffordernd ansahen, gab ich seufzend nach und berichtete in aller Kürze, was ich wusste und jetzt im Zusammenhang mit Vandan auch ahnte. Und damit erfuhr nun auch Forthrans Leibwächter von meiner Herkunft.

Winnart knirschte mit den Zähnen und sah dann zu Forthran herüber.

„Nach dem Essen wirst du aufbrechen. Reite auf dem kürzesten Weg nach Peringen und auch nach Loperingen."

„Nein!", warf ich ein, was mir einen überraschten, fast schon entsetzten Blick eintrug.

„Nicht Loperingen! Ich weiß, wie sich das anhört, aber es ist wichtig ... Es ist *entscheidend*, dass die Menschen auf Gut Loperingen von jemand anderem gewarnt werden! Winnart, es ist unwahrscheinlich, dass du Fürst Fostred und Netrosh begegnest, aber falls doch ... Richte ihnen aus, dass es mir gut geht und dass sie unbedingt an unserem Plan, in den Norden zu gehen, festhalten müssen. Wen auch immer sie unterwegs antreffen ... Schließt euch ihnen an, wenn ihr ihnen begegnet, aber die Menschen auf Loperingen sollten von meinem Vater gewarnt werden."

Noch immer starrten sie mich ratlos an. Nur Forthran schien etwas zu ahnen.

„Wer ist diese Thaina, die du vorhin erwähntest? Sie lebt auf diesem Gut?"

„Ja. Thaina von Loperingen ist meine Mutter. Nein, sie wird meine Mutter werden. Wenn die beiden sich niemals kennenlernen ..."

„Verstehe.", nickte er, dann fasste er vorsichtig nach meiner Hand. „Verstehe."

„Und meine Eltern? Woher kennst du sie?"

Ich blinzelte Winnart an, der offenbar gerade zu dem Schluss gekommen war, dass der Hase gar genug war.

„Kenar und Gessa sind in meiner Zeit Pächter auf Vaters Gut. Mehr als das: Ich weiß, dass sie sich auf der Flucht gegenseitig das Leben gerettet haben und die beiden verbindet so etwas wie Freundschaft, auch wenn Kenar nie die von ihm selbst geschaffene Distanz zu seinem Fürsten übertreten würde."

Ernster denn je zerteilte er das Tier. Und keine Stunde später verhallten die Geräusche des davonreitenden Leibwächters im Dunkel der hereingebrochenen Nacht.

„Wir sollten schlafen gehen.", half der Heiler mir hoch, als Forthran sich anschickte, Megis die erste Wache abzunehmen. „Morgen wird ein anstrengender Tag."

Kapitel 10

Der Abschied von Oshek war mir erstaunlich schwergefallen. Es dämmerte gerade als ich, auf dem Rückweg aus dem Gebüsch, bemerkte, wie Megis noch einmal das Geschirr der beiden Zugpferde kontrollierte. Meine Blutung hatte irritierenderweise bereits aufgehört und ich hatte die Gelegenheit genutzt und mich im kalten Bach einer möglichst gründlichen Reinigung unterzogen. Und als ich nun, vor Kälte sicher ganz blau, im langsamen Trab zurück zum Lager lief, kam Oshek mir schon entgegen.

„Ich habe dort drüben gestanden, niemand hätte dich gestört. Du hättest dir also ruhig noch etwas Zeit nehmen können, wir wären nicht einfach aufgebrochen, ohne uns zu verabschieden!", versicherte er, aber es klang halb auch wie ein Vorwurf.

„Ich habe mich sehr freiwillig beeilt, das Wasser ist viel zu kalt. Ihr brecht jetzt auf?"

„Ja. Genau wie ihr, auch wenn Forthran dir noch Zeit geben wird, ein Stück Brot zu essen. Es ist sogar noch ein Rest von dem alten Langohr übrig. Zäher, alter Kerl, wehrt sich sogar noch nach dem Tod."

Ich lächelte und als er mir seine faltige, raue Hand an die Wange legte, seufzte ich.

„S'tach ma pe'ton werat gechat ne kont, Sherea!"

„Was heißt das nun wieder?", wollte ich leise wissen.

„Das sage ich dir, wenn wir uns wiedersehen! Gib auf dich acht, Geistertochter; was Forthran zu deinem Schutz tun kann, wird er tun. Und hör auf damit, so hart mit dir selbst ins Gericht zu gehen. Deine Angst ist berechtigt, sie ist menschlich. Deine Aufgabe ist schwer genug, also fang an, sie zu teilen. Wir alle glauben an die

Macht der Geister und vertrauen auf sie, also wirken auch wir daran mit. Stütze dich auf uns und auf jeden, der dir seine Hilfe anbietet. Und ich möchte, dass du etwas weißt: Ich habe und hatte nie auf deine Weise Kontakt mit den Geistern, aber ich bin durch die Begegnung mit dir mehr als belohnt für meinen Glauben an sie! Vertrau ihnen, sie werden immer für dich da sein!"

„Keine leichte Aufgabe!", verzog sich mein Lächeln.

„Ich weiß! Meine Gedanken werden bei dir sein und meine Gebete werden sich von heute an vorwiegend um dich drehen. Mehr kann ein alter Mann wie ich nicht tun, leider."

„Danke. Für alles, auch für deine Nachsicht. Versprich mir, dass auch du auf dich und Megis achtest!"

„Das werde ich. Leb einstweilen wohl, wir sehen uns bald wieder."

Stumm nickte ich und stumm sah ich zu, wie er ein wenig mühsam neben seinem Schüler auf den Wagen stieg und ihm mit einer Geste die Zügel überließ.

Das Rumpeln des Wagens war noch nicht verklungen, als Forthran mir ein Stück trockenes Brot und einen kleinen Rest des ‚zähen, alten Kerls' reichte. Und nur kurze Zeit später saßen auch wir auf.

„Wohin reiten wir?", fragte ich und zog meinen Gürtel rasch noch etwas fester um Megis' Jacke.

„Hm ... Ich weiß, dass dich jetzt alles zu Gut Loperingen zieht, aber ich halte es nach deiner Erzählung für besser, es in einem mehr oder weniger großen Bogen zu umgehen. In drei oder vier Tagen können wir bei einem Freund Unterschlupf finden und von dort ... Werden die Geister dir helfen, deinen Natian zu finden?"

Mit einem schweren, besorgten Seufzen zuckte ich die Schultern.

„Ich soll mich finden lassen, haben sie gesagt. Aber kaum etwas ist mir je so schwergefallen wie das: untätig abzuwarten!"

„Ich weiß nichts über deine Verbindung zu den Geistern, aber eines weiß ich ganz sicher: Wenn jemand *nicht* untätig ist, dann du! Bist du bereit? Ich reite voraus."

Nach zwei Nächten und einem ganzen Tag waren die Pferde ausgeruht. Auch wenn wir selten einmal galoppierten, ritten wir doch so oft wie möglich im straffen Trab und da wir ohnehin kaum mehr Vorräte hatten, hielten wir uns am Mittag auch nicht lange damit auf, eine Pause einzulegen. Stattdessen unterbrachen wir unseren Ritt immer dann für eine kleine Weile, wenn wir irgendwo einen Beerenstrauch sahen, den wir räubern konnten. Bis zum Abend hatten wir so eine beachtliche Strecke zurückgelegt und er hatte es verstanden, dabei sämtliche Niederlassungen zu umgehen. Als ich ihn danach fragte, zügelte er sein Pferd und ritt eine Weile neben mir her.

„Ich kenne mich hier leidlich aus und halte es vorerst für besser, wenn uns niemand sieht. So kann jeder, der nach uns gefragt wird, glaubhaft versichern, dass wir nicht vorbeigekommen sind. Ich hoffe auch darauf, heute Abend Proviant für zwei Tage bekommen zu können, dann wird uns mit etwas Glück bis zur Ankunft bei meinem Freund niemand mehr sehen."

„Wer ist dieser Freund?", wollte ich wissen. „Kannst du ihm trauen?"

Er lachte leise. Ich warf ihm einen erstaunten Blick zu, denn das war das erste Mal, dass ich ihn lachen hörte.

„Ja, das kann ich, trotz allem. Sein Name ist Zerbus. Er ist ein alter, verschrobener, mürrischer, wortkarger, dickköpfiger und wütender Kauz, der es vor ein paar

Jahren geschafft hat, sich mit meinem Vater zu überwerfen. Er war jahrelang dessen treu ergebener Kammerdiener und hat nie ein Blatt vor den Mund genommen. Vater hat dies bei ihm stets begrüßt, aber dann hat er einmal etwas gesagt, das er nicht hören wollte."

Sein Lächeln wurde schief und verschwand dann ganz.

„Was hat er gesagt?"

Ein tiefer Atemzug hob und senkte seine Brust und er musterte mich zweifelnd.

„Ich bin nicht sicher, ob so etwas etwas für deine Ohren ist ..." zögerte er.

Sofort sah ich wieder nach vorne, verlegen und unangenehm berührt zugleich.

„Tut mir leid, es geht mich nichts an. Ich wollte nicht neugierig sein."

„Ich habe es nicht als Neugier aufgefasst und ich zögere nur deshalb, weil es ... ein wenig ... Nun, es geht hierbei um meinen Vater und ich denke nicht, dass ich das Recht habe, das Bild meines Vaters und Königs gerade vor dir zu ... beschmutzen."

Ich wurde blass.

„Nein, natürlich nicht! Entschuldige noch einmal und vergiss bitte, dass ich gefragt habe."

Eine ganze Weile ritten wir schweigend nebeneinander weiter und als diese Stille mir eben deswegen schon unangenehm zu werden begann, seufzte er erneut, sah mich noch einmal von der Seite an und streckte dann seine Hand nach meinem Arm aus, um ihn in einer besänftigenden Geste kurz zu berühren.

„Mir tut es leid. Ich möchte dir gegenüber keine Geheimnisse haben. Gerade dir gegenüber!"

„Weshalb? Ich bin auch nur ein Mensch, dem Fehler und Menschliches nicht fremd sind.", schoss ich sofort hervor. „Weil ich von den Geistern geschickt wurde?

Mag sein, dass ich damit als Ausnahme gelte, doch mein Vater hat mich nun mal dazu erzogen: Ich möchte um meinetwillen respektiert werden!"

Eine kleine Falte erschien zwischen seinen Brauen.

„Ja, natürlich! Und das tue ich auch! Dass du von den Geistern gesendet wurdest, mag ein Grund sein, aber längst nicht der einzige."

„Weshalb dann?", wollte ich nun wissen.

„Ahnst du das nicht?", kam die Gegenfrage. „Nein, wie solltest du auch?!", beantwortete er sie gleich selbst. „Weil man nicht anders kann, als dir zu vertrauen, Sherea! Was immer das ist, ich habe das noch nie bei einem anderen Menschen empfunden: Ich kenne dich eigentlich kaum, aber ich vertraue dir vollkommen! Da ist eine eigenartige ... Vertrautheit, im wahrsten Sinne des Wortes! So als wäre ich dir schon einmal begegnet ..."

Diesmal war ich es, der seinen Blick suchte und lange festhielt, meine Miene mit voller Absicht zweifelnd verzogen, um mir meine wahren Gedanken nicht anmerken zu lassen. Denn je öfter ich ihn ansah ...

„Ich war nicht schon einmal hier. Hier in dieser Zeit. Wir sind uns noch nicht begegnet.", erwiderte ich rasch. „Das wüsste ich!"

Doch je länger ich seinen Blick festhielt, desto mehr musste ich ihm zustimmen! Nichts an ihm kam mir bekannt vor und doch war es so, als ob wir uns von irgendwo und irgendwann kennen würden.

Nein!

„Einbildung!", flüsterte ich unhörbar und ignorierte seine unausgesprochene Frage, die sich sofort in seiner Miene spiegelte.

Er sah kurz nach vorne, aber das Pferd folgte ganz von alleine einem schmalen Weg durch den Wald, also gab er ihm die Zügel wieder frei.

„Mein Vater hat ... hatte eine Schwäche für Frauen. Für schöne Frauen. Hebbuns Mutter war Vaters erste Frau und Hebbun war ihre erste Geburt. Sie hat zwei Tage in den Wehen gelegen, bis es der Hebamme endlich gelang, das Kind in ihrem Bauch zu drehen, es lag quer. Hebbun kam gesund zur Welt, seine Mutter jedoch starb nur kurze Zeit später an Entkräftung und hohem Fieber.
Meine Mutter wurde ein Jahr später Vaters zweite Frau, aber sie konnte nach mir kein Kind mehr vollends austragen, sie kamen stets zu früh. Irgendwann gab sie den Gedanken darauf auf, noch einmal ein Kind zu bekommen. Sie hat immer schweigend darüber hinweggesehen, dass Vater während ihrer Schwangerschaften andere Frauen in sein Bett holte ..."
Etwas, wovon ich nicht zum ersten Mal hörte. Ich hütete mich jedoch, dies laut auszusprechen.
„Es war daher wie ein Wunder, dass sie noch einmal guter Hoffnung wurde und das Kind länger als drei Monate in ihrem Leib behalten konnte.", fuhr er nach einer kurzen Pause fort. „Aus gutem Grund verschwiegen sie diese Nachricht dennoch eine ganze Weile, aber Zerbus konnte es irgendwann nicht mehr entgehen. Wie jedes Mal suchte Vater von da an ihr Bett nicht mehr auf ..."
Ein kurzer, unsicherer Blick in meine Richtung.
„Ich weiß, was zwischen Mann und Frau stattfindet.", gab ich so ruhig wie möglich zurück. Oh ja, Mutter hatte mich aus gutem Grund nicht im Ungewissen gelassen, aber das gehörte nicht hierher! Und sein *Ja, natürlich.* überhörte ich geflissentlich.
„Umso fleißiger aber holte er in den ersten Wochen eine andere Frau in sein Bett. Während es früher eher wahllos irgendwelche Mägde oder ... Dirnen waren, war es diesmal anders. Es war immer wieder die gleiche

Frau. Zerbus hat ihm deswegen die Hölle heißgemacht. In seiner direkten, unverblümten Art hat er meinem Vater deutlichgemacht, dass er herumhuren könne so viel er wolle, aber dass er gerade jetzt seiner Frau nicht eine Rivalin vor die Nase setzen dürfe. Und keine andere Gewichtung würde er einer Favoritin mit seinem Verhalten geben als die einer Rivalin! Während sich der Bauch der Königin bereits sichtbar runde, sei er fleißig dabei, einen Bastard mit einer Jüngeren zu zeugen ..."

Ich starrte ihn an und er stieß ein weiteres Mal hörbar den Atem aus.

„Er hat ihm diese Worte nicht nur unverblümt ins Gesicht geschleudert, er sprach sie aus, als er die beiden im Bett vorfand, als sie gerade ..."

Ich wurde rot. Nun wurde ich doch rot.

„Oh!"

„Richtig. Etwas, das weder mein Vater noch der König dulden konnte oder wollte! Er hat ihn davongejagt." Wieder eine Pause, dann: „Mutter verblutete unmittelbar nach der Geburt meiner kleinen Schwester, die wenige Tage später zu früh auf die Welt kam. Das Neugeborene folgte ihr nur wenige Minuten später, es war laut der Hebamme viel zu klein, vollkommen blau und hörte einfach auf zu atmen."

Er schwieg und ich suchte nach Worten.

„Das wusste ich nicht. Es tut mir leid, Forthran, ich wollte nicht an eine so tiefe Wunde rühren.", war alles, was mir einfiel.

„Davon wussten nur ganz wenige Menschen. Ich war damals sechzehn Jahre alt und manchmal frage ich mich noch heute, ob es nicht besser gewesen wäre, wenn ich nichts von Vaters ... wenn ich es nicht gewusst hätte. So wie Hebbun."

Diesmal schwieg ich und nach einer Weile trieb er sein Tier wieder zu einem Trab an. Ich fragte mich jedoch insgeheim, welche Einstellung Frauen gegenüber dieses Wissen in ihm hervorgebracht hatte!

Kein Proviant. Die Niederlassung, die nur aus wenigen kleinen Hütten bestand, wirkte verlassen. Es war zwar überdeutlich zu sehen, dass die Bewohner erst vor kurzem verschwunden waren, aber auch die eifrigste Nachsuche in den leeren Behausungen brachte nichts Essbares zutage.

Mittlerweile dunkelte es und obwohl ich Forthran mehrfach versicherte, eine Weile ohne ihn und seinen Schutz auszukommen, beharrte er darauf, dass wir lieber ein wenig hungern sollten als das Risiko eingehen, dass während seiner Abwesenheit jemand kommen und mir ein Leid zufügen könne.

„Eine Jagd würde viel zu lange dauern und ihr Erfolg wäre zweifelhaft. Nutzen wir die sauberste Hütte, um darin zu übernachten, aber mehr auch nicht.", deutete er auf eine, die an der Seite einen offenen Verschlag besaß, in welchem die Pferde zumindest einen gewissen Schutz haben würden. „Ich werde Wache halten, du kannst beruhigt schlafen.", setzte er hinzu und begann damit, als Erstes sein Schwert samt Scheide vom Sattel loszumachen.

„Du kannst nicht die ganze Nacht wach bleiben!", widersprach ich aufgebracht. „Ich werde die erste Hälfte übernehmen. Versuch erst gar nicht, mir das auszureden, ich halte nicht zum ersten Mal Wache und bin weder blind noch taub und ich habe mich längst von meiner Verletzung erholt. Und wenn ihr alle schon ständig sagt, dass ich den Geistern vertrauen soll: Was soll schon passieren, das nicht vorherbestimmt ist?"

Er wirkte tatsächlich wütend.

„Ihnen vertrauen? Ja, aber in diesen Zeiten und dieser Gegend nicht weiter als mein eigener Arm oder Pfeil und Bogen reichen. Denn kümmert sie ein einzelnes Schicksal, insbesondere deines? Mag sein, doch du hast genug durchgemacht, es muss nicht noch ein Überfall oder eine Gefangennahme dazukommen! Du hast mir selbst erzählt, wie du und Natian getrennt wurdet und wir wissen nicht, wo die Bewohner dieses Fleckens abgeblieben sind, also …"

„Mach, was du willst, ich werde die erste Hälfte der Nacht nicht schlafen! Wenn du klug bist, nutzt du das, um selbst auch etwas auszuruhen und damit umso besser in der zweiten Nachthälfte auf uns und die Pferde aufzupassen!"

Aufgebracht drückte ich ihm die Zügel meines Tieres in die Hand, wandte mich ab und stapfte davon, zielstrebig Richtung Waldrand, der am Rand dieser Niederlassung abrupt geendet hatte und in eine weite, wenn auch hügelige Landschaft überging.

„Wohin gehst du? Ich muss erst die Umgebung absuchen und du solltest nicht alleine …"

„Ich habe ein … menschliches Bedürfnis, Forthran! Ich gehe nur bis zu diesen Sträuchern dort, werde also schon nicht verlorengehen!", fiel ich ihm ins Wort.

Und schon einige Schritte später fragte ich mich, weshalb ich mich von ihm und seiner Sorge auf einmal so gegängelt fühlte!

Gegängelt – wie ein Kind, das nicht drei Schritte alleine tun konnte!

Neben der Tür befand sich eine Bank aus roh behauenem Holz, auf der ich irgendwann Platz nahm und zusah, wie die Sterne langsam ihre Bahnen über den Himmel zogen. Die Pferde nebenan regten sich kaum einmal und das Heu, das Forthran und ich für sie in den kleinen Ställen ringsum zusammengesammelt hatten, hatten sie innerhalb kurzer Zeit aufgefressen.

Die Stille hier war allumfassend und nur die Geräusche der Nacht, der Tiere und hin und wieder des Windes unterbrachen sie.

Forthran war schon vor einer ganzen Weile ebenfalls in den Wald verschwunden und hatte sich – ein wenig kurz angebunden aber zumindest höflich – in die Hütte begeben, wo er auszuruhen gedenke. Die Tür war bis auf einen kleinen Spalt zugeschoben und er hatte sie nur noch einmal geöffnet, um mir ein Messer herauszureichen. Nachdem ich meines in Äseas Hütte gelassen hatte, war ich durchaus dankbar, wieder irgendetwas zu besitzen, mit dem ich mich notfalls zur Wehr setzen konnte.

„Falls etwas sein sollte oder du etwas Verdächtiges hörst: Es genügt, wenn du meinen Namen sagst, ich habe einen leichten ... Schlaf."

Überzeugt davon, dass er kein Auge zutun würde, nickte ich erbost und schob das Messer vorsichtig hinten in meinen Gürtel.

Das war inzwischen mehrere Stunden her und dem Stand des Halbmondes nach zu urteilen war die Nacht gut zur Hälfte vorüber.

Ich war inzwischen durchaus müde, aber ich wusste genau, dass ich keinen Schlaf finden würde. Je mehr Zeit verstrich, desto mehr wuchs meine Sorge um Natian. Schließlich hielt ich es nicht mehr aus und brach mein Schweigen Schettal gegenüber:

„Weißt du, wie es ihm geht? Geht es ihm gut?", flüsterte ich.

Ein paar Augenblicke vergingen, dann hörte ich seine Antwort:

‚Die anderen hätten es mich wissen lassen, wenn es anders wäre, Sherea. Du machst dir mehr Sorgen um ihn als um dich.'

„Und umgekehrt, wenn ich raten sollte!", gab ich zurück, zutiefst erleichtert und jetzt auch besänftigt. „Er fühlt sich für mich verantwortlich."

‚Und umgekehrt, wenn ich raten sollte!', kam es.

„Irre ich mich oder verspottest du mich? Darf ein Geist aus der Vergangenheit das überhaupt?", lächelte ich schief.

‚Gibt es etwas, das ein Geist nicht darf?', konterte er und ich hatte durchaus den Eindruck, als ob er Freude an dieser Art von Fragen und Gegenfrage empfand. Jedenfalls fühlte seine Reaktion sich so an.

„Wieso wundert es mich nicht, dass du meine Frage schon wieder mit einer Gegenfrage beantwortest?! Oder war die Frage ernst gemeint? Wenn ja, dann würde ich sagen, dass es ganz sicher Dinge gibt, die euch nicht erlaubt sind. Oder die ihr ganz einfach nicht … tun solltet. Weil man sie nicht tut! Regeln des Anstands, die auch für euch gelten sollten! Haltet ihr euch wirklich daran?", ärgerte ich ihn, durchaus auch weil ich auf diese Weise eine ganz bestimmte Information zu erhalten hoffte: Wie weit ging seine Anwesenheit und wie tief reichte sie?

‚Meine Nachkommin kann frech sein und sie hat Humor!'

Er hatte mich durchschaut und ich begriff: Er versuchte, mir etwas von dem Frieden zu vermitteln, der uns hier für eine kleine Weile umgab. Ich gab seufzend nach, nur zu bereit zu einem weiteren Waffenstillstand. Meine Wut auf ihn war verraucht und ich lachte sogar leise auf.

‚Wie schön! Seit unserer ersten Begegnung vor langer Zeit im Steinkreis habe ich mir gewünscht, dich einmal lachen zu sehen. Ein Lächeln hast du mir vorhin geschenkt und jetzt weiß ich, dass da auch eine Sherea in dir ist, die gerne lacht. Auch wenn die Zeiten und Umstände nicht danach sind, solltest du das öfter tun. Erzähl mir etwas von dir!'

Ich gab mir keine Mühe, mein Erstaunen zu verbergen.

„Kann es sein, dass wir gerade eine ganz einfache, persönliche Unterhaltung führen, noch dazu über mich?"

‚Warum nicht? Ich weiß noch so gut wie nichts über dich!'

Jetzt machte ich aus meinem Erstaunen erst recht keinen Hehl!

„Das soll ich glauben? Du selbst hast gesagt, dass ihr alles seht! Und wenn du mich von Anfang an im Auge behalten hast ..."

‚Eigenartig, das von dir zu hören! Vor allem, da du gerade selbst gesagt hast, dass man manche Dinge ganz einfach nicht tut! Offenbar hatte deine Bemerkung doch einen ernsten Hintergrund. Sherea, ich bin mir deiner Existenz seit deiner Geburt bewusst und hin und wieder habe ich dein Leben ... berührt, aber ich beobachte dich nicht ständig und schon gar nicht, indem ich deine ganz persönlichen und privaten Erlebnisse und Gedanken betrachte!'

„Oh! Hm ... Entschuldige. Ich weiß ganz einfach nicht, wie ich mir das alles vorstellen soll."

‚Kein Wunder, denn es gibt keine menschliche Entsprechung und es gibt keine Worte, die unsere Welt beschreiben können. Eines solltest du jedoch wissen: Wir sind nicht allgegenwärtig. Nicht im Sinne von überall zugleich.'

„Das habe ich inzwischen gelernt.", flüsterte ich und sah auf, als die Tür neben mir sich öffnete und Forthran erschien.

„Die Geister?"

Er hatte mich gehört.
„Ja. Schettal. Du warst wach."
Ich schaffte es, dies nicht wie einen Vorwurf klingen zu lassen.
„Nicht, weil ich deinen Fähigkeiten nicht vertraue. Was ich heute Abend sagte, sagte ich aus gutem Grund: Ich möchte dich beschützen und ich möchte dir wenigstens etwas von deiner Last abnehmen. Ich bin es nicht gewöhnt, dass eine Frau ... Nun, ich denke, ich habe so gut wie keine Erfahrung mit Frauen, die derart selbstständig und selbstbestimmt sind wie du."
„Dickköpfig, wolltest du sagen!", gab ich zurück, bemüht, es nicht schon wieder missbilligend klingen zu lassen.
„Nein, selbstbestimmt. Ich habe begriffen, dass dein Verhalten nichts oder nur wenig mit Dickköpfigkeit zu tun hat. Schon das zweite Eingeständnis für heute.
Ich werde zukünftig also einfach nur danken und die Zeit nutzen, um mich auszuruhen. Und was deinen Natian angeht: Wir werden ihn finden. Wir werden nicht aufgeben, bis wir ihn gefunden haben, das ist ein Versprechen."
Er hatte neben mir Platz genommen, wie ich den Rücken an die raue Holzwand der Hütte gelehnt.
Mein Natian! Er ist nicht *mein* Natian! Er ist ... mein Begleiter und auch er wollte mich ständig beschützen. Aber das kann niemand. Niemand kann einen anderen immer und überall beschützen. Noch so etwas, das ich erst hier wirklich gelernt habe. Es ist etwas anderes, all die blutrünstigen Geschichten von anderen zu hören, oder selbst in dieser Zeit zu landen und Gefahr zu laufen ... Hör einfach damit auf, mich ständig vor allem schützen zu wollen, Forthran, denn das ist unmöglich.", endete ich.

„Das wird mir schwerfallen. Aber ich kann es versuchen.", versprach er. Dann, eine ganze Weile später – ich wollte mich gerade erheben, weil das Schweigen mir seine direkte Anwesenheit viel zu sehr bewusst machte – fügte er an:

„Es tut mir leid, wenn ich bezüglich dir und Natian etwas vermutet habe, das so nicht stimmt."

„Schon gut. Wir sind kein Paar. Wir sind Freunde. Gute Freunde. Wir haben einiges gemeinsam durchgestanden, könnte man sagen. Und inzwischen … vertraue ich ihm."

Er schien noch etwas sagen zu wollen, doch dann nickte er nur.

Es fiel mir schwer, Schlaf zu finden in dieser Nacht. Doch das lag nicht an dem muffig riechenden Strohsack unter mir, sondern daran, dass ich diesmal meine Gedanken nicht zum Stillstand bringen konnte. Dieses eine, kurze Gespräch vorhin hatte genügt, um sie wieder um ein Thema kreisen zu lassen, das ich schon einmal erfolgreich hatte ausblenden können: Wieso kam er mir so vertraut vor?

Die leichte Berührung an meiner Schulter genügte, um mich aus dem Schlaf zu holen.

„Es tut mir leid, dich aufzuwecken, aber es wird bald hell werden und wir sollten zeitig von hier verschwinden.", meinte er entschuldigend und verschwand leise nach draußen, als ich nickte.

Es war ein feuchtkalter Nebel aufgezogen und ich beeilte mich umso mehr, um meinen Aufenthalt in den Büschen abzukürzen. Das milchig-fahle Licht des Sonnenaufgangs begleitete uns daher noch eine ganze Weile und wir legten erst eine Pause ein, als wir auf einer der höchsten Anhöhen der Gegend den Nebel hinter und unter uns gelassen hatten.

Der Anblick in den Senken unter uns war malerisch und bedrohlich zugleich, denn ich musste sofort auch daran denken, dass man nicht sehen konnte, was unter und in diesem Nebel lag, was gerade dort unten geschah. Der Lertos lag zwar mittlerweile weit genug hinter uns, aber sein Verlauf war noch zu ahnen. Und am Lertos lagen die Siedlungen. Und die Güter!

Forthran schien meine Gedanken zu erraten.

„Denk nicht darüber nach. Wir wissen ohnehin nicht, ob die Menschen dort nicht längst gewarnt und wie wir auf der Flucht sind. Nichts von dem, was in deiner Zeit geschehen ist, muss dort jetzt noch geschehen, Sherea. Und um deine eigenen Worte zu verwenden, wenn auch nur in ähnlicher Form: Du kannst sie nicht alle schützen. Wir haben getan, was wir konnten. Nein, das ist nicht richtig: *Du* hast getan, was du konntest!"

Mein Verstand wusste, dass er recht hatte, aber mein Herz sprach eine andere Sprache. Ich nickte also, doch in Gedanken war ich woanders. Erst sein Vorschlag, die Zeit zu nutzen und in der näheren Umgebung nach Beeren und essbaren Pilzen zu suchen, lenkte mich hinreichend ab.

Mein Magen knurrte inzwischen schon unablässig, doch heute war die Ausbeute eher mager. Möglich, dass andere vor uns hier gewesen waren, möglich, dass sich irgendwelche Tiere längst an den Beeren sattgefressen hatten: Es waren für jeden nur ein paar Handvoll – kaum genug, um unsere Mägen auch nur zur Hälfte zu füllen.

„Wir werden versuchen, unterwegs irgendwo eine Niederlassung zu finden, etwas Essbares zu kaufen. Für die Jagd fehlt uns die Zeit, ich möchte ungern länger haltmachen. Nur wenn wir heute nichts bekommen, möchte ich das in Erwägung ziehen."

„Weil die Zeit drängt oder weil du mich nicht alleine lassen willst?", fragte ich und streckte wie er die Beine lang auf dem Boden unter einer hohen Eiche aus.

„Beides.", bekannte er. „Wir sollten uns nicht trennen, davon weiche ich nur im Notfall ab.", fügte er an.

Wieder hatte er recht, aber das sagte ich ihm nicht.

„Fostred ... Ich kenne deinen Vater gut.", wechselte er das Thema. „Wir haben zwar nicht eben sehr viel Zeit miteinander verbracht, aber ich schätze ihn als ehrenvollen, loyalen und mutigen Mann. Netrosh muss große Stücke auf ihn halten."

Erneut wurde mir bewusst, dass ich gerade mit jemandem sprach, den zu dieser Zeit nur wenige Jahre von meinem Vater trennten. Wenn überhaupt. Sollte ich – wider Erwarten – eines Tages doch in meine eigene Zeit zurückkehren können, würde er ...

Noch ein Gedanke, mit dem ich mich nicht befassen wollte! Warum? Auch darüber wollte ich nicht nachdenken. Also lieber wieder zurück zu meinem Vater.

„Es ist nach wie vor schwer für mich, dass er in dieser Zeit noch gar nicht mein Vater ist. Da war zwar etwas – eine Verbindung, ein Gefühl, ein ... Band, aber dennoch!"

„Hm ... Ich kann nur ahnen, wie das für dich sein muss. Und ich war mir bisher nicht sicher, ob ich es ansprechen sollte, aber ..."

„Was? Wenn es etwas mit Vater oder mir zu tun hat, will ich es wissen!"

Er holte tief Luft.

„Mein Verstand sagt mir, dass wir beide uns in diesem Leben noch nie über den Weg gelaufen sein können. Ich zermartere mir seit unserer ersten Begegnung am Lertos den Kopf, um dahinterzukommen, woher dieses seltsame Gefühl rührt, aber es will sich mir nicht erschließen! Doch ich denke, dass du zumindest davon wissen solltest. Ich weiß nicht, ob es überhaupt irgendeine Bedeutung hat, schon gar nicht im Zusammenhang mit den derzeitigen Ereignissen, aber ich möchte, dass du es weißt."

Ich starrte ihn an und öffnete den Mund, um etwas zu erwidern, schloss ihn dann jedoch wieder.

Um ihn doch noch einmal zu öffnen. Doch anstatt zu gestehen, dass ich ebenso empfand, hörte ich mich sagen: „Du möchtest, dass ich die Geister dazu befrage!"

„Es ist deine Entscheidung, aber was mich angeht … Würdest du nicht wissen wollen, woher das rührt und ob nicht auch hier die Geister ihre Hände im Spiel haben? Sherea", wandte er sich mir vollends zu, „wir kennen uns noch nicht lange, wir wissen nur wenig voneinander, ein paar Tage genügen dazu nicht. Du weißt über diese letzten Tage hinaus allenfalls das von mir, was bis in deine Zeit an Geschichten über mich überdauert hat – und das dürfte wenig genug sein. Ich wäre jetzt eigentlich tot! Oder ich würde zumindest nicht mehr allzu lange leben.

Nun, die Welt würde weiter existieren, auch ohne mich, aber jetzt, mit diesem Wissen in mir erlangt alles eine ganz andere, völlig neue Bedeutung.

Ich hatte viel Zeit zum Nachdenken. Den Umstand, dass ich noch lebe, verdanke ich dir und die Zukunft ist ungewiss. Für mich war sie das schon immer, aber nun ist sie es auch für dich. Alles könnte sich ändern und wo immer die Geister uns weiterhelfen können, sollten wir sie nicht befragen? Und was das auch ist …"

Er unterbrach sich, hob eine Hand und berührte meine Wange mit den Fingerspitzen. „Es ist so real, wie dich jetzt zu berühren, und ich möchte wissen, ob die Geister dafür die Verantwortung tragen oder ob das ein Gefühl ist, das aus mir selbst kommt. Ich möchte Gewissheit haben!"

Gewissheit! Ja, auch ich wollte Gewissheit haben, über so viele Dinge!

‚*Gefühle kommen immer aus dem Menschen selbst.*‘, strich Schettal bei diesem unausgesprochenen Wunsch über meine Gedanken. ‚*Niemand, auch wir nicht, können sie euch eingeben, sie können weder befohlen noch ausgelöscht werden. Was immer er fühlt, kommt aus ihm. Was die Vertrautheit angeht jedoch ...*‘

„Was?"

„Sherea?", fragte er verwirrt.

„Schettal! Gib mir einen Augenblick Zeit, er ist hier."

Sein Arm senkte sich und er blickte mich abwartend an. Und diesmal konnte ich meinen Blick ebenfalls nicht abwenden. Die grünen Splitter in seinen dunklen Augen funkelten intensiv und sein Blick war neugierig, geduldig und entschlossen zugleich. Oder abwechselnd, ich wusste es nicht. Und sein Gesicht, in dem die Barthaare seit mehreren Tagen schon nicht abrasiert worden waren, lächelte ein beruhigendes, leicht schiefes Lächeln. Ein Lächeln, das sein Gesicht von innen heraus zu erhellen schien und Vertrauen in mir erweckte ...

Schettal blieb stumm. Oder er wartete nur ab, bis ich meine Gedanken wieder vollends ihm zuwenden würde.

„Was? Woher stammt das? Sag es mir!", forderte ich daraufhin.

‚*Eure Leben waren von Anbeginn an miteinander verknüpft, Sherea. Ahnst du nicht, warum?*‘

„Die Prophezeiung!", hauchte ich.

‚*Ja. Sie war vage genug, um mehrere Möglichkeiten einzuschließen. Wir können anstoßend lenken, aber nicht bestimmen. Nun ist es so gekommen, wie andere – über uns Stehende – es offenbar für richtig befunden haben. Oder ganz einfach nur, wie es dank eurer Entscheidungen kommen musste, wenn du nicht an Höheres glaubst. Es liegt noch ein langer, ungewisser Weg vor euch und der Erfolg ist noch immer fraglich, aber dein Weg hat dich dorthin geführt, wohin er ...'*

„... führen sollte!", vollendete ich seinen Satz. „Spielsteine! Schon wieder! Sind wir nicht mehr für euch?"

‚Findest du nicht, dass es genug ist? Haben wir dieses Gespräch nicht schon einmal in ähnlicher Form geführt?', ertönte es nachsichtig und unaufgeregt in meinem Kopf. *‚Ihr seid niemals Spielsteine gewesen! Es steht euch frei, zu tun und zu lassen, was ihr für richtig haltet! Natian hat etwas getan, das dir eine Entscheidung nahm, ja. Aber war es eure Entscheidung, Perstan aufzusuchen, oder haben wir euch gezwungen? War es deine Entscheidung, zu helfen wo immer du kannst, oder haben wir euch gedrängt?'*

„Was ich tue, tue ich freiwillig! Jetzt, da ich einmal hier bin! Ich hadere nicht länger damit, doch ich bin es leid, immer und immer wieder vor vollendete Tatsachen gestellt zu werden, ungefragt von hier nach dort versetzt zu werden und immer und immer wieder zu hören, dass ihr irgendetwas im Schilde führt, von dem ich nichts weiß!

Forthran hat recht, ich will Gewissheit! Ich will vorher wissen, wenn ihr irgendetwas vorhabt, nicht morgens unverhofft in einer anderen Zeit oder Gegend aufwachen, nur weil ihr es so bestimmt habt! Und sag mir nicht, dass das zu viel verlangt ist! Sag mir nicht, dass solches Handeln nicht das eines Spielers ist, der seine Steine strategisch günstig aufstellt und hin und her schiebt!", ereiferte ich mich.

‚Seid nicht viel eher ihr die Spieler? Bestimmt nicht ihr das Spiel? Wir eröffnen euch Möglichkeiten, mehr nicht! Möglichkei-

ten, die ihr entweder nutzt oder eben nicht nutzt! Es steht dir jederzeit frei, dich abzuwenden, doch wo immer wir dich hinstellen – um deine Worte zu verwenden – die Menschen dort sind es wert, dass man ihnen ihr Schicksal erleichtert, findest du nicht? In den Zeiten vor meiner jetzigen Existenz, in den Zeiten, in denen ich noch wie du als Mensch lebte, habe ich als Führer und Berater meines Volkes stets alles dafür getan ...'

„Willst du es nicht verstehen oder verstehst du es tatsächlich nicht?", unterbrach ich ihn. „Wie soll ich es dir noch beweisen? Du kannst doch meine Gedanken sehen, wieso siehst du dann nicht tief genug in mich hinein? Es geht mir nicht länger darum, dass ich hier bin! Ich habe es akzeptiert und tue, was ich kann! Aber ich will vorher Bescheid wissen, nicht erst wenn ich überraschend mitten in einem Bach lande, wenn ich vorher noch im warmen Bett gelegen habe! Ich nehme meine Mitwirkung in dieser Prophezeiung an, Schettal, aber ich verlange, dass ihr von jetzt an offen zu mir seid! Ich verlange von dir als meinem Vorfahren, dass du offen zu mir bist! Sag mir, was ihr vorhabt, was ihr euch von mir erhofft und sag mir ... woher das rührt, was Forthran vorhin beschrieben hat!", forderte ich hart, wohlweislich verschweigend, dass es mir ebenso erging wie ihm.

Eine eigenartige Pause, die sich wie ein tiefer Atemzug anfühlte. Dann:

‚Eure Vertrautheit liegt nicht darin begründet, dass wir euch manipulieren, sie liegt unter anderem darin begründet, dass ihr ein gemeinsames Ziel habt, dass ihr mehr gemeinsam habt, als ihr zum jetzigen Zeitpunkt ahnen könnt. Und vielleicht auch in etwas, an das weder er noch du euch offenbar erinnern könnt. Ihr habt euch tatsächlich schon einmal gesehen: in einem Traum, vor langer Zeit.'

Forthrans Augen wanderten unablässig suchend über mein Gesicht, aber er schwieg geduldig, auch wenn er sichtlich versuchte, sich auf alles einen Reim zu machen.

„Ein Traum?", flüsterte ich daher.

Seine Augenbrauen ruckten zusammen, dann drehte er den Kopf ein wenig zur Seite, nachdenklich und angestrengt grübelnd. Und dann, schlagartig, machte sich etwas auf seinem Gesicht breit und sein Kopf ruckte wieder zu mir herum, sein Mund öffnete sich leicht und er starrte mich voller Überraschung an.

„Du erinnerst dich!", erkannte ich.

„Du nicht?", fragte er.

Ich verneinte.

„Es ist schon lange her, ein paar Jahre denke ich."

„Wieso erinnere ich mich dann nicht? Erzähl mir davon. Ich möchte es wissen, ich habe ein Recht darauf."

Noch immer – oder schon wieder – musterte er mich nachdenklich.

„Ja, das hast du. Aber denkst du nicht, dass auch das beabsichtigt sein könnte? Ich hörte, was du von den Geistern verlangst, aber zu wissen, was sie sich von dir erhoffen … Wissen beeinflusst dein Denken und Handeln. Unvoreingenommenheit könnte der Schlüssel sein, wenn du dich nicht weiterhin in vorbestimmte Bahnen lenken lassen willst. Ich konnte die Antworten dieses Geistes nicht hören, wohl aber meine eigenen Schlüsse ziehen. Und diesmal pflichte ich ihm bei, du solltest dir dein eigenes Bild machen."

„Mein Bild machen? Von dir?"

Jetzt wurde sein Lächeln rätselhaft und zurückhaltend.

„Von jeder neuen Situation und ja, auch von mir, denke ich. Ich mache mir ebenfalls immer lieber selbst ein Bild von anderen, ich gebe nichts auf das, was ich von Dritten über sie höre. Meist jedenfalls."

„Es gibt Ausnahmen?"

„Eine Herausragende? Vandan!"

„Vandan!", zischte ich. Dann holte ich tief Luft. „Also schön, meinetwegen! Behaltet es für euch, bis alles vorüber ist, doch dann will ich es wissen! Und ich beharre auf meiner Forderung: Ich will vorher erfahren, wenn ich mal wieder woanders hin versetzt werde!"

Ich hielt den Atem an und lauschte. Es dauerte lange und ich hatte die Luft längst schon wieder ausgestoßen, da hörte ich:

‚Einverstanden, aber ich muss dir sagen, dass auch ich nicht alles weiß und dass diese Dinge nicht alleine in meinen Händen liegen. Ich werde meinen Einfluss geltend machen – so würdet ihr Menschen es formulieren – aber ich kann es nicht versprechen.'

Ich seufzte.

„Damit werde ich wohl leben können. Hoffe ich. Ist also vorerst kein Orts- oder Zeitwechsel geplant?"

Wieder dauerte es eine Weile, wenn auch nicht so lange wie zuvor.

‚Geplant? Nein. Unter Umständen nötig? Ich weiß es nicht, weil ich nicht weiß, was geschieht. Die Zukunft, wie ich sie bis zu deiner Gegenwart kenne, hat sich verändert.'

„Bis zu meiner Gegenwart? Was meinst du damit?"

‚Das ist etwas, über das ich dir keine Auskunft geben werde, n'iach mat za'perchet! Und jetzt solltet ihr aufbrechen.'

„Na fein! Brechen wir also auf!", murrte ich und schickte mich an, mich zu erheben, aber Forthran war schneller und half mir hoch.

„Ich bin schon gespannt auf deinen Bericht!", murmelte er.

Kapitel 11

Der Mann mit dem Handwagen rannte zuerst los, als er uns entdeckte, aber dann wurde ihm klar, dass wir ihn innerhalb weniger Minuten einholen würden. Offenbar wollte er aber auch seinen Besitz nicht einfach zurücklassen für die beiden Gestalten, die da aus dem Nebel in das enge Tal hinabgeritten kamen. Der milchige Schleier hatte sich den ganzen Tag nicht vollends gelichtet und jetzt, da der Abend näher rückte, stiegen schon wieder neue Nebelschwaden von den dunstigen Wiesen und über den Bächen auf.

Er blieb endgültig stehen, als Forthran ihn anrief und ihm im Näherkommen versicherte, dass er nichts zu befürchten habe.

„Wir sind keine Räuber oder Mörder, wir sind wie alle anderen nur auf der Flucht vor den Kämpfen und den Plünderungen. Und wir sind auf der Suche nach jemandem, der uns etwas Essbares zu verkaufen bereit ist. Wir zahlen mit echten Silbermünzen, hier!", fischte Forthran eine aus der kleinen Tasche seiner Jacke.

„Essbares?", knarzte der hagere, hoch aufgeschossene Mann mit den langen, fadendünnen, fettglänzenden und spärlich auf dem Kopf vertretenen Haaren. „Ihr findet weit und breit niemanden, der euch etwas zu Essen verkaufen würde! Mit Ausnahme vielleicht von ..."

„Von was? Oder sollte ich lieber fragen, von wem? Es soll dein Schaden nicht sein, wenn du uns an jemanden verweisen würdest! Wir haben alles zurücklassen müssen, unser Proviant ist längst aufgezehrt, meine Frau hier ist halb verhungert und unser Weg zu unseren Verwandten ist noch weit."

Ich schaffte es in allerletzter Sekunde, ihm nicht einen scharfen Blick zuzuwerfen. Dass er mich als seine Frau ausgab, hätte mich unter normalen Umständen erbost auffahren lassen, unter diesen Umständen jedoch ...

Mich als seine Schwester auszugeben wäre aufgrund jeglicher fehlender Ähnlichkeit unglaubwürdig, aber immerhin machbar gewesen. Als mein Bruder hätte er notfalls auch das Recht gehabt, mich und meine Ehre zu verteidigen, aber das größere Recht, darauf zu beharren, mich unangetastet zu lassen, hatte nun mal ein Mann, dem man versprochen war oder mit dem man bereits eine Verbindung eingegangen war. Also schwieg ich, denn was er gerade tat, tat er zu meinem Schutz.

„Zeig mir diese Münze, ich will erst wissen, ob sie echt ist!", forderte der ganz in Grau und Schwarz gekleidete Kerl, dessen Grinsen nun eine Zahnlücke und einen faulig abgebrochenen Zahn im Oberkiefer entblößte.

„Hier.", warf Forthran ihm den kleinen Silberling zu, den der Mann geschickt auffing, kurz betrachtete und dann hineinbiss.

„Hm ... Der ist jedenfalls echt! Also schön: Ihr habt Hunger und ich weiß, wo es etwas zu essen gibt. Genug, dass ihr beide zwei Tage davon satt werden könntet. Nun ja, wenn ihr ein wenig sparsam seid jedenfalls. Und ich ..."

„Und du?", hakte Forthran nach.

„Mir haben sie mein Pferd samt Wagen gestohlen! Ich bin Händler, der davon lebt, von Markt zu Markt zu ziehen und seine Waren anzubieten und gegen andere Dinge einzutauschen. Dinge, die es anderswo nicht gibt und die deshalb dort gut bezahlt werden, ihr versteht? Und da kommt dieses Soldatenpack ..."

Er spie aus und knirschte mit den noch verbliebenen Zähnen.

„Sie haben dir Pferd und Wagen gestohlen. Und was genau willst du damit sagen?"

Er lachte, dann deutete er mit dem Kopf in meine Richtung.

„Deine Frau ist leicht und zierlich und dein Pferd ist groß und kräftig gebaut. Nahrung für zwei Leute, genug für zwei Tage gegen ihr Pferd."

„Ein Pferd gegen einen Kanten trockenes Brot? Vielleicht findest du ja jemanden, der in deine Hand einschlägt, ich nicht! Einen großen Silberling für reichlich Essen für zwei Tage und die Decke dort von deinem Handwagen. Und falls du noch etwas darunter hast, das wir brauchen könnten …"

Sein Lächeln wurde schmierig.

„Decken, Herr, ein paar warme Kleider für Eure Frau und lederne Schuhe, mehr nicht."

„Wenn die Kleider passen, zahle ich auch dafür gut.", nickte Forthran. „Das Pferd hingegen kannst du nicht haben."

„Bist du sicher? Wenn ihr einen solchen Hunger habt und noch ein so weiter Weg vor euch liegt … Ich bekomme eigentlich immer, was ich will! Gerade jetzt komme ich aus dem kleinen Flecken dort hinter dem Wald. Die Soldaten sind seit ein paar Tagen schon fort und sie haben den Leuten dort nicht eben viel gelassen. Ich habe etwas davon eintauschen können."

„Eintauschen wogegen? Wenn den Menschen nichts geblieben ist für einen Tausch …" fiel ich ihm hart ins Wort. „Du bereicherst dich an der Not anderer!"

„Bereichern würde ich das nicht nennen!", lachte er, musterte mich von oben bis unten, schob seinen Daumen in seinen Gürtel und wippte kurz auf den Füßen vor und zurück. Dann zuckte er die Achseln und verzog sein Gesicht zu einer halb verschlagenen, halb gespielt unschuldigen Miene. „Ich bin ein gutmütiger, genügsamer Mann, ich tausche nicht immer nur gegen Geld oder andere Gegenstände, ich tausche auch gegen … Gefälligkeiten!"

„Gefälligkeiten? Welche Art von Gefälligkeiten?", grinste und blinzelte Forthran daraufhin verschwörerisch. Aber offenbar sah nur ich das gefährliche Funkeln in seinen Augen, denn der Fremde fühlte sich offenbar bekräftigt und leckte grinsend seine Lippen.

„Heute wird eine kleine Familie warm schlafen können, weil die beiden Töchter … Nun, ich habe sie beide anständig hergenommen dafür, eine sogar zweimal! Für jede Decke einen Ritt, versteht ihr? Aber jetzt wäre mir das Pferd zum Reiten lieber, denn mein Schwanz ist zufrieden mit der heutigen Ausbeute!", fasste er sich zwischen die Beine und grinste noch breiter, als ich ihm einen hasserfüllten Blick zuwarf.

Forthran hatte seine Hand bereits am Griff des Schwertes, dessen Scheide vor seinem Sattel befestigt war, aber der Mann winkte ab.

„Lass stecken, ich bin unbewaffnet. Und es ist ein Geschäft, mein Freund, mehr nicht! Ich bin sogar bereit, für jeden von euch noch eine Decke draufzulegen, wenn deine kleine Frau mir nur ihre Brüste zeigt, aber …"

Ich hörte nicht länger hin, denn in diesem Moment teilte sich mir etwas mit:

‚Ihr müsst von hier fort! Schnell!'

Und diesmal zögerte ich nicht. Ich fasste die Zügel fester und zischte Forthran halblaut zu:

„Wir müssen hier weg! Sofort!"

„Keine Sorge, mit dem da werde ich schon fertig!", grollte der jedoch.

„Nein, du verstehst nicht: Wir müssen hier weg! Schnell!"

Seine Augen wurden schmal und ein rascher Blick hinter uns in Richtung Nebelwand – er verstand.

„Los! Da entlang!", gab er seinem Pferd schon die Fersen und klatschte meinem mit der flachen Hand auf das Hinterteil.

Ich konnte von Glück sagen, dass ich nicht herunterfiel, als es daraufhin zu steigen versuchte, bevor es im halsbrecherischen Galopp loslief. Der nicht vorhandene Weg hier unten war zwar eben, aber er lag auch voller rundgeschliffener Bachkiesel – offenbar war diese Senke einst der Lauf eines Flusses gewesen, von dem nur noch ein Bachlauf rechts von uns übrig war. Jetzt jedoch konnte jeder der größeren Steine unsere Tiere zum Stolpern bringen und ich hatte alle Mühe, den direkten Weg vor mir im Auge zu behalten, sodass ich keine Zeit hatte, auf das Wohin zu achten.

‚*Folgt der Senke bis zum ersten Seitental links. Dort schwenkt ihr ab …*' flüsterte Schettal. „*Schneller, sie haben euch gesehen!*'

„Schneller!", keuchte ich, das unüberhörbare Geräusch gleich mehrerer Verfolger im Ohr – und den lauten Aufschrei des Händlers, der nicht zur Gänze vom Nebel verschluckt wurde. „Links muss ein Seitental kommen!"

Forthran trieb sein Pferd noch etwas mehr an und in den Bach, bis er mit mir auf einer Höhe war. Der vom Wasser aufsteigende und von den Hängen herabwälzende Nebel war längst noch nicht wieder dicht genug, um uns vor den Reitern hinter uns zu verbergen. Ich sah, dass Forthran sich kurz nach ihnen umsah. Unsere Verfolger schrien sich gegenseitig etwas zu, das ich nicht verstand.

„Wie viele?", fragte ich.

„Fünf. Zwei haben den Hurenbock von Händler getötet und sind dort zurückgeblieben. Und es sind geflohene Soldaten oder solche, die ihr Zeug von toten Soldaten haben! Plünderer, obwohl es hier nichts mehr zu holen gibt!"

„Es gibt immer irgendetwas zu holen für Raubmörder wie sie!", entgegnete ich atemlos. „Du hast den Händler doch gehört!"

Er ließ sich wieder zurückfallen, denn die Hänge der Erhebungen rechts und links von uns traten immer dichter zusammen und ragten nun zu beiden Seiten steil empor, was in mir das Gefühl wecken wollte, in eine ausweglose Falle zu reiten. Zweimal strauchelte mein Pferd und längst pumpte sein Atem und troff Schaum von seinem Maul, da bog der Bach neben uns fast im rechten Winkel nach links.

Schettals Befehl und Forthrans Aufforderung kamen gleichzeitig:

‚Hier! Nach links in die Nebelwand! Vertraut mir!'

„Hier muss es sein! Sei vorsichtig, sie sehen, wo wir abbiegen und wir sind da drin so gut wie blind!"

Er zügelte wie ich sein Pferd hart und wartete, bis ich vor ihm her in der weißen Masse verschwand, die eigenartig wabernd von den steilen, felsigen und nur hier und da von dichtem Blattwerk bewachsenen Hängen herunterzulaufen schien.

‚Nur ein kleines Stück ... Hier! Nach links, Sherea!'

„Was? Da ist nichts, nur Fels und Efeu!", widersprach ich, hielt an und beugte mich vor, um mehr zu erkennen.

‚Nach links, Sherea! Jetzt! Sie sind euch dicht auf den Fersen!'

Mit einem beklemmenden Gefühl und Forthrans entsetztem Stöhnen im Ohr lenkte ich mein Tier herum, um direkt auf die Felswand zuzuhalten. Forthran zog sofort sein Schwert, denn die Geräusche der näherkommenden Soldaten waren schon viel zu nah. Und ich musste das zögernde Pferd gleich noch einmal entschlossen antreiben, als es vor den bis auf den Boden herabhängenden Blattranken zurückscheute.

‚Du solltest dich ein wenig bücken, wenn du dir nicht den Kopf anstoßen willst! Und jetzt beeil dich!'

…

Ein Felsspalt! Nein, ein schmaler Einschnitt, der in einer dunklen Höhle zu enden schien. Noch ein Grund mehr für mein Tier, nicht weiter zu wollen. Da nun jedoch Forthrans Pferd hinter uns hereindrängte, blieb ihm nichts anderes übrig und wir blieben erst stehen, als wir sicher sein konnten, dass unsere Verfolger dort draußen an uns vorbei waren. Der Lärm, den sie dabei machten, übertönte das Schnauben und Schnaufen unserer Pferde dabei bei Weitem und als ich hörte, dass Forthran absaß, rutschte ich ebenfalls aus dem Sattel und strich mit der flachen Hand beruhigend über den Pferdehals. Hier drin war es stockdunkel und nur der schmale Lichtstreifen der Spalte hinter uns ließ mich die Konturen erkennen.

Minutenlang standen wir so, eine Ewigkeit verging. Und eine weitere Ewigkeit verging, bis wir die Reiter zurückkommen hörten. Ihre Worte waren hier drin nicht zu verstehen, wohl aber ihr Tonfall. Sie fluchten verärgert und fragten sich, wohin wir verschwunden sein könnten. Und ich atmete erst erleichtert auf, als ihre Stimmen und die Geräusche ihrer Pferde nicht mehr zu hören waren.

„Schettal.", meinte Forthran dennoch nur leise.

„Ja.", bestätigte ich ebenso leise.

„Ich würde sagen, ich verdanke den Geistern nun schon zum zweiten Mal mein Leben! Und dir, denn ohne dich wäre da niemand gewesen, der uns rechtzeitig hätte warnen können!"

„Ich habe nichts dazugetan!", widersprach ich und lehnte die Stirn an die Schulter meines Pferdes. „Ich habe nur gehorcht! Offenbar etwas, das ich öfter tun sollte!"

„Gehst du nicht wieder ein bisschen zu hart mit dir ins Gericht? Ich habe tiefstes Verständnis für deine Forderung an die Geister und ich finde, sie sind dir etwas schuldig. Gehorsam ist mitunter ja förderlich, aber nicht immer angebracht."

„Nicht immer, aber öfter als ich es tue! Wo sind wir, was ist das hier?"

„Ich habe schon davon gehört, dass diese Gegend hier viele Höhlen aufweist. Je weiter wir in die Felslandschaft vordringen, desto häufiger ist sie durchzogen von Spalten und Einschnitten wie diesem. Mal sehen, wie groß das hier ist."

Ich sah, dass er in einer Satteltasche herumsuchte und dann mithilfe von Feuerstein und Metall Funken schlug. Zunder und dann ein Kienspan fingen Feuer und als er ihn hochhob und neben mich trat, um diese Höhle auszuleuchten…

„Unfasslich!", entfloh es mir.

Vor uns lag nicht nur eine geräumige und trockene Grotte, sie war auch gefüllt mit allen möglichen Dingen, die man zum täglichen Leben brauchte.

„Jede Wette, dass das hier das Lager dieses schmierigen Händlers ist!", murmelte Forthran und wanderte umher, um die einzelnen Stapel zu beleuchten und zu betrachten. Von einem riesigen Stoß Decken trat er so an einem Korb voller Kerzen, gleich vier Bündeln Kleider, Jacken, Hosen und Überwürfen vorbei zu einem riesigen Haufen Äpfel, getrocknetem Fleisch, Mehlsäcken, kleinen Fässern mit unbekanntem Inhalt, Säcken mit Wurzelgemüse, einem Stapel Geschirr, Brennholz,

Fackeln und unzähligen anderen Dingen. Sogar eine Truhe, deren Inhalt aus teuren Stoffen und Borten bestand, fand sich hier, aber das waren die einzigen Luxusgüter. In diesen Zeiten tauschte oder kaufte niemand teure Stoffe, sie waren wertlos.

„Unfassbar! Er sitzt hier auf Massen von Nahrung und all dem anderen lebensnotwendigen Zeug, während nicht weit von hier Menschen in einer kleinen Siedlung nicht wissen, wie sie den nächsten Tag überleben sollen!", stieß ich hervor, schloss die Augen und atmete einmal tief durch, als ich verstand.

„Deshalb kommen diese angeblichen Soldaten immer wieder her!", grollte Forthran, zündete eine der Fackeln mit seinem Kienspan an und rammte sie in einen Spalt in der Felswand der Höhle. „Wann immer sie zurückkehren, haben die Leute dort aus unerfindlichen Gründen wieder neue Decken, Kleider und Lebensmittel. Sie hätten die Quelle dieser überlebenswichtigen Dinge niemals verraten und dem Händler ist es offenbar die ganze Zeit über gelungen, sich vor den Dorfbewohnern zu verbergen.", sprach Forthran meine Gedanken aus.

„Wir müssen den Menschen dort das hier zeigen!", meinte ich sofort.

„Allerdings! Aber das wird nicht genügen, denn wenn sie es einfach mitnehmen …"

„… werden diese *Soldaten* es ihnen bei der nächsten Gelegenheit wieder wegnehmen! Aber was dann?"

Er sah sich um und deutete dann mit dem Kopf.

„Keine Ahnung, wie viele Menschen dort noch leben, aber ich bin sicher, dass, egal wie viele es sind und egal wie lange es dauern mag, sie es hier drin gemeinsam aushalten werden. Sie finden hier alles, was sie brauchen, sicher auf Wochen hinaus, und Wasser gibt es direkt vor der Höhle, genug für alle. Wenn sie vorsichtig sind, können sie im Schutz der Nacht jagen gehen, um ihren Speisezettel aufzubessern, und noch finden sich sicherlich Beeren und Pilze, die sie trocknen können. Das hier ist besser als gar nichts und wenn sie klug damit haushalten, hält sie das über Wochen am Leben. Ja, wir zeigen ihnen das, aber nicht mehr heute!"

Ich öffnete schon den Mund, um zu widersprechen, aber sein Kopfschütteln hielt mich davon ab.

„Ich weiß genau, was du sagen willst, aber wir würden vermutlich geradewegs der Gefahr in die Arme laufen, der wir so gerade eben entkommen sind! Sie waren in der Überzahl, allesamt zu Pferd und bestens bewaffnet und wer weiß, ob nicht noch weitere Männer dort sind, die bereits auf dem Weg in dieses Dorf waren. Morgen, Sherea. Wir werden uns davon überzeugen müssen, dass sie wieder abgezogen sind und dann in dieses Dorf reiten. Morgen. Unsere Pferde brauchen genau wie wir Ruhe – und Nahrung! Wie also wäre es, wenn ich mich um die Tiere kümmere und du suchst uns etwas von dem hier zu einem kalten Mahl zusammen?"

Ich kapitulierte. Weil er recht hatte. Was immer jetzt dort in diesem Dorf passierte, wir wären machtlos dagegen. Und die unweigerlich in meinem Kopf auftauchende Frage, woher Schettal von dieser Grotte wissen konnte, beantwortete ich mir ebenfalls gleich selbst: Auch er war nicht alleine.

Mein Magen war gefüllt. Es hatte zwar kein warmes Wasser gegeben, aber Forthran hatte sich die Mühe gemacht und einen der großen Bottiche, in dem sich Kohlköpfe tummelten, ausgeleert, gesäubert und mithilfe zweier Eimer mit Wasser aus dem Bach gefüllt. Wie ich hatte auch er sich aus den großen Kleiderstapeln neue, saubere Stücke herausgesucht und war dann nach draußen verschwunden, um sich gleich am Bach zu waschen.

„Ruf einfach, wenn du fertig bist. Ich glaube nicht, dass sie jetzt, in der Nacht, noch weiter nach uns suchen, also lass dir Zeit. Ich nehme die Pferde mit, damit sie noch einmal saufen können."

Ich nickte. Nachdem sie einiges von dem erstaunlich frischen Heu, das am hinteren Ende der Höhle in einem großen Haufen lag, gefressen hatten, dürfte Durst das letzte sein, das sie noch quälte. Forthran hatte gemeint, dass dieser ‚*Hurenbock ganz sicher nicht ständig ohne Pferd oder andere Tiere gewesen sein dürfte*', hatte sich ansonsten aber jeglichen Kommentars enthalten beim Anblick des duftenden Heus, des hier auf dem Boden verteilten Strohs und der in die Wand getriebenen eisernen Ringe. Und er war nicht schnell genug, etwas hinter seinem Rücken verschwinden zu lassen, das er unweit eines solchen Ringes vom Boden aufgehoben hatte.

Ich war an ihn herangetreten und hatte nicht nachgegeben, bis er es mir zeigte: Eine kleine, aus Stoffresten genähte Puppe mit zwei langen, aus grober Wolle geflochtenen Zöpfen und einem aufgestickten Gesicht.

„Eine Puppe?", ächzte ich und starrte erst den Ring in der Wand, dann den Boden darunter an.

Forthran seufzte, nahm sie mir wieder aus der Hand und zog mich mit einem Arm an seine Brust, als meine Sicht hinter meinen Tränen verschwamm.

„Wir wissen nicht, wo er überall herumgereist ist! Und in schlimmsten Notzeiten ... Kinderreiche Familien, die sonst vor dem Hungertod stehen ..."

„... verkaufen schon einmal eines dieser Kinder, ich weiß!", stammelte ich. „Er hat mit Kindern gehandelt!"

„Er ist tot! Er wird nie wieder mit Menschen handeln."

„Oder sich ‚Gefälligkeiten' einfordern gegen eine Decke!", zischte ich und unterdrückte ein Würgen.

Jetzt sah ich ihm nach, wie er mit den beiden Pferden nach draußen verschwand, sein Schwert für alle Fälle ebenfalls in der Hand.

„Forthran?", hielt ich ihn auf.

„Ja? Fehlt noch etwas?", wandte er sich noch einmal um.

„Nein. Ich wollte dir nur ... danken."

„Wofür?", hoben sich seine Brauen.

„Für alles. Das wollte ich nur sagen. Ich werde mich jetzt waschen."

Er sah mich einen Moment lang nur schweigend an, dann nickte er, ebenso stumm.

„Ich bin da draußen.", deutete er, bevor er sich wieder abwandte.

Das Wasser war eisig auf meiner Haut gewesen und hatte sich die Luft in dieser Höhle anfangs noch warm angefühlt, kroch doch jetzt auch hier langsam die nächtliche Kühle herein – zusammen mit der nebligen Feuchte, die der dichte Efeu vor dem Eingang nicht länger abhalten konnte. Zuletzt war ich froh, wieder in warmen, trockenen Kleidern zu stecken. Es waren mehrere warme Kleider und Unterkleider in meiner Größe vorhanden und ich verbot mir jede Überlegung, wem sie vorher gehört haben mochten.

Mein Magen war voll und meine Haare, die ich diesmal verbissen und entschlossen ebenfalls gewaschen hatte, trockneten langsam in dem Tuch, das ich fest um sie herum geschlungen hatte. Jetzt, zuletzt, unter und auf mehreren Decken und auf einem dicken Haufen Heu, fühlte ich erst, wie müde, erschöpft und zerschlagen ich war. Offenbar zahlte ich in immer kürzeren Abständen den Tribut für die Anstrengungen und Ängste der letzten Zeit.

Während Forthran, der vorhin erst – und wie versprochen erst auf mein Rufen hin – wieder hereingekommen war, sich nun ebenfalls einen großen Arm voll Heu aus dem Haufen zerrte, zog ich fröstelnd und müde die dicken Decken bis an mein Kinn.

Offenbar hatte er vor, sich sein Lager in zwei, drei Schritten Entfernung zu bereiten. Ein eigenartiges Gefühl in der Magengegend, das sicher nicht von meiner Mahlzeit vorhin rührte, hob ich den Kopf.

„Wenn es dir nichts ausmacht …" begann ich und stockte.

„Wenn mir was nichts ausmacht?", verteilte er das Heu und sah mich fragend an, als ich schwieg.

„Würdest du dich zu mir legen? Mir will nicht warm werden nach dem kalten Wasser und … allmählich … Ich fühle mich sicherer, ich habe mich inzwischen daran gewöhnt, dass jemand …"

Nur ganz kurz und kaum zu sehen huschte ein verständnisvolles Lächeln über sein Gesicht.

„Natürlich. Ein guter Gedanke. Wir sollten unsere Wärme teilen."

Innerhalb kürzester Zeit hatte er wie ich einen beachtlichen Haufen Heu neben meinem ausgebreitet und Decken darüber geworfen. Als ich mich auf die Seite drehte und ihm so den Rücken zuwandte, hörte und sah ich, wie er zunächst eine der Bienenwachskerzen an der Fackel anzündete, bevor er Letztere in einem der Wassereimer löschte. Die kleine Flamme zu unseren Köpfen gab nur ein spärliches Licht ab und ich fröstelte kurz, als er hinter mir ebenfalls unter die Decken kroch und behutsam seinen Arm um meine Mitte legte.

„Es wird dir bald warm werden. Geht es? Und geht es dir gut?", fragte er leise.

„Ja. Solange ich nicht allzu genau über alles nachdenke."

„Über alles? Worüber genau?"

„Über dieses Kind! Über die Menschen, die jetzt da draußen sind! Darüber, wem all diese Sachen gehört haben!"

„Allerdings, das sind Dinge, über die du nicht nachdenken solltest. Nicht, wenn du Ruhe finden willst, um Kraft zu schöpfen.", bestätigte er.

„Ich kann nichts dagegen tun! Sobald ich zur Ruhe komme, kreisen meine Gedanken. Nicht nur um Natian, um alle da draußen! Und dieser *Händler!* Er war ein … Wie kann ein Mensch nur … Ich begreife es nicht!", setzte ich erneut an. „Vermutlich bin ich tatsächlich zu behütet aufgewachsen, umgeben von ehrbaren Menschen."

„Für einen guten Menschen ist es immer unbegreiflich, wie Böse derart Böses tun können! Weil es ihm fremd ist. Böses lauert zwar auch in uns, niemand ist durch und durch nur gut und Zeiten wie diese bringen entweder das eine oder das andere hervor. Entscheidend ist immer, für welche Seite wir uns entscheiden."

„Ich weiß. Das hat mein Vater auch schon einmal gesagt. Und meine Mutter. Die besonders!"

„Sie besonders?", hakte er nach.

„Sie … Sie hat dafür gesorgt, dass meine Schwester und ich …" Ich schloss die Augen und brach ab.

„Was? Sag es mir. Ich möchte wissen, was in dir vorgeht, ich möchte dich besser verstehen lernen.", bat er. „Und wenn es etwas mit dem zu tun hat, was dieser schleimige Kerl gesagt hat …"

„Was dieser schmierige, stinkende Bastard da heute von sich gab? Nein, er konnte mich nicht schockieren. Nicht auf die Weise, in der er sich es offenbar erhoffte, ich habe schon Schlimmeres gehört. Ich habe unfreiwillig schon oft Männer darüber reden hören, wenn sie vor den anderen damit prahlten oder sich ausmalten, wie es wohl sein würde, wenn ..."

Ich unterbrach mich erneut, doch als ich hörte, dass er nach einem *‚Das tut mir leid!'* Atem holte, um zu einer weiteren Bemerkung anzusetzen, vollendete ich meine Erklärung:

„Das muss es nicht. Was ich sagen will, ist: Ich bin behütet aufgewachsen, aber nicht weltfremd erzogen worden. Etwas, wofür ich ausgesprochen dankbar bin! Ich weiß sehr wohl, dass meine Eltern Ausnahmen darstellen, denn andere Mädchen und Frauen unseres Alters wuchsen halb im Ungewissen darüber auf, was zwischen Mann und Frau geschieht. Sie tuschelten, wenn sie irgendwo etwas hörten oder beobachteten, was sie letztendlich nicht verstanden. Sie kamen mit diesen Vorstellungen hin und wieder auch zu mir und mehr als einmal musste ich mit anhören, dass sie glauben, dass das wie bei den Tieren ist oder ... Ist ja auch egal. Mutter wollte, dass wir mehr wissen. Weil sie wollte, dass wir vorbereitet sind. Auch auf schmierige Kerle."

Das Heu raschelte, als er sich hinter mir aufrichtete, wohl um mir von oben ins Gesicht sehen zu können.

„Dann sind dir stets nur die falschen Dinge zu Ohren gekommen.", mutmaßte er.

„Nein. Nicht nur zumindest."

„Deine Mutter?", riet er – und diesmal klang so etwas wie Entsetzen in seiner Stimme mit.

Ich holte tief Luft.

„Nein. Sie nicht. Aber sie musste dabei zusehen. Ihre Familie … Sie war die Einzige, die überlebte und ungeschoren davonkam. Ich kann nicht aufhören, daran zu denken, dass sie jetzt da draußen auf dem Gut ist. Was, wenn Vater zu spät kommt? Hätte ich Winnart nicht davon abhalten sollen, zum Gut Loperingen zu reiten, nur um sicherzugehen? Was, wenn all das wieder passiert?"

„Sherea!", flüsterte er und drehte mit den Fingerspitzen meinen Kopf am Kinn, sodass ich zu ihm hochsehen musste. „Es wird nicht passieren, schon gar nicht ,wieder'! Dein Vater und Netrosh werden früh genug dort sein, nichts von dem, was in deiner Zeit geschehen ist, wird jetzt noch so eintreffen! Wieso sagen die Geister dir dies nicht? Wieso quälen sie dich auch noch damit?"

Ich blinzelte, um nicht zu weinen.

„Nicht sie quälen mich, es ist die Ungewissheit, die mich quält!"

„Kannst du sie nicht fragen?"

„Sie sind nicht überall zugleich und all das liegt in den Händen aller, verstehst du? Schettal hat mir das einmal gesagt, aber ich habe es erst jetzt richtig verstanden. Nein, verstanden hatte ich es, aber mir geht erst jetzt auf, was er damit andeuten wollte. Er hat mir versprochen, seinen Einfluss geltend zu machen, wenn es um meine Bitten geht, aber er konnte mir nicht versprechen, dass meinen Bitten entsprochen wird. Wenn irgendwo etwas passiert, das ich ändern sollte, sind einzelne Schicksale unwichtig und es …"

„… könnte sein, dass du erneut von einem Moment zum anderen von hier nach dort versetzt wirst, weil andere so entscheiden. Und während anfangs Natian noch bei dir war …"

„… weiß ich nicht, ob ich beim nächsten Mal nicht alleine dastehen werde!", vollendete ich. „Ich war nie sonderlich furchtsam, aber je länger ich hier bin, desto tiefer gräbt sich diese Angst in mich hinein. Mir ist nichts und niemand geblieben, sie holen mich immer wieder fort. Ich *möchte* helfen, ich *möchte* die Vergangenheit … nein, diese Gegenwart verändern, denn ich will, dass nichts von dem passiert, was damals passiert ist, aber ich weiß jetzt, dass ich das nicht alleine schaffe. Schettal hat mich heute gewarnt, aber er hat auch gesagt, dass er nicht sehen kann, was die schon jetzt veränderte Zukunft bringt. All das begreife ich erst jetzt."

Seine Miene spiegelte eine ganze Reihe von Gefühlen, zurück blieben zuletzt Ernst und Entschlossenheit.

„Ist er jetzt hier? Dieser Schettal?"

Ich drehte den Kopf ein wenig, sodass ich an die Höhlendecke starrte.

„Schettal?"

,Ich bin hier und habe deine Ängste vernommen, du hast sie laut ausgesprochen. Und ich ahne, was Forthran sagen will … Sag ihm, ich werde dafür sorgen. Mein Einfluss reicht weit genug und ist groß genug, das zu bewerkstelligen, auch gegen den Willen der anderen. Es gibt viele, die älter sind als ich, auch bedeutend älter, aber ich habe den Steinkreis gebaut, habe mit meinen eigenen Händen daran mitgewirkt. Und du bist meine Nachkommin, nicht die ihre! Sag ihm das!'

Ich wiederholte Schettals Worte und Forthran nickte.

„Gut.", stieß er hervor.

„Was ist gut? Was wolltest du ihm sagen?"

„Nicht viel. Nur, dass ich mit dir gehen werde, egal wohin sie dich versetzen! Nicht nur ich muss geschützt werden, um die Dynastie derer von Perstan zu erhalten, auch du als der Mittelpunkt dieser Prophezeiung. Was liegt näher, als sich gegenseitig zu schützen? Wo wäre der jeweils andere sicherer als in der Gegenwart des jeweils anderen?", hob sich sein Mundwinkel zu einem schiefen Lächeln. „Und jetzt solltest du deine Gedanken endlich ruhen lassen und schlafen. Du bist nicht alleine, ich werde da sein."

Ich wandte mich ab. Das hatte ich schon einmal zu oft gehört, doch zum ersten Mal seit meiner Begegnung mit Schettal fühlte ich wieder diese Sicherheit. Ich traute mich jedoch nicht, zu fest darauf zu vertrauen. Mein letzter Gedanke bevor ich einschlief aber war der Wunsch, dass die Geister Natian wissen lassen sollten, dass ich wohlauf war.

‚Ich werde die anderen darum bitten.', glaubte ich noch zu hören, dann verwischte auch dieser Eindruck.

Der Morgen schien schon angebrochen zu sein, aber das fahle Licht, das durch den Spalt und den Efeu hereinfiel, zeigte, dass draußen nach wie vor dichter Nebel herrschte.

Forthran hinter meinem Rücken regte sich nicht und ich schob mit der Hand eine meiner glücklicherweise getrockneten Haarsträhnen aus meinem Gesicht. Das Tuch war längst von meinem Kopf gerutscht und ich erkannte seufzend, dass wohl auch die Decke unter mir verrutscht war, denn meine Haare waren voller Heu.

Die Wärme unter den Decken, die Wärme, die der Mann hinter mir ausstrahlte, die Stille, die nur von den auf etwas Stroh kauenden Pferden und dem Rascheln unter mir unterbrochen wurde … Ich schloss die Lider noch einmal in dem Versuch, diesen Frieden tief in mich hinein zu lassen und dort festzuhalten. Doch dann schlich der erste Gedanke sich wieder in meinen Kopf und der Friede war vorbei.

„Woran denkst du schon wieder?"

Ich zuckte zusammen.

„Entschuldige, ich wollte dich nicht erschrecken."

„Ich dachte, du schläfst noch!"

„Ich bin schon seit sicher einer Stunde wach, aber ich wollte dich nicht wecken. Also: Was kreist schon wieder durch deinen Kopf?"

„Woher weißt du, dass da etwas kreist?", konterte ich mit einer Gegenfrage.

„Im Schlaf warst du entspannt und hast ruhig und gleichmäßig geatmet. Seit du wach bist, seufzt du ständig vor dich hin und ich kann fühlen, wie dein Körper sich zunehmend anspannt. Du kannst längst nicht mehr alles vor mir verbergen, ich lerne dich besser und besser kennen, *perchet!*"

„Was heißt das? Das hat Schettal schon zu mir gesagt!", drehte ich den Kopf – und hätte ihn am liebsten sofort wieder zurückgedreht, denn sein Gesicht war jetzt direkt vor meinem.

„Eine alte Sprache, die wohl nur von den Druiden und Priestern gesprochen wurde. Es lässt sich übersetzen mit goldhaarige Frau. Was hat er genau gesagt?"

„N'iach mat za'perchet.", wiederholte ich, aber bei mir klang es nicht halb so flüssig wie bei ihm als er es leise wiederholte. Aus irgendeinem Grund kamen ihm diese Worte weich wie Seide von den Lippen, während ich mir fast die Zunge brach.

„Meine goldhaarige Tochter!", staunte er. „Perchet steht für Goldene, was meist goldhaariges Mädchen oder Frau bedeutet, zusammen mit dem Wort za' bezeichnet es direkte Abkommen, in deinem Fall eben die Tochter. Und n'iach mat... Mutiges Herz! Ich gestehe, dass ich dem nur beipflichten kann."

„Mutig! Ich bin nicht mutig, ich habe es dir gestern gesagt! Diese Zeit macht mir Angst! Ich habe keine Ahnung, wie Mutter das überstanden hat, ich bin nicht so stark wie sie!", richtete ich mich auf, was ihn den Arm um meine Mitte fortziehen ließ.

Sofort begann ich damit, mit den Fingern durch meine Haare zu fahren und die zahllosen Halme herauszulesen. Und sofort hatte auch er sich hinter mir aufgerichtet und half mir dabei. Ich fühlte einen warmen Schauer über meinen Rücken rieseln, aber ich schwieg dazu und zupfte umso eifriger. Er sollte nicht merken, wie nervös seine unmittelbare Nähe mich jetzt, im wachen Zustand, machte.

„Wenn ich raten sollte, dann ist es nicht nur die Angst vor den Gefahren, die hier überall lauern, und die Angst vor dem Alleinsein, sondern auch die, dich selbst zu verlieren, habe ich recht? Dich irgendwo zwischen den Zeiten zu verlieren. Oder *in* einer der Zeiten, nachdem du beiden einmal angehört hast, wenn auch für unterschiedlich lange Zeit."

Ich stockte kurz in der Bewegung, dann setzte ich meine Bemühungen fort. Er kannte mich mittlerweile schon viel zu gut!

„Sag es mir!", bat er wie schon in der Nacht.

Ich ließ die Hand sinken und blies den Atem aus.

„Ich weiß schon jetzt nicht mehr, wohin ich gehöre. Ich sehne mich nach meiner Familie, aber ich sehe inzwischen auch die Menschen, denen ich hier begegnet bin, als wichtige Freunde an. Was ich hier tue, ist richtig und offenbar ist meine Anwesenheit hier wichtig, ich habe eine Aufgabe und das hier ist, so unwirklich es zu Anfang war, eine sehr durchdringende und eindringliche Wirklichkeit. Ich will gleichzeitig hier sein und wieder zu Hause. Weißt du, was das für ein Gefühl ist, nicht zu wissen, wo du hingehörst? Zu Hause bin ich nur Tochter, Schwester und Freundin, vielleicht noch Herrin über das Gesinde, hier aber bin ich jemand, der wirklich etwas Gutes tun kann, auch und nicht zuletzt für meine eigene Familie. Das Gefühl, helfen zu können, gefällt mir, aber ... Ich kann es nicht erklären."

„Ich denke, ich weiß ziemlich gut, was du meinst."

Offenbar fiel mein Blick, den ich ihm über meine Schulter hinweg zuwarf, recht ungläubig aus, denn er verzog das Gesicht.

„Willst du es hören?"

„Ja, sag's mir!", meinte diesmal ich.

„Ich war immer der Zweitgeborene. Sohn Prullufs von Perstan, ja, aber ich war Zweitgeborener. Das war kein Problem für mich, ich habe mich niemals wie Hebbun danach gesehnt, die Bürde einer Krone zu übernehmen. Meine Aufgaben würden auch so zahlreich genug sein, als sein Bruder war ich immer noch der nächste in der Thronfolge, aber das war ein ferner, eher unwirklicher Gedanke. Ich habe mir vielmehr gewünscht, mich vollkommen von alldem zurückziehen zu können. Ich wollte immer ein schlichtes Leben, so wie das eines Mannes, der zwar einen gewissen Wohlstand genießt, ein wenig Land sein eigen nennt und der ... eine Familie gründet. Eine kluge, hübsche Frau, Kinder, ein Haus, Land – mehr wollte ich nie, schon gar nicht die Zwänge des Lebens an einem Hof. Meine Erziehung war eine andere als die, die Hebbun genoss, und doch gehörte all das dazu.

Rückblickend weiß ich, dass auch ich auf meine Rolle als der jüngere der Brüder vorbereitet wurde, ich würde schließlich zeitlebens der neben ihm sein. Oder besser der, der immer einen Schritt hinter seinem Thron stehen und ihn als Ratgeber unterstützen würde. Ich habe früh gelernt, dass meine Wünsche sich niemals erfüllen werden, aber selbst damit habe ich mich irgendwann abgefunden. Hebbun würde König werden und ich meine Rolle hinter dem Thron einnehmen, das musste meinem Wunsch nach einem Leben im Schatten genügen.

Doch dann kam Vandan. Dann kam der Krieg. Vater wurde krank und es war bald klar, dass er womöglich den Ausgang dieses Krieges nicht mehr erleben würde. Der Schatten des Thrones schrumpfte und warf schon jetzt ein Licht auf mich, das ich nicht auf mir spüren wollte."

Er winkelte ein Bein an, stellte es auf und legte seinen Arm auf dem Knie ab.

„Hebbun übernahm spätestens seit Vaters Erkrankung die meisten seiner Aufgaben, allen voran nun die, seinen Armeen vorzustehen. Eine Armee, die nicht von einem König oder wenigstens dessen Nachfolger befehligt werden würde, war undenkbar und Vaters Alter und Hinfälligkeit waren ein hinreichendes Argument. Die Öffentlichkeit jetzt, angesichts einer solchen Bedrohung, von Vaters todbringender Krankheit zu unterrichten, wäre fatal gewesen für die Stimmung im Volk. Hebbun würde mit ins Feld ziehen, weil Vater dazu nicht mehr in der Lage war, mehr brauchten sie nicht zu wissen. Diesen Entschluss, die Pläne und Strategien entwarfen und fassten sie gemeinsam mit den obersten Heerführern …

Vandan durchkreuzte jedoch sämtliche so klug entwickelten Angriffspläne. Es war, als ob er uns nicht nur überlegen, sondern auch immer einen Schritt voraus wäre. Als ob er über Seher verfügen würde, die weit besser waren als die unseren! Versteh mich richtig: Ich weiß, dass kein König sich ausschließlich auf die Ratschläge eines Sehers verlässt, er verlässt sich auf die Erfahrung, die entweder er selbst oder aber seine Generäle und obersten Heerführer haben. Und auf seine eigene Klugheit, in Vandans Fall Gerissenheit und Rücksichtslosigkeit.

Doch Vater unterschätzte ihn und seine Art, war zu selbstsicher geworden, fürchte ich. All die Jahrhunderte, in denen Perstan nun schon Bestand hatte … Es ist tatsächlich noch nie eingenommen worden und es hatte offenbar zu lange Frieden geherrscht. Die vielen kleinen Kämpfe und Scharmützel, in die Vandan uns in den letzten Jahren entlang der Grenze immer wieder verwickelte, wirkten eher harmlos im Vergleich und das wiegte Vater wohl zusätzlich in falscher Zuversicht.

Heute weiß ich, dass Vandan auf diese Weise sehr schnell gelernt hat, wo unsere Schwächen liegen und dass uns jegliche Erfahrung fehlte. Noch dazu dezimierte er unsere Männer zunehmend und systematisch und als er dann nach einem gewagten Scheinangriff völlig überraschend an anderer Stelle zum gezielten Großangriff überging …

Es dauerte viel zu lange, bis all die Männer, die die vielen Grenzpunkte beschützen sollten und dort schon mürbe gemacht worden waren, am entscheidenden Punkt zusammengezogen waren, er war längst in unser Reich vorgedrungen. Vandans Heer war übermächtig und gewaltig, er brach sich Bahn wie eine Lawine, bohrte sich in unser Reich vor wie eine Pfeilspitze in die Weichteile eines Tieres; er schlug uns, wo immer er auf uns traf, und zog schon wieder weiter, scheinbar ohne Halt zu machen und wieder Kräfte zu sammeln. Er demoralisierte uns, wo er nur konnte, und schon bald eilte ihm der Ruf voraus, gnadenlos grausam und unbesiegbar zu sein. Was das für eine Armee bedeutet, die gegen ihn ins Feld zieht, kannst du dir denken."

„Ja, das kann ich wohl.", flüsterte ich.

„Hebbun hatte die verbliebene Hauptstreitmacht unter sich versammelt und zog dem Feind entgegen, um sie weit von Perstan entfernt abzufangen und seinerseits zu zerschlagen. Eine einzige große Schlacht sollte es werden, mit der Vandan entweder endlich besiegt oder zumindest zurück und über die Grenze des Reichs getrieben werden sollte.

Doch offenbar hat auch Hebbun ein paar entscheidende Fehler begangen. Anstatt die Zeit zu nutzen, sich in einer strategisch günstigen Gegend zu verschanzen und seine Flanken zu sichern, ist er ihm weiter entgegengeeilt. Ich kann nur raten, aber er und sein Stab dachten wohl, dass Vandans Zögern in der Gegend von Hannan ein Zögern angesichts der sich ihm entschlossen entgegenstellenden, vereinten Armee sei. Oder aber sie waren der Auffassung, es sei besser, Vandan möglichst weit von Perstan entfernt aufzuhalten und zurückzuwerfen.

Warum auch immer, ich weiß nun, dass er Vandans Übermacht nicht gewachsen gewesen wäre. Wie immer dieser ein so riesiges Heer aufzustellen imstande war, sie waren noch immer bei Weitem in der Überzahl. Und jetzt schickt er Trupps nach links und rechts aus, um überall zu marodieren und sich mit Gewalt untertan zu machen, was immer ihm begegnet.

All das wurde mir bereits klar, als ich hörte, was unsere Späher und Boten uns an Nachricht aus dem Süden brachten. Hebbun konnte keine Rücksicht darauf nehmen, er hatte seine Befehle und hatte seine Pläne in die Tat umzusetzen. Und ich denke, dass mir erst da zum ersten Mal die Tragweite dessen, was da auf uns und auf mich zurollte, klar wurde. Hebbun war König! Er mochte noch nicht gekrönt sein und Vater noch am Leben, aber er würde auf dem Feld als der König unseres Reiches stehen."

„Du bist aufgebrochen, um ihm zu helfen. Um an seiner Seite zu stehen und notfalls an seiner Stelle zu sterben!", flüsterte ich. „Das steckte dahinter, nicht nur dein Bemühen, von hinten auf Vandans Soldaten einzudrängen, sie zu infiltrieren. Dein eigener Plan, den du allen anderen verschwiegen hast."

Er nickte.

„Unsere Lage war verzweifelt und hoffnungslos, ich hätte jedes zersetzende Mittel genutzt, das ich unter unsere Feinde hätte bringen können, selbst Gift, Krankheit und gedungenen Mord an Vandan. Etwas, das ich auch selbst übernommen hätte, denn Hebbun war wichtiger als ich. Er war dazu erzogen worden, König zu sein, nicht ich. Und mein Leben sollte einen Sinn haben. Ich hätte ihn in einem einfachen Leben gesehen, aber das war mir verwehrt. Mein Leben einzusetzen in dem Versuch, meinen Bruder und nächsten König von Perstan zu schützen hingegen schien mir ebenfalls ein Sinn zu sein, ein weit größerer noch dazu.

Doch es sollte anders kommen. Vandan verhielt sich seltsam, als er in Hannan seinen Vormarsch unterbrach und Hebbun zog immer weiter Richtung Süden und verhinderte so, dass wir ihn rechtzeitig einholen konnten. Oder überholen, um uns unbemerkt hinter Vandan zu bringen. Und wenn wir dessen Spähern nicht auffallen, wenn wir unentdeckt bleiben wollten, mussten wir Abstand halten. Ein fast unmögliches Unterfangen, das nur gelingen konnte, wenn wir uns jenseits des Lertos hielten. Und dann spielte zu guter Letzt auch noch das Wetter nicht mit: Der viele Regen ließ den Fluss anschwellen, hier und da sogar über die Ufer treten, was uns die Möglichkeit nahm, ihn erneut zu überqueren. Wir saßen fest, waren gezwungen zu warten, bis das Wasser weit genug gefallen sein würde.

Doch ich hatte ein Ziel vor Augen, seit langen Jahren wieder. Ich wusste, wo mein Platz war und ich wusste, was ich zu tun hatte: Im richtigen Moment vor meinem Bruder stehen, nicht hinter ihm!"

„Doch es war zu spät, die Schlacht war schon vorüber. Hebbun war schneller weitergezogen, als du dachtest. Vandan ebenfalls; sie trafen aufeinander, während ihr noch verzweifelt versuchtet, irgendwo über den Fluss zu gelangen. Keine Zeit mehr für Strategien, aus der Schlacht wurde ein Gemetzel. Und dann kam ich und überbrachte dir genau diese Nachricht."

Er begegnete meinem Blick, aber sein Ausdruck war eigenartig friedlich.

„Dann kamst du. Diese Botschaft, die du brachtest, war niederschmetternd und ließ meine eigenen Wünsche in weite Fernen entschwinden. Hebbun tot, mein Vater sterbend in Perstan, Vandan schon wieder auf dem Weg dorthin ... Ich war nun der Erbe der Krone – etwas, das ich nie gewollt hatte! Etwas, das ich auch jetzt noch am liebsten von mir weisen würde, aber das ist etwas, das ich nicht kann. Weil es falsch wäre und feige. Ich habe eine Aufgabe und eine Verantwortung und davor werde ich nicht fliehen. Doch im Augenblick ... Ich weiß gut, wie du dich fühlst, denn auch ich bin weder das eine noch das andere und doch beides zu je einem Teil. Die Entscheidung ist längst getroffen, nur mein Herz ist noch nicht da angekommen. Doch mit dieser Entscheidung steht auch der Weg dahin fest."

Lange, sehr lange tauchten unsere Blicke ineinander, dann hatte mein so langsamer Verstand endlich begriffen, worauf all das hinauslaufen würde!

„Vandan! Und du!"

Er nickte.

„Es ist unumgänglich, dass ich mich ihm früher oder später werde stellen müssen. Kein heimtückisches Attentat, kein Hinterhalt oder Angriff, ein offener Kampf. Du und die Geister, ihr habt recht: Vandan ist nicht mit einer Armee beizukommen und auch nicht mit noch so vielen Versuchen, ihn irgendwo aus der Reserve zu locken. Er ist uns in einem voraus: Als das personifizierte Böse hat er keine Skrupel, seine Bestrebungen ohne Rücksicht auf die Leben zahlloser Menschen zu verwirklichen. Wo wir zögern, um niemanden in Gefahr zu bringen, würde er hohnlachend alles und alle, die wir lieben, noch vor unseren Augen niedermachen bis keiner mehr übrig ist. Neben seiner Übermacht an Soldaten gründet seine Strategie im Prinzip nur auf einem wesentlichen Stein: Unser Volk mit all diesen Grausamkeiten vollkommen zu entmutigen, bis es verzweifelt zur Gänze auf dem Boden liegt. Er nimmt uns Hab und Gut, er nimmt uns und unseren Liebsten das Leben, er nimmt uns die Geister und deren Heimstätten und er nimmt uns die Seher und Priester, die die einzige Verbindung zu ihnen darstellen. Er nimmt uns damit alles, was uns etwas bedeutet, worauf wir uns stützen und woran wir glauben, bis nichts mehr übrig ist, das sich ihm in den Weg stellen könnte und gleichzeitig eine echte Bedrohung darstellt.

Nun, ich bin gewissermaßen der Letzte, der noch übrig ist, und er denkt sicherlich, ich sei bereits an diesem Punkt. Er denkt, er habe mich schon so weit, dass ich glaube, nichts mehr verlieren zu können als mein eigenes Leben, denn das Reich ist besiegt in dem Augenblick, in dem er Perstan erobert hat. Aber ich habe mehr zu verlieren als nur mein Leben. Mein einziger Vorteil ist, dass er das nicht weiß. Und dass die Geister auf meiner Seite stehen."

„Du wirst nach Perstan zurückgehen!", krächzte ich.

„Sobald ich dich weit genug von hier in Sicherheit weiß. Oder aber zurück in deiner Zeit."

„Was ist mit dem, was du letzte Nacht sagtest? Gegenseitiger Schutz! Schon vergessen?"

„Wie könnte ich das vergessen?! Ich werde dich entweder irgendwo verstecken oder zu diesem Steinkreis bringen und warten, bis du gegangen bist. Und dann werde ich nach Perstan gehen. Vandan kann sich über einiges hinwegsetzen, aber nicht über die Herausforderung eines Königs zum Zweikampf! Wenn ich es schaffe, dies vor hinreichend vielen Zeugen von ihm zu fordern, ist er gezwungen, sich mir zu stellen wenn er nicht als Feigling gelten und somit sein vorgebliches Anrecht auf den Thron verwirken will – ein ungeschriebenes Gesetz, auch in seiner Heimat. Und wenn die Geister mit mir sind – woran ich keinen Zweifel mehr habe, seit ich dir begegnet bin – werde ich siegen."

„Und dann? Seine Männer werden dich töten, sie scheren sich wohl kaum um Gesetze, geschrieben oder ungeschrieben!"

„Ich nehme der Schlange den Kopf, Sherea. Vandan kann ohnehin nicht seine gesamte Armee in der Stadt unterbringen und bis dahin werden meine Männer ebenfalls wieder zurück sein. Perstans Krone ist nur in Perstan zu retten, nirgends sonst; der Rest seines Heeres wird aufgeben und sich zurückziehen, sobald Vandans Tod bekannt wird."

„Das ist Wahnsinn! Das ist der gleiche Wahnsinn wie sich Vandan auf dem Feld in einer Schlacht zu stellen!", schoss ich hervor.

„Vandan fällt nur, wenn Vandan fällt! Nur sein Tod wird unser Reich befreien, denn solange er am Leben ist, wird er nach dem trachten, was er schon fast in seinen Händen hielt. Ich habe in der letzten Nacht alle Möglichkeiten erwogen und nur diese eine blieb übrig. Ich werde Nachricht an alle meine Männer geben, sich an einem bestimmten Tag in Perstan einzufinden. Vandan wird nach der Eroberung der Stadt viel zu siegestrunken sein, um sich Gedanken darüber zu machen, ob die Stadt noch einmal angegriffen werden könnte – schon gar nicht aus ihrem Inneren!"

„Was heißt das? Was meinst du damit?"

Er beugte sich vor.

„Es gibt einen geheimen Tunnel, der unter der äußeren Stadtmauer hindurchführt. Niemand außerhalb der königlichen Familie weiß davon, es ist ein Geheimnis, das seit der Erbauung der Stadt nur von Mund zu Ohr derer von Perstan ging. Es ist leichter, in die Stadt und wieder heraus zu kommen als du denkst."

„Und der innere Bezirk? Wie wollt ihr so viele Männer unbemerkt durch die Stadt und in den Bereich der Residenz bringen?"

„Es gibt immer einen Weg, das hast du mich mit deinem Kommen gelehrt!", richtete er sich wieder auf und las ein paar letzte Halme aus meinen Haaren. „Wir werden nicht verlieren, diesmal nicht!"

„Du irrst! Selbst die Geister sagen, dass der Ausgang noch immer ungewiss ist, dass es immer Unwägbarkeiten gibt! Es ist viel zu riskant!"

„Wie alles, was wir tun, um Vandan zu töten."

„Du hast mehr zu verlieren als dein Leben! Dein Volk verliert seinen letzten rechtmäßigen König und du verlierst dein Reich, wenn du unterliegst! Du musst warten!"

„Das Reich ist derzeit schon verloren, ich kann es nur zurückgewinnen!", widersprach er. „Was ich auch tue, ich kann nur gewinnen!"

„Und was ist das andere? Du hast angedeutet, dass du mehr zu verlieren hast als dein Leben!", suchte ich verzweifelt nach etwas, um ihm seinen Plan noch auszureden.

Er hörte auf, an meinen Haaren zu zupfen, und behielt stattdessen eine Strähne zwischen seinen Fingern, um für einen Augenblick meine sich ringelnden Haare zu betrachten – und dann mich.

„Ahnst du das nicht?", fragte er leise und ließ die Hand sinken.

„Was soll ich ahnen?", fragte ich genauso leise zurück.

„Was ich noch zu verlieren hätte? Dich! Du bist mehr als n'iach mat perchet, mehr als Mittelpunkt einer Prophezeiung, mehr als nur Mittlerin zwischen den Geistern und uns, du bist ... mein Schicksal! In dem Augenblick, in dem ich der fast ertrunkenen Frau am Lertos in die Augen sah, habe ich meinem Schicksal in die Augen geblickt, ich wusste es nur noch nicht. Ich habe ein paar Tage gebraucht, um es zu begreifen, und ich kann mein Schicksal nur schützen, indem ich es gehen lasse. Vandan hätte mich vollends in der Hand, wenn er dich in seine Hände bekäme und das kann ich nicht zulassen. Also muss ich dich gehen lassen, denn nur dann, wenn ich nichts weiter zu verlieren habe, kann ich nur noch gewinnen."

Noch immer konnte sie das linke Auge nicht komplett öffnen und die dick geschwollene, aufgeplatzte Lippe hinderte sie daran, die viel zu dünne Brühe zu trinken. Jede Bewegung des Mundes tat weh und als sie sich umschaute und in die zerschlagenen und

verzweifelten Gesichter der anderen blickte, würgte sie. Also senkte sie schnell den Blick wieder auf ihre Schale und mühte sich ab, so schnell wie möglich ihre Ration herunterzubekommen.

Vandan war ein Vieh! Zusammengepfercht mit den anderen Frauen in einem der stinkenden Gatter auf einem der Wagen – inzwischen angelangt auf der freien Ebene direkt vor Perstan – fristete sie nun schon seit Tagen ein entsetzliches Dasein, nie wissend, ob sie am nächsten Tag wieder etwas zu essen bekommen würde. Und jeden Abend holten die Soldaten sich johlend einige der Frauen von den Wagen – und kaum eine kehrte zurück.

Sie hatte längst damit aufgehört, darüber nachzudenken, ob es nun besser war, das, was die Soldaten mit den schreienden Frauen taten, zu überleben oder lieber zu sterben.

Ein, zwei Gesichter der verbliebenen Frauen kamen ihr vage bekannt vor und wen sie zurückbrachten, war nicht mehr zu erkennen. Den meisten lief das Blut an den nackten Beinen herab und die zerrissenen Kleider verbargen kaum etwas von den Striemen und blauen Flecken. Und sogar noch Tage später starb die eine oder andere und ihr lebloser Körper wurde an den Füßen oder Haaren nach draußen gezogen und irgendwo verscharrt. Wenn überhaupt.

„Ich kenne dich!", krächzte ein älteres Mädchen, als sie die Schale gerade wieder zum Mund führte. Sie war erst vor zwei Tagen zu den Frauen in diesem Käfig gestoßen worden und seitdem starrte das Mädchen sie in jeder wachen Minute an. „Du bist Infida, du gehörst zum Gesinde auf Perstan. Wieso bist nicht dort? Bist du geflohen oder hat man dich hinausgeworfen?"

„Das geht dich nichts an!", zischte sie und nahm vorsichtig einen weiteren Schluck, leerte die Schale dann vollständig. Lange würde sie das nicht sättigen, es war ein annähernd geschmackloses Wasser, das man ihnen da gebracht hatte.

„Ich denke doch! Wir sitzen hier alle im selben Boot und deine Hochnäsigkeit hilft dir diesmal nicht weiter. Denkst du, die Soldaten werden dich nicht holen, du alte Hexe? Glaub mir, ich habe

zugesehen, wie sie bedeutend ältere und hässlichere Frauen geholt haben! Selbst für sie haben sie noch Verwendung und du willst nicht wissen, wozu sie sie zwingen!"

„Dann halt einfach den Mund, niemand hat dich geheißen, es zu erzählen!", brachte sie heraus und schluckte schnell, um das Wenige, das sie gerade erst verzehrt hatte, nicht wieder zu erbrechen.

Doch die junge Frau gab nicht nach. Sie bettete den Kopf eines schlafenden Mädchens, den sie behutsam im Schoß gehalten hatte, vorsichtig auf einem zusammengerollten Stück Stoff, dann zwängte sie sich zwischen den anderen hindurch, bis sie direkt vor ihr stand und von oben herab mustern konnte.

„Du weißt nicht einmal mehr, wer ich bin, richtig?", zischte sie.

„Sollte ich? Eine von vielen, die in diesem Boot sitzen! Deine eigenen Worte!"

„Dann will ich deinem Gedächtnis mal auf die Sprünge verhelfen: Mein Name ist Sonas, ich bin die Tochter von Betris, die du vor vier, jetzt fast schon fünf Jahren aus Perstan verjagt hast. Ich war damals erst zwölf, aber ich erinnere mich gut. Du hast sie des Diebstahls bezichtigt, aber Mutter hat nie auch nur das kleinste Krümchen Brot genommen, das ihr nicht zustand. Du hast uns beide bei Nacht und Nebel davongejagt und dafür gesorgt, dass Mutter in der ganzen Stadt keine Anstellung mehr bekam. Wir mussten fortgehen und Mutter musste sich und mich in Berrth als Flickerin und Waschfrau durchbringen, weil dort niemand Bedarf an einer noch so erfahrenen Küchenhilfe hatte. Vater war damals schon Soldat, er fiel, als Vandans Hauptarmee die Grenzen überschritt. Die Nachricht hat Mutter getötet und …"

„Was sollte mich das interessieren, hm? Deine Mutter war eine Diebin, ich habe gesehen, wie sie die Brote unter ihrer Schürze versteckte und sich damit hinausschleichen wollte! Ihr geschah nur recht!"

„Die Brote waren heiß, das war der einzige Grund, weshalb sie sie in ihre Schürze schlug! Aber das wusstest du, richtig? Der ein-

zige Grund, weshalb du sie loswerden wolltest, war, weil sie hübsch war! Mutter war hübsch und du konntest noch nie ertragen, dass Männer dir niemals diese Blicke hinterherschickten, wie sie es bei anderen Frauen taten! Frauen, die in der Hackordnung des Gesindes unter dir standen, was es dir stets ermöglichte, deine Wut darüber an ihnen auszulassen!

Oh ja, ich kenne dich, Infida! Aber hier wird dir das alles nichts nützen, denn hier bist du wie wir alle! Willst du wissen, was sie mit hässlichen Frauen wie dir machen? Sie werden dich einer nach dem anderen von hinten nehmen, weil sie dir dann nicht ins Gesicht sehen müssen! Oder sie werden dich zwingen, ihren …"

„Es reicht!", bellte eine ältere Frau, als das Mädchen, das bis eben noch in einem gnädigen Schlaf der Erschöpfung gelegen hatte, daraufhin laut aufschluchzte. „Ich denke, selbst ihre vertrocknete Fantasie kann sich ausmalen, was folgt, also halte den Mund, du bist nicht alleine hier!"

Sonas richtete sich auf, strich sich eine blonde Strähne aus dem Gesicht und lächelte finster, als Infida die wenige Brühe in einem Schwall wieder von sich gab und sich dabei selbst das Kleid beschmutzte.

„Sie hat es verdient zu wissen, was auf sie zukommt! Auch sie hat niemals Gnade gekannt mit denen, die sie gequält hat. Jetzt lernt sie die andere Seite kennen!"

„Ich weiß, ich kenne Infida ebenfalls, wenn auch nur vom Hörensagen. Meine einstige Schwiegertochter gehörte zu den Waschfrauen auf Perstan und seit ein paar Tagen sehe ich so manches mit anderen Augen. Ich bin nur noch dankbar dafür, dass sie und ihre Töchter das hier nicht erleben müssen. Aber ich begebe mich nicht auf Infidas niedrige Stufe, Mädchen, das ist der Unterschied zwischen dir und mir! Sie wird es noch früh genug erfahren. Wir alle! Und dann Gnade uns allen!"

Als sie sie an diesem Abend an den Haaren aus dem Wagen zerrten, schrie sie immer wieder ein und denselben Satz: „Ich kann euch ungesehen in die Stadt bringen! Ich kann euch ungesehen in die Stadt bringen!"

Kapitel 12

Verräter! Sie waren Verräter! Feige schlugen sie sich auf die Seite des Mannes, der ihre eigene Heimat mit Blut und Tränen überzog, nur um ihre eigene Haut zu retten. Er war zu spät gekommen und seit Tagen folgte er nun schon den unübersehbaren Spuren der Armee, die unaufhaltsam Richtung Perstan zog und kaum einmal Rast machte. Und wo immer er hinkam, fand er nichts als brennende oder schwelende Ruinen, schwarzverbrannte und unkenntliche Leichen von Männern und geschändete und dann niedergestochene Frauen vor. Hier und da nahm er zwar an, dass sie die Frauen und Mädchen auch mitgenommen hatten und jedes Mal suchte er fieberhaft alles ab nach einem Hinweis, ob Sherea unter ihnen gewesen sein könnte – um jedes Mal halb verzweifelt, halb erleichtert festzustellen, dass jede Spur von ihr fehlte. Und auch ihre Leiche.

Bis heute. Perstan war von der Anhöhe aus im letzten Licht des Tages in Sicht gekommen und die unglaubliche Masse von Soldaten, über die Vandan selbst jetzt noch verfügte, machte sich daran, ein Heerlager aufzuschlagen. Vandan würde Perstan belagern, daran hatte sich also nichts geändert.

Mit zusammengekniffenen Augen versuchte er, sich einen Überblick zu verschaffen, aber das Licht war längst zu gering und die Entfernung zu groß, um Genaueres zu erkennen. Sicher war nur, dass das größte der Zelte, das in der Mitte, Vandan gehörte.

Er kroch zurück und richtete sich erst wieder auf, als er sicher sein konnte, dass kein Späher ihn von dort unten noch sehen konnte. Sein Magen schmerzte seit Tagen, denn seit Tagen schon hatte er nichts Essbares gefunden und sich wohl oder übel mit Moosen und Flechten begnügt. Während das Pferd wenigstens hier und da noch etwas fand, das es fressen konnte, war für ihn weit und breit nichts mehr zu holen gewesen. Nun nutzte er das verbliebene Tageslicht und kaute mit verzogenem Gesicht hastig auf ein paar bitter schmeckenden Käfern herum, bevor er sie herunterschlang. Selbst ein paar Wurzeln grub und kaute er aus und als wäre es noch nicht genug, schälte er mühsam Rinde von den Ästen der Bäume und schabte das saftige, leicht süß schmeckende Innere ab, um wenigstens irgendetwas im Magen zu haben.

Dann begann die Wache. Von einem Baum aus behielt er das Geschehen unter sich im Auge. Im Lager brannten die ersten Feuer und nicht zum ersten Mal überlegte er verzweifelt, ob er sich nicht doch bei Nacht hinunterschleichen sollte, um in einem der äußeren Zelte nach etwas Nahrung zu suchen. Dann jedoch glaubte er wieder, die Schreie von Frauen zu hören, und undeutlich erkannte er, wie eine Gruppe Männer mehrere von ihnen quer durch das Lager zerrte.

Der Hunger war wie jedes Mal vergessen! Wie jedes Mal malte er sich aus, dass Sherea eine von ihnen war. Und wie jedes Mal biss er sich die Lippe blutig, um nicht zu brüllen! Die Geister anzubrüllen, dass sie ihn im Ungewissen ließen und sie einer derartigen Gefahr ausgesetzt hatten!

Und jedes Mal an dieser Stelle überkam ihm die wilde Verzweiflung, denn nicht die Geister hatten das zu verantworten, sondern er! Er hatte sie letztendlich hergeholt!

Die unausgesetzten Schreie wurden wie jeden Abend immer leiser, endeten jedoch erst über eine Stunde später und setzten erneut ein, als weitere Frauen geholt wurden. Sie waren noch nicht fertig: Ein Heerlager voller Soldaten, die, wo sie auch hinkamen, Frauen, Mädchen und halbe Kinder mitnahmen, um sie ...

„Ich hätte das niemals tun dürfen!", keuchte er. „Wo ist sie? Wo ist Sherea? Geht es ihr gut? Könnt ihr mir nicht wenigstens das sagen?"

Die Schnur riss, als er wie von Sinnen daran zerrte und den dunklen Fleck, der in seiner Hand lag, anstarrte. Der Stein, der Sherea ins Verderben geführt hatte.

Er blinzelte. Dann kniff er die Augen zusammen. Hatten sie ihn getäuscht?

Nein, da war etwas. Ein winziges, kaum sichtbares Leuchten.
„Ist sie am Leben?", krächzte er.
Es leuchtete einmal auf, kaum zu sehen.
„Geht es ... Geht es ihr gut?", stieß er heiser hervor.
Wieder ein Leuchten, nur ein einziges Mal.
„Wo ist sie?"
Nichts. Er stöhnte, als er begriff. Er war weder sein Vater, noch war er Sherea. Mehr als einfache Fragen, auf die sie mit einem Ja oder Nein antworten konnten, würde er nicht stellen können – weil er jede andere Antwort schlicht und einfach nicht hören konnte!
„Ist sie alleine?", stieß er hervor.
Nichts.
„Jemand ist bei ihr!"
Es leuchtete, einmal nur.
Verzweifelt kaute er an seiner ohnehin blutenden Lippe.
„Ein Feind?"
Nichts. Sein Herz schlug fast schon schmerzhaft schnell vor Erleichterung.
„Ein Freund!"
Ein sanftes Leuchten, das fast ein wenig länger zu dauern schien.
Hatte es länger gedauert? Und wenn ja, hatte es länger gedauert, weil er sich der Wahrheit annäherte? Oder weil genau in diesem Moment Sherea bemüht war, ihm irgendwie eine Nachricht zukommen zu lassen?
„Wer? Oh ihr Götter, wer ist bei ihr? Fostred und Vater können es nicht sein, sie wurden zurückgelassen und sind hoffentlich auf dem Weg in den Norden. Und wenn sie jetzt nicht irgendwo dort unten ist ... Wer?"
Das schwache Leuchten hielt an, aber es sagte ihm nichts. Verzweifelt zermarterte er sich sein Gehirn, aber jede Richtung, in die er dachte, schien ins Nichts zu führen.

"Wieso bloß verstehe ich euch nicht?", ächzte er und umklammerte verzweifelt den Stein. Dann riss er sich zusammen. Sich dieser Verzweiflung hinzugeben würde ihm nicht helfen – und ihr erst recht nicht!

Er öffnete die Hand wieder und starrte auf den schwarzen Stein.

"Danke! Danke, dass ihr mir mein Herz ein wenig leichter gemacht habt mit dieser Nachricht! Wenn ihr mir noch einen Wunsch erfüllen würdet … Ich werde euch von jetzt an jeden Tag auf diese Weise nach ihr befragen und hoffe, dass ihr mir weiterhin diese Antworten geben werdet. Aber wenn ihr ihr zudem auch sagen könntet, dass ich niemals aufgeben werde, nach ihr zu suchen …"

Verzagt wollte er schon wieder die Hand um den dunkel gebliebenen Stein schließen, als er endlich noch einmal aufleuchtete. Schwach und kurz, dann war es schon wieder fort.

Und behutsam und sehr, sehr sorgfältig knotete er die gerissene Schnur wieder zusammen und hängte sie sich wieder um den Hals, um das kostbare Stück sorgsam unter seinem zerrissenen, schmutzigen Hemd zu verbergen.

Unten im Lager kehrte langsam Ruhe ein und auch die Schreie der Frauen waren endlich verstummt. Seine Ohnmacht angesichts der Lage dieser vielen Frauen ließ ihn keinen wirklichen Schlaf finden, aber heute fand er zumindest einen gewissen Trost in dem Gedanken, dass es Sherea gut ging.

„Du redest wirr! Das kann nicht sein, es ist …"

„Unmöglich?", unterbrach er mich. „Das sagt die Frau, die durch das steinerne Zeittor kam?"

„Das sagt dir diejenige, die weiß, dass einige wenige Tage nicht genügen, um sein Schicksal zu erkennen! Ich bin niemandes Schicksal!", wehrte ich mich und verhedderte mich in den Decken in dem Bemühen, doch aus ihnen freizukommen.

„Es genügen mitunter einige wenige Sekunden, ein einziger Herzschlag, um sein Schicksal zu erkennen! Nein! Warte! Warte und hör mich an, ich denke, das ist nicht zu viel verlangt!", hielt er mich auf.

Ich gab es auf und ließ meine Hände sinken, um ihm einen vorsichtigen Blick zukommen zu lassen. Vorsichtig und bemüht, mir meine Aufregung nicht anmerken zu lassen. Was immer das war, es resultierte aus dem, was die Geister uns vor Jahren in einem Traum eingegeben hatten! Ich mochte mich an dessen Inhalt nicht erinnern, aber es genügte, davon zu wissen.

Ich hielt den Atem an. Wissen! Wissen, das mich in meinen Entscheidungen beeinflusste? Beeinflusste mich nun schon alleine das Bewusstsein, dass da etwas war, das ich nicht kannte und dem ich daher eine gewisse Bedeutung beimaß? Maß ich dem nun zu viel oder zu wenig Bedeutung bei?

Ich konnte diesem Gedanken nicht weiter folgen, denn nun nickte er erleichtert und holte tief Luft.

„Sherea, ich habe dir dies nur deshalb gesagt, weil ich möchte, dass du das weißt. Ich erwarte nichts von dir, schon gar nicht, dass du das Gleiche über mich denkst. Es ist offensichtlich, dass dieser Eindruck einseitig ist. Du erinnerst dich nicht an diesen Traum und das ist gut so, ich sagte ja schon einmal, dass du dir selbst ein Bild machen solltest.

Was Vandan angeht: Ich werde dich weder zwingen, zurückzugehen in deine Zeit, noch werde ich dich zwingen, dich von mir an einen von mir bestimmten Ort zu bringen, damit du dort in Sicherheit warten kannst. Dieser Natian wird dich irgendwann finden, da bin ich sicher."

Ich drehte meinen Kopf ein wenig und starrte an ihm vorbei ins Nichts, als er seinen Namen erwähnte. Und prompt fühlte ich etwas, das offenbar von Schettal stammte.

„Ja ... Ja, das wird er. Es geht ihm ... Nun, ich weiß nicht, ob es ihm gut geht, aber er lebt. Und er sucht nach mir."

Forthran hatte seine Rede unterbrochen und als ich ihn nun wieder ansah, verschwand ein eigenartiger Ausdruck von seinem Gesicht und machte freudiger Erleichterung Platz, auch wenn ein seltsames Funkeln in seinen Augen übrig blieb.

„Schettal?"

„Ja. Offenbar wurde meine Bitte erhört. Und offenbar hat auch er darum gebeten, mich das wissen zu lassen. Es geht ihm ... Er lebt."

Er nickte, senkte kurz den Kopf und als er wieder aufsah, war dieses Funkeln in seinen Augen fast zur Gänze verschwunden.

„Das freut mich aufrichtig, für dich wie für ihn. Du siehst, alles wird gut werden. Wie gesagt, ich werde dich weder zu dem einen noch zu dem anderen zwingen, dir bleibt jedoch nur diese Wahl. Du bist viel zu wichtig, um weiterhin in dieser Gefahr zu schweben, und ich kann es mir nicht erlauben ... Ich darf nicht abgelenkt sein, wenn ich vor Vandan trete und ihn herausfordere. Und das wäre ich, wenn ich gleichzeitig um dich fürchten müsste.

Meine Gefühle sind nicht deine, das habe ich begriffen und indem ich dich gehen lasse, schütze ich dich und mich gleichermaßen und bin bereit, den letzten Schritt zur Vollendung dieser Prophezeiung zu tun. Ich überlasse dir die Wahl: Soll ich dich zu Zerbus bringen, der dich klug zu verstecken wissen wird, oder möchtest du zurück nach Hause? Zurück zu deiner Familie, die dort auf dich wartet?"

„Wahl?", ächzte ich.

„Ja. Zwei Möglichkeiten. Die Einzigen, die deine Sicherheit garantieren. Hier wirst du nichts mehr ausrichten können, du hast getan, was in deiner Macht steht und hast alles verändert, was verändert werden kann. Dich würde nur noch mehr Gefahr erwarten, noch dazu völlig unnütz. Schon deshalb wäre ich froh, wenn du zurück in deine Zeit gingest."

Ein Bild tauchte vor meinem geistigen Auge auf, kurz nur und ganz undeutlich: Ich sah mich selbst in diesem Steinkreis stehen und vor Forthrans Augen verschwinden.

„Zurück? Ich bin längst noch nicht fertig, Forthran! Meine Aufgabe ist noch nicht beendet!", begann ich hastig, aber er unterbrach mich.

„Das denke ich doch! Hier gibt es nichts mehr für dich zu tun, du hast mein Leben gerettet und dafür gesorgt, dass mir der Weg geebnet wurde. Alles andere liegt nun in meinen Händen – und in denen der Götter."

Ich schüttelte den Kopf, zuerst zögerlich, dann immer energischer.

„Nein. Nein, ich bin noch nicht fertig! Ich werde es wissen, wenn es so weit ist, das hat Schettal mir gesagt!"

„Schettal, dem du noch gestern vorgeworfen hast, dass er dich mal hierher, mal dorthin versetzt?"

Er kehrte meine eigenen Worte gegen mich?

Er kehrte meine eigenen Worte gegen mich!

Mit wütenden Gesten zog und zerrte ich so lange an den Decken herum, bis ich meine Beine befreit hatte und aufstehen konnte.

„Ich kenne die Geister nicht. Nicht die anderen, aber ich kenne ihn. Gut genug zumindest, um ihm inzwischen zu vertrauen. Ich weiß jetzt, dass auch er sich an Regeln halten muss, dass er nicht einfach tun kann, wonach ihm der Sinn steht. Und dass er manches nicht tut, weil man es ganz einfach nicht tut!", erinnerte ich mich. „Und was ich ganz sicher weiß: Er ist immer bei mir! Ich habe einmal daran gezweifelt, aber jetzt weiß ich, dass auch daran meine Kopfverletzung Schuld tragen könnte. Er war da, ich habe ihn nur nicht gehört. Und ich werde nicht gehen, weder zurück in meine Zeit, noch dorthin, wo dieser Zerbus mich würde verstecken wollen. Es gibt nämlich noch eine dritte Möglichkeit: Die Geister sind mit dir, aber sie sind auch mit mir, Forthran! Ich bleibe und wenn du nach Perstan gehst, dann werde ich mitgehen; es gibt nichts, was du dagegen tun könntest! Du solltest es nicht einmal versuchen, ich würde mich mit allem Mitteln dagegen wehren!"

Auch er hatte sich erhoben und trat nun langsam auf mich zu. Schweigend. Ein Verhalten, das mich mehr verunsicherte, als wenn er wütend aufgefahren wäre, mir zu befehlen versucht hätte oder mich schlicht mit Gewalt über die Schulter geworfen und geradewegs zu diesem Zerbus geschafft hätte. So aber näherte er sich mir immer mehr, was mich erst ebenfalls rückwärts zurückweichen ließ. Dann jedoch blieb ich stehen. Mit klopfendem Herzen zwar, aber entschlossen, ihm die Stirn zu bieten. Doch ich hatte die Höhlenwand schon erreicht, fühlte sie in meinem Rücken.

„Tu das nicht! Ich könnte es dir befehlen, aber ich bitte dich: Tu das nicht!", flüsterte er, als er direkt vor mir stand.

Ich musste den Kopf in den Nacken legen, um in seine Augen sehen zu können. Und in diesem Moment fiel kurz ein erster heller Sonnenstrahl direkt durch den Eingangsspalt herein – hell genug, um ihre Farben zu erkennen: Sie waren nicht einfach nur braun und grün, sie waren braun, grün, ockerfarben, von einem warmen Bernsteinton und hier und da von einem derart dunklen Farbton, der fast schon schwarz wirkte. Und sie ließen mich nicht los, selbst als die nächste Nebelschwade das Licht wieder milchig machte. Er stand einfach nur vor mir und sah mich an, aber ich war nicht imstande, mich noch zu rühren.

„Du kannst mir nicht befehlen!", flüsterte ich heiser zurück.

„Doch, das könnte ich. Ich bin dein König."

„Du bist kein König. Perstans Thron gehört derzeit einem anderen, ist allenfalls vakant.", widersprach ich und hielt den Atem an als sein Gesicht sich dem meinen noch weiter näherte.

„Ich bitte dich, Sherea: Lass mich dich in Sicherheit bringen! Lass mich mein Schicksal in die eigenen Hände nehmen, indem ich es schütze. Und auch wenn du dieses Gefühl nicht hast, ich fühle es umso mehr: Du *bist* mein Schicksal! Doch ich lasse dich gehen, weil du es bist!"

Meine Gedanken verwirrten sich und ich schloss die Augen, als sein Mund sich meinem so weit näherte, dass ich schon seinen warmen Atem auf meinen Lippen fühlen konnte. Doch nichts geschah. Er verhielt dicht vor meinem Gesicht, abwartend.

„Es ist keine Einbildung!", flüsterte er kaum hörbar. „Sag es!"

Mein Herz raste und das Blut in meinen Ohren rauschte so laut, dass ich meine eigene Antwort kaum hören konnte:

„Nein, es ist keine Einbildung! Aber ich weiß nicht, was es ist, und solange ich das nicht weiß …"

Sein Mund lag auf meinem. Warm und weich. Er küsste mich nur, indem er seine Lippen sanft auf meine legte und so verharrte, während sein Atem sachte über meine Wange strich. Dann bewegten sie sich, als er flüsterte:

„N'iach mat perchet, pra'ch mennet b'pri mechet n'iach!"

„Was heißt das?", hauchte ich und schmiegte meine Wange in seine Hand, als er sie an mein Gesicht legte.

„Nichts weiter. Ich werde es dir bei unserem Abschied sagen…"

„Wir werden uns nicht verabschieden!"

Ich war nicht sicher, ob ich diese Worte nun ausgesprochen hatte, oder ob ich sie nur gedacht hatte, denn als er mich nun tatsächlich küsste, verlor auch diese Überlegung wie alles andere an Bedeutung.

Sie lag wimmernd auf dem Boden und Vandan wandte sich ab, um ihr seine Genugtuung nicht zu zeigen. Um niemandem der Anwesenden seine Genugtuung zu zeigen.

„Kerthed, stellt einen Trupp der besten Männer zusammen und sucht diesen Eingang. Lasst euch unter keinen Umständen sehen und dringt nicht weiter vor als unbedingt nötig, schon gar nicht bis ganz unter die Fundamente der Mauer, verstanden? Niemand

weiß, ob sie dort unten nicht irgendwo Wachen postiert haben. Erstattet mir Bericht, sobald ihr zurück seid, und lasst euch so viel Zeit wie nötig! Niemand darf euch sehen, niemand darf auch nur ahnen, wonach ihr sucht und was wir vorhaben, also egal, wie lange es dauert ... Meinetwegen wartet den ganzen Tag bis zur nächsten Nacht, wenn es nicht anders geht, habe ich mich klar ausgedrückt? Das könnte unsere Chance sein, mit der aus einer langen Belagerung ein einziger Handstreich würde. Die Männer sollen fortfahren, Gräben auszuheben und Belagerungstürme zu bauen, die Wachen auf den Mauern sollen glauben, dass wir weitermachen wie bisher. Auch der Tunnelbau soll begonnen und vorangetrieben werden und schickt weitere Trupps, um überall im Umland auch noch das letzte Schwein zu finden und herzutreiben!"

"Ja, Herr. Ich werde selbst die besten Männer auswählen und anführen, Ihr könnt Euch auf mich verlassen."

"Das hoffe ich! Für dich und für jeden Einzelnen von ihnen!"

Der Angesprochene verbeugte sich, obwohl sein König es nicht einmal sehen konnte, dann stapfte er mit großen Schritten aus dem Zelt. Zurück blieben nur Vandan, Zederet und der Soldat, der diese Frau vor fast zwei Stunden in sein Zelt geschleift hatte. Und eben diese Frau namens Infida, die wimmernd auf dem Boden lag. Sie mochte einigermaßen ansehnlich gebaut sein, aber sie war dennoch hässlich wie die Nacht, von keinerlei Reiz für ihn.

Er wandte sich um.

"Hol mir eine der Frauen. Eine junge Frau. Such eine mit blonden Haaren aus, die noch niemand hatte. Und du: Beschreib sie mir noch einmal und erzähl mir noch einmal davon, wie sie in diesem Steinkreis plötzlich verschwanden! Diese Steine haben also geleuchtet ..."

Er winkte Zederet hinaus, der unter vielen kriecherischen Verbeugungen gleich nach dem Soldaten nach draußen verschwand.

Vandan begann damit, seinen Gürtel samt Schwert abzulegen, und zog zuletzt nur das Messer mit der ungewöhnlich langen Klinge aus der Scheide, um damit zu spielen.

„Ich höre!", grollte er, trat auf sie zu und versetzte ihr einen heftigen Tritt in die Seite.

„Keine Angst!", flüsterte er, jetzt auch seine zweite Hand warm und sanft streichelnd an meiner anderen Wange. „Ich habe nicht vergessen, dass du von alldem nur vom Hörensagen weißt. Und solange du nicht weißt, was das zwischen uns ist, werde ich nicht weitergehen."

Mein Atem ging viel zu schnell und als er nach diesen Worten den Kopf hob, schluckte ich.

„Ich habe keine Angst, nicht vor dir! Und ich werde nicht gehen, egal was du sagst oder tust!"

Er lächelte, aber es wirkte nicht glücklich.

„Du denkst, ich habe dich geküsst, um dich von meinen Argumenten zu überzeugen? Weit gefehlt, auch wenn ein Fünkchen Wahrheit darin ist. Ich habe dich geküsst, weil ich dich wenigstens ein einziges Mal küssen wollte, perchet! Wieso tust du mir das an?"

„Wieso tue ich dir was an?"

„Zu bleiben, wenn du anderswo sicher wärest?"

„Weil es hierbei nicht um mich geht? Weil meine Aufgabe nicht beendet ist, nur weil ein König es befiehlt? Sie ist erst beendet, wenn ich es weiß."

„Ja, das sagtest du schon. ... Weißt du eigentlich, wie unschuldig du in diesem Moment aussiehst? Du bist die personifizierte Unschuld und alleine das lässt mich denken, dass ich dir mit diesem einen, einzigen Kuss schon etwas geraubt haben könnte, das dir einen Teil deiner Selbst nimmt! Deine Augen sind klarer als alle, in die ich jemals geblickt habe, deine ganze Seele spiegelt sich mitunter darin. Du kannst nicht wirklich verbergen, wie rein diese Seele ist. Siehst du nicht, dass diese Zeit dir mehr nimmt als nur die Sicherheit deines Lebens? Sie nimmt dir etwas, das nichts auf der Welt dir wieder zurückgeben könnte! Wie konnten die Geister jemanden wie dich dazu auswählen, in eine Zeit wie diese zu gehen?"

Seine Fingerspitzen strichen noch einmal sanft an meinem Gesicht herab bis hinunter an meine Halsbeuge, dann senkte er die Hände und fasste nach meinen.

„Ich befehle es dir nicht, ich bitte dich! Ich flehe dich an, von jetzt an alles mir zu überlassen und zu gehen, Sherea!"

Er schaffte es, dass mein Herz und mein Atem noch immer viel zu schnell gingen. Aber er schaffte es nicht, mich von seinen Argumenten zu überzeugen.

„Ich bin nicht unschuldig! Nicht so, wie du mich hinstellst! Und ich bleibe!"

Er schloss die Augen und lehnte seine Stirn mit einem tiefen Seufzen an meine.

„Wegen Natian? Weil er nicht hier ist und mit dir gehen kann? Und wenn ich verspreche, so lange zu warten, bis wir ihn gefunden haben?"

„Das ist es nicht!", versuchte ich, ihm meine Hände zu entziehen, aber er hielt sie fest und hauchte erst noch einmal je einen Kuss in ihre Innenfläche, bevor er sie freigab.

„Aber er ist ein Grund, wenn auch nicht der einzige!", entgegnete er.

„Natürlich ist er das, aber ..."

„Da ist etwas zwischen euch, richtig? Was es auch ist, es ist eine Verbindung."

„Natürlich ist da eine Verbindung, denn …"

Er schüttelte den Kopf und legte seinen Zeigefinger auf meinen Mund.

„Schon gut, du bist mir keine Rechenschaft schuldig. Und ich bin nicht blind, Sherea. Es ist in Ordnung, dass du etwas für ihn empfindest, er war … Er ist dir vor mir begegnet."

Ich setzte erneut zu einer Erklärung an, aber wieder kam er mir zuvor.

„Du wirst dich also nicht umstimmen lassen?"

Ich stieß den Atem ungenutzt wieder aus und schüttelte ebenfalls den Kopf.

„Nun, ich gleichfalls nicht. Ich werde Vandan herausfordern, so oder so. Und wenn du schon nicht gehen willst, dann versprich mir wenigstens, dass du dann weit genug weg sein wirst. Zumindest außerhalb der Stadtmauern Perstans. Ich würde mich sicherer fühlen und weniger abgelenkt sein, wenn ich dich bei diesem Steinkreis wüsste, der dich jederzeit wegbringen kann. Ein … Kompromiss."

Mein Widerspruch erstickte im Keim, denn in diesem Augenblick strich Schettal durch meinen Geist:

‚Es ist etwas geschehen, das niemand vorhersehen konnte!'

„Was?", flüsterte ich und hob die Hand in Forthrans Richtung.

‚Verrat! Dort, wo er vorher nicht war! Vandan könnte Perstan schneller erobern als je zuvor … Infida!'

„Infida?", ächzte ich. „Wie soll sie …"

„Sprichst du von der Infida, die dem Haushalt in Perstan vorsteht? Was ist mit ihr?", mischte Forthran sich nun ein.

„Ich weiß es noch nicht!", mahnte ich. „Schettal?"

„Sie weißt etwas, das für Vandan von entscheidendem Vorteil ist."

„Sie ist zu Vandan gegangen?", ächzte ich.

„Was heißt das? Infida ist auf Perstan!"

Verstört blinzelte ich ihn an und verneinte.

„Nein. Nicht mehr. Ich habe etwas getan, das Olpert dazu veranlasst hat, sie hinauszuwerfen. Sie hat allen Grund, Rachegedanken zu hegen, aber ich dachte, dass diese sich nur gegen mich und allenfalls gegen Igrena richten würden, doch die ist jetzt schon weit weg von Perstan. Dass Infida jedoch so weit gehen würde, sich an Vandan zu wenden und ihr eigenes Volk zu verraten, all die Menschen hinter den Mauern Perstans …"

Auf sein Drängen hin schilderte ich ihm in aller Kürze die Vorkommnisse in der Residenz: Wie ich mit Sebsets Hilfe hineingelangt war, wie Infida reagiert hatte und wie es zu ihrem Hinauswurf gekommen war.

„Dich trifft keine Schuld daran. Es war Infidas Entscheidung, Vandan entgegenzueilen. Ich habe sie noch nie gemocht, aber sie hatte es in all den Jahren geschafft, sich unentbehrlich zu machen. Und es ist durchaus möglich, dass sie mehr weiß, als uns lieb sein kann! Es wäre zumindest nicht unmöglich, dass sie hier und da unsere Gespräche belauscht haben könnte, denn sie kennt jeden Winkel in der Residenz."

„Und was kann sie wissen, das jetzt so wichtig ist für Vandan?"

„Der Tunnel!", grollte er.

Ich schnappte nach Luft.

„In meiner Zeit hat Vandan während der Belagerung der Stadt mühsam selbst einen Tunnel graben lassen, bis unter die Mauer. Als man in der Stadt endlich dahinterkam, war es zu spät. Vandan hat in der Nacht vor der Eroberung eine mit Öl übergossene Herde Schweine hineintreiben und dort einpferchen lassen, dann hat man die armen Tiere angezündet. All das brennende Schweinefett … Es wurde derart heiß, dass die darüberliegende Mauer zuletzt einstürzte. Der Weg in die Stadt war offen."

Er lauschte wortlos und mit bleichem Gesicht.

„Schweine! Er hat einen Tunnel graben lassen und … Bei allem, was mir heilig ist, ich habe noch nie von so etwas gehört! Dass man eine Mauer durch untergraben zum Einsturz zu bringen versucht, ja, aber …"

„Er wollte nicht warten, bis die Stadt ausgehungert war.", setzte ich noch hinzu und schwieg dann.

Er drehte mir die Seite zu und nickte nachdenklich.

„Dann muss es der Tunnel sein und ich ahne, dass sein Ausgang noch vor Vandans Linien liegt, nicht dahinter. Infida muss davon erfahren haben, denn das ist das einzige Geheimnis, das Vandan nützlich sein könnte. Alles andere wäre zweitrangig oder unwichtig für ihn, bis hin zu Vaters Krankheit, die ihn schon bald dahinraffen wird. Es gäbe nichts mehr über uns oder die Stadt zu verraten, allenfalls könnte er noch ihr Wissen über die Stadt selbst und das Innere der Residenz nutzen. Aber selbst darauf wäre er nicht zwingend angewiesen, das Wichtigste ist für ihn, in die Stadt selbst zu gelangen."

„Dann sind die Menschen dort schon wieder in höchster Gefahr!", ächzte ich.

„Ja, allerdings! Aber sie sind es nicht schon wieder, weil sie es vordem noch nicht waren! Es hat noch nicht stattgefunden, nur für dich!"

„Das ändert nichts. Nicht für mich!"

„Ich weiß. Wenn nicht alle geflohen sind … Wir müssen aufbrechen! Wir müssen uns zwar in acht nehmen, weil wir nicht wissen, ob unsere Verfolger von gestern nicht noch irgendwo dort draußen lauern, aber wir müssen das Risiko eingehen."

„Und wohin? Direkt nach Perstan?"

Ich hatte bereits damit begonnen, meine ohnehin wirren und jetzt auch nicht zu entwirrenden Haare zu einem losen, unordentlichen Zopf zu flechten.

Er verzog schmerzerfüllt das Gesicht.

„Nein. Wir reiten zu diesem Dorf und von dort aus in einem kleinen Bogen zu Zerbus. Er muss für mich Nachricht an unsere Männer geben. Nur, dass diese zum jetzigen Zeitpunkt noch kaum an ihrem jeweiligen Ziel angelangt sein können."

„Wir nehmen dennoch diesen Umweg?"

„Das ist sicherer. Wir sollten uns Perstan nicht aus südlicher Richtung nähern."

Bis zum Abend hatten wir eine ansehnliche Strecke hinter uns gebracht – und unsere Pferde schon wieder an den Rand der Erschöpfung. Der Nebel am Morgen hatte sich als noch dicht genug erwiesen, um in seinem Schutz unbehelligt zu dieser Siedlung zu gelangen. Dort wiederum hatten wir einiges an Zeit verloren, bis wir endlich einen der Bewohner ausfindig machen konnten. Ihre Angst war begreiflich, doch als sie hörten, welche Nachricht wir brachten, legte diese sich rasch.

Wir hatten uns einen großzügigen Vorrat an Proviant zusammengestellt und ich war nicht böse darüber, jetzt zusätzlich über einen warmen Umhang zu verfügen. Die Menschen in diesem Dorf sich selbst zu überlassen, fiel mir dennoch nicht leicht. Denn obwohl ich wusste, dass ihre Not nur allzu bald gelindert werden und sie in der Höhle sichere Zuflucht finden würden, konnte ich doch nur hoffen, dass sie dort auch auf Dauer unentdeckt bleiben würden.

Forthran drängte nur zu bald darauf, weiterzureiten und als die Dunkelheit hereinbrach, sank ich regelrecht von meinem müden Pferd.

Und der nächste Tag begann, wie dieser geendet hatte. Es war fast schon wieder Mittag, als wir eine dünne Rauchsäule vor einem kahlen Felshang aufsteigen sahen. Die letzten, einzelnen Bäume waren längst niedrigem Buschwerk gewichen, das erst unmittelbar vor einer Hütte endete und den fehlenden Bewuchs der felsigen Gegend dahinter umso auffälliger machte.

„Zerbus' Hütte. Ich hatte schon fast befürchtet, ich hätte mich in den vielen Tälern hier verirrt. Es ist viel zu lange her."

Wenig später saßen wir vor einer winzigen, aber durchaus gut erhaltenen Wohnstätte ab, die sich direkt an die hinter ihr liegende Felswand lehnte. Obwohl der Besitzer uns hätte kommen sehen und hören müssen, regte sich nichts im Inneren und Forthran zog, misstrauisch geworden, vorsorglich sein Schwert und deutete mir, hier bei den Pferden zu warten.

„Die Stille hier gefällt mir nicht, denn der Rauch deutet an, dass Zerbus da ist."

Ich klopfte meinem unruhig tänzelnden und schnaubenden Pferd beruhigend den Hals und sah besorgt zu, wie er sich der Tür näherte und sie dann mit einem Ruck aufstieß, um im Inneren zu verschwinden …

Die kalte Klinge an meiner Kehle genügte, um mich am Schreien zu hindern!

„Was bringt uns denn da das Glück heran, hm? … He, du da drin, komm schön langsam wieder heraus und wirf das Schwert und das Messer weg, wenn du nicht willst, dass die hier den letzten Atemzug ihres Lebens getan haben soll!"

Eine Hand legte sich bei diesen Worten von hinten grob und fest auf meine Brust und ich wurde rückwärts von den Pferden fortgezogen.

Forthran kam sofort wieder herausgerannt, doch der zweite Mann, der soeben um die Ecke der Hütte getreten war, war schneller und zielte mit seiner Schwertspitze direkt auf seinen Hals. Forthran stockte mitten in der Bewegung und tat einen Schritt rückwärts, als der Zweite jetzt halb vor ihn trat.

„Du hast ihn gehört: weg damit!"

Die Kleidung des Mannes zeigte, dass auch er zu den Soldaten gehört hatte, aber zu denen unseres Reiches! Versprengte Männer, die nach oder besser während der Schlacht ihr Heil in der Flucht gesucht hatten und jetzt Zuflucht in den Hügeln und Bergen hier suchten? Die Vermutung lag nahe, denn vorerst trauten sie sich gewiss nicht nach Hause. Sie mussten sich ausrechnen, dass längst bekannt war, dass niemand das Schlachtfeld lebend verlassen hatte.

Forthran hatte sein Schwert zwar gesenkt, aber seine Knöchel traten weiß hervor, so fest hielt er es nach wie vor umklammert.

„Nimm dein Messer von ihrer Kehle oder ich …"

„Du bist nicht in der Position, irgendwelche Forderungen zu stellen, würde ich sagen!", drohte der Mann hinter mir und sein stinkender Atem nahm mir meinen. Seine Hand tastete sich unter meinen Umhang, riss erst ihn voller Ungeduld grob von meinen Schultern, dann an meinem Ausschnitt und schob sich zuletzt hinein.

Ich biss mir auf die Zunge, um ein Wimmern zu unterdrücken, als er an meiner Brust herumdrückte.

„Bei allen Göttern, ich hatte seit Monaten keine Frau mehr und kann es kaum erwarten! Los jetzt, weg mit den Waffen!"

Meine Finger krallten sich noch fester in seinen Arm, aber er lachte nur und hob das Messer höher, bis die Schneide direkt unter meinem Kinn lag.

Angstvoll sah ich, dass die Spitze des Schwertes des anderen an Forthrans Hals bereits eine Verletzung verursacht hatte: Ein dünner Blutfaden lief daran herab – der Mann würde nicht zögern, zuzustechen, und als er jetzt mit der freien Hand deutete, endlich Folge zu leisten, gehorchte Forthran zähneknirschend. Sein Schwert landete auf halbem Weg zwischen ihm und mir und sein Messer, das der andere bereits in der Hand hielt, verschwand sofort in dessen Gürtel.

„Sehr schön! Und jetzt runter auf die Knie! Leg deine Hände auf deinen Kopf!", bellte er.

Forthran ließ mich nicht aus den Augen, seine Augen fixierten mich regelrecht, aber er gehorchte, ging erst auf das eine, dann auf das andere Knie und hob langsam die Arme.

„Wenn du sie anrührst, reiße ich dir die Eingeweide bei lebendigem Leib heraus, das schwöre ich!", zischte er.

„Das werden wir sehen! Erst einmal darfst du dabei zusehen, wie ich mich mit ihr vergnüge!"

Die Hand an meiner Brust war verschwunden und während er offenbar gerade noch an seiner Hose gefingert hatte, zerrte er nun hinten mein Kleid nach oben und die kalte Luft drang an meine Beine …

Ein Schrei, der in ein langgezogenes Stöhnen überging, ließ ihn innehalten. Forthran hatte dem anderen seine Faust zwischen die Beine geschlagen und ich schrie auf, als das Messer an meinem Hals über meine Haut schabte und dann verschwand. Ich sprang zur Seite, noch bevor ich begriff, was passiert war.

Der Soldat lag röchelnd am Boden, seine Hose hing zwischen seinen Knien und unter seinem langen, schmutzstarrenden Hemd war deutlich sein aufgerichtetes Glied zu erkennen. Er verdrehte noch einmal die Augen und erschlaffte dann mit einem eigenartigen Seufzer. Der andere hatte nur mit Mühe sein Schwert festhalten können und Forthran rang nun mit ihm darum – beide gleichermaßen bemüht, dem anderen keinen Vorteil zu bieten.

Laut brüllend drängte Forthran auf ihn ein, beide Hände um die Handgelenke des Fremden gelegt. Dann rammte er ihm erst sein Knie zwischen die Beine und anschließend den Kopf gegen seine Nase, die sofort mit einem hörbaren Knirschen brach. Ein Schwall Blut schoss heraus und lief dem Mann über Mund und Kinn. Und spätestens jetzt ging ihm wohl auf, dass aus dem schon sicheren Sieg über so leichte Beute wie uns ein Kampf über Leben und Tod geworden war!

„Ich bringe euch beide um!", hörte ich Forthran drohen. Eine Hand vom Handgelenk des Gegners nehmend donnerte er sie zur Faust geballt gleich noch zweimal hintereinander gegen die ohnehin gebrochene Nase – was zweimal ein entsetzliches Knacken und je einen lauten, zuletzt gurgelnden Schrei zur Folge hatte. Dann legte er sie dem Mann von vorne um die Kehle und drückte zu …

Mit dem Rücken gegen die Wand der Hütte geworfen und die Schwerthand mit voller Kraft mehrfach dagegen gedonnert entfiel dem Soldaten erst die Waffe, dann verdrehte er die Augen. Vergeblich versuchte er, Forthrans Griff um seine Kehle zu lockern, und sein Gesicht lief bereits dunkel an…

Humpelnde Schritte näherten sich eilig von hinten und ich sprang noch weiter zur Seite, doch der alte Mann beachtete mich nicht einmal. Er schob eine Schleuder in seinen Hosenbund, hob im Vorbeigehen Forthrans Schwert auf und rief diesem zu, er solle beiseitetreten …

Ich wandte mich ab. Das Geräusch der Waffe, die sich erst durch seinen Körper und dann in die Holzwand bohrte, würde mich auch so bis an das Ende meines Lebens verfolgen, ich musste es nicht auch noch sehen. Und nach einem kurzen Blick zu dem anderen trat ich noch ein paar Schritte weiter fort, denn der jetzt blutige Stein, der ihn am Kopf getroffen hatte, hatte seinen Schädel durchschlagen. Gehirnmasse und Blut waren ausgetreten und vermischten sich auf dem steinigen Boden …

„Geht es dir gut? Hat er dir wehgetan?"

Forthrans Stimme holte mich aus diesen Gedanken heraus und ich zuckte zusammen, denn ihn hatte ich nicht kommen gehört.

„Es geht mir gut. Er hat mich nur … angefasst.", antwortete ich heiser und hob den Kopf. „Du bist verletzt!"

„Ein Kratzer, mehr nicht!", fuhr er sich mit der Hand über den Hals und wischte das Blut an seinem Hemd ab. Sein Blut und das des Toten. Dann musterte er mich rasch und sah fort.

„Dein Kleid."

Jetzt erst sah ich, dass meine Brüste halb entblößt waren, zerrte eiligst an dem eingerissenen Stoff, zog die Schnürung zurecht und wandte mich ihnen erst wieder zu, als ich den Umhang übergeworfen hatte und dieser alles wieder hinreichend bedeckte.

„Forthran von Perstan!", krächzte der alte Mann jetzt heiser und wischte das Schwert an der Kleidung des Toten sauber, bevor er es ihm reichte.

„Zerbus, Vertrauter und Kammerdiener Prullufs von Perstan!", entgegnete Forthran, gleichermaßen als Begrüßung und um ihn mir vorzustellen.

„Das war einmal und ist lange her. Was in aller Welt treibt dich in Zeiten wie diesen hierher? Was bringst du für Nachrichten? Und wer ist deine Begleitung? Ich hoffe doch inständig, dass du nicht in die Fußstapfen deines Vaters trittst und irgendwelche Gespielinnen auf deine Reisen mitnimmst!"

Es klang nicht halb so beißend, wie die Worte es vermuten ließen, aber es war ein deutlicher Vorwurf herauszuhören.

„Auch wenn du ein langjähriger Freund unserer Familie bist, solltest du jetzt doch deine Zunge hüten! Es ist eine lange Geschichte und ich habe keine Zeit, sie dir zu erklären. Also beschränke ich mich auf das Wesentliche: Hebbun ist gefallen, Vater in Perstan ist dem Tode nahe, auch ohne Vandan. Er stirbt schon seit Monaten einen langsamen Tod – eine Krankheit, die nicht mehr zu heilen ist.

Vandan steht vor den Toren der Stadt, wenn er nicht in diesem Moment schon dabei ist, durch den geheimen Tunnel in sie vorzudringen. Infida hat Wissen davon erlangt und es an ihn verraten; die Umstände, die sie dazu gebracht haben, entziehen sich hingegen meiner Kenntnis. Meine Männer, die letzten Verbliebenen, die ich in Gruppen aufgeteilt in den Norden beordert habe, warten zwar auf meine Befehle, aber sie sind aller Wahrscheinlichkeit nach noch nicht angelangt und Vandan ist uns durch Infidas Verrat wieder einmal voraus.

Die Frau, die du als meine Gespielin bezeichnet hast, ist Sherea, Tochter von Fürst Fostred. Und bevor du fragst: Doch, es *ist* möglich, denn sie ist durch den Steinkreis zu uns gekommen. Aus einer Zukunft, die wir zu verhindern versuchen. Und dazu brauche ich die Hilfe der letzten Getreuen unserer Familie. Wenn die Dynastie derer zu Perstan nicht aussterben soll, dann brauche ich deine Hilfe, Zerbus. Ein letztes Mal."

Der alte Mann, dessen linkes Bein deutlich kürzer als das rechte war, hatte schlagartig sämtliche Farbe verloren, senkte den Kopf und verbarg erschüttert seine Augen hinter seiner Hand. Es dauerte einen Moment, dann hörte ich, wie er heiser murmelte:

„Vergebt! Vergebt einem alten Mann, der seine Sinne nicht mehr alle beisammen hat! Vergebt mir diese Beleidigung ... und vergebt mir, was ich an Eurem Vater versündigt habe! Ich hätte ihn niemals, niemals ... Er war mein König, ich war sein Diener! Was ich tat, war anmaßend und ich hätte eine bedeutend größere Strafe verdient als nur davongejagt zu werden!"

Seine Hand senkte sich und vor meinen Augen ging er mühsam auf die Knie, um mit gebeugtem Kopf vor Forthran zu verharren.

„Was immer in meiner Macht liegt, ich werde es tun, ohne Rücksicht auf meine Person. Meine Treue zum Hause Perstan ist niemals geschwunden und hier und jetzt schwöre ich, auch Euch diese Treue zu halten, Forthran von Perstan! Und ich rufe die alten Geister als Zeugen meines Schwurs!"

„Prulluf von Perstan ist noch nicht tot und ich noch nicht König, also erhebe dich gefälligst!", trat Forthran sofort auf ihn zu und zog ihn ein wenig unsanft wieder auf die Füße. „Was du tust, ist mal wieder zu viel des Guten und auf einen König zu schwören, der noch gar kein König ist, könnte Unheil heraufbeschwören. Was ich erbitte, ist nicht viel und könnte doch bedeuten, dass du dich in Gefahr begibst. Hast du ein Pferd?"

„Gefährlichere Gefahr als hier?" Er lachte heiser. „Gefahren lauern zurzeit überall. Und ja, ich habe ein Pferd, aber ich bin nicht so dumm, es hier unterzubringen. Die beiden hier sind nicht die ersten Besucher. In den letzten Wochen haben schon zweimal ein paar von ihnen versucht, mir meine Habe unter dem Hintern wegzustehlen. Seitdem bin ich vorsichtig geworden. Allesamt Gesindel, Fahnenflüchtige und Feiglinge. Und diese hier ganz besonders, würde ich sagen, denn sie gehörten einst zu uns."

Er brach ab, schloss die Augen und stieß den Atem aus. „Hebbun ... Die Geister mögen ihm gnädiges Geleit geben!"

Ich schauderte. Wie dieses Geleit aussehen konnte, hatte ich mit eigenen Augen gesehen.

„Was soll ich tun?"

„Reite nach Segget. Dort werden bald die Ersten eintreffen, so hoffe ich. Angeführt werden sie hoffentlich von niemand Geringerem als Fostreds Vater, Fürst Nedduk."

Ich japste.

„Nedduk? Er war bei dir? Am Lertos?"

Er nickte.

„Nicht jedoch bei deiner Ankunft. Er war unterwegs mit einem Trupp Jäger und Kundschafter, die die Ufer bewachen sollten. Wir rechneten mit deren Rückkehr an Tag nach unserem Aufbruch. Also habe ich ihnen eine der Gruppen entgegengesendet mit dem Befehl, sich stattdessen mit ihnen nach Segget zu begeben. Dort sollen sie alle wieder zusammenkommen. Nedduk sollte sie dort erwarten."

„Und jetzt? Welche Botschaft hast du für ihn?", fragte Zerbus.

„Er soll den anderen Boten entgegensenden, um sie zu finden und zur Eile anzutreiben. Sie müssen sich nach Perstan aufmachen, unverzüglich, und sich erst kurz vor der Stadt versammeln, in einem halben Tag Entfernung vielleicht. Nedduk selbst aber muss auf dem schnellsten Weg herkommen, gemeinsam mit allen ihm verbliebenen Männern. Aber er darf sich nicht erwischen lassen. Ich glaube zwar nicht, dass Vandan zurzeit irgendwelche Späher bis in diese Gegend sendet, aber es könnte schon genügen, wenn solche wie diese beiden hier sie sehen und es irgendwem weitersagen. Wir dürfen kein Risiko eingehen. Ich brauche Nedduk hier, ich brauche seinen Rat!"

Vaters Vater lebte! Er lebte in dieser Zeit!

Forthran lächelte wissend, als ich die Hand vor den Mund schlug.

„Noch ein Leben, das du retten konntest, vermute ich. Nedduk hat in deiner Zeit ebenfalls nicht überlebt..."

„Keiner von euch!", murmelte ich. „Nicht einer."

Zerbus' Augen wanderten zwischen mir und Forthran hin und her.

„Segget liegt nicht weit von hier, ich brauche sechs, vielleicht sieben Stunden bei Tag. Bei Nacht ... ich könnte morgen da sein. Sollte sie mich dann nicht besser begleiten? Je weiter fort sie von alldem hier ist, desto besser. Ich mag alt sein, aber ich weiß mich noch immer zu verteidigen. Und ich kenne jeden Stein und jeden Strauch zwischen hier und Segget, sie ist sicher bei mir. Sicherer als hier."

„Wenn es dir gelingen sollte, sie davon zu überzeugen, vermache ich dir mein gesamtes Königreich! Aber eher wachsen die Bäume mit den Kronen nach unten, bevor du sie dazu bringst, sich in Sicherheit zu bringen!", seufzte Forthran mit Blick auf mich.

„Verstehe. Auch dein Vater ist ein ausgemachter Dickkopf, Mädchen! Offenbar schlägst du ihm darin nach. Wann soll ich aufbrechen?"

„Sobald es geht. Am liebsten sofort, aber vermutlich wäre es angebracht, wenn wir zuerst noch diese beiden Leichen verschwinden lassen."

„Hm ... Ich denke, bei den anderen in der Felsspalte ist noch Platz für zwei weitere Galgenvögel! Und zu zweit sind wir doppelt so schnell fertig. Ich überlasse es gerne dir, sie auf die Pferde zu heben. Was dich angeht, junge Frau: Geh rein, ist besser. Und verriegle die Tür, bis wir zurück sind. Da ist noch ein Rest Suppe auf dem Herd. Wenn sie noch nicht verkocht ist, lass sie dir schmecken. Du siehst aus, als ob du etwas Heißes brauchen könntest."

Während Forthran nacheinander die beiden Toten auf die Rücken der Pferde wuchtete, trat der weißhaarige Mann vor mich und musterte mich. Und seinen Augen entging mit Sicherheit so schnell nichts!

„Die Geister also. Aus der Zukunft, hm? Fostreds Tochter ... Ja, du hast Fostreds Augen."

„Das sagt man mir oft.", entgegnete ich ein wenig eingeschüchtert. Die schmale, gebogene Nase wirkte ein wenig wie ein übergroßer Haken in einem scharf geschnittenen, faltigen Gesicht, aber das Lächeln, das diese Falten jetzt verzog, milderte den harten Ausdruck ein wenig.

„Nun, dann dürfte das ja geklärt sein! Und wie ich sehe, ist der junge König schon fertig mit den beiden, aber eine Frage hätte ich da noch. Und eine Bitte!"

„Welche?"

Das Lächeln verschwand.

„Ich war zu langsam, ich hatte kein sicheres Ziel. Ich hätte dich treffen können."

Ich verstand.

„Er hat mich nicht verletzt. Nicht so! Nichts, das ich nicht überlebe und bald schon vergessen werde. Ich verdanke dir also einiges mehr als mein Leben, es gibt nichts zu verzeihen!"

„Gut.", nickte er. „Gut."

„Und deine Bitte?"

„Sag den Geistern, sie sollen auf den Letzten derer von Perstan aufpassen, er selbst tut das viel zu wenig! Er war sich seiner Bedeutung noch nie wirklich bewusst und daran hat sich offenbar bis heute nichts geändert!"

Verwundert runzelte ich die Stirn. Die Betonung auf dem zweiten, nur leise hervorgestoßenen Satz war viel zu auffällig und eigenartig, um sich nur auf das zu beziehen, was Hebbuns Niederlage und seinen Tod anging.

„Seine Bedeutung?"

Er lächelte schon wieder.

„Sagt dir der Name Oshek etwas?"

„Oshek, der Heiler? Ja, natürlich! Er ist Forthrans Lehrer, wir sind uns in seinem Lager am Lertos begegnet."

„Gut!", schmunzelte er und humpelte rückwärts von mir fort, als Forthran ihn rief. „Oshek hat seiner Mutter Augen, ich die unseres gemeinsamen Vaters! Und jetzt geh rein und verriegle die Tür, bis wir zurück sind. Es dauert allerhöchstens eine halbe Stunde."

Oshek!

Ich schob den verbogenen eisernen Riegel mühsam in die geschlossene Position. Forthrans Erziehung mochte eine andere gewesen sein, aber Oshek als sein Lehrer hatte auf seine Weise und von Anfang an dafür gesorgt, dass auch er zu einem König erzogen wurde. Zu einem, der noch zutiefst an die Geister glaubte, der einem Seher vertraute und denen, die von einem solchen angekündigt und von den Geistern geschickt wurden. Zu einem, der die alte Sprache noch kannte und sprach – zu einem anderen König als Hebbun es sein würde. Und ganz sicher hatte auch Zerbus mit seiner eigenartigen, vorlauten, unverschämten und unbotmäßigen und doch bis in den Tod treuen Art das Seine dazu beigetragen, Forthran zu dem Mann zu machen, der er geworden war – so lange, bis er des Hofes und der Residenz verwiesen wurde!

Und zum ersten Mal seit meiner Unterhaltung mit Netrosh gestattete ich mir die Überlegung, ob das Schicksal tatsächlich Forthran anstelle von Hebbun auf dem Thron sehen wollte!

„Ihr habt lange vor dem hier schon alles in Bahnen gelenkt, die meine Ankunft hier vorbereitet haben.", flüsterte ich.

‚*Wir haben es versucht.*‘

„Damals hat es nicht geklappt."

‚*Nein. Forthran traf seine eigenen Entscheidungen – wie ihr alle.*‘

„Bin ich der erste Versuch?"

‚*Die Prophezeiung wahr zu machen? Ja und nein. Die beiden ersten Versuche scheiterten schon, bevor sie überhaupt begannen: Daran, dass es nicht du warst. Erst bei deiner Geburt wusste ich, dass es so weit ist.*‘

„Die beiden ersten Versuche? Ulluf und Trigus?"

‚*Ja.*‘

„Und du wusstest es, weil wir uns schon einmal begegnet sind: In deiner Vergangenheit!"

‚*Ja. Du musstest erst geboren werden und heranwachsen, damit unsere Vorbereitungen, die wir schon in der Vergangenheit getroffen hatten, nachträglich Frucht tragen konnten. Unsere Begegnung vor langer Zeit im Steinkreis war eine eigene Prophezeiung. Wie eine Nachricht, die ich an mich selbst schickte, damit ich bei*‘

Vandans Auftreten vorgewarnt war. Wir konnten beginnen, Wissen sammeln.'

„Aber das war vor Netroshs Gesicht! Diese Vorbereitungen habt ihr schon getroffen, bevor er diese Prophezeiung … Weil es eure Entscheidung war, wann ihr sie ihm mitteilen würdet! Weshalb nicht früher?"

‚Weil es nichts geändert hätte. Manche Dinge lassen sich nicht ändern. Prulluf hätte sich nicht geändert, er wäre niemals von seiner Entscheidung abgewichen und wie wir konnte auch er immer nur auf seine eigenen Erfahrungen zurückgreifen. Dieser Krieg wäre verloren gewesen, selbst wenn wir Netrosh schon viel früher diese Weissagung offenbart hätten. Weil Prulluf Prulluf ist, weil er sein Leben gelebt hat, nicht das eines anderen mit anderen Erfahrungen. Und weil auch unser Einschreiten … begrenzt wurde.

Mit Forthran ist jemand geboren worden, der anders als Prulluf und Hebbun eine gänzlich andere Sicht der Dinge erlangt hat. Er hat gelernt, was es heißt, König zu sein und ein Reich zu regieren. Aber er sieht auch, was es bedeutet, ein einfacher Mann zu sein, zum Volk zu gehören – Eigenschaften, die ihn gerade in den jetzt kommenden Zeiten als König eines niedergemähten Volkes auszeichnen werden.

Oshek hat viele Jahre darauf verwandt, ihm dieses einfache Leben zu zeigen. Anders als Hebbun, der von Anfang an fest an seine Rolle gebunden war, der kaum einmal seinen Fuß aus den Gemäuern einer Stadt zu tun hatte, der sich nie wirklich unter das Volk begab wie einer der Ihren unter die Seinen. Hebbun war wie schon sein Vater und dessen Vater stets umgeben von einer ganzen Schar Bediensteter, von einem halben Hofstaat, selbst auf seinen Reisen durch das Reich. Sogar als Kind schon, als er zum ersten Mal ein Holzschwert in Händen hielt.

Wenn du jetzt fragen willst, ob ihn das zu einem schlechteren König gemacht hätte oder ob wir diese Wahl getroffen haben: Nein, weder das eine noch das andere ist der Fall und nichts spricht dagegen, dass aus ihm nicht ein guter, weiser Herrscher ge-

worden wäre, im Gegenteil. Das sind Dinge, die nicht in unseren Händen liegen. Aber wir konnten und durften etwas dazu tun, dass nicht alles verloren gehen würde. Wir sahen die Chance, den Sohn, der stets im Schatten seines großen Bruders gestanden hatte und der sein Leben völlig sinnlos in einem Kampf gegen einen übermächtigen Feind auf einem namenlosen Feld verlieren würde, als Letztem derer von Perstan den Weg zum Thron zu ermöglichen und gleichzeitig Vandan aufzuhalten. Noch ist es nicht soweit, aber wir haben getan, was wir konnten, um diesen Weg zu bereiten, bevor wir dich in diese Zeit holten. Jetzt liegt alles in seinen Händen.'

„Was heißt das? Dass er sich nun selbst überlassen ist? Dass ihr ihm ab jetzt nicht mehr helfen könnt?", ächzte ich.

‚Nein. Aber wie du inzwischen gelernt haben solltest, können wir in eurer Welt keinerlei Einfluss nehmen. Nicht so wie ihr es euch vorstellt, nicht so, wie ihr es vermögt! Wir können keine Waffen führen, wohl aber ... nun ja, mitwirken! Wir können keine Kriege gewinnen und keine Mauern zum Einsturz bringen – und doch können wir etwas bewirken: Wenn man an uns glaubt! Vertrauen, Sherea! Im entscheidenden Moment ist nichts so wichtig wie Vertrauen! In jeder Hinsicht!'

„Kommt es mir nur so vor oder ist das schon wieder so eine mehrdeutige Antwort?"

‚Wenn du darüber nachdenkst, kommst du von ganz alleine darauf, welche Wahrheiten hinter diesen Worten stecken!'

Seine Worte schienen von einem Lächeln begleitet zu werden. Ich ließ mich seufzend auf einem Hocker am Tisch nieder, nicht ohne rasch den Topf mit der schon ein wenig angebrannt riechenden Suppe wieder vom Herd zu ziehen und sie stumm und nachdenklich zu löffeln.

„Der Zugang ist genau dort, wo diese Infida gesagt hat, Herr!", neigte Kerthed den Kopf. Er hatte sich nicht die Zeit genommen, sich umzuziehen und zu säubern, hatte es dabei bewenden lassen, sich grob von Erde, Staub und Spinnweben zu reinigen. „Der Gang selbst ist schmal und bietet nur an wenigen Stellen Platz für zwei nebeneinander hergehende erwachsene Männer, aber er ist breit und hoch genug für jeweils einen, auch wenn man sich hier und da bücken muss."

Vandan, der den Rest der letzten Nacht und auch den inzwischen verstrichenen Tag im Bett verbracht hatte, abwechselnd schlafend, essend und das zuletzt nur noch still vor sich hin weinende Mädchen beschlafend, wickelte die Decke ein wenig fester um seine nackten Hüften. Anschließend schenkte er erst sich, dann dem Soldaten etwas von dem schweren roten Wein ein.

„Trink. Groß genug also für einen Mann. Weiter, was noch?"

„Der Eingang ist versteckt hinter einem dornigen Gestrüpp, das flach und dicht über dem Boden wächst, zusätzlich verdeckt von einer schweren, passgenauen Steinplatte. Ich schätze, sie ist von Meisterhand behauen worden, denn sie ist nicht von einem natürlichen Felsen zu unterscheiden. Wir haben sie nur geringfügig verschoben und uns mühsam durch einen schmalen Spalt gezwängt. Und wir sind allenfalls bis auf ein Viertel der Strecke vorgedrungen, eher weniger. Bis dahin war der Gang gut zu passieren und die Luft höchstens ein wenig abgestanden. Auch von irgendwelchen Wachen war nichts zu sehen oder zu hören, aber wie Ihr befohlen habt, sind wir umgekehrt."

Er griff nach dem Glas und tat einen tiefen Schluck, als auch sein Herr sein Glas ansetzte.

„Niemand hat euch gesehen?"

"Nein, dafür garantiere ich! Wir haben uns unter Decken versteckt auf dem Bauch kriechend langsam herangerobbt, die Decken waren vorher mit feuchtem Dreck und ein paar Pflänzchen eingeschmiert worden. Bei Nacht war es den Wachen auf den Türmen und den Mauerkronen so unmöglich, uns zu sehen. Und wir haben deshalb auch die Dunkelheit wieder abgewartet, bevor wir uns auf den Rückweg gemacht haben. Verzeiht also, dass ich jetzt erst komme."

"Du hast nur meinem Befehl gehorcht, also gibt es keinen Grund, um Verzeihung zu bitten. Bitte niemals jemanden um Verzeihung, Kerthed, das ist nur ein Zeichen von Schwäche. Gesteh meinetwegen einen Fehler ein, aber mehr nicht. Schon gar nicht mir gegenüber, denn ich verzeihe niemals irgendwem irgendetwas! Jeden Fehler begehen meine Männer nur einmal, denn ich strafe, statt zu verzeihen."

"Ja, Herr.", krächzte der Mann und schluckte, dass sein Kehlkopf hüpfte.

Mit der freien Hand nahm Vandan sich einen der Äpfel aus der Schale und biss hinein. Der Saft spritzte und lief ihm über das Kinn, während er nachdenklich kaute.

"Dieser Tunnel spart uns Wochen des Grabens! Dieser Tunnel spart uns eine ewig dauernde Belagerung! Er bringt mich viel, viel schneller in diese verdammte Stadt und das heißt, ich kann Prulluf noch viel eher als erhofft meine Hände um den dürren Hals legen! Diese Infida ..."

"Herr?", fragte Kerthed, als Vandan urplötzlich abbrach.

"Sie schwört, dass niemand außer der königlichen Familie davon weiß, aber das heißt nicht, dass nicht jetzt Posten den inneren Zugang bewachen – möglicherweise ohne zu wissen, was sie da bewachen. Und diese Infida soll beten, dass dieser Gang auch jenseits der Stelle, an der ihr umgekehrt seid, passierbar ist! Ich habe sie zurück zu den anderen Frauen bringen lassen mit der Maßgabe, dass niemand sie anrührt. Sie wird uns vor ihrem Tod noch ein paar wertvolle Dienste leisten. Sorg dafür, dass meinem Befehl

unbedingte Folge geleistet wird! Sie hat etliche Jahre hinter diesen Mauern gelebt und könnte dafür sorgen, dass wir ohne große Schwierigkeiten auch in den inneren Bezirk gelangen. In die Residenz selbst; man kennt sie dort und wird keinen Verdacht schöpfen. Und wenn wir dort erst einmal ein paar unserer Männer haben …"

„Verstehe! Was befiehlt ihr?"

Er biss noch einmal von dem Apfel ab, kaute und warf den Rest dann achtlos fort, schenkte sich dann von dem Wein nach und leerte das Glas in einem Zug.

„Ruh dich aus. Iss etwas, trink meinetwegen, aber betrink dich nicht. Such dir eine der Frauen aus, um dir das Lager zu wärmen und deiner Lust Erleichterung zu verschaffen, aber vorher … Dreißig der besten Männer, von dir persönlich ausgewählt. Wir werden morgen nach Einbruch der Dunkelheit mit dreißig der besten Männer in diesen Gang steigen. Sorg dafür, dass auch sie einen klaren Kopf haben und dass bis dahin entsprechend viele dieser Tarndecken vorbereitet werden. Sie sollen alle essen, eine zusätzliche Ration Bier erhalten und meinetwegen noch einmal eine Frau besteigen, aber ich erwarte, dass sie rechtzeitig ausgeruht, nüchtern und voll einsatzbereit sind, verstanden? Sie werden die alles entscheidende Vorhut bilden und die Tore der Stadt öffnen, wenn es so weit ist, während anderswo ein Scheinangriff die Wachen auf den Türmen beschäftigen wird. Und diese Infida … Bringt auch ihr etwas zu essen und sorgt dafür, dass die anderen Frauen es ihr nicht wegnehmen. Auch sie muss morgen Abend bei Kräften sein. Und jetzt geh, ich habe noch zu tun."

„Ja, Herr. Ich werde Euch nicht enttäuschen!", stellte er das Glas wieder ab, verneigte sich und verschwand.

Vandan grunzte abfällig, trank noch mehrere tiefe Schlucke Wein gleich aus der Flasche, dann wandte er sich wieder dem Lager zu, dem blonden Mädchen mit braunen Augen, das jedes Mal, wenn er sie nur ansah, ängstlich zusammenzuckte.

Er zog die Decke von seinen Hüften, dann zerrte er ihre Decke fort. Gut, sie hatte sich gewaschen, während er heute Mittag geschlafen hatte. Und auch wenn die dunklen Flecken auf den hellen Brüsten unschön aussahen, die Vorstellung, statt ihrer schon jetzt diese blonde Hexe hier zu haben, machte es wieder wett.

„*Es ist Zeit, zu feiern: Öffne noch einmal die Beine für deinen neuen König, dann kannst du meinetwegen verschwinden, ich habe genug von dir!*"

Er hatte lange darüber nachgedacht, dann war er zu dem Schluss gekommen, dass es wenig Sinn machte, hier im Wald zu verharren. Ein weiterer Tag war verstrichen und die nächste Nacht brach herein. Heute hatte er zwar etwas gefunden, das seinen Magen füllte – er hatte es geschafft, mit einem gekonnten Steinwurf ein Eichhörnchen von einem Ast zu holen und es notgedrungen roh verzehrt – aber dieses Glück würde sich nicht zwangsläufig wiederholen.

Der Weg in die Stadt, wo es etwas Essbares für ihn gegeben hätte, war ihm versperrt und er wäre lebensmüde, es überhaupt zu versuchen. Sich westlich von hier durchzuschlagen, um dann wieder Richtung Norden abzubiegen, war die eine Möglichkeit; östlich von hier lag der Lertos, etwa zwei Tagesritte von Perstan entfernt. Und das gab schließlich den Ausschlag: Wenn Sherea dem Lauf des Lertos gefolgt war, dann sicherlich bis in Höhe Perstans. Auch sie kannte schließlich die landschaftlichen Gegebenheiten.

Die Dämmerung war bereits der Dunkelheit gewichen, als sein Entschluss feststand. Noch vor dem Morgengrauen würde er aufbrechen. Sein Pferd hatte er tagsüber tief in den Wald geführt, wo sie tatsächlich auf eine kleine, noch unberührte Lichtung gestoßen waren. Es hatte sich satt gefressen und war ausgeruht genug für ei-

nen scharfen Ritt. Und nachdem auch er genügend essbare Blumen, Kräuter, etwas Moos und später eben das Eichhörnchen verzehrt hatte, fühlte auch er sich zum ersten Mal seit Tagen zumindest soweit gestärkt, dass auch er einen langen Tag im Sattel würde durchstehen können.

Heute hatte er sich einen anderen Platz zur Nacht gesucht und der Ast schien sogar noch etwas bequemer als der letzte. Und als der leise Nachtwind, der ihm vorhin erst wieder die Schreie einzelner Frauen zugetragen hatte, drehte, zog er stumm den Stein unter dem Hemd hervor.

„Geht es ihr gut?", flüsterte er beklommen und voller Gewissensbisse.

Er glomm kurz auf.

„Noch immer ist also jemand bei ihr."

Ein kurzes Glimmen.

Er hatte den ganzen Tag dazu genutzt, sich Fragen auszudenken, die die Geister würden beantworten können.

„Ist sie westlich von hier?"

Nichts.

„Östlich!"

Es leuchtete sanft.

„Am Lertos?"

Nichts.

„Noch weiter östlich?"

Das Leuchten war schwächer als das vorherige. Er begriff.

„Nordöstlich!"

Es wurde stärker.

In Gedanken stellte er sich eine Karte der Gegend dort vor. Nordöstlich … Bedeutete das diesseits oder jenseits des Flusses? Jenseits wäre sie weit in östliche Richtung geraten.

„Diesseits des Lertos!", riet er.

Ein Leuchten.

Der Lertos bog in seinem Verlauf noch einmal scharf nach Osten ab, dann führte er endgültig von hier fort. Er wurde von hier an von vielen Bächen und Flüssen gespeist, die allesamt aus der hügeligen und bergigen Landschaft kamen, die bis fast an die Küste reichte und erst dort wieder in fruchtbare Niederungen überging.

Die Hügel und Berge – bestens geeignet, um dort Zuflucht zu finden! Und etwa auf halbem Weg zwischen dem Lertos und Perstan war der Steinkreis zu finden!

„Sie will zum Steinkreis?", flüsterte er bei diesem Gedanken ungläubig.

Das Leuchten war diesmal kaum zu sehen und es setzte aus, glomm wieder auf, verschwand wieder ...

„Was soll das heißen? Dass sie ihre Entscheidung noch nicht getroffen hat? Wartet sie in diesen Hügeln, bis es nicht länger geht? Hätte ich schon viel früher dort nachsuchen sollen, hätte ich dem Lertos folgen sollen, nicht diesen Männern?"

Er ballte die Hände zu Fäusten. So viel zu seinem Vorhaben, nur geeignete Fragen zu stellen!

„Sie ist in den Hügeln!", öffnete er die Faust wieder.

Es leuchtete auf und er atmete auf.

„Gut. Dann werde auch ich dorthin gehen!"

Als ob es eine Frage und keine feststehende Tatsache gewesen wäre, verschwand bei diesen Worten das Leuchten abrupt. Und gerade als er den Mund zu einer weiteren Frage öffnen wollte, hörte er unten im Lager einen einzelnen, lauten Schrei, der ihm eine Gänsehaut über den Rücken jagte und dem weitere gellende Schreie folgten. Im Licht des Feuers vor dem größten Zelt entstand ein Aufruhr und er konnte erkennen, dass man unter lautem Gebrüll eine Frau aus einem der Wagen zerrte und direkt neben dem Feuer auf den Boden warf, dann eine zweite. Ein scheinbar halbnackter Mann kam daraufhin aus dem Zelt.

„Vandan!", zischte er. Er konnte von hier aus allenfalls dunkle Schatten erkennen, doch der Feuerschein beleuchtete die Szene gerade ausreichend genug, um die Männer und Frauen zu unterscheiden. Und wer außer Vandan würde halbnackt aus dem großen Zelt spazieren?!

Das Gebrüll endete, als er eine herrische Geste vollführte, dann schien ein einzelner Soldat ihm Bericht zu erstatten, denn es war eine Weile nichts zu hören. Lediglich seine lebhaften Gesten sprachen dafür und als er dann einer der auf dem Boden kauernden Frauen an den Haaren zog, sodass diese Vandan anblicken musste, glaubte er zu erkennen, dass diese Haare blond waren.

Was auch immer der Soldat berichtete, Vandan brüllte wütend auf, als die Frau an den Haaren gezogen wurde. Dann brüllte er noch etwas – und ihm stellten sich alle Nackenhaare auf, als er einen einzelnen Namen zu verstehen glaubte: Infida!

Er presste die Lippen zusammen und würgte mehrfach, als Vandan mit zwei, drei Schritten beim nächsten Soldaten anlangte, diesem das Schwert aus der Scheide zog und der blonden Frau mit einem einzigen Hieb den Kopf abtrennte. Der Mann, der noch immer ihre Haare in den Händen hielt, torkelte rückwärts und ließ erst dann den abgetrennten Kopf fallen, während der Frauenkörper nach vorne fiel. Die zweite Frau versuchte aufzuspringen und davonzulaufen, aber ihr rammte er das Schwert von hinten in den Körper, sodass es vorne wieder herausschaute. Kaum wieder herausgezogen sank sie in sich zusammen. Vandan brüllte erneut etwas, offenbar eine kurze Frage. Die Antwort war nicht zu hören, doch es brauchte nicht viel, sie zu erraten: Was immer dort unten passiert war, Vandan hatte nach dem Verantwortlichen gefragt. Und der Soldat, der gerade noch den Kopf der Frau festgehalten hatte, verlor unter Vandans gekonntem Schwerthieb nun den seinen.

Der tobende Vandan dort unten im Lager stach noch mehrfach auf den leblosen Körper des Soldaten ein, dann warf er das Schwert fort und stapfte zurück in sein Zelt, wo er brüllend irgendetwas rief. Infida!

Er senkte den Blick auf den Stein und öffnete die Hand, die er, ohne es zu bemerken, schmerzhaft fest um ihn herum geschlossen hatte.

„Ich gehe nicht nach Osten!"

Er glomm auf.

„Ich gehe da hinunter. Nach Perstan?"

Das Leuchten verstärkte sich.

„Infida? Sie ist dort unten?"

Selten war ihm das Glimmen so hell erschienen.

Infida! Die Frau, die jahrelang in Perstan, in der Residenz gelebt hatte, war jetzt dort unten im Lager. Und was immer passiert war, Vandan war deswegen unfassbar wütend. So wütend, dass er vor all seinen Männern vollkommen die Kontrolle über sich verloren hatte!

„Die Stadt ist abgeriegelt, niemand kommt dort hinein oder heraus! Ist euch das klar? Ich wäre kaum hier oben und würde rohe Tiere verspeisen, wenn ich dort unten durch das Tor spazieren und um etwas zu essen bitten könnte!"

Das Leuchten nahm ab.

„Oh ja, ihr wisst das! Und ich soll trotzdem gehen?"

Es wurde wieder stärker.

„Sie werden mich erwischen! Sie werden mich aufhalten oder von den Mauern herab mit einem gekonnt gezielten Pfeil töten, bevor ich auch nur in die Nähe des Tores gelange!"

Der Stein wurde dunkel.

Er überlegte. Vandan hatte seines Wissens schon am Tag seines Eintreffens hier damit begonnen, einen Tunnel graben zu lassen. Einen Tunnel, der zuletzt unter der Mauer endete, aber längst noch nicht fertig gestellt war und …

„Es gibt bereits einen! Einen Fluchttunnel!", flüsterte er.

Diesmal schloss er die Hand um den Stein, um das helle Leuchten zu verbergen.

Mit einem tiefen Atemzug nickte er.

„Also schön, gehen wir nach Perstan! Und ich kann nur hoffen, dass ihr für mich Auge und Ohr seid, denn wenn sie mich erwischen, ist euer schöner Plan nicht mehr als Schall und Rauch."

Ein Messer. Ein harmloses Messer. Diese kleine Hure hatte es unbemerkt an sich nehmen können, als sie wankend das Zelt verließ, aber sie hatte ihre Strafe erhalten. Genau wie die andere, die ihr gemeinsames Opfer festgehalten hatte und es würde ihm nicht noch einmal passieren, in Gegenwart einer dieser Perstan-Weiber über seine Pläne zu reden. Die herausgeschnittene Zunge lag noch immer irgendwo dort draußen und soeben hatte er befohlen, einen Heiler zu Infida zu schicken, um die Blutung zu stillen und dann die Zunge und die drei Köpfe auf vier Spießen direkt neben seinem Zelt zur Schau zu stellen. Als Warnung für alle.

Dieses reizlose Weib würde unter Umständen nicht in der Lage sein, morgen Abend mit ihnen durch diesen Gang zu marschieren, aber noch war nicht alles verloren. Eher würde er sie an den Haaren hinter sich her schleifen lassen. Und sie musste schließlich nicht reden, es reichte, wenn sie deuten konnte. Nur im Notfall würde er es um einen Tag verschieben, bis dahin musste der Heiler sie soweit wiederhergestellt haben, dass sie ihnen den Weg zeigen konnte. Aber noch war es immerhin möglich, dass der Heiler etwas von seinem Handwerk verstand und ihrem morgigen Eindringen nichts im Wege stand.

Er tobte noch fast eine Stunde lang und erst als er alles zertrümmert hatte, was zu zertrümmern war, brüllte er nach Wein. Und einer Peitsche und einer weiteren blonden Frau.

Kapitel 13

Zerbus hatte sich nicht mehr lange damit aufgehalten, in seiner Hütte zu verweilen. Er war hinter Forthran eingetreten und hatte sich sofort daran gemacht, ein bisschen Proviant in ein Tuch zu schlagen und in eine Tasche zu packen. Abgesehen von einem Schlauch für Wasser und einem Messer, das er zusammen mit seiner Schleuder ohnehin am Gürtel trug, war dies offenbar alles, was er mitzunehmen gedachte, während Forthran unser beider Satteltaschen neben der Tür abgelegt hatte.

„Du brichst auf?", fragte ich, als er die Tasche über seine Schulter warf.

„Ja. Jetzt bei Tag komme ich zwar schneller voran, muss mich jedoch hüten, von irgendwelchem Gesindel gesehen zu werden. Also werde ich, solange es noch hell ist, eher gemächlich in eine andere Richtung reiten und erst in der Dunkelheit abschwenken. Ich hoffe, vor dem Morgengrauen in Segget zu sein."

Ich nickte, unschlüssig, was ich sagen sollte. Also wünschte ich ihm lediglich viel Glück und eine gute Heimkehr.

„Heimkehr!", lächelte er schief. „Ja, das wäre wirklich schön. Nun, auch euch viel Glück, würde ich sagen! Mit einem bisschen von diesem Glück sehen wir uns schon morgen wieder."

Er wollte sich mit einer Verbeugung auch von Forthran verabschieden, aber der trat auf ihn zu und zog ihn wortlos kurz in die Arme. Und nur ich konnte die Überraschung und tiefe Rührung in Zerbus' Gesicht sehen, bevor er seine Miene wieder unter Kontrolle hatte.

„Welch ein Abschied! Was werdet Ihr erst tun, wenn ich irgendwann wieder länger als einen Tag und eine

Nacht wegbleibe? Versperrt die Tür wieder hinter mir und nutzt die Zeit bis zu unserer Rückkehr, um Euch auszuruhen. Wer weiß, wann Ihr dazu das nächste Mal Gelegenheit habt!"

Schon war er verschwunden und nach einem kurzen Zögern schob Forthran energisch den Riegel vor.

„Die Pferde?"

„Habe ich oben in den Hügeln gelassen. Er hat dort ein perfektes Versteck für sie, sie sind gut untergebracht. Besser, als sie hier über Nacht draußen angebunden zu lassen oder mit in diese winzige Hütte zu nehmen."

„Ja, das wäre wohl ein wenig eng geworden.", pflichtete ich ihm verlegen bei und drehte mich auf dem Hocker herum, als er neben mir Platz nahm, um seine Hände am Ofen zu wärmen. So wandten wir uns gegenseitig unsere Seiten zu, auch wenn wir in entgegengesetzte Richtungen blickten. Jetzt, alleine in dieser Hütte, wusste ich auf einmal nicht mehr, was ich mit ihm reden sollte. Es war im Grunde das Gleiche wie in der Höhle, dort waren wir ebenfalls alleine gewesen, aber das hier schien anders zu sein. Und das, was in der Höhle geschehen war, hing mir immer noch nach.

„Woran denkst du?", fragte er, ohne mich anzusehen.

„Ich? Oh, an nichts weiter.", redete ich mich schnell heraus. „Ich hatte vorhin eine Unterhaltung mit Schettal."

„Schettal! Eigentlich sollte ich mich langsam daran gewöhnt haben, dass du dich ständig mit dem Geist deines Vorfahren unterhältst, aber nach wie vor ist dies etwas … Unglaubliches. Was hat er gesagt? Gibt es etwas Neues? Etwas, das ich wissen sollte?"

Ich überlegte nur kurz. Er hatte durchaus das Recht, alles zu hören, doch ich entschloss mich, ihm zu verschweigen, was Schettal mir über Hebbun und sein

Schicksal erzählt hatte. Also umschiffte ich diese Dinge ein wenig und endete damit, dass mit den derzeitigen Ereignissen die Entscheidung anstünde, was die Zukunft diesem Reich bringen werde.

„Sie drücken sich schon sehr vage aus!", murmelte er und ich lachte leise auf.

„Allerdings, das tun sie! Darf ich dich etwas fragen?"

„Natürlich!", drehte er jetzt den Kopf.

„Zerbus hat vorhin angedeutet, dass er und Oshek Halbbrüder sind. Hat Oshek wie er ständig auf Perstan gelebt?"

„Nicht ständig, nein. Oshek ist viel herumgereist und nicht selten hat er mich mitgenommen. Er war stets der Ansicht, dass ein wenig Bildung, angeeignet außerhalb von vier gemauerten Wänden, eines Menschen Horizont buchstäblich erweitern könne. Und sein Wissen ist groß, es war wundervoll, daran teilzuhaben, von ihm zu lernen! Wo immer er hinkam, er wurde überall freundlich und freudig begrüßt und ihm verdanke ich die schönsten Erinnerungen, die ich an meine Kindheit und Jugend habe. Es sind vorwiegend solche, in denen wir an langen, warmen Sommerabenden in irgendeinem Ort an einem Feuer saßen, rundherum die Bewohner dieses Ortes versammelt und einer oder mehreren seiner Geschichten lauschend."

Ich lächelte bei diesem Bild, versuchte, mir Forthran als kleinen Jungen vorzustellen, und lächelte gleich noch ein wenig breiter.

„Was immer er erzählte, es hatte stets irgendeinen tieferen Sinn, eine Moral oder eine Lehre. Sie war nicht immer ersichtlich und manches Mal brauchte ich Tage oder Wochen, bis ich es verstand, doch ich denke, dass er genau das bei den Menschen erreichen will: dass sie nachdenken. Dass sie alles, was sie hören und lernen, in

Bezug zu ihrem eigenen Leben bringen. Oh, er hat mich während dieser Reisen auch mit Zahlen gequält oder mit der Geschichte unseres Reiches oder mit dem Wissen über Pflanzen und Tiere. Oder auch über den Menschen."

„Über den Menschen?"

„Den menschlichen Körper! Er ist nicht nur Lehrer, er ist auch Heiler und wo immer wir hinkamen, nahm er sich wenigstens einen ganzen Tag Zeit, all die Kranken, Verletzten und Siechen zu behandeln oder wenigstens seinen Beistand und Trost zu spenden. Ich weiß nicht, wie viele gebrochene Knochen er mit meiner Unterstützung gerichtet und geschient und wie viele Schnitte und Wunden er genäht hat! Nicht selten frage ich mich, ob ihn das jung gehalten oder alt gemacht hat. Über sein wahres Alter schweigt er sich nämlich aus und aus Zerbus ist ebenfalls nichts herauszubekommen. Manchmal kommt Oshek mir älter vor als Zerbus, manchmal um Jahre jünger."

Ich drehte den Kopf und betrachtete meine Hände auf der Tischplatte. Ein König des Volkes, weil er einer der ihren war! Steckte zuletzt mehr Weisheit hinter all diesen Entscheidungen der hohen und höchsten Gewalten, als ich bis zu diesem Zeitpunkt geglaubt hatte? Was sich mir hier erschloss, war die Hoffnung auf eine friedliche Zukunft ohne einen Vandan. Forthran musste unbedingt König werden, was immer es kosten mochte.

Vollkommen egal, was es kostete! Wir, Natian und ich, waren zweitrangig, wie jeder andere in Forthrans Nähe ebenfalls.

„Du hast viel von ihm gelernt!", erwiderte ich leise.

„Und doch nicht genug! Abgesehen davon, dass es mir nie genug erschien, weiß ich jetzt, dass etwas mir fehlt.

Etwas, das er mir allerdings wohl nicht beibringen konnte."

„Was?", fragte ich wider besseres Wissen.

„Ich weiß nichts über Frauen!", kam es leise.

„Ich denke, dass bis auf ein paar Dinge unser Körper genauso funktioniert wie der eure!", versuchte ich abzubiegen, in Gedanken wieder den Moment im Zelt vor Augen, in dem er erfuhr, dass ich meine monatliche Blutung hatte. Seine Reaktion hatte für sich gesprochen und bestätigte seine jetzigen Worte.

„Das meine ich nicht und das weißt du. Doch ich gestehe offen, dass mir der weibliche Körper zwar bekannt ist, mir aber trotz allem noch immer eine Heidenangst einjagt."

Er hatte es geschafft: Ich hob die Augenbrauen und starrte ihn ungläubig an.

„Du treibst Scherze mit mir!"

„Nein, ganz sicher nicht! Nicht in dieser Hinsicht, dafür ist dieses Thema viel zu ernst!"

„Das glaube ich dir nicht! Zum ersten Mal glaube ich dir etwas nicht! Du hast Erfahrung mit Frauen. *Diese* Art von Erfahrung!", versetzte ich, erhob mich und trat an eine der Öffnungen, die die Fenster darstellen sollten. Sie war viel zu klein, um wirklich etwas zu erkennen, und bot nur den Blick auf einen kleinen Ausschnitt der Umgebung.

„Ja. Aber nicht … Das ist etwas anderes. Du bist anders."

Er seufzte, dann stöhnte er leise und als ich den Kopf zu ihm drehte, fuhr er in einer verzweifelten Geste mit beiden Händen durch seine Haare.

„Anders? Wie anders? Sag es mir!", forderte ich. „Und wieso hast du … Wovor genau hast du … Wieso hast du mich geküsst?"

„Ich habe dich geküsst, weil ich nichts so sehr wollte als das zu tun!", begegnete er meinem Blick. „Und meine Erfahrung mit euch beschränkt sich auf die mit einer Frau, die ... nun, die schon eine gewisse Spannbreite an Erfahrungen mit Männern hatte. Sie war die erste Frau, die ich nackt gesehen habe und sie war auch die erste, die ich ... angefasst habe. Und es blieb bei dieser einen Nacht, denn ich konnte mir nicht vorstellen, dass das alles einer Frau gefällt. Mag ja sein, dass sie mich etwas lehrte, aber ganz sicher nicht das, was ich ... lernen wollte."

Eine Dirne! Er war zu einer Dirne gegangen, um etwas über den Beischlaf zu lernen und seine Jungfräulichkeit zu verlieren? Ich schaffte es, mir ein Schmunzeln zu verkneifen, und dann schaffte ich es, das eigenartige Gefühl in meinem Bauch zu ignorieren. Er hatte einer Dirne beigelegen. Eine ganze Nacht lang.

„Dann hat sie offenbar zumindest gut küssen können.", gab ich ein wenig bissig zurück.

Auch er erhob sich auf meine Bemerkung hin und tat einen Schritt auf mich zu, um wieder zu verhalten. Ich schaute schnell wieder nach draußen.

„Du bist anders! Ich weiß nichts über euch, ich weiß nur, dass mein damaliges Erlebnis falsch und verfälscht war. Dieser Kuss ... Ich wollte, dass du weißt, dass so etwas sanft und behutsam sein kann. Ihr seid so zerbrechlich und wenn ich daran denke ... Als ich heute sah, wie dieser Kerl dich angefasst hat und hörte, was er vor meinen Augen mit dir tun wollte ... Ich hätte ihn umgebracht, das schwöre ich! Ich habe noch nie in meinem Leben eine solche Wut und einen solchen Hass verspürt! Hass, der mich innerlich zu verbrennen schien. Was du da heute erlebt hast, was immer du zuvor gehört hast, ich würde nie ... Es ist nicht so! Ich weiß nicht viel, aber ich weiß, dass es nicht so ist und ich trete in dieser Hinsicht auch ganz sicher nicht in die Fußstapfen meines Vaters! Ich habe miterlebt, was dies meiner Mutter antat. Und diese Frau damals ... Ich glaube, auch sie wusste es nicht besser, aber wenn ich eines weiß, dann dass es anders ist, wenn einem sein Gegenüber wirklich etwas bedeutet."

Ich fühlte die Wärme in mein Gesicht steigen.

„Ich weiß. Ich habe schon versucht, dir zu erklären, dass Mutter uns zwar vorbereiten wollte, damit wir auch für gewaltsame Dinge gerüstet sein sollten, dass sie aber auch gesagt hat, dass es ... schön sein kann. Sie ist nicht ins Detail gegangen, aber sie hat gesagt, dass es, anders als sie lange Zeit geglaubt hat, schön sein kann. Mein Vater ... hat es ihr gezeigt, aber das geht dich nichts weiter an.", endete ich hastig.

Es dauerte lange, bis er wieder etwas sagte.

„Du bedeutest mir etwas, Sherea! Ich weiß, dass du das nicht erwiderst, doch du bedeutest mir ... viel. Sehr viel. Ich würde dich niemals verletzen."

Mein Herz schlug erneut zu laut und zu schnell und ich musste ein paarmal schlucken, denn er sprach das aus, was auch in mir war und immer größer wurde, immer mehr Raum forderte.

‚Ist das wirklich oder ist das in diesem Traum begründet?', richtete ich meine stumme Frage nach innen.

‚Was immer du fühlst, ist wirklich, Sherea! Es gibt keine Macht, weder im Diesseits noch im Jenseits, die Gefühle wie diese hervorrufen oder auslöschen könnte. Was aus dir kommt, kommt ausschließlich aus dir!'

‚Vertrauen? Meintest du das damit?'

‚Ja, auch. Auch in dich selbst. Etwas, das dir noch immer ungeheuer schwerfällt. Vertrau auf dich selbst, höre in dich hinein. In dir ist so viel Liebe und Hingabe und Stärke ... Du bist stärker,

als du denkst, doch du musst nicht alles alleine tragen. Und schon gar nicht alleine sein.'

„Sherea? Ein Wort genügt und ich werde für immer darüber schweigen!", hörte ich Forthran leise sagen und schloss die Augen. Was sollte ich nur tun?

‚Ich kenne ihn kaum und dies ist seine Zeit, nicht die meine! Es ist ein Wagnis! Es ist ein solches Wagnis!', schickte ich einen weiteren Gedanken an Schettal.

‚Das ist es immer, egal wie lange man sich kennt! Und es gibt nichts Lohnenderes, als gerade dieses Wagnis einzugehen!'

Lohnend! Und am Ende?

Am Ende! Die derzeitigen Ereignisse läuteten das Ende bereits ein, es war nur noch eine Frage der Zeit. Und Zeit konnte zuletzt widersinnigerweise das sein, wovon mir … wovon uns nicht hinreichend bleiben würde.

Es war eine Chance und ich wollte diese Chance, egal wie lange sie andauern würde! Ich holte tief Luft, öffnete die Augen und flüsterte:

„Du mir auch! Du bedeutest mir etwas, Forthran, obwohl ich glaube, dass es besser wäre, wenn es anders wäre. Es wäre besser. Es könnte falsch sein, dich zu … mögen."

„Du … Das ist …"

Er kam näher und hielt erst inne, als er direkt hinter mir stand.

„Ich muss dich das fragen, denn ich würde mich niemals zwischen dich und jemand anderen stellen, also … Natian ist wirklich nur ein Freund?"

„Nein. Natian ist mehr als ein Freund.", bekannte ich ehrlich und drehte mich zu ihm herum. „Ich weiß nicht genau, was er ist, weil er vieles ist. Er ist sehr vieles und daher weit mehr als ein Freund, aber das zwischen ihm und mir ist … nicht das, was ich für dich fühle. Und auch da weiß ich nicht, was genau das ist, aber es ist etwas, das ich … eingehen möchte. Ein Wagnis.

Ich vertraue dir. Ich vertraue einem Mann, den ich kaum kenne, der jetzt zwar vor mir steht, aber doch eigentlich … Uns trennen Zeit und Raum, und doch bist du wirklicher und gegenwärtiger als es je ein Mensch für mich war. Du bedeutest mir etwas und wenn ich wage, mich auf dieses Gefühl einzulassen, um es zu ergründen … Auch ich will dich nicht verletzen, aber es ist möglich, dass ich dich und mich gleichermaßen verletzen werde, wenn ich mich entschließe, wieder zu gehen. Vorausgesetzt, dass es tatsächlich ein Zurück für mich gibt, denn die Prophezeiung besagt eindeutig etwas anderes. Auch das musst du wissen, denn dieser Zwiespalt ist immer noch in mir; ich habe ihn nur verdrängt, weil anderes wichtiger ist."

„Ich weiß. Und ich verstehe. Wirklich, das tue ich.", versicherte er und legte erneut seine Hand warm an meine Wange.

Ich hielt meine Arme noch immer vor der Brust verschränkt, aber jetzt schloss ich ein weiteres Mal die Augen und schmiegte mein Gesicht sehr bereitwillig in diese Wärme.

„Fühlst du das?", fragte er.

„Ja, natürlich.", erwiderte ich.

„Uns mögen Zeit und Raum trennen, aber das hier, das Gegenwärtige, ist uns gemeinsam. Vielleicht ist es nur geliehene Zeit, vielleicht wird sie irgendwann enden, möglicherweise schon bald, aber ich habe etwas gelernt in diesen Tagen: Dass es wichtig ist, im Jetzt zu sein. Weil das Morgen ungewiss ist und wenn man seine Zeit damit vertut, über das Kommende nachzugrübeln, vergisst man das Leben, das man in diesem Augenblick hat und man vergisst, es auszukosten. Das Jetzt ist immer alles, was wir haben, abgesehen von den Erinnerungen. Und Erinnerungen sind vergangene, flüchtige Schatten, sie sind nicht in der Lage, uns das Leben zu bringen wie es die Gegenwart tut."

Ich öffnete die Lider wieder und tauchte in seine Augen. Worte, die von Schettal hätten stammen können. Worte, die Vater zu mir hätte sagen können.

Sein Mund war warm und meine Arme legten sich langsam, suchend und haltsuchend um seine Mitte. Seine Finger streichelten sanft mein Gesicht und meinen Hals und ich seufzte, als seine Lippen gleich darauf das Gleiche taten.

„Ich möchte dich entdecken, Sherea!", flüsterte er. „Ich möchte dich entdecken, ohne dich zu ängstigen! Ich möchte keine Fehler machen. Fehler, die dich glauben ließen, ich könne dir wehtun wollen. Darf ich das hier?", legte sich seine Hand auf das kleine Stück Haut, das mein Ausschnitt freigab. Ganz ruhig lag sie dort, so als ob er nur meine Wärme und vielleicht auch meinen Herzschlag spüren wolle.

Ich blinzelte zu ihm hoch, dann legte ich meine Hand über seine, während ich mit der anderen zittrig an seinem Hals herabstrich.

„Ich habe mindestens genauso viel Angst wie du! Für mich wird es das erste Mal sein, also … könnten wir uns vielleicht beide sehr langsam entdecken? Wenn du mir Zeit lässt und ich dir Zeit lasse und wenn ich dir sagen darf, was … schön ist für mich?"

Sein nächster Kuss war Antwort genug!

Jede noch so winzige Stelle meines Körpers, die er nach und nach von meiner Kleidung befreite, streichelte er mit seinen Händen. Seine Finger waren federleicht auf meiner Haut und schickten abwechselnd warme und kühle Schauer darüber. Flüsternd kommentierte er sein Tun, stellte Fragen, wunderte sich, staunte, küsste meine Hände, meinen Bauch, jede meiner Zehen, meine Brüste und strich fasziniert mit dem Zeigefinger um meinen Bauchnabel.

„Deine Haut ist so makellos! So seidig weich! Du bist wunderschön!", senkte er den Kopf über meinem Bauch und tupfte kleine Küsse darauf.

Erst vor wenigen Augenblicken hatte er sein Hemd und den Gürtel ausgezogen und so den Anblick seines kräftigen und von dicken, muskulösen Strängen geprägten Oberkörpers freigegeben. Und auch mir hatte er das Unterkleid nur bis zu meiner Mitte heruntergestreift und den Saum nicht höher als bis gerade einmal über die Knie. Und je länger er keinerlei Anstalten machte, sich zwischen meine Beine zu drängen, desto mehr konnte ich mich entspannen, desto weniger schämte ich mich meiner Nacktheit und desto mehr konnte ich seine vorsichtigen Berührungen genießen. Und je mehr ich sie genießen konnte, desto mehr ... wollte ich, dass er weitermachte!

Er schob sich wieder weiter nach oben und stützte sich auf seinen Ellenbogen auf, um mein Gesicht zu betrachten.

Ich wurde rot und mein Atem ging noch ein wenig schneller, als er sich gleich darauf über mich beugte und seinen Atem über meine Brüste blies.

„Und auch deine Brüste sind perfekt! Ihre Rundungen ..."

Ganz, ganz zart fuhr er mit dem Finger über eine Unterseite, beschrieb den Bogen, den sie dort beschrieb, dann legte er seine Hand vorsichtig darauf ab. Er rührte sich nicht, es war, als ob er sie ganz einfach nur wärmen wollte, nachdem er gerade erst dafür gesorgt hatte, dass der kühle Lufthauch ihre Spitze aufgerichtet hatte.

Ich verstand. Er wartete. Auf ein Zeichen, ein Wort, eine Geste, irgendeine Reaktion von mir.

Ich hob den Arm, legte meine Hand um seinen Nacken und zog seinen Kopf näher, sodass er zuletzt halb über mir lag.

„Küss mich noch einmal. So wie in der Höhle. So wie vorhin. So wie du mich berührst, ist es schön."

Diesmal war ich es, die sich näher an ihn herandrängte. Meine Hände fuhren über seine Schultern und seinen Rücken und verhielten erst, als sie an den Hosenbund stießen ...

Vorsichtig schob ich meine Finger ein Stück darunter bis kurz oberhalb seines festen Gesäßes – und wartete.

Seine Hand wanderte über meinem Unterkleid nach unten und legte sich auf die Stelle zwischen meinen Beinen. Und blieb dort liegen. Warm und abwartend.

„Woher hast du das?", fragte ich schnell, als ich eine Narbe unterhalb seines Schulterblattes ertastete.

Sein Kopf hob sich.

„Das? Ein Sturz vom Pferd, rücklings in einen abgebrochenen Ast, der auf dem Boden lag. Ich hatte Glück, es war nicht tief genug, um in meine Lunge zu dringen, aber die Narbe ist geblieben.", erklärte er geduldig, auch wenn seine Augen etwas ganz anderes ausdrückten: Begehren, keine Begierde! Und eine Frage ...

Ich hielt seinen Blick fest – eine Antwort. Und ich hielt mich an ihm fest, als seine Finger langsam unter den Rest meiner Kleidung glitten, an meinem Oberschenkel aufwärtsfuhren und dann ...

Ich holte mit einem scharfen Geräusch Luft, presste die Beine zusammen und hielt den Atem an.

„Hech'n orgut nes ban, mech n'iach! Hab keine Angst, mein Herz! Ich werde warten!", flüsterte er sanft, wartete, bis ich mich wieder gefangen hatte und bewegte erst dann wieder sanft seine Finger. „Mehr als das hier muss heute nicht zwischen uns geschehen! Wenn ich dich nur betrachten darf und berühren ..."

Sein Mund lag auf meinem und je heftiger mein Atem ging, desto leidenschaftlicher küsste er mich. Und erst als ich stöhnend und keuchend meinen Kopf in den Nacken bog, senkte er seinen Kopf über meine Brüste.

„Leste't h'roch!", hörte ich zuletzt undeutlich ...

Es war wie eine Explosion, die mich gleichzeitig in fernste Fernen schleuderte als auch mich tiefer in mich hinein fallen ließ, als ich je zuvor gewesen war! Meine Finger hatten sich mit aller Kraft abwechselnd in seine Schultern und in die Decken unter mir gekrallt und noch eine ganze Weile raste mein Herz, lag ich keuchend da und konnte nur langsam und mit Mühe begreifen, was ich gerade erlebt hatte!

Er lächelte, fuhr mit dem Mund an meinem Bauch hinunter und hauchte zuletzt einen Kuss auf die jetzt nicht länger bedeckte Stelle.

„Nicht!", keuchte ich.

„Warum? Habe ich dir am Ende doch wehgetan? Ich dachte, es wäre ..."

„Nein. Es war ... Ich weiß keine Worte dafür, aber ich glaube, es ist nicht richtig, dass du ... das tust! Nicht dort!"

„Warum nicht? War es schön?", fragte er leise und rückte wieder herauf.

„Ist es immer so?", flüsterte ich zurück.

„Das hoffe ich und würde es mir wünschen! Jedenfalls war es das, was ich erreichen wollte! Ich sagte ja, ich weiß nicht viel, aber ich weiß, dass dort die Stelle ist, an der man eine Frau auf eine Vereinigung … nun ja … vorbereiten kann, damit man ihr dabei keinen Schmerz zufügt. Doch auch dieses Wissen konnte mich nicht darauf vorbereiten wie es sein würde, dir dabei zuzusehen, wie du diese Höhe erklimmst und dann auf dem Gipfel aufbrichst wie eine Knospe an einem Sonnentag. Wie weich du bist! Und ich hatte recht: Wie unglaublich empfindsam! Und doch zuletzt so …"

Ich wurde rot und verbarg mein Gesicht an seiner Schulter. Eine Reaktion, die er wohl nicht erwartet hatte, denn sofort stützte er sich wieder auf seinen Ellenbogen, um meine halb aufgelösten Haare aus meinem Gesicht zu schieben.

„Sherea? Beschämt dich das, was gerade passiert ist? Oder beschämt dich mein Staunen darüber und dass ich mit dir darüber sprechen möchte?"

„Ich weiß nicht … Nein. Ja. Ein bisschen vielleicht. Niemand hat mich je so gesehen, verstehst du? Ich habe dir mehr gezeigt, als ich vermutet hätte. Ich wusste, dass ich mich auf diese Weise vollkommen in deine Hände begebe, aber ich vertraue dir. Und doch ist es fremd. Es war so … Du hast alles von mir gesehen. Alles, auch mein Inneres. Zuletzt."

„Der verletzlichste Moment!", murmelte er, schon wieder staunend und gleichzeitig verstehend und streichelte sanft mein Gesicht. „Der Moment, in dem man mehr als nur seinen Körper preisgibt, ich weiß."

„Was hast du gesagt, zuletzt?"

„Leste't h'roch? Dass ich dich auffange!"

Ich konnte nicht anders, als ihn anzustarren. Ja, das war es gewesen: Ich hatte den Sprung gewagt, war geflogen – und hatte mich von ihm auffangen lassen! Er würde mich immer auffangen!

Beide Arme um seinen Nacken schlingend richtete ich mich auf und presste mein Gesicht an seine Halsbeuge.

„Du nimmst mir meine Angst. Zeig es mir ... und fang mich auf!"

Der kurze Schmerz war kein Schmerz, denn ich wollte ihm dies schenken. Seine warme Haut an meiner, die wiegenden, langsamen Bewegungen in mir, der Rhythmus, der sich steigerte, die sanften Worte und irgendwann auch unser beider immer schneller und lauter werdende Atem ...

Es mochte ein Wagnis sein, aber dieses Wagnis würde ich niemals bereuen können!

Sie war tot. Oder jedenfalls beinahe. Ihre Pein hatte ihn erregt, seine Wut war verraucht und das blutige Etwas dort vor ihm stellte keinerlei Verlockung mehr dar.

Schweißgebadet ließ er den Arm mit der Peitsche sinken und starrte das dunkelrote Rinnsal an, das ihren Rücken herablief, sich mit dem, das unter ihr hervorkam vereinigte und über den Boden auf ihn zulief. Der Boden hier war abschüssig, doch in seinem Rausch hatte er es nicht bemerkt. Noch immer näherte sich die klebrige Flüssigkeit seinen Füßen und ohne hinzusehen, tastete er nach seinem Weinbecher und leerte den Rest daneben auf den Boden ...

„Zerbus!", brüllte er gleich darauf, schleuderte die Peitsche fort und zerrte das Hemd von seinem Lager.

Der Kriecher kam schon durch den Eingang gebuckelt, kaum dass er seinen Namen gerufen hatte. Mit Sicherheit hatte er die ganze Zeit über da draußen gestanden und zugehört und zugesehen.

„Hol Kerthed! Sofort! Er und die Männer, die er ausgesucht hat, sollen sich in längstens einer halben Stunde vor meinem Zelt einfinden, jeder mit seinen Waffen und einer Decke. Wehe ihnen, wenn sie betrunken hier auftauchen, ich schlitze ihnen eigenhändig die Bäuche auf oder lasse sie bei lebendigem Leib von den längsten Spießen aufspießen, die ich finden kann, beginnend in ihren Ärschen, bis die Spitzen an ihrem Hals wieder heraustreten!

Wir brechen auf, noch heute! Und lasst antreten; auf unser Zeichen werde sie einen Scheinangriff auf das Tor starten."

„Herr?"

Der Kriecher würgte beim Anblick der mageren Frau. Hier und da schien die Peitsche bis zu den Rippen vorgedrungen zu sein und jetzt lag sie reglos auf der Seite und starrte mit leeren Augen ins Nichts. Dennoch war überdeutlich zu sehen, wie eine Beule in seiner Hose wuchs, als er ihre Vorderseite begaffte.

Mit einem Satz war er bei der Peitsche und hob sie in seine Richtung, aber anders als sonst war Zerbus unfassbar schnell nach draußen verschwunden.

Nachdem er sich nun auch sein Hemd übergezogen hatte und nach seiner Weste griff, warf er einen weiteren Blick auf die beiden roten Flüssigkeiten.

Das Blut hatte die Richtung geändert und rann nun wieder langsam aber stetig auf ihn zu, während der Wein, der noch nicht versickert war, in einem dünnen, wesentlich schnelleren Rinnsal unbeeindruckt dem leichten Gefälle folgte und unter der hinteren Zeltwand verschwand.

„Ihr seid also hier, he?", zischte er und schnallte sein Schwert um. „Meinetwegen, mir könnt ihr keine Angst einjagen! Wenn ihr auch nur ein Fünkchen Macht über die Lebenden hättet, wenn ihr auch nur die kleinste Möglichkeit hättet, mich aufzuhalten, hättet ihr es längst getan!

Wenn euch solche Kindereien Freude bereiten: Bitte, macht nur weiter! Ich habe jetzt Wichtigeres zu tun: Ich hole mir jetzt Perstan! Und dessen einfältigen, alten König!"

Das Blut stockte, kaum dass er das Zelt verlassen hatte.

Die Nacht war noch nicht einmal zur Hälfte vorüber als ein Bild mich überfiel. Ein Traumbild und doch keines, halb klar, halb undeutlich.

Mit einem erschreckten Laut schoss ich hoch und holte keuchend und hustend Atem, konnte nicht genug Luft in meine Lungen bekommen – ein Gefühl wie damals, als ich fast im Lertos ertrunken wäre.

„Sherea? Was ist?", ruckte auch Forthran sofort hoch.

Noch immer atmete ich gierig die kühle Nachtluft ein, lechzte danach und fasste um meine Kehle, die sich anfühlte, als ob jemand sie zugedrückt hätte. Nein, als ob eine tonnenschwere Last darauf liegen und dann auch meine Brust zusammendrücken würde, bis sie sich nicht wieder heben würde ...

Ich stieß seinen Arm beiseite, stolperte aus dem Bett, torkelte ein paar Schritte weit und krallte mich mit beiden Händen am Tisch fest, um nicht den Halt zu verlieren.

„Sherea! Was in aller Welt ..."

Ich schüttelte heftig den Kopf und keuchte vor mich hin, beugte mich nach vorne und japste, als es langsam besser wurde:

„Ich ... bekam keine Luft mehr! Da war etwas ... Ich konnte nicht atmen! Ich ... erstickte!"

Eine warme Decke über meine Schultern breitend verdeckte er meine Nacktheit, zog mich herum und hüllte mich vollends ein.

„Ein Albtraum?"

„Ich ... Nein, kein Traum. Kein richtiger jedenfalls. Es war ... wirklich, auch wenn es nur im Schlaf passierte."

„Ein Gesicht?"

„Nein. Nein, ich bin keine Seherin!"

‚*Sherea ...* '

„Schettal?", ächzte ich.

„Er ist hier? Hast du das ihm zu verdanken?", zog er die Decke gleich noch ein wenig fester um meine Brust, so als ob er mich vor den Augen der Geister verhüllen müsste.

„Das glaube ich nicht", erwiderte ich, „aber ich weiß es nicht. Schettal?"

‚*Ihr müsst nach Perstan! Es ist keine Zeit mehr!*', hörte ich.

„Was? Warum? Sollten wir nicht hier warten? Wir brauchen Verstärkung, auch wenn es nur einige wenige Männer sind!", flüsterte ich entsetzt. „Was ist passiert?"

‚*Ich kann nicht fassen, dass sie das zugelassen haben! Sie haben ihn hergeholt!*', hörte ich als einzige Antwort.

Ich schauderte, als ich das Erschrecken in der Stimme spürte. Erschrecken in der Stimme eines Geistes! Was auch immer geschehen war, es musste etwas Furchtbares sein!

„Wen?", drängte ich.

‚*Nicht wir haben ihn hergeholt, Schettal von Hannan!*', vermischten sich mit einem Mal gleich ein ganzer Haufen Stimmen in meinem Kopf, der schlagartig zu platzen drohte. Ich ließ die Decke los und presste beide Hände gegen meine Ohren in dem Bemühen, sie weniger laut zu hören – natürlich vergeblich, denn es waren nicht meine Ohren, die sie hörten!

„Ihr seid zu laut! Ihr seid zu viele! Das schaffe ich nicht, ihr müsst gehen!", wimmerte ich und lehnte mich dankbar gegen Forthran, der die Decke rasch festgehalten hatte und mich nun an sich zog.

‚Er hat sich sein verbliebenes Erbe zunutze gemacht – wie hätten wir ihm seinen Wunsch verweigern können? Es ist sein Recht, auch er ist noch immer ein Teil von uns. Ein Teil von dir! Wir können niemandem verwehren, das Tor zu durchschreiten, nicht, wenn ihm die Zusammenhänge und die Folgen klar sind!', tönten nun noch einige wenige Stimmen – die immer noch viel zu laut waren, wenn auch immerhin erträglich.

„Wer?", rief ich entsetzt.

„Was in aller Welt geschieht mit dir, Sherea?", drängte Forthran und zog mich zurück zum Bett, hieß mich niedersetzen und zog nun seinerseits in aller Eile seine Hose an, um nicht länger nackt in eingebildeter Anwesenheit der Geister zu sein.

„Die Geister! Irgendwer ist durch das Tor gekommen … Schettal? Wer ist es?"

‚Errätst du es nicht? Dein Vater, Sherea! Wer sonst sollte wissen, was es mit dem Tor und der Prophezeiung auf sich hat?! Auf der Suche nach dir ist er geradewegs auf dem Weg nach Perstan, nicht wissend, dass du dort nicht bist!'

„Nein! Nein, das darf nicht … Wo ist er jetzt?"

„Wer, Sherea?", zerrte Forthran schon sein Hemd über den Kopf.

„Vater! Mein Vater! Er ist wie ich durch das Steintor gekommen …" stieß ich hastig hervor und schrie dann laut: „Schettal!"

‚Er ist eben erst angekommen, aber er hat sich laut der anderen sogleich auf den Weg gemacht. Wenn ihr ihn noch aufhalten wollt, müsst ihr sofort aufbrechen!'

‚Schettal!‘, mahnten die anderen scharf.

„Aufhalten? Wie denn? Er ist uns um mehr als die halbe Wegstrecke voraus!"

‚Nutze dein Erbe! Du musst dich endlich von deinem irdischen Denken lösen und dein eigenes Erbe nutzen!‘

‚Schweig, Schettal! Es ist dir verboten, dich auf diese Weise einzumischen, es ist ihre Entscheidung, immer! Was wir tun durften, haben wir getan, alles Weitere liegt nicht mehr in unseren Händen!‘

‚Ich bin bereit, jede Strafe auf mich zu nehmen, denn ich werde nicht tatenlos zusehen, wie …‘

‚Du wirst nicht gegen diese ewigen Gesetze verstoßen und uns damit jede Möglichkeit nehmen, noch einmal eingreifen zu dürfen! Du wirst ihr nicht offenbaren, was sie noch nicht weiß, es muss ganz alleine aus ihr kommen!‘, hallte es.

Ich wimmerte. Ihre Stimmen dröhnten in meinem Schädel und übertönten so sogar das, was Forthran mir zu sagen versuchte.

„Sie sind zu laut!", bemühte ich mich um eine Erklärung. „Sie streiten sich darüber, was sie tun dürfen und was nicht! Ich muss nach Perstan, sofort. Vater ist hier und er wird geradewegs in sein Verderben laufen bei dem Versuch, mich zu finden! Vermutlich denkt er, dass ich nirgends anders zu suchen sein dürfte als in Perstan oder in Vandans näherer Umgebung."

„Er kommt, um dich zu retten? Er hat sich über diese Prophezeiung hinweggesetzt?"

Ich nickte, zutiefst besorgt. Vaters Verhalten ergab wohl nur für mich Sinn. Mich jäh und gegen meinen Willen mitten aus meiner Familie gerissen zu sehen, mit niemandem außer Natian an meiner Seite, hinein in eine Zeit, die niemand besser beurteilen konnte und an einen Ort, den niemand besser kannte als er – nichts auf der Welt hätte ihn aufhalten können. Das Einzige, das sich mir nicht erschloss, war, weshalb zwischen meinem und seinem Kommen so viel Zeit lag! Der Weg von unserem Heim zum Steinkreis war weit, aber nicht so weit.

„Welchen Wunsch hat er ausgesprochen als er im Steinkreis stand?", krächzte ich.

Stille.

„Welchen Wunsch hat er ausgesprochen? Ich will es wissen! Antwortet mir jetzt nicht mit Schweigen, sagt mir jetzt nicht, dass ihr es mir nicht sagen dürft wegen irgendwelcher uralten Gesetze! Ich fordere von euch nicht mehr und nicht weniger als mir als einem eurer Nachkommen zusteht! Ich wäre nicht hier, wenn es anders wäre, es ist mein Recht, euren Beistand einzufordern – und jede Antwort, die ihr mir geben könnt! Also?", wurde nun auch ich laut.

Es dauerte einen Moment, dann hörte ich eine mir fremde Stimme sagen:

‚In seinem Bestreben, die Prophezeiung nicht zu zerstören und dich nicht auch noch in zusätzliche Gefahr zu bringen, formulierte er seinen Wunsch sehr vorsichtig: Er wollte im entscheidenden Moment den Schlüssel gegen den Schmied eintauschen! Er, nicht sein derzeitiges Ebenbild, das in diese Zeit gehört! Etwas, das so niemals beabsichtigt war, etwas, das so ...'

„Spar dir das! Etwas, das ihr nicht voraussehen konntet, weil sich alles verändert hat. Weil ihr alles verändert habt. Den Schlüssel gegen den Schmied ... Den Schlüssel gegen den Schmied ... Vater denkt, er sei der Schmied? Weil er mein Vater ist?"

‚Die Prophezeiung lässt auch diesen Schluss zu.', antwortete Schettal.

„Schluss? Oh, jetzt verstehe ich! Sie ist vage! Sie eröffnet mehrere Möglichkeiten der Deutung! Ich höre dir immer noch nicht gut und genau genug zu, richtig? Du hast es mir schon einmal gesagt, aber ich habe nicht weit genug gedacht. Und jetzt ist mein Vater irgendwo da draußen und läuft Gefahr, entweder in Perstan zu sterben – so er dort überhaupt hingelangt und eingelassen wird – oder von einer von Vandans Patrouillen aufgegriffen zu werden. Wenn er das nicht sogar beabsichtigt in der Hoffnung, Vandan eigenhändig umbringen zu können! Und Infida würde ihn erkennen, vielleicht auch der eine oder andere unter den Soldaten, feige Überläufer gibt es genug. Er hat sich verändert in all diesen Jahren, aber man würde ihn möglicherweise erkennen, auch als Netroshs besten Freund. Ihr habt einen Fehler gemacht! Vage! *Zu* vage!", lachte ich auf.

Forthran griff nach seinem Schwert und schnallte sich seinen Gürtel um.

Ich sah auf.

„Du darfst da jetzt nicht hingehen! Du musst hier auf Nedduk und Zerbus warten."

„Ich werde dich auf gar keinen Fall alleine gehen lassen! Komm, zieh dich an.", reichte er mir meine Kleider.

Ich schwieg dazu und begann hastig damit, mich anzukleiden. In Ermangelung einer besseren Lösung drehte ich anschließend meine inzwischen vollkommen wirren Haare zu einem festen Knoten im Nacken, den ich zwei-, dreimal mit einem hastig vom Unterkleid abgerissenen Stoffstreifen umwand und festknotete. Doch kaum war ich fertig, überkam mich erneut der Eindruck, kaum mehr Luft zu bekommen. Mit beiden Händen auf die Bettkante gestützt rang ich erneut nach Luft.

‚Sie haben ihn!‘, flüsterte Schettal. *‚Vandan hat seine Männer unweit des Steinkreises Posten beziehen lassen, um ihn zu bewachen. Anstatt ihn zerstören zu lassen …‘*

Ich wimmerte.

„Vandan würde diesen Kreis niemals zerstören lassen, er braucht ihn, um hinter das Geheimnis eurer Prophezeiung zu kommen. In meiner Zeit, weil er das einzige intakte Tor in nächster Nähe zu Perstan darstellte, das ein irgendwann und irgendwo hoffentlich wieder auftauchender Seher für ihn würde nutzen können, und hier und jetzt, weil er erfahren hat, was die Steine bewirken können. Er hat gesehen, wie ihr diesen alten Seher in euer Reich geholt habt. Also war es besser, sie bewachen zu lassen, anstatt sie zu zerstören! Ich habe mehr falsch gemacht, als ich helfen konnte!"

„Was ist? Sag es mir!", forderte Forthran und in aller Eile wiederholte ich, was ich soeben gehört hatte.

Mit seinem linken Arm zog er mich daraufhin zu sich heran und presste seinen Mund auf meinen, dann reichte er mir meinen Umhang.

„Ohne dich wäre unser Reich verloren!", meinte er dann. „Perstan?"

„Es ist viel zu gefährlich dort für dich ohne jeden Begleiter! Dir darf nichts …"

„Vandan und ich, schon vergessen? Es war ohnehin unumgänglich, warum also nicht heute?! Ich gehe mit dir, wohin du auch gehst. Wie viel Zeit auch immer uns noch gemeinsam bleibt, ich werde dir nicht von der Seite weichen!"

Ich krallte mich mit beiden Händen an seinem Hemd fest und lehnte meine Stirn an seine Brust. Dann holte ich tief Luft.

„Wenn ich als eure Erbin also die Macht habe, etwas zu ändern … Bringt uns zum Steinkreis! Ich habe gesehen, dass dies in eurer Macht liegt. Ihr habt den Seher geholt – tragt uns zum Steintor!"

Schettals Geist strahlte eine nicht zu „übersehende" Zufriedenheit aus, als ich diesen Wunsch aussprach. Zufrieden darüber, dass ich endlich begriff, dass ich endlich mein Erbe nutzte und ihre Macht anzapfte, sie mir zunutze machte als das menschliche Bindeglied, das ich offenbar nun einmal war? Vermutlich, denn offenbar hatte er vorhin mit seiner Bemerkung etwas angestoßen, mit dem er schon einen Schritt zu weit gegangen war. Ich hingegen hatte offenbar genau diesen Hinweis und Anreiz gebraucht, um endlich etwas zu begreifen – und auch willentlich umzusetzen!

Das orangegelbe Leuchten war überall. Die Wände der Hütte verschwanden dahinter und es nahm noch an Intensität zu, bis ich zuletzt geblendet die Augen schließen musste. Die Welt um uns herum löste sich auf und für einen langen Augenblick hatte ich das Gefühl, mein gesamtes Dasein hätte sich mitsamt dieser Welt aufgelöst, als ob nun auch ich nur noch Geist und nicht länger Körper sei. Dann aber fühlte ich, dass etwas mich hielt, etwas mich zusammenhielt. Und dass jemand mich hielt, jemand, der mit mir hier war: Forthran.

Das Licht schwand genauso schnell, wie es gekommen war, und hätte Forthrans Arm nicht immer noch um mich gelegen, wäre ich vermutlich mit weichen Knien auf den Boden gesunken. So hielt er sich und mich gleichermaßen aufrecht, zog das Schwert aus der Scheide und drehte sich mit mir im Arm einmal herum, mit schmalen Augen aufmerksam die nur vom Mondlicht angeleuchtete Umgebung absuchend.

„Wir stehen hier wie zwei lebende Zielscheiben! Komm, dort hinüber ..." murmelte er und wollte mich weiterziehen.

„Nein, warte!", wehrte ich mich. „Schettal?"

Da ist noch jemand ...

Ich wurde jäh losgelassen und fiel zu Boden, als Forthran etwas hörte. Mit beiden Händen sein Schwert fassend marschierte er zielstrebig auf einen der Steine los und im gleichen Augenblick stürmte nun auch dort eine schwarze Gestalt hervor, ein Schwert und ein langes, eigenartig schmales Messer in den Händen.

Forthran gelang der erste Hieb, der das gegnerische Schwert beiseite schlug. Metall klirrte auf Metall und ich musste zusehen, wie er sofort zurücksprang, als das Messer auf seinen Bauch zielend vorschnellte. Minuten schienen zu vergehen, in denen sie so und ähnlich umeinander herumtanzten, beide auf einen entscheidenden Vorteil hoffend. Irgendwann gelang es Forthran tatsächlich, seinem Gegenüber das Messer aus der Hand zu schlagen, und der Unbekannte zog den Arm mit einem Schrei zurück, ohne allerdings in seinem Bemühen innezuhalten. Im Gegenteil: Sein nächster Schlag verfehlte Forthran offenbar nur ganz knapp, denn er ächzte ...

„Könnt ihr denn nichts tun? Beendet das! Holt meinetwegen auch diesen Kerl dort von hier fort!"

‚Das ist, was wir nicht dürfen! Ich habe mich in der Tat schon weit vorgewagt, Sherea; diese Dinge liegen alleine in euren Händen, insbesondere Forthran muss aus eigener Kraft siegen ...'

Ich war längst wieder auf den Beinen, mich beständig auf sicherem Abstand zu den Kämpfern haltend. Inzwischen war ich am Rand des Steinkreises angelangt ... und stöhnte verärgert auf.

Sie mochten nichts tun können, aber ich konnte zumindest so tun, als ob ich etwas bewirken könne!

Beide Arme ausgestreckt trat ich auf einen der kleineren Steine zu und legte meine Handflächen an dessen Seite. Sofort begann dieser zu leuchten und je länger ich diesen Kontakt hielt, desto heller wurde es.

„Forthran! Wenn ich es dir sage, spring beiseite! Und du hast heute deinen letzten Atemzug getan ...", schrie ich, dann murmelte ich: „Wenn ihr schon nichts tun könnt, dann gebt mir wenigstens dieses helle Licht und lasst es ... auf ihn zufließen! ... Jetzt!"

Schettal in meinem Kopf lachte auf und als im gleichen Augenblick Forthran zurücktrat und ein heller Lichtbogen sich, von der oberen Spitze des Steines ausgehend, von oben herab auf den Mann zubewegte, schrie dieser entsetzt auf und torkelte rückwärts davon, ängstlich bemüht, sich nicht davon berühren zu lassen.

„Forthran!", schrie ich erneut.

Er reagierte gedankenschnell und ich wandte den Kopf ab.

Die eintretende Stille sagte genug. Der Kampf war beendet und ich nahm die Hände wieder von dem eigenartig warmen Stein. Sofort wurde es um uns herum wieder dunkel und es dauerte einen Moment, bis ich wieder etwas erkennen konnte.

„Du verblüffst mich erneut, Sherea!", kam Forthran auf mich zu, das offenbar gereinigte Schwert zurück in seine Scheide schiebend.

‚Mich ebenfalls!', hörte ich Schettal und seufzte.

„Ich dachte, die Geister können sich nicht weiter einmischen und alles läge jetzt in mei... in unseren Händen!", fügte Forthran an.

„Richtig. Aber das heißt schließlich nicht, dass wir nicht so tun können, als ob uns die Macht der Geister zur Verfügung steht! Er hat es geglaubt, darauf kam es an."

„Allerdings! Aber jetzt müssen wir weiter."

„Allerdings!", meinte auch ich. „Doch sollten wir nicht zuerst die ... Leiche verstecken? Vandan wird sicher andere schicken und sobald die ihn finden, ist er gewarnt. Sollten sie nicht erst wenigstens ein wenig suchen?"

‚Das nun wieder ist etwas, das wir übernehmen können.', gab Schettal die entscheidende Antwort.

Das Leuchten war diesmal bedeutend schwächer und es ging auch nicht von einem der Steine aus. Es stieg eher wie ein Nebel vom Boden auf und auch nur dort, wo der Mann lag. Und wie ein grauweißer Nebel hüllte es ihn zuletzt ganz ein und zerfloss dann sanft in alle Richtungen, löste sich auf ... und übrig blieben lediglich die Waffen des Mannes.

Forthran hatte genau wie ich stumm dabei zugesehen. Und als das Leuchten endete, trat er nach einem tiefen Atemzug auf die Stelle zu, nahm Schwert und Messer an sich und wandte sich erst dann mir zu.

„Lass uns gehen. Oder besser reiten, denn irgendwo muss dieser Kerl ja sein Pferd stehen haben. Und sag diesem Schettal, dass ich mir meinen Fortgang von dieser Welt ähnlich friedlich wünschen würde!"

„Ich denke, er hat dich gehört!", murmelte ich und nahm zögerlich das schmale Messer entgegen, das er mir hinhielt.

‚Was von ihm übrig war, war nur eine Hülle. Sterbliche Überreste, die diese Welt wieder in sich aufgenommen hat, sonst nichts.', kam die Erklärung. *‚Seine innere Seele jedoch ist das, wofür er die Verantwortung trug. Und war nun mit ihr geschieht, dafür tragen andere die Verantwortung.'*

„Verstehe. Dennoch war es friedlich!", erwiderte ich. „Danke."

‚Es gibt keinen Grund, uns dafür zu danken.', kam es leise. *‚Wenn der ersehnte Frieden einem Menschen allerdings nicht einmal am Ende des Lebens zuteilwird ...'*

Er ließ das Ende offen, aber ich verstand auch so. Vandans Seele dürfte Abgründe in sich tragen, in die ich nicht einmal einen einzigen, noch so kurzen Blick würde werfen wollen!

Wir fanden sogar vier Pferde vor. Vandan hatte demnach entweder Wert darauf gelegt, dass insbesondere diesen Wachen hier Ersatztiere zur Verfügung standen oder aber, dass jeder, der durch dieses Steintor trat, so schnell als möglich zu ihm gebracht wurde.

„Er unternimmt alles, um für alles gewappnet zu sein!", knurrte Forthran, kontrollierte die Sattelgurte und saß dann ebenfalls auf.

Um sich nach einem kurzen Nachdenken aus dem Sattel zur Seite zu lehnen, die beiden anderen Tiere loszubinden und davonzujagen.

„Zwei winzige Vorteile weniger.", murmelte er, dann trieb er sein Pferd an und galoppierte los, tief nach vorne gebeugt, um nicht unversehens von einem Ast heruntergefegt zu werden. Ich folgte ihm schweigend und genau wie er wissend, dass zwei Pferde mehr oder weniger das geringste Problem darstellten.

Er hatte schon kaum fassen können, dass er den Eingang gefunden hatte. Noch unfasslicher war, dass niemand ihn gesehen und aufgehalten hatte. Natürlich hatten die Geister ihn geführt und mehr als einmal hatte er minutenlang innehalten müssen – irgendwo auf der freien Fläche auf der staubigen weil jeglichen Grüns beraubten Fläche zwischen Vandans Lager und der Stadtmauer. Dann wieder konnte er sich umso schneller vorarbeiten. Um erneut reglos zu verharren.

Jetzt jedoch… Zum inzwischen dritten Mal versperrten herabgebrochene Erde und Steine den Weg und grollend machte er sich im Licht des vorletzten Kienspans daran, alles so weit zur Seite und in den Gang hinter sich zu verteilen, dass ein hinreichend gro-

ßer Durchgang entstand. Er schätzte, dass er längst mehr als zwei Drittel der Strecke hinter sich gelassen hatte und quetschte sich durch den entstandenen Spalt, doch als der Gang eine kleine Biegung beschrieb und erneut etwas den Weg versperrte, stieß er verzweifelt den Atem aus. Diesmal waren es schwere Gesteinsbrocken und diese wegzuschaffen konnte bedeuten, dass die Decke über ihm komplett einbrach.

„Sagt mir verdammt noch mal, dass ihr euch davon überzeugt habt, dass dieser Weg zum Ziel führt, bevor ihr mich hier hereingeschickt habt!", grollte er dumpf und wischte in der stickigen Luft mit dem Ärmel über seine schweißnasse Stirn. „Wenn ich die Stadt erreichen und Prulluf über Infida informieren soll, dann sollte dieser Gang besser frei passierbar sein, findet ihr nicht? So schaffe ich es nie rechtzeitig!"

Der Stein um seinen Hals leuchtete inzwischen unablässig und er schlug knurrend mit der flachen Hand gegen die Seitenwand – und horchte irritiert. Das Geräusch klang eigenartig. Noch einmal schlug er mit der flachen Hand darauf, dann formte er eine Faust und hämmerte ein paarmal dagegen – um mit einem eisigen Gefühl im Nacken zu erstarren. Irgendwo im Gang hinter ihm hörte er ein leises Geräusch. Mit angehaltenem Atem lauschte er angestrengt. Möglich, dass es nur ein Tier war, das sich hier herein verirrt hatte …

Das Geräusch wiederholte sich und diesmal war er sicher, dass es kein Tier sein konnte!

Er saß in der Falle!

„Jemand hat dafür gesorgt, dass dieser Gang frei blieb.", meinte Kerthed erleichtert und musterte Vandan rasch, als der sich nach vorne schob. Die Stimmung seines Königs war nur schwer zu deu-

ten – wie so oft. Im Moment aber erschien er ihm wie ein brodelnder Vulkan, der jeden Augenblick ausbrechen konnte.

„Wenn du das annimmst, bist du noch blinder als ich dachte!", knurrte er prompt. „Nimm deine Fackel und sieh dir das da genauer an. Vielleicht erkennst dann auch du, dass diese Erde und Steine erst vor kurzem bewegt worden sind und von wo sie weggenommen wurden, in welche Richtung sie getragen wurden! Trottel! Jemand war vor uns hier und das wird wohl kaum einer der unseren gewesen sein!"

Vandan hielt inne, starrte mit zu schmalen Schlitzen verengten Augen nach vorne in den finsteren Gang und legte dann lauschend den Kopf schief. Ein leises Klopfen ertönte irgendwo vor ihm.

„Eine Falle? Wir sollten umkehren und … "

„Noch ein einziges Wort und du verlässt diesen Ort hier nicht mehr lebendig, verstanden?", zischte Vandan. „Und als Dank für deinen Mut darfst du jetzt gemeinsam mit einem deiner Kameraden weitergehen und dich von der Gangbarkeit des restlichen Stückes überzeugen! Kehrst du nicht zurück weiß ich, dass es eine Falle war und dass man uns am anderen Ende bereits erwartet, um uns einzeln abzuschlachten! Wir kehren um und warten am Eingang bis kurz vor dem Morgengrauen, dann begeben wir uns zurück ins Lager. Los, worauf wartest du? Beeil dich, du hast Zeit, bis die Nacht vorüber ist, dann lasse ich den diesseitigen Zugang einstürzen!"

Kerthed schluckte hart, dann nickte er und winkte einem der kräftigsten Soldaten, der sich auf Vandans Nicken hin nach kurzem Zögern an den anderen vorbeizwängte, sein Schwert zog und mit großen, entschlossenen Schritten voraneilte.

Nicht minder entschlossen drehte Vandan um, woraufhin sich alle anderen ebenfalls abwandten, froh, nicht wie Kerthed hier zurückbleiben zu müssen.

Als er am Ende der Soldatenreihe anlangte und die totenbleiche, halb teilnahmslos vor sich hinstarrende Infida mit einem kalten Blick musterte, zog der grobschlächtige Soldat sie sofort hoch und auf die Beine. Jemand hatte sie gesäubert und ihr das Kleid einer anderen Frau gegeben, doch das Entsetzen über das, was mit ihr geschehen war, flackerte in ihren Augen – umso mehr, als Vandan nun vor ihr stehen blieb. Ihr Atem ging schwer und keuchend, was wohl dem enorm angeschwollenen Rest der Zunge zuzuschreiben war – und unter Umständen einem einsetzenden Wundbrand, denn sie sah nicht nur erbärmlich, sie sah fiebrig aus.

„Hast du diesen Gang je betreten?", zischte er.

Sie schüttelte den Kopf.

„Du bist sicher, dass er durchgehend passierbar ist?"

Sie nickte, wenn auch bedeutend unsicherer und nur sehr zögerlich.

„Du weißt es also nicht, doch das hoffe ich für dich! Denn ich verspreche dir eines: Wenn sich das hier als Falle entpuppt, wenn der Gang versperrt ist oder du doppeltes Spiel treibst, dann schneide ich dich eigenhändig bei lebendigem Leib in derart viele Stücke, dass du mich schon nach dem ersten Schnitt anflehen wirst, dir ein schnelles Ende zu bereiten! Deine Zunge zu verlieren wäre dann nur ein harmloser Anfang gewesen, in deinem unnützen Leib gibt es noch genug, das herausgeschnitten werden kann!"

Sie winselte auf, schüttelte den Kopf und lallte röchelnd etwas Unverständliches, aber er wandte sich ab.

„Los, zurück zum Eingang. Wir werden warten, bis wir Nachricht haben."

Sie waren jedoch noch nicht weit gekommen, als der Widerhall unverständlicher Worte sie zurückhielt.

„Herr? Da kommt jemand.", wurde leise die Nachricht von hinten nach vorne bis zu ihm weitergegeben.

„Das habe ich vermutet.", grollte er, zog sein Schwert und deutete, Infida ein paar Schritte weiter zu schaffen und dafür zu sorgen, dass sie keinen Mucks von sich gab.

Es war Kerthed, der eilig herangelaufen kam und sich nun bis zu Vandan durchquetschte.

„Herr? Der Gang ist versperrt. Eingestürzt und versperrt von großen, massiven Steinen. Aber wir haben einen Gefangenen gemacht."

Infida heulte auf, als Vandan ihr einen hasserfüllten Blick zuwarf.

„Was für einen Gefangenen?", knurrte er laut und musterte Kerthed. „Eine Wache? Einen unpassierbaren Gang würden sie sicher nicht bewachen lassen, es sei denn, er hat ihn auf Prullufs Befehl unpassierbar gemacht!"

„Keine Wache! Jemand, der Euch sehr interessieren dürfte: Ein Mann, auf den die Beschreibung des Begleiters dieser blonden Frau passt. Einer der beiden, die im Steinkreis verschwunden sind."

Vandan holte tief Luft und ein unheilverkündendes Grinsen verzog seinen Mund.

„Holt ihn her! Infida wird ihn erkennen! Na los, oder soll ich dir Beine machen?"

„Niamach bringt ihn mit, ich bin nur vorausgelaufen. Der Kerl wehrt sich mit Händen und Füßen."

„Das wird ihn wenig nutzen!", zog er sein Messer aus dem Gürtel und zerrte die eilig wieder herbeigebrachte Infida zu sich heran. „Sonst war niemand im Gang?"

Kerthed schüttelte den Kopf.

„Er saß dort in der Falle."

„Auch gut. Nimm zwanzig dieser Männer und fangt an, diese Steine da herauszuschaffen! Dieser Tunnel mag teils eingestürzt sein, aber er ist immer noch bedeutend weiter vorgetrieben wie unserer und irgendwann wird schon wieder ein gangbares Stück folgen. Ich erwarte, dass ihr mir innerhalb kürzester Zeit meldet, dass der Durchgang freigeräumt ist!"

„Ja, Herr, natürlich. Ihr da, kommt mit. Wir werden eine Kette bilden."

Niamach zerrte und stieß fluchend einen Mann in abgerissener Kleidung heran, der sich trotz vorgehaltenem Schwert ständig wehrte.

Infida neben ihm begann bereits heftig zu nicken, kaum dass sie den Lichtschein der Fackeln erreicht hatten.

„Sieh an!", Vandan zog seine Worte genüsslich in die Länge. „Wie war noch gleich dein Name? Natian, richtig?"

Er lachte laut auf, als dieser sich unversehens aus dem Griff Niamachs losriss und mit lautem Brüllen mit bloßen Händen auf ihn zustürzte.

Der Knauf des Messers traf ihn seitlich an der Schläfe und sofort ging er stöhnend zu Boden.

„Ein Kämpfer! Wie erfreulich! Das macht das Verhör wenigstens ein bisschen reizvoller! Los, zurück zum Lager!"

Es war bald schon klar, dass wir sie nicht mehr einholen würden. Wir konnten uns noch so sehr beeilen, sie waren uns voraus und ich hielt uns noch zusätzlich auf. Der einzige, winzige Trost, den ich derzeit hatte – und an dem ich mich festhielt wie an einem brüchigen Strohhalm – war, dass Vater, solange sie unterwegs waren, am Leben war. Sofern wir die Zeitspanne bis zu unserem Eintreffen gering halten konnten, gab es Hoffnung, dass er es auch blieb.

„Könnt ihr uns nicht zu ihm bringen?", flehte ich.

‚Selbst wenn wir könnten, beantworte dir eine Frage selbst: Was dann? Mitten unter ihnen landen, nur du und Forthran?'

„Ich weiß."

‚Hab Vertrauen! Ich lasse dich nicht alleine!'

Forthran drehte in regelmäßigen Abständen den Kopf zu mir und ich gab ihm jedes Mal ein Zeichen, dass alles in Ordnung sei. Irgendwann – ich schätzte, der Waldrand war nicht mehr weit – fragte ich ihn, was sie wohl mit ihm machen würden.

Er verlangsamte ein wenig.

„Er kam durch die Steine, Sherea. Vandan wird ihn ausfragen."

„Mit anderen Worten: Er wird ihn foltern! Wir müssen uns in sein Lager begeben, um ihn da herauszuholen."

„Oder ihm etwas bieten, das er im Tausch gegen deinen Vater gerne hätte!", erwiderte er.

„Was meinst du? Ich verstehe nicht."

„Ist eigentlich nicht schwer: mich und Perstan! Es kommt doch ohnehin zu einem Zweikampf, also kann ich ihn auch gleich fordern! Sobald Perstan in Sicht kommt, werde ich mich den Wachen auf dem Turm zu erkennen geben. Leider werden wir damit wohl warten müssen, bis der Morgen graut, denn ich lege wenig Wert darauf, im Finstern für den Feind gehalten zu werden!"

„Was? Und dann? Er hat die Stadt doch schon so gut wie sicher, er weiß von dem Tunnel!"

„Infida mag ihm das Geheimnis des Tunnels verraten haben, aber was sie nicht weiß und was Vandan zumindest eine kleine Weile aufhalten wird, ist, dass der Gang zu enden scheint. Kurz bevor man die Fundamente der Mauer erreicht, ist er scheinbar mit Felsbrocken versperrt, wirkt eingestürzt. Tatsächlich aber führt er um diese Stelle herum, nur dass der weitere Weg verborgen ist. Der Tunnel existiert, führt aber nicht mehr in der ursprünglichen Richtung weiter, sondern hinter einer als Fels getarnten Seitenwand."

„Das ändert nichts!"

„Das ändert einiges! Vandan verliert Zeit. Zeit, die wir benötigen."

„Er wird den Abzweig entdecken!"

„Ja, das wird er sicherlich. Und dann dürfte die Stadt früher oder später verloren sein. Wenn aber auch nur der Hauch einer Chance besteht, dass er nicht vor dem Morgengrauen durchbricht ... Ich werde ihm Perstan samt Krone und Reich anbieten. Ich werde ihm die komplette, kompromisslose Kapitulation anbieten – wenn er sich mir stellt und mich besiegt! Eine uralte, bindende Herausforderung, ein königlicher Zweikampf."

„Das ist Wahnsinn! Vandan ist ..."

„Sag nicht, er sei unbesiegbar! Das glaube ich nämlich nicht! Es gäbe diese Prophezeiung nicht, du wärest nicht geschickt worden und die Geister hätten nicht getan, was sie getan haben, wenn er unbesiegbar wäre. Ich habe eine reelle Chance, ihn zu bezwingen."

Er zügelte sein Pferd und ließ es anhalten, als der Waldrand in Sicht kam und zwischen den letzten Baumstämmen die freie Fläche. Nur dass diese nicht mehr frei war! Perstan war umringt von einzelnen Gruppen von Soldaten, jede an einem Lagerfeuer. Er hatte es – zumindest des Nachts – komplett abgeriegelt.

„*Sherea!*"

Schettals erschrockener Ruf kam im gleichen Moment, in dem eine ganz andere Empfindung mich traf. Ich keuchte auf und beugte mich im Sattel vor.

„Sherea! Was ist los?"

„Vater! Und ... Natian! Beide! Sie haben beide!"

Kapitel 14

Er war auf die Knie gezwungen worden und sein Kopf wurde an den Haaren jäh in den Nacken gerissen, als Vandan das Zelt betrat. Die Frau, die gleich hinter ihm hereingezerrt und ebenfalls auf den Boden gestoßen wurde, kam ihm nur zu bekannt vor. Doch ihre fahle Blässe, die schwarzen Schatten unter den Augen, die roten Flecken auf den Wangen, der eigenartig geschwollen wirkende Hals, ihr Zittern, die fiebrig glänzenden Augen … Sie wirkte weniger wie Infida denn je. Und der Grund dafür erschloss sich ihm rasch, denn Vandan verlor keine Zeit.

„Jetzt, da die hier nicht mehr reden kann, wirst du mir Rede und Antwort stehen, Natian!", klopfte er nachlässig den letzten Rest Staub und Erde von seiner Kleidung, bevor er ein Messer mit eigenartig schmaler und kurzer Klinge vom Tisch nahm.

„Hier, siehst du das? Das ist das Messer, mit dem eine der Frauen dieser Verräterin die Zunge herausgeschnitten hat, während eine andere sie festhielt. Nun, das hat sie beide kurz darauf den Kopf gekostet und den unfähigen Soldaten, der für Infidas Sicherheit hätte sorgen sollen, ebenfalls. Sei also versichert, dass ich nicht zögern werde, auch dir ein paar wertvolle Körperteile abzuschneiden, wenn mich deine Antworten nicht zufriedenstellen."

„Frag ruhig, aus mir bekommst du nichts heraus!", zischte er und spie ihm ins Gesicht, als er sich zu ihm herunterbeugte.

Vandan zuckte zwar zurück, wischte sich den Speichel sogleich mit dem Ärmel ab und lächelte, doch sein Lächeln war finster.

„Das haben schon viele gesagt! Vielleicht solltest du wie die Vielen vor dir auch einen Vorgeschmack bekommen, das löst die Zunge ungemein! … Welch ein gelungenes Wortspiel: Es löst die Zunge! Haltet ihn fest!"

Die beiden Soldaten, die mit ihnen das Zelt betreten hatten, traten rechts und links neben ihn, während der dritte noch immer seinen Kopf an den Haaren festhielt. Er war heilfroh, dass der Stein sich vorerst sicher in seiner Hosentasche befand, denn die feine Spitze des Messers, an dem noch immer fremdes Blut klebte, schnitt ihm oberhalb des mit einem Ruck zerfetzten Hemdes einmal quer über den Brustkorb, knapp unterhalb der Schlüsselbeine. Er schaffte es nur mit äußerster Mühe, einen Schrei zu unterdrücken. So wurde nur ein Zischen und Stöhnen daraus und er stieß den restlichen Atem mit einem eigenartigen Schnauben und einigen Speichelfäden aus. Infida würgte, wandte sich ab und kauerte sich zusammen, als der eine Soldat ihr einen Tritt verpasste.

„Hast du schon mal zugesehen, wie jemandem die Haut in Streifen vom Leib geschnitten wurde? Nein? Ich versichere dir, es kann sehr, sehr lange dauern, bis man daran stirbt! Je nachdem, wie schmal die Streifen ausfallen und wie lange die Pausen dazwischen sind, kann es Tage dauern. Tage der Agonie. Wo ist sie? Wo ist deine kleine, blonde Begleitung, die sich als Schwester dieses Fostreds ausgegeben hat?"

„Fahr zur Hölle!", zischte er.

„Bis dahin wird noch eine Menge Zeit vergehen. Und glaub mir, die Dämonen der Hölle und ich, wir werden uns bestens verstehen, vor ihnen habe ich nichts zu befürchten!", lachte er.

Und setzte das Messer zu einem zweiten Schnitt an, etwa einen Fingerbreit tiefer. Doch er hatte kaum drei Fingerbreit geschnitten, als lautes Pferdegetrappel vor dem Zelt zu hören war und mehrere Stimmen laut wurden, von denen eine unnachgiebig forderte, sofort zu Vandan vorgelassen zu werden.

Der richtete sich ungnädig auf und knurrte wütend, als der Eingang zur Seite geschlagen wurde und offenbar ein weiterer Gefangener hereingestoßen wurde.

„Ich hoffe, du hast einen guten Grund, mich zu stören ... Wer ist das?"

Natian drehte den Kopf und verdrehte die Augen, um etwas sehen zu können, denn Infidas Ächzen und Lallen verhieß nichts Gutes. Und ihm stockte der Atem, als er sah, wer da hereingeschleppt worden war!

„Trenn sie von diesen Empfindungen!", hörte ich ihn undeutlich, als er absaß und zu mir trat. „Ich weiß genau, dass du da bist, also trenn sie davon! Siehst du nicht, was das mit ihr macht? Wie kannst du dabei zusehen, wie deine eigene Nachfahrin ..."

Er brach ab, fing mich auf, als ich vom Pferd sank und hielt mich fest, während ein scharfer Schmerz mir quer über die Brust schnitt. Nein, es schien nur so, denn es war nicht wirklich, es fand nur in meinem Geist statt.

‚Er hat recht: Du musst dich davon lösen! Es hilft niemandem, wenn du beständig auch noch gedanklich bei den beiden verweilst, gerade jetzt nicht! Wenn du es nicht schaffst, vollkommen gegenwärtig zu sein, all dein Denken auf das zu richten, was um dich herum stattfindet, bist du zum Scheitern verurteilt. Nicht ich habe dieses Band geknüpft, daher kann ich es auch nicht durchtrennen. Das eine ist dein Leben lang gewachsen und das andere ... nun, es hält dich, aber jetzt hält es dich auch fest!'

„Ich kann sie nicht durchtrennen! Wie sollte ich?", wimmerte ich. „Er ist mein Vater und Natian ... Ihr habt selbst gesagt, dass er wie der Fels ist, den ich brauche."

‚Gedanklich, Sherea! Beide Bande werden niemals wirklich durchtrennt werden können, sie sind jenseits dieser Welt geknüpft worden, gehen über das rein menschliche Dasein hinaus.'

Ich keuchte, als der Schmerz etwas nachließ.

„Was heißt das? Was soll das bedeuten? Natian ist ..."

‚... ist mehr als ein Freund und das wird er auch bleiben! Du alleine kannst wissen, wie viel mehr! Vertrau dir selbst! Sieh dich getrennt von ihnen, eine wahre Trennung wird niemals vollzogen werden!'

Ich schrie auf, als der Schmerz erneut einsetzte – und klammerte mich mit aller Kraft an Forthran fest, der mich entsetzt musterte.

„Sherea!"

„Er leidet!", krallte ich meine Finger in seine Arme und starrte ihm in die Augen. Ich starrte, bis meine Augen zu tränen begannen.

„Und du mit ihm? Du musst das unterbinden!"

„Ich ... weiß nicht, wie!"

„Was soll ich tun? Sag mir, wie ich dir helfen kann!", stieß Forthran hervor.

Wie ein wirkliches Band, das zum Zerreißen straff gespannt war, zog etwas an meinem Geist und mir wurde klar, dass ich es nicht länger aushalten würde. Nicht nur das eine, beide schienen mich jetzt in eine Zeit und an einen Ort zu ziehen, an dem ich jetzt nicht von Nutzen war ... an dem ich niemals wieder von Nutzen sein würde? Zogen sie mich in meine eigene Zeit, weil sie von dort stammten, dort ihren Ursprung hatten?

Ja. Ja und nein. Ich war das Tor, durch das diese Bande in einer anderen Zeit geknüpft worden waren. Beide mochten jetzt hier sein, aber der eine gehörte nicht hierher und der andere ... Ja, er hielt mich, aber als Teil der Prophezeiung riss er mich auch mit sich, hin und her. Ich war das Tor, das Schloss und der Schlüssel.

„Gebe ich sie damit auf?", ächzte ich.

‚Nein. Niemals! Stell dir selbst die Frage, ob du jemals Familie und Freunde aufgeben könntest!'

Er hatte durchaus verstanden, aber wie so oft erhielt ich nur eine ungenaue Antwort. Eine, die weder bestätigte, dass ich danach jemals in meine Zeit würde zurückgehen können, noch verneinte sie es vollends.

„Gebe ich mich auf?", fragte ich also.

‚Ich glaube, ich bin niemals zuvor einem Menschen begegnet, der sich und anderen gegenüber ähnlich treu ist. Mit einer Ausnahme vielleicht.'

„Shereata?", keuchte ich.

‚Shereata.', bestätigte er. *‚Du bist ihr so ähnlich, viel ähnlicher als mir! Loslassen heißt nicht, etwas zu verlieren, aber es ist eine der schwersten Lektionen des Lebens, dass man nicht alle Schicksale schützend in Händen halten kann! Sie sind nicht alleine, vertrau mir! Auch sie sind niemals alleine! Denk jetzt daran, weshalb du hier bist! Denk daran, wer siegen muss! Sherea ... Shereata!'*

„Shereata!", flüsterte ich.

„Gerechtigkeit!", flüsterte Forthran.

„Sie siegt! Sie *muss* siegen! Es geht um so viele!", flüsterte ich heiser. „Natian! Vater ... Ich lasse euch los, aber ich lasse euch niemals wirklich los!"

Es floss davon. Es floss davon wie ein Hauch, der mich allenfalls gestreift hatte und nun wie ein eben noch sichtbarer Nebelstreif verweht wurde.

Der Schmerz endete, der Eindruck der Enge, die die ganze Zeit über um meine Brust gelegen hatte, ließ nach und meine Gedanken klärten sich wieder.

„Sind sie ... fort?", flüsterte ich mit viel zu hoher Stimme.

‚Nein. Sie werden niemals wirklich fort sein, das verspreche ich. Sie sind nur gedanklich getrennt von dir – und das ist gut so.'

„Ich verstehe es immer noch nicht!"

‚Erinnere dich an unsere erste Begegnung. Es geschah in deinem Geist, aber durch diese besondere Verbindung war es gleichzeitig real. Ähnlich war dies vorhin, nur... intensiver. Weil deine Verbindung intensiver ist. Dein Denken hingegen muss frei sein, wenn ihr eine Chance haben wollt, zu überleben. Noch immer könnt ihr alle überleben, Sherea!'

„Sag es ihnen! Überbring ihnen diese Botschaft! Geh zu ihnen, wir kommen eine Weile ohne dich zurecht, aber wenn ich auch nur halbwegs diesem Pfad weiter folgen soll, dann sag es ihnen! Irgendwie!"
‚Ich werde es versuchen. Wartet hier.'

Ein seltsames Gefühl überkam ihn und er hatte den Eindruck, als ob der Stein in seiner Hosentasche eigenartig vibrieren, warm werden würde, aber er hatte keine Zeit, darüber nachzudenken. Was sich hier gerade abspielte, war viel zu unfasslich, als dass er seine Aufmerksamkeit auf andere Dinge richten konnte. Infida versuchte krampfhaft, Fostreds Namen zu formen – vergeblich. Und dann genügte ein einziger Blick Fostreds, um sie verstummen zu lassen. Wie auch immer er das bewerkstelligt hatte …

Nein, im Grunde war es weniger rätselhaft als vermutet, denn Infida mochte bei seinem Anblick denken, vor einem Dämon zu hocken, der vor wenigen Tagen noch ein junger Mann gewesen war, jetzt aber ein reifer Herr und Fürst, der aufrecht und angstfrei vor einem der größten Tyrannen der Welt stand.

„Ich denke, ich kann dir geben, wonach es dich so sehr verlangt!", tönte er mit kraftvoller Stimme. Laut genug, dass ihn auch die Männer vor dem Zelt noch hören dürften.

„So? Was weißt du von den Dingen, die ich begehre?"

„Du wirst überrascht sein! Ich weiß alles über dich! Vandan, der Herrscher von Brevarth, ist leichter zu durchschauen, als er von sich selbst glaubt. Soll ich dir ein paar Beispiele nennen?"

„Ich muss sagen, du machst mich neugierig! Lass hören! Was weißt du über mich?"

Fostred warf den beiden Männern, die ihn rechts und links festhielten, je einen kalten, abschätzigen Blick zu.

„Ich bin unbewaffnet und dieses Zelt ist umringt von bewaffneten Soldaten inmitten eines Lagers voller Soldaten! Ist deine Angst so groß? Ich habe nicht die Absicht, dich zu töten. Nicht jetzt, das hebe ich mir für später auf. Erst sollst du ein paar Dinge erfahren!"

Vandan lachte, dann winkte er den beiden, ihn loszulassen.

„Eine hübsche Einleitung! Aber spann mich besser nicht länger auf die Folter."

„Vandan von Brevarth war der zweite von insgesamt vier Söhnen von Bredan von Brevarth.", begann Fostred ohne Umschweife – und sofort bildete sich eine steile Falte zwischen Vandans Augenbrauen. Fostred sprach von ihm in der Vergangenheitsform, ganz so, als ob er schon jetzt nicht mehr unter den Lebenden weile. Kurz sah es so aus, als ob er deswegen auffahren wollte, doch dann besann er sich, vermutlich auch deshalb, weil sie nicht alleine waren und er sich keine Blöße geben wollte.

Der Fürst redete unbeeindruckt weiter:

„Er wurde geboren am dritten des brevarthischen Neumonats im Jahre 973. Nachdem sein älterer Zwillingsbruder als halbwüchsiger Junge bei einer Mutprobe von einem Stier auf die Hörner genommen worden war und an den schweren Verletzungen starb, folgte er vor jetzt rund fünf Jahren seinem tyrannischen Vater nach dessen Tod auf den Thron. Er vergeudete trotz seiner Jugend keine Zeit, sondern streckte schon bald danach seine Fühler nach Perstan aus."

„Dinge, die in meiner Heimat jedes Kind weiß!", höhnte er, auch wenn er sichtlich aufmerksam geworden war.

„Was hingegen niemand weiß ist, dass Vandan seinen Vater langsam vergiftet hat, weil er es nicht erwarten konnte, dessen Nachfolge anzutreten. Sein jüngerer Bruder starb unter mysteriösen Umständen bei einer gemeinsamen Jagd in euren Bergen, sein jüngster Bruder wurde von ihm schon kurz nach seiner Krönung auf eine Schiffsreise geschickt, um tief im Süden des Kontinents nach seltenen und teuren Edelmetallen zu suchen und menschliche

Sklaven in euer Reich zu holen. Sklaven, auf deren Schultern Brevarth schnell reich und groß wurde. Vandan bekam, was er wollte: Sein Bruder blieb verschollen, seine Leiche wurde irgendwo auf dem Ozean über Bord geworfen.

Mit dem Gold, dem Silber und den Edelsteinen kaufte er sich eine riesige Armee von Söldnern und er versprach den kräftigsten Sklaven, die er zu Kämpfern ausbilden ließ, die Freiheit, sobald Perstan sein sei. Sie und die Söldner waren es, die Perstans Männer dort draußen daran hindern, zu fliehen. Er wähnte sich am Ziel seiner Träume, doch er hatte ein paar Dinge nicht bedacht: Mit dem Mord an seinen Brüdern hatte er sich zwar all seiner Rivalen entledigt, doch er grub auch eigenhändig all seine Wurzeln aus, die den Fortbestand seiner Linie garantiert hätten, denn er blieb zeit seines Lebens kinderlos – niemand, der seine Linie fortführen, einmal sein Erbe antreten würde! Egal, wie viele Frauen er sich nahm, egal, wie viele er vergewaltigte, egal, wie viele er seine Gemahlin nannte und dann doch wieder davonjagte, sein Same trieb keine Frucht."

Natian lauschte fassungslos. Egal, wie viel Zeit Fostred gehabt haben mochte, alles über Vandan herauszufinden, nicht alles von dem konnte von irgendwelchen Informanten und Spitzeln stammen. Die Geister? Hatten sie es ihm auf dem Weg hierher eingegeben?

Vandans Kiefer mahlten aufeinander und sein Gesicht war weiß vor Wut. Doch als er nun drohend das Messer hob, hob Fostred lediglich eine Augenbraue.

„Du kannst die Wahrheit nicht ertragen? Verlässt dich schon jetzt der Mut?"

„Weiter!", zischte er. „Selten hörte ich derart fantasievolle Geschichten!"

„Er beging noch einen weiteren, gravierenden Fehler: Er unterschätzte das, was die Macht des Glaubens eines ganzen Volkes ausmachte! Er forderte die Geister heraus, die Ahnen und Urahnen zahlloser Generationen, die seit hunderten Jahren schon das

Reich Perstan bevölkerten, lange bevor es den Namen Perstan bekam. Er zerstörte bis auf eine alle ihm bekannten Heimstätten, die den Menschen dazu dienten, mit ihnen in Verbindung zu treten. Damit nicht genug: Er ließ nach und nach die alten und uralten Bäume fällen, die die Menschen immer wieder bei diesen Heimstätten pflanzten und in deren Schutz und Schatten sie ihrer Vorfahren gedachten und sie ehrten. Er ließ im Zuge seines Vormarsches systematisch alle Priester, Druiden, Seher und deren Schüler suchen und töten – doch er sah nicht, dass er damit die Macht der Geister nur vermehrte! Je mehr er unter ihnen wütete, desto machtvoller wurden sie. Je mehr er das Volk drangsalierte, je grausamer er war, desto fester standen sie zusammen. Und er sah noch etwas nicht."

Fostred unterbrach sich selbst und hielt Vandans Blick fest.

„So? Was denn?", höhnte Vandan, als ihm die Pause zu lange dauerte. Doch ein eigenartig unsicherer Ton schien sich in seine Stimme zu schleichen.

„Dass eine Prophezeiung ihn schon eingeholt hatte, noch bevor sie ausgesprochen worden war! Die Prophezeiung, die schon begann, als sein Fuß zum ersten Mal perstanischen Boden berührte. Er hatte sich zudem systematisch selbst sämtlicher Möglichkeiten beraubt, je den Wortlaut dieser Weissagung zu hören, denn als er sich schon am Ziel seiner Träume wähnte, war niemand mehr übrig, der die Geister noch dazu befragen konnte. Wen immer er getötet hatte, es waren die Falschen, denn diese Worte waren nur einem einzigen Menschen mitgeteilt worden. Und dieser Eine hat genau gewusst, mit wem er sie teilen sollte und mit wem nicht! Die Prophezeiung hat längst begonnen, Vandan, und jetzt ist sie nicht mehr aufzuhalten! Du steckst bereits mittendrin und hast dir rettungslos dein eigenes Grab geschaufelt."

„Wer?", zischte Vandan, so als ob er die letzten Worte gar nicht vernommen hätte. „Wer kennt diese Worte? Du?"

„Möglich! Vor allem aber jemand, an den du niemals wirst herankommen können! Jemand, der seit Beginn der Prophezeiung *unter dem Schutz der Geister steht, du wirst niemals Hand an ihn legen können!"*

Vandan holt zischend Luft.

"Die blonde Frau! Die, die mit ihm durch den Steinkreis ging! Fostreds angebliche Schwester!"

"Meine Schwester ist und war nie eine Seherin!", lächelte Fostred und verschränkte entspannt die Arme vor der Brust, nahm eine breitbeinige Haltung an.

"Was? Deine Schwester? Wer bist du?", donnerte Vandan.

"Sagt dir der Name Netrosh etwas?"

Natian holte scharf Luft, beherrschte sich dann jedoch.

Der kurze Blick, mit dem Vandan die wimmernde und inzwischen sichtlich fiebergeschüttelte Infida musterte, sprach Bände.

"Du bist nicht Netrosh! Netrosh ist ein junger Mann, der Beschreibung nach noch keine dreißig Jahre alt. Auch ihn werde ich noch finden."

"Nein, ich bin nicht Netrosh. Aber er war es, der die Worte der Prophezeiung zum ersten Mal aussprach. Doch er ist tot, Vandan. Ich weiß es."

Sehr langsam und sehr leise blies Natian den Atem wieder aus. Fostred log und sprach doch die Wahrheit. Weil es seine Wahrheit war.

"Wer bist du?", zischte Vandan.

"Mein Name ist Fostred. Fostred von Hergath. Ich soll dir einen Gruß von den Geistern ausrichten. Und meine Botschaft an dich ist diese: Ich habe die Zukunft gesehen. Deine Zukunft! Du hast schon verloren, Vandan, egal was du tust!"

Vandan wurde bleich vor Wut und trat jetzt dicht an Fostred heran.

"Die Zukunft? Die Zukunft ist noch nicht geschrieben! Es war ein Fehler, hierherzukommen! Netrosh ist tot? Du und er, ihr seid Freunde! Beste Freunde! Wem wenn nicht dir hat er den genauen Wortlaut mitgeteilt? Ich rate dir, mir keine einzige Silbe

zu verschweigen, denn sonst wirst du dabei zusehen, wie diese beiden hier sterben, bevor ich dir die Kehle durchschneide."

„Wenn du dein eigenes Leben noch retten willst, dann rate ich dir, keinen der beiden auch nur noch mit der Fingerspitze zu berühren! Hast du nicht zugehört? Alles, was gerade geschieht, gehört bereits zu dieser Prophezeiung! Sie ist hier, in diesem Moment! Es würde dir nichts mehr helfen, ihren Wortlaut zu kennen."

„Wenn das so ist, dann frage ich mich, weshalb du zögerst, obwohl ich soeben gedroht habe, die beiden hier zu töten?! Sprich!"

Sehr langsam ließ Fostred die Arme wieder sinken und sein Gesichtsausdruck, der bis eben noch pure Gelassenheit gespiegelt hatte, veränderte sich: Bedrohliches Wissen, Siegessicherheit und das Bewusstsein, dass nichts und niemand ihm letztlich etwas anhaben konnte, standen darin zu lesen.

Natian riss seinen Kopf los und schaffte es, sich auf beide Beine zu stellen, auch wenn der Soldat ihn daran zu hindern versuchte. Vandan winkte verärgert ab, seine Augen hingen jetzt an Fostreds Lippen.

„Du willst die Ankündigung deines eigenen Endes hören?", grollte Fostred. „Meinetwegen! Hör gut zu, ich werde mich nicht wiederholen: ‚Der kommt, wird gehen, der herrscht, wird fallen. Dieser Schlüssel ist nicht ehern und er ist Schlüssel und Tor zugleich. Einmal durchschritten führt der Weg nur in eine Richtung und verzerrt wird so, was sonst nur in der Götter Hand, doch wird es geduldet für das große Ziel.'"

Natian fiel ihm an dieser Stelle ins Wort und trat ebenfalls vor, ungeachtet der Tatsache, dass seine Hände noch immer auf seinem Rücken zusammengebunden waren:

„Und weiter: ‚Der kommt, wird gehen und der herrscht, wird fallen wenn die Zeit reif. Die Gerechte wird siegen und das Schloss schafft der Schlüssel, nicht dessen Schmied. Und der Schlüssel ist irden, genau wie der Fels'."

„Sie ist hier, die Prophezeiung!", lächelte Fostred dunkel.

„Und sie streckt bereits ihre Hände nach dir aus! Fühlst du ihre kalten Finger?", zischte Natian.

Vandans bleiches Gesicht verzog sich, dann lächelte er verzerrt, lachte zuletzt laut auf und trat ein paar Schritte zurück.

„Das ist alles? Das ist nichts! Diese paar Worte könnte jeder geistesverwirrte, irre alte Druide sich ausgedacht haben!"

„Du weißt genau, dass es nicht so ist, du fühlst die Wahrheit hinter diesen Worten! Worte, die Netrosh von den Geistern persönlich eingegeben wurden. Geh nach Perstan, wenn du deines Lebens müde bist! Geh nach Perstan, dort erwartet dich dein Schicksal! Doch ich frage mich, ob du dich ihm wie ein Mann stellen wirst oder ob du dich auch jetzt wieder hinter deinen Söldnern, Soldaten und einem feigen Vorgehen wie dem eines Giftmords verstecken wirst! Vandan, der selbsternannte Herrscher Brevarths, den es so sehr nach dem ehrenvollen Thron Perstans gelüstet, ist und war immer ein Feigling. Eine Krone wie diese will verdient sein, Vandan! Sie gehört dir nicht und sie wird dir niemals gehören!"

„Sie wird mir gehören, sobald Prulluf in seinem eigenen Blut zu meinen Füßen liegt!"

„Sie wird dir erst gehören, wenn du den wahren König besiegt hast! In einem ehrenvollen Zweikampf, ohne jede List und Tücke! Eher wird sich das gesamte Volk gegen dich erheben, als dich als seinen Herrscher anzuerkennen! Das ist, was du ernten wirst durch dein Vorgehen! Die Menschen aus allen Teilen des Reiches – Männer, Frauen und Kinder – haben sich auf den Weg nach Perstan gemacht, um mit ihrem König zu siegen – oder mit ihm zu sterben und dabei viele von euch mitzunehmen! Doch frag dich selbst, wie das Ende ausgehen wird, denn jetzt kennst du die Weissagung!"

„Willst du wissen, was ich mit ihr mache? Mit dieser Weissagung? Noch bevor morgen die Sonne untergeht, wird Perstan mir gehören! Ganz Perstan, denn dann werde ich auf dem Thron sit-

zen! Und niemand, schon gar nicht irgendwelche Nebelgeister, können etwas daran ändern!

Fesselt sie und werft sie in einen der Gatterwagen. Bewacht sie gut, denn sie werden dabei sein, wenn ich auf dem Thron Platz nehme, meine Füße auf dem Rücken des toten Prulluf, als ob er ein Fußschemel wäre. Und zur Feier meiner Krönung werden sie vor aller Augen sterben.

Und nehmt die da mit, sie ist von keinerlei Nutzen mehr für mich. Ich brauche sie nicht länger. Schneidet ihr die Kehle durch, es sei denn, einer der Männer will vorher noch eine Frau nehmen, die aus gutem Grund noch nie genommen wurde …"

Infida schrie und schrie, wehrte sich mit Händen und Füßen und wurde kurzerhand auf dem Boden liegend an den langen schwarzen Haaren nach draußen gezogen. Innerhalb weniger Wimpernschläge war man auch seinem ersten Befehl nachgekommen, doch als man Fostred nach draußen zerren wollte, wehrte er sich.

„Eins noch, Vandan …"

„Was? Willst du mich anflehen, dich zu verschonen?", höhnte er.

„Nein, solche Worte werden niemals über meine Lippen kommen! Ich wäre bereit, zu sterben, aber das ist dein Schicksal, nicht meines. Nein, ich habe noch eine Botschaft für dich."

„Noch eine? Von wem?"

„Von Mersetta, deiner Mutter."

Er erbleichte.

„Meine Mutter war Hegeya, Königin von Brevarth!"

„Das hat man allen stets sehr erfolgreich vorgespielt, ja. Geboren wurdest du jedoch von Mersetta, der Kammerfrau Hegeyas – und es gab damals nur wenige, die davon wussten. Inzwischen wissen dies außer dir nur noch die Geister und außer mir nun auch die Anwesenden. Dein Vater hatte sie geschwängert und weil Hegeya zeitgleich schwanger wurde, das Kind jedoch tot geboren wurde, hat man ihr dich und deinen Zwilling sofort nach der Entbindung *fortgenommen. Man hat sie an der Königin Brust gelegt und die von der Geburt geschwächte Mersetta halbtot wie Abfall in eine der vielen Gruben geworfen, in denen damals die vielen Toten landeten, die eine neue Krankheit dahingerafft hatte. Eine Krankheit, die viele Leben forderte – und viele Männer der Fähigkeit beraubte, Kinder zu zeugen. Hast du nicht auch ein paar der Narben am Körper zurückbehalten, die dieser Ausschlag hervorrief, wenn man daran kratzte? Du hattest sie als Säugling, genau wie dein Zwilling, verbunden mit tagelangem, hohem Fieber. Mersetta hätte verhindern können, dass ihr sie bekommt, zumindest aber, dass sie so schwer werden würde, denn sie hatte sie schon lange vordem durchgemacht – und hatte überlebt. Wie so viele ihres Volkes, von dem schon dein Vater vereinzelt ausgesuchte Männer und Frauen als Sklaven nach Brevarth holte. Sie trugen diese Krankheit in sich, kannten sie und wussten, wie man sie behandelt. Doch weshalb dieses Wissen mit denen teilen, die einen versklaven?*

Mersetta glaubte wie wir an die Geister der Vorfahren, ihre Ururahnen und die unseren waren einst ein einziges Volk. Dich und deinen Bruder entrissen zu bekommen war neben der Vergewaltigung durch deinen Vater das schrecklichste Erlebnis ihres jungen Lebens. Sie hätte dich geliebt, so aber bist du nach dem Tod deiner wahren Mutter ein ungeliebtes Kind, ein ungeliebter Junge und ein ungeliebter Mann geblieben, denn auch Hegeya konnte nie vergessen, wessen Kinder sie da nährte und großzog. Und mit deinem grausamen Wesen hast du deinen Vater noch weit in den Schatten gestellt. Mersetta sagt sich von dir los, Vandan. Sie sagt sich in jeder Hinsicht von ihrem Kind los, das soll ich dir ausrichten."

„Raus! Hinaus mit ihm! Ich will, dass er ausgepeitscht wird für diese Lügen, bevor er in das Gatter gesperrt wird! Fünfzig Hiebe mit dem Dämonenzopf!", brüllte Vandan völlig außer sich.

Zerbus, der sich klein und bleich durch den Eingang gedrängt hatte, verbeugte sich tiefer denn je.

„Herr, das wird er schwerlich überleben! Wenn er, wie Ihr befohlen habt, am Tag eurer Krönung zu Ehren Eures Triumphs vor aller Augen hingerichtet werden soll ..."

„Du wagst es? Geh mir aus den Augen! Doch weil du es ja so haben wolltest: Teilt sie zwischen den beiden auf, jeder soll fünfundzwanzig bekommen! Und ich will sie schreien hören!"

„Wir müssen etwas tun, etwas unternehmen!", wimmerte ich.

Forthran hielt mich noch immer im Arm und ließ mich nur widerwillig los.

„Geht es dir wirklich wieder besser?"

„Ja, ich schwöre! Ich habe diese ... eigenartige Verbindung abgebrochen."

„Abgebrochen oder unterbrochen?"

„Unterbrochen. Hoffe ich.", flüsterte ich zweifelnd.

„Es könnte also jederzeit wieder losgehen?"

Ich nickte, schaffte es jedoch nicht, ihm dabei in die Augen zu sehen.

Er holte tief Atem und stieß ihn langsam wieder aus.

„Ich verstehe. Wenn es dahin kommt, versuch, dich dagegen zu wehren. Sollte ich wissen, was du vorhin mit Schettal gesprochen hast?"

„Es ging nur darum, woher diese Verbindungen rühren und dass nicht er sie abbrechen kann. Sie wurden in der Zeit jenseits des Tores geknüpft oder haben zumindest dort ihre Wurzeln. Nicht Schettal hat sie begründet, deshalb konnte er nichts tun."

„Verstehe.", versetzte er erneut und warf einen Blick in Richtung Perstan. Auf halber Strecke zwischen uns und der Stadtmauer und damit außerhalb der Reichweite jedes Pfeils, jedes Bolzen und wohl auch jedes Katapults waren gleich drei kleine Feuer die nächstgelegenen. An jedem davon waren je drei schwarze Gestalten zu sehen, die dort saßen oder standen und beständig Wache hielten.

„Wie hilfreich wäre jetzt ein Nebel wie der in den Hügeln!", grollte er.

„Du würdest das Risiko eingehen und dich an ihnen vorbeischleichen? Die Stadt ist umstellt!", versetzte ich entsetzt.

„Die Stadt ist umstellt, ja. Mir war klar, dass Vandan es nicht darauf ankommen lassen würde, dass von jenseits irgendwelche Verstärkung kommen und in die Stadt gelangen könnte und genauso wenig würde er jetzt noch jemanden entkommen lassen. Ich vermute, dass vor dem Nordtor eine bedeutend größere Einheit lagert, teils verborgen im Wald, weshalb uns der Weg durch jedes der beiden Tore versperrt ist."

„Und wie dachtest du, in die Stadt zu gelangen? Durch den Tunnel? Willst du ihnen den Umweg persönlich zeigen? Oder gedachtest du, durch die Mauer zu dringen?"

Ich hörte selbst, wie vorwurfsvoll und gereizt ich klang, aber er strich mir nur beruhigend über die Wange.

„Die Geister sind mit ihnen, Sherea! Ich werde dich nicht anlügen, indem ich dir verspreche, dass sie unversehrt sein und bleiben werden, aber die Geister sind mit ihnen.

Aber du hast mich soeben auf eine Idee gebracht: Ich kann zwar nicht *durch* die Mauer gehen, aber es gäbe eine Möglichkeit, durch die sie kein unüberwindbares Hindernis mehr wäre! Wenn wir nur unentdeckt bis zu ihr hingelangen könnten …"

Ich umklammerte seine Hand an meiner Wange.

„Verzeih mir! Ich sollte nicht so mit dir reden, du hast genügend eigene Sorgen. Was wäre also, wenn wir unbemerkt bis an die Mauer gelangen würden?"

„Deine Sorgen sind nicht minder groß, also entschuldige dich nicht dafür, dass du Angst um die beiden hast! Und es gäbe tatsächlich eine Möglichkeit. Sie ist nur gering, aber ... Vandan lagert dort", deutete er nach links, „kann so das Südtor bewachen. Eine hinreichend große Zahl Soldaten dürfte dort drüben sein, um wie gesagt das zweite Tor im Norden zu bewachen und einem möglichen Ausfall begegnen zu können. Wenn wir hingegen bis zum Ostturm gelangen könnten ... Ich bin nicht perfekt im Umgang mit einer Schleuder, aber wenn wir eine Nachricht da hinaufschicken könnten ... Zwei Seile, von oben herabgelassen und lang genug, um daran hinaufzuklettern ..."

Mein Magen vollführte eine Drehung bei dieser Vorstellung. Schon der Sturz aus halber Höhe auf den harten, teils steinigen Boden wäre tödlich.

„Eine Nachricht welchen Wortlauts? Hallo, hier ist Forthran? Lasst mich rein?"

Er lächelte.

„So in etwa, ja. Nur, dass das Wetter uns erneut einen Strich durch die Rechnung macht. Trotz der ergiebigen Regenfälle weiter südlich ist hier alles trocken, sodass an Nebel nicht zu denken ist."

Ich schluckte. Die Mauer also. Klettern.

„Schettal?", flüsterte ich und lauschte.

‚*Er ist noch bei deinem Freund.*', hörte ich stattdessen eine weiblich klingende Stimme. ‚*Er hat mich gebeten, bei dir zu bleiben ...*'

„Und wer bist du?"

‚Jemand, der unbändig stolz auf dich ist! Meiner unmaßgeblichen Meinung nach hast du schon jetzt mehr geleistet, als man von dir hätte verlangen können.'

„Shereata?" Meine Frage war nur ein Hauch.

‚Ja. Offenbar befand man mich damals für würdig, zu den Geistern zu gehören, auch wenn ich nicht wie Schettal war. Ich war allenfalls jemand, der ... ihre Anwesenheit fühlen konnte, weil er an sie glaubte, ihnen vertraute und folgte. Offenbar genügte dies, um Schettal nach dessen Tod irgendwann folgen zu können.'

„Das ... Ich weiß nicht ... Zu sagen, dass mich das freut, klingt missverständlich."

Sie lachte und auch ohne es wirklich hören zu können, fühlte es sich warm und melodisch an und schwang in mir nach.

‚Er hat recht, du hast Humor! Doch, es ist etwas, worüber man sich freuen sollte. ... Was braucht ihr? Du weißt inzwischen, dass wir keinen körperhaften Einfluss auf die Geschehnisse nehmen dürfen ...'

„Ja, allerdings, das hat er mir oft genug gesagt. Was wir brauchen könnten, wäre ein dichter Nebel. Dicht genug, um in seinem Schutz bis an die Mauer und an ihr hinauf zu gelangen. Ich verlange also nicht von euch, uns über sie hinweg zu tragen, obwohl mir das tausendmal lieber wäre."

‚Hmm ... Das werden einige sicherlich mal wieder als sehr grenzwertig erachten. Ich werde sie fragen, wartet hier.'

„Wohin sollten wir sonst auch gehen?", murmelte ich.

Forthran hatte stumm zugehört und half mir nun auf die Füße.

„Nutzen wir die Zeit, um die Pferde etwas tiefer in den Wald zu bringen und dort anzubinden. Was sagt sie?"

„Diese Form von Unterhaltung ist schon viel zu normal!", befand ich schnaubend. „Dass wir warten sollen, sie fragt."

„Sie fragt!", echote er.

„Offenbar hat sie kein allzu großes Mitbestimmungsrecht.", folgte ich ihm und warf hin und wieder einen Blick zurück, so als ob ich befürchten würde, dass sie uns nicht wiederfinden würde.

Doch wir hatten kaum die Tiere an einem geschützten Platz direkt an einem dichten Unterholz angebunden, als ein feuchtkühler Windhauch mein Gesicht streifte.

„Spürst du das?", flüsterte ich.

„Allerdings! Wir müssen zurück zum Waldrand! Das ist unsere einzige Chance!"

Doch anstatt sich sofort auf den Weg zu machen, durchwühlte er hastig eine Satteltasche nach der anderen, dann zog er etwas hervor, das ich im Dunkeln nicht erkennen konnte.

„Du trägst ein weißes Unterkleid, das wird genügen. Jetzt fehlen uns nur noch ein paar Steine und ... da ist sie. Los, wir sollten keine Zeit verlieren!"

Seine Hand lag warm und fest um meine – und das war auch gut so. Denn wir hatten den Saum des Waldes noch nicht erreicht, als der Nebel schon so dicht war, dass ich kaum noch seine Gestalt erkennen konnte.

„Die Mauer! Die Götter mögen uns gnädig sein!"

Die Lagerfeuer waren in diesem milchigen Weiß als gelbliche, verschwommene Lichtflecken zu erkennen und gleich dreimal zerrte Forthran mich ruckartig auf den Boden. In dieser undurchdringlichen Nebelbank waren sie dazu übergegangen, Wachen von Feuer zu Feuer marschieren zu lassen und bis wir uns endlich zwischen den Feuern hindurchgeschlichen hatten, liefen gleich drei von ihnen uns fast über die Füße. Und wenn der Nebel auch alles Sichtbare erfolgreich verschleierte, galt dies doch nicht für die Geräusche, die wir unweigerlich machten. Es war nervenzerfetzend, derart langsam auf sie zu, zwischen ihnen hindurch und dann von ihnen fortzuschleichen, zu kriechen und zu krabbeln. Und noch mehr, reglos dazuliegen, wenn sie schon beinahe über uns zu stolpern drohten!

Ich hatte keine Ahnung, wie viel Zeit es uns gekostet haben mochte und die Gefahr war jenseits der Feuer längst nicht gebannt. Sobald einer der Wachen auf der Mauer oder einem der Türme hier unten etwas Verdächtiges hören würde, würde es möglicherweise von oben einen Pfeil- oder Steinhagel geben, in den ich lieber nicht geraten wollte.

Dennoch war ich erleichtert, als vor uns endlich die düster wirkenden Steine der Mauer aufragten. Ich lehnte mich aufatmend mit der Schulter daran an und legte den Kopf in den Nacken, um angestrengt nach oben zu starren ... Nichts. Wo vorher annähernd undurchdringliche Finsternis geherrscht hatte, herrschte jetzt undurchdringlicher Dunst.

„Und nun?", wisperte ich.

„Jetzt brauche ich mehrere Fetzen deines Unterkleides. Verzeih!", flüsterte er zurück, ging in die Hocke und hob den Saum meines Kleides so weit an, dass er das darunterliegende Kleid greifen konnte – das reißende Geräusch klang für meinen Geschmack viel zu laut und dauerte viel zu lange an!

Ich ging automatisch in die Hocke, als er fertig war, jetzt je ein Stück davon abtrennte, indem er den Streifen zwischen die Zähne nahm und daran riss. Viermal hintereinander!

„Was in aller Welt hast du vor?"

„Vertrau mir, ich weiß, was ich tue.", kam die Antwort, dann sah ich, wie er mit etwas, das ich nicht erkennen konnte, etwas auf die weißen Tuchfetzen malte.

Nein, nicht malte, schrieb! Und zuletzt umwickelte er damit sorgfältig vier Steine, die wir vorhin erst aufgelesen hatten.

„Wie soll das funktionieren? Du siehst ja noch nicht einmal, wohin du zielst!"

„Das ist richtig. Daher wirst du das übernehmen.", flüsterte er.

„Was?"

Er knotete den letzten Stein ein und trat dann dicht vor mich.

„Irgendwo dort oben ist der obere Rand der Mauer. Und überall auf dieser Mauer verteilt befindet sich in diesem Moment wenigstens die doppelte Anzahl von Männern, die ein wachsames Auge auf alles haben. Es kommt nur darauf an, dass du einen dieser vier Steine dort hinaufbringst. Oder hinter die Mauer. Alles, worauf es ankommt, ist, dass einer dieser Steine gefunden wird.", hauchte er.

„Dass einer ... Das schaffe ich nicht! Ich muss sehen, wohin ich ziele, ohne jeden Anhaltspunkt ..."

„Versuche es!"

Er drückte mir etwas in die Hand, das ich als Schleuder erkannte, dann legte er mir den ersten der mit Tuch umwickelten Steine in die andere.

‚*Vertrau dir selbst!*', glaubte ich, Schettal zu hören, und gab seufzend nach.

Den Stein in die Ausbuchtung legend fasste ich die beiden Enden der ledernen Schnur, trat von der Mauer fort und hob den Kopf. Nichts außer undurchdringlichem Dunst, milchigweiß nur dort, wo der Mond und vereinzelte Sterne ihn erhellten. Es war aussichtslos.

„Himmel, ich hab bei weitem nicht genügend Erfahrung darin! Wie soll das gehen? Wohin soll ich zielen?"

„Versuch es, denk nicht darüber nach. Die Geister haben dich seit deiner Ankunft geführt – überlass ihnen auch jetzt die Führung!", hörte ich Forthran leise murmeln.

Die Schleuder rotierte bereits, doch ich zweifelte, dass ich auch nur annähernd in die Nähe der Mauerkrone zielte.

„Führung von jemandem, der sich aktiv nicht einmischen darf!", ließ ich das eine Ende los, als ich annahm, dass die Kraft ausreichend sein würde, um den Stein hoch genug zu befördern.

Wir lauschten, doch nur wenige Herzschläge später hörten wir nicht weit von uns etwas diesseits der Mauer mit einem gedämpften Klackern auf den Boden fallen, noch zweimal auftreffen und dann kehrte wieder Stille ein.

„Das war schon gut, nur nicht dicht genug an der Mauer.", meinte Forthran nur und reichte mir den zweiten Stein.

„Du wirst mein gesamtes Unterkleid zerreißen, beschriften und um hundert Steine wickeln müssen, denn das hier übersteigt mein Können bei Weitem!"

Der zweite Versuch endete ähnlich wie der erste, auch wenn der Stein offenbar irgendwo über unseren Köpfen erst an der Mauer abprallte, bevor er auf dem Boden aufkam. Und diesmal zog Forthran mich vorsichtshalber ein ganzes Stück weiter und lauschte, doch dort oben blieb bis auf ein paar eilige Laufschritte alles ruhig.

„Du solltest es versuchen! Ich bin nicht gut genug!", hielt ich ihm daraufhin die Schleuder hin, doch er drückte mir unnachgiebig den dritten Stein in die Hand.

„Du schaffst das, ich weiß es! Zu viel hängt davon ab, die Geister werden dir helfen – wenn du sie lässt!"

„Wieso glauben eigentlich immer alle, dass ich mir nicht helfen lassen will?", schnaubte ich leise.

„Weil du jemand bist, der nicht gerne um Hilfe bittet! Weil du niemand anderen unnötig in Gefahr bringen, niemandem zur Last fallen und lieber alle Last selbst tragen möchtest. Deshalb.", flüsterte er.

Ich seufzte, trat wieder von der Mauer zurück und sah nach oben. Ein Windhauch schien für einen winzigen Moment den Schleier um ein Weniges zu lüften und ich glaubte, die Umrisse des Ostturms zu erkennen, auch wenn ich weit davon entfernt war, seine obere Kante zu erkennen. Nachdenklich wog ich den Stein in der Hand. Der Stoff war hinderlich. Die normalerweise runden oder ovalen, glatten Steine verließen die Schleuder ohne jeden Widerstand, das hier jedoch ... Stoff und Knoten veränderten nicht nur die Art, wie herausgeschleudert wurden, sie veränderten auch die Flugbahn.

‚Tu es. Denk nicht darüber nach. Konzentrier dich und lass los, buchstäblich.', bat Schettal.

Ich positionierte den Stein neu und so gut es eben ging, gab der Schleuder Schwung, nahm wie sonst auch eine entsprechende Körperhaltung ein und ließ sie kraftvoll kreisen ...

‚Sieh nicht den Nebel, sieh nur dein Ziel, das, was du erreichen möchtest!'

Ich ließ das eine Ende fahren, als ein schwaches Bild sich vor meine Augen schob. Da oben waren Männer, die jetzt die Stadt bewachten. Die Mauer, der mit Eisenspitzen bewehrte Gang über dessen Krone ...

Das Klackern war hörbar, aber bedeutend leiser. Und diesmal wurde auch unterdrücktes Rufen hörbar.

„Komm, schnell, da rüber!", zerrte Forthran mich sofort weiter Richtung Turm und wir drückten uns mit dem Rücken an dessen Wand, atemlos darauf hoffend, dass jemand auf die Idee kam, den Stein auszuwickeln, anstatt von oben Eimer voller Geröll oder Pfeile auf uns herabregnen zu lassen.

Das Hemd hing ihm in Fetzen von den Schultern und die blutigen Striemen der aufgeplatzten Haut leuchteten dunkelrot im Licht der Feuer und Fackeln. Er wurde mehr geschleift, als dass er selbst laufen konnte und Natian, dem man die Hände nun freigab, um sich um ihn zu kümmern, zog ihn zu sich herauf in den vergatterten Wagen, den sie sich nur noch mit fünf Frauen teilten. Alle übrigen verbliebenen Gefangenen hatten sie kurzerhand in einen anderen gesperrt, der in wenigen Schritten Entfernung stand und nun vollkommen überfüllt war.

„Lasst mich Euch helfen! Lasst mich sehen ..."

Die Tür hatte sich kaum hinter ihm geschlossen als Fostred sich mit erstaunlicher Kraft auf ihn warf, beide Hände erhoben und um seine Kehle gelegt. Er drückte zu, doch glücklicherweise nicht so, dass er ihn auf der Stelle erwürgt hätte.

„Wo ist sie? Wo ist meine Tochter? Du hast sie aus unserer Mitte gerissen und bist für ihre Sicherheit verantwortlich! Netroshs Sohn oder nicht, ich töte dich, wenn ihr auch nur das geringste Leid widerfahren ist!"

„Sie ... lebt!", keuchte er und krallte seine Finger in Fostreds Hände, um den Griff um seine Kehle zu lockern. „Sie ... ist ... nicht hier!"

Mit einem wahrhaft unheimlichen Grollen ließ Fostred halb von ihm ab, doch er behielt die Hände an seinem Hals.

„Wo ist sie?", stieß er heiser hervor.

„Das weiß ich nicht. Nicht genau. Aber sie muss in der Nähe sein.", krächzte er.

„Und das weißt du woher? Du bist Gefangener!"

„Der Stein! Ich befrage ihn täglich wenigstens einmal! Wenn du mich endlich loslassen würdest, könnten wir dies diesmal gemeinsam tun! Und wir müssen uns unbedingt um deine Verletzungen kümmern ..."

„Meine Verletzungen sind vollkommen egal! Ich bin hier, um mich dieser Vorsehung an Shereas Stelle anzubieten. Die einzige Möglichkeit, die mir blieb, meine eigene Tochter zu beschützen, nachdem du sie verschleppt hast! Und nichts anderes hast du getan!"

„Und nichts in meinem ganzen Leben habe ich je so sehr bereut! Ich weiß genau, dass ich dies niemals werde wiedergutmachen können, doch ich bin gerne bereit, es bis an mein Lebensende zu versuchen. Und auch ich bin bereit, an ihrer Stelle zu sterben, wenn es denn ein derartiges Opfer verlangen wird, Vandan zu besiegen. Meine Hände waren nur noch einen Schritt von seiner Kehle entfernt."

Mit einem Ruck ließ Fostred ihn los – und schlagartig schien auch sämtliche Kraft aus ihm gewichen zu sein, denn er torkelte zur Seite und hielt sich mit Mühe an den hölzernen Gittern fest, um nicht zu Boden zu gehen.

„Wasser! Wir brauchen sauberes Wasser! Und Tücher! He, du da, Wache! Wenn Vandans Gefangener nicht sterben soll, dann besorg uns einen Eimer sauberes, kaltes Wasser und saubere Tücher!", rief er laut und sofort kam auch eine der entsetzten Frauen auf sie zu und sorgte gemeinsam mit ihm dafür, dass Fostred sich auf dem Boden niederließ.

Der Wachtposten murrte zwar, dann jedoch rief er einem anderen zu, er solle für einen Moment ein waches Auge auf die Gefangenen haben.

Sein Rücken sah übel aus und die Frau verlangte sofort nach einem zweiten Eimer Wasser, doch der Posten weigerte sich, ihr den Träger zu machen.

„Dann lass mich hier raus, ich trage ihn auch selbst! Ich wäre neugierig, was Vandan dazu sagt, wenn sich das hier entzündet!", grollte Natian. „Erst vorhin hat er befohlen, dass dieser Mann am Leben bleiben soll bis zu seiner Krönungsfeier. Ich wäre gerne dabei wenn du ihm wie dein Kamerad, dessen Kopf dort oben steckt, berichtest, dass er dem Fieber erlegen ist, weil du zu faul warst, einen zweiten Eimer mit sauberem Wasser zu tragen!"

Murrend und fluchend marschierte er ein zweites Mal davon, um sich auf die Suche nach einem weiteren Eimer zu machen.

Die ältere Frau hatte bereits damit begonnen, die Reste des Hemdes aus den Wunden zu klauben und alles zu säubern. Fostreds unterdrücktes Stöhnen und Zischen kommentierte sie mit leisen, bedauernden Worten, hielt jedoch nicht eher inne, bis nicht der gesamte Rücken vom Blut befreit war.

„Einige davon gehörten genäht, aber das kommt wohl nicht infrage. Die Wunden nässen, aber mehr als sie zu kühlen werden wir nicht tun können. Ich habe sie gereinigt so gut es eben möglich war, der Rest … Ich hoffe, Ihr habt eine gute Gesundheit, eine kräftige Kondition habt Ihr offenbar."

„Ich danke dir. Es sieht sicher schlimmer aus als es ist; der Soldat hat sich nicht getraut, allzu hart zuzuschlagen, da Vandan mich lebend haben will. Und da die anderen Fünfundzwanzig ein anderer einstecken musste … Wie ist dein Name?", versetzte Fostred heiser.

Sie hockte sich auf ihre Fersen zurück und seufzte.

„Liama, Herr. Aber mein Name tut nichts mehr zur Sache, wir alle haben nicht mehr lange zu leben. Diese Belagerung wird noch Wochen dauern und die Zahl der hier gefangen gehaltenen Frauen wird von Tag zu Tag weniger. Sie vergewaltigen uns zu Tode, eine nach der anderen, und der Vorrat an Frauen schrumpft."

Fostred wandte den Kopf ab und knirschte mit den Zähnen. Natian hielt betroffen den Atem an, denn auch ihm war klar, welches Bild dem Fürsten jetzt durch den Kopf gehen mochte.

„Wir werden alles in unserer Macht Stehende tun, um das zu verhindern!", murmelte er, fasste in seine Tasche und zog den Stein heraus. „Schweig über das, was du jetzt siehst, Liama."

„Wem sollte ich noch irgendetwas erzählen? Sie fragen uns längst schon nicht mehr aus, sie nehmen uns einfach nur noch mit Gewalt."

Ihm kam ein Gedanke.

„Wer waren die Frauen, die Vandan geköpft hat? Sie waren beide dafür verantwortlich, dass Infida die Zunge herausgeschnitten wurde?"

Sie erbleichte.

„Ja. Die eine war noch jung, ihr Name war Sonas. Den Namen der anderen kenne ich nicht, aber sie sagte, sie kenne Infida und dass ihre einstige Schwiegertochter als Waschfrau auf Perstan gedient habe. Ihren Namen nannte sie einmal im Schlaf: Igrena."

Er schloss erschüttert die Augen.

„Das Mädchen hatte ein Messer stehlen können, als Vandan sie endlich gehen ließ. Aber sie kam nicht mehr dazu, sich anschließend wie geplant selbst das Leben zu nehmen, der Wächter war schneller. Weiß du, wie es dieser Infida geht?"

„Sie ist tot. Vandan hat sie töten lassen. Aber sie hätte auch so nicht mehr lange zu leben gehabt, das Wundfieber wütete bereits in ihr. Sie hat ihren Verrat mit ihrem Leben bezahlt."

„Dann wusste sie tatsächlich einen Weg nach Perstan? Jeder hier konnte sie diese Worte schreien hören, als sie sie zum ersten Mal holten!"

„Wer weiß das schon?! Viel wahrscheinlicher aber ist, dass sie glaubte, man werde sie am Tor erkennen und einlassen.", gab er vage zurück. Dann wandte er sich ab und dem wartenden Fürsten zu.

„Fostred?", flüsterte er, den Stein in der offenen Handfläche.

Der drehte den Kopf wieder zu ihm und nickte.
„Geht es ihr gut?"
Der Stein glomm auf. Kaum sichtbar, aber er leuchtete auf.

Die Geräusche eine ganze Ewigkeit später waren unverkennbar und sie näherten sich uns gleich aus zwei Richtungen. Forthran zog sein Schwert und zerrte mich ruckartig hinter sich, um mir mit seinem Körper Deckung zu bieten, doch die Pfeile, die auf uns zielten, gehörten offenbar nicht zu den Bogenschützen Vandans. Und auf einen leisen Befehl hin senkten sie sich sofort wieder und einer von ihnen trat näher.

„Herr? Ihr seid es tatsächlich? Niemand hat mehr daran geglaubt, dass Ihr überlebt. Wie habt Ihr ..."

„Nicht jetzt und schon gar nicht hier! Wer bist du, wie ist dein Name?", schob Forthran das Schwert zurück in die Scheide, die er umständehalber auf dem Rücken befestigt hatte.

„Neachth, Herr. Ich war es, der diese Nachricht fand und zu Olpert trug. Er steht jetzt dort oben. Kommt, bevor unsere Feinde nachsehen kommen, was hier vorgeht!"

„Eine sehr gute Idee!"

„Hier entlang. Wir wollten nicht das Risiko eingehen, das Tor zu öffnen, schließlich kann niemand in diesem dicken Nebel erkennen, ob nicht Vandans Männer oder er selbst darin lauert."

Wir folgten ihm eiligst und ich schauderte, als auf sein erst dreimaliges, dann aussetzendes und erneut dreimaliges Klopfen mit einem Stein gleich mehrere Seile von oben heruntergelassen wurden.

„Ihr zuerst!"

„Das schaffe ich nicht!", stöhnte ich, als Forthran mir das untere Ende eines der Seile unter den Armen durchzog und vor der Brust sorgfältig verknotete.

„Doch, das schaffst du! Halt dich mit beiden Händen fest, die Männer werden dich hochziehen, schön langsam und gleichmäßig. Versuch, dich mit den Füßen von der Wand abzustoßen, daran nach oben zu laufen. Du bist eher oben, als du denkst!"

Kaum war er bei mir fertig, griff er nach dem Seil daneben und stellte seinen Stiefel in die Schlaufe an dessen Ende.

„Was hast du ihm eigentlich geschrieben?", wollte ich wissen, nur um mich abzulenken. Bilder von zerschmetterten Knochen und verrenkten Gliedern schossen mir durch den Kopf.

„Olpert? Ich habe ihm als Kind des Öfteren einen Spitznamen gegeben, den nur er und ich kennen. Dieser, sein Name und die Worte ‚Ostturm' und ‚Forthran' genügten offenbar."

Ohne noch länger zu zögern, ruckte er an beiden Seilen und ehe ich es mich versah, verlor ich schon den Boden unter den Füßen und hing hilflos in der Luft. Schon beim nächsten Ruck drehte ich mich und stieß unsanft mit der Schulter an die Mauer. Erst zwei weitere Rucke später hatte ich mich wieder soweit gedreht, dass ich die gespreizten Beine nutzen konnte, mich von der Mauer fernzuhalten – es war nicht daran zu denken, daran ‚hochzulaufen'!

Forthran war etwa eine Armlänge unter mir und noch ein wenig tiefer folgten daraufhin die ersten beiden Soldaten. Doch von unten hörte ich unterdrücktes Fluchen.

Das Seil schnitt in meine Achseln und jeder neue Ruck ließ mich wieder hilflos zappeln, bis meine Füße wieder Kontakt mit der Wand hatten.

„Schneller! Da kommt jemand, sie haben uns gehört!", ertönte der Alarmruf von unten und nun hörte auch ich, dass die Wachen Vandans offenbar hellhörig geworden waren: Sie riefen nach Verstärkung.

„Los da oben, zieht an!", rief Forthran nun ohne Rücksicht darauf, dass er nun weithin zu hören sein musste.

Zweimal schaffte er es kurz, mich mit einer Hand am Arm zu fassen und so einen allzu harten Aufprall zu verhindern. Doch dann musste er wieder loslassen und sich selbst festhalten, denn inzwischen ruckte es fast ununterbrochen – die Mauer schien kein Ende zu nehmen und mehr als einmal scheuerten und rissen die rauen Steine an meinem Arm oder meiner Schulter.

Irgendwann jedoch – von unten war längst unterdrückter Kampflärm zu hören und ein paar leise Schreie, die schnell verstummten – fassten urplötzlich kräftige Hände nach meinen Armen und zogen und zerrten mich über die glücklicherweise mit Decken gepolsterten Eisenspitzen hinauf auf die Mauer. Meine Beine, weich vor Angst, gaben unter mir nach, doch jetzt wurde ich von Forthran aufgefangen, der bereits neben mir stand.

„Bist du unverletzt?"

„Ja, mir geht es gut. Das ist nur der ausgestandene Schrecken. Es ist etwas anderes, aus eigener Kraft einen Baum zu erklimmen als an einer hohen Steinmauer ohne jeden Halt nach oben gezogen zu werden. Ich mache so etwas nicht alle Tage."

„Und dafür danke ich dem Himmel! Der Nebel lichtet sich ... Olpert?"

„Ich habe es nicht glauben wollen, Herr, doch das hier war eindeutig!", hielt der noch immer schwarzgekleidete Mann ein weißes Etwas hoch. „Aber wieso seid Ihr hier? Die Stadt ist umzingelt, der Rückweg ist Euch nun versperrt! Und Ihr?", wedelte er vorwurfsvoll mit dem Stückchen Unterkleid in meine Richtung. „Ihr habt es doch sogar …"

„Dafür ist jetzt keine Zeit, Olpert!", unterbrach Forthran ihn. „Vater?"

„In seiner Kammer, er kann sich dieser Tage kaum auf den Beinen halten. Es geht ihm zusehends schlechter, aber ich habe ihn natürlich von Eurem Kommen unterrichten lassen."

„Dann sollten wir keine Zeit verlieren. Lasst sämtliche waffenfähigen Männer im Hof der Residenz antreten und schickt alles, was Beine hat und laufen kann, den gesamten dem Südtor zugewandten Teil der Stadt zu räumen. Die Frauen und Kinder dort sollen sich allesamt in den nördlichen Teil zurückziehen, ausnahmslos. Sie dürfen nichts mitnehmen außer etwas zu essen und sie müssen sich absolut still verhalten. Die noch verbliebenen Männer sollen sich jenseits der Nordmauer der Residenz einfinden und mitbringen, was immer sich als Waffe eignet, aber sie sollen sich in den dortigen Häusern verbergen. Das zuerst."

„Was? Aber warum? Der nördliche Bezirk …"

„Fragen, Olpert, wenn die Zeit drängt und ich dringenden Gehorsam erwarte? Fragen angesichts dessen, dass ich trotz des drohenden Untergangs nach Perstan zurückgekehrt bin? Ich weiß, was ich tue, also handle nach meinem Wunsch!"

Regelrecht malerisch senkte Olpert jetzt die Hand mit dem Stofffetzen, nickte und verbeugte sich dann.

„Ja, Herr. Neachth? Du hast deinen Herrn gehört, veranlasse das Nötige. Folgt mir, Herr, unten warten Pferde."

Prulluf hatte sichtlich noch mehr an Gewicht verloren und sein Gesicht wirkte grau und eingefallen, ähnelte mehr denn je einem Totenkopf. Er saß jedoch aufrecht in den Kissen und bei unserem Eintritt huschte zwar unverkennbar tiefste Erleichterung über seine Miene, doch die verschwand schon sehr bald wieder.

Forthran, der den ganzen Weg durch die Stadt über neben mir geblieben war und zuletzt meine Hand genommen hatte, ließ diese jetzt los, trat mit großen, eiligen Schritten an das Bett und sank gleich daneben auf ein Knie, den Kopf ehrerbietig gebeugt.

„Mein Vater und König ..."

„Forthran! Ich hätte nicht geglaubt, dich in diesem Leben noch einmal zu sehen. Und ich denke, heute hast du zum letzten Mal vor mir als deinem König gekniet! Meine Tage als solcher sind längst gezählt und das hier gibt mir die Möglichkeit, zwei Dinge zu tun, die ich schon längst hätte tun sollen: Knie also ein letztes Mal vor irgendjemandem, Forthran von Perstan, mein rechtmäßiger Nachfolger und neuer König dieses Reiches! Los, Olpert, steh nicht so herum, sondern mach dich nützlich: mein Schwert!"

Olpert stürzte regelrecht heran und nahm die erstaunlich schlichte Scheide, die an einem breiten Gurt am Kopfende des Bette hing, herunter und reichte sie Prulluf, der das Schwert langsam und andächtig herauszog, das blanke, scharfe Metall betrachtete und es dann Forthran hinhielt.

„Hier, nimm es, ich übergebe es dir! Nimm es und schwöre bei unseren Vorfahren, die diese Waffe einst schmiedeten, dass du Perstan ehren, seinen Werten treu bleiben und es verteidigen wirst bis in den Tod! Schwöre, dass du stets ehrenvoll, gerecht, streng wo nötig und barmherzig wo möglich regieren wirst, die Weisheit deines Volkes fördern, seinen Wohlstand und sein Wohlergehen mehren und stets vor dein eigenes stellen wirst. Schwöre, dass du niemals aus niederen Gründen von unseren Werten abweichen wirst, sondern dass all dein Trachten stets dem Schutz des Volkes gelten wird – Dinge, die ich zuletzt aus den Augen verloren habe und die aus mir einen unzulänglichen König gemacht haben! Wiederhole meine Fehler nicht, das Volk von Perstan baut auf dich! Und jetzt schwöre! Schwöre!"

Forthran, der mit bleichem, erschüttertem Gesicht das Schwert in Händen hielt, schluckte, neigte den Kopf, schloss die Augen und berührte mit seiner Stirn die Seite der kalten Schwertschneide.

„Ich schwöre! Ich schwöre all dies, mein König! Lieber will ich von diesem Schwert getötet werden, als je von meinem Schwur abzuweichen!"

Mit einem zutiefst erleichterten Ausatmen ließ Prulluf sich in seine Kissen zurücksinken, nickte und verzog dann das Gesicht.

„Gut. Nun, da dies getan ist ... Was in aller Welt hat dich dazu gebracht, nach Perstan zu kommen? Und du: Ich habe euch zwar befohlen, ihn zu finden, aber wart nicht ihr es, die den Untergang dieser Stadt vorausgesagt habt? Sprich schon, Mädchen, ich erinnere mich sehr gut, dass du vordem keine Probleme hattest, den Mund unaufgefordert aufzutun!"

Völlig verunsichert und noch vollkommen ergriffen von dem, was soeben vor meinen Augen stattgefunden hatte, öffnete ich bereits den Mund, doch Forthran kam mir zuvor. Er hatte sich wieder erhoben, senkte das trotz seiner Einfachheit so überaus wertvoll wirkende Schwert und fiel mir ins Wort, bevor ich auch nur die erste Silbe herausgebracht hatte.

„Sie wissen von dem Tunnel. In diesen Minuten sind Vandans Männer dabei, den Durchgang zu suchen, und es ist nur eine Frage der Zeit, bis sie den Zugang gefunden haben."

Wenn überhaupt möglich erbleichte Prulluf noch mehr.

„Dann war es erst recht Irrsinn, hierher zurückzukehren! Ich hatte gehofft, dir stünde der gleiche Weg zurück offen wie der, den du in die Stadt genommen hast!"

„Nein, der Nebel lichtet sich bereits wieder und nein, es war kein Irrsinn. Die Stadt mag verloren sein, die Krone jedoch nicht! Vandan wird kommen, so oder so. Ich habe bereits Befehl gegeben, den südlichen Teil der Stadt zu räumen. Vandan soll menschenleere Häuser und Gassen vorfinden, wenn er durch das offene Tor reitet."

„Du willst ihm Tür und Tor öffnen? Du willst ihm die Stadt kampflos überlassen?"

Forthran schüttelte den Kopf, warf mir einen Blick zu und nahm dann vorsichtig auf der Kante des Bettes Platz.

„Nein, nicht kampflos. Ich stehe zu meinem Schwur und ich tue das, um das Volk zu schützen. Vandan würde, je länger diese Belagerung dauert und je mehr Widerstand sich ihm jenseits des Tunnels entgegenstellt, umso tiefer im Blut der Menschen baden und umso grausamer unter ihnen wüten. Er würde nicht einmal haltmachen vor den Allerkleinsten und Neugeborenen und er würde erneut triumphieren."

„Erneut?", unterbrach Prulluf ihn.

„Eine Redewendung, nichts weiter.", winkte Forthran ab. „Öffnen wir ihm das Tor, lassen wir ihn in die Stadt reiten. Doch um an den Thron zu gelangen ... Vor allen anwesenden Zeugen werde ich ihn zum Zweikampf herausfordern, ein König gegen den anderen – eine uralte Regel. Er mag die Stadt haben, doch um die Krone zu bekommen, muss er an mir vorbei, dem jetzt rechtmäßigen Inhaber ..."

Er brach ab und da ich mittlerweile ebenfalls langsam näher getreten war, sah ich, dass die beiden sich gegenseitig einen eigenartigen Blick zuwarfen.

„Ich weiß, dass dies das war, was du niemals wolltest, mein Sohn! Ich wusste schon immer, dass dein Sehnen sich auf ganz andere Dinge richtete als darauf, ein Reich zu regieren. Hebbun ... Er ist nicht mehr und ich werde ihm bald folgen. Und ich weiß, dass er ein guter König geworden wäre. Du jedoch ... wirst unserem Volk ein besserer werden, als er es je geworden wäre! Ich weiß, dass ich so etwas als euer beider Vater nicht sagen sollte, aber ich hatte diese Gewissheit schon an dem Tag, an dem ich dich zum ersten Mal gemeinsam mit Oshek durch das Tor davonreiten sah. Ein wahrer König muss ein Mann des Volkes sein. Ich war es viel zu lange nicht!"

Er drehte den Kopf und seine Augen wurden schmal als, er mich nun musterte.

„Sherea, Fostreds vorgebliche Schwester ... Was sagt nun die Prophezeiung zu Forthrans Entschluss?"

Ich stieß den Atem aus, den ich offenbar angehalten hatte.

„Ich bin nicht Fostreds Schwester, Herr. Fostred, Fürst von Hergath, ist mein Vater. Ich bin durch den Steinkreis gereist, aus der Zukunft, um hier etwas zu verändern, Vandan daran zu hindern, das zu tun. Ich habe die Zukunft gesehen, weil ich sie erlebt habe. Nichts muss mehr so eintreffen, wie es war, aber was die Prophezeiung angeht und Forthrans jetzigen Entschluss ... Ich weiß es nicht, Herr. Ich weiß nur, dass ich alles getan habe, was ich konnte, um zu ändern, was möglich war – es war wenig genug. Und ich weiß, dass die Geister an unserer Seite stehen, sie haben mich geschickt. Mich und Natian, Netroshs Sohn."

Prulluf hatte sich bei meinen Worten wieder aufgerichtet und starrte mich wie Olpert wortlos an.

„Netroshs Sohn ... Wo ist er? Ihr habt diese Stadt gemeinsam mit ihnen verlassen!"

„Netrosh und mein Vater dieser Zeit sind in Sicherheit. Das musste sein, damit eintrifft, was eintreffen muss. Natian hingegen und mein Vater aus der Zukunft ..."

Ich stockte und gab es auf, viel zu besorgt, wieder von meinen alten Ängsten übermannt zu werden.

Stumm lauschte ich daher Forthran, der seinem Vater einen raschen Überblick gab.

„Deine Männer?"

„Werden kaum rechtzeitig hier sein, auch wenn ich sie zur Eile antreiben ließ. Unsere einzige Hoffnung ist ein Zweikampf, Mann gegen Mann. Dies und der Beistand der Geister, die all das nicht begonnen hätten, wenn nicht Grund zur Hoffnung wäre."

„Vandan besitzt keine Ehre, er wird nicht darauf eingehen, sondern seine Männer auf dich hetzen!", keuchte Prulluf, hustete und trank gierig von dem Wasser, das Olpert ihm sofort reichte.

„Wir haben nichts mehr zu verlieren.", meinte Forthran nur.

„Nein, das haben wir wohl nicht..."

„Herr? Der Gang ist frei, wir haben einen Durchgang gefunden! Der Nebel hat sich zwar wieder gelichtet, aber ich soll Euch sagen, dass der Tunnel..."

„Ich habe es gehört, ich bin nicht taub! Lass alle antreten, es ist so weit!", grollte Vandan. „Wie ich es sagte: Noch bevor die Sonne heute untergeht, gehört Perstan mir! Ganz Perstan! Holt Gerthos her und unsere Brustpanzer! Und noch etwas: Wir nehmen die beiden Gefangenen mit. Sorgt dafür, dass sie während des Kampfes bestens bewacht werden, sie dürfen unter keinen Umständen entkommen. Sie sollen dabei sein, wenn Ihre Prophezeiung zu nichts weiter als hohlem Gerede zerfließt und Prullufs Kopf von seinen Schultern vor meine Füße rollt!"

„Ja, Herr."

Das Hochgefühl, das Vandan zunehmend überflutete, hielt die ganze Zeit über an und nahm nur mehr zu, als der inzwischen geöffnete Zugang endlich zu seinen Füßen lag.

Kapitel 15

Rückblickend konnte ich später kaum sagen, was in der darauffolgenden Zeit alles geschah – es war schlicht zu viel. Es herrschte ein ständiges Kommen und Gehen und Forthran gab Befehle und Anweisungen, als habe er ein Leben lang nichts anderes getan. Nun, im Grunde hatte er wohl sein Leben lang nichts anderes getan!

Prulluf lag derweil vorwiegend still in seinen Kissen und während die Sonne das erste Licht über den Horizont vorausschickte, herrschte vor allem draußen im Hof hörbarer Tumult, der erst abnahm, als jemand mit lauter, durchdringender Stimme Ruhe befahl. Ich wagte einen Blick aus dem Fenster und sah, dass der Hof die Menschen kaum fassen konnte, zumal sich am Rande vermutlich das gesamte Gesinde herumdrückte, um zu hören und zu sehen, was vor sich ging. Das beständige Raunen dieser Leute endete erst, als der Mann von vorhin ihnen drohte, sie sollen ‚endlich die Mäuler halten'.

„Bleib hier. Bleib hier oben in Sicherheit. Ich werde jetzt da hinuntergehen, die Frauen aus dem Gesinde fortschicken und den Männern sagen, was sie erwarten wird. Und nach der Öffnung des Tores wird Vandan nicht lange auf sich warten lassen."

Forthran war unbemerkt neben mich getreten. Ein junger Soldat, den ich auf weniger als zwanzig Jahre schätzte, half ihm soeben in seine Brustpanzerung, die lediglich aus dickem, festem Leder, nicht aus metallenen Plättchen bestand. Sein Schwert, das Schwert seiner Vorfahren, wurde ihm gereicht, aber er nahm es kaum zur Kenntnis, denn sein Blick lag unverweilt auf mir.

„Ich komme mit. Ich werde mich im Hintergrund halten, versprochen, aber ich werde nicht hier oben sitzen und warten!", widersprach ich.

„Ich könnte es dir befehlen! Ich bin dein König! Jetzt bin ich es!", flüsterte er so leise, dass nur ich ihn hören konnte.

Ich atmete einmal tief ein und mit einem kaum merklichen Lächeln wieder aus. Es war eine Gewissheit, die mich trotz des Ernstes der Lage mit einem Glücksgefühl erfüllte und aus diesem Grunde lächeln ließ.

„Ja, das bist du. Und ja, das könntest du. Aber du würdest mir niemals etwas befehlen, das weiß ich. Nicht, weil ich von den Geistern geschickt wurde, sondern weil du mich respektierst. Mich, Sherea. Du respektierst mich genug, um mir niemals irgendetwas zu befehlen. Ich komme mit.", flüsterte ich genauso leise.

Der Blick aus seinen Augen wirkte unergründlich und mit einer einfachen Geste winkte er den Soldaten fort, um vor Olperts Augen und denen seines Vaters dicht an mich heranzutreten, seine Finger unter mein Kinn zu legen und mir einen langen, behutsamen und sanften Kuss auf die Lippen zu hauchen.

„N'iach mat! Ich könnte dir niemals befehlen, richtig! Also bitte ich dich: Bleibe wenigstens stets im Hintergrund und wenn es gefährlich werden sollte, rette dich in dieses Gebäude. Und das hier..."

Das lange, schmale Messer, das er hinten im Gürtel getragen hatte.

„Für alle Fälle?", wisperte ich heiser.

„Für alle Fälle!", nickte er, fasste meine Hände, um auch sie noch einmal zu küssen, und trat dann einen Schritt zurück.

„Es ist Zeit. Gehen wir, Vandan wird nicht zögern, wenn er unsere Einladung bemerkt!"

„Meine Kleider! Ihr werdet mich nach unten tragen, ich werde nicht in meinem Bett sterben!", grollte Prulluf, warf mir einen eigentümlichen Blick zu und nickte dann. „Mögen die Geister mit uns sein!"

Menschenleere Straßen, die Häuser verlassen. Er hatte seinen Augen nicht getraut, doch es erwies sich als wahr: Das Tor stand weit offen und von Wachen war weit und breit keine Spur. Die Mauerkronen rechts und links war unbewacht und auch wenn dies die offensichtlichste aller Fallen hätte sein können, sie gelangten ungehindert durch das Tor. Nicht eine Seele begegnete dem breiten Tross, von dem an jeder Straßenecke wie in einer einexerzierten Handlungsabfolge ohne jede Aufforderung je eine Gruppe nach rechts und links abschwenkte, um den Rückweg freizuhalten. Und einexerziert war dieses Vorgehen, denn so und ähnlich hatten sie es in jeder Stadt und in jedem Ort gehalten, die oder den sie dem Erdboden gleichgemacht hatten.

Der Eingang zum Tunnel hatte vor ihnen gelegen und die erste Gruppe Soldaten war bereits in das Innere vorgedrungen, als jemand etwas rief und aufgeregt Richtung Stadt deutete. Im ersten Licht des hereinbrechenden Tages war zu sehen, wie beide Torflügel sich öffneten, langsam und majestätisch nach innen schwenkten – und offen blieben. Eine mehr als deutliche Einladung, diesen weitaus bequemeren Zugang zu nutzen. Und als dann oberhalb rechts und links zwei lange, weiße Tücher aufrollten und an den eisenbewehrten Spitzen festgeknotet wurden, lachte jemand, das sei ja leicht gewesen: Eine Kapitulation, noch bevor man das erste Schwert gezogen habe!

Vandan hatte gezögert und abgewartet. Dann, als weiter nichts geschah, hatte er den Befehl gegeben, einen Boten zu dem am entgegengesetzten Ende der Stadt verborgenen Heeresteil zu schicken.

„Das ist eindeutig eine Falle. Würden sie kapitulieren, hätten sie erst die Bewohner der Stadt herausgeschickt, dann die Besatzung, um die Waffen niederzulegen und sich uns auf Gedeih und Verderb zu ergeben. Das dort jedoch … Sag Keroth, sie sollen sich am anderen Tor auf einen Ausfall einrichten und in Stellung gehen. Wir werden uns aufteilen. Schickt ihnen Verstärkung und auch noch weitere Männer in den Tunnel, bevor unser Eindringen dort bemerkt wird. Der jenseitige Zugang muss bemannt und unter allen Umständen gehalten werden, wir brauchen einen Fluchtweg. Ein Teil wird uns am Tor den Rücken freihalten, damit uns dieser Rückweg nicht unversehens abgeschnitten wird. Sichert von Anfang an die Flanken und tötet jeden, der euch über den Weg läuft. Keine Gnade, verstanden?"

„Ja, Herr."

„Gerthos?"

Der muskelbepackte Mann mit den braunen, im Nacken zusammengebundenen Haaren trat vor und verneigte sich, eine Hand flach an die Stelle seines Brustpanzers gelegt, unter der sein Herz lag.

„Mein Herr und König?"

„Zeit, dich noch einmal zu beweisen und dir deine Freiheit und reichen Lohn zu verdienen! Du reitest voran! Du weißt, was du zu tun hast?"

„Ja, Herr, ihr habt mich gut unterwiesen."

„Das will ich hoffen! Los, holt unsere Pferde, wir nehmen diese Einladung an."

…

Menschenleere Straßen und verlassene Häuser. Der Weg zur Residenz genau so, wie diese rabenschwarze Infida ihn beschrieben hatte. Der vordere Teil der Männer hielt an, als das weit geöffnete Haupttor der Residenz in Sicht kam, genau wie das Stadttor rechts und links mit zwei weißen Friedensfahnen behängt. Und während auch hier rechts und links je eine Gruppe abschwenkte und die Seiten sicherte, nickte Vandan. Die Stadt war nunmehr von ihm besetzt, dafür würde das nachrückende Heer schon sorgen; nur das hier fehlte noch. Erst jetzt setzte sich die Spitze der Männer wieder in Bewegung, um mit gezogenen Waffen und bis zum Zerreißen gespannter Aufmerksamkeit in den Hof zu reiten.

Er kam. Sie kamen! Das Herz schlug mir bis zum Hals, als der Hof sich füllte. Immer mehr Männer ritten und marschierten herein, dann stockte diese Bewegung, als beim besten Willen kein Platz mehr war. Auf der einen, dem Hauptgebäude zugewandten Seite die Soldaten Perstans, die Besatzung der Residenz, auf der anderen Seite, die der Stadt zugewandt war, Vandans Männer, vorneweg der, den alle so fürchteten. Er thronte hochmütig auf einem schwarzen Hengst, dessen Fell glänzend gestriegelt war, trug wie alle anderen, Forthran inbegriffen, einen glattledernen Brustpanzer und seine braunen Haare wurden im Nacken zusammengehalten, um ihn im Kampf nicht zu stören. Seinen Helm hatte er abgenommen und einem Begleiter gereicht, sein stechender Blick wanderte aufmerksam über die Anwesenden hinweg, dann blieb er an Forthran hängen, der nun vortrat.

„Ein leichter, schneller Sieg!", dröhnte Vandans Stimme durch den Hof. „Nie zuvor fiel mir eine ganze Stadt ohne einen einzigen Schwerthieb in die Hände. Ich sollte mich bei euch bedanken, aber andererseits … So traurig das Bild auch ist, das ihr abgebt, ihr werdet jetzt die

Waffen strecken und euch ergeben, mein Heer besetzt in diesem Moment den gesamten Rest der Stadt! Wo ist Prulluf? Wo ist der König?"

„Er steht vor dir!", trat Forthran einen weiteren Schritt vor und verhielt dann breitbeinig, seine linke Hand ruhig auf dem Schwertknauf.

Ich sah mich um, doch offenbar hatte man Prulluf noch nicht nach draußen getragen. Jedenfalls sah ich ihn nicht. Möglich also auch, dass Olpert sich schlicht geweigert hatte.

„Du bist nicht Prulluf!"

„Du wolltest den König sehen? Er steht vor dir! Mein Name ist Forthran, ich bin Prullufs Sohn und Perstans neuer König. Und das hier ... Nun, wir haben dir die Stadt geöffnet, Vandan."

„Das sehe ich!", grollte der. „Was ich nicht sehe, ist, wie das Volk und vor allem der bisherige König vor mir niederkniet, mir sein Schwert zu Füßen legt und die Kapitulation vollkommen macht!"

Er machte eine Geste mir der Rechten, auf die hin nun auch die berittenen Soldaten ihre Schwerter zogen, auch wenn sie sie nicht drohend hoben. Noch nicht!

Ich schluckte krampfhaft. Das hier sah nicht danach aus, als ob Vandan seine Männer zurückwinken und sich wie erhofft auf einen Kampf Mann gegen Mann einlassen würde. Und keiner seiner Männer wirkte, als ob er mit etwas anderem als einem wilden Kampf rechnen würde! Diese Situation wirkte vollkommen anders, als ich gehofft hatte!

„Die Kapitulation ist erst vollständig, wenn wir ein paar Dinge geregelt haben!", holte Forthran mich aus diesen Gedanken.

„Bedingungen?", lachte Vandan. „Bedingungen! Er glaubt, mir angesichts unserer Übermacht noch Bedingungen stellen zu können!"

Dröhnendes Gelächter, das von den Mauern widerhallte, fiel in sein Lachen ein.

Eine Bewegung irgendwo an der Seite weckte meine Aufmerksamkeit, doch es war nur eine große Gestalt in schlichter Kleidung, die eilig in der Küche verschwand. Sie wäre mir nicht aufgefallen, wenn ich nicht die Reaktion der Umstehenden beobachtet hätte. Ich wunderte mich jedoch, dass die Soldaten jemanden vom Gesinde oder den Stallungen übersehen hatten, als sie den Hof und die umliegenden Gebäude geräumt und die Männer bewaffnet hatten.

Forthran riss mich erneut aus dieser Überlegung; er hatte damit begonnen, Vandan klarzumachen, dass es für die friedliche Übergabe der Stadt nur eine einzige Bedingung gebe – und für die Eroberung der Krone ebenfalls nur eine.

Stimmengewirr hob sich und Vandan hob die Hand, um sich Gehör zu verschaffen. Er verwies im Gegenzug ungeduldig ein weiteres Mal auf die umstellte, längst eingenommene Stadt, seine Übermacht und dass ein Wink von ihm genüge und hier und jetzt werde ein Blutbad losbrechen.

Mein Herz setzte aus bei dieser Vorstellung. Ich sah mich suchend um, doch noch wirkten die Männer der hiesigen Besatzung zwar angespannt, aber nicht nervös. Und als mein Blick noch einmal an der Küchentür hängenblieb ... Der Mann war hineingegangen, aber noch immer nicht zurück und falls die Dinge hier eskalierten, wurde hier draußen jede Hand gebraucht. Oder jemand, der den hilflosen Prulluf wegtragen würde und das gab den Ausschlag. Langsam schob ich mich durch die wartenden Männer, die mir wenig Beachtung schenkten. Das, was vor uns stattfand, war viel zu interessant, als dass eine junge Frau, die sich in den Hof verirrt hatte, von Bedeutung war. Und da ich mich ohnehin im Hintergrund halten oder ins Hauptgebäude retten sollte ...

Die Tür zum Haupthaus quietschte leise, als ich sie zuschob. Lauschend blieb ich stehen, aber es dauerte eine Weile, bis ich in einem der oberen Gänge schnelle, leise Schritte hörte. Und auch wenn ich mich kaum hier auskannte, glaubte ich doch zu hören, dass sie den Gang zu Prullufs Gemach entlang eilten. Demnach war er unterwegs zu ihm und Olpert.

Meine Röcke raffend rannte ich nach oben.

„Olpert?"

Nichts.

„Olpert?", rief ich ein weiteres Mal, blieb an der Ecke stehen und lugte in den Gang, in dem Prullufs Schlafgemach lag, doch der lag verlassen da. Niemand war zu hören und ich hatte mich schon wieder abgewendet und wollte nach unten laufen, als ein leises Geräusch mich aufhorchen ließ.

Und als ich diesmal um die Ecke bog, zuckte ich zusammen. Vor der Tür zu Prullufs Zimmer stand atemlos der Mann von vorhin. Er war unbewaffnet, doch auffallend kräftig gebaut und deutete nun ins Innere der Kammer, in der einen Hand ein mit kleiner, unruhiger Flamme brennendes Talglicht, wie ich sie in der Küche gesehen hatte, das er wohl im unbeleuchteten Treppenhaus gebraucht hatte.

„Wo ist er? Wo ist König Prulluf? Man hat mich vom Nordtor hergeschickt mit einer wichtigen Botschaft für ihn; ich bin den ganzen Weg gerannt und unten im Hof sagte man mir, er sei in seinem Gemach!"

Ich lief hastig näher.

„Vom Nordtor? Prulluf ist nicht hier, er wollte nach unten gebracht werden, aber ich habe ihn dort noch nicht gesehen. Sollte er den Thronsaal gemeint haben? Ist dir Olpert begegnet, der Haushofmeister? Er war bei ihm. Welche Botschaft?"

„Tut mir leid, die ist für den König persönlich bestimmt! Wer bist du überhaupt?", runzelte er die Stirn und sein Blick wurde stechend als er meine wirren, blonden Haare musterte. Das kleine Licht stellte er vorsorglich auf dem kleinen Tisch neben der Tür ab. Auch ich musterte ihn; er hatte bei näherer Betrachtung eine gewisse Ähnlichkeit mit Vandan, der jetzt dort draußen das Wort führte und ich trat automatisch einen Schritt zurück.

Die Gewissheit, die mich jetzt überfiel, war alles andere als glücksbringend: Sie hätten einen Soldaten geschickt mit einer wichtigen Botschaft, keinen unbewaffneten Bürger!

Sherea!', hauchte jemand. *'Lauf!*'

Ich trat einen weiteren Schritt rückwärts und redete rasch weiter.

„Wir sollten Olpert suchen, auch wenn Forthran jetzt König ist; ich war dabei als er den Schwur auf das Schwert und Perstan geleistet hat. Und ich bin ..."

Ich kam nicht mehr dazu, weiterzusprechen, denn seine Rechte war, zur Faust geballt, vorgeschnellt und donnerte gegen meine Schläfe – ein Schmerz, als ob er mir den Wangenknochen gebrochen hätte!

„Hiergeblieben! Ich weiß genau, wer du bist! Sie hat dich mir bis ins Kleinste beschrieben, mehr als einmal!", hielt er mich fest, stieß mich mit aller Kraft in die Schlafkammer, warf die Tür hinter uns zu und schob geräuschvoll den Riegel vor.

Vollkommen benommen von dem Schlag torkelte ich haltlos weiter, bis ich halb gegen das Bett stieß, halb davor auf die Knie fiel. Er war schneller heran als ich wieder zu Atem gekommen war, um um Hilfe zu schreien. Und als ich nach dem Messer tastete, das ich hinter meinem Rücken in den schmalen Gürtel geschoben hatte, hatte er es mir schon entwunden und hielt es an meine Kehle.

„Die blonde Hexe, die durch den Steinkreis kommt und geht wie es ihr gefällt!", zischte er, drehte lauschend den Kopf und presste seine flache Hand auf meinen Mund. „Schscht! Ein einziger Ton und du bist tot! Ich will wissen, was dort draußen vorgeht, also keinen Mucks!"

Er zog mich hoch, drängte mich rückwärts zur Wand bis mein Hinterkopf unsanft dagegen stieß und knurrte verärgert, als ich endlich damit begann, mich zur Wehr zu setzen. Mit mehr als mäßigem Erfolg, denn mein Kopf dröhnte und der Umstand, dass das Zimmer sich kurz um mich drehte, machte es nicht besser.

„Zweikampf! Ein Zweikampf um die Krone, die Stadt und das Reich!", lachte er leise bei seinem Blick durch das Fenster. „Ausgezeichnet! Darin ist Gerthos ungeschlagen! Das gibt mir Zeit, mein eigenes Vorhaben zu beenden. Ihr Narren! Mir die Stadt zu öffnen, mir! Ich muss Prulluf also nicht mehr töten? Auch gut, ich wollte die Residenz und danach die Stadt ohnehin über euren Köpfen anzünden, die Tore von außen versperren und zusehen und -hören, wie ihr alle darin geröstet werdet! Hast du schon einmal dabei zugesehen, wie ein Mensch bei lebendigem Leib verbrennt?", spie er ein paar Speicheltropfen in mein Gesicht, dann wanderte sein Blick gierig über mich hinweg, huschte noch einmal zu dem

Geschehen im Hof und dann verzog er den Mund zu einem unheilverkündenden Grinsen.

„Gerthos macht seine Sache wirklich gut, das Feuer hat also noch ein paar Minuten Zeit – dein Leib nicht! Des Königs Bett wartet auf uns, ich sollte ja wohl wenigstens einmal darin gelegen und mich auf eine blonde Hure gewälzt haben!"

Mein Schrei erstickte unter seiner Hand als er mich jäh rückwärts auf das Bett stieß. Dann schob er gewaltsam einen Knebel tief in meinen Mund – ein Stück meines eigenen Kleides, das er nun mit nur einem Ruck entzweiriss, bevor er an seiner Hose nestelte, sich auf mich warf, mit beiden Händen meine Handgelenke greifend und seine Knie zwischen meine Schenkel schiebend.

„In Gedanken hatte ich dich schon so oft und auf so viele verschiedene Weise, während eine andere unter mir lag. Mal sehen, wie es ist, wenn es nicht mehr nur Fantasie ist!"

Ich schrie laut und voller Schmerz auf als er in mich eindrang. Es war ein Gefühl, als ob es mich zerreißen würde und jeder folgende Stoß schien mich einer drohenden Besinnungslosigkeit näher zu bringen. Es tat unsäglich weh und meine absolute, ohnmächtige Hilflosigkeit und das Entsetzen, das eine eisige Kälte bis in meine Knochen dringen ließ, vermischten sich mit dem abgrundtiefen Grauen vor diesem Dämon, der sich meines Körpers bemächtigte. Ein Grauen, das seine scharfen Klauen mit jedem Stoß tiefer in meinen Geist schlug und mit triumphierendem Lachen schartige Wunden riss.

Ich wollte die Augen schließen, wollte den Kopf zur Seite drehen, doch ich war nicht in der Lage, meinen Blick von seinem Gesicht direkt über mir abzuwenden. Und während die Tränen über mein Gesicht strömten, verschwamm es zu einer Fratze, die ich niemals im Leben wieder vergessen würde.

„Oh, es fühlt sich noch besser an als gedacht, blonde Druidin!", geiferte er und lachte nun tatsächlich auf.

„Schettal!", schrie ich – erfolglos, denn der Knebel verhinderte, dass mein Hilferuf verständlich wurde. Und sämtliche Ratschläge meiner Mutter ... nutzlos, ich war wie erstarrt.

Es schien eine Ewigkeit zu vergehen, in der Vandan keuchend auf mir lag. Seine Finger drückten begeistert an meinen entblößten Brüsten herum, seine Zähne gruben sich seitlich hinein und ich schrie zuletzt in einem fort ...

Und dann setzten seine Bewegungen jäh aus, als draußen erst absolute Stille eintrat und dann jemand laut dröhnend einen unverständlichen Befehl brüllte. Sein Gewicht auf mir verschwand von einem Moment zum nächsten und durch meinen Tränenschleier sah ich, wie er ans Fenster trat, hastig seine Hose hochzog und dann knurrend wieder herumwirbelte – zu wenig Zeit, vom Bett zu gelangen und zur Tür, ich hatte mich kaum bis an dessen Kante gerollt!

„So ein verdammter ... Los, komm hoch! Auf die Beine mit dir!", griff er in meine Haare und zerrte mich rücksichtslos daran hoch. Als ich über die Zipfel des zerrissenen Rocks stolperte, riss er mir ungeduldig auch noch den letzten Fetzen des Kleides vom Leib, sodass nur die Reste meines Unterkleids übrigblieben. Dann schob er mich grob und erbarmungslos vor sich her zur Tür, wo das kleine, noch immer harmlos vor sich hin brennende Talglicht stand, das er nun mit einem kräftigen Schwung auf Prullufs Bett warf. Die zerwühlten Laken fingen sofort Feuer, ebenso wie die schweren Vorhänge, die von oben herabhingen. Innerhalb einiger weniger Herzschläge brannte das Bettzeug lichterloh und schon landeten erste Funken auf dem kostbaren Teppich vor dem Bett.

„Los, raus hier! Wir nehmen die Treppe zur Küche – ein Fehler, sämtliche Diener wegzuschicken! Fehler über Fehler! Wo verstecken sie sich wohl, hm? Im Keller? Vermutlich ja, aber dort sitzen sie erst recht in der Falle!"

Mein ganzer Körper war ein einziger Schmerz, mein Geist war wie betäubt und ich handelte ohne nachzudenken und instinktiv. Den Knebel hatte ich endlich aus dem Mund gezogen und nun versuchte ich verzweifelt, meine Haare aus seinen Fingern zu winden, aber er riss nur umso heftiger daran.

„Wenn es sein muss, schleife ich dich daran hinter mir her die Treppe hinunter bis du keinen Fetzen Haut mehr am Körper hast! Entweder du kommst freiwillig mit oder ... Sobald ich dich oft genug hatte, überlasse ich dich jedem einzelnen Soldaten, der das hier überlebt, das schwöre ich! Und außerhalb der Residenz warten noch genug, sie werden nicht alle verbrennen!"

Verbrennen! Vandan ausgeliefert sein! Sterben, wie Mutters Schwester starb! Sollte denn alles umsonst gewesen sein?

„Schettal!", wimmerte ich verzweifelt, als ich brutal weitergezerrt wurde. Doch diesmal erhielt ich eine Antwort:

‚Er kommt! Halte aus, er kommt! Und Natian und dein Vater sind ebenfalls hier, auch wenn sie noch gefangen sind ...'

Gefangen? Sie würden mit den anderen verbrennen? Ich weinte laut auf und biss mir mit aller Kraft auf die Lippe, als sich das Messer sofort an meine Kehle legte.

„Keinen Laut!"

‚Nutze uns! Nutze unsere Macht, Sherea!', hörte ich Shereatas Stimme, während ich neben Vandan her durch den Flur stolperte, bemüht, nicht hinzufallen und mir so meine Haare selbst auszureißen.

„Nebel!", flüsterte ich unhörbar. „Er soll die Orientierung verlieren!"

Infida hatte ihm offenbar das gesamte Innere der Residenz beschrieben, aber wenn es gelang, dass er für einen Moment nicht wusste, wohin er sich wenden musste ...

Es genügte nicht! Zwar flossen tatsächlich sofort nebelartige Schleier durch den Gang auf uns zu, aber sie würden bei Weitem nicht genügen!

‚Du kannst es! Vertrauen, Sherea!', drängte Schettal.

Vertrauen ...

Forthran. Ihm vertraute ich wie keinem anderen und ich hatte nichts mehr zu verlieren!

Ich holte Luft, tief, tief Luft. Dann schrie ich aus Leibeskräften seinen Namen, riss Vandan meine Fingernägel durch das Gesicht und schrie erneut, als das Messer mir seitlich am Hals einen Schnitt beibrachte. Doch es hatte meine Haut offenbar nur unbedeutend verletzt und als er seinen Griff kurz lockerte, kam ich weit genug frei, um mich mit einem Ruck von ihm loszureißen, der mich weniger Haare kostete als befürchtet. Einem Ruck, der mich allerdings auch zu Boden stürzen ließ und meinen ohnehin malträtierten und schmerzenden Kopf heftig gegen die Wand prallen ließ. Sofort kroch ich rückwärts von ihm fort, ihn nicht aus den Augen lassend.

„Licht! Blendet ihn mit eurem Licht! Wenn ihr könnt lasst ihn fühlen, was er diesem Seher angetan hat – ihr habt ihm seine Schmerzen genommen, jetzt soll Vandan sie fühlen!"

„Mehr! Du hältst noch immer zu viel zurück, nutzt nicht alles!', flüsterte Shereata, während ein gleißend helles Licht sich wie eine nur undeutlich umrissene Gestalt zwischen mich und ihn schob und er mit einem lauten Schmerzschrei, der sofort in ein unterdrücktes Stöhnen überging, mit dem an die andere Wand torkelte.

„Holt Vater und Natian! Befreit sie ..."

‚Anders, Sherea! Wir können keine Waffen führen und wir können ihnen auch keine Türen und Schlösser aufschließen!', drängte sie. *‚Denk nach, du weißt es doch längst!'*

Verzweifelt überlegte ich. Vandan hatte den eingebildeten Schmerz offenbar überwunden; er torkelte inzwischen mit geschlossenen Augen auf mich zu, tastete vornübergebeugt mit beiden Händen in der Luft herum, was die Lichtgestalt an diesen Stellen eigentümlich verwischte und ich hatte Mühe, schnell genug rückwärts von ihm fortzukommen. Meine Stimme verriet ihm, wo er mich suchen musste, und ich schrie erneut auf, als er meinen Knöchel erwischte und blitzschnell und mit harter Hand festhielt. Anders als die Lichtgestalt, die um ihn herum zu zerfließen schien, ihm keinen Widerstand bot ...

Dann verstand ich – endlich!

„Ihr nicht, aber ich! Wir können es gemeinsam, Geist *und* Körper, Zeit und Raum! Schettal, finde jemanden, der bereit ist, mit deiner Hilfe zu wirken! Jemand dort draußen, der dir vertraut, der an dich glaubt ... Befreit Vater und Natian!", trat ich mit dem anderen Fuß wieder und wieder auf Vandan ein, als die Lichtgestalt mit einem triumphierenden Lachen verschwand.

„Forthran! Shereata!", schrie ich, als er mich dennoch immer näher und näher zu sich heranzog, zuletzt mit einem entschiedenen Ruck. Der raue Steinboden schürfte mein nacktes Gesäß und meinen Rücken auf und mein

Unterkleid riss noch weiter auf, als er mich auf den Bauch drehte, meine Arme jählings auf meinen Rücken zog und mich zwang, aufzustehen.

‚Ich bin hier! Nutze mich!', hauchte sie in mein Ohr.

Vandan stieß mich bereits weiter in Richtung Treppe, doch jetzt hörte ich irgendwo am anderen Ende des Ganges im Treppenhaus die hallenden Geräusche mehrerer Stiefel.

„Forthran!", schrie ich erneut und mit überschnappender Stimme, wehrte mich mit aller Kraft und erhaschte einen kurzen Blick in den hinter uns liegenden Gang. Die Tür zu Prullufs Gemach stand weit auf und jetzt war deutlich zu erkennen, dass dort drin bereits ein loderndes Feuer um sich griff. Das flackernde Licht beleuchtete den Gang schon derart hell, dass es das Licht des Sonnenaufgangs übertraf. Sehr bald schon würden diese Flammen noch weiter um sich greifen, würde dieses ganze Stockwerk in Brand stehen.

„Sherea!", hörte ich Forthran rufen und schon bog er um die Ecke am anderen Ende – um sofort wieder aus meinem Blickfeld zu verschwinden, als Vandan mich um die diesseitige zog. Noch zwei Räume, dann wären wir an der schmalen Treppe der Dienstboten angelangt!

„Ich brauche deine Hilfe!", stieß ich hervor. „Benutze meinen Körper, ich bin bereit!"

„Deinen Körper werden ich schon noch benutzen, verlass dich darauf!", fauchte Vandan und beschleunigte seine Schritte, rannte jetzt fast schon mit mir …

Das Gefühl, als Shereata in mich eintrat, war … kühl. Sie war kühl, aber nicht kalt, nicht gruselig und schon gar nicht angsteinflößend. Es war eher so, als ob ein lange verlorenes Teil von mir, das ungenutzt irgendwo in der Ecke im Schatten gelegen hatte, wieder zu mir gefunden hätte.

‚Weil wir eins sind! Weil wir schon immer eins waren! Halte durch, jetzt kann er dich nicht mehr verletzen! Mehr kann ich nicht tun, aber das liegt in meiner Macht!'

„Und Forthran?", krächzte ich.

‚Sein Schicksal und das Perstans liegen in seinen Händen! Hilfe ist nahe, doch das ist das Einzige, in das wir nicht eingreifen dürfen! Das hier jedoch ... Gib gut acht! Jetzt!'

Vandans Hand verschwand. Seine Finger schienen auf unerklärliche Weise durch mich hindurch zu gleiten, als ob ich für einen kurzen Moment nicht ...

Ich japste nach Luft. Ich war für einen kurzen Moment, kaum länger als ein Herzschlag, nicht in seiner Zeit gewesen. Und kaum zurückgekehrt, hatte Shereata uns schon wieder fortgeholt. Es war ähnlich dem, was Natian mir im Steinkreis beschrieben hatte: Ich war nicht vollständig hier und für Vandan nicht zu greifen, wenn Shereata es verhindern konnte!

„Was ..."

Ich stürzte von ihm fort im gleichen Moment, in dem Forthran um die Ecke bog, hinter sich einen an der Schulter blutenden ... Er war hier!

„Winnart!", stieß ich hervor und presste mich an die Wand, als Vandan erneut nach mir griff – vergebens. Shereata entzog mich seinem Zugriff, buchstäblich.

„Kümmere dich um die anderen, halte mir den Rücken frei, Winnart! Der hier gehört mir! Wenn er sich mir schon nicht in einem offenen, freiwilligen und ehrenhaften Kampf stellen will, dann eben so!", grollte Forthran laut, musterte mich und knirschte furchterregend mit den Zähnen, während er sein Schwert bedrohlich kreisen ließ.

„Dafür bezahlst du! Ich schwöre, dafür wirst du bezahlen!"

Vandan wirbelte herum, das Messer in der Linken.

„Ehrenhaft? Ist es ehrenhaft für einen König, mit ungleichen Waffen zu kämpfen?", höhnte er und tastete mit der anderen Hand unablässig weiter nach mir. Noch immer hoffte er, mich als Schutzschild nutzen zu können!

Ich schluchzte auf. Er hatte keine Gewalt mehr über mich und diese Erkenntnis rief unendliche Erleichterung in mir hervor – und alle Schmerzen wieder in mein Bewusstsein zurück. Jede einzelne Stelle, mein Unterleib ... Meines Aussehens schlagartig bewusst raffte ich mit der einen Hand notdürftig mein halb entzweigerissenes Unterkleid vor meiner Brust zusammen und trat dann weiter zurück, von ihm fort.

„Winnart!", forderte Forthran zischend.

„Herr! Ihr wollt ihm doch wohl nicht ein Schwert zur Verfügung stellen!"

„Er kennt keine Ehre, ich wohl! Ich begebe mich nicht in die Jauchegrube, die er bewohnt, er soll daher eine Waffe haben."

„Herr!"

„Gehorche! Perstans Krone will verdient sein, ich bin erst würdig, sie zu tragen und sie gehört erst wahrhaft zu mir, wenn ich unser Reich von dieser Kröte, diesem Dämon befreit habe! Ich habe etwas geschworen!"

Weitere Laufschritte wurden laut und Winnart stöhnte, dann verschwand er um die Ecke und kam nur einen Wimpernschlag später zurück, um Vandan ein Schwert über den Boden zuzuschieben. Es rutschte mit metallischem Scheppern über die steinernen Platten auf ihn zu. Er bückte sich ...

‚Bleib stehen! Halt still!', flüsterte Shereata.

Forthran war heran, kaum dass Vandan sich aufgerichtet hatte, doch der parierte den Hieb gekonnt und stieß fast zeitgleich mit dem Messer zu.

Wimmernd sah ich, dass die Spitze Forthrans Hemd trotz seiner Geistesgegenwart direkt unterhalb des Brustpanzers aufriss, doch offenbar floss kein Blut. Dann schrie ich erschrocken auf, als Vandan herumwirbelte, mit dem Schwert aus der Drehung heraus auf meinen Hals zielte ...

„Sherea!", brüllte Forthran und sprang vor.

Es glitt durch mich hindurch! Ich fühlte sie beinahe, aber die kalte Klinge berührte etwas, das nicht mehr war und hinterließ einen rein geistigen Eindruck.

„Es ist real und doch nicht real!", flüsterte ich. „Ich erlebe es, aber dank dir bin ich nicht wirklich hier. Es ist wie meine Begegnung mit Schettal im Steinkreis!"

„Ja, jetzt hast du es verstanden! Weil du das Tor bist und der Schlüssel, es zu verschließen und zu öffnen. Wenn auch nicht alleine, denn diese Reise kann ein Mensch nur mit unserer Hilfe antreten!"

„Shereata?"

Forthran warf uns nur einen ganz kurzen Blick zu – er hatte uns gehört! Und Vandan ebenfalls, das sah ich seinem schlagartig bleichen Gesicht an, dann jedoch drang Forthran schon wieder auf Vandan ein. Und mit jedem Schlag, mit jedem wütenden Hieb trieb er ihn nun weiter vor sich her und rückwärts an der Treppe vorbei. Der Gang würde bald enden und dann saß er in der Falle.

„Das Tor ist offen! Der Steinkreis, alle noch erhaltenen und all die vielen zerstörten Heimstätten – sie sind bedeutungslos, denn in diesem Augenblick münden unsere beiden Welten in einem einzigen Tor, das weit geöffnet ist! Du bist der Schlüssel und das Tor, die Verbindung, genau wie Schettal sie einst war! Die Prophezeiung erfüllt sich, die Menschen und *Geister erheben sich!"*

Ich lachte und weinte gleichzeitig. Das Gefühl dieser vollkommenen Vereinigung mit allen unseren Vorfahren war derart ... überwältigend, dass die Beine unter mir nachzugeben drohten. Aber noch war die Gefahr nicht vorüber!

„Hast du das gehört, Vandan?", schrie ich, Tränen der Erleichterung in den Augen, und tastete mich an der Wand entlang vorwärts hinter ihnen her. „Die Prophezeiung ist hier, sie ist hier! Kein Ort mehr, an den du vor ihr flüchten kannst! Forthran wird siegen und dann wirst du für immer von dieser Welt getilgt werden!"

Mit einem harten Geräusch umklammerten sie in diesem Moment gegenseitig ihre Handgelenke, hinderte einer den anderen daran, einen erfolgreichen, entscheidenden Treffer zu landen und mit durchschnittener Kehle zu enden. Die beiden rangen keuchend eine gefühlte Ewigkeit miteinander, beide die Schneiden des jeweiligen Gegners bedrohlich dicht an ihrem Gesicht, dann ertönte ein lauter Ruf aus dem Gang hinter uns und ein triumphierendes Grinsen verzog Vandans Mund. Winnart schien sich gleich gegen mehrere Feinde zur Wehr setzen zu müssen und es hörte sich so an, als ob weitere Feinde den Weg nach oben gefunden hatten, denn nun fluchte er lauthals.

„Forthran und siegen? Dazu wird es nicht kommen!"

Mit einem durchdringenden Brüllen stieß Vandan Forthran mit aller Kraft von sich und setzte sofort zum Gegenangriff an, noch bevor sie das Ende des Ganges erreicht hatten. Mit irrsinnig schnell aufeinanderfolgenden Hieben trieb er Forthran Schritt für Schritt rückwärts und ich tastete mich ebenfalls wieder rückwärts zurück, atemlos zusehend, wie Vandan erneut einen Treffer an Forthrans ungeschütztem Unterarm landete, woraufhin diesem fast die Waffe aus der Hand rutschte. Doch nur fast, denn gleich darauf schnitt sein verteidigender Hieb Vandans Hemd vor dem Bauch entzwei und es färbte sich rot. Doch offenbar war der Schnitt nicht tief genug, denn er hielt lediglich stöhnend inne und beide starrten sich schweratmend an, indes die Schritte im Gang bedrohlich näher kamen und jemand um die Ecke bog.

„Knie nieder und ergib dich mir, dann gewähre ich dir einen schnellen Tod!", forderte Forthran und duckte sich nur einen Augenblick später unter Vandans Schwert hindurch, rollte sich ab und keuchte laut auf, als ihn im Aufspringen das Messer an der Seite traf.

„Nein!", schrie ich entsetzt auf und sprang vor.

„Nicht! Halt still!", stieß Shereata hervor. Hörbar!

„Ja! Das also ist das Geheimnis! Und so kann ich das Tor wieder schließen, ein für alle Male!"

Shereata war fast völlig aus mir herausgeglitten, als ich mich unvermutet und viel zu schnell vorwärtsbewegt hatte – und Vandan hatte dies erkannt. Wie von einer unsichtbaren Hand zielsicher gelenkt flog das Messer gedankenschnell durch die Luft auf mich zu; es war zu spät, mich zu ducken oder auszuweichen …

Der Schatten, der von einer Sekunde zur nächsten vor mir auftauchte, wirkte eigenartig unscharf – und ich schrie erneut auf als ich endlich erkannte, wer da um die Ecke gebogen und in letzter Sekunde vor mich gesprungen war!

„Natian! Nein! Nein, nein, nein!"

Mit einer Hand hielt er noch meine Schulter so, als ob er mich festhalten wolle und nicht ich ihn. Doch schon wankte er, ächzte und sank ungeheuer langsam und schwer zu Boden, in seinem Rücken die eigenartig lange Schneide des Messers, das mir gegolten hatte!

Shereata trat wieder in mich ein und hielt den Kontakt, während ich langsam mit Natian auf den Boden glitt. Das Klirren der Schwerter, der Kampflärm und auch ihre wütenden Stimmen wurden undeutlich, ich war damit beschäftigt, ihn festzuhalten und seinen Kopf in meinem Schoß zu betten. Ein gurgelndes Röcheln kam aus seinem Mund, dann lächelte er verzerrt.

„Ich war immer nur ... ein Streuner – bis ich dich traf! Ich ... schuldete dir etwas, Sherea: Ich schuldete ... dir ein Leben!" Die Worte waren schon jetzt kaum noch verständlich und ein schmaler, dunkelroter Faden lief aus seinem Mundwinkel.

„Du schuldest mir gar nichts!", weinte ich laut auf und streichelte unablässig sein Gesicht. „Du musst bei mir bleiben, du hast jetzt ein Leben mit Netrosh! Stirb nicht! Nicht jetzt! Alles ist gut, Natian, alles ist gut!"

„Jetzt ist alles gut!", lächelte er noch ein wenig mehr. „Ich liebe dich, hast du das gewusst?"

„Nein! Nein, das wusste ich nicht! Aber ich habe es geahnt!", wimmerte ich.

Der Lärm um uns herum erstarb und verhallte, nur noch ein langes, tiefes und gutturales Stöhnen war zu hören, dann fiel ein Körper schwer zu Boden und Forthran, gleich aus mehreren Wunden blutend, kniete neben uns nieder.

„Natian, Sohn von Netrosh!", murmelte er.

„Forthran?", röchelte der.

„Ja. Ich verdanke dir mein Leben und mein Königreich!", fasste er nach dessen Schulter. „Ich verdanke dir mehr, als je ein Mensch zuvor einem anderen verdankt hat! Und nicht nur ich, ganz Perstan steht in deiner Schuld!"

„Vandan ist ... tot?"

„Vandan ist tot!", bejahte er voller Genugtuung.

„Dann ist ... Vater gerächt! Und all ... die anderen Toten! All die ... Frauen ... All die Frauen! Sherea?"

„Ich bin hier! Und er ... konnte mir nichts antun!", stammelte ich heiser. „Er hat es versucht, aber Forthran war schneller!"

Forthrans Blick zeigte, dass er meine Lüge durchschaute und als ich aufsah und in Vaters Gesicht sah ... Auch er trug ein blutiges Schwert und hielt sich offenbar nur mit Mühe aufrecht, doch der hasserfüllte Blick, den er Vandans Leiche zuwarf, sagte mehr als Worte. Wenn er gekonnt hätte, hätte er ihn mit bloßen Händen erwürgt.

„Du konntest ... noch nie lügen!", hauchte Natian, hustete und ein weiterer Schwall Blut lief ihm aus dem Mund. „Es tut ... mir ... so leid!"

„Schettal!", wimmerte ich weinend. „Kann man denn gar nichts tun? Könnt ihr nichts tun?"

„Nein, es ist zu spät, die Verletzung zu schwer. Er steht bereits auf der Schwelle ... und wir werden ihn willkommen heißen! Hörst du, Streuner, wir heißen dich willkommen! Komm heim!", kam die hörbare Antwort. Schettal und Vater. Sie hatten sie befreit.

„Heim!", gurgelte Natian. „Vater!"

Das verzerrte und doch so glückliche Lächeln auf seinem Gesicht brach mir das Herz und als er den Atem zum letzten Mal ausstieß und seine Augen brachen, beugte ich mich weinend über ihn.

„Natian! Warum?"

„Es war sein Schicksal! Diesmal!", flüsterte Shereata sanft. *„Lass ihn gehen! Lass uns ihn holen, wir kümmern uns jetzt um ihn!"*

„Durch das Tor?"

„Durch das Tor! Er hat seinen Frieden gefunden, finde du nun den deinen! Du hast es verdient."

Das Leuchten, das nun um ihn herum aufstieg, hatte nicht das Geringste mit dem grauweißen Nebel zu tun, der den Soldaten im Steinkreis geholt hatte. Natians Leuchten war ... warm! Es strahlte in einem unbeschreiblich warmen, goldgelben Ton und hüllte ihn ein wie in eine Decke. Sein Körper in meinen Armen wurde leicht, verschwand und verschwamm mehr und mehr und zuletzt blieb nur der Eindruck tiefen Friedens und unendlicher Leichtigkeit, bevor auch der verschwand – gemeinsam mit dem Licht! Doch hinterlassen hatte er mir diesen tiefinnerlichen Frieden!

Ich weinte laut und sank zur Seite, doch Forthran fing mich auf, ließ sein Schwert fallen und hob mich hoch.

„Winnart?"

„Ich werde es überleben, Herr! Aber wir müssen hier raus, der Gang hinter uns ist nicht länger passierbar!"

„Gut! Hier entlang. Wir haben ein Feuer zu löschen! Und wir haben den Tod eines Tyrannen zu verkünden!"

Sie brachten mich fort. Wohin? Ich wusste es nicht und es war mir auch egal. Jemand deckte mich irgendwann zu, jemand legte mich irgendwann in ein Bett und eine Frau zog mich irgendwann behutsam aus, reinigte mich und kleidete mich in ein weiches, warmes Hemd, doch ihr Gesicht blieb verschwommen und unscharf, ihre Worte rauschten ungehört an mir vorbei. Jemand gab mir zu trinken – etwas Bitteres – und ich sank in einen traumlosen Schlaf. Und jemand fütterte mich irgendwann langsam.

Natian war fort. Der Gedanke, dass er tot war, war falsch, also war er einfach nur fort. Bei den Geistern. Das Leben diesseits des Tores ging weiter, aber es berührte mich nicht.

Irgendwann schlief ich wieder und wachte wieder auf, dann brachte man mich erneut woanders hin – wo ich blicklos darauf wartete, wieder einschlafen zu können. Doch irgendwann wartete ich sehr lange. Ich wartete schon viel zu lange.

Das kleine Flämmchen flackerte tröstlich hell im Dunkel und als erneut jemand kam und neben mir auf dem Bett Platz nahm, erwartete ich schon hoffnungsvoll, dass man mir endlich wieder etwas von dem bitteren Trank reichen würde, der mir gnädiges Vergessen und tiefen Schlaf geschenkt hatte. Und erst als derjenige genauso lange wie ich still und reglos verharrte, hob ich irgendwann zum ersten Mal meinen Blick, bemüht, zu erkennen, wer da bei mir saß.

„Sherea?"

Ich blinzelte.

Vater. Sein Gesicht. Mein Vater, nicht der aus dieser Zeit.

„Wieso bist du gekommen?", flüsterte ich heiser. Meine Stimme gehorchte mir kaum.

„Um nach dir zu sehen! Ich würde noch in die tiefsten Abgründe der Unterwelt tauchen, um nach dir zu sehen!", kam die leise Antwort. „Und ich hätte alles gegeben, wenn ich dir all das hätte ersparen können!", endete er erstickt.

Ersparen? Ich verstand irgendwann und kämpfte, um meine Aufmerksamkeit an der Oberfläche zu halten. Für ihn.

„Das lag nicht in deiner Macht. Es kam, wie es kommen musste, das weiß ich jetzt. Ich habe es verstanden, Vater."

„Das kann ich nicht glauben! Das glaube ich weniger denn je! Nicht ... das!"

Seine Hand streichelte sacht meine Wange, blieb dann warm und beschützend auf meiner Stirn liegen.

Ich begriff. Mir war das zugestoßen, vor dem Mutter nur ganz knapp verschont geblieben war.

Mein Lächeln fiel offenbar viel zu verzerrt aus, denn nun verzog er sein Gesicht voller Selbstanklage.

„Sprich mit mir! Sag es mir! Schließ es nicht in dich ein, Sherea! Ich kann es ertragen und dir wird es helfen, damit fertig zu werden!", bat er.

„Ich werde damit fertig, das verspreche ich! Ich muss dich nicht auch noch damit ... belasten."

„Wen belügst du jetzt? Mir kannst du nichts vormachen, ich kenne dich viel zu gut! Ich habe dich nach deiner Geburt in deinen ersten Schlaf gewiegt, habe dir alles beigebracht, was ich weiß und habe versucht, dich zu einer starken Frau zu erziehen, die in dieser Welt bestehen kann – auch in einer Welt, in der Frauen wenig zu sagen haben und ... viel zu leiden. Viel zu sehr!

Doch jetzt? Jetzt sehe ich hilflos mit an, wie du dich seit Tagen in dich selbst zurückziehst, wie du vollkommen geistesabwesend vor dich hinstarrst und auf jedes Wort, auf jede Ansprache nur mit einem leeren Blick reagierst. Was hat er dir angetan? Sag nicht, dass du damit fertig wirst, ich weiß es besser!

Wenn du nicht mit mir reden willst, kann ich auch das verstehen. Öffne dich wem auch immer, aber öffne dich! Ich werde nicht hier sitzen und zusehen, wie du in dir selbst verschwindest, eher hole ich dich mit Gewalt aus dir heraus – und zurück in meine Zeit!"

Ich blinzelte und warf einen raschen, endlich aufmerksamen Blick umher. Der Raum, in dem wir uns befanden, war mir völlig unbekannt, doch offenbar befanden wir uns tatsächlich schon seit Tagen hier, denn die vielen Dinge des täglichen Lebens zeugten durchaus davon, dass dies nicht nur eine vorübergehende Unterkunft war.

„Tage?", flüsterte ich.

„Du befindest dich seit nunmehr vier Tagen in diesem Zustand!"

„Vier?", krächzte ich. Natian war vor vier Tagen … gegangen?

„Jeder Bewohner der Residenz schleicht seither nur noch auf Zehenspitzen um deine Kammer und niemand, der sich nicht zutiefst um deinen Zustand sorgt!"

„Die Residenz?"

„Nur das obere Stockwerk mitsamt Turm ist niedergebrannt und zwei der darunterliegenden Räume sind recht mitgenommen, der Rest konnte dank der vielen Helfer gerettet werden. Das hier ist eines der Seitengebäude, in dem gewöhnlich die niederen Gäste und die Neuankömmlinge untergebracht werden. Das hier ist das Zimmer, das ich mir einst als Junge mit Netrosh teilte."

„Das feindliche Heer?"

„Später! Es genügt zu wissen, dass sie fort sind, denn jetzt geht es einzig und alleine um dich!", wehrte er energisch ab.

„Und … Forthran?"

Ein flüchtiger Ausdruck huschte über sein Gesicht, dann seufzte er.

„Er ist kaum von deiner Tür gewichen. So oft er konnte, hat er dort draußen gesessen, hat immer wieder nach dir gesehen. Doch jedes Mal hast du ihn angesehen als ob … Nein, du hast durch ihn hindurchgesehen wie durch einen Geist. Und das lässt ihn vermutlich glauben, dass du ihm die Schuld daran gibst, was dir zugestoßen ist."

Ich ächzte leise, richtete mich halb auf und stützte mich, ein wenig schwindelig, auf dem Ellenbogen ab.

„Er kann nichts dafür! Das muss er doch wissen!"

„Woher sollte er? Genau wie Natian fühlt er sich für dich verantwortlich."

„Natian ..." krächzte ich.

Er seufzte, dann setzt er sich so, dass ich meinen Kopf an seine Schultern lehnen konnte.

„Was immer er getan hat, welche Fehler auch immer er begangen hat, er hat alles wieder wettgemacht durch sein Opfer. Ich habe ihn verkannt, trotz allem, und kaum etwas bedauere ich so sehr wie den Umstand, dass ich ihm das nicht mehr sagen konnte. Es waren zwar nicht meine letzten Worte an ihn, aber nur Stunden zuvor hätte ich ihn um ein Haar erwürgt dafür, dass er dich ohne jeden Skrupel aus unserer Mitte gerissen hat. Jetzt aber ... Ich bin ihm unendlich dankbar für das Leben meiner Tochter!"

Herausgerissen! Die Sehnsucht, die mich in diesem Augenblick überfiel, nahm mir fast den Atem.

„Mutter! Trigus! Die anderen! Was wird jetzt? Wie geht es ihnen?"

„Es geht ihnen gut. Natürlich geht es ihnen gut, sie sind in Sicherheit in unserer Zeit. Was jetzt wird? Ich gestehe offen, dass ich es nicht weiß! Ich weiß es nicht! Als ich die Geister bat, mich hierher zu schicken, war mir vollkommen gleich, was mit mir werden würde. Mein einziges Ziel war, dich zu finden und zu beschützen, mich notfalls im Tausch gegen dich anzubieten, wenn diese Prophezeiung ein Opfer in Form eines Lebens oder eines ... Verbleibens in dieser Zeit fordern würde. Jetzt sitze ich jedoch seit Tagen hier bei meiner Tochter, die gar nicht mehr hier zu sein scheint."

„Doch, ich bin hier. Es tut mir leid, ich war wie ... betäubt."

„Schon gut und nur zu verständlich. Du wurdest mit Gewalt konfrontiert, die ... Nun ja, Hauptsache, du verschwindest nicht wieder, würde ich sagen.", kam es erleichtert.

Verschwinden ... Ich schloss die Augen und eine Träne rollte über meine Wangen. Es gab nur einen, den wir dazu befragen konnten, was nun werden würde.

„Schettal?", flüsterte ich.

‚Ich bin hier. Ich bin immer bei dir, schon vergessen?'

„Nein. Doch, vielleicht. Für ein paar Tage."

‚Du möchtest wissen, was geschehen wird, wenn wir deinen Vater zurückschicken.'

„Er kann zurück?"

‚Natürlich!'

Ich schluckte.

‚Wird er mich vergessen?', fragte ich in Gedanken weiter. ‚Was wird er in seiner Zeit vorfinden, wenn er zurückkehrt? Alles hat sich verändert! Werde ich geboren werden, wenn es mich doch schon gibt? Wenn ja, wer werde ich sein, wenn ich doch schon ich bin? Und ... Natian?'

Der Eindruck eines tiefen Seufzers streifte mich.

‚Nein, Fostred wird dich nicht vergessen. Nicht so, wie du denkst. Er wird bei seiner Rückkehr beide Zeiten kennen, weil er beide erlebt haben wird – und weil er den Wandel dieser Zeiten erlebt hat, Teil der Prophezeiung wurde. Und schon alleine deshalb wird er dich niemals vergessen.'

‚Und Mutter? Die anderen?'

Wieder ein tiefer Seufzer.

‚Ich weiß es nicht. Möglich, dass für deine Mutter etwas wie ein fernes, undeutliches Echo bleiben wird, möglich, dass dein Vater dieses Echo erfolgreich verstärken wird. Die anderen jedoch ...'

Ich schluckte krampfhaft, kämpfte entschlossen gegen die aufsteigenden Tränen und unterdrückte erfolgreich das schmerzhafte Sehnen und die Trauer in meinem Inneren.

‚Und ja, du wirst geboren werden, denn dieser Kreis wird sich ebenfalls schließen – genau wie Natians Kreis!

Und genau darin liegt eine unfassbar große, neue, tröstliche Möglichkeit, Sherea! Alles kann passieren, weil wieder alles möglich ist! Natians Schicksal mag einmal gewesen sein, hier zu sterben, aber er ist noch nicht geboren. Die Prophezeiung ist dank euch erfüllt – und das wiederum bedeutet, dass weder du noch er in diese Zeit zurückgehen muss. Wozu auch? Ihr habt euer eigenes Schicksal erfüllt, habt es gleichzeitig geändert und habt die Möglichkeit geschaffen, dass alles neu wird.'

‚Alles kann neu werden? Natian … Er könnte in diesem neuen Leben alt werden? Und Netrosh auch?', riss ich die Augen auf und blinzelte eilig weitere Tränen fort.

‚Alles ist möglich!', lächelte er. *‚Wer sieht schon, wie der Verlauf des Baches hinter der nächsten Biegung aussieht?'*

‚Muss ich ebenfalls sterben, um geboren zu werden? So wie Natian?'

‚Nein. Deine Zukunft kann ich nicht sehen, aber eines weiß ich genau: Du musst nicht sterben, um noch einmal geboren zu werden. Du bist das Tor und der Schlüssel, du bist beides. Sherea lebt und wird gleichzeitig geboren, auch wenn sie ein anderer Mensch werden wird als du. Weil sie ein anderes Leben führen wird, andere Entscheidungen trifft … ein anderes Schicksal haben wird!'

Ich drehte den Kopf, um Vaters Blick begegnen zu können.

„Sie muss Natian kennenlernen! Netrosh lebt und Sherea muss Natian kennenlernen, Vater! Bitte sorg dafür, dass sie wenigstens die Möglichkeit haben, sich zu begegnen …" brachte ich erstickt hervor.

„Du kehrst nicht mit mir zurück!", flüsterte er, selbst offenbar den Tränen nahe, umklammerte meinen Kopf und presste seine Lippen auf meinen Scheitel. Offenbar hatte jemand meine Haare gekämmt und geflochten.

„Du könntest es, aber du kommst nicht mit zurück!"

Ich lauschte in mich hinein – und verstand. Der Weg zurück hatte mir von Anfang an freigestanden, doch jemand war sicher gewesen, dass ich nicht darum bitten würde.

‚Die Dynastie derer von Perstan ist gesichert!', flüsterte Shereata mir zu, als es an der Tür klopfte und auf Vaters ‚Herein!' Forthran in die Tür trat – und abrupt stehen blieb, als er mich ‚anwesend' vorfand.

„Sherea?", war alles, was er sagte – und er klang ähnlich heiser wie ich.

Ich fasste nach Vaters Hand und umklammerte sie mit aller Kraft, dann nickte ich.

Die Tür zuschiebend trat er näher, blieb dann jedoch auf halbem Weg stehen.

„Ist alles ... Ich meine ... Wie geht es dir? Du bist wach!"

„Ja, ich bin wach, und es geht mir gut, Forthran. Und dich trifft keine Schuld. Ich weiß jetzt, dass der Weg zurück in meine Zeit mir offen stünde, aber was ich nun dort vorfinden würde, wäre nicht mehr meine Zeit, deshalb führte er nur in eine Richtung. Ich würde zu viel von dem Erlebten und zu viel von mir mitnehmen und eine neue Sherea all ihrer Möglichkeiten berauben – und das kann ich nicht."

Er schluckte hart, aber es war Vater, der meine Aufmerksamkeit forderte.

„Was heißt das? Ich verstehe nicht ..."

„Das wirst du, spätestens wenn du zurückgekehrt bist, vertrau mir! Ich komme nicht mit, denn deine neue Tochter muss ihre eigenen, neuen Möglichkeiten nutzen. Und du musst ihr dabei helfen. Ich dachte, ich hätte alles verstanden, aber erst jetzt verstehe ich auch das Ende."

„Das Ende?", stieß Forthran hervor.

„Das Ende der Prophezeiung! Der kommt, wird gehen, der herrscht, wird fallen. Vandan. Er ist tot, von deiner Hand getötet.

Dieser Schlüssel ist nicht ehern und er ist Schlüssel und Tor zugleich – das bin ich. Ich bin tatsächlich gleichzeitig der Schlüssel und dieses Tor, genau wie Schettal einst dieses Tor war. Ich brauche die Steine nicht, nicht um mit unseren Vorfahren in Kontakt zu treten! Und Schettal hat diesen Kreis nur deshalb errichten lassen, um seinem Volk zu gewährleisten, dass es immer ein Tor geben würde, auch wenn es nicht in Gestalt eines Menschen über diese Erde wandelt!"

„Weiter!", bat Vater, als ich stockte.

„Einmal durchschritten führt der Weg nur in eine Richtung und verzerrt wird so, was sonst nur in der Götter Hand, doch wird es geduldet für das große Ziel ... Oh ja, die Zeit hat sich verzerrt! Und wenn es nicht für dieses eine große Ziel gewesen wäre ... Ich werde wohl lange darüber nachdenken, aber ich glaube, dass dieses Ziel nur um Haaresbreite rechtfertigte, was geschehen ist! Es darf nicht in unserer Hand liegen, derart in Schicksale einzugreifen! Was daraus werden kann, haben wir gesehen und auch wenn es gut ausgegangen ist ... Der Lauf der Dinge mag beeinflusst werden können, aber das Ergebnis ist viel zu fragwürdig, um so etwas noch einmal zu versuchen! Es hätte zuletzt ebenso gut anders enden können! Schlimmer als zuvor und unter einem Vandan, der mehr von unserer Mystik gewusst hätte, als gut für unser Volk gewesen wäre!"

Ich starrte Vaters Hand in meiner an und erst, als er sich räusperte, kehrte ich wieder an die Oberfläche zurück.

„Und es ist eine Sache, einem Seher eine Prophezeiung zu verkünden, doch eine ganz andere, sie derart vage zu halten, dass sie mehrere Deutungen zulässt. Der kommt, wird gehen und der herrscht, wird fallen wenn die Zeit reif – das konnte gleichermaßen auch für dich gelten, Forthran. Oder für Prulluf, Hebbun – für euer ganzes Geschlecht. Deutungen! Auch die Geister können Fehler machen!"

Forthran schloss die Augen und stieß den Atem aus. Als er mich wieder ansah, wirkte sein Blick unergründlich.

„Und das Ende? Du sagtest, dass du erst jetzt das Ende verstehst!"

„Ja. Die Gerechte wird siegen und das Schloss schafft der Schlüssel, nicht dessen Schmied. Und der Schlüssel ist irden, genau wie der Fels."

„Ich hatte gehofft, dass ich dieser Schmied sei. Ich wollte mich anbieten an deiner Stelle …", warf Vater ein.

„Ich weiß. Doch hier war der Schlüssel nur ein Sinnbild. Das Schloss war immer ich, Vater. Denn nun liegt es in meiner Entscheidung, dieses Tor für immer zu schließen. Tor, Schloss und Schlüssel, alles drei bin ich. Und ich bin irden, bin ein Mensch. Genau wie der Fels."

„Der Fels? Ich verstehe noch immer nicht!"

Ich drehte den Kopf und begegnete Forthrans Blick.

„Vater war mein Fels, zwanzig Jahre lang. Und später, hier, für eine Weile, wurde Natian mein Fels. Dann jedoch … Du schuldest mir noch etwas, Forthran: Die Erzählung eines Traums!"

„Dein Fels?", kam es leise.

Ich nickte und gab ganz langsam und vorsichtig Vaters Hand frei. Es brauchte keine Hand mehr, das Band war nie abgerissen.

Kapitel 16

Es war nicht dazu gekommen, dass er mir von diesem Traum erzählte. Es hatte erneut an der Tür geklopft und diesmal war es Oshek, der hereinsah. Und hinter ihm …

„Zerbus?", stieß Vater hervor.

Zerbus musterte ihn verwirrt, dann öffnete sich sein Mund in sprachlosem Erstaunen. Doch noch bevor irgendwer etwas sagen konnte, grollte Oshek, sie sollen sich alle gefälligst hinausscheren, sonst …

Nacheinander gehorchten sie ihm tatsächlich und auch wenn Forthran noch einmal kurz an der Tür innehielt, blieb Oshek doch hart.

„Später, mein König! Etwas anderes hat Vorrang; wenn Ihr draußen warten würdet …"

Forthran verzog das Gesicht, dann nickte er. Und nickte mir noch einmal zu, bevor Vater die Tür hinter ihm zuzog.

„Ich freue mich, dich zu sehen und vor allem, geistesgegenwärtig anzutreffen! Buchstäblich, möchte man meinen!", begrüßte er mich. „Ich entschuldige mich, dass ich so lange gebraucht habe, bis ich zurück in Perstan war, aber nicht dafür, dass man dir diesen verfluchten Trank eingegeben hat! Ich entschuldige mich auch nicht dafür, dass man ihn dir noch ein zweites Mal verabreicht hat, denn obwohl ich sie davor immer gewarnt habe, ist es nicht meine Schuld. Aber ich entschuldige mich dafür, dass ich ihnen diese Rezeptur überhaupt gegeben habe; so etwas gehört nun mal in die Hände eines erfahrenen Heilers!", zog er umständlich einen Hocker neben das Bett, klopfte sich noch umständlicher den Reisestaub von den Kleidern und nahm umständlich und erleichtert Platz.

„Ich freue mich ebenfalls, dich zu sehen, heil und wohlauf. Du bist eben erst zurückgekehrt!", gab ich zurück.

„Ja.", nickte er.

„Und sofort zu mir geeilt? Mir geht es gut."

„Nein, tut es nicht!", schüttelte er den Kopf. „Gib dir keine Mühe, ich weiß Bescheid! Wir waren mit dem Wagen noch nicht durch das Tor, als auch schon Olpert auf mich zugestürzt kam und wie ein Wasserfall auf mich einzureden begann. Er hätte mich fast vom Bock heruntergezerrt und auf dem Weg hierher hat er mir haarklein erzählt, was geschehen ist, was dir offensichtlich zugestoßen ist! Und als er sagte, dass du seit fast einer Woche ..."

„Vier Tage!"

„Unterbrich mich nicht! Als ich hörte, dass du seit fast einer Woche vollkommen lethargisch lediglich vor dich hinstarrst, obwohl du keinen Schlaftrank mehr bekommst ..."

„Ich bin nicht lethargisch!"

„Nicht mehr, wolltest du wohl sagen! Und das sehe ich und danke den Göttern dafür! Wer hat dich wachgerüttelt?"

Ich senkte den Kopf.

„Vater."

„Fostred also! Hm ... Offenbar habe ich mich in dem Jungen nicht getäuscht. Genauso wenig wie Netrosh."

Er seufzte, lange und gedehnt, dann beugte er sich vor und legte seine faltige, raue, von zahlreichen blauen Äderchen durchzogene Hand auf meine.

„Es tut mir leid! Ich weiß, das hilft dir nicht, aber ich möchte, dass du weißt, dass es mir unsagbar leidtut."

„Was tut dir leid?", fragte ich verständnislos.

Er richtete sich wieder auf und zog dabei auch seine Hand fort.

„Dass ich nicht da war. Mashea kennt sich glücklicherweise ein wenig mit Kräutern, Samen und Tränken aus, aber ich hätte hier sein und mich um deine Verletzungen kümmern sollen. Um die Äußeren und Inneren. Vandan hinterlässt immer äußere und innere Spuren, ich weiß das sehr gut."

Ich hatte den Atem angehalten und stieß ihn nur sehr langsam wieder aus.

„Ich möchte nicht darüber sprechen. Ich möchte es vergessen."

„Ich weiß. Aber vergessen wirst du es ohnehin nie. Wenn du es hingegen in dir einschließt, hat er noch im Nachhinein über dich gesiegt. Mag sein, dass er deinen Körper besessen hat – für eine Weile – aber wenn du dich jetzt nicht wehrst, dann wird er auch bis an das Ende deines Lebens deine Seele und deinen Geist besitzen. Teile davon zumindest, die groß genug sind, dass dieses Leid und dieser Schmerz und das Gefühl dieser Ohnmacht niemals enden werden.

Du bist nicht die erste Frau mit der ich spreche, die Opfer einer solchen Gewalt war. Einige haben es trotz all meiner Mühe nicht überlebt, auch wenn ihre äußeren Verletzungen eigentlich heilbar gewesen wären. Sie dämmerten dahin, gaben sich auf oder nahmen sich auf andere Weise das Leben. Und als ich hörte …"

„Als du hörtest, dass ich vor mich hinstarre, dachtest du, ich würde auch so enden! Aber ich kann dich beruhigen, mir geht es gut."

Zunehmend energisch schüttelte er den Kopf.

„Tut es nicht. Olpert sagte mir, dass du außer ein paar Löffeln Brühe täglich nichts gegessen hast. Gäbe es hier drin einen Spiegel, würdest du vermutlich vor dir selbst erschrecken, Sherea. Und ich rede nicht von den dunklen Flecken, den halb verheilten Schürfwunden und dem noch immer geschwollenen Gesicht. Ich glaube fast, man hätte in deinem Fall den Spiegel nicht aus diesem Raum entfernen dürfen."

Ich zog die Beine unter der Decke an und umklammerte meine Knie.

„Dann soll er mir etwas zu Essen bringen, ich bin jetzt wieder bei mir.", betonte ich – und mir wurde schon übel alleine bei dem Gedanken daran, etwas essen zu müssen.

„Glaub mir, ich nehme dich beim Wort! Aber das alleine genügt nicht. Du musst das Unaussprechliche aussprechen, wenn du dich davon befreien willst. Ich biete mich dir als Zuhörer an, aber ich weiß sehr wohl, dass viele Frauen sich nach einem solchen Erlebnis lieber einer Frau öffnen."

„Er hat mich vergewaltigt, Oshek! Wie so viele andere vor mir! Genügt das nicht? Jedermann hier weiß es und jedermann schleicht Vaters Worten zufolge seitdem um diese Kammer wie Katzen um den heißen Brei. Ich spreche es aus: Er hat mich vergewaltigt, doch anders als so viele war es ... für ihn nicht von Erfolg gekrönt. Die Ereignisse im Hof – welche auch immer das waren – machten dem ein Ende. Und ich lebe. Und jetzt möchte ich etwas Brühe haben, ich werde essen!"

Mein Gesicht pochte unangenehm an der Stelle, an der Vandan mich mit der Faust geschlagen hatte. Und für einen Moment spürte ich auch wieder ... Ich streckte die Beine vorsichtig wieder aus und es wurde besser, doch es verschwand nicht vollständig. Nicht mehr.

„Er wurde unterbrochen in seinem Tun?"

„Ja.", stieß ich ungnädig hervor.

„Es ist nicht deine Schuld!"

„Das weiß ich, das musst du mir nicht sagen!"

„Nichts davon ist deine Schuld, du bist das Opfer!"

„Ich weiß!", wurde ich lauter und tastete nach meiner Wange, als das Pochen schlimmer wurde. Nach vier Tagen konnte ein blauer Fleck doch kaum mehr so weh tun! Dann zog ich meine Beine wieder an, doch auch so konnte ich auf einmal kaum mehr sitzen.

„Er war bedeutend stärker als du; egal, was du getan hättest, er hätte dich auf jeden Fall überwältigt."

„*Ich weiß! Hör auf damit!*", schrie ich nun schon beinahe.

„Olpert hatte Prulluf bis in den Thronsaal gebracht, doch dort ist er König zusammengebrochen. Vandan hat Olpert in der Küche überwältigt, als der nach Prullufs Medizin suchte. Niemand war da, der dir hätte helfen können. Vandan hätte das Gebäude angezündet, hätte oben in des Königs Gemächern begonnen und auf dem Rückweg nacheinander ungestört in jedem Raum Feuer gelegt, um das alles zu beschleunigen. Olpert wurde erst wieder wach, als Forthran dich hereintrug, du warst ohnmächtig. Und Prulluf ... Er starb an jenem Tag, sagte Olpert. Du nicht, doch jetzt ist es an dir: Willst du nur überleben oder willst du leben, Sherea?"

„Es reicht! Ich habe überlebt und ich lebe! Wenn du nur gekommen bist, um ..."

„Er ist noch immer hier, richtig?", unterbrach er mich. „Vandan!"

„Nein, ist er ..."

„Sobald du deine Gedanken darauf richtest, fühlst du wieder den Schmerz, den er dir zugefügt hat. Du bist gut darin, all das zu verdrängen, besser als gut für dich ist. Doch Vandan wird immer hinter dir stehen und auf seine Gelegenheit warten, Sherea! Und irgendwann, wenn du es gar nicht erwartest, wird er über dich herfallen – und dann wirst du ihm schutzloser denn je ausgeliefert sein! Du wirst all das erneut durchleben, doch in einem Moment, in dem du nicht darauf vorbereitet bist. Vermutlich nachts in deinen Träumen, aber auch bei Tag, völlig unverhofft."

„Das ist Unsinn! Ich war auch an jenem Tag darauf vorbereitet … Mutter hat nicht versäumt … Sie sagte uns immer, dass wir in einem solchen Fall …"

„Was? Was solltet ihr in einem solchen Fall tun?", fragte er sanft.

Ich stieß eigenartig zittrig den Atem aus.

„Aus uns heraustreten. Uns nicht länger wehren, wenn es aussichtslos sei. Im Geist aus unserem Körper heraustreten und alles über uns ergehen lassen, als ob dieser Körper nicht uns gehöre, als ob wir uns von einer fernen Warte, von der aus es uns nicht kümmert, betrachten können. Wenn es klar sei, dass alle Gegenwehr nichts mehr nutze, sollten wir uns ergeben, erschlaffen … überleben … Oh ihr Götter!"

Meine Stimme war immer leiser geworden, als mir etwas überdeutlich vor Augen stand. Nicht nur das, was ich durchlitten hatte, sondern auch der Umstand, dass Mutter dies alles nicht hätte wissen können, wenn nicht auch sie …

Jeder Fleck, jede Stelle, die er gequetscht, geschlagen, gekratzt und gebissen hatte, schmerzte mit einem Mal. Und als ob es kaum ein paar Stunden zuvor passiert sei, hatte ich das Gefühl, als ob mein Unterleib, meine Scham, als ob alles vor Schmerz brennen würde. Doch fast noch schmerzhafter war das Wissen, dass auch meine Mutter damals ein solches Opfer gewesen war, nur dass sie – anders als ihre Schwestern – überlebt hatte. Dank Vater.

Ich wiegte mich leise vor und zurück, biss wimmernd auf meine Lippen und starrte Oshek entsetzt an.

Oshek nickte.

„Das ahnte ich. Denkst du nicht, dass auch deine Mutter jemanden hatte, dem sie all dies anvertraut hat? Natürlich hätte sie niemals ihre eigenen Töchter damit belastet.

Was hat er getan, Sherea? Was hat er dir angetan? Sobald du es ausspricht, nimmst du ihm die Macht über dich. Du kannst dich nur dann von etwas befreien, wenn du es gehen lässt. Und noch etwas: Niemand in deiner Situation muss stark sein! Niemand kann jemanden auf so etwas vorbereiten, das ist unmöglich. Doch man kann sich jemanden suchen, der einem dabei hilft, es zu überwinden, und ich ahne, dass es im Falle deiner Mutter dein Vater war. Hat er sie damals gefunden? Er wusste viel zu gut, was zu tun war. Er hat geduldig gewartet, dass du aus deiner inneren Hölle wieder auftauchst, doch ich pflichte ihm bei, er hätte nicht viel länger warten dürfen!"

Ich stieß keuchend den Atem aus, um nicht zu weinen, und meine Bewegungen vor und zurück hielten schlagartig inne, als ich mich nach vorne beugte. Nein, zusammenkrümmte.

„Ich bin ein guter Zuhörer, Sherea, aber ich hole auch deinen Vater zurück, wenn du möchtest!", flüsterte er jetzt nahezu.

„Nein!"schüttelte ich heftig den Kopf. „Nicht auch das noch! Er hat genug mitgemacht! Schlimm genug, dass er es weiß!"

„Er würde alles ertragen, wenn er dir damit helfen könnte! Er ist dein Vater! Aber wie du meinst. Sprich mit mir!"

„Ich hätte niemals zurück in das Gebäude gehen sollen! Ich hätte einfach im Hof bleiben sollen, im Hintergrund stehen bleiben, dann wäre das nicht passiert!"

„Möglich. Aber dann hätte niemand mehr Vandan aufhalten können, hast du auch das bedacht? Genauso unbemerkt wie er in die Residenz gelangen konnte, wäre er auch wieder verschwunden. Ich bin entsetzt über das, was dir zugestoßen ist, aber wärest du nicht gewesen, hätte er sein Werk vollendet, hätte ein wahres Flammeninferno entfacht und es hätten sicher nicht wenige Menschen den Tod darin gefunden!"

„Ich weiß. Er wollte das Tor verschließen und dabei zusehen, wie alle in der Residenz verbrennen, seine Männer inbegriffen! Er hatte dafür gesorgt, dass außerhalb alles umstellt war!"

Oshek wurde noch eine Spur bleicher.

„Was? Er hätte selbst unbemerkt das Weite gesucht und von draußen zugesehen?"

Ich nickte ächzend.

„Er fragte mich, ob ich schon einmal gesehen habe, wie ein Mensch bei lebendigem Leib verbrennt."

„Fang am Anfang an, Sherea. Beginne am Anfang.", entgegnete er sanft.

„Er gab sich als Bote aus, entsendet vom Nordtor und auf der Suche nach Prulluf. Als ich misstrauisch wurde, war es schon zu spät. Er war schneller. Und stärker. Ich wusste nicht, wie er aussieht, ich hatte ihn nie zuvor bei Tageslicht gesehen und als dieser Geist mich warnte, war es schon zu spät."

„Er war nicht einmal den Geistern bekannt?", versetzte Oshek. „Wie kann das sein?"

„Ich glaube schon, dass er ihnen bekannt war, ich glaube, sie durften sich nicht einmischen. Nicht so, nicht, wenn Forthran ihn wirklich ganz alleine besiegen musste. Sein Doppelgänger im Hof … Vandan war so fest überzeugt davon, dass er den Zweikampf gewinnen würde, doch dann … Ich nehme an, dass es zu einem großen Kampf zwischen unseren und seinen Männern kam. Haben sie das Tor verriegelt, um die anderen draußen zu halten? Vandan war außer sich vor Wut."

Er wirkte verwirrt, winkte jedoch ab, als ich zu einer weiteren Erklärung ansetzen wollte.

„Nein, nicht jetzt, das hat Zeit. Sprich weiter. Rede es dir von der Seele. Ihr traft aufeinander und dann?", bog er wieder zu den Ereignissen davor ab.

„Ich wollte davonlaufen, doch er schlug mich mit der Faust gegen den Kopf. Ich war benommen und er hat mich mit aller Kraft in Prullufs Kammer gestoßen. Er wusste genau, wer ich bin, Infida hat mich ihm beschrieben. Und dann hat er entschieden, dass noch Zeit genug sei … Das Feuer zu legen habe noch ein wenig Zeit, ich nicht."

Ich endete, als meine Stimme kippte. Mit geschlossenen Augen versuchte ich, die darauffolgenden Dinge zu verdrängen, doch einmal damit angefangen war es, als ob ein weiteres Tor geöffnet worden wäre und ein unaufhaltsamer Strom sich Bahn brechen wolle.

„Es hat so wehgetan!", flüsterte ich erstickt.

Oshek schwieg und wartete. Ich zog meine Beine wieder an den Körper, umklammerte meine Knie, beugte meinen Kopf vor, um meine Stirn darauf ablegen zu können, und wimmerte leise.

„Er war viel zu stark für mich! Er war viel zu … Er war so brutal! Seine Hände … Er hat gestöhnt auf mir und gekeucht, sein Mund … er biss mich … Ich will nicht mehr daran denken! Ich will das nicht alles noch einmal durchleiden, nicht mehr davon sprechen! Ich will nur, dass er aufhört! Das *es* aufhört! Es ist, als ob es erst gestern passiert wäre! Warum?"

Ich hob den Kopf und suchte tränenblind nach Oshek, doch der Hocker war leer. Und an der sich soeben schließenden Tür stand Forthran. Bleich, aber einen entschlossenen Ausdruck in den Augen.

„Du solltest das nicht hören!", weinte ich auf.

„Ich habe dort draußen gestanden und alles mit angehört, ich gestehe. Denn das war, was ich hören musste, n'iach mat! Denn jetzt kann ich dir sagen, dass er fort ist. Er ist fort und er wird niemals wieder zurückkehren, nie! Er wird niemandem mehr wehtun, am allerwenigsten dir!

Mein Herz, wenn ich dir deinen Schmerz nehmen könnte, ich nähme ihn hundertfach auf mich. Doch das kann ich nicht. Das Einzige, was ich tun kann, ist, bei dir zu sein, wenn du mich brauchst. Es gibt nichts, das du mir nicht sagen und nichts, das du nicht mit mir teilen kannst. Freude verdoppelt sich, Schmerz hingegen ... Teile ihn mit mir, indem du ihn mir mitteilst! Ich möchte für dich da sein, so wie du für mich. Vandan ist fort, er ist tot. Ich dagegen bin hier.", war er langsam näher getreten und streckte seine Hand aus, um mich vorsichtig an der Wange zu berühren.

Ich zuckte zurück und er verzog schmerzlich das Gesicht.

„Hat er es vermocht, dein Vertrauen in mich zu töten, Sherea? Ich bin nicht er, ich könnte dir niemals wehtun!"

Ich schluchzte erstickt auf.

„Ich ... Mein Verstand ... Ich möchte dir vertrauen, aber da ist etwas ... Er hat einen Schatten auf mir hinterlassen, Forthran, und ich weiß nicht, wie ich ihn vertreiben soll!"

Ein tiefer Atemzug hob seine Brust, dann deutete er auf die Bettkante.

„Darf ich?"

Ich nickte und rückte ein wenig zur Seite. Und als er mir seine Hand reichte, legte ich meine zögerlich hinein.

„Dann kämpfen wir gemeinsam gegen diesen Schatten! Wir haben ihn schon einmal besiegt und werden es wieder. Und wir haben Zeit. Ich habe Zeit."

„Du bist jetzt König!", schniefte ich und blinzelte so lange, bis meine Tränen versiegt waren.

„Und als König habe ich genügend Menschen um mich herum, an die ich viele meiner Aufgaben delegieren kann – was ich bereits getan habe.", lächelte er leise. „Das hier ist wichtiger. Du bist wichtiger! Wichtiger als alle Königreiche der Welt!"

Er war geblieben. Ich hatte gegessen – unter seiner und Osheks Aufsicht –, er hatte immer wieder eine kleine Unterhaltung begonnen, hatte mich irgendwann ermahnt, mich nicht zu überanstrengen. Er hatte den Raum nur kurz verlassen, als eine Frau, die sich mit dem Namen Mashea vorstellte, hereinkam, um mir beim Waschen und beim Wechseln des Nachthemds zu helfen, und hatte dann wieder ruhig an meiner Seite gesessen.

Ich war irgendwann eingeschlafen und als unruhige Träume mich immer wieder weckten, war er immer noch da. Und so auch am Morgen, doch jetzt schickte ihn ein unnachgiebiger Oshek hinaus, damit er sich selbst ebenfalls einer Reinigung unterziehen könne.

„Ich bleibe bei ihr. Und ich schätze, dass auch Fostred gleich wieder hier sein wird."

„Wieder?", versetzte ich.

„Denkst du ernsthaft, er würde sich auch nur einen Schritt weit von der Tür entfernen? Die beiden haben laut Olpert ausnahmslos jede Nacht auf dem Gang zugebracht! Bis es dir nicht endlich besser geht, wird das so weitergehen, fürchte ich! Wenn sie dich nicht auch noch erschrecken wollten, mussten sie allerdings hin und wieder zwangsläufig ihre Kammer aufsuchen und sich in menschliche Gestalten verwandeln.", lächelte er schief, wartete, bis die Tür sich hinter Forthran geschlossen hatte und seufzte dann.

„Was?", fragte ich sofort.

„Wieso denkt eigentlich jeder, dass irgendetwas sein muss, bloß wenn ein Heiler mal seufzt?!", stöhnte er.

„Weil Heiler nun mal seufzen, wenn sie ihren Patienten etwas mitteilen müssen, das denen nicht gefallen dürfte! Also?"

Er seufzte noch einmal, nickte dann jedoch.

„Mashea sagte mir, dass alle deine Wunden gut heilen. Sie hat wie immer auch einen kurzen Blick auf deine Schamgegend werfen können."

Ich hielt den Atem an.

„Ich frage dich nicht, um dich zu quälen, Sherea, ich frage dich, weil ich auch dein Heiler bin, also beantworte meine Fragen ehrlich, du wirst von mir ebenfalls nichts anderes als Ehrlichkeit erwarten dürfen, was deinen Zustand angeht!"

„Frag.", forderte ich ihn knapp auf.

„Gut. Hast du Schmerzen? Beim Wasserlassen? Kannst du sitzen?"

Ich fühlte deutlich, wie sämtliches Blut aus meinem Gesicht wich.

„Es … tut noch weh. Auch beim Wasserlassen. Es brennt, aber nicht mehr sehr. Und ich kann sitzen, wie du siehst."

Nun wirkte er konzentriert und eine kleine Falte erschien zwischen seinen fast schon weißen Augenbrauen.

„Tritt Blut aus?"

„Nein."

Ich hatte das Gefühl, zu ersticken!

„Ganz sicher könnte ich nur sein, wenn ich dich untersuchen dürfte, aber das wäre vermutlich verfrüht. Hast oder hattest du das Gefühl, dass irgendetwas gerissen sein könnte? Nicht nur im Inneren, sondern auch zwischen deinem ..."

„Nein. Nein, habe ich nicht!", fiel ich ihm ins Wort.

„Gut. Das ist ein gutes Zeichen. Doch da ist noch etwas ..."

„Was? Was denn noch?"

Er stieß den Atem aus und die Falte vertiefte sich.

„Vandan hat vor dir auch andere Frauen genommen, Sherea, und ich weiß, dass es Krankheiten gibt, die auf diese Weise von Mensch zu Mensch weitergetragen werden. Wenn du also den Eindruck hast, dass sonst etwas nicht in Ordnung ist, etwas, wonach ich jetzt nicht gefragt habe, dann ist es wichtig, dass ich davon erfahre. Für die meisten dieser Krankheiten kenne ich ein Heilmittel, aber sie dir vorsorglich zu geben wäre nicht sehr verantwortungsvoll von mir. Vielleicht verbleiben wir vorerst so, dass du mir sagst, wenn etwas nicht stimmt? Und dass du mir Bescheid gibst, wenn du so weit bist. Dein Leben hat erst begonnen und ich denke, dass du wissen solltest, ob Vandan dir irgendwelche Verletzungen zugefügt hat, die später ... zu Problemen führen könnten."

Ich wandte den Kopf ab.

„Sherea? Wenn da irgendetwas ist, das ich wissen sollte ..."

„Ich weiß es nicht! Ich weiß nur, dass es sich anfühlte, als ob es mich zerreißen würde! Kann er denn tatsächlich etwas ... zerrissen haben?"

„Es wäre möglich. Nicht sehr wahrscheinlich, aber möglich. Hat er ... Ist er mit irgendetwas anderem in dich eingedrungen? Einem ... Gegenstand?"

„Nein!", wehrte ich laut ab.

„Schon gut.", meinte er sanft. „Mehr muss ich für den Augenblick nicht wissen. Ich werde jetzt gehen und dafür sorgen, dass man dir ein etwas reichhaltigeres Frühstück bringt. Oder soll ich warten, bis Forthran zurück ist?"

„Nicht nötig, danke. Ich werde schon ein paar Minuten alleine bleiben können, oder?"

„Sicher. Verzeih meine Fragen. Es ist nicht immer leicht, ein Heiler zu sein!"

Er war schon fast an der Tür, als ich ihn zurückhielt.

„Oshek?"

„Ja?"

„Wenn du mich untersuchen würdest ... Was wäre dazu nötig?"

„Dazu ist es noch zu früh. Wie ich schon sagte, vorerst hat es Zeit. Deine Genesung ist noch nicht abgeschlossen."

„Was wäre dazu nötig? Was müsstest du ... tun?"

„Ich könnte nicht sehr viel tun, aber zum jetzigen Zeitpunkt wäre schon das Wenige zu viel."

„Bist jetzt auch du eine der vielen Katzen dort draußen?", schnaubte ich, meine Ängstlichkeit so überspielend. „Also: Genügt es, wenn du ... nachsiehst?"

Er schüttelte den Kopf.

„Unter Umständen nicht. Nicht vollständig. Und ich könnte auch eine Hebamme bitten ..."

„*Sag es mir!*", wurde ich laut.

„Jemand müsste unter Umständen auch zu ertasten versuchen, ob irgendwo ein Riss entstanden ist. Kleine Risse schließen sich gewöhnlich von selbst, größere können sich jedoch auch leicht einmal entzünden, zumal wenn ... Nun, jemand würde festzustellen versuchen, ob eine Schwellung auf einen solchen Riss hindeutet, ob eine Blutung, die zwar aufgehört hat, nur darauf wartet, wieder aufzubrechen. Und jemand würde nachsehen, ob er nicht doch deinen Damm verletzt hat."

„Und wenn *jemand* etwas fände?"

Er zögerte.

„Was, wenn du etwas fändest?", beharrte ich heiser.

„Deinen Damm könnte ich nähen, das ist nichts anderes als nach einer Geburt. In deinem Unterleib ... Ich persönlich bevorzuge die Möglichkeit, mit sauberen, in entzündungshemmendem Kräutersud ausgekochten Stoffstreifen gerade so viel Druck auszuüben, dass alles möglichst glatt verheilen würde. Ich habe gute Erfahrungen damit gemacht. Gestockte Blutungen hätten weniger Chancen, wieder aufzubrechen und lange nachzubluten, Schwellungen würden zurückgehen ..."

Ich würgte.

„Du würdest in mich hinein ... würdest tasten müssen!"

„Oder eine Hebamme, Sherea! Und nur wenn es Anzeichen gäbe, aber die gibt es laut dir und Mashea nicht! Deshalb meine inständige Bitte, mir zu sagen, wenn irgendeine Veränderung eintritt. Im Augenblick sieht es so aus, als ob ich nicht gebraucht werde, also vertagen wir dies alles, einverstanden?"

Ich nickte und schluckte mehrmals krampfhaft, als die Tür hinter ihm zufiel. Und als Forthran wenig später zurückkam, mit feuchten Haaren und in frischer Kleidung, ein Tablett in den Händen, bat ich um einen Spiegel. Einen Großen. Und einen Kleinen.

Forthran musste mein erneut verändertes Verhalten auffallen, genau wie Vater. Ich verhielt mich einsilbig und abweisend und als Meshea hereinkam und gemeinsam mit einem jungen Mädchen die beiden Spiegel brachte, legte ich das kaum angerührte Brot wieder fort.

„Danke. Würdet ihr mich für eine Weile alleine lassen?", bat ich.

„Geht es dir …" setzte Forthran an, aber diesmal unterbrach Vater ihn.

„Natürlich. Wir werden am Ende des Ganges warten, ich habe ohnehin noch etwas mit Forthran zu bereden. Ruf einfach, wenn du etwas brauchst. Oder jemanden."

Ich war mir nicht sicher, ob er ahnte, was ich vorhatte; sein Blick war unergründlich. Und er zog sehr energisch die Tür ins Schloss, nachdem er Forthran den Vortritt gelassen hatte.

Ich war noch immer unsicher auf den Beinen, aber ich hatte sehr schnell den Riegel vor die Tür geschoben.

„Ich dachte, es ginge ihr besser!", meinte er besorgt.

„Es geht ihr besser und wird ihr nun zunehmend besser gehen, aber es wird noch lange immer wieder Zeiten geben, in denen sie damit kämpfen wird, Forthran! Ich kenne meine Tochter, sie muss damit auf ihre eigene Weise fertig werden. Doch sie ist stark, sie wird auch das überwinden. Gib ihr etwas Zeit."

„So viel sie nur braucht!", versetzte er ungehalten. „Als ob ich sie zu irgendetwas drängen würde!"

„So habe ich es nicht gemeint. Und ich muss mich erneut entschuldigen! Es ist derart fremd und verwirrend für mich, gleichzeitig vor meinem König zu stehen und vor dem jungen Mann, mit

dem ich in diesen Mauern immerhin einige Zeit meiner jungen Jahre verbracht habe! Im Augenblick jedoch spreche ich als Shereas Vater, deshalb hoffe ich, auf Nachsicht zu treffen."

Forthran winkte ab und rieb sich mit der Hand über die Stirn.

„Ich fühle mich noch lange nicht als König von Perstan und habe noch nie Wert darauf gelegt. Auch für mich ist dies eigenartig genug, aber allmählich kann ich dich und ... ihn auseinanderhalten. Denke ich zumindest. Es ist recht hilfreich, dass er im Moment nicht auch hier weilt ...

Was immer du mir sagen kannst, womit immer du mir raten kannst: Wenn ich ihr helfen kann ..."

„Das kannst du. Besser als ich. Sie ist eine erwachsene Frau und hat sich noch einmal sehr verändert, vor allem in den letzten Wochen. Sie braucht mich nicht mehr, sie braucht jetzt jemand anderen: dich. Sie liebt dich. Es mag eben da drin gänzlich anders ausgesehen haben, aber ich habe es in ihren Augen gesehen. Sie ist derzeit hin und her gerissen zwischen dem, was Vandan ihr angetan hat und dem, was sie dir zeigen möchte – und im Augenblick doch nicht kann. Sie ist tief verletzt worden, ihr Innerstes erschüttert.

Doch das wird vergehen. Sie wird dir auch wieder entgegenkommen, glaub mir. Alles, was sie braucht, ist Zeit. Zeit, selbst damit ins Reine zu kommen, Zeit, zu genesen und Zeit, um zu sehen, dass du ihr Zeit lässt. Was du vorhin bemerkt hast ... Ein oberflächlicher, uneingeweihter Beobachter würde es vielleicht mit Wankelmut bezeichnen, ich aber weiß, dass es Ausdruck ihrer Angst ist. Angst davor, der Wahrheit, den Erinnerungen in die Augen zu sehen. Es war anfangs richtig, den Spiegel zu entfernen, doch jetzt ... muss sie mit eigenen Augen sehen, was mit ihr geschehen ist. Deshalb hat sie sie holen lassen."

Forthran starrte ihn stumm an, jetzt schluckte er hart.

„Ich habe nie zuvor einen derartigen Hass auf einen Menschen verspürt! Wäre sie nicht gewesen, hätte sie nicht meine Hilfe benötigt, ich hätte Vandans Leichnam vermutlich auf das Übelste zu-

gerichtet in meinem Hass! Du ahnst nicht, was während dieses Kampfes in mir vorging, welche Gedanken ich hatte und welche Bilder vor meinen Augen standen, auf wie viele verschiedene, qualvolle Weisen ich ihn hätte umbringen mögen! Er starb viel zu schnell, dieser Tod war viel zu gnädig!"

„Glaub mir, ich weiß auch das! Ich habe all das in ähnlicher Form bereits erlebt! Mein Verstand weigert sich noch immer, zu glauben, kann noch nicht erfassen, dass all dies nun niemals geschehen wird und so sehr es mich auch hier bei meiner Tochter hält, so sehr möchte ich mich doch auch davon überzeugen, dass es meiner restlichen Familie … gut geht!"

Er musterte ihn – und begriff.

„Denkst du, dass du … dass jemand von ihnen … "

„Ich weiß es nicht. Wie auch?! Wenn sich alles verändert hat, könnte auch dies verändert sein! Werden meine Kinder noch meine Kinder sein, wenn ich zurückkehre? Werde ich noch der Gutsbesitzer sein oder bin ich statt Medoth Fürst von Hergath? Mein Vater lebt und auch wenn er derzeit noch anderweitig gebraucht wird, wäre es doch möglich, dass ich ihn noch einmal sehe! Und Sherea! Sie sagte etwas Eigenartiges, das ich nicht verstand: Dass meine neue Tochter eine Möglichkeit erhalten müsse … Wird Sherea also dort sein? Wenn ja, wie und wer wird sie sein? Wird sie für mich wie meine Tochter sein? Habe ich diese Worte, die nur von den Geistern kommen können, richtig verstanden?

Im Augenblick bin auch ich hin und her gerissen. Ich werde bleiben, solange ich den Eindruck habe, hier noch gebraucht zu werden. Sobald Sherea mir jedoch signalisiert, dass sie … Ich werde dich jetzt etwas fragen und als ihr Vater erwarte ich eine offene und ehrliche Antwort!"

Er richtete sich auf.

„Ich denke, ich weiß, was du fragen möchtest. Ja, ich liebe sie. Ich liebe deine Tochter von ganzem Herzen und mit ganzer Seele, so ich denn eine besitze. Ich würde mein Leben geben für sie und wenn sie sich denn tatsächlich zuletzt zum Bleiben entscheidet,

werde ich sie bis zu meinem letzten Atemzug lieben – und ehren! Es ist ihre Entscheidung, ich werde sie nicht fesseln. Doch wenn sie bleiben möchte, dann werde ich sie bitten, meine Frau zu werden und ihr Leben an meiner Seite zu verbringen! Sherea aus der Zukunft als Königin dieses Reiches an meiner Seite zu wissen – ich könnte mir kein größeres Glück vorstellen! Ich weiß jedoch auch, was das für dich bedeutet: In fünfundzwanzig Jahren wird sie, die doch deine Tochter ist …"

Fostred hob die Hand, das Gesicht zu einem eigenartigen, etwas verzerrten Lächeln verzogen.

„Schon gut. Auch das ist mir in den vergangenen Tagen schon so oft durch den Kopf gegangen. Ich war nie jemand, der gut mit all diesen mystischen Dingen umgehen konnte, anders als Netrosh. Und wenn er denn tatsächlich überlebt hat, werde ich ihn suchen gehen – wenn er mich denn nicht längst gefunden hat, auch das ist offen! Es wird viele, lange Gespräche zwischen uns geben, bis ich das alles verstehen kann. Sehr lange Gespräche! Aber auch das ist jetzt nicht wichtig. Wichtig ist nur eine einzige Person."

„Sherea."

„Richtig. Warten wir also. Geben wir ihr Zeit und Gelegenheit, ein paar Wahrheiten ins Gesicht zu sehen, anstatt sie noch länger zu verdrängen."

„Warten wir. Fostred?"

„Ja, Herr?", lächelte der.

„Danke."

„Ich denke, ich habe meinem König zu danken! Unter anderem für das Leben meiner Tochter! Ich wäre trotz der Hilfe der Geister, insbesondere der Hilfe dieses Schettals, vermutlich zu spät gekommen. Und irgendwie möchte ich trotz allem nie wieder wie ein Geist durch geschlossene Türen gehen!"

Der große Spiegel, der in der Ecke lehnte, war ein wenig angelaufen und verzerrte mein Spiegelbild stellenweise, aber er zeigte nur zu genau all die vielen Stellen, an denen Vandan mich verletzt hatte.

Mein Nachthemd lag zu meinen Füßen auf dem Boden und ich ächzte, als ich meinen nackten Körper betrachtete. Grüngelb verfärbte Flecken überall. Meine Brüste waren beide übersät davon und an der einen waren noch jetzt die Abdrücke seiner Zähne zu erkennen. Er hatte fest genug zugebissen, dass sie ein regelmäßiges Muster ergaben, das auch nach vier, jetzt schon fünf Tagen noch immer zu erkennen war und ich war mir nicht sicher, ob ich mich glücklich schätzen sollte, dass er mich nicht blutig gebissen hatte.

Meine Kehrseite, mein Rücken, Schultern und Ellenbogen waren von den Abschürfungen hier und da noch ein wenig verkrustet, aber diese Dinge waren harmlos gegen …

Der kleine Spiegel wäre mir beinahe aus der Hand gefallen, so heftig zitterte sie. Und als ich endlich den Mut fand, einen Fuß auf die Bettkante zu stellen …

Noch immer tat es weh! Es schien fast, als ob alles ein einziger, riesiger Bluterguss gewesen sei und auch wenn dieser sich ebenfalls verfärbte, war doch klar, mit welcher Brutalität er in mich hineingerammt hatte!

Leise keuchend tastete ich mit der Fingerspitze des Zeigefingers alles ab und schob sie zuletzt sogar so weit vor, dass das erste Fingerglied verschwand, doch dann verließ mich der Mut.

Den kleinen Spiegel in die andere Ecke des Raumes werfend, wo er klirrend zerbrach, zerrte ich die Decke vom Bett, wickelte mich darin ein und kauerte mich am Kopfende zusammen.

„Shereata?", flüsterte ich.

‚Ich bin hier. Ich war nie fort, aber du!'

„Noch mehr Vorwürfe? Ich habe genug davon gehört!"

‚Keine Vorwürfe, sondern das Versprechen, immer da zu sein, wenn du mich rufst. Es wird heilen, Enkelin, es wird besser.'

„Hat Oshek recht? Wird Vandan jetzt immer über meine Schulter blicken und darauf warten, dass ich irgendwann einmal nicht aufpasse und nicht gegen ihn gewappnet bin? Ich bin nicht dumm, ich weiß genau, in welchen Situationen dies ganz besonders der Fall wäre. Und ich spreche nicht nur von nächtlichen Träumen!"

‚Das liegt ganz alleine in deiner Hand. Er hat recht, wenn er sagt, dass du wieder jemandem vertrauen musst. Dich anvertrauen, Sherea! Hat Schettal dir nicht gesagt, dass Vertrauen das Wichtigste ist? Selbst Liebe ohne Vertrauen ist irgendwann zum Untergang verdammt. Glaub mir, ich weiß genau, wovon ich rede.'

„Ich möchte nie wieder in meinem Leben so verletzt werden! Es war … Ich war …"

‚Ich weiß. Und ich kenne deine Frage: Ich war dort, aber ich konnte nichts tun, nicht ohne dich! Alles hing von Anfang an davon ab, dass du erkennst, wozu du fähig bist. Wozu du mit unserer Hilfe fähig sein könntest! Und in diesem Moment warst du viel zu benommen und viel zu entsetzt über all diese Gewalt, die dir widerfuhr, um dich noch auf irgendetwas anderes besinnen zu können! Ich schwöre: Wenn ich an deine Stelle hätte treten können, ich hätte es getan, auch wenn ich damit all unsere Grenzen weit überschritten hätte! Doch es war mir nicht möglich und jetzt kann ich dir nur noch das Gleiche raten wie dein Vater und Oshek.'

„Kann ich es nicht dir erzählen?"

‚Frag dich selbst, ob das genügt! Mir vertraust du, ja, aber nicht ich bin dein Fels, denn ich gehöre nicht mehr deiner Welt an. Klammere dich nicht zu sehr an die unsere!'

„Forthran?", krächzte ich.

‚Wovor hast du Angst? Er weiß es doch schon! Niemand verlangt, dass du es ihm jetzt erzählst. Irgendwann, bald, ja, aber nicht unbedingt jetzt. Jetzt kommt es darauf an, dass du wieder neu lernst, ihm zu vertrauen. Er wird dich nicht enttäuschen, Sherea! Und er wird dir niemals wehtun! Mach einen Anfang, geh einen Schritt nach dem anderen. Und wann immer dir danach ist, halte inne und sieh, wie weit du gekommen bist und wenn nötig, bleib eine Weile dort stehen. Forthran wird warten können.'

Ich schwieg. Lange. Und ich dachte lange nach, ungestört. Auch über Vandan, mich und Natian. Und dann nickte ich, obwohl eigentlich niemand außer mir im Zimmer war. Bis auf Schettal und Shereata – in gewisser Weise. Schettal hatte auch hierin recht, denn nur für mich waren sie wirklich, wenn auch nur solange meine Gedanken sich mit ihnen beschäftigten. Wenn ich sie auf etwas anderes richtete, wurden er und Shereata unwirklich. In jeder Hinsicht wie es aussah. Sie waren nicht mehr und würden meine Welt nie wieder betreten, lebten nur noch in meinen Gedanken fort.

Und für mich wurde es Zeit, wieder zu leben.

Langsam erhob ich mich, warf die Decke fort und zog das Nachthemd wieder über, bevor ich mir die warme Decke erneut über die Schultern hängte, den Riegel zurückschob und die Tür öffnete.

Vater und Forthran standen tatsächlich am Ende des Ganges, der eine mit dem Rücken an die Wand gelehnt und schweigend vor sich hinstarrend, der andere – mein Vater – geduldig wartend und nun mit einem leisen, liebevollen Lächeln auf den Lippen.

„Sherea?"

Forthran sah auf und stieß sich sofort von der Wand ab.

„Wäre es möglich ... Könnte ich anstelle des Fladenbrotes, des Käses und des Fleisches vielleicht etwas Obst haben? Ich habe unbändigen Appetit auf etwas Apfelmus und ... Süßbrot? Und Milch! Und heute Mittag vielleicht Fisch? Das wäre mir lieber."

„Was immer du möchtest!", verzog sich Forthrans Miene zu einem zutiefst erleichterten Lächeln.

Fast vier Wochen waren vergangen, in denen die Schäden am Hauptgebäude dank vieler Hände und einer ungeheuren Kraftaufwendung fast zur Gänze beseitigt worden waren. Vier Wochen, in denen ich eher still damit begonnen hatte, die Residenz und danach – unter Vaters Begleitung – die Stadt zu erkunden. Vier Wochen, in denen ich heilte, in denen ich lange und kurze Gespräche mit Oshek, Forthran, Schettal, Shereata und Vater führte – und mit Nedduk! Ich lernte meinen Großvater kennen, der meinem Vater kaum ähnlich sah, auch wenn er wie wir blonde Haare hatte.

Es war erschütternd gewesen, die Begrüßung der beiden zu sehen – und unfassbar bewegend, die tiefen Bande unserer Familie zu spüren! Und obwohl Nedduk schon bald wieder – mangels erfahrener Soldaten notwendigerweise – von Forthran losgeschickt worden war, um als einer der jetzt nur noch wenigen kampferprobten Führer das Heer wieder aufzubauen, war es doch nach diesen vier Wochen klar, dass etwas von Vater hierbleiben würde. Und so fiel auch die Verabschiedung der beiden aus, bei der ich zugegen war:

„Für mich wird es Zeit. Ich würde bleiben, wie lange auch immer es erforderlich wäre, aber es wartet noch etwas auf mich."

Nedduk nickte ernst.

„Ich werde deine Familie kennenlernen, mein Sohn! Wenn ich noch lange genug lebe, werde ich sie alle kennenlernen."

„Ja, aber zuvor möchte ich dich um etwas bitten. Etwas, das ich … Nun, das ich nicht in der bisher gewohnten Weise werde tun können: Gib auf deine Enkelin acht! Wann immer dich deine Aufgaben hierherführen … Nimm meine Stelle bei ihr ein, so oft es dir möglich ist und wo immer mein jüngeres Ich nicht hinreichend Vater sein kann! … Die Verwirrungen dieser verzerrten Zeit werden mich noch lange beschäftigen und obgleich uns beiden der Weg zueinander nicht versperrt sein wird, wird doch einige Zeit vergehen, denke ich. Nimm dich ihrer an als sei sie deine Tochter, Vater! Sei ihr Vater an meiner statt!"

Nedduks Gesichtsausdruck spiegelte vieles, aber am größten waren wohl der Ernst und die tiefe Rührung zu erkennen, als er erst ihn, dann mich in seine Arme zog, etwas Unverständliches murmelte und dann ohne ein weiteres Wort aufsaß, um seine Männer nicht länger warten zu lassen.

Das war inzwischen schon wieder zwei Tage her und ich hatte jeden Tag einen neuen Grund gefunden, Vaters Aufbruch zum Steinkreis – und damit in seine eigene Zeit – noch einmal hinauszuzögern. Am Morgen des dritten Tages allerdings legte er nach dem gemeinsamen Frühstück sein Mundtuch fort, obwohl er kaum etwas gegessen hatte, und bot mir nach einem kurzen, einvernehmlichen Blickwechsel mit Forthran seinen Arm.

„Würdest du mich ein Stück begleiten?", fragte er und ich bejahte, als daraufhin auch Forthran aufstand und uns folgte. Doch ich begriff erst, was er vorhatte, als wir in den Stall kamen und dort drei bereits gesattelte Pferde bereitstanden.

„Du willst gehen!", stieß ich heiser hervor.
Er strich dem Wallach über den Hals und nickte.
„Ja. Es ist auch für mich Zeit, Sherea. Wir haben es in den letzten Tagen doch immer nur vor uns hergeschoben, aber das macht uns den Abschied nur noch schwerer. Du musst nicht mitkommen zum Steinkreis, ich wollte es dir nur anbieten. Ich denke, dass die Geister mich auch ohne deine Anwesenheit zurückkehren lassen, daher …"
„Ich komme mit! Ich muss nur einen Umhang holen und …"
Forthran hielt mich davon ab, trat hinter eine der Holzwände und als er zurückkam, trug er über dem Arm für jeden einen warmen, weich aussehenden Umhang und während wir noch damit beschäftigt waren, sie überzuwerfen, führte jemand ein Packpferd hinter der gleichen Wand hervor. Nur dass es jemand war, mit dem ich niemals gerechnet hätte!
„Agrat?"
Er nickte und hob einen Mundwinkel zu einem winzigen Lächeln.
„Wo ist Igrena? Und Sebset? Wieso seid ihr hier? Geht es ihnen gut?"
Auf meinen Wortschwall hin hob sich auch sein zweiter Mundwinkel.
„Natürlich geht es allen gut! Als wir vor zwei Wochen hörten, dass der Krieg vorüber und Vandan tot ist, sind wir auf der Stelle umgekehrt. Es kam uns alle härter an als erwartet, Perstan den Rücken gekehrt zu haben, zumal das hier das einzige Zuhause ist, das ich kenne und das hier die Arbeit ist, die ich liebe. Igrena ist wohl noch bei Olpert, der offenbar erwägt, Infida durch sie zu ersetzen – sofern sie sich als geeignet erweist! Und Sebset

… Ihr werdet sie wohl wiedersehen, wenn Ihr zurück seid."

„Wo ist sie jetzt?"

„Mit ihren beiden Schwestern in deren … im Haus ihrer Großmutter. Es ist jetzt das ihre, sie hat … sie lebt nicht mehr. Nun ja, besser gesagt: Das Haus ist jetzt das unsere, denn ich habe vor, Igrena zu meinem Weib zu machen und sie dann alle hierher zu holen."

Ich schloss die Augen und ein tiefer, erleichterter Atemzug hob und senkte meine Brust.

„Das ist gut! Das freut mich so sehr!"

„Soll ich Euch in den Sattel helfen!", fragte er, aber ich schüttelte nur den Kopf und nahm die junge Stute am Halfter.

„Nicht nötig. Ich denke, ich schaffe das alleine.", lächelte ich, wenn auch schon wieder ein wenig wehmütig.

„Wollen wir?", fragte Vater.

„Ja. Die anderen warten auf dich.", gab ich leise zurück.

Ich hatte ihn gebeten, bis zum Sonnenuntergang zu warten, und er hatte mir diesen Wunsch erfüllt. Die Pferde grasten friedlich jenseits der Steine und die Männer, die Forthran als unsere Begleitung mitgenommen hatte, lagerten ein Stückchen weiter weg, darunter Winnart.

Wir hatten uns ebenfalls auf mehreren Decken niedergelassen und verzehrten in einem letzten gemeinsamen Mahl mit wenig Appetit etwas von den mitgenommenen Vorräten. Aber als das letzte Rot der Sonne verschwand und die jetzt schon sehr deutlich spürbare herbstliche Kühle heraufzog, erhob Vater sich, packte mit wenigen

Handgriffen alles zusammen und lehnte die Tasche seitlich an einen der Steine.

„Es ist Zeit, Tochter!", meinte er dann sanft.

Meine Kehle wurde eng und ich musste mehrfach krampfhaft schlucken. Und erst nachdem ich heftig blinzelnd erfolgreich verhindert hatte, dass mir die Tränen über die Wangen liefen, konnte ich nicken und zustimmen.

„Ich werde euch vermissen! Ich werde dich vermissen! Es wird anders sein, wenn ich deinem jüngeren Ich gegenüberstehen werde. Ich werde fünfundzwanzig Jahre warten müssen, bis ich dich so wiedersehe, wie du jetzt vor mir stehst ..." krächzte ich.

„Ich werde dich ... Ich werde eine Sherea wiedersehen, sobald ich wieder zu Hause bin.", erwiderte er.

„Hoffentlich! ... Sherea, ich werde jeden Tag an dich denken! Jeden einzelnen Tag, ohne Ausnahme! Ich bete, dass ich nichts vergessen werde, nicht einen einzigen Tag, nicht einen Augenblick! Nein, ich *werde* dich niemals vergessen, das schwöre ich! Du wirst meine Tochter bleiben, immer!"

„Ich weiß! Und sie haben gesagt, dass beide Zeiten deine Zeiten bleiben werden! Du wirst mich also nicht vergessen!", schluchzte ich jetzt doch auf. „In fünfundzwanzig Jahren werden wir hierüber sprechen..."

„Ja, das werden wir! Wenn du dich nicht entschließt, uns ... vorher besuchen zu kommen!"

„Vorher ... Wäre das gut? Für uns und für die anderen?"

Er blieb mir eine Antwort schuldig, also war es an mir, etwas zu sagen.

„Wir werden sehen. Wenn nicht: Erzähl ihnen von mir. Von der anderen Sherea. Und deiner zweiten Tochter mit diesem Namen. Ich werde auch sie kennenlernen und du musst sie genauso sehr lieben wie mich. Ich werde deinem jüngeren Ich sagen, dass er ihr Harbis zum zwanzigsten Jahrestag schenken muss! Ich habe mich so sehr über sie gefreut! Sie muss sie jeden Abend von mir grüßen und ihr einen Apfel bringen! Und das Zimmer unter dem Dach! Dein jüngeres Ich muss Trigus sagen, er soll sie wie mich hin und wieder ein wenig an den Haaren ziehen, denn auch wenn ich mich immer beschwert habe, ich habe es auch gemocht! Er soll auf sie aufpassen wie auf mich ... Ich werde es deinem jüngeren Ich sagen, alles. Erzähl ihnen von mir!" Ich brach ab, weil meine Stimme endgültig versagte.

„Das wirst du ihnen allen selbst sagen und erzählen können, Sherea! Du hast recht: Nichts hindert dich daran, nach Hergath zu kommen, mein jüngeres Ich wird dich ..."

Auch seine Stimme versagte und nachdem er mich noch einmal lange und heftig umarmt hatte, sodass ich kaum Luft bekam, gab er mich fast schon ruckartig frei und deutete mit einem abgehackten Nicken, dass ich die Geister rufen solle.

Ich schaffte es, mein eigenes Schluchzen zu unterdrücken, dann marschierte ich in der schnell zunehmenden Dunkelheit einmal im Kreis, um wie Netrosh jeden Stein einmal zu berühren. Und jeder von ihnen leuchtete sanft glimmend auf, glomm sachte weiter und verbreitete so ein warmes, tröstendes Leuchten.

„Das Tor ist offen!", flüsterte ich kaum hörbar. „Der Weg zurück ist offen, Vater. Sie werden dich dorthin bringen, von wo du gekommen bist und nur für dich ist die Zeit hier vergangen, dort nicht. Wenn du es anders wünschst ..."

„Nein. Nein, das ist gut so. Alles ist jetzt gut, oder? Und alles ist richtig! Wir werden uns wiedersehen, mein

Ich hier wird sich für mich daran erinnern, sodass dieses Ich auch die Erinnerung an dein jetziges Leben teilen wird, oder? Und wenn nicht, wirst du es mir erzählen."

Ich nickte, sprechen konnte ich nicht mehr. Doch es war zumindest ein tröstlicher Gedanke. Und es wurde noch ein wenig besser, als Forthran nun neben mich trat und meine Hand nahm.

„Gib auf sie acht, Forthran! Ich vertraue dir meine Tochter an, also gib auf sie acht!", bat Vater. Nein, er forderte es regelrecht. Und dann zog er sein Schwert, stellte die Spitze auf dem Boden ab, beugte sein Knie vor ihm und verneigte sich vor seinem König. „Meine Treue meinem König, Forthran von Perstan! Ich biete Euch jederzeit meine Hand und mein Schwert, Herr. Und ich bitte auch meinen König, meine Tochter zu beschützen."

„Ich glaube nicht, dass es treuere Freunde als Euch gibt, Fürst Fostred! Und Ihr habt mein Wort, als Mann und als Euer König! Wir sehen uns wieder, was mich angeht schon bald ..."

Seine Gestalt verschwamm bereits als er den Kopf hob und meinem Blick begegnete. Und noch kurz bevor er vollkommen verschwand, glaubte ich, ein Lächeln auf seinem Gesicht zu erkennen, dann aber erlosch auch das Glimmen der Steine. Das Tor schloss sich hinter ihm – und ein Kreis schloss sich spürbar.

„Können wir noch bleiben?", flüsterte ich besorgt, als Forthran sich irgendwann regte.

„Natürlich. So lange du möchtest."

„Nur heute Nacht vielleicht. Ich weiß, dass er fort ist, aber irgendwie fühlt es sich hier so an, als ob er ein klein wenig näher wäre. Das ergibt keinen Sinn, ich weiß, aber für mich ..."

„Es ergibt sehr wohl einen Sinn, du musst mir keine Begründung liefern. Gehen wir zu den anderen?"

Ich schüttelte den Kopf.

„Wenn es dir nichts ausmacht, dann würde ich lieber hier mitten im Steinkreis bleiben. Kannst du die anderen fortschicken?"

Er seufzte.

„Vandans Heer hat sich hinter die Grenze zurückgezogen, seine Söldner und in den Kampf gezwungenen Sklaven haben sich in alle Winde zerstreut, aber das heißt nicht, dass nicht hier und da noch Versprengte herumlaufen und die Gegend unsicher machen. Zu unserem eigenen Schutz sind diese Männer nötig, Sherea."

„Nur ein Stück?", bat ich. „Sag ihm, dass die Geister auf uns aufpassen werden."

„Winnart wird selbst das nicht gefallen, aber ... Bis unter die Bäume, von dort können sie uns zumindest noch sehen."

„Danke. Die Nacht wird sicher kalt werden, wir sollten Feuer machen."

„Hier? Mitten im Steinkreis? Ich meine ... Nun, irgendwie war so etwas immer ein Tabu!", versetzte er und entlockte mir damit ein Lächeln.

„Glaub mir, selbst Schettal hat hier schon gesessen und sich an einem Feuer gewärmt! Er hätte ganz sicher nichts dagegen, wenn wir es ihm gleichtun! Dieser Kreis hat nicht nur Zeremonien, er hat auch wahre Feste gesehen."

„Wenn du das sagst ..."

Nicht lange und wir hatten nicht zuletzt dank des brummigen Winnarts einen riesigen Vorrat an Feuerholz und einen ganzen Stapel Decken. Der Himmel über uns war sternenklar und versprach zwar eine kalte, aber auch eine trockene Nacht, weshalb ich bat, auch auf ein Zelt zu verzichten. Und als zu vorgerückter Stunde – Zeit, bis zu der wir schweigend in die Flammen gestarrt hatten – Forthran die mittlerweile dritte Decke über mich breitete, lächelte ich.

„Wärmst du mich? Heute Nacht? Ich meine, würdest du wieder neben mir liegen?"

„Wenn du das möchtest …", versetzte er erstaunt.

„Ich weiß durchaus noch, wie es ist, Forthran. Ich werde noch eine Weile brauchen, aber ich erinnere mich, wie es ist, wenn du neben mir liegst. Wenn du mich einfach nur festhalten könntest?"

Jetzt schien auch er erleichtert und etwas von der Spannung zwischen uns fiel von ihm ab. Sichtlich.

„Woran denkst du? Worüber hast du nachgedacht?", fragte er wenig später und legte behutsam wie schon so oft seinen Arm um meine Mitte.

„Über alles! Natian ist tot!"

„Ja. Du vermisst ihn."

„Ja. Sehr. Ich habe ihm ganz zu Beginn unserer Reise so viele schlimme Dinge an den Kopf geworfen und ihm gesagt, dass ich ihm das niemals verzeihen werde. Dann habe ich erkannt, was ihn dazu trieb, das zu tun und auch wenn einer der Gründe sicher der war, seinen Vater gleichzeitig zu rächen und zu retten, waren alle anderen Gründe selbstlos. Das war der Zeitpunkt, an dem ich lernte, ihm zu vertrauen. Und zuletzt … Er ist für mich gestorben und irgendwie kann ich noch keinen Trost darin finden, dass er – vom jetzigen Zeitpunkt aus betrachtet – erst noch geboren werden wird und ein völlig anderes Leben wird leben können. Ich werde für diese Erkenntnis vermutlich eine Weile brauchen. Und wenn es ihn dann irgendwann geben wird, werde ich eine andere sein. Und er ein anderer. All unsere gemeinsamen Erlebnisse werden nie stattgefunden haben. Traurig und wunderbar zugleich."

„All das stürzt dich in einen unglaublichen Zwiespalt!", befand er.

„Ja, tut es. Aber ich weiß gleichzeitig, dass ich selbst das irgendwann überwinden werde. Weil sich all diese vielen kleinen und großen Kreise irgendwann schließen werden. Verstehst du das?"

„Ich denke schon."

Wir schwiegen erneut eine Weile. Irgendwann erhob er sich, legte mehrere dicke Äste nach und nachdem ich ihn wieder an meinem Rücken spürte, war ich es, die ein weiteres Gespräch begann.

„Die Geister ... Neachth hat erzählt, dass in dem Augenblick, in dem Natian und Vater sich befreien konnten, urplötzlich lauter lichterfüllte Gestalten im Hof gestanden haben."

„Allerdings!", erwiderte er. „Ein unbeschreiblicher Anblick, buchstäblich! Und erschreckend zugleich! Vandans Männer erstarrten regelrecht und dann ... Es war, als ob die Geister nicht nur auf sie zu-, sondern regelrecht in sie hineinstürzen wollten! Der Mann, den ich für Vandan hielt, war der einzige, der einen kühlen Kopf bewahrte, doch alle anderen ergriffen panikartig die Flucht und viele wurden im Tor niedergetrampelt, bevor es mir gelang, meinem Gegner einen tödlichen Hieb zu verpassen ..."

„Ihr habt das Tor geschlossen."

„Mit Mühe und Not. Wir mussten darauf hoffen, dass die Soldaten draußen ebenso die Flucht ergreifen würden und es gab tatsächlich Berichte, dass es ähnliche Vorfälle überall in der Stadt gab.

Was das Erstaunlichste war … Nun, ich kann mir dessen nicht sicher sein, aber laut der Nachrichten, die seither aus allen bis dahin von Vandan eroberten Gebieten kamen, haben sich an jenem Tag überall die Menschen erhoben. Die Alten, die Frauen, selbst halbe Kinder, Schaufeln, Äxte, Knüppel und Heugabeln in der Hand, teils nur mit Steinen oder Stöcken. Und den Besatzungen, die Vandan in den größeren Städten hinterlassen hatte, war nach anfänglicher Ratlosigkeit schnell klar, dass jede Gegenwehr trotz ihrer besseren Bewaffnung durchaus viele Tote unter ihnen bedeuten konnte.

Dein Vater hat mir erzählt, dass er genau das Vandan angekündigt hat und ihm all die Dinge, die er im Laufe der Jahre über ihn herausgefunden hat oder die ihm die Geister in diesem Moment wohl eingaben, an den Kopf geworfen hat. In dessen Lager und vor Zeugen. Dafür und für so einiges anderes ist er ausgepeitscht worden."

Ich schluckte hart. Es hatte fast zwei Wochen gedauert, bis sie mir davon erzählt hatten. Noch etwas, das ich mir anzukreiden hatte, denn ich war unausgesetzt nur mit mir beschäftigt gewesen.

„Die Geister haben sich buchstäblich erhoben und sich damit weit vorgewagt! Weiter als ihre eigenen, ewigen Gesetze es wohl ursprünglich zugelassen hätten! Schettal hat von Anfang an alles sehr großzügig ausgelegt.", meinte ich irgendwann.

Er schwieg eine Weile, dann richtete er sich hinter mir auf und blickte von oben in mein Gesicht.

„Weshalb haben sie es nicht verhindert? Das, was Vandan dir angetan hat! Warum haben sie es mich nicht verhindern lassen?"

Ich konnte seinem Blick standhalten, ohne zu blinzeln.

„Du hättest nichts tun können, alles kam so, wie es kommen musste. Und was die Hilfe der Geister angeht im Hinblick auf das, was Vandan mir angetan hat: Weil es von mir abhing. Ich habe all das viel zu spät verstanden, dabei hatte ich es doch schon früher mit eigenen Augen gesehen, mit eigenen Ohren gehört! Der Seher, den sie in ihr Reich geholt hatten, Natian, der mir geschildert hatte, dass ich halb anwesend, halb aber nicht zu greifen gewesen sei, als ich hier im Steinkreis Schettal begegnete, meine eigene Vision, die so real und gleichzeitig so unwirklich gewesen war ...

Sie sind unwirklich in unserer Welt, aber weil ich das Tor bin, die Verbindung zwischen dem Dort und dem Hier, kann ich ... Ich stand auf der Schwelle, Forthran. Ich kann in beide Richtungen sehen, wenn ich auf dieser Schwelle stehe und sie auch. Sie können selbst nichts mehr bewirken, auch wenn hier und da ihre Gedanken und Finger uns berühren. Und wenn wieder ein würdiger Mensch diese Schwelle betritt, können sie die Tür ein Stückchen weiter aufschieben und ihn kurz über die Schwelle treten lassen – oder vollends in Empfang nehmen. So wie Natian. Aber eintreten und mich für winzige Augenblicke von hier fort und auf ihre Seite holen, das konnten sie nur, wenn ich dazu bereit war. Ich musste es wollen, musste diesen Wunsch aussprechen. Und sie konnten mich holen, aber nicht festhalten. In dem Moment, in dem ich mich von ihnen fortbewegte, bewegte ich mich auch wieder von dieser Schwelle fort. Tat ich dies zu hastig, war Shereata nicht in der Lage, schnell genug zu folgen."

Er schloss die Augen und sein Kehlkopf hüpfte.

„Mein Herz setzte aus und mein Leben schien vorbei, als ich sah, wie Vandan sein Schwert durch deine Kehle zog!"

„Ich war nicht da!", entgegnete ich leise.

„Was mich an Wunder zu glauben lehrte!", versetzte er und sah mich wieder an.

„Ich habe auch noch eine Frage.", meinte ich leise.

„Welche?"

„Noch immer warte ich darauf, dass du mir von diesem Traum erzählst!"

Endlich lächelte auch er wieder.

„Du erinnerst dich immer noch nicht? Ich kann es kaum glauben!"

„Wieso? Offenbar wollen sie tatsächlich, dass ich dadurch nicht beeinflusst werde! Also?"

„Das hier! Das hier ist dieser Traum, Sherea! Nun, nicht zur Gänze womöglich, in meinem Traum brannte hier kein Feuer und wir lagen nicht unter Stapeln von Decken, aber es war hier, in einer sternklaren Nacht wie dieser. Und ich habe dich um etwas gebeten."

„Worum hast du mich gebeten? Was hast du gesagt?"

„Bleib!", flüsterte er mit tiefer, bewegter Stimme. „Ich werde dich nicht halten, wenn du gehen willst, aber ich bitte dich, bei mir zu bleiben! Ich bin ein Teil von dir und du ein Teil von mir und ich bitte dich, bei mir zu bleiben. Geh nicht!"

Ich öffnete den Mund, aber kein Ton kam heraus. Sein so überaus vertrautes Gesicht über mir, die Sterne im Hintergrund ...

„Sherea? Du wolltest, dass ich dir erzähle, was ich geträumt habe. Das waren meine Worte, jedes einzelne!"

„Ich weiß! Ich weiß es wieder! Offenbar musstest du es sein, der mir davon erzählt, jetzt, da alles vorüber ist.

Ich werde nicht gehen, Forthran. Ich möchte nicht gehen und wenn du mich nicht fortschickst, dann ... möchte ich bleiben. Bei dir! Ich werde meine Familie und auch das Leben, das ich einmal hatte, unsagbar vermissen, aber auch das heilt bereits, denn du bist da. Für mich! Und auch das andere … heilt. Er hat mir so wehgetan und mich tiefer verletzt als ich vor mir selbst zugeben wollte, aber jetzt weiß ich, dass du mir helfen wirst, auch das zu … besiegen. Ich werde nicht gehen, Forthran!"

Der erstickte Laut, der aus seiner Kehle drang, war alles, was er darauf „antwortete". Also drehte ich mich auf den Rücken und tastete vorsichtig mit meinen Fingerspitzen nach seinem Mund.

„Würdest du mich küssen? Genauso behutsam wie in diesem Traum? Lass mir mit allem anderen noch ein wenig Zeit, aber wenn du mir einen großen Wunsch erfüllen möchtest, dann küss mich! Und dann sag mir endlich, was die Worte bedeuten, die du in der Höhle gesagt hast!"

„N'iach mat perchet, pra'ch mennet b'pri mechet n'iach?", senkte er den Kopf und verhielt dicht vor meinem Gesicht. „Goldene mit dem mutigen Herzen, mein Herz habe ich dir längst geschenkt!"

Epilog

Perstan, knapp fünf Monate später…

Der Blick vom neu errichteten Turm des Hauptgebäudes, der diesem dank seiner kegelförmigen Überdachung ein vollkommen neues Aussehen gab, zeigte auch heute wieder eine friedliche, von hier oben fast unberührt scheinende Landschaft. Unberührt scheinend weil überzogen von heute Nacht noch einmal frisch gefallenem, glitzernd weißem Schnee.

In warme Kleidung gehüllt, die pelzbesetzte Kapuze des Umhangs über den Kopf gezogen, hatte ich zugesehen, wie ein weiterer Tross sich auf die Stadt zubewegte. In friedlicher Absicht, denn nach den unumgänglichen Reparaturarbeiten, der angemessenen Trauerzeit und dann nach den Vorbereitungen standen für die kommende Woche endlich die drei Tage dauernden Krönungsfeierlichkeiten an. Und damit auch unsere öffentliche Vermählung, denn innerhalb des allerkleinsten Kreises hatte sie längst stattgefunden.

Wir hatten mit diesen offiziellen Feierlichkeiten mit Absicht gewartet, bis die schlimmsten Wunden des Landes – die zahllosen Verluste der Menschen – sich so weit geschlossen haben würden, dass sie nicht mehr so sehr schmerzten, aber dann ließ es sich nicht länger hinauszögern. Und auch wenn Vaters – und Mutters! – Kommen erst für übermorgen angekündigt war, stand ich doch heute schon den zweiten Tag hier oben und sah zu, wie die Stadt und die Residenz sich mit Menschen füllte.

Ein leises Räuspern hinter mir weckte meine Aufmerksamkeit und Sebset knickste lächelnd, als ich mich zu ihr herumdrehte.

„Forthran schickt mich, dich … ähm … Euch zu holen. Er findet, dass es viel zu kalt ist, so lange hier draußen zu stehen."

Ich lachte leise, dann winkte ich sie näher, wartete, bis sie vor mir stand und hüllte sie dann mit in meinen Umhang, sodass nur noch ihr Gesicht vor meiner Brust zu sehen war. Sie war schon wieder ein Stück gewachsen und die schwarze Kleidung der königlichen Dienstboten ließ ihre weißblonden Haare nur noch heller erscheinen. Sie erfüllte noch nicht wirklich eine vollwertige Funktion in der Residenz, aber ich hatte es so gewollt. Sie war lange genug von ihrer Mutter getrennt gewesen und mir machte ihre Gesellschaft Freude.

„Der Frühling lässt auf sich warten, stimmt. Aber hast du je so etwas Schönes gesehen?", flüsterte ich. „In Hergath gibt es im Winter auch viel Schnee, aber ich habe eine Winterlandschaft nie zuvor von einem so hohen Aussichtspunkt aus betrachtet! Man hat das Gefühl, das halbe Reich überblicken zu können! Und wie die Sonne die weißen Spitzen der dunklen Nadelwälder anmalt! Ich werde dieses Anblicks niemals müde werden."

Sie schwieg, aber ihr heftiges Nicken sagte genug.

„Herrin?", fragte sie irgendwann.

„Ja?"

„Werdet Ihr anders sein, nachdem Ihr zur Königin gekrönt seid?"

„Nein, sicher nicht! Wie kommst du darauf?"

Sie befreite sich aus meinem Umhang und wandte sich mir zu.

„Ihr habt Euch schon einmal verändert: Nachdem wir uns verabschiedet hatten. Ihr wart anders als vorher, als wir uns wiedersahen. Und auch jetzt ... Irgendetwas ist anders an Euch! Euer Lächeln ist anders!"

Ich musterte sie kurz, aber dann vergegenwärtigte ich mir, dass es außer mir noch niemand wissen konnte. Also nickte ich ernst und scheuchte sie dann doch vor mir her und folgte ihr in das enge, gewendelte Treppenhaus.

„Das hat andere Gründe, Sebset. Menschen verändern sich, du ebenfalls. Aber auch wenn ich Königin sein werde – etwas, mit dem ich mich wohl nur schwer werde abfinden können! – werde ich doch immer Sherea bleiben. Geh voran, wir sollten Forthran nicht länger warten lassen!"

Sie seufzte erleichtert und knickste stumm, als wir meine und Forthrans gemeinsame Kammer betraten. Er stand am Fenster und wandte sich bei unserem Eintritt um.

„Wie ich vermutete: Du warst mal wieder auf dem Turm! Bei dieser Eiseskälte! Der Winter ist sehr spät und lang dieses Jahr, ich möchte nicht, dass du dich dort oben erkältest!", warf er mir vor und zog mich an sich, nachdem die Tür hinter mir leise ins Schloss gezogen worden war.

„Es geht mir gut, Forthran! Jetzt erst recht, denn ich kann mich an dir wärmen!", flüsterte ich an seinem Mund. „Musst du nicht die neuen Gäste begrüßen? Ich habe die Reisegruppe gesehen."

„Erst heute Abend. Der große Saal wird aus allen Nähten platzen, bis dahin aber haben alle genug damit zu tun, ihre Quartiere zu finden, zu beziehen und ihre Festkleidung auszupacken. Wir haben das unfassbare Glück, eine, vielleicht auch zwei Stunden für uns alleine zu haben! Was hältst du davon, mech n'iach?"

„Viel!", hauchte ich und lachte leise, als er mich vor sich her zur Tür schob, um den Riegel vorzulegen und mir dann den Umhang von den Schultern zu ziehen.

„Keine Störungen?"

„Keine Störungen, von niemandem!", versicherte er. „Ich habe Igrena bestochen, sie hält draußen auf dem Gang Wache, am anderen Ende steht Winnart …"

Ich versetzte ihm einen entsetzten Hieb vor die Brust.

„Wie kannst du? Jetzt wissen alle, was wir hier tun oder zu tun beabsichtigen!"

„Und? Ich bin der König, niemand wird es wagen, etwas zu sagen!", murmelte er und hatte schon äußerst geschickt die Schnürung meines Kleides geöffnet.

„Trotzdem!", stöhnte ich auf, als sein Mund über meinen Ausschnitt fuhr, erst mein Unterkleid über meine Schultern schob und sich dann seine Kleider regelrecht vom Leib riss.

„Danach sehne ich mich schon viel zu lange!", seufzte er.

„Seit heute früh, mein König! Ich erinnere mich gut, denn Ihr wolltet das Bett gar nicht verlassen! Was soll ich von einem solchen König halten, der … Was tust du?"

„Dich lieben, was sonst?", hob er mich hoch und warf mich schwungvoll auf das Bett, das erst vor wenigen Stunden sorgfältig gemacht worden war.

„Mich lieben!", keuchte ich, als sein Kopf immer tiefer wandert und zuletzt zwischen meine Beine tauchte. „Nicht!"

Er hob sofort den Kopf, musterte mich und schob sich dann neben mich.

„Es ist dir noch immer … unangenehm!", stellte er fest.

„Es ist … nicht … richtig!"

„Ich werde es nicht wieder versuchen, wenn du es nicht möchtest. Aber ich möchte, dass du etwas weißt: Für mich gibt es kein Richtig oder Falsch bei dem, was zwischen uns stattfindet! Nicht zwischen uns! Wichtig ist nur eines: Dass es dir gefällt! Ich möchte dir jede nur erdenkliche Freude schenken, Sherea, und dabei denke ich nicht nur an das, was wir im Bett tun. Ein Teil von dir zu sein bedeutet mir mehr als das hier und wenn du dich mir schenkst, dann ist nichts von dir etwas, das ich nicht …"

Ich verschloss seinen Mund mit meiner Hand.

„Und nichts an dir ist etwas, wovor ich Angst hätte! Nichts, was du tust, ist … nicht schön! Bitte, versteh meine Worte nicht falsch! Es gefällt mir, es ist nur … so anders! Ich dachte immer, dass es nur auf die eine Art … stattfinden sollte! Dort unten jedenfalls!"

Er betrachtete mein Gesicht, ein verständnisvolles Lächeln auf den Lippen.

„Was die Vereinigung angeht: ja. Was die Lust angeht, die damit einhergeht … Ich lerne ebenfalls immer noch, dich zu entdecken, und lerne noch immer dazu bei dem, was dir gefällt, aber …

Nun, ich habe damals vorwiegend gelernt, dass das, was diese Frau mir zeigen wollte, als falsch bezeichnet werden kann. Aber nicht die Möglichkeiten! Es ist nur dann falsch, wenn es aus den falschen Gründen geschieht und nichts bedeutet. Dich möchte ich auf jede nur erdenkliche Weise lieben, dir Lust schenken, dich vorbereiten …"

Mein Körper stand in Flammen und die Röte, die mein Gesicht überzog, breitete sich langsam aus bis hin zu meinen Zehen.

„Du bist so wunderschön!", murmelte er und ließ seine Finger wandern.

„Also gut, zwei Dinge!", keuchte ich schon Sekunden später.

„Was?", lächelte er auf mich herab, als ich mich unter ihm wand und ihn vergeblich zu mir herabziehen wollte.

„Nein, drei! Erstens: Hör nicht auf!"

„Dein Wunsch ist mir Befehl!"

Ich konnte einen leisen Schrei nicht unterdrücken, als er endlich zu mir kam.

„Das Zweite?", wollte er schwer atmend wissen.

„Wenn du es mir vorher erklärst, dann … zeig mir mehr! Zeig mir, was sie dir gezeigt hat! Gibt es noch viel mehr?"

„Mehr als du ahnst!", stöhnte er. „Und das Dritte?"

Ich krallte meine Fingernägel in seine Schultern und presste mein Gesicht an seine Halsbeuge, um am Ende meine kleinen Geräusche zu ersticken.

„Das Dritte, Sherea!", erinnerte er, als ich anschließend keuchend neben ihm lag.

„Das Dritte …" begann ich und stöhnte verhalten, als er meine Brüste streichelte.

„Soll ich raten? Sollen wir nach einer kleinen Pause alles noch einmal wiederholen? Oder soll ich dafür sorgen, dass du alleine diese kleinen Schreie ausstößt? Ich liebe es, wenn du diese kleinen, leisen Schreie ausstößt!"

„Später vielleicht. Denn eigentlich wollte ich dir sagen, dass deine Bemühungen um mich und meinen Körper Ende des Herbstes Frucht tragen werden. Ich werde dein Kind zur Welt bringen, Forthran. Ich weiß es seit vorhin. Shereata hat es mir gesagt, auf dem Turm."

Oh ja, dies und noch etwas mehr:

„Es ist wunderschön hier. Friedvoll."
‚Du fängst an, deinen Frieden mit deinem Schicksal zu machen.', antwortete sie.

"Ja, ich denke schon. Doch ich gestehe offen, dass ich dazu wohl niemals in der Lage gewesen wäre, wenn Forthran nicht wäre!"
‚*Er liebt dich und würde für dich durch die Hölle gehen. Genau wie Schettal einst für mich. Es gibt so viele Gemeinsamkeiten zwischen euch und uns, dass selbst ich staunen muss!*'
Ich lächelte, neugierig geworden.
"Gemeinsamkeiten? Erzählst du mir von euch?"
‚*Irgendwann, aber nicht jetzt. Oder doch, eines vielleicht: Seine eifrigen Bemühungen, mit dir ein Kind zu zeugen, erinnern mich an Schettal. Er war ein leidenschaftlicher Mann, auch was die körperliche Liebe betraf – und ungeheuer erfindungsreich und neugierig! Mein Volk kannte keine solchen persönlichen Grenzen wie das seine, daher vielleicht dieser enorme Wissensdurst was das anging.*'
Ich japste leise nach Luft, was sie lachen ließ.
‚*Ihr seid so ungeheuer zurückhaltend! Ich habe das nie verstanden. Nachdem ich Schettal kennengelernt hatte ... Nun, unsere Geschichte ist eine lange Geschichte, die ich dir irgendwann einmal erzählen werde. Und genau wie ihr zogen sie sich zurück, um ihre körperliche Liebe auszuleben. Ich habe mich immer gefragt, wie die Heranwachsenden so etwas lernen sollten. Unsere Eltern, Onkel und Tanten warteten zwar auch, bis die Dunkelheit das eine oder andere verhüllte, aber wir lebten gemeinsam in großen Langhäusern und es war unvermeidlich, dass man die Vorlieben des einen oder anderen mitbekam. Und etwas lernte! Meine Tante hat mir viel beigebracht ...*'
"Du beobachtest uns? Schettal hat mir versichert, dass dem nicht so ist!", wurde ich rot.
‚*Sei versichert, dass auch ich das nicht tue! Niemand von uns, wir respektieren eure Wünsche! Aber was mir bei unseren Zwiegesprächen nicht immer entgeht, sind deine Gedanken und Erinnerungen. Wovor hast du noch immer Angst? Ihr seid längst ein Paar, eure Lust ist das Natürlichste, was ...*'

„Ihr gehörtet nicht zu einem Volk?", fragte ich rasch, um sie zu unterbrechen.

‚Ich verstehe schon ... Nein, aber wie gesagt: Das erzähle ich dir später einmal. Denn da gibt es etwas, das du wissen solltest: Forthrans Leidenschaft und deine hat sich zu etwas manifestiert. In dir wächst ein neues Leben heran, Sherea, ihr werdet einen Sohn bekommen. Ich denke zumindest, dass es ein Junge wird, denn selbst ich bin noch nicht ganz sicher ...'

Meine Welt rückte um das letzte noch fehlende Stückchen zurecht, als ich in seine Augen blickte. Und einer der letzten kleinen Kreise schloss sich, als er seine warme Hand auf meinen Bauch legte.

„Ein Kind?", flüsterte er.

„Ich würde ihn gerne Schettal nennen.", flüsterte ich.

„Nennen wir ihn Schettal Natian, mech n'iach! Nennen wir ihn Schettal Natian!"

MARY E. MARTEN – unter diesem Pseudonym veröffentlicht die Autorin mit „SHEREA – DAS GESTERN DER STEINE" erstmals Belletristik, die sich ausschließlich an Erwachsene bzw. – im Falle des vorliegenden Bandes – noch „Beinahe-Erwachsene" wendet. Unter ihrem bürgerlichen Namen erschienen bereits etliche Fantasy-Bücher, die nach Vampiren und Vampirjägern auch Phönixe und Drachen sowie, zuletzt, eine Hexe als Handlungsträger beinhalteten.

Mary E. Marten wurde 1964 im Westerwald geboren, wo sie bis heute lebt. Sie ist Mutter einer erwachsenen Tochter und als staatlich anerkannte Erzieherin in einer Tagesstätteneinrichtung tätig; ihre Freizeit wird fast ausschließlich durch die Schriftstellerei ausgefüllt. Als überzeugter Selfpublisherin gehört u. a. auch das Gestalten ihrer Buchcover zu ihren Aufgaben – etwas, dem sie begeistert nachkommt!

Lesen ist ebenfalls und schon seit ihrer Kindheit eines ihrer größten Hobbys; die Bandbreite ihrer Lektüre erstreckt sich über die verschiedensten Genres. Schreiben allerdings ist zu einer inzwischen unverzichtbaren Leidenschaft geworden.

„Mit ‚Sherea – Das Gestern der Steine' betrete ich zwar keinen für mich völlig neuen Bereich, doch ich wage einen Schritt zu einer etwas ... sagen wir ‚anspruchsvolleren', teils heikleren Lektüre. Die Handlungen beschäftigen sich noch immer mit fiktiven fantastischen Inhalten, aber der romantische Aspekt tritt einen (nicht unerheblichen) Schritt zurück und dafür lege ich mehr

Gewicht auf einen Plot, der sich stärker auf realitätsbezogene Wahrheiten stützt, sich an sie anlehnt. Unangenehme Wahrheiten bislang. Eine Hexe und Hexenverfolgung machten vor diesem Buch den Anfang und mit Sherea muss eine weitere Figur sich in einer frauenfeindlichen, hier bereits deutlich gewaltbereiteren Welt durchkämpfen. Sie, vor allem aber die Protagonistin des Folgebandes, muss für sich und ihr Weiter- und Überleben einen Mittelweg finden, der eine gehörige Portion Pragmatismus, eine gute Prise Schicksalsergebenheit und vor allem große innere Stärke und Selbstbehauptung enthält."

Derzeit arbeitet die Autorin an der Fortsetzung der Dilogie. Eine Leseprobe ist ab S. 597 zu finden.

Danksagung

An dieser Stelle ist es wie immer (und verdientermaßen!) so weit, all denen zu danken, die mich in irgendeiner Weise unterstützt haben bei der Entstehung dieses Buches.
Beginnen möchte ich bei meiner Tochter: Danke für deinen Input, deine Ermutigungen, Anregungen und Kritik, deine Beschwichtigungen (wenn es um meine Sorge hinsichtlich so mancher Szene ging) und vor allem für dein noch immer enthusiastisches Interesse! Ich hätte ohne dich vermutlich nicht den Mut gefunden, das Buch in dieser Version zu belassen.

An nächster Stelle stehen auf jeden Fall meine Testleserinnen: Ich brauche euch und euren neutralen Blick auf die Dinge! Danke also auch euch für eure konstruktive Kritik, eure humorvollen Anmerkungen, euer Interesse, für die Fragen und Gespräche rund um die Thematiken meines Buches, für eure Zeit, Geduld und, und, und. Ich zähle auch künftig auf euch!

Danke an Susanne Kluge, die Co-Buchbloggerin bei den Leseschnecken, die sich die Zeit nahm, die Geschichte vor der Veröffentlichung zu lesen und zu rezensieren: Vielen Dank für deine Begeisterung und Unterstützung!

Und nicht zuletzt möchte ich drei weiteren Personen danken, auch wenn sie „aktiv" nicht an dem Schaffensprozess dieses Buches beteiligt waren. Wie vor schon erwähnt, erscheint mit dem vorliegenden Werk erstmals eines meiner Bücher unter einem Pseudonym. Ich habe dieses nicht aus einer Laune heraus gewählt, sondern sehr bewusst.

Danke also an

- meine Mutter, deren Namensbestandteil ich ins englische Mary übersetzt habe,
- an meinen Vater, dessen Familiennamen ich zur ursprünglichen Herkunft zurückverfolgt und dann – minimal verändert – ebenfalls anglisiert habe, und
- an meine beste, „älteste" Freundin Elisabeth, deren Anfangsbuchstaben ich in die Mitte setzte.

Menschen, die meinen Lebensweg entscheidend geprägt haben, die einen großen Teil davon mit mir gingen und denen ich viel zu verdanken habe. Euch dieses Buch zu widmen war wenig genug ...

Eure Mary E. Marten

Über dieses Buch

„Sherea – Das Gestern der Steine" ist der erste von zwei Bänden, in welchem ich meine Leser (wie schon in meinen Büchern, die ich unter meinem bürgerlichen Namen publiziert habe) in eine fiktive historische Welt entführe. Und nicht nur das, denn ganz Autorin von Fantasy bediene ich mich dazu bei den verschiedensten Glaubensinhalten unserer Welt: Ich verflechte keltische Symbole wie Menhire und Steinkreise mit Hellsehen und Hellwissen, lasse Seher und Druiden auf den Plan treten, erfinde Worte ihrer Sprache, spiele mit Zeitreisen, mit Geistern der Ahnen, mit einer Welt im Jenseits, in der unsere nach dem Tod verbleibenden Essenzen nicht verlorengehen, sondern fast wie Schutzgeister über uns wachen, mit übergeordneten, nicht näher benannten Göttern ...
Alles in allem ein bunter Strauß, der zu der Geschichte von Sherea wird und einen ersten Fingerzeig in eine noch fernere Vergangenheit auf ihre Vorfahren beinhaltet.

Weit weniger ‚fantastisch' (und dies auch im übertragenen Sinne des Wortes) sind die Elemente, die die Stellung der Frau in dieser Gesellschaft beschreiben. Sherea hatte es da in ihren Kindheits- und Jugendjahren außerordentlich (auch das buchstäblich: außer-ordentlich!) glücklich erwischt und es ist kaum anzunehmen, dass es in einer Zeit wie der ihren ähnlich begünstigte Frauen gegeben hat. Denn dies ist etwas, das ich ebenfalls in die Geschichte eingeflochten habe, weil es einen Bezug zur realen Historie hat: Eine Frau war ein Gegenstand, Besitz, besaß den Wert eines Tieres (wenn überhaupt) und ihre Lebenserwartung war – ganz den Gelüsten des Mannes unterworfen, als Gebärmaschine in einem fort schwanger – derart niedrig, dass nicht wenige nicht einmal die Dreißig erreichten. Gewalt gegen Frauen war vielfach Normalität, Rechte besaßen sie wenige bis keine (Ausnahmen bestätigen diese Regel).

Ich hatte dieses Wissen ganz sicher nicht ständig vor Augen, während Shereas Geschichte entstand, wohl aber im Hinterkopf, dass dies in unserer Gesellschaft Realität war – und in viel zu vielen Gesellschaften bis heute noch ist! Und dies unterscheidet dieses Buch auch von meinen bisherigen: Habe ich in einem Buch über eine Hexe zwar bereits diesbezügliche Andeutungen gemacht, gehe ich hier einen großen Schritt weiter, denn ich benenne und umschreibe diese Gewalt, ich deute sie nicht mehr nur an. Und mit dem geplanten und in Arbeit befindlichen Folgeband werde ich einen weiteren Schritt in diese Richtung und auch weiter in die Vergangenheit gehen.

Wichtig sind mir nach wie vor zwei Dinge: Meine Geschichten sollen weiterhin „unterhalten", aber auch Werte beinhalten – entweder, indem ich sie meine Protagonisten vorleben lasse, oder aber die gegenteiligen Schemata in Form von Negativbeispielen anprangere. So wie in diesem Buch.

Lust, in den Folgeband hineinzuschnuppern?
Hier kommt eine kleine Kostprobe:

Kapitel 1

Hannan, im Winter ...

Die durchdringende Kälte hatte sie nicht davon abgehalten, ihre Opfergabe zum Stein zu bringen und wie stets auf ein Zeichen zu warten. Ein Zeichen, sei es auch noch so klein, dass ihre Bitte zumindest ihr Gehör gefunden hatte.
Wie er schon befürchtet hatte, war es auch diesmal ausgeblieben und seine Füße waren heute erneut umsonst zu Eisklumpen gefroren. Endlich erhob seine Mutter sich und klopfte den Schnee von den Kleidern. Ihr dick mit Schafsfell gefütterter Umhang war schon alt und hier und da sichtlich abgeschabt, aber er wärmte. Unschwer war hingegen zu erkennen, dass ihre gefütterten Lederstiefel vom Schnee, der in diesem Jahr fast kniehoch lag, nass waren.
Sein älterer Bruder ließ schleunigst eine ungerührte Miene sehen und stieß sich von dem Baumstamm ab, an den gelehnt er widerwillig gewartet hatte. Shebmog wusste seine wahren Gefühle stets gut zu verbergen, denn er war genauso ungeduldig gewesen wie er, Schettal. Darüber hinaus jedoch auch geringschätzig und verächtlich.
Gefühle verbergen – etwas, das ihm ungeheuer schwerfiel; seine Miene spiegelte stets das wider, was ihn bewegte.

„Bindet die Pferde los, wir reiten zurück.", schüttelte seine Mutter die letzten Schneereste aus dem Saum ihres Kleides und als sie kurz darauf ihr Bein über den Rücken ihres Reittiers schwang, war für einen kurzen Augenblick die lederne Hose zu sehen, die sie darunter trug. Zugeständnis angesichts der eisigen Luft. Dieser Winter war kalt und schneereich.

Frega, sein noch junges Pferd, war wie die meisten von eher kleinem, gedrungenem Wuchs. Anspruchslos, kräftig und ausdauernd, ein dichtes, dickes Fell gegen die Kälte. Wie die beiden anderen schien es durchaus erleichtert, nicht länger stillstehen zu müssen, denn auch ohne angetrieben zu werden trabte es sofort an.

„Die Geister waren nicht da?", hörte er Shebmog fragen. In seinen Ohren klang dies ein wenig zu höhnisch um als Frage durchgehen zu können.

„Die Geister sind stets da, auch wenn sie uns ihre Gegenwart nicht immer zeigen!", belehrte Mutter ihn prompt ungehalten, doch anders als früher klang ihre Antwort weniger überzeugt.

Er schwieg dazu, doch in seinem Kopf begannen die Gedanken zu kreisen. Rückblickend war er sich recht sicher, dass seine Mutter ihren Glauben an die Geister erstmals mit weniger Überzeugung vertrat, seit ihr Vater vor jetzt schon über einem Jahr gestorben war. Ein Jagdunfall. Mutter hatte kurz vorher erst ihre jüngste Schwester, Anaris, zu früh geboren und wenig später an den Tod verloren; mit Vaters plötzlichem und unerwartetem Tod stürzte ihre gesamte Blutssippe in eine schlimme Lage. Alleine mit vier Kindern brach mit Vater der Ernährer der Familie fort.

Natürlich wurden sie seither wieder von Mutters Vater Vorg unterstützt, denn noch waren er und Shebmog nicht in der Lage, für Jagd und Feldarbeiten alleine zu sorgen. Als daher vor zwei Wochen Vorg überraschend vor ihrer Tür gestanden hatte und anschließend vor der Hütte ein ebenso überraschend kurzes Gespräch mit Mutter geführt hatte, war diese anschließend leichenblass gewesen ...

‚Sie soll sich wieder verbinden. Mit Wogat.', hatte Shebmog ihm kurze Zeit später zugeraunt.

‚Woher ... Du hast gelauscht!', hatte er darauf geantwortet.

‚Natürlich! Seit Vaters Tod bin ich der Mann und sollte wissen, was vor sich geht!', hatte er sich gebrüstet, aber diesmal hatte er seine Stimme nicht ganz im Griff. Ein leises Schwanken darin zeigte, dass die Pläne ihres Muttersvaters auch ihm nicht sonderlich behagten. Wogat war der beste Jäger des Dorfes, seinerseits seit dem Tod seiner Frau ebenfalls alleine und Vater eines Sohnes, doch er war auch dafür bekannt, dass er jähzornig war. Mehr als einmal zeugten die blauen Flecke im Gesicht und die Striemen auf dem Rücken des Jungen, der nur ein halbes Jahr älter war als Schettal, davon.

‚Mutter wird sich nicht darauf einlassen!', stieß er voller innerer Überzeugung hervor. Eine Überzeugung, von der er nicht wusste, woher er sie nahm.

‚Das kannst du nicht wissen!', kam es prompt schnaubend. ‚Vorg hat sich überaus deutlich ausgedrückt. Es fällt ihnen selbst gemeinsam zusehends schwerer, fünf weitere Mäuler zu stopfen und die zweite Möglichkeit wird dir genauso wenig gefallen!'

‚Welche zweite Möglichkeit?', dehnte er und hob den Kopf endgültig von seiner Arbeit. Inzwischen war er überaus geschickt in der Fertigung von Pfeilen und Pfeilspitzen, doch wie es aussah, konnte die neue Pfeilspitze aus Feuerstein noch eine Weile warten, das hier aber nicht. Shebmog hingegen gab sich nur selten mit solchen Arbeiten ab. Er hielt auch jetzt wieder das Wurfmesser mit der Bronzeklinge – Erbe ihres Vaters – in der Hand und warf es spielerisch in die Luft, wo es sich einmal drehte und dann mit dem Griff punktgenau wieder in seiner Hand landete.

‚Sie soll entweder für einen neuen Ernährer sorgen oder aber die beiden hungrigsten Münder fortschicken, damit sie woanders leben, in einer anderen Sippengemeinschaft. Die Felder sollen gegen entsprechenden Tausch an jemanden gegeben werden, der sie bearbeitet, was wiederum einen nicht üblen Beitrag zu Mutters Ernährung und der unserer beiden Schwestern ergäbe. Wenn wir in drei oder vier Jahren alt genug seien und uns selbst versorgen können, könnten wir immer noch zurückkehren und Vaters Land wieder selbst bearbeiten.'

Er starrte an ihm vorbei ins Nichts. Fortgehen? In einer anderen Sippengemeinschaft würde man sie so lange wie niederste Tiere behandeln, für die schwersten Arbeiten heranziehen und nur mit den Resten abspeisen, bis sie sich als nützliche Mitglieder erwiesen. Abgesehen davon war er in seiner Vorstellung genau wie Vater für den Rest seines Lebens hier verwurzelt, würde niemals irgendwo hingehen. Alleine der Gedanke erschreckte ihn zutiefst.

‚Du Feigling! Machst du dir jetzt die Hose nass? Bei den Geistern, wenn du dein Gesicht sehen könntest! Was ist schon dabei, wenn wir von hier fortgehen? Alles ist besser als Wogat Vater nennen zu müssen! Abgesehen davon kann ich es gar nicht erwarten! Es gibt weit südlich von hier längst große Sippenzusammenschlüsse, in denen nicht mehr jeder alle Arbeit verrichten muss, sie haben sie unter sich aufgeteilt, je nach Fähigkeiten. Man kann dort ein Handwerk erlernen und indem man seine Zeit nicht mehr aufteilen muss, gelangt man darin zu wahrem Können! Ich jedenfalls habe nicht die Absicht, mein Leben lang Felder zu pflügen oder als Jäger von einem wilden Eber zerfleischt oder von dem Geweih eines Großhirschs ...'

‚Sag Mutter, dass ich bis zum Abend zurück sein werde!', hatte er ihn schlichtweg unterbrochen, die begonnene Arbeit, Leder, Knochen und Geweihstück beiseitegelegt, war in seine Stiefel gestiegen, hatte seine dicke Jacke vom Haken gerissen und war nach draußen verschwunden. Shebmogs Rufe und seinen Protest hatte er kaum zur Kenntnis genommen.

Doch auch ihm hatten die Geister eine Antwort verweigert!

Den gesamten Rückweg legten sie schweigend zurück. Shebmog, weil er sich offensichtlich von Mutter unverdient zurechtgewiesen fühlte, Mutter, weil sie in schwere Gedanken versunken war, und er, weil seine Gedanken sich unablässig darum drehten, weshalb die Geister sich in Schweigen hüllten. Vater hatte fast immer ein Zeichen von ihnen erhalten, sei es auch noch so gering gewesen. Und auch Mutter hatte oft genug wenigstens ein sanftes Schimmern des Steins als Hinweis deuten können, dass sie zumindest gehört worden war, wenn auch nicht unbedingt erhört.

Seit einiger Zeit aber schien es so, als ob die Geister sich wahrhaftig zurückzuziehen gedachten: Es mehrten sich die Berichte, dass auch die anderen aus dem Dorf – ebenso wie die Bewohner der umliegenden Siedlungen sowie des weiteren Gebiets um ihre heilige Stätte herum – immer seltener einen Beweis der immerwährenden Zuwendung und des Schutzes der Geister erhielten. Warum? Die Mutmaßungen waren vielfältig – ebenso vielfältig wie die Gegenreden.

Die Hütten waren schon in Sichtweite und es würde nicht mehr lange hin sein bis zur Dämmerung, als er aus seinem Nachdenken auftauchte.

„Mutter?"

Sie wandte den Kopf halb zu ihm herum. Die einzige Reaktion. Er lenkte sein Pferd neben ihres und hielt den Speer so, dass dessen Spitze nicht in ihre Richtung zeigte.

„Kann Shebmog dich den Rest des Wegs alleine begleiten? Ich möchte noch kurz bei Saweg vorbeisehen."

Sie runzelte die Stirn.

„Saweg? Was erhoffst du dir von ihm? Er ist den Geistern offensichtlich nicht mehr näher als jeder andere von uns!"

Offenbar vermutete sie angesichts des Zwecks ihres heutigen Rittes, dass er Saweg um Fürsprache bei den Geistern bitten wollte. Er ging nicht wirklich auf diese Bemerkung ein.

„Das bedeutet nicht, dass er nicht über ein großes Wissen verfügt. Wie du hat auch Vater immer gesagt, dass man die Alten und ihr Wissen ehren soll und ich komme bald nach."

„Meinetwegen.", dehnte sie. „Bevor es dunkel wird, bist du zu Hause!"

„Versprochen.", nickte er, aber sie sah ihn schon nicht mehr an. Die Sorgen der letzten zwölf Monate hatten ihre vordem noch kaum sichtbaren Falten tiefer und schärfer werden lassen, doch die letzten Tage hatten ihrer Miene etwas Verzweifeltes hinzugefügt.

Er warf dem spöttisch grinsenden Shebmog einen kurzen Blick zu, dann lenkte er Frega in östliche Richtung und zum Rand des Dorfes, wo Sawegs Hütte stand. Abseits der anderen und dicht am Waldrand gelegen, umgeben von einem Halbkreis aus dichtem Dorngestrüpp.

Er hatte Frega kaum angebunden und die Hand gehoben, um an die Tür zu klopfen, als er auch schon Sawegs Stimme hörte, die ihn aufforderte, hereinzukommen.

„Woher wusstest du, dass ich es bin?", fragte er anstelle einer Begrüßung, neigte hingegen ehrerbietig den Kopf. „Deine Fensterläden sind schon geschlossen!"

Die Dunkelheit im Inneren wurde in der Tat nur von dem Feuer in der Feuerstelle und einem qualmenden Talglicht vertrieben. Wie immer roch es eigenartig im Inneren seiner Behausung, wenn auch nicht unangenehm.

Das Lächeln des Alten fiel wie meist schief und ein wenig rätselhaft aus.

„Setz dich und wärm dich am Feuer auf. Haben die Geister euch angehört?"

Er stieß den Atem mit einem schnaubenden Geräusch aus.

„Ich weiß es nicht. Sie scheinen sich tatsächlich von uns abzuwenden.", wiederholte er Gehörtes, ohne nachzudenken.

Seinen Umhang legte er mangels Platz über die Bank am Tisch, dann zog er den zweiten Hocker näher ans Feuer und schauderte kurz, als er die Wärme des Feuers spürte.

„Du denkst demnach so wie die anderen.", kam es zurück, bevor Saweg ihm einen Becher mit heißem Tee füllte und anreichte. Ein intensiver Geruch stieg ihm in die Nase und er fragte auch diesmal nicht, welche eigenartigen Beigaben er für seinen Kräuteraufguss verwendete. Er wärmte wie immer, das war die Hauptsache.

„Was sollen wir denn sonst denken?" Seine Verteidigung klang wie die Widerrede eines trotzigen Kindes, aber jetzt war es zu spät, die Worte zurückzunehmen.

Sawegs Lächeln verschwand und seine wässrigen Augen bekamen einen stechenden, forschenden Ausdruck.

„Nicht immer ist das Offensichtliche auch das Wahre, mein Junge! Zweifle niemals an den Geistern, denn sie sind uns keine Rechenschaft für ihr Verhalten schuldig. Wohingegen wir ihnen in Zeiten wie diesen unser Vertrauen umso mehr schenken sollten. Worum hat deine Mutter sie gebeten?"

Er runzelte die Stirn.

„Sie hat ihre Bitte nicht laut geäußert.", versetzte er, halb unwillig, halb unsicher.

„Schon gut, du brauchst mir keine Auskunft zu erteilen, ich kann es mir denken. Was glaubst du, wie sie sich entscheiden wird?"

Jetzt ruckten seine Augenbrauen in die Höhe und er ließ den Becher, an dem er soeben nippen wollte, wieder sinken.

„Du weißt?"

„Oh Schettal, ich weiß einiges, aber längst nicht all mein Wissen ist mir von den Geistern mitgeteilt. Ich habe jedoch Augen und Ohren und höre doch, was die Leute im Dorf erzählen! Was also glaubst du, wie deine Mutter entscheiden wird? Wird sie euch beide fortschicken oder sich in ein Los ergeben, das ihr scheinbar vom Schicksal aufgezwungen werden soll?"

„Scheinbar? Schicksal? Doch wohl eher von ..."

„Beantworte meine Frage!", beharrte er und unterbrach ihn so.

„Ich weiß es nicht! Wenn sie schon am heiligen Stein Rat erbittet ..."
„Rate!"
„Das kann ich nicht!"
„Dann frage ich anders: Was würdest du ihr raten? Wie würdest du entscheiden, wenn du für sie die Wahl treffen solltest?"

Er wand sich unbehaglich, innerlich und jetzt auch tatsächlich. Er war nicht gekommen, um solchen Fragen Rede und Antwort zu stehen.

Oder doch?

...

Als er diesmal den Atem ausstieß, klang es resigniert. Doch, er war genau deshalb gekommen: Um diese brennenden Fragen mit dem Einzigen zu besprechen, von dem er sich Rat und Hilfe erhoffte.

Verunsichert starrte er in die Flammen. Egal wie er es drehte und wendete, immer erschien es ihm so, als ob er seine eigenen Interessen vor die seiner Mutter stellen würde.

Eine Verbindung mit Wogat? Wäre sie damit einverstanden und glücklich, würde sie nicht derart zögern, ihn hingegen würde dies zumindest davor bewahren, von hier fortgehen zu müssen, noch dazu wer weiß wohin.

Fortgehen? Um was zu tun und zu erlernen? Er hatte immer nur das tun wollen, was sein Vater getan hatte: irgendwann eine Familie mit Jagd, ein wenig Fischfang und der Bewirtschaftung eines Stückchen Landes ernähren. Land, das schon seinem Vater und dessen Vater gehörte weil deren Vorväter in wenigstens drei Generationen es abgesteckt und eigenständig bewirtschaftet hatten – so war die Regel.

Doch dieser Wunsch und seine Umsetzung waren zwei verschiedene Dinge. Längst schon war er zwar sehr geschickt und erfolgreich, wenn es um die Jagd mit Pfeil und Bogen ging, oft gingen kleine Tiere in seine Fallen. Zudem wusste er, wie und wo man zu den unterschiedlichen Tages- und Jahreszeiten am besten angelte oder wo man Reusen auslegen musste, um etwas darin zu fangen. Doch mit seinen zwölf Sommern war er noch immer zu jung, um zusätzlich die schwere Feldarbeit in ihrer Vollständigkeit zu übernehmen.

Shebmog war ein Jahr älter als er und würde in einem halben Jahr seinen vierzehnten Sommer zählen, doch ihm ging jedes Geschick ab – weil er sich sträubte und keinerlei Anzeichen machte, sich für die anstrengende und gefährliche Pirsch, Jagd oder überhaupt jegliche schwere Arbeit zu interessieren. Er war weder ein erfolgreicher Jäger, noch gab er sich wirkliche Mühe, wenn es darum ging, Fallen zu bauen oder geduldig zu warten, bis die Fische anbissen. Er war größer und kräftiger, ja, aber selbst die Feldarbeit ging er nur und auch nur widerwillig an, wenn ihre Mutter ihm drohte, ihn ansonsten einen ganzen Tag lang hungern zu lassen.

Das Einzige, worin Shebmog wirklich gut war, war der Umgang mit dem Wurfmesser und den Wurfhölzern. Dies übte er in jeder unbeobachteten Minute verbissen und längst schon konnte hierin keiner der Jungen aus dem Dorf noch mit ihm mithalten. Er besaß neben seinem eigenen kleinen Messer aus eher minderwertigem Metall seit Vaters Tod als ältester Sohn auch dessen erheblich besseres Messer und traf selbst das kleinste Ziel auf die weiteste für seine Wurfkraft noch erreichbare Entfernung.

Und in letzter Zeit trat dann jedes Mal ein Ausdruck in seine Augen, der ihn, Schettal, mit einem nicht erklärbaren Unbehagen erfüllte …

„Und?"

Sawegs Stimme riss ihn aus seinen Gedanken.

„Mutter darf sich nicht mit ihm verbinden!", stieß er spontan hervor. „Sie und Vater gehörten zusammen, aber Wogat … Er ist vollkommen anders als Vater und würde sie unglücklich machen. Und uns ganz sicher mit. Aber fortgehen … Shebmog kann es gar nicht erwarten, von hier fortzukommen, um anderswo irgendetwas zu erlernen. Bei den großen Sippengemeinschaften. Waffenschmied oder was weiß ich, etwas, das er hier nicht lernen kann, denn das Gießen von Kupfer zu Klingen und Pfeilspitzen oder die Herstellung von Werkzeugen genügen ihm nicht; er will mehr. Was immer es aber sein wird, er wird erst zurückkommen, wenn er sich mit irgendeinem Können brüsten kann."

„Du kennst ihn offenbar gut! Und du?"

„Ich will nicht von hier fortgehen!", versetzte er trotzig.

„Und warum nicht? Du weißt nie, was dich anderswo erwarten könnte.", versetzte Saweg.

„Das hier ist mein Zuhause, das hier ist, wo ich leben möchte. Ich wollte nie etwas anderes sein als mein Vater!", ballte er die freie Hand zur Faust.

„Ein achtbares Ziel, mein Junge! Achtbar, aber möglicherweise auch kurzsichtig."

Auf diese Bemerkung hin hob er den Kopf und starrte den Alten an, hielt standhaft dessen forschendem Blick stand. Saweg wiederum hielt seinen Blick lange fest, dann nickte er, ließ sich breitbeinig auf seinem Hocker nieder und nickte noch einmal, so als ob er für irgendetwas die Bestätigung erhalten hätte.

„Shebmogs Schicksal liegt im Dunkeln, aber deines kann ich mitunter deutlich sehen. Ich wiederhole: Häng dein Herz nicht zu sehr an das Land, auf dem deine Hütte steht. Ein Fortgehen von vornherein auszuschließen kann kurzsichtig sein!"

„Meine Zukunft? Du kannst meine Zukunft sehen?", dehnte er atemlos. „Was hast du gesehen?"

Saweg schüttelte gleich noch ein drittes Mal sein greises Haupt.

„Ich besitze nicht die Gabe, die Zukunft zu sehen – etwas, das offenbar keiner hier begreift oder wahrhaben will. Aber ich sehe manchmal etwas vom Schicksal einzelner Menschen. Kleine Bruchstücke, Bilder, mehr nicht. Die Zukunft ist ungeschrieben und unsicher, sie hängt von unseren Entscheidungen ab. Ändern wir unsere Entschlüsse, ändern wir auch unsere Zukunft, wir schlagen einen anderen Weg ein. Welchen Weg du gehen wirst, weiß ich nicht, ich weiß nur, für welchen Weg du ... Nein, ich muss es anders ausdrücken, sonst klingt es so, als sei es schon festgelegt: Ich, Saweg, glaube, den Weg zu kennen, den du einschlagen solltest. Denn ich glaube, dass du für etwas ganz Bestimmtes bestimmt bist."

- Ende der Leseprobe -

www.ingramcontent.com/pod-product-compliance
Lightning Source LLC
LaVergne TN
LVHW041736060526
838201LV00046B/826